夏志清夏济安书信集

卷四

夏志清夏济安书信集

卷四
（1959–1962）

王　洞　主编
季　进　编注

中文大学出版社

《夏志清夏济安书信集》（卷四：1959–1962）（简体字版）

王洞　主编
季进　编注

© 香港中文大学 2018

本书版权为香港中文大学所有。除获香港中文大学
书面允许外，不得在任何地区，以任何方式，任何
文字翻印、仿制或转载本书文字或图表。

国际统一书号（ISBN）：978-962-996-782-6（精装）
　　　　　　　　　　　978-962-996-783-3（平装）

出版：中文大学出版社

　　　香港 新界 沙田 · 香港中文大学
　　　传真：+852 2603 7355
　　　电邮：cup@cuhk.edu.hk
　　　网址：www.chineseupress.com

Letters Between C. T. Hsia & T. A. Hsia (Vol. IV: 1959–1962) (in simplified Chinese)
　　Edited by Della Hsia
　　Annotated by Ji Jin

© The Chinese University of Hong Kong 2018

All Rights Reserved.

ISBN:　978-962-996-782-6 (hardcover)
　　　　978-962-996-783-3 (paperback)

Published by　The Chinese University Press
　　　　　　　The Chinese University of Hong Kong
　　　　　　　Sha Tin, N.T., Hong Kong
　　　　　　　Fax: +852 2603 7355
　　　　　　　Email: cup@cuhk.edu.hk
　　　　　　　Website: www.chineseupress.com

Printed in Hong Kong

目　录

许芥昱（前排左一）、王洞（前排右一），1961年，旧金山学院

赵元任伉俪

陈世骧伉俪，1964年，加州伯克利

王际真（中）、王洞、夏志清（左二）、杨大莱（右二）、Ginger（右一），1989年，纽约一家餐馆

建一、夏志清、卡洛，1960年

夏玉瑛、焦良结婚照，1961年，上海

《中国现代小说史》
第二版封面

夏志清、芮效卫（David Roy）、史凯悌（Catherine Swatek），1990年，哥伦比亚
大学

胡适

夏志清、刘子健、余英时，1996 年

钱锺书、夏志清，1979年，夏志清办公室

夏志清、沈从文，1980年

姜贵（前排右一）

朱文长、夏志清，1975年

夏志清、狄百瑞（William Theodore de Bary）、孙康宜（右二），1986年，哥伦比亚大学东亚系

夏志清、毕汉思（Hans Bielenstein），1988年，夏志清家

夏志清、甘世兰、华兹生（Burton Waston），1991年

夏志清、周策纵，1991年，洪铭水家

马逢华、夏志清、赵冈、陈钟毅，1978年，赵冈家

蒋彝、夏志清

矢島裕子、野添靖一、程靖宇，1960 年

卷四中的人与事

王　洞

　　《夏志清夏济安书信集》已出版了三卷，尚有272封信未曾发表，计划再增两卷，共五卷刊完。此卷始自信件编号391夏志清1959年7月18日于纽约州波茨坦发出的信，至信件编号542夏济安1962年4月20日于加州伯克利发出的信，共152封。济安自1949年4月离开上海，经广州、香港，1950年10月抵台，直到1959年3月，一直在台大外文系教书；期间曾于1955年2月访美在印第安纳大学进修一学期。返台后仍执教于台大，创办了《文学杂志》，声名鹊起，俨然文坛领袖，因惧卷入政治，萌生永离台湾之念。承蒙钱思亮校长推荐，1959年3月以英文系"交换教授"之名义来到西雅图华盛顿大学，为期半年。济安信里充满了为延长居留的焦虑与对台大及钱校长的歉疚。

　　济安的专业是英国文学，理应在华大教英国文学。由于系主任的"偏见"，不信任中国人教英文，没有给济安开课。济安乐得清闲，除了在英文系听课，和性情相投的教授们交际外，常到该校东方系走动，不久与东方系的教授们建立了良好的人事关系。华大"远东与苏联研究所"所长乔治·泰勒以"研究员"的名义替济安延长了签证（visa），该研究所以反共著称。济安为回报泰勒，竟不计酬劳认真地研究起"中共问题"来，写出了关于瞿秋白、鲁迅、蒋光慈等人的文章。济安大去后，志清集结了这些文章及济安其他的文章，于1968年由华大出版了《黑暗的闸门》（*The Gate of Darkness*）。

济安的学养与为人，不仅得到华大教授们的赏识，更得到加大陈世骧教授的青睐。陈教授聘请济安去伯克利加大研究并教书，济安成了华大、加大两校争夺的大红人。济安分身"有术"，平常在加大工作，暑期去华大研究。伯克利、西雅图来回跑，累了济安，却乐了志清。志清趁济安在著名大学做研究，净找哥哥替他查资料。若没有济安的帮忙，不知《中国现代小说史》是否能面世。志清1952年得到洛克菲勒基金会的资助开始撰写《小说史》，到1955年，初稿大致完成。离开耶鲁以后，忙于求职教书，加以结婚养育子女，无暇动笔。志清在密歇根大学只教过一年中国文化，以后都是在小大学教英文，学校没有像样的图书馆，遑论中国书。济安来到加大，伯克利离帕罗奥图（Palo Alto）不远，开车可当天来回，济安若在加大图书馆找不到托查的资料，就去斯坦福大学的胡佛图书馆查书。在这152封信里，谈的都是《小说史》里的人物，社团与作品的出处，例如胡风、《创造社》与《倪焕之》等。研究现代文学的读者对这些信的内容可能特别有兴趣。

我1961年来到伯克利加大读书，对济安信里提到的人物相当熟悉。要谈当时的所见所闻，只得不避"自曝"之嫌，先说我是怎样来到加大的。我是1960年来美，由我中学时的校长王亚权推荐，到加州萨克拉门托州立大学攻读教育学位，得到加州初等教育司海夫南（Helen Heffernan，1896–1987）司长资助，为期一年。我住在海司长家，她供我上学并给$50零用钱，待我如远客，不让我做任何家事，常带我去加州及邻近各州名胜区观光。翌年我转学去伯克利，仅得学费奖学金，必须打工维持生活。海女士未婚，与其同事南斯夫人（Mrs. Afton Nance，1901–1981）同住。南斯第二次大战前去过上海，她与体育健将郝更生夫人高梓女士是米尔斯学院（Mills College）的同学，听说过赵元任，建议我写信请赵教授帮忙。在得到赵教授回信前，我也写了一封信给孔杰荣（Jerome A. Cohen）教授，申请去他家做House Girl。（60年代，许多美国中产阶级家庭，请一外国女生免费住在家里，做一点轻微的家事，这种职业，称House Girl。）我先接到孔教授的回信，就接受了他家的工作。后来才接到赵元任教授的信，说他的秘书要去法国一年，我可以代他的秘书。"秘书"胜过"帮佣"，我就"反悔"不去孔教授家了。孔教授没有生气，一直待我很好。

1961年春假我到斯坦福大学访友，并找暑期工作，趁机拜访东亚系陈受荣系主任，他没工作给我，叫我找旧金山学院的许芥昱。我到旧金山即刻在电话亭里给许教授打电话，他听我的口音就雇了我，原来他正筹办《暑期中国与俄国语言文化班》。七月初我辞别萨克拉门托到旧金山学院去教中文，也与俄语组同事一起上课学习"转换文法"（Transformational Grammar）。中文组除了许先生外，还有一位曾宪斌先生，加上我只有三位老师。学生都是中学教员，有十几个，来自全美各地，我与学生都住在学校宿舍里。许先生专教文化，曾先生教语言与文化，我等于助教，训练学生会话。曾先生是青年党魁曾琦的公子，平常在耶鲁"东方语言所"教书，住在许先生家。许先生家在帕罗奥图，每天开车来旧金山上课，教材就在车上编。每个周末要带学生参加课外活动，去约塞米蒂（Yosemite）看风景，到旧金山歌剧院赏《窈窕淑女》（Pygmalion），办得有声有色。因为成绩卓著，1962年扩张成四班，我自带一班并协调其他三班，升为协调组长。

许先生个子不高，人很清癯，但精力旺盛，总是兴致勃勃，不停地工作。除了扩展系务、写书之外，还喜欢吟诗、画画、唱歌。据闻他与卓以玉女士因兴趣相投而相爱，碍于二人各有家室子女，不忍仳离。家喻户晓的情歌，《天天天蓝》的歌词是卓以玉为许芥昱而作，许先生天生有副好嗓子，唱起《天天天蓝》来，更是委婉动人。许太太是比利时人，原是许先生的法文老师，他们有两个男孩，在家都讲法语。后来他们搬到旧金山，在金门大桥北面依山建了一所两层楼的房子，一眼可望湛蓝的海水，滚滚的白浪，摇曳的小船，美景如画。不料1982年年初，大雨山崩，一袭洪水将许先生连人带屋，冲进了大海。听说许先生与幼子在家，本已逃离即将倾塌的房屋，许先生又匆匆折返抢救他的手稿，因而丧生。噩耗传来，亲友莫不悲痛。

暑假结束我就搬去伯克利，住进国际学社（International House）。距离开学还有两个星期，赵元任先生开车来接我。我在萨克拉门托时，经常是南斯夫人开车，海女士坐在南斯旁边，我坐在后座，所以赵先生停车后，我即刻钻进后座。赵先生笑着说："你把我当司机啊！来，坐在前面。"按美国习惯，驾车人若非职业司机，客人应坐在驾驶座的旁边，否则被视为失敬。赵先生把我带到他的办公室，告诉我他即将送外孙女去麻省剑桥上高中，交代我替他收取信件。他走后，我不知道是该把收来的信件放到他书桌上还是送到他府上。久闻赵先生惧内，我没车，去他家还得乘公共汽车，只好把信件堆在他书桌上。我没去拜望赵太太，直到感恩节赵家请客，才见到赵太太。赵太太是杨步伟女士，很会做饭。凡是"无家可归"的人，感恩节都可到她家做客。当时夏济安也在座，这是我第一次见到久闻大名的夏济安老师。

赵太太很能干，有些固执，学不好的东西，不要学。在美国住了那么久，不肯学英文。她嗓门很大，喜欢教训人，男女都"骂"，对男士稍好一些。常对我说，你们这些年轻女孩子，就喜欢招摇撞骗，吓得我不敢跟人打交道。她在公众场合，大声说话，两脚一蹬，叫赵先生站在一边，不许说话。赵先生原本不爱讲话，就笑眯眯地静静站着。她很少来学校，赵先生见了太太，总是笑眯眯的。我想赵先生对太太，与其说是"怕"，不如说是"爱"。赵太太照顾赵先生，无微不至，赵先生不做家事，赵太太说他只会喂猫。赵太太骂人，未尝不是保护丈夫的妙法，因为赵先生人太好，求事者，被赵太太一骂，就不敢开口了。赵先生很少说话，但说起话来非常幽默。他不仅会多国语言，发音特别标准，还会作曲。《叫我如何不想她》是赵先生的杰作，传言赵元任、杨步伟、唐荣祖、赵丽莲，郝更生、高梓等几对夫妇在北戴河度假，半夜赵先生起来，望着天上的月亮，谱了这首情歌。有人问他，《叫我如何不想她》是不是为赵丽莲写的？赵先生说："我只作曲，词又不是我作的，去问那个死鬼刘半农吧！"

我的基本工作是替赵先生打《中国话的文法》手稿。我不会打字，也没有打字机。赵先生就把她女儿如兰的打字机借给我。不管打的字，字数够不够，我每月自填一定的字数，领取的工资，够我缴国际学社的住宿及伙食费。胡适过世，赵先生赵太太非常悲痛，命我把胡适演讲的录音记下来，我就一个字一个字地听，记，连哼哈的声音也记下来。可惜我没有录音机，也买不起录音带，没有做一个拷贝，现在该多珍贵呀！我在旧金山教中文时，开始对语言学发生兴趣，目今又跟赵先生工作，所以我选了赵先生的"广东话"及"方言学"。方言学只有三个学生：罗杰瑞（Jerry Lee Norman）、陈立鸥和我，研究的是福州方言。陈立鸥是福州人，说福州话，供我们记录。罗杰瑞会俄语，木讷而有才，由他记录、分析，写报告交给老师。课后陈立鸥就带杰瑞和我去吃饭。立鸥会作曲，《天天天蓝》是他和卓以玉的创作。立鸥是逊清帝师陈宝琛的幼子，排行第六，熟朋友称他"陈小六"。他太太是郑孝胥的孙女，出手大方，举止有大家风范。杰瑞研习福州方言，成了闽语专家，到普林斯顿及华大任教，于2012年过世。1963年6月赵先生70岁有半荣退，我拿到教育学硕士学位，得陇望蜀，想去耶鲁读语言学。赵先生一纸强力推荐信，把我送进了耶鲁。赵先生是天才，很受语言学界的尊重。

我读书、打字两忙，没有余力交朋友，加上怕赵太太"骂"，不敢去找别的教授。有一天从东亚系图书馆出来，碰到陈世骧，他叫我去他办公室坐坐。他的办公室就在图书馆旁边，大而雅，比赵先生的神气多了。我站着跟他说了不到5分钟的话，就走了。我和志清结婚后，陈先生说他对我没有一点印象，我却对他印象深刻，因常见他带着太太在校园里走动。陈太太（名美真，昵称Grace）很好看，脸庞秀丽，身材窈窕，穿着华丽的旗袍，非常耀眼。陈先生西装笔挺，口含烟斗，步履潇洒，伴着丽人，俨然一对高贵的爱侣。又听说他常带着一群学生去旧金山吃饭游玩，好不令人羡慕！没想到他不到60岁，就心脏病发，与世长辞了。志清说世骧，好吃好喝，好烟好酒，从不亏待自己，病发即逝，自己不知不觉，却给后人留下无尽的哀思。

世骧年轻时与一美国女诗人生有一个男孩，因未婚，子从母姓。世骧前妻是名音乐家姚锦新（1919–1992），原是乔冠华（1913–1983）的情人，因第二次世界大战滞美，与世骧结婚，不到两年，1947年就回中国去了，可惜乔冠华已与龚澎结婚，老情人未成眷属。世骧与两任妻子都没有生育，世骧绝口不谈往事，这些都是Grace告诉志清的。1967–1975年里根（Ronald Reagan）任加州州长，削减教育经费，想来世骧薪俸大不如前。世骧好讲派头，可能把薪水花光，没有按月扣缴部分养老金（pension）。除了房子，他没有给太太留下任何财产，也没有养老金。惯于养尊处优的Grace，不得不把房子分租给学生，自己外出工作，维持生活。2015年Grace走完了艰苦的后半生，去天堂与世骧相会。

我1961年初到伯克利，自然要去孔杰荣教授家谢罪。孔先生家在离加大不远的半山腰上，房子敞亮美观。孔太太一副家常打扮，平易近人，他们有三个男孩，需人帮忙。希望找一个中国女生，管吃管住，跟孔先生用国语交谈。孔先生在加大"中国研究中心"学国语，课余要练习会话。我自愿每周跟孔先生练习会话一次。法学院离国际社很近，孔先生每周来国际社同我吃午饭，说中国话。不久他就成为研究中共的法学权威，1964年被挖墙脚去了哈佛，教出两位名学生：马英九和吕秀莲。孔先生热心助人，和世骧共同帮济安取得永久居留权，也帮我"讨债"，我在旧金山学院的同事跟我借去三百美元，不肯还。孔先生托他华府的律师朋友，写了一封信，就讨回来了。

1961年志清时来运转，3月《中国现代小说史》问世，出版前一月，就接到哥伦比亚大学王际真的信，邀请志清接替他来哥大任教。王先生来年退休，正在物色继任人选，有一天他去耶鲁，饶大卫（David Rowe）告诉他有一本讨论中国小说的书即将出版，王先生就到耶鲁大学出版社去看这本书，他看了"鲁迅"一章，对志清的见解与英文大为佩服，一面写信给志清，一面向中日文系系主任狄百瑞（William Theodore "Ted" de Bary）举荐志清。志清看过王际真翻译的《红楼梦》，但从未见过其人，就向济安打听。听陈世骧说这个人很怪。王际真的确很"怪"，哪有人会为一个素昧平生的人牺牲自己一半的薪水？

原来狄百瑞说系里没钱同时请两个人教中国文学，王际真就说我拿半薪〔见信件编号492（1961年2月17日）〕。哥大只让志清做副教授，不是终身职位。志清拒绝接受，去了匹兹堡大学"中国中心"教书兼管行政。既然夏志清不来，王际真要求恢复全薪，狄百瑞说预算已缴，不能更改，可怜王先生只好拿半薪。退休后搬去南加州，住在trailer（拖车式的活动房屋）里。王先生不仅"怪"，而且"霸道"，他强迫妻子辞去联合国的职位，跟他一起去南加州吃苦。王太太姓高，英文名叫Bliss，是名门闺秀，在上海长大，过不惯乡下的苦日子，自杀获救，再次自杀，终于摆脱了人世间无可忍受的痛苦。

Bliss过世后，王先生搬回纽约，仍住哥大的房子。（哥大拥有许多房产，租给教职员，房租约为市价的一半。）他第一次见到我，对志清说："王洞这么老！又不会生儿子。"我不以为忤，因感念他对志清的提携，我常请他来家里吃饭。后来他结婚了，新婚妻子叫杨大莱，比我小一岁，王先生非常得意。据王先生说，他们是在哥大附近的河边公园（Riverside Park）遇到的；可是王太太说，王先生是她父亲在威斯康星大学的同学，她初来乍到，人生地不熟，是去找王先生帮忙的。杨大莱有个女儿，叫Ginger，很聪明，是哥大化学系的博士生，杨大莱在国内也是学化学的，与丈夫离异后，携女来美，母女俩相依为命，听说王先生"怪"，没有和王先生住在一起，每日来给王先生煮饭。

王先生爱烟嗜酒。他抽的是劣烟，喝的是浊酒，剩下的钱买粮食。主食是黄豆、鸡蛋、青菜和意大利面，这些食物虽然价廉，但营养最好。尽管抽烟喝酒，但是王先生健步如飞，活了一百零二岁。王先生过世前离了婚，说是因欠债太多，怕连累妻子。杨大莱把王先生的遗物都送给我们：有王先生和他女友的画像，也有他前两位妻子的照片。从这些画像和照片里，可以想象王先生年轻时相当风流倜傥。哥大薪金微薄，王先生想炒股发财，他做的不是普通股票，而是期货，屡屡亏损，欠银行债，往往向朋友借钱，有借无还。志清报答王先生的方法，不是借钱给他，是替他请一笔奖金，王先生以研究《吕氏春秋》得了三千多块钱，回了一趟山东老家。王先生在十几岁入清华大学前，奉父母之命已娶了媳妇，生了一个儿子。民国以来，流行自由恋爱，王先生是所谓的"新派人"，置乡下妻儿于不顾，老来思念乡下女人的贤德，不胜悔恨。可惜回到家乡，老妻已故，独子亦垂垂老矣，孙女正值妙龄，非常喜爱。返美后，常说要把孙女接来，可孙女一直没有来，可能是孙女不愿来，也或许是爷爷养不起。

因篇幅所限，程靖宇的逸事下卷再写。

1956年建一(Joyce)出生，志清每封信必报告女儿成长的经过。济安非常喜爱这个侄女，常寄礼物给她。谈家事，除了父母、妹妹、卡洛，又多了建一。此卷内志清给济安的信，字迹混乱，因为志清的信是用蓝墨水笔写的，常提些问题，请济安查证，例如，胡风是哪一年死的？《鬼土日记》出版的年代和地点等。志清看了回信后，就用铅笔或红笔把答案写在问题旁边。扫描手稿一律是白底黑字，看不出字的颜色，苏州大学的同学能够辨别原信与附加字句之不同，去芜存菁，使信件还原，功不可没。难怪王德威教授力荐季进教授帮忙。季教授不仅学贯中西，还教出一批程度不凡的学生，特此向季教授和他的学生们致敬并致谢。

编注说明

季 进

从 1947 年底至 1965 年初，夏志清先生与长兄夏济安先生之间鱼雁往返，说家常、谈感情、论文学、品电影、议时政，推心置腹，无话不谈，内容相当丰富。精心保存下来的 600 多封书信，成为透视那一代知识分子学思历程的极为珍贵的文献。夏先生晚年的一大愿望就是整理发表他与长兄的通信，可惜生前只整理发表过两封书信。夏先生逝世后，夏师母王洞女士承担起了夏氏兄弟书信整理出版的重任。600 多封书信的整理，绝对是一项巨大的工程。虽然夏师母精神矍铄，但毕竟年事已高，不宜从事如此繁重的工作，因此王德威教授命我协助夏师母共襄盛举。我当然深感荣幸，义不容辞。

经过与夏师母、王德威反复讨论，不断调整，我们确定了书信编辑整理的基本体例：

一是书信的排序基本按照时间先后，但考虑到书信内容的连贯性，为方便阅读，有时会把回信提前。少量未署日期的书信，则根据邮戳和书信内容加以判断。

二是这些书信原本只是家书，并未想到发表，难免有别字或欠通的地方，凡是这些地方都用方括号注出正确的字。但个别字出现得特别频繁，就直接改正了，比如"化费"、"化时间"等，就直接改为"花费"、"花时间"等，不再另行说明。凡是遗漏的字，则用圆括号补齐，比如：图〔书〕馆。信中提及的书名和电影名，中文的统一加上书名号，英文的统一改为斜体。

三是书信中有一些书写习惯，如果完全照录，可能不符合现在的文字规范，如"的"、"地"、"得"等语助词常常混用，类似的情况就直接改正。书信中喜欢用大量的分号或括弧，如果影响文句的表达或不符合现有规范，则根据文意，略作调整，删去括弧或修改标点符号。但是也有一些书写习惯尽量保留了，比如夏志清常用"只"代替"个"、还喜欢用"衹"，不用"只"，这些都保留了原貌。

四是在书信的空白处补充的内容，如果不能准确插入正文相应位置，就加上〔又及〕置于书信的末尾，但是信末原有的附加内容，则保留原样，不加〔又及〕的字样。

五是书信中数量众多的人名、电影名、篇名书名等都尽可能利用各种资料，如百科全书、人名辞典、网络工具等加以简要的注释。有些众所周知的名人，如莎士比亚、胡适等不再出注。为避免重复，凡是第一、二、三卷中已出注的，第四卷中不再作注。

六是书信中夹杂了大量的英文单词，考虑到书信集的读者主要还是研究者和有一定文化水准的读者，所以基本保持原貌。从第二卷开始，除极个别英文名词加以注释外，不再以圆括号注出中文意思，以增强阅读的流畅性。

书信整理的流程是，由夏师母扫描原件，考订书信日期，排出目录顺序，由学生进行初步的录入，然后我对照原稿一字一句地进行复核修改，解决各种疑难问题，整理出初稿。夏师母再对初稿进行全面的审阅，并解决我也无法解决的问题。在此基础上，再进行相关的注释工作，完成后再提交夏师母审阅补充，从而最终完成整理工作。书信整理的工作量十分巨大，超乎想象。夏济安先生的字比较好认，但夏志清先生的中英文字体都比较特别，又写得很小，有的字迹已经模糊或者字迹夹在折叠处，往往很难辨识。有时为了辨识某个字、某个人名、某个英文单词，或者为了注出某个人名、某个篇名，往往需要耗时耗力，查阅大量的资料，披沙拣金，才能有豁然开朗的发现。遗憾的是，注释内容面广量大，十分庞杂，还是有少数地方未能准确出注，只能留待他日。由于时间仓促，水平有限，现有的整理与注释，错误一定在所难免，诚恳期待能得到方家的指正，以便更好地完成后面二卷的整理。

参与第四卷初稿录入的研究生有姚婧、胡闽苏、王宇林、王爱萍、彭诗雨、张雨、曹敬雅、许钇宸、李子皿，特别是姚婧、胡闽苏和王宇林付出了很大的心血，在此一并致谢。

2017年8月

391. 夏志清致夏济安（1959 年 7 月 18 日）

济安哥：

　　十四、十五日两封信都已收到了（支票钱已领还否？）。谢谢你抽了空替我找 reference，其实此事用不到〔着〕这样急，稍迟办也可。《火葬》的 quote 及日本名字找出了（不要忘记"刘二狗"那一段），很好。哥仑比亚的《现代中国文学作家》想不到在美国是孤本，这本书现在已 misplaced 了，找不到了。《张天翼文集》既在 Berkeley，你可托陈世骧一查，短篇小说几分钟即可看完，page reference 一查即得。你觉得不好意思，请他把书借出，邮寄给你，比 interlibrary loan 方便得多。《生活在英雄》etc，我可托此地图书馆转借。（《张天翼文集》这本书我自己是有的，搬场时遗失了。）美国人研究学问，非常 methodical，写本书，总要运用十几盒卡片，有条不紊，references 不会弄算〔错〕。我写那本书用的都是笔记簿，以看书先后为序地抄下去，有时 quote 东西，忘记附志 page number，所以弄得杂乱无章。有时找一个 reference，要把全套笔记簿及零散字〔纸〕张全部翻过，浪费时间不少。以后弄学问，恐怕也祇好弄卡片，虽然这种科学办法我并不喜欢。宋奇的文章你请史诚之代找，很好，请代致谢意。

　　请你再办两件小事：《呐喊》中一篇小说《兔（Rabbits？）与猫（Cat？）》，title 译英文时，不知应用 plural or singular number，请一查。《呐喊》中小说《故乡》主角叫闰土，"闰"字我们读"云"差不多的音，但字典上注音是"润"音，*Mathews' Dictionary*[1]: Jun; also pron. Yüin，不知北京人"闰"字怎样读法。（请参考 C. C. Wang, *Ah Q. & Others*, "My Native Heath" 即可，或其他鲁迅小说译本。）

今天收到 Joseph Chu[2] 寄来的《综合英华/华英大辞典》，不禁大喜。这本书，对我大有用处，你托人寄来，非常感谢。和 Joseph Chu 通信时，也代我谢他。这本书中文释义 very lively，似较旧的《综合大字典》更好。汇集的 phrases、idioms 也极丰富，中国人读英文，一向注重 idioms，但应该注意的是 idioms 随时代变，有的是日常用的，有的已不常用的。中国学生用苦工〔功〕自修，把新旧、英美的成语都记住了运用，写出文章来必定不伦不类。这本字典搜集了不少 slang，中国人学了写文章，也是有害的。《编辑大意》上 cite 了几个例子，如称 Chicago 为 Hogopolis、Pigopolis、Porkopolis，这种称呼，可能曾流行过一时，但现在是没有人用了（何况 Chicago 已非美国的大屠场了），放在字典内，有害无益。随便翻到一页，nowaday、nowadays 两次都有 entry，但 nowaday 此字祇好算 illiterate，普通人是不用的。这本辞典对台湾大中学生可能有害，对我大有益处，可把我的中文字汇大为增大〔加〕。

《台湾文坛》不必急，随时写好寄上即可。又，凌叔华[3] 曾在《文学杂志》写过一篇文章（非常幼稚），她和陈源是否长住台北 or

---

1 Mathews（Robert Henry Mathews，罗伯特·亨利·马修斯，1877–1970），澳大利亚传教士、汉学家，代表作有《麦氏汉英大辞典》(*Mathews' Chinese-English Dictionary*)。

2 Joseph Chu，查无此人，《综合英华/华英大辞典》系香港盗版，疑为虚拟的编者名字。

3 凌叔华（1900–1990），广东番禺人，现代作家、画家，1947年后旅居欧洲，代表作有《花之寺》、《女人》、《古韵》等。

London？陈源是否仍在UNESCO做事？你有所知，请告诉我。前几天，Joyce第一次看电影*Sleeping Beauty*[4]，她一点也不怕，大为Dragon、Witch等所amused，与玉瑛妹看《白雪公主》情形大不相同。不多写了，即颂

　　近安

弟 志清 上
七月十八日

4　*Sleeping Beauty*（《睡美人》，1959），据《格林童话》改编，克莱德・杰洛尼米（Clyde Geronimi）等导演，迪斯尼出品。

392. 夏济安致夏志清（1959 年 7 月 27 日）

志清弟：

　　这一期的《文学杂志》想已收到，其中有小说一篇《衣锦荣归》，一半是我写的，不妨翻出来，也许可以博你一粲。小说原稿是台北寄来，我本来答应改而没工夫改的，这次从加州回来，台北已经催了好几次，我把它草草改写。第一节是用原来的底子，加以改写；第二节大部分是那学生的（原来的小说还是第一人称呢），照原样发展下去，故事就不通了。我又把它改成satire，把女孩子们挖苦一顿。

　　题目《衣锦荣归》也是我起的，最后有一句"我要去换衣服了"，暗射"换爱人"。我本来还想于那女的男的每次出场都描写他们的衣服（这是中国旧小说与礼拜六派小说的标准写法），但是这方面的vocabulary太缺乏，平日又疏于注意，写起来太吃力，所以并没有力求完美。"衣服"这个symbol其实还可好好develop。

　　最近看了《歇浦潮》，认为"美不胜收"；又看包天笑[1]的《上海春秋》，更是佩服得五体投地。可惜包著衹看到六十回，以后的不

1　包天笑（1876–1973），江苏吴县人，初名清柱，又名公毅，字郎孙，笔名包天笑，小说家、翻译家，代表作有《上海春秋》、《海上蜃楼》、《且楼随笔》、《钏影楼回忆录》等，译作有小说《迦因小传》、《馨儿就学记》、《孤雏感遇记》、《千里寻亲记》等。

知哪里借得到。很想写篇文章，讨论那些上海小说。英国人对于伦敦的向往与咒骂，以及法国人对于巴黎，两国小说中必定常常出现，我一时搜索不起来，应该好好地看 Dickens 与 Balzac。Turnell 的 *The Novel in France* 已买来，其中所论 Balzac 似有帮助。最有趣的是关于 language 方面的讨论，礼拜六派小说多用短句子，倒是合乎法国 classical school 小说家的写法；后来的"新小说家"喜欢多用 adjectives，句子拉长，字多堆砌，而句鲜整齐，这倒像 Balzac 以后的浪漫作风。这一点你的书里似亦可采入。In general，你的书我相信一定同 Turnell 的书一样精彩。

现在在看《海上花》，这本书是鲁迅都赞美的。我看来很吃力，因为看苏州话到底不习惯。那时（清末）的苏州话和我们所说的又不大一样，我很想做笔记来研究一番。书里的话太软，"哉，呢，啘"用得太多，好像白话句子多用"的了吗呢"收尾一样的讨厌，而且书中各色人等全说苏白，背景又是上海，这样也很不 realistic。（应该兼收宁波、上海、浦东、江北、山东等地的方言才可，如陈得学和六阿姨的话就很不相同。）

老舍的《火葬》已借来草草看过，的确没有什么好；莲小姐从军以后该有最精彩的文章，这本十万多字的小说祇好算是个 Part I。老舍 rhetoric 玩弄得过火，好像看见一个 overacting 的演员在台上做戏似的，有时候觉得讨厌。礼拜六派倒是十分注意 simplicity 和 clarity 的。那时候的小说，我已好久没有看；照我想来，玩弄 rhetoric，老舍该不是 the worst case，别人一定更为肉麻。新小说所以能把礼拜六派取而代之，大约是青年读者喜欢看到中文句子翻来覆去横说竖说地求变化，他们祇有在幼稚的 rhetoric 中才（能）得到文字美的刺激，这是白话文学发展中必然的过程。礼拜六派和旧小说一样，很少描写的，一个人出场，祇写年龄、相貌与服装，有时加一点口音，总共五十字足矣。此人的性格，祇在故事的发展与对白中表现（别人偶尔也加一两句评语），比较 subtle 与 dramatic。不像老舍那样，又是铁啦，又是石啦，乱比喻一阵，结果我们读者祇见他在卖弄文字（也不是顶好的文字），并不〔未〕得到什么比旧小说更深刻的印象。刘二狗的描写在 p. 77（这页是 chapter 12 的开始，起自"梦莲独自在屋里"……到"因为他老穿洋服"止），我觉得也是用劲太大，句子站不大稳似的。（礼拜六派还有受 style 的限制，不能像 Dickens 那样地着力描写一条街道，一个弄堂的人，他们擅长的是一个小范围：客堂、卧室、茶馆、戏园的包厢，还有妓院。）

礼拜六派小说之所以失势，还有一个原因，即他们的作者对于新兴的青年，大不了解。他们祇会写旧式的才子，或莫名其妙的瞎闹的新青年的表面。他们不懂得青年人的梦想、追求等等。他们虽然能极老练地描写社会众生相，但是青年人（还有一帮不成熟的中老年知识分子）所注意的祇有两件事（大约可与 Shelley 相比），一是他们自己的热情，二是理想。小说写这两样东西的，他们看了就有劲，至于社会众生相，他们本来没有兴趣，小说家再把他们写得活龙活现，他们也不觉好。这我认为是中国近代文学史中一件大事，不知你以为如何？如礼拜六派喜欢描写小市民的括精贪财等，但是那时的青年人根本瞧不起这种俗气人与这种俗气的贪财之念，他们因此也不能了解贪财之念在他们周围的人中是多大的力量。

你这几年"新小说"看得很多，我很想知道，"新小说"中的上海和礼拜六派小说中的上海的写法与看法的不同。我祇记得茅盾的一部《子夜》，那时我在高中读书，父亲在交通银行做事，公余也做做公债生意，大约有时候赚，有时候蚀。我对于"多头""空头"何所指，尚一无所知，那天去请教父亲了，父亲恐怕恰巧心里不痛快，说道："你祇管读书好了，这种事情用不着管！"我记得还有读者写信给《中学生》杂志的编者，此人大约也刚看过《子夜》，去问"何谓多头空头？"编者给了他几十字的答复。我真不知道那时的青年读者，连多头空头都不懂，如何看得下《子夜》的。还有夏衍[2]的《上海

2　夏衍（1900–1995），浙江杭州人，原名沈乃熙，字瑞先，文学家、剧作家，曾参

屋檐下》有两个 versions，一个是国语的，一个是上海话的，我都没有看过。

像《子夜》里的故事，如叫礼拜六派作家来写，大约两三个 chapters 即够，他们还要写很多别的人别的事情。茅盾总算了解中国经济情形，比他们清楚；而且小说中有中心人物，兴趣集中在一个人的事业、野心、成功与失败。茅盾的小说是要证明一件东西，大约是"民族资本家的不能成事"，礼拜六派比较浮光掠影，祇是把这些事情有趣地记下来，作为茶余酒后的谈助，作者如有什么要证明的，大约祇是"你看，公债市场阿要凶险；投机生意做不得呢"。至于人物谈吐的生动、句子的漂亮等，究竟茅盾与礼拜六派作家（the better ones）孰胜，我因久未看茅盾，也说不出来了。或者可以说茅盾有 tragic view，他们祇有 comic view。

最近电影太多，来不及看。Compulsion[3] 大约头轮二轮都演过，我预备等三轮四轮了。Anatomy of a Murder[4] 头轮在演（同时的头轮：The Nun's Story[5]，Kirk Douglas 的西部片 Last Train from Gun Hill[6]，Capra 导演的 A Hole in the Head[7]，Jerry Lewis 的 Don't Give Up the Ship[8]，还有法国片等，很多 Time 上还没有见到影评），

与组建中国左翼作家联盟、中国左翼戏剧家联盟。1949 年后，历任上海市委常委、宣传部长、文化部副部长、中国文联副主席等职。主要创作有话剧剧本《法西斯细菌》、《秋瑾传》、《上海屋檐下》，报告文学《包身工》，电影剧本《春蚕》、《祝福》、《林家铺子》，回忆录《懒寻旧梦录》等。

3　Compulsion（《凶手学生》，1959），犯罪片，理查德·弗莱彻导演，奥逊·威尔斯、戴安·瓦西主演，福斯发行。

4　Anatomy of a Murder（《桃色血案》，1959），犯罪片，奥托·普雷明格导演，史都华、李·雷米克主演，哥伦比亚影业发行。

5　The Nun's Story（《修女传》，1959），弗雷德·津尼曼导演，赫本、彼得·芬奇（Peter Finch）主演，华纳影业发行。

6　Last Train from Gun Hill（《龙虎山生死斗》，1959），西部片，约翰·斯特奇斯导演，柯克·道格拉斯、安东尼·奎恩主演，派拉蒙影业发行。

7　A Hole in the Head（《合家欢》，1959），喜剧片，法兰克·卡普拉导演，辛那屈、爱德华·罗宾逊主演，联合艺术（Allied Artists）发行。

8　Don't Give Up the Ship（《永不弃舰》，1959），喜剧片，诺曼·陶诺格导演，杰瑞·刘易斯、迪娜·梅瑞尔（Dina Merrill）主演，派拉蒙影业发行。

我暂时都不想看。星期五晚上去看了 Double Feature MGM 巨片 *Cat on the Hot Tin Roof* [9]，瞎吵瞎闹一阵，不知所云，你对于 T. Williams 的反感，是有道理的（以前在台北看过一部中文叫做《姑姑新娘》的，故事也嫌 flimsy，dramatic 的成分很不够）。另一张 *Some Came Running* [10]，倒是很好。奇怪的是两片主题都是哥哥做生意（Jack Carson [11] 是律师，也是算盘精明之人），弟弟喝酒，"瞎横"。*Some* 可能是 James Jones 的自传性小说。Shirley MacLaine 大约是目前女星中最最聪明的一个。女明星中"聪明面孔笨肚肠"的居多，连 Grace Kelly 也是"女人"的成分多，"聪明"的成分少。E. Taylor 一定是 harebrained 的。A. Hepburn 大约祇能表现 precocity（D. Varsi 亦然），不能表现 intelligence。你以前信中老提到 S. MacLaine，我无法置评，因为我祇看过她（的）四部戏，一、*Trouble with Harry* [12]——看后"不大明了"，故事是能 fellow，不明了者，为什么要拍这部片子；二、*Artists & Models*——我不相信 S. M. 曾 stole Jerry Lewis' show，我祇觉得 Dorothy Malone 丑陋，S. M. 的角色也不大明了；三、*The Sheepman* [13]；四、*80 Days*——其中 S. M. 都是配角，似乎人人都会演的。在 Oscar Night T. V. Show 中，S. M. 给我的印象极好，她是同 Peter Ustinov [14] 来颁 Special Effects 的奖。别人颁奖，一声不

9　*Cat on the(a) Hot Tin Roof*（《豪门巧妇》，1958），据田纳西·威廉斯剧作改编，理查德·布鲁克斯导演，伊丽莎白·泰勒、保罗·纽曼主演，米高梅出品。

10　*Some Came Running*（《魂断情天》，1958），据詹姆斯·琼斯小说《乱世忠魂》（*From Here to Eternity*）改编，文森特·明奈利导演，辛那屈、迪恩·马丁、雪莉·麦克雷恩主演，米高梅发行。

11　Jack Carson（杰克·卡森，1910–1963），加拿大裔美籍电影演员，活跃于20世纪30–40年代，代表影片有《豪门巧妇》、《疯狂的爱》（*Love Crazy*，1941）。

12　*Trouble with Harry*（《怪尸案》，1955），希区柯克导演，约翰·福赛斯（John Forsythe）、雪莉·麦克雷恩主演，派拉蒙影业发行。

13　*The Sheepman*（《牧场风云》，1958），西部片，乔治·马歇尔导演，格伦·福特、雪莉·麦克雷恩主演，米高梅发行。

14　Peter Ustinov（彼得·乌斯蒂诺夫，1921–2004），英国演员、作家、电影制片人、导演，曾两次获得奥斯卡奖，另获艾米奖（Emmy Awards）、金球奖、格莱美奖等。

响，祇是朗诵名单与得奖者就完了，可是她同 P. U. 来个"双簧"，说明何为 special effects，如空袭，飞机呼呼地转，炸弹嘣嘣地响，S. M. 与 P. U. 互相依偎，作恐惧状。这些表演得很干净俐〔利〕落，有 style。P. U. 可能也是个怪杰，他在 Atlantic 连续发表的小说，我看了几篇，觉得英文很漂亮，故事也还可以。The Matchmaker 和最近大卫尼文的那一部（Ask Any Girl —— Seattle 已演过）我都没有看，但是总括起来，包括前四部，我觉得 S. M. 是很会做戏（的）。Some 中的那个角色，是很不容易演的，别人恐怕无人能演，MGM 的 casting director 能想到她，真是不容易。但是她太聪明了，我有点怕她。我私下所喜欢的女人还是比较含蓄、比较 dumb 的。

James Jones 的小说论文章，大约是不讲究 style 的。看那电影的故事，最后连 Dean Martin 都不赞成 F. S. 和 S. M. 结合，倒很使我佩服。照中国"新小说"作风（甚至 Dickens），穷人（以及 Bohemians），自有他们的乐趣，D. M. 应该极力赞成他们的结合，或者从中出力，他们可以在一起过他们的"乐天生活"。但是 James Jones 居然不相信有这一套，承认世俗 snobbery 的力量，这点看法很高明。S. M. 所表演的"十三点"，的确叫人受不了；可是同时又有其可爱之处，这就是难演之处了。

英文系有一位年轻教员名 Bluestone [15]，那天在一处 Cocktail Party 中见到，他写了一本书叫 Novels into Films（John Hopkins U. Press 出版），讨论六大巨片：The Informer [16]，Ox-Bow Incident [17]，

---

15 George Bluestone，生平不详，所著 Novels into Films（《小说改编电影》）1957 年由 John Hopkins University Press 出版。

16 The Informer（《卖国求荣》，1935），据利亚姆·奥夫莱厄蒂（Liam O'Flaherty，1896–1984）同名小说改编，约翰·福特导演，维克多·麦克劳伦（Victor Mclaglen）、普雷斯顿·福斯特（Preston Foster）主演，PKO 影业发行。

17 Ox-Bow Incident（《无法无天》，1943），西部黑色电影，据沃尔特·凡·蒂尔保·克拉克（Walter Van Tilburg Clark，1909–1971）同名小说改编，威尔曼导演，亨利·方达、达纳·安德鲁斯主演，福斯发行。

Grapes of Wrath[18]，*Pride & Prejudice*[19]，*Wuthering Heights*，*Madame Bovary*，另附一章总论小说与电影。他自己的 copy 已借走，我已问他预定借来看。六大巨片我都看过，他大为吃惊，他说他所遇见的美国人中还没有全看过的呢。*Ox-Bow Incident*（中国译名如何？如记得亦请告诉）我祇记得有关 lynching，大约是在北平看的，详细已不记得，别的我记得都还清楚。他根本不知道有一张以 Bronte 一家为背景的电影（Ida Lupino as Emily，片名我祇记得是一个字，也（是）在北平看的，忘了）。这方面的学问想不到也有用处。我想去 order 一本来送你（想再 order 一本送给宋奇），你可以写篇书评，给高级 review 发表。我在这方面的学问大约不比他差，你大约是远胜过他的，以优势的立场写书评，最为容易。在北平看的西部片，印象最深的是 *My Dear Clementine*，*Yellow Sky*[20] 次之。你推崇的 *The Gunfighter*（Peck？）我不知看过没有，一点印象都没有了。以前看见日本某影评家选举的十大西部片中有它，美国影评家似乎也常提到它。

　　《文艺报》和《人民文学》还没有去查，甚是抱歉。张天翼的小说已向 Berkeley 去借，本来可托陈世骧去钞〔抄〕来，但是我已正式托他找事情，他还没有回信，我不好意思再去麻烦别的事情。好在 Berkeley 和 Seattle 很近，不消几天书一定会借到的。鲁迅的《猫与兔》在王济〔际〕真的集子中未见，他在序文中另外介绍几篇英译的鲁迅，这篇也未见。译名随你定我看未尝不可，既然没有标准译

18　*Grapes of Wrath*（《美国的大地》，1940），剧情片，据约翰·斯坦贝克同名小说改编，约翰·福特导演，亨利·方达、约翰·卡拉丁（John Carradine）主演，福斯发行。

19　*Pride & Prejudice*（《傲慢与偏见》，又名《郎娇妾怨》，1940），据简·奥斯丁同名小说改编，罗伯特·莱纳德导演，葛丽亚·嘉逊、劳伦斯·奥立弗主演，米高梅发行。

20　*Yellow Sky*（《荒漠美人关》，1948），西部片，据班纳特同名小说改编，威尔曼导演，平克、安妮·巴克斯特（Anne Baxter）、理查德·韦德马克（Richard Widmark）主演，福斯发行。

名。"闰"字照Matthews的译法我想是对的；绍兴话可能同苏州话的发音相仿，但是我们照国语标准译法，想没有错。如见到张琨时，当问他。

我已写信给Indiana的Graduate School，请他寄一张DSP67来，凭它可以申请延长visa。暂时先决定去Indiana也好，至少一年之内，稳拿M.A.。好处还不止此，为得M.A.，我得埋头写一本novel，这样逼着写本东西出来，可算是一收获。我英文写作在台湾几年差不多已搁下了，现在rusty得可怕，从那篇Appendix中可以看得出来的。Thermo-Fax机器翻印的底稿，这几天我还没有勇气拿出来看。再过几天拿起〔出〕来看，一定要大为不满。你教了学生作文多年，想不到对你的英文很有帮助。我在台大这几年祇教"文学史"之类的课，没有教作文、翻译，上课祇是信口开河，于英文功夫反而忽略了。我想我的底子还不差，如把Victorian Masters再好好地念念，再遵嘱读Conrad，写novel也许还办得到。事情不逼不可，否则愈来愈懒散了。现在在等Indiana的来信，所以东行之期未定。如visa不能延长，我尚可再办去欧洲各国的visa，游历一番回台湾也无不可。胡世桢也很惋惜，问我为什么不在UW开课。我说"这次来美'利'不错，如再开课，'名'当更好；人生'名''利'双收的事可不容易，我岂可不知足呢？有了'利'也够了"。有一个远东系的学生对我说"这里教中文的先生，对于西方文学没有研究，甚感遗憾云"。Don Taylor（他们，英文系的朋友都很关心我的计划）问我想不想教英文，我说，"我教中文大约可比这里一般人教得好"，他说："我看你的英国文学的智〔知〕识，也超过有些英文系的教员呢。"足见我在这里给人的印象还不坏。别的再谈 专颂

近安

Carol、Joyce前都问好

济安 启

七月廿七日

〔又及〕American Express的支票，本来在 San Francisco 就可以拿，我回到Seattle，就去补回来了。那本《英华字典》(编者是假的)是共产党出的，香港出版，台湾翻版(中间略有改动)。台湾连 *Encyclopedia Britannica* 都有翻版，大约二十几元美金一部。

393. 夏志清致夏济安（1959 年 7 月 28 日）

济安哥：

　　最近两三封信已看到了，文章也拜读了，这篇文章花了你不少时间，非常感谢，内容很精彩，结构亦好。文字 ironical，的确与我的不同，有几处小毛病，我重打时稍加修改即可（我打字很快）。有一句子比较 ambiguous，There was never a serious introduction of James, Kafka, etc.，我不知你所指的是没有人翻译他们的作品，或者〔还是〕没有人写文章介绍他们，请指示。你对台湾文人挖苦很凶，而且把台湾一般麻醉情形说出来，美国读者看后一定高兴。你在翻译方面讲得很多，正好补我书之不足。全文极 complement 我的书，你在给 Carol 信上，谦逊太甚，是不应该的。我现在在重打 notes，因为 notes 增多了，所以非重打不过，打完 notes，即打你的文章，全稿即可交出了。

　　上次问你钱锺书《宋诗选注》的材料，不知已看到否？华大如没有《人民文学》等杂志，最好请查 1958 年底 1959（年）初的《人民日报》，找一两篇有关该书的"社论"的 titles 给我即可。《火葬》一小 quote，page reference 我自己也找到了（你找到后，钞〔抄〕给我也好，我的可能不正确的）。钱杏村〔邨〕[1] 第一句我已不引，免得有了

1　钱杏邨（1900–1977），即阿英，安徽芜湖人，剧作家、批评家、学者。长期从事革命文艺活动，与蒋光慈等发起组织"太阳社"，曾编辑《太阳月刊》、《海风周

quote，没有quote出处。张天翼那一段，你or陈世骧找到后，即告诉我。巴金《生活在英雄们中间》一段quote的page number，我查了自己的乱纸堆，也找到了。

下面一些东西，我今晚已写信嘱陈文星去找（因为我知道Yale有书），但他可能不在New Haven，你有空也代我一查，所花时间是不多的。

1)《鲁迅全集》vol. 6，鲁迅给徐懋庸[2]的公开信，页数约在534页附近。我quote的一段是：

"其次，是我和胡风、巴金、黄源[3]诸人的关系。……这是纵使徐懋庸之流用尽心机，也无法抹杀的。" Give page reference.

2)《闻一多全集》四大册。查一查有没有一篇闻氏早期文章，是指正郭沫若翻英诗（Shelley、Fitzgerald）译错的。没有此类文章，请不多查（give title, page）。《创造季刊》华大想是没有的。

3) Dorothy Borg[4], *American Policy & the Chinese Revolution 1925–28*，第一章，May 30,1925. The Shanghai Incident 中有一句 Many believed that the anti-foreign movement was being organized & sustained by the C. P. & the Communist were singling out…as the archenemy & the Chinese。请给页数。

报》、《文献》等。1949年后曾任天津市文化局局长、华北文联主席、全国文联副秘书长等职。主要著作有《小说闲谈》(四种)、《夜航集》、《碧血花》、《海国英雄》、《杨娥传》、《李闯王》、《现代中国文学作家》、《现代中国文学论》等，辑有《中国新文学运动史资料》、《晚清文学丛钞》等。

2   徐懋庸(1910–1977)，浙江上虞人，作家，早年即参加革命，加入"左联"，曾编辑《新语林》半月刊、《芒种》半月刊。著有《打杂集》、《打杂新集》、《徐懋庸回忆录》等。

3   黄源(1905–2003)，浙江海盐人，作家、翻译家，译有《屠格涅夫生平及其作品》、《世界童话文学研究》、《三人》等，著有《在鲁迅身边》、《黄源回忆录》等。

4   Dorothy Borg(多萝西·博格，1902–1993)，美国历史学家，长于美国—东亚历史比较研究，代表作有《美国政策与中国革命》(*American Policy and the Chinese Revolution,1925–1928*)。

4）Hu Shih，*The Chinese Renaissance* 中引陈独秀《文学革命论》一段"打倒古典、贵族、山林文学，提倡etc"，请给我页数。

我自己不动（我动，Carol也动，麻烦太多），托你做research工作，实在是说不过去的。

你UC及其他大学job有消息否？甚在念中。最好早日有头绪，你也可以定心到东部来玩一下（给Joyce玩具，请不要买洋娃娃，最近有人送她一个大doll，Carol也买了一个，将来给她）。你照片上神气很好，Shirley Simmons脸部看不清楚。你给父母的信，我明后天写家信时一并寄上。玉瑛妹七月底放假，八月初可以返家一次。她在福建生活是极苦的，家中买了三只鸡，预备款待她。中共生活情形的苦，不堪想象，陈见山患肺病，肺部已割去半只。

不多写了，Joyce有一只牙齿被蛀，昨天补牙，未哭一声，她的态度大概和我爱吃药的态度差不多，dentist颇为惊异。即请

近安

弟 志清 上

七月28日

394. 夏济安致夏志清（1959 年 8 月 1 日）

志清弟：

　　来信收到。承蒙称赞我的文章，不胜感谢。我做文章，是想求精彩，而不求稳实。这篇东西，应该举几个作家和他们的代表作品，而且十年来的文艺活动，也应该按年代先后次序约略讲一讲，不过这样一来，文章可能要 dull（这是我力求避免的）。我祇是翻来覆去要 create 一个印象，话可能过火，事实也不全备，但是读者可能很深刻地得到这个印象。

　　你能代我重打，最为感激。重打的时候，可能发现许多阅读时候不〔未〕发现的毛病，这些一齐交给你修改了。关于翻译，还可以说许多话；我有一份稿子，所讲的话还要多些，但是东鳞西爪，"文气"受了影响，后来都删了。你不妨再添补若干条：

　　1. 美国的代表作仍是 *GWTW*（傅东华[1]译），和若干 Hemingway（有电影的）。

　　2. 林琴南[2]（去年下半年 Arthur Waley 在 *Atlantic* 作文捧他）的译品，很不容易找到，文言的读者少。

1　傅东华（1893–1971），笔名伍实、郭定一、黄约斋、约斋，浙江金华人，编辑、翻译家、作家。曾任复旦大学、暨南大学教授，与郑振铎合编《文学》月刊，1949 年后长期任中华书局《辞海》编辑所编审。代表作有《李白与杜甫》、《李清照》等，译著有《飘》、《失乐园》、《珍妮姑娘》等。

2　林琴南（1852–1924），即林纾，号畏庐，别署冷红生，福建闽县（今福州）人，

3. 最受英国人欢迎的大约是 Hardy & Maugham，Dickens 译成白话，句法很容易欧化，读者并不欣赏。Jane Austin 的译文大约也不能表达她的好处。

4. 日文译书台湾人能读，所以他们对于西洋文学知识可能不少。祇是政府小气，很不赞成台湾人讲日文、读日文（日文书进口有 quota，限制很严格，大约是科学技术书居多，文学书不多。但是台湾人家里有藏日文书的）。这一点比前面三点重要。

5. Henry James 等祇有很少的介绍文章（late 30's、40's—— by 卞之琳、萧乾[3]等），那时左派大势已定，未起影响。Lawrence 的 *Chatterley*（林语堂在《论语》里说过：*Chatterley* 应该是大学女生的必读书。他也没有说出个所以然）大约有中译本，其他 novels 我就不知道了，他和 Joyce 的 short stories 偶然有译文。关于 Proust 和 Kafka 的介绍文章都很少，他们的名气远不如 Romain Rolland[4]与 Remarque[5]。Henry James 的短东西：*Aspern Papers*（昆明出版，卞之琳的学生所译），*Daisy Miller*（香港出版，宋奇的太太和秦羽合译），*Turn of the Screw*，有中译本。台湾最近译了 *Mme De Mauves*[6]，你亦知道。长东西的 titles 恐怕中国人都不大知道的。

近代古文家、翻译家，与人合作翻译了《巴黎茶花女遗事》、《撒克逊劫后英雄略》、《迦因小传》、《黑奴吁天录》等大量的西洋小说，产生了巨大的影响。除翻译小说外，还有《畏庐文集》、《畏庐诗存》、《闽中新乐府》、《巾帼阳秋》、《畏庐漫录》、《韩柳文研究法》等数十种著作。

3　萧乾（1909–1999），原名萧秉乾，生于北京，蒙古族，记者、作家、翻译家，代表作有《篱下集》、《梦之谷》、《未带地图的旅人》等，译作有《好兵帅克》、《屠场》、《尤利西斯》等。

4　Romain Rolland（罗曼·罗兰，1866–1944），法国戏剧家、小说家，获 1915 年度诺贝尔文学奖，代表作有《约翰·克利斯朵夫》（*Jean-Christophe*）、《欣悦的灵魂》（*The Enchanted Soul*）、《名人传》等。

5　Remarque（Erich Maria Remarque，雷马克，1898–1970），德国小说家，代表作有《西线无战事》（*All Quiet on the Western Front*）。

6　*Madame De Mauves*（《德莫福夫人》），亨利·詹姆斯小说，1958 年由聂华苓译成中文，发表于《文学杂志》。

关于出路问题，陈世骧已经替我在进行 UC 的教职，预定教两门：一、近代中国文学；二、中文。他说要九月才有确切回音，如成事，当于明年二月开始上课，教半年。他说待遇很好，又说：找一个待遇低、名气不好的事情，和找一个教书职位一样麻烦，索性往高处爬了。此事成否，当然看我（的）运气了。

他又替我弄了一件小差使，替 MaGill[7] 写 master-plots，C. C. Wang 写六本（包括《红楼梦》），我写四本：一、《诗经》；二、《西游记》；三、*Lieh Kuo Chuan*（《列国演义》?）；四、*The Circle of Chalk*——我从未知闻，原来是德国人根据 Julien[8] 译的元曲《灰阑记》（亦从未知闻）重写的剧本。英文译本我已借来，下午去中文图书馆借元曲原文。剧本较短，预备先弄它。《西游记》和《列国志》（？）想亦不难。祇是写 1200 字一篇 essay 介绍《诗经》，此事非花几个月研究功〔工〕夫不可。不知你有没有兴趣和时间弄这本"闲书"？我想把它退给陈世骧，他教过几年《诗经》，写起来一定容易得多。我是宁可写 1200 字介绍莎士比亚的。

这样一来，八月还得在 Seattle 过（8 月 24 日缴卷限期），我的 visa 是九月廿几号满期，到东部来玩，想还有敷〔富〕余的时间。MaGill 的待遇是 30 元一篇，我不在乎这钱，目的是求多 publish，那总是好的。

印第安那来了回信，还要叫我填什么 Admission Form，补缴大学本科成绩单等，我兴趣大减。决心等 UC 的回信，如成，就留下，如不成，到欧洲逛逛回台湾了。有 UC 这样一个 opening，把我

7　MaGill（Frank N. MaGill，马吉尔，1907–1997），编辑，曾为出版社编辑了大量的提要式读本，如《世界哲学大观》（*Masterpieces of World Philosophy*）、《美国黑人文学大观》（*African-American Literature*）等。

8　Julien（Stanislas Julien，儒莲，1797–1873），法国汉学家，在法兰西学院（Collège de France）执教达 40 年之久，元曲《灰阑记》1832 年由儒莲译为法文，译名为 *Le Cercle de Craie*；英文版 *The Circle of Chalk* 由詹姆斯·拉夫（James Laver，1899–1975）翻译，初版于 1929 年。

的希望提高；这两三个礼拜可安心写 master-plots，情形比（19）55 年在 New Haven 的狼狈情形，已是好得多了。

有了 master-plots 的 assignment，我原定的研究"海派小说"的计划，又得搁下来了。

下午去图书馆查书。很奇怪的 1958 年下半年（July to Dec.）的《人民文学》、《文艺报》、《文艺月报》和 1959 年上半年（Jan. to May）的，无一字提到钱锺书的书。《人民日报》一月份全份似乎亦未提起钱书。可能是看得不仔细，但是共产党攻击一个人，一定大张旗鼓，我虽草草翻过，不该不引起我的注意。想再去翻香港出的反共刊物，如《祖国周刊》等，可能里面有专文介绍这件事情的。史诚之在纽约，我想写信去问他。

鲁迅的 quote 在 p. 540，《闻一多全集》vol. III p. 203 起至 p. 221 止有一篇《莪默伽亚谟之绝句》，内有"郭译订正"一段，原载《创造季刊》2 卷 1 号。后附郭的回信，想不到郭的态度很平和。闻一多关于新诗的许多意见，我虽没有仔细看，似乎不少有和我暗合的。闻一多的许多 technical 方面的意见，台湾的新诗人分明没有受他的影响。

这是在远东系图书馆翻查的成绩。还有两本英文书，要去总图书馆才查得到，过一两天再去查吧。我查这些东西不算一回事，你写这本书费多少工夫，想起来那才是可怕的呢。你还有个乱纸堆，可以翻查你的笔记；我的"中国旧小说"，假如要写的话，许多书都得要从头看起；关于这方面的笔记（如已做卡片，就该省事），我没有做什么。单凭记忆，那怎么靠得住呢？（如胡适说："台湾有不说话的自由"；这句话比较容易查，但是我也懒得去查。胡适关于胡风事件曾给《自由中国》写过一封信，里面说：假如鲁迅活在大陆，他也将成为反共分子。这句话不知对于你有用没用？）读 graduate school，要写很多 papers，不少当然是无聊的东西，但是可以养成不厌翻书找 notes 的习惯。这大约就是所谓 discipline，我在这方面是很缺乏的。我如去UC教书，当然还得要publish，应该也设法学学写learned paper，方法我相信我并非不知道，祇是贪懒，不肯在这种事情上花时间、花精神，祇想凭rhetoric与style的charm来掩盖这方面的缺乏。关于"礼拜六派小说"，举个例说吧，要编一个像样的bibliography，恐怕就大非容易。关于《太平广记》，资料方面的搜集，要做到exhaustive，并非不可能，但是一两年时间恐怕不够的。

李济的三篇lectures on "中国文明的起源"（销得很好，听说已经三版），UW Press送了我一本，我看了很佩服。文章是同时scholarly而不失lecture的popular appeal，证引很博而饶有趣味；叫我来lecture on "中国小说"，要达到这个标准，恐怕大非容易。李济浸润于此题目者，已有几十年，我不过弄了一两年，而且并未倾全力以赴。你不断地鼓励我写"中国旧小说"，但是我还欠缺深入的研究呢。为了借《灰阑记》，把《元曲选》借来了；书中共收元曲百篇，翻翻看看，大部分和小说有关。（元曲有《尉迟恭单鞭夺槊》一剧，我以前就不知道的，很多还和京戏有关，如要做笔记，那也是很可怕的。何况元曲何止百篇？）

你说要从Arcadia等入手，比较研究中西旧小说，不知已进行否？别的再谈，专颂

近安

Carol、Joyce前均问好

济安　启

八月一日

395. 夏志清致夏济安（1959 年 8 月 1 日）

济安哥：

收到心沧信，即寄上。他给我的信上写道：Please however explain to him that he had better be prepare to return to HK or Formosa after some time in Cambridge since immigration laws in Britain are enforced very much more strictly (hence the visa is granted with less fuss). 这是唯一缺点，不然这个job很清闲，有够你读书写作的时间。你可先写信去那里，假如陈世骧、Frankel那里已有下文，那也不必多此一举了。

长信已收到，隔二日写回信，匆匆，即颂
近安

弟 志清 上

八月一日

（心沧在Cambridge教书的头两年，也是当lector。）

396. 夏济安致夏志清（1959 年 8 月 4 日）

志清弟：

昨日又去图书馆，两本英文书的页码都已查到：

（1）Borg在 p. 22；（2）Hu Shih在 p. 54。

我又把1958年全年的《新华半月刊》，plus 1959年上半年的，再翻一遍，并没有见到有关钱锺书的文件或文章。1958下半年、1959上半年的《祖国周刊》与《自由阵线》（都是香港出版的反共刊物）中也没有提起，它们平常报道共产党的动态是很详细的。

今日接到转来张心沧之信，此事未始不是一个机会（名义我是绝不计较的，做学生我都高兴的），下午当写信去接洽。希望你先去信谢谢他。UC之事仍有可能成功，现在多方进行再说。说是"多"，其实也并不多，除了剑桥与UC之外，祇有UW尚未去试。George E. Taylor，据张琨说，要帮忙很容易，他签张什么文件，我的visa就可以延长了。

八月初是Seattle的Seafair。上星期六downtown有盛大parade，我没有去看。今天早晨University District有Kids Parade，也相当可观，差不多走了两个钟头才走完。Floats（此字我今天才认识）也有好多部，先是大约二十部簇新 '59 Ford Galaxie Convertible（乳白色）载有Seafair 的各种Kings、Queens、Princesses游行；兜了一个圈子，那些Royalty 与 Nobility 坐下，开始检阅大游行。Bands 和 Majorettes

有好几个，很提精神（Lee Remick 第一次上银幕，是在 *A Face in the Crowd*[1] 中演一个 Majorette）。

这种 parade 很使我想起上海的大出丧，不知谁家第一个想出来用 military bands 来点缀大出丧的？大出丧场面如要描写，在 novel 里可以占一章，上海小市民不管丧家哀戚，还是以兴高采烈的 festival spirit 来看它的。

上星期天晚上去看了日本人的 festival。有日本吃食小摊（挤满了人，很像 country fair），日本人展览插花、刺绣（很精彩，相形之下，台湾的刺绣功夫真马虎）、盆景，与"人形"（Dolls）。街上有日本女人（from 老太太 to 小小孩），跳 Bon Odori（"盆跃"）之舞，大约同我国的秧歌相仿。从晚上六点跳到十一点半，每支舞（LP 唱片的一半）总要费时半小时。舞者数百，排了队，但是日本女人漂亮的很少，不像美国女人，大部分看来都很 pleasant 的。

星期四晚上有 Chinatown 的大庆祝，据说热闹更胜日本人之"祭典"。下午要去参观航空母舰。中午可能去参观 hydroplane 之预赛（Hydroplane 是速度超过 150mph 的快船）。

Seattle 夏天天气并不舒服，有几天中午九十度，晚上五六十度，第二天最热又祇是七十几度。冷热不匀〔均〕，抵抗不易，我有一两次晚上受寒，消化不良，胃口减低，但是没有什么别的不舒服，请你释念。稍不舒服，喝了酒精神就恢复了。酒大约对我很有用处。

英文文章最近又看了一次，发现其中有几处甚为不妥，如 p. 6 第一段末尾有一句几个 they 用得很不明白；p. 10 倒数第三行 under custody 是用错的，应该说 under duress（句子还得稍微改一下）；p. 12 中间有一句 either...or 分明用得不合文法。不知怎么糊里糊涂就写

---

1 *A Face in the Crowd*（《登龙一梦》，1957），伊利亚·卡赞导演，沃尔特·马修（Walter Matthau）、帕特里夏·尼尔、李·雷米克主演，华纳影业发行。

下来了，其他不妥之处尚有，希望你多改。又 p. 9 中间讲起《自由中国》的稿费，不妨加一小注：约 US$ 2.00 一千字。

最近已把《海上花》看完，确是了不起的著作。《上海春秋》、张恨水等都不如远甚。满清三百年大约祇有《红楼梦》和它两部好小说。我一直看不起胡适的 critical sense，但是他能标榜《海上花》，说出它的好处，也是很不容易的了。别的再谈 专颂

近安

Carol、Joyce 前均此

济安 启

八月四日

397. 夏志清致夏济安（1959 年 8 月 5 日）

济安哥：

今天又看到你的信，知道你在 job 方面已有了办法，希望 UC 的事早日发表，免得你心定不下。张心沧的信想已看到了，他做事倒很赤心忠良（他信上的英文亦极 polished 而漂亮），剑桥的事你可以去一试（你先写信，信札来回两三次大抵要一个月的时间，你 stall 到那时，UC 的事也有面〔眉〕目了）。你爱 adventure，到英国，碰机会也可能有很好的发展。但我以为，能留美国，还是留美国的好。

谢谢你找出许多东西给我。鲁迅那一段很长，会不会占两页（540–541？）？你可再 check 一下。钱锺书的情报，都是程靖宇信上的，他说"《人民文学》在一月有党干部分子为文抨击……此为十年来第一次指定其新书明令停止发行……"假如案子怎〔这〕样严重，文章必定很多，可能程靖宇是瞎吹，使我们更珍视他的赠书也说不定。所以你查不到也不必查了（我已去信问靖宇）。《闻一多全集》出版日期请告诉我。（1958 年程砚秋去世，不〔知〕你在杂志上看到否？）我《文艺报》1955、1956、1958 的都看到了，唯 1957 年的还没有看到，这一年花样景〔经〕特别多，没有看到，殊感不便。请你把《文艺报》（该杂志那年篇幅大，可借《文艺月报》）1957 年（的）寄给我，航寄一定很贵，first class 平寄即可，最好挂号或保个险，以防遗失。你借出书大概可以留用三星期，我看几天即寄还，保证你可以在三星期内交还图书馆。书寄到后，可能revision已完成了，但如有错漏处，仍可改的。陈文星回信说，他无Yale图书馆借书证，不能去Yale查书，他大概在小大学教书教定了，住在New Haven，不利用Yale Library，不用功可想。

《衣锦荣归》已拜读了，你增添的部分的确很好，那位留学生的丑态被你挖苦得厉害，小琪的个性也很抓得住（结尾那段极精彩），对白也很俏皮，第二节比较weak，大概因为你没有修改之故。你那篇 "Walter Mitty" 比这篇rich，但这篇也可算是上乘之作。你对学生教授的种种懂得很多，将来有闲，写篇讽刺的长篇，是很值得的。

信不想多写，最近看过一本曹聚仁《文坛五十年》，上半部讲的都是清末民初的文学和掌故，写得很有趣，你可以参考。曹聚仁，宋奇是相当佩服的（我在哥仑比亚时，曾看到他在《今日中国》写的曹聚仁一本书评），他外国学问没有，但人是比较老实的。同书中他提出一位李劼人[1]，他写过三本小说《死水微澜》、《暴风雨前》、《大波》，据说是远胜茅盾《子夜》之类的作品。三本小说讲的是拳变起到辛亥革命止，成都人物种种，大概是自然主义的作品。对白都是四川土话，这几本UW如有（中华出版），你可以借来一看，因为曹聚仁虽没有明说，李劼人既在茅盾之上，在他看来，大约是中国近代第一大小说家了。《大波》中共最近翻版，但是已经被修改了。李劼人读法国文学，翻过 *Bovary*、*Salammbô* 等作品。

上两星期重打notes，花了不少时间，目前把1957年那一段重写一下，不过三五pages。下星期打你的文章。我这暑假别的东西都没有动，本想精读《红楼梦》、*Tale of Gengi*、*Arcadia* 之类，九月初有空，学校又要开学了。

1　李劼人（1891–1962），四川成都人，作家、翻译家，早年任《四川群报》主笔，创办《川报》、《星期日》，后留学法国。抗战期间任《笔阵》主编。代表作有《死水微澜》、《暴风雨前》、《大波》等。

　　《火葬》是极劣的小说，《四世同堂》也恶劣，抗战以后老舍被宣传迷了心窍，写的东西大不如前。又"洋泾浜"此辞当如何译，《洋泾浜奇侠传》，我译 *The Strange Knight of the Bund*，如你觉得 *Strange Knight of Shanghai* 比较妥当，我可采用后者。许多话没有谈，你对《子夜》的评论是很对的，其实茅盾最好的小说是《虹》的上半部。　不写了，即颂

　　近安

弟　志清　上

398. 夏济安致夏志清（1959 年 8 月 6 日）

志清弟：

英国的信已发出，关于国语一段，我是这样说的：

I was born, in 1916, in Soochow, Kiangsu, in the area of Wu dialect. So it will sound hardly convincing if I assert that I speak Mandarin fluently. But I do. The fact is that as a Southerner, I have always had the ambition to master the pronunciation and structure of Peking speech ever since my primary school days. I have never stopped learning from people who speak pure Mandarin, and my stay in Peiping (1946–48) helped me to a much greater extent than Professor Y. R. Chan's phonogram records to which I used to listen when I was a college student in Shanghai. What gratifies me is that my diligent studies seem to the rewarding. When I was in Taiwan, my speech was praised by my colleagues who are real Pekinese, such as Professor Ignatius Ying (英千里) that it was good Mandarin and that it did not show any trace of Soochow accent. That, I hope, will also satisfy you. I shall be only too glad to produce certificates from qualified persons if such are required.

这样写并不好算吹牛。我的国语"味道"很够。偶然有些字，咬音不准（esp. 文言的字，因为我很少机会用北平话念文言），但他们要求只是 fluently，那是我相信很够格的。

我很想去剑桥，Berkeley事如成，也得明年二月才开始。我得要在美国做半年马浪荡[1]。教书半年满了，visa又成问题。张心沧说one or two years，这个two years很有用，因为我在英国假如住满两年，照移民法，我又可以别种身份申请来美。那时别种机会总多些。在台湾再去住两年，那是脱身的机会很少的。何况照我看来，台湾总要出事的。表面麻醉，内部紧张，大家都在等候刺激。

张天翼的书，Berkeley已寄来。你要找的页码是p. 52。这一段你所翻译的，我看an involuntary shudder似有不妥，因为shudder应该都是involuntary的。如把这个adj.删去较好；但shudder一个字似乎与下面gnats等等的关系还不够（"她打了个寒噤，觉得有垃圾堆上那些小蚊子叮满在身上似的"）。要换什么adj.我也想不出来，请你斟酌吧。

那天晚上在Victor Erlich（此人在UW声望极高）家里见到Bernard Malamud[2]。此人现在Oregon State College教英文，据英文系的人说是美国当代的Chekhov。我没有看过他的东西，他是犹太人，讲英文倒很clipped。他大讲Trilling vs. J. Donald Adams[3] over Frost。我这期PR已买来，Trilling那篇文章写得很好，我是万万写不出的。据我看来，Trilling对于Frost不好算不恭敬，只是对于在座诸公很是不敬，无怪Adams等要大怒。美国的Nationalists vs. Internationalist，rural aristocracy vs. city people的斗争我本来略有所知，想不到后者还要牵涉犹太人在内。Adams说：Frost might have had the Nobel Prize

---

1　又作"马郎党"，上海方言，游手好闲的意思，也指游手好闲的人。胡祖德《沪谚》卷上："马浪荡，十弃行……谓其一生游荡，百无一成。又称马郎党。"

2　Bernard Malamud（伯纳德·马拉默德，1914–1986），美国犹太作家，曾获美国国家图书奖、普利策奖等，其作品主要表现美国的犹太人生活，代表作有《魔桶》(The Magic Barrel)、《修配工》(The Fixer)等。

3　J. Donald Adams（唐纳德·亚当斯，1891–1968），美国批评家，代表作有《书与人生之探讨》(Speaking of Books and Life)、《作家的责任》(The Writer's Responsibility)、《魔法与神秘的语词》(The Magic and Mystery of Words)等。

if so many New York critics hadn't gone whoring after European Gods. 但是Malamud似乎用了Semitic critics这样一个phrase。New England 与New York之争，中国人恐怕很少知道。

钱锺书的事我已去信问陈世骧，不知他有没有听说什么。Dick Walker对于此事，一些〔点〕不知。

再谈，专颂

近安

Carol、Joyce前均问好

济安 启

八月六日

399. 夏济安致夏志清（1959年8月12日）

志清弟：

连日瞎忙，写信都没有功〔工〕夫。上星期四晚上去看Seafair的Chinatown Festival，除了Floats外，毫无可看。这种fair我在银幕上看过Pasadena的Rose Bowl和Tampa、Florida的Pirates Festival（都是in color & cinemascope），美女是真多，照祖母的说法，都是"好娘娘"。中国古代读书"官人"去参加了一次踏青会等，看见美女都要害相思病。我不相信在美国如何会害相思病。美女太多了，令人目不暇接。一车总有好几个，面孔还没有弄清楚或"印入脑海"，下一车美女又来了。相形之下，中国漂亮女人太少了。星期五是Far Eastern的picnic，在某俄文教授家里。他家有很大（的）草坪，在湖旁边，容纳一百人，还很宽舒。星期天是Geo. Taylor请去他在乡下的cabin，那里有森林、小河，可以游水钓鱼。美国教授们除了住宅以外，在乡下还要弄cabin，车子开去就得两个钟头。美国人很多时间是浪费在开车子上面的。我不知道开了两三个钟头车子后，人如何还能静下心来读书。

谢谢Joyce寄来的生日卡。照母亲的意思，一个人顶好把生日忘记，我是把你们的生日统统忘记了，今年自己的生日也非忘记不可。我查不到阴历，旧金山出的中文《国民日报》上也没有阴历日子。马马虎虎八月八日（阳历）就算是生日吧。那天（上星期六）

我花了一天工夫在海军军舰上，看了一艘航空母舰（Yorktown "The Fighting Lady"）两艘巡洋舰（Bremerton & Helena——上有H-Bomb warhead的飞弹Regulus），若干艘驱逐舰，潜水艇，一艘Missile ship叫做Norton Sound。在军舰上爬上爬下，吃力可想。我也是被人约去的，爬了一天，好像又是爬了一天山。军舰中的潜水艇似乎最舒服，它的冷气真冷，内部布置也比别的军舰snug。晚上我约了David Weiss[1]去庆祝生日，在一家日本馆子，名叫Maneki（汉名"万年something"，讨一个口彩），吃sukiyaki，喝sake，我请客。晚（饭）后他请我看日本电影，两张都是Samurai的日本低级西部片。那天中午在海军码头喝了一杯Bourbon（50¢），加上晚上的sake，因此整天精神抖擞。

托查的东西：《闻一多全集》是1948年上海开明书店出版；鲁迅那一段在p. 540占四行，到"认识了——（p. 541）徐懋庸之类的人"转页。洋泾浜应该是爱多亚路（Avenue Edward VII），译Bund是不对的；郑家木桥（福州路爱多亚路口）以前本是一顶桥，后来"浜"填没后只剩名字了。爱多亚路上还有二洋泾桥、三洋泾桥（确址已忘），都是遗迹。译Shanghai较妥，但是味道似还不够。张天翼这本书我以前看过，觉得很坏，好像是讲什么人家里请了个仙人等等（在《现代》连载？），好像事情不大plausible，讽刺得也没有劲。黄浦江、黄浦滩给人的联想是比较高级的人士，或范围较大的社会；洋泾浜给人的联想是小市民，或范围较小的沾染洋气的"土著"社会。张氏此书照我想来不很重要，犯不着为它的题名多费脑筋了。

这几天你想必忙于打字，不知稿子几时可以弄舒齐？有空能不能替我写1200字的《诗经》？你如没有空，我当另外去找ghost writer。如你写就用你的名字发表了。我想起这个题目就紧张，有

1　David Weiss，生平不详，是夏济安初到西雅图华盛顿大学时结识的英文系教授，夏济安曾旁听Weiss关于福克纳的课程。

无从下笔之感。要讲的话很多，下次再谈，先寄上几张图片，给
Carol、Joyce 看看。专此 敬颂

近安

济安 启

八月十二日

400. 夏志清致夏济安（1959 年 8 月 11 日）

济安哥：

最近三封信都已看到了，许多 reference 的出处都已找到，谢谢。张天翼小说，我译得不妥处，给〔经〕你指正，非常感激。我改用 creepy 此字，不知你觉得如何？上次信上嘱你借《文艺报》，隔两三日知道书已借到了，即打个电报给你，想电报及时赶到，你没有把书寄出。目前我在看 1957（年）的《文艺报》，此卷大如莎翁 first folio，里面全是攻击的文字，虽然朱介凡[1]、东方既白[2] 关于反右运动的事情讲的大体都很正确，但非自己翻过原文不放心。《文艺报》上有一个西洋文学家及翻译家的座谈会的记载（在鸣放时），可得知我们所认识（的）人在中共做些什么事。钱锺书夫妇（杨绛还发言）、袁可嘉都在科学院文学研究所做研究员，王佐良在北京外（国）语专门学校当教授，杨周翰、吴兴华在北大当教员，他们虽无苦闷，情况大概还算是好的（王佐良发言：以钱锺书学问的渊博，不能在大学教书，很是可惜）。卞之琳、冯至[3] 等都于 1956 年当在〔上〕党员了

---

1 朱介凡（1921–?），湖北武昌人，民间文艺学家，代表作有《中华谚语志》、《中国谚语论》、《中国歌谣论》等。

2 东方既白，系作家徐訏（1908–1980）的笔名。

3 冯至（1905–1993），原名冯承植，河北涿州人，诗人、翻译家、学者，曾为浅草—沉钟社社员，北京大学毕业，曾留学德国。回国后，先后任教于同济大学、西南联大、北京大学，后任中国社会科学院外国文学研究所所长。代表著作有诗集《昨日之歌》、《十四行集》等，译作《海涅诗选》、《德国，一个冬天的神话》等，研究著作《论歌德》、《杜甫传》等。

（茅盾倒并非党员），何其芳[4]以党干地位主持中国文学研究，势力极大，连吴组湘[5]都有微言。中共文学界周扬以下最重要的人是：邵荃麟[6]、刘白羽[7]、何其芳、林默涵[8]等。

今天收到马逢华（的）信，他要去 Berkeley，Center for Chinese Studies 做 Research Associate 了，他的论文导师也在那里，所以有照应，在那里一两年，一定可以换到较好的教书职位。马逢华信上还提到钱锺书，宋奇文章的事，你自己帮了我不少忙，还不算数，到处替我问人，实在很使我不好意思。不巧的是，《宋诗选注》此书一定未受到什么清算，钱氏在书上特别感谢郑振铎[9]、何其芳两位党干，序中更 quote 了毛泽东，况且是学术性质的书，不会出大毛病的。程靖宇爱 exaggerate，他也不晓得我对中共文坛情形很注意，可能撒了一个大谎，害得你代我到处问人，花了不少时间查书，我除了感谢之外，只好向你道歉。程靖宇本人一直没有信来，即是并无此事的铁证。所以这笔案子，你也不必再问人了。（民盟造反时，京剧界李万春也响应，被清算。）

4　何其芳（1912–1977），四川万县人，诗人、散文家、文学评论家，曾任新华日报社社长、中国作协书记处书记、中国社会科学院文学研究所所长、《文学评论》主编等，代表著作有诗集《夜歌》、《预言》，散文集《画梦录》，评论集《关于现实主义》、《关于写诗和读诗》、《论〈红楼梦〉》等。

5　吴组湘（1908–1994），原名吴祖襄，安徽泾县人，作家、学者，曾任清华大学、北京大学教授，代表著作有《山洪》、《鸭嘴唠》、《一千八百担》、《说稗集》、《中国小说研究论集》等。

6　邵荃麟（1906–1971），原名邵骏远，浙江慈溪人，生于重庆，作家、评论家，代表著作有小说《英雄》、《喜酒》，剧本《麒麟店》，评论集《论批评》、《邵荃麟评论选集》等。

7　刘白羽（1916–2005），山东潍坊人，生于北京，作家，历任中国作协书记处书记、文化部副部长、解放军总政治部文化部部长、《人民文学》主编等职，代表作有《踏着晨光前进的人们》、《万炮震金门》、《红玛瑙集》、《第二个太阳》等。

8　林默涵（1913–2008），原名林烈，福建武平人，文艺理论家，曾任《解放日报》、《新华日报》编辑，1949 年后历任文化部副部长、中宣部副部长、文联党组书记等职，代表论著有《在激变中》、《关于典型问题的初步理解》、《现实主义还是修正主义》、《林默涵劫后文集》等。

9　郑振铎（1898–1958），福建长乐人，生于浙江温州，作家、翻译家、文学史家，代表作有《插图本中国文学史》、《中国文学研究》、《中国俗文学史》等。

张天翼那段quote，相当长，可能占两页，你凭记忆可想起是否全在52页上，抑52–53，或51–52。你如有书，信手一查最好。书中《砥柱》、《在旅途中》、《中秋》三篇小说，相当精彩，可以一读。

张心沧所介绍的那事，我想大概是不成问题的。你那一段英文我也看了，可能写得太长一点，但你文气很盛，假如全信一鼓作气，写得这样，看信人一定会被impress的。你去剑桥也好，你的wit英国人一定会欣赏的，剑桥有什么中文专家，我也弄不清楚。你最好在第一年发表几篇文章，使他们吃惊一下，以后联〔连〕任是有可能性的。剑桥有Leavis及其他critics、学者，和他们谈谈也是很得益的。MaGill *Master Plots*一书我也用过，所需要的祇是人物、plot，简评而已，你把这几个synopses写得如何了？你transliterate中国名字，可能靠不住，最好每个字都查字典，Matthews即可。但必须先读Matthews的序言，因为有几个音Matthews（的）记录方法是和Wade-Giles不同的。卞之琳译了*Hamlet*，祇拿到一千元左右。梁宗岱译了《浮士德》part I，被书局退回，说已有"郭老"的译本了。傅雷[10]、周煦良1957年都发了些言。一年前，*Time*有一段消息，讲的可能是傅雷，不知你有没有注意到。

关于新旧小说描写上海情形，还是下次再谈吧。上星期六把*The Sawbwa*一书当闲书看了，黎氏[11]把《纽约客》的文体改得简单化了，写得极普通，文字错误处也有（如such an xx, xx, xx, etc.），幽默也极轻淡，只好算本劣书。上星期*New Yorker*（Aug. 8）有一篇Zen的"The Art of Tennis"，看得我捧腹大笑，几年来我看书还没有这样

10 傅雷（1908–1966），字怒安，号怒庵，上海南汇人，翻译家、美术评论家。曾合办《艺术旬刊》、主编《时事汇报》、合编《新语》月刊等。20世纪40年代起，致力于法国文学翻译，翻译了巴尔扎克、罗曼·罗兰、伏尔泰、梅里美等名家名作，代表译作有《高老头》、《欧也妮·葛朗台》、《约翰·克利斯朵夫》、《老实人》、《嘉尔曼》、《艺术哲学》等。

11 黎氏，指黎锦扬。*The Sawbwa* 是黎氏的小说 *The Sawbwa and His Secretary*（《土司和他的秘书》）。

大笑过。你对"Zen"也有所研究，看后必有同感。可托人译后载在《文学杂志》上。

这期 *PR* 我也翻看过，Trilling 开场白那段滑稽，可能 imitate Frost or xxx [12] 的。关于 Frost（的）文章有 Warren 的一篇 in praise（in *Selected Essays*），Winters（的）一篇（in *The Function of Criticism*）痛骂，这两篇看后，对 Frost 也有一个大概的认识了。Frost 的诗我看不怎么好，虽然他的东西我看得不多。美国批评恐怕最〔只〕有南方保守、纽约 liberal（犹太人，Ed. Wilson 自己倒是道地美国人）两派，其余的不足道了。

看了 *Alias J. James* [13]，觉得不太滑稽，可能你说了一阵"诛仙阵"，我对它期望太高了。Hope 最后一张滑稽片是 *Lemon Drop Kid* [14]，以后就渐渐退步，最近有两三张他的片子，都没有看，Loyalty 不能长久 sustain，对我自己也很感 regret 的。

你前信上，述了许多翻译方法的补充，我可以放一部分到文章里去，明天预备带 Joyce 到附近小城去看马戏 Clyde Beatty，不多写了，自己身体当心，冷热小心，即颂

　　暑安

　　　　　　　　　　　　　　　　　　弟 志清 上
　　　　　　　　　　　　　　　　　　八月十一日

〔又及〕张心沧的地址是 H. C. Chang. No. 8, University Compound, Singapore 10。上次忘了附给你了。

12　此处英文文字无法辨认。

13　*Alias J. James*（《荒唐大道》），鲍伯·霍普 1959 年的滑稽西部片，夏济安 1959 年 6 月 16 日给志清的信大力推荐。

14　*Lemon Drop Kid*（《柠檬少爷》），1951），西德尼·兰菲尔德导演，鲍伯·霍普、玛丽莲·马克斯维尔（Marilyn Maxwell）主演，派拉蒙影业发行。

401. 夏济安致夏志清（1959年8月18日）

志清弟：

今日发出电报，请你相助写篇《诗经》: *Book of Confucius Odes*，形式如附上者，约1200字，并注明英译本的出版社，最好不要quote，只是直说你的话，因出版人怕版权纠纷，请用triple space打，duplicate，寄FRANK N. MaGill, 607 Los Robles Ave., Flintridge, Pasadena 3, California。我先写信给MaGill，告诉他《诗经》也许写不出来，拟请我弟帮助，你的寄去，他不会以为怪。信上讲24日以前要寄到。你于星期五航空寄出还来得及，这对于你想很容易。我实在没有工夫兼顾。本星期内要赶写那三篇东西，虽文章不难，但是赶起来总很吃力。

我在Seattle日子无多，若无MaGill之事，可以快活得多。最近应酬又是特别地多。去看了两次戏，学校的school of drama同时经营三个剧场，终年不断，有三出戏上演，成绩斐然。我去看了*Kiss Me, Kate*[1]（百老汇式Musical）与*The Trojan Women*[2]，演得都不错。

1　*Kiss Me, Kate*（《吻我，凯特》/《野蛮公主》），根据莎翁《驯悍记》改编的音乐喜剧，1948年在纽约百老汇首演，柯尔·波特作曲兼作词。1953年米高梅将此剧搬上银幕。

2　*The Trojan Women*（《特洛伊女人》），希腊欧里庇得斯（Euripides）公元前415年所编悲剧，描述特洛伊战争结束后，男子尽被杀，女子沦为奴隶的故事。1971年搬上银幕，由凯瑟琳·赫本、范尼莎·雷德格雷夫、詹妮薇芙·布卓等主演。

今天晚上原定有人约去看 J. B.[3]，我想在家打字，不去。晚上时间最宝贵，偏偏晚上都有约。星期六、星期天也很少能出空身体在家的。洋人星期六、星期日出去玩，其实我们中国人精神恐吃不消，如要工作比得上洋人，这种生活方式不能学。

昨天晚上（星期一）是 UW 欢送 Jensen[4]。Jensen 是教日本史的，似乎是个很聪明温顺的人。下学期转去 Princeton 教书。宴会在中国馆子"洞天"，摆七桌，大喝 sake（洋人自己带来的，饭馆不许卖）。洋人更有猜拳者，其闹猛情形台北、上海的上等馆子都看不到的。饭后余兴，又大闹，节目之一是表演 "Jensen 在 Princeton" 的话剧，由 Mckinnon 演 Jensen，别人分饰 Princeton 的历史系主任、训导主任、P. R. O. Man、管人事的副校长、某某二科学家等。开头非常滑稽，后来笑料用完，重复开头的笑料，便觉差劲了。这种欢送会倒是别开生面的。请客以 Far Eastern（系）为主，别系教授也有参加的，别系的人看见 Dinner Party（吃饭时）如此闹法，恐怕要皱眉，我曾向 Pressly[5] 道歉。

最近看《东周列国志》，很感兴趣。这是我第三次看，事情与人名还是记不大清。你曾读《左传》，对春秋时代动人的事迹，一定知道不少。我最感兴趣的，是孔子以前的中国道德生活。那时荒淫无耻之事极多，但是可歌可泣的事情亦有不少。孔子以前，仁义也是有人讲的。这种历史研究一定很有兴趣：中国道德规律与观念的历史起源与孔子的贡献 —— 这些似乎还没有很多 scholars 做过（冯友兰哲学史中似乎讲起一点）。管仲提倡礼义廉

3　　*J. B.*，美国诗人剧作家阿奇保·麦克利什（Archibald MacLwish）根据圣经故事《约伯记》所编的诗剧，1958 年 12 月在百老汇首演，伊利亚·卡赞导演，雷蒙德·玛希、克里斯妥弗·普鲁默主演。

4　　Jensen，应指 Marius B. Jansen（1922–2000），美国学者、历史学家，普林斯顿大学日本史荣休教授，曾任美国亚洲研究协会主席，代表作有《日本与孙中山》(*The Japanese and Sun Yat-sen*)、《日中关系》(*Japan and China: From War to Peace, 1894–1972*) 等。

5　　指 Thomas Pressly，时任华大历史系主任。

耻，在孔子之前；百里奚于未遇时，欲如周，"蹇叔戒之曰：'丈夫不可轻失身于人，仕而弃之则不忠，与同患难则不智……'"后来公孙枝劝秦穆公用百里奚，说他："贤人也，知虞公之不可谏而不谏，是其智；从虞公于晋而义不臣，是其忠……"忠智这些字，那时评定人物时已常用。孔子弟子常常去问他：某人可以算"仁"吗？孔子说还不够。"仁"这个概念当时想亦很流行，孔子只是想redefine它。五经是在孔子之前的书，加上各种legends与precedents（如"汤放桀，武王伐纣"、尧舜禹等），中国的道德观念是否从这些东西形成的？儒家捏造、歪曲事实可能也有，但是周的社会组织系于某种道德规律，是没有问题的。这是个研究的好题目。老子等各派思想，在思想形成之前，大致都可找到照此种思想"实践"的人。你的书要为《诗经》耽搁两三天工夫，很抱歉。

张天翼的书只许在图书馆里看，我翻一下就还掉了。你介绍的小说都没有看，很遗憾。所引的文章，不会占两页，因为那段描写起自第三或第四行，一页的字是很多的。你改为creepy好得多。

别的话等我把文章赶完了再说吧。专此 即颂

近安

Carol、Joyce前均此候安

济安

八月十八日

402. 夏志清致夏济安（1959 年 8 月 19 日）

济安哥：

　　昨天收到你的电报和张心沧的来信。读了后者，心里很懊丧，你job的希望只好等陈世骧那边的消息了。Geo. Taylor 回来后，你有没有和他谈过？Frankel那里有没有消息？中国人在美国找事极难，要研究中国东西只有在大大学major中国学问，一本正经读Ph.D.，就比较有出路（马逢华能去UC当Research Associate便是一例）。你我可以说都是半路改行，不易受人家注意。你在UW英文系朋友很多，可不可以弄一个English Instructor做做？大一学生多，教英文的总是不够的，在这一方面，你可以询问一下。你Indiana既不想去了，就近问问UW英文系系主任读一年半载换个M. A.，也无不可。你去Yale读一年，admission一定是不成问题的，一年读四门功课，忙是相当忙的，但你说选一两课轻松的，就比较容易对付。问题是，一、Yale未必会承认你在Indiana所读的credits；二、Yale M. A.要两个外国语，其中之一必是Latin，Latin你以前读过一些，想也大半忘了，对付此事，要瞎忙一阵，对你也不上算。我觉得你最好的计划是在华大读半年书，再去加大教半年书。但加大的事不成功，就相当费脑筋了。希望你好好努力，我不能帮什么忙，深感惭愧。（Rowe那里可能要个助手，但他现在有一位研究生帮他忙，你要不要我写信去问他一声？）

电报上所托之事当照办。我手边《诗经》原文也没有，只好参考 Pound 译本、Hightower[1] 和郑振铎的《中国文学史》（在美国书店买的），胡乱写一千数百字。据我所知，*Master Plots* 注重 synopses，《诗经》无 "故事" 可言，怎样写法，倒是值得商榷的。你下次来信，当有明确指示。我以前代 Rowe 写过一篇 "Korea"，给 *Collin's Encyclopedia* 发表，后来发表与否，不得而知。你另外 assign 的小说剧本，已写好否？甚念。文字最好写得和电影说明书一样，求紧凑而不求流利，这一点你得注意。

我文稿修改得已差不多了，这次 notes 比上次增了很多，虽然是浪费篇幅，一般 pedants 是喜欢 notes 的。我添写的东西，因为材料一批一批借到，有了新材料后，写好的东西又得修改，所以浪费不少时间。假如在大图书馆研究，把应看的材料一起看完了，就用不着花〔费〕这么多手脚。你的文章，我也打了一半，目前搁着，计划先把正文、notes 寄还 Yale，Bibliography 和 Appendix 隔一些时候寄出，这样 Yale editor 可以及早推动工作，我也用不着这样赶。

今天收到父亲、玉瑛妹的信。玉瑛返沪休息一月，又要匆匆赶回。父亲给我的信，也是写给你看的，兹一并附上，你看完后即寄回给我。上海食品缺乏，情形的确是空前。家里还可以上馆子，普通人收入根本不多，的确已面临饥荒（父亲每月收入有四五百元，云鹏仅三十元，清苦情形可想）。最近中共巨头开秘密会议，希望能改善人民生活。

《海上花》如此地好，将来有机会希望一读。其实你看完这本小说，即可写篇文章，介绍一下它，一定会较专门性的 journals（受）欢迎。西岸 fairs 这样多，的确比东部热闹。我在 Ann Arbor 仍看过一

1　Hightower（James Robert Hightower，海陶玮，1915–2006），汉学家，哈佛大学中国文学教授，主要著译有《中国文学流派与题材》(*Topics in Chinese Literature: Outlines and Bibliographies*)、《陶潜的诗》(*The Poetry of T'ao Ch'ien*)、《陶潜的赋》(*The Fu of T'ao Ch'ien*)、《韩诗外传》(*The Han Shih Wai Chuan*) 等。

个 parade，上次去加拿大，也看了一些。看了 *Horse Soldier* [2]，相当
拙劣。John Ford 在 *Last Hurrah* [3] 表现的导演手法是很高明的，他和
John Wayne 合作的西部片大概都是专讲生意经的。不多写了，希望
（有）好消息听到。专颂

暑安

弟 志清 上
八月十九日

2　*The Horse Soldiers*（《铁骑英烈传》，1959），剧情片，约翰·福特导演，约翰·
　　韦恩、威廉·霍尔登主演，联合艺术发行。

3　*The Last Hurrah*（《政海枭雄》，1958），据埃德温·奥康纳（Edwin O'Connor）同名
　　小说改编，约翰·福特导演，斯宾塞·屈塞、杰弗里·亨特（Jeffrey Hunter）主
　　演，哥伦比亚影业发行。

403. 夏济安致夏志清（1959 年 8 月 22 日）

志清弟：

文章三篇已寄出，这一星期工作很紧张，日子过得糊里糊涂，英国来信已收到（Pulleyblank[1]有信来），也没有工夫去想它，因此并不懊丧。现在就要去 Mt. Olympic（在美国本部的最西角），还预备在 motel 过一夜。忙碌的工作三四天，周末又去乡下旅行，这样（的）生活已够美国标准；在我只是偶一为之，长年如此，精神必垮。

来信和父亲玉瑛的信，都已收到，等游山回来，星期一再详细答复吧。

昨天晚上喝了啤酒，看了电影: *Compulsion*（很好）与 *Al Capone*[2]，*Al Capone* 已（是）第二次看，上次是专门去看它的，第二次仍很满意。至少美国那时芝加哥大流氓的名字和事迹我都记熟了。

---

1 应指 Edwin G. Pulleyblank（1922–2013），加拿大汉学家。1946 年受中国政府奖学金资助，到伦敦大学学习汉语。1953 年获得剑桥大学中文讲席，一直到 1966 年才回到加拿大英属哥伦比亚大学任教，1987 年退休。主要著作有《安禄山叛乱的背景》(*The Background of the Rebellion of An Lu-shan*)、《中古汉语：基于音韵史的研究》(*Middle Chinese: A Study in Historical Phonology*)、《古汉语语法纲要》(*Outline of Classical Chinese Grammar*) 等。

2 *Al Capone*(《盖世黑霸王》, 1959)，传记电影，理查德・威尔逊导演，罗德・斯泰格尔(Rod Steiger)主演，联合艺术发行。

差不多一天写一篇。到星期四晚上，一算时间已来得及，有人来邀打 Bridge，居然还打了几个 rubber。附近开旧书店的老太婆帮我打字，她生意忙得很（都是几十页、一百余页的 papers），我昨天逼着她打完。今天早晨校对，寄走。现在仍有点糊里糊涂。

去 Mt. Olympic，坐的是 1959 Cadillac，同去者是苏州中学同学周则巽。他先在 G. M.[3]，每年买一部新的 Cadillac；现在改到 Boeing[4]，待遇更好，但是他也是 bachelor（光身）。

再谈 专颂

近安

Carol、Joyce 前均此

济安 启

八月二十二日

下星期好好休息，预备 Packing，寄行李，东行了。

《诗经》想已寄走，谢谢。

3　　G. M.，即美国通用汽车公司，由威廉·杜兰特创立于 1908 年，是全球最大的汽车生产与销售厂商之一，拥有雪佛兰、别克、GMC、凯迪拉克等一系列品牌。

4　　Boeing，即波音公司，由威廉·爱德华·波音创立于 1916 年，是世界上最大的民用与军用飞机制造商。

404. 夏志清致夏济安（1959 年 8 月 25 日）

济安哥：

八月十八日信上星期四看到，星期五开始看材料，因为没有《诗经》原文，不能得到明确印象，写文章赶来就没有conviction，难以着手。Waley、Karlgan的译本比较忠实，也无法看到，只好把Ezra Pound 译本看了，Pound versification本领极大，但不免油滑，失掉《诗经》真挚之特点。"雅"、"颂"的诗篇以前看得不多，读Pound也不得要领。文章写到星期六晚上，还差一个page，星期日晚上写完，字数比拟定的多了二三百字，当夜寄出，让MaGill去edit吧。文章寄出迟了两天，因为接到电报后，不知如何下手，没有动，这是得向你抱歉的。给MaGill信上我说authorship由他决定，算你写的也好，算我写的也好（因为内容不够精彩，只好算是应酬文章），唯稿费请他寄给你。你写那篇《台湾文坛》，时间花得更多，一无酬报，汇了三十元，还是你拿了吧（讲美国工人按工作hours领取工钱，这数目实在是很微的）。你自己的三篇synopses想也赶完了。你交际这样多，一星期内赶三篇东西，一定是够忙碌的。

陈世骧处有信否？你job（的）事我很为你担心，希望这星期内有确切消息。Taylor处问过否？你visa即将期满，总要有什么工作证明书给immigration办事人过目才好。希望你job定当后，来东部玩一阵，否则计划未定，来东部也是徒然耗费你的储蓄而已。上次你寄上的照片，神气极好，体重似乎也增加了。

上星期一，黄昏时和Joyce玩，二人兜圈子不少次，最后我swirl她，我dizzy有faint的感觉，肚子也有作呕的感觉。当时我对我心脏的condition颇起惊慌（其实是天热，头眩是和seasick差不多的现象），星期四到医院做了一个cardiogram记录，发现心脏normal，才放心了。我目前血压也仅130°，和在红楼时相仿，而且十多年来没有增高，足见身体极好。Cardiogram test很不费事，比ulcer test饮Barium液体照X光舒服多了。我恶嗜好只有吸烟，这次把文稿弄完后，一定把它戒掉，两个暑假来，为文章事，抽烟极凶，一天两包，有时出头，想想是很可怕的。Brooks以前抽烟极凶，上seminars时Pall Mall[1]不断上，上次见到他时，他不抽烟了，他的will power很使我钦佩。

昨天（星期一）Joyce有热度，服药后今天已退热了。这暑假她身体很结实，这次还是第一次生病。今天去office我开始重读一遍自己的文章，星期内预备寄回Yale。《列国志》我大概看过一部分，没有看完，《封神榜》我在1952年重看了关于哪吒出世的一段。上星期晚上休养，把Mary McCarthy[2]的三篇介绍Florence的文章看了，Florence人才这样多，实在（是）人类历史上少见的。McCarthy文笔极好，活用sources，等于是把Vasari[3]、Symonds[4]等消化后，重写一

1　Pall Mall，即长红牌香烟，又名波迈，是英美烟草和雷诺美国的共用品牌，由雷诺美国负责在美国的生产和销售。

2　Mary McCarthy（玛丽·麦卡锡，1912–1989），美国作家、批评家、政治活动家，代表作有《学院丛林》（The Groves of Academe）、《美丽人生》（A Charmed Life）、《群体》（The Group）等。此处所说的文章，应该已收入玛丽·麦卡锡《翡冷翠古迹考》（The Stones of Florence）一书。

3　应指Vasari（Giorgio Vasari，乔治奥·瓦萨里，1511–1574），意大利画家、建筑家、作家、历史学家，代表作有《艺术名人传》（Lives of the Most Excellent Painters, Sculptors, and Architects）。

4　应指Symonds（John Addington Symonds，约翰·西蒙兹，1840–1893），英国诗人、文学批评家，以研究文艺复兴知名，代表作有《意大利文艺复兴史》（Renaissance in Italy）。

遍。Huxley的 *Collected Essays* 出版，大感高兴，九月中有了钱后，预备定〔订〕两本，送一本给你。他的文章你也是大部分读过的，是值得珍藏的。附上Joyce小照一张，是邻居所拍，添印时，底片还有很多scratch了。即颂

近好

弟 志清 上

八月廿五日

405. 夏济安致夏志清（1959 年 8 月 25 日）

志清弟：

旅行已回来。这次可以说没有走路。车子大约开了 400 miles，Cadillac 总算坐畅了。在太平洋边上的 Kalaloch 过了一夜，那里有我生平见过的最好的 beach —— 没有帐篷等俗物，玩的人很少。一面是太平洋，一面是高山，沙滩广阔而长，是度假圣〔胜〕地。Carol 游踪较广，不知曾去过否？ Olympus 山里面根本没有开进去。我是喜欢"水"，胜过"山"；游山太吃力，玩水可以 meditate 也。

本来还想去 Yellowstone 一游，但是 greyhound 的 escorted tour 已经结束，自己没有车，没法去了。现在东游有两条路径，一条是去 Vancouver 飞 Montreal；一条是飞 Syracuse。我预备先来你家，然后去纽约、华盛顿等地。但是我最怕 packing，现在行李已有一百磅，预备先交给搬场公司，"出空身体"，只剩四十磅了，随时可飞。行前将有电报通知。张琨劝我行前不妨举行一次 cocktail party，但是我怕太吃力 —— 不是为了省钱 —— 也许偷偷地走了。

出路事不大去想它。这里的中国人，对于台湾多无好感，只是各人的 tact 不同，说话有轻重而已。胡昌图〔度〕是大骂台湾的，他定明晨飞纽约，约我纽约再见。其人口才极好，可是怎么会帮人的忙，我看不见得。有位程晓五，是温州街旧友，读 Atomic Physics，在美六年，已得 Ph.D.，现在 UW 做 Research Instructor（月薪 $675），

管一支 Accelerator，他是个十分温和的人，可是他说叫他回台湾，
（他）宁可回大陆的。呜呼台湾！这里的远东系，洋人如 Taylor、
Michael 等，都大捧台湾，加上个 Walker [1]（他已回 South Carolina），
一唱一和，更为得意。但是张琨、胡昌图〔度〕他们，都很看不起
这辈洋人，尤其 Walker。Walker 新出一本 *Continuing Struggle*，我草
草看了一遍，觉得他对于 scholarship，的确还有点问题。大陆可能
如他所说，只有坏，没有好，但是台湾一定是好坏参〔掺〕杂的，他
只报道好的，不说坏的，只能算宣传，不能算研究，而且使台湾的
衮衮诸公，更加陶醉，也不是交友之道也。（捧台湾的美国人，如
Knowland 等，都不"争气"，亦是台湾的悲哀。）

我的懒惰、没有斗志、怕麻烦别人、脸皮嫩等等，使得我几乎
完全没有为自己的前途用力。你可能都比我着急。我现在的人生观
是 adrift 主义，没有 decision，不用 effort，这也许是东方哲学的奥
义，但是你的西方哲学一定认为是大不妥的。我现在只等 Berkeley
一处，如那边不成，也许（一）再申请入学等；（二）去欧洲飘荡；或
（三）干脆回台湾。如去欧洲，英国既入境困难，只好去法国（或比
利时、瑞士）。德文已经忘得差不多，暂时德国不敢去，因为去了语
言不通，自己不得益。

我对于日本大有好感，但是也因语言不通之故，不想去。日
本在明治维新之前，政治社会制度和人生哲学等，都很像中国的春
秋战国时代。他们的 samurai，就是中国的"士"，为人讲究气节，
说死就死。王室无权，皇帝永远和某姓的女子结婚。幕府就是霸主
（诸侯之强者），但是齐桓、晋文霸业都太短，不能如幕府那样世代
相传，挟制王室。幕府与诸侯内部，也因家臣的政权篡夺，而引起

1 Walker（Richard L. Walker，吴克，1922–2003），美国学者、外交官，耶鲁大
   学博士，曾任教于耶鲁大学、南卡罗来纳大学，其中 1981–1986 年出任美国驻
   韩国大使。代表作有《共产中国：第一个五年》(*China Under Communism: The
   First Five Years*)、《不断斗争：共产中国与自由世界》(*The Continuing Struggle:
   Communist China and the Free World*) 等。

纷争或流血，情形如鲁之有三桓，齐之有田氏，晋之有六家也。中
国人分士农工商，日本亦然，但是中国后来的士，成为文弱之士，
日本的士，还是文武双全（至少武胜于文）。中国自秦以后，成为
"官僚政治"，风气一直到今日之台湾不改（我评《官场现形记》就预
备用这个观点）。共产党才把那些皇帝的助理者彻底摧毁，但是新
的官僚阶级可能起来。日本的封建政治，去近代不远，我对之大感
兴趣。这也当然是我的浪漫作风，你恐怕不会在这方面有共同的兴
趣。只是人的精力有限，再要研究日本文化，如周作人那样，谈何
容易。

美国人做人真忙。我忙了一星期，赶 MaGill 的稿子，其间一
星期之内，有 *My Fair Lady*[2]（百老汇的班子），*J. B.*，日本歌舞团
Takarazuka[3]（Rockettes plus Mediaeval dance）等表演，Roethke 的诗
歌朗诵会，我都没有时间欣赏了。学校演过了两部老片子，*Birth of
a Nation*[4]，与 *Covered Wagon*[5] 我都是糊里糊涂地差〔错〕过的，不胜
遗憾。一个美国文化人，有这么多艺术节目要欣赏，周末一定游山
玩水，家里一定有杂务，交际应酬总不免（学校的会也很多），他还
要读书、研究，写书写文章，我真不懂他怎么还有这么多时间去应
付的。（有人还要打网球呢。）

MaGill 处稿承蒙指示不要"做文章"，甚感。MaGill 寄了不
少 samples 来，我已知道该怎样写。你用 Pound 的英译本，极好，

2　*My Fair Lady*（《窈窕淑女》），根据萧伯纳的《卖花女》(*Pygmalion*) 改编的音乐
　　剧，1956 年在百老汇首演。1964 年搬上银幕，由乔治·库克导演，奥黛丽·赫
　　本、雷克斯·哈里森 (Rex Harrison) 主演，华纳影业发行。

3　Takarazuka，成立于 1913 年的日本宝冢剧团。

4　*Birth of a Nation*（《一个国家的诞生》，1915），无声史诗片，格里菲斯 (D. W.
　　Griffith) 导演，丽莲·吉许 (Lillian Gish) 主演，格里菲斯公司 (David W. Griffith
　　Corp.) 发行。

5　*The Covered Wagon*（《边外英雄》，一译《篷车》，1923），无声西部片，据艾默
　　生·休 (1857–1923) 同名小说改编，詹姆斯·克鲁兹 (James Cruze) 导演，凯瑞甘
　　(J. Warren Kerrigan)、威尔逊 (Lois Wilson) 主演，派拉蒙影业发行。

他说：他不管原文如何，只求绍英译本。Pound 英译本就叫 *Con-fucius Odes*。他心目中就是希望我们介绍这一本，你是做对了。

Waley 译《西游记》，错误很多，胡适替他捉了七八处，其实至少几十处。我忽忽〔匆匆〕地看，没有仔细替他校阅，如仔细校阅，问题一定很多。中文真难。姑举胡适所提的错处两点：（一）"花果山福地，水帘洞洞天"，Waley 不知道"洞天福地"是个成语，他以为洞天的"洞"是 verb。（二）唐僧姓陈，在通天河为金鱼精所获，擒入水内，猪八戒说，他成了"陈到底"了。Waley 说此处似乎有个 pun，但是他看不出来——足见他的了解能力很不够。我发现了好几处，懒得记它，这里不写了。但是他的英文很能表现一种 droll humor，这是大不容易的，我译不出来。

父亲与玉瑛妹的信，过两天再复吧（先送上照片一张）。家里的情形，似乎还好，能上馆子，有好小菜、西瓜吃，能有阿二服侍，在大陆真是过得最高级的日子了。一般老百姓当然苦得要命了。张心沧的信，一直未复，预备明天写。拟好好地谢谢他。

台湾最近水灾（无家可归者25万）、地震（无家可归者6万），情形很惨。据我看来，台湾很难应付未来的 any one of the following crises：（一）中共入联合国；（二）中共放原子弹（近年即可实现）；（三）金门马祖撤退；（四）老蒋归天。我如能在海外再观望一年，当然顶好。台湾的 morale 现在已很低，经不起再受打击的了。

再谈，专此 敬颂

近安

Carol、Joyce 前均问好

济安 启

八月廿五日

406. 夏济安致夏志清（1959 年 8 月 28 日）

志清弟：

　　来信并建一照片都已收到，《诗经》已赶出，甚为感谢。悉你们身体都有点不舒服，甚念。下星期一都可见面，余面详，家信到Potsdam再写吧。送上汇票$3,600，请检收。下学期出路事，并不担心。专此 敬颂

　　近安

Carol与Joyce前均此

济安 敬启

八月廿八日

407. 夏济安致夏志清（1959年9月12日）

志清弟：

刚刚把长途电话挂断，现在再把诸事补说一下：

远东公司的地址卡片附上，此后可以去通信购货。昨天去买了月饼（莲蓉）、陈皮梅、线粉、冬菇、虾米、皮蛋、紫菜、鸭肫肝诸物，打包裹寄上。其中月饼和陈皮梅是送给Joyce的生日礼物。干贝supermarket无有，据说要到中国药材店去买，但是药材店里已卖完。只好以后到纽约来再说了。

昨天晴朗干爽，精神大为愉快。上午去看Fahs，他的助手Boyd Compton[1]约我今天晚上吃晚饭，Compton是UW中文系毕业的，新近去台湾游历，似乎很可一谈。Fahs是忙人，能够联络他的助手（处理远东事务）也好。

从Rockefeller Center出来，到Broadway之南端Marine Midland Trust Co.去cash那张draft。该地已很近Wall Street，人是多极，都

1　Boyd Compton（波伊德·康普顿），美国学者，1946年普林斯顿大学毕业，主要研究东南亚地区的政治与社会，1952–1957年获洛克菲勒基金会支持赴印度尼西亚从事研究，发表了多部通讯作品，如《印度尼西亚：持续的革命》（*Indonesia: The Continuing Revolution*，1953）、《印度尼西亚人评印度尼西亚时局》（*Indonesian Comment on Conditions in Indonesia: A Letter from Boyd R. Compton*，1955）等。夏济安说"Compton是UW中文系毕业的"可能不确。

在街上走，街又狭，似乎没有余地给汽车行驶了。银行里兑取了旅行支票，转去 Chinatown 吃午饭，在广东馆子叫了一客 lobster（炒龙虾，$2），很为美味。饭后瞎逛 Chinatown。

晚上 Korg[2] 夫妇请我去 Greenwich Village 的 Minetta Tavern 吃晚饭，我点的是 Ravioli，味道远不如中国饺子。但是该地方墙上挂了几百张照片图画（有拳王 Marciano[3]、明星 Eva Marie Saint[4] 等），情形如欧洲的小馆子，地方挤，生意兴隆。饭后，在 Washington Square 一带参观。

Korg 夫妇已于多日前定〔订〕了 T. Williams 的戏：*The Sweet Bird of Youth*。他们买的是楼上，大约五元多一张票。当天票已卖完，但是旅馆里有 Ticket Service（名叫 Tyson's，用台湾的说法是合法的"黄牛生意"），一张原要多收一块多"手续费"，原是正厅，一共八元几，如此巨款去看戏，是生平第一次。戏绝对不值这么（多）钱。主角 Geraldine Page[5] 与 Paul Newman[6] 演技不差，但是 Williams 的剧本太乱七八糟，牵涉的问题太多，无一深入，symbols 也浅薄得很。

今天下午也许去 Modern Art Museum，也许去看电影。明天坐 greyhound 去华府。预备在小旅馆住一夜，星期一飞 Seattle。别的以后再谈。

2　Jacob Korg（1922–? ），学者，哥伦比亚大学博士，1955–1968 年任教于华盛顿大学，其中 1960 年为国立台湾大学访问教授，代表作有《乔治·吉辛》（*George Gissing: A Critical Biography*）等。

3　Marciano（Rocky Marciano，马克亚诺，1923–1969），美国职业拳击手。

4　Eva Marie Saint（爱娃·玛丽·森特，1924–），美国女演员、出品人，代表影片有《码头风云》、《西北偏北》（*North by Northwest*，1959）。

5　Geraldine Page（杰拉丹·佩姬，1924–1987），美国电影、电视、舞台剧演员，代表影片有《蛮国战笳声》（*Hondo*，1953）、《夏日烟云》（*Summer and Smoke*，1961）。

6　Paul Newman（保罗·纽曼，1925–2008），美国演员，曾获奥斯卡奖，代表影片有《金钱本色》（*The Color of Money*，1986）。

谢谢在Potsdam的招待，谢谢Carol。纽约之行给Joyce印象一
定很深，我可以做各种games来形容纽约，但是不知在什么时候了。
专此 敬颂
秋安

济安 启
九月十二日

408. 夏济安致夏志清（1959 年 9 月 13 日）

志清弟：

今日飞来（飞机票\$14.00）华府，气候很好（现在温度71°），所以人很舒服，旅馆\$6.50一天，房间相当雅致。这里所在地就是 downtown，给我瞎摸，摸到了"北京楼"。今天虽星期天，馆子里只卖五成座，生意不如纽约的兴隆。另外在uptown有一家分店，不知你们上次去的是哪一家，使得Carol如此倾倒。电话簿子里有一家 Yenching Palace——"北宫"，广告上说：We entertain more diplomats daily items than Whitehouse，想必是很豪华的地方。我一个人今天没法点菜，叫了一碗"扬州汤面"，\$1.75，并不很好吃。打卤面\$1.50一碗，英文叫Home Style Noodles；炸酱面亦是\$1.50。

Downtown有Loew's 戏院三家，*North by Northwest* [1]也在演。Warner戏院还在演*Cinerama* [2]（最后一天），我本想去看戏，但是在纽约太辛苦，今天晚上还是好好地休息吧。

华府的 downtown 远不如 Seattle 热闹。名胜地区还没有去看，但是从飞机场坐车进来，也粗略看到一点。大约是像一只大学的 campus。

---

1 *North by Northwest*（《西北偏北》），阿尔弗雷德·希区柯克执导的悬疑片，加里·格兰特、詹姆斯·梅森、爱娃·玛丽·森特主演，米高梅出品。
2 *This is Cinerama*（《这是西尼拉玛》，1952），梅里安·库珀执导，由洛维尔·托马斯示范的全景银幕电影。

　　这家旅馆的房间明天已全部定〔订〕出。明天下午必须迁出，如立即飞西雅图，怕晚上太辛苦。想另找一家旅馆，再住一晚，后天（十五日）早晨飞，后天下午到。

　　明天想找 Gray Line 导游，坐他们的 bus 参观全城。

　　在纽约最后两天的生活，不妨报道一下。星期六下午参观 Museum of Modern Art，门票一元，里面是各种近代派的绘画与雕刻，其总和的印象，是"丑恶"。

　　在 Boyd Compton 家里吃晚饭，谈得很投机。你下次到纽约来，不妨去 R. Foundation 找他谈谈，他一定很欢迎的，Fahs 也记得你。Compton 家在哥伦比亚附近106街，据说晚上可以听见手枪声音，盖是 Puerto Rico 人居住中心地之一。他的 Apt. 不算豪华，但很宽大，房租$190，饭后他陪我坐 Taxi 去 12th street（又是在 village），想去看 The Magician [3]，到那里有不少人在排队等 Standing Room，我们想没有意思，再换坐 subway 去 66th street 看 The Wild Strawberries [4]。此片他已看过，他送我到戏院门口后回去（戏院名叫 Beekman，奉送 Colombian coffee，院子后座可以抽烟，大约是专门优待文化人的）。Bergman [5] 不愧是艺术大师，手法很新颖。处理全片很得 stream of consciousness 的要义，福斯公司的 The Sound & The Fury [6] 能够学到一二分就好了。戏中主角是个老年医学教授，他回忆青年时代

3　*The Magician*（《魔术师》，1958），瑞典电影，英格玛·伯格曼（Ingmar Bergman）导演，英格丽·图林（Ingrid Thulin）、马克斯·冯·赛多（Max von Sydow）主演，AB Svensk Filmindustri 发行。

4　*Wild Strawberries*（《野草莓》，1957），瑞典电影，英格玛·伯格曼导演，维克多·斯约斯特洛姆（Victor Sjöström）、毕比·安德森（Bibi Andersson）主演，AB Svensk Filmindustri 发行。

5　Bergman（Ingmar Bergman，英格玛·伯格曼，1918–2007），瑞典导演，导演了170多场戏剧和60多部影片，代表影片有《第七封印》（*The Seventh Seal*，1957）、《野草莓》、《呼喊与细语》（*Cries and Whispers*，1972）等。

6　*The Sound and the Fury*（《喧哗与骚动》，1959），根据福克纳同名小说改编，马丁·里特导演，尤尔·伯连纳、乔安娜·伍德沃德主演，福斯发行。

（的）生活，别人都倒退几十年，但他自己还是个老头子，老少在一起，特别显得poignant。好莱坞拍回忆式的电影，都由青年明星（or those who still look young）化装成老年，然后再以英俊或娇艳的姿态，重演青年时期的故事，结果是sentimental。Bergman这一点另辟蹊径，确有独到之处，全片是回忆、幻想与事实混合的，连接得很好。片前有一部卡通（新派），叫做 *Moon Bird*[7]，演两个小孩子，一个大约七八岁，一个大约三岁，三岁的那一个所讲的英文，和Joyce所讲的一模一样，观众听见他的英文就笑。不知什么公司找到这样一个语言天才来配音的？（我想不至于真的叫三岁的孩子来配音吧。）

今天中午在胡昌度家吃中饭，胡家我昨天去Compton家以前已去拜访一次。他和他太太叫我搬到他家去住，并说下次来，一定要去住。我虽未去，但是此种盛意可感（我总觉得他为人太厉害）。 他住的地方叫King's College（Apt. 55, No. 501 W121 st. Tel. Mo. 2–8626，你下次来不妨找他谈谈），是歌〔哥〕大的宿舍，三间bedrooms，他和他太太住一间，两个男孩子住一间，的确还空出一间guest room。房钱$120，算是很便宜的了。他在Newports是Associate Professor三级（最高），现在到Col.来，阶级仍旧，年薪($) 9,000。他太太还想到Col. Univ. Press找校对工作做。据说两个孩子读书，初中的要一千元一年，小学也要几百块，无怪Carol上次叹息怕Joyce进不起学校。想不到美国读书这样贵。

飞机从La Guardia 机场起飞，先飞到Manhattan 的北面，看得见清清楚楚Queens的Yankee Stadium（挤满了人），飞过125 st.边上的那几幢很新的平民公寓，纽约的skyscrapers都飞过，最后是绿色

---

7 *Moonbird*（《月光鸟》，1959），动画家庭短片，约翰·哈布雷与妻子费斯编导，讲两个男孩，马克与韩皮，半夜从窗户爬出去捉月光鸟的历险记。两个小孩说话的声音来自哈布雷的儿子，马克与瑞，迪斯尼出品。

的自由像。这样飞一次，把Manhattan全部看一遍，是很划得来的。

明天主要的节目是游览。华盛顿的中国朋友，预备一个都不去找，可以减少不少应酬，也免得被人挽留。

MaGill处deadline是九月十八日，我是一篇都还没动。到了Seattle后拟写信给他请求延期，同时进行写作。

Berkeley之事如不成，拟再设法请UW帮忙，所以人必须在Seattle，才容易进行也。寄存的书中，三套礼拜六派小说，不妨取出一读。还有些中国旧小说，都是台湾寄来的，想不到都没有用。还有Gigi（的）照片两张，都送给Carol吧。

这次东游，你不要以为只是浪费金钱，没有收获。至少我在你那里才决定不去欧洲的（天热，疲倦，怕旅行），然后再决定回Seattle，这也许对于我的出路有点关系。

你们走后，我就在34街买了一件wash & wear的cotton shirt，价格不到$2.00，可称便宜（34街就多这种小店），每天晚上把领子和袖子搓一搓，打上bowtie（现在不照镜子都能打了），西装笔挺，看上去像个人了。

Hotel New Yorker里都是些衣冠楚楚的人，否则自惭形秽，住在那里更不舒服了。

别的俟抵Seattle后再写。专此 即颂

近安

济安 启

九月十三日

卡片一张送给Joyce。Doggerel没有做像，请Carol修改。本来不想写诗，写完了看看，也许可以改成四句诗。

〔又及〕钥匙一枚，请还给房东太太Mrs. Sweet。

409. 夏济安致夏志清（1959 年 9 月 15 日）

志清弟：

现在正坐 Boeing 707 西飞中（坐的是三等舱，所以晚饭小菜只是平常，也没有酒），平稳异常，声音还和平常飞机相仿，但少颠簸，所以人也舒服。一路向西沉的太阳追去，天似乎永远不会黑了。（飞）机的高度是二万呎，但是墨水笔一点也不漏，足见 pressurized cabin 做得的确不错。上次飞越太平洋坐的是旧飞机，笔漏水，所以只好用 ballpoint 笔写信。这次东来笔也漏水的。San Francisco 的票买不到，改买 Los Angeles，转飞（当晚）S. F.。行程之奇怪，今天买票之前还没想到。今天中午在 TV 看见 K[1] 进华府的情形（警察军乐队等 parade），我想赶去看，已经走过。他走过的地方和我的住处很近。昨天在 capital 门口看见 Halleck[2]，我上去同他瞎攀谈，还替他照了一张相。假如再给 K 和 Ike 的车子照一张，华府此行可算不虚了。

再谈 祝好

并问 Carol、Joyce 近好

济安 启

九月十五日

1　应指约翰·菲茨杰拉德·肯尼迪（John Fitzgerald Kennedy，1917–1963），1961年1月出任美国第35任总统，1963年11月遇刺身亡。

2　可能指哈勒克（Charles Abraham Halleck，1900–1986），政治家，曾是美国众议院的共和党领袖。

410. 夏济安致夏志清（1959 年 9 月 17 日）

志清弟：

在 S. F. 住一晚，昨日搬来 Berkeley，今晚飞回 Seattle。可能仍住在 Lander Hall，信不妨由 Pressly 转可也。

陈世骧已见到，据谈事情希望颇大，因为系里没有问题，定两门课，一门是"近代中国文学选读"，一门是"近代中国文学的发展"（讲述）。问题是 budget 上没有我，要动用 Emergency funds，这个 funds 一动用，别的系也来请求动用，校方很难决定。最后一次开会是下星期一（21 日），如成，我也许在 S. F. 与 Seattle 之间还要往返地飞，然后搬来 Berkeley。可能这学期就要上课，我虽毫无准备，也许能对付。如不成，就是从 Seattle 飞东京了。再进行别的学校（除了 UW 之外），都来不及了。成败如何，只看命运。

马逢华也已见到。他的地址 2411 Durant Avenue, Apt. 3, Berkeley 4, California。他还没有买车，对于 Berkeley、S. F. 一带的地理还没有我熟悉。Berkeley 有一家中国馆子，他都不知道，他在 Remer 手下做事，没有什么不好，但是他仍想教书。他在 Ann Arbor，恐怕很刻苦用功，像我这几天的豪华浪费生活，他是从来没有经验过的。我们谈了很久，对于台湾，都看不出有光明的前途，可是他已申请 permanent residence，而且可望核准。他在这里没有什么朋友（每天坐办公桌，研究尚未开始），很希望我能来。

在 Berkeley 买了一本 Barzun 的 *Teacher in America*，的确很精彩。非但文笔爽利，而且随时流露的学问也十分渊博。看了这本书，我对于美国大学的情形知道得更清楚了。

在纽约与华盛顿，坐 bar 已成习惯。Berkeley 找不到一家 bar，很失望，但是住定了，喝酒的习惯也会戒除的。

前天晚上在 L. A. 降落之前，景色很好看。月亮相当圆，不知道中秋没有到还是已经过了，天空碧清，下面 L. A. 这个大城万家灯火，占地极广。中国人从来没有扎过这么多的彩灯，也只有极少数的人能够在 jet 上赏月看灯的。（L. A. → S. F. 坐的 Super G. Constellation，也是很大的很新的飞机，但声音就噪得多。）

回 Seattle 后，预备埋头写 MaGill 的文章，管他来得及来不及，我总（要）把它写完。心思集中，也可少为自己的前途担心。

你们学校想已开学上课，你也将恢复正常的生活了。我在 Berkeley 只是短期名义（即使成功），希望你能来西岸，esp. 加州，教书。这一期 *Look* 是加州专号，不妨买一本看看：加州的诱惑。

西岸的杂志到得较慢，Moore 封面的 *Time* 今天（星期四）才见陈列。九月十二日的 *New Yorker*（里有一篇 Peter Taylor 的小说讽刺某教授的假期生活，你也许会喜欢的），我上星期五、六在纽约已看见，在这里还没有出现。十月份的 *Esquire* 有 Maleich[1] 新剧木，S. F. 也还没有见到。（Bird 和 Fleming 的两本书，使我很感慨，好像都应该由我来写的。）

Chinatown 的 food package 想已寄到，Joyce 生日不妨吃"索粉"——金链条、银链条。Carol 想也喜欢吃的。还有，做中国菜（尤其是索粉之类），顶好加味精，你们家如没有，也可去 Chinatown

---

1　Maleich，应作 Archibald MacLeish（阿奇博尔德·麦克利什，1892–1982），美国著名诗人、剧作家，哈佛大学法学院毕业，曾任美国国会图书馆馆长、哈佛大学教授，曾三次获得普利策奖，代表作品有《征服者》(*Conquistador*)、《诗选 1917–1952》(*Collected Poems 1917–1952*)、《J. B.》(*J. B.*) 等。登在 1959 年十月号《老爷》(*Esquire*) 杂志上的剧本是《自由的秘密》(*The Secret of Freedom*)。

order。（报上讲：seaweed据某教授研究，可防止ulcer。紫菜也是一种seaweed，不妨多吃。）

这次旅行，钱是浪费不少（我没有帐〔账〕，也不管它），但是如不断地有income，用用也不〔无〕妨，只看命运了。如回台湾，总是穷困，再省也没有用。如有好消息，当立即通知。专此　敬颂

近安

Carol、Joyce前均问好

济安　启

九月十七日

411. 夏志清致夏济安（1959 年 9 月 20 日）

济安哥：

纽约、华府、飞机上寄出的三封信已收到，今晚电报公司打电话来通知你的电报，知道 Berkeley 的事已弄妥当了，不禁大喜，Carol、Joyce 也很高兴（很希望 X'mas 我们来西部看你一下，不知能成事否？）。假如这半年能在 UW 做些研究工作或教一两〔门〕课，即是更理想了。你上次东来，用了不少钱，Carol 也侵占了你不少钱，我感〔到〕相当不好意思，现在你有了 California 的 job，这次浪费也不算错。你教的三门课是什么名目？美国近年来出版关于近代中国的东西很多，为教书方便起见，秋冬期间，把这类书可以随时翻阅一下。你电报上托我写《三国》、《聊斋》两篇文章，这周末大概可以写成一篇，即演述一下《三国》的故事，《聊斋》和《诗经》一样，要夹叙夹议，非得略为把原书看一看不可。我的 Bibliography 和你的《台湾》尚未缴出，所以最近仍相当忙碌，时间很少。假如 MaGill 答应展〔延〕期，而你自己（又）没有紧急事务，不知你能不能自己赶一下，否则，我当遵命，看你来信这〔怎〕么说法。又，你嘱我把文章寄纽约，详细地址你当然会在信上告诉我的。我在这里，因为 popular，class 人数极多，两班四十人左右，一班三十人，另一班八人，星期一到星期五都相当忙碌，做不开自己的事情。只有周末是自己的，而星期日也不好意思离了 Carol、Joyce 去办公。但你如要准备一个lecture，抽不出身，我把《聊斋》赶写一下也是可以的，只是appreciation的水准较普通浮浅罢了。

谢谢你送来了这许多礼物。那些Chinese food都是非常实惠的，月饼我十年未吃，已早已吃完了，陈皮梅Joyce很爱吃，只是不知道怎样把肉和stone分开，只把它如糖果一样suck。昨天做线粉肉圆汤，不料日本线粉放入沸水内，全部溶解，看来只好冷拌吃。虾米、冬菇都是做中国菜的必备作料，你给了我们远东公司的地址，我们自己也可去order。

你给Joyce（的）card写得很有趣，你的确把Joyce的heart capture住了，她平日只见我和Carol两人，你是她第三个最熟的人，她不时想到你，要和你通信打电话。许多游戏我们现在如法炮制，如five-best food等。Joyce上次旅行很累，幸亏没有出毛病，目前多多休息，大概不会得病了。我们回来后Potsdam已转寒，今天吹来一阵热风，天气也稍转暖。你返Seattle后，不知箱子（内有照片）已到达了否？另有一封Joyce、Carol给你的信，内附key。两包书没有打开，因为包捆麻烦（可能把它们打开，把《海上花》和礼拜六派小说看一看），你现在有了一定住所，两包书即可寄还给你了。你身边一二千元大概不够用，随时要钱，即可把款子划返给你。

你来Potsdam，谈谈家务，另有一番滋味，你这次在美国住定了，见面机会一定很多。胡昌度在哥伦比亚任Associate Professor，他bargaining的功夫一定很精，是我们做不来的，他为人的确厉害。李田意在Yale守了十几年，恐怕今年刚刚升任Associate Professor。前天看了 *North by Northwest*，今晚Carol在看。Hitchcock"生意经"噱头极多，所以片子特别叫座。Hitchcock最爱用金发女郎做女主角，Bergman、Kelly、Novak[1]、Saint都在他片子（里）演过戏。我曾坐三层楼看过 *Rose Tattoo*，当然远不如后来的movie version。

1　Novak（Kim Novak，金·诺瓦克，1933–），美国女演员，代表影片有《狂恋》、《金臂人》(*The Man with the Golden Arm*，1955)、《迷魂记》(*Vertigo*，1958)。

看话剧，伤精神，贵，而得不到快乐。你有机会，还是多看些 musicals，不多写了。即请

近安

Carol 代笔问安

〔又及〕谢谢精美的日本 doll，已放在卧室柜子上，像好娘娘地供起来了。

弟 志清 上

九月二十日

412. 夏济安致夏志清（1959 年 9 月 24 日）

志清弟：

　　来信今日收到。今天发了两个电报，把要紧的话先说了，怕你们悬念也。这几天心相当乱，从 S. F. 回来后（Berkeley 发的信，想已收到），借了《六十种曲》和《三国》，有空就看《三国》，文章反而忘记写了。星期天（20 日）星期一（21 日）渐趋紧张，为等 Berkeley 的信息，文章不能写。现在《琵琶记》写了几段，《三国》你写了很好，过两天定心一点，我当接写《聊斋》。一路上打字机放在旅行袋里，被行李房丢来丢去，到 Seattle 打开，打字机已损坏，spacing bar 和 capital letters key 都不灵了，拿去修理，花了三元几角，现在已拿回来。当时看见打字机坏了，更不想写文章了。《三国》仍旧寄 Pasadena 可也，MaGill 已回信答应延长至九月底，你也不必急，写这种 summary 在你只好算游戏文章，慢慢地写好了。

　　今天刚把 visa 延长。Taylor 先给我个名义 Research Associate，for Academic Year 1959–1960，待遇都还没有谈。我说没有钱都无所谓，他说他去掘掘看（dig up），如掘到，当有钱。Taylor 的 Far Eastern Institute 是半独立性的，给人名义不要开会等等手续，只要他一句话。虽然如此我还等了两三天，原来在开学期间，他这种负责行政的人，十分之忙，找他谈五分钟话都不容易。Research Associate 这个名义是我想出来的，我假如要换什么别的，他也肯。

但我相信这也够大的了。有了学校的公文（拿了他的信，再办学校公文），移民局那里十分简单，很快就签出来了。只是管我公事的是一位老太太，名叫 Mrs. Rilden，人很慈善。她不喜欢我抽 pipe，觉得烟味触鼻，很使我尴尬。

今日又有伤脑筋之事。我的房间快要分派给学生住，秋季学期注册的人多，宿舍里恐怕没有空房间给客人住了。找房子我顶怕，此事顶吃力而 frustrating，瞎走半天，东按电铃西打门，不一定有结果。学校附近有的是 rooming house，二三十元钱一间，大多房子破旧，人头嘈杂。新式公寓，要百元左右，unfurnished，我不能住。旧式公寓几全客满。我预备出六七十元一月，反而没有合适的房子，岂不怪哉。我不会开车，否则的话，偌大一个 Seattle，找房子岂不容易？现在只在学校附近找，但是学校 campus 大，四边找起来，也很吃力的。

Berkeley 定开三门课：Mandarin Texts（读杂志报章，每周四小时）；Contemporary Chinese Writers（读中文原文，每周三小时）；Survey of Vernacular Literature（用英文讲，学生不一定懂中文，每周一小时），还算轻松。那门 survey 课，不知（是）从《水浒》、《红楼》讲起呢，还是从五四讲起，预备写信去问。如从五四讲起，你的书将是最好的参考书了。名义是 visiting lecture；薪水六个月 $4,578，明年一月到六月。（我到 Berkeley 去，UW 的人人人欣羡。）

我当然希望能在美国长住，但是目前无此迹象。现在 Berkeley 的正式聘书尚未发，原因是我的 visa 尚未弄妥，他们一定等我在 immigration office 方面没有问题了，再正式聘任，这也是负责人的谨慎之处。我的 visa 年年要伤脑筋，job 年年成问题的。今年徼幸 Taylor 帮忙，明年不知如何。明年之事明年再说吧。

Suitcase 已到，暂存 Pressly 处，等我找到房子再说（还没有打开看里面的照片）。两包书不妨暂缓寄来。Joyce 如此想念我，我真希望你们于 X'mas 能来加州一游。我十二月就预备去了，你们随后来好了。现在身边钱很够用，不需要你们帮忙，如需要时再说吧。你工作如此忙碌，希望多保重。我近日心甚浮动，只是瞎忙，正式工作毫无，希望于最短期定下心来。Carol、Joyce 前问好，父母亲前希望你有空先去禀报。专颂

近安

济安 启
九月二十四日

〔又及〕转来之信，并 Carol、Joyce 的卡片都已收到，谢谢。回信暂时仍交 Pressly 转。

在 Potsdam 我能每天早晨九十点钟起身，下午睡午睡，真正享清福。最近又是六七点钟就醒了，午睡很难得。

413. 夏济安致夏志清（1959 年 9 月 27 日）

志清弟：

房子已寻到，$80一月，离学校很近。但是不到月底或下月初，不能出空，这几天住在旅馆里，很清静。《聊斋》写了一半，不难。正在看中文本，英文本被英文系的朋友Don Taylor借去，星期一问他要来，补写几个故事的大要，即可成功。

虽然时间已经开学附近，学校附近的rooming house还有空房间。那种房间，左右全是住满了学生的房间，可能很不清静，而且和人家合用厕所浴室，也不方便。我是extrovert的倾向很大的，人一多，Wu-wah, Wu-Wah，也会忘了读书（如温州街的打麻将）。现在的房子（楼下）大致宽敞，有private entrance，前面一家住一对小夫妻，一个小孩子，影响不到我（楼上住学生，他们走前面）。暑假住宿舍，也要$75一月。现在$80，但是为自己偶尔弄弄饭吃，也可以省一二十元钱一个月。水电煤气，都已包括在内。还要装一只电话，添些零碎东西（如sheets、刀叉等，那些到Berkeley总用得着的），所费也有限得很。Seattle的房子似乎比Berkeley相差不多，马逢华的房子，bedroom和living room合而为一，晚上要把床（白天关起来的）拉下来，比较麻烦。我是有时候也喜欢白天在床上横横的。他

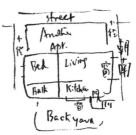

的房租似乎$65，并不比我的便宜。我还有晾衣裳晒太阳的地方。自己的门口葡萄藤上已经结了紫色的葡萄。你们家的房租，想并不比我的贵多少，但我的living room比你们的大，kitchen只是range，没有你们的宽敞。学校附近有一家Apt. Hotel，是一座大厦（不很新），一个Apt.（床也要拉下来的），要$125一月，外加maid service等十元一月，我还住不起。母亲常说：屋宽不如心宽，我则要屋宽然后心宽，这大约是materialism与idealism之不同吧。苏州新桥弄的房子宽到极点，但是鬼影幢幢，住那种地方是可以写得出《聊斋》这种故事的。

你们开学后，工作很忙，希望《三国》不多占用你的时间，寄Pasadena MaGill处也可，地址你想有。事实上，《诗经》和《三国》都是你的favorites。你写这两篇东西，也可以对介绍中国文学稍花一点力量。Giles[1]的文学史已买来，错误百出。介绍《琵琶记》，故事有好几处弄错，介绍《聊斋》，把干（Kan）宝（《搜神记》作者）译成Yü Pao，真是大笑话。他还把苏秦译成Su Tai（泰）呢！中国人研究英国文学的，总还比他知道得清楚些。中国人顶多把Ben Jonson拼作Ben Johnson而已。Carol想必忙碌如旧，Joyce的疲劳想已恢复，希望你们到西岸来玩，我也许在Seattle住两个月就去Berkeley了。专此 敬颂

近好

济安 启

九月廿七日

〔又及〕信还是暂时寄学校的好。

1　Giles（Herbert Giles，翟理斯，1845–1935），英国外交家、汉学家，1867年远涉重洋来到中国，历任英国驻华使馆的翻译、领事等职，长达25年之久。1897年，任剑桥大学汉学教授，直到1932年请辞。翟理斯一生著作等身，代表性著作有《中国文学史》(*A History of Chinese Literature*)、《中国古代宗教》(*Religions of Ancient China*)、《华英字典》(*Chinese-English Dictionary*) 等，译作有《古文选珍》(*Gems of Chinese Literature*)、《论语》(*Analects of Confucius*)、《庄子：神秘主义者、伦理学家、社会改革家》(*Chuang Tzu, Mystic, Moralist, and Social Reformer*)、《中国笑话选》(*Quips from a Chinese Jest-book*) 等。

414. 夏济安致夏志清（1959 年 10 月 4 日）

志清弟：

Seattle 发出的两信，想都已收到。Pressly 这两天生病，你的回信如已到，寄在他那里，要等他病好了，才看得见。或者我自己到历史系去拿。箱子也还存在他的 office 里。

这几天生活又换了个样子，住在自己宽大的 Apt. 里（厕所很小，没有 tub，只有 shower；kitchen 也只是 range，但是 living room 大约有 20′×20′，有四百方呎），另有一种滋味。静是静极，倒并不觉得寂寞。最 exciting 的是自己煮饭煮菜，不妨把经验略谈。如有 Carol 和你实际指导，成绩可以更好了。

Kitchen 主要部门是一只冰箱连 sink 连电灶的东西，但是左右和上面的架子柜子抽屉等很多，尚无法利用。电灶上有三个眼，没有 bake 的地方。但这三个眼已很够用，用起来极方便。现在已经煮了五顿，经过如下：

Fri. 晚饭：米饭极成功，事前已得若干专家指导：一碗米，加两碗水，急火（电灶上的 high）煮开，文火慢慢地煨（low，电灶上还有 1 到 6 的中间温度，没有用过）。米用的是 California Pearl，煮出来果然软熟晶圆，比广东馆子的"硬棚"的洋籼米（long grain）蒸饭好吃得多。菜则马马虎虎。我买的是日本人切好的 sukiyaki 牛肉一磅；另外中国青菜两三棵　　　；另有一种"白菜"较肥　　。

用花生油炒，火力太猛，而手脚太慢，先炒肉，后炒菜，把肉炒焦了。好在我只用了一小部分肉。再试时，把青菜洗好、切好，葱、姜、酱油都准备好，然后炒肉，肉的红色消失时，把菜等放入，成绩还不错。

Sat.早晨：饭泡粥（上日剩下的饭），罐头smoked Tuna（日本货很鲜），两个白煮蛋，剥壳蘸酱油吃。（中午在外面吃。）

晚上：先去日本人店里，请教sukiyaki的做法。很简单，关键只是作料，作料是酱油、水、糖（这个很重要，东西做菜之不同在此）。熏酒（Sake我还没有买，因为学校附近没有）、牛肉有剩的，再加菜和罐头笋、葱、姜一起煮，居然很好吃。（标准sukiyaki的蔬菜是豆腐、笋、线粉、carrot、芹菜、番茄，以后买了酒可以好好地来几次。）

Sun.早晨：白米粥、Tuna和白煮蛋。

中午：另出花样。买了一种chopped ham（大约是次级的，只有4角几一包，另外有五角几一包的），拿两片连切带撕，和线粉（日本人也叫Sai Foon——豆腐日本人叫Tofu）、笋，加盐、味精（Ajinomoto味の素）一起白烧，也很鲜。你说你粉要煮溶，我并没有发觉这种现象。美国火腿有好几种，你上次炖鸡的是哪一种？

今天晚上，有人约了去吃日本馆子，厨房暂停。我现在所有的器皿：frying pan（铁制，很重），铲刀，和咖啡壶是在旧货店买来的，三样不到$1.50。另新铝锅两只，一只约$1.00，可煮三碗多饭，另一只$1.40，容量3 quarts，还没有用过，等到天冷一点，好好地炖鸡、炖蹄膀〔髈〕来吃。炖菜大约是极容易的。

现在冰箱里没有牛奶butter cheese，水果也没有，今天才去买了四只番茄来。肉还剩牛肉片若干（放在freezer里），火腿三片。没有买过面包（我记得我们在New Haven，面包老是发霉，吃不完很可惜的），买了些面条，另有两罐Beef Vegetable Soup，必要时可以下面吃。但是我喜欢吃饭，又怕开罐头（很吃力），至今还没有用，所以备而不用的东西很少。

咖啡壶是三节的 ，我还不知道怎么用，你回信时不必来指导，大约任何美国人都会教我的。没有买咖啡，这东西暂时还用不着。我只用下一节煮开水，买了日本人的绿茶（很绿），今天才泡了一杯，昨天前天都是喝冷水，在我也无所谓的。

这样的生活还算俭朴。我不想什么 fancy dishes 吃，所以 recipes 也用不着。讲营养，蛋白质淀粉是够的了，脂肪可以大减少（不吃butter，不用猪油炒菜，不吃 ice-cream），吃的东西大约同我们在苏州的不合理的 diet 相仿。可能水果吃得太少（附近一家人家的梨树熟了，落了一地，我今天捡了两只吃，很小然甜。我门口的葡萄也可以吃，但我舍不得），但是我似乎也不需要。好在我不会每天顿顿自己做来吃的。

还有一点美德，也是苏州传来的，即不糟蹋米饭。第一天吃剩的饭，第二天早晨做稀饭吃。昨天晚上饭锅里还有饭，刮起来太麻烦，我就用 sukiyaki 剩下的汁，倒在饭锅里，一起煮成汤，把剩饭都吃完。今天早晨剩下的稀饭，我不倒掉，把米放进去，再煮饭。饭当然太湿了，但是今天中午的菜是火腿汤，杂格乱拌一起吃，也不觉饭之湿了。

自立门户，缺这样缺那样一下子想不起来。目前很需要字纸篓、扫帚和拖把。这些有空再去买吧。（电话 ME 3-4569）

箱子还没有开，所以照片还没有看见。我另外一卷Ektachrome，刚刚冲出，成绩都很好；印了几张在 1,000 animals 那里所照的，拿来了即可寄上，Carol 和 Joyce 看见了，可以很高兴的。替 Halleck 照的，也不错。可惜没有机会把 K 照入。

在 UW 挂了 Research Associate 的名义，而研究计划难定。上星期写《聊斋》，再看 Giles 的译本，觉得可以来一个补编。《聊斋》故事431 则（有些极短）。G 君仅翻了 160 则，我想至少可以再找二三十篇来译的。有些很有趣的较长的故事，都给 G 因为 coarseness 而删掉。这些东西也许最合近代洋人的胃口，而且在心理学上也有价值。如

《恒娘》毫不神奇，以狐狸精来讨论 feminine charm，是极有兴趣的。这个工作可做，但是我暂时恐怕没有时间来管它。不知道你有没有兴趣？

Taylor 想研究共产中国，我想从这方面来帮他的忙。这两天看了两种书：王瑶[1]（清华）的《中国新文学史稿》，和刘绶松[2]（武汉大学）的《中国新文学史初稿》。前者是 1952 年出版的，材料较多（鲁迅赞美台静农[3]——台大现任中文系系主任——的话都写进去了），立论上也较少专横，如胡风的话，还常常引用。后者是 1956 年出版的，那是一副正统面孔了。胡风被称为"蒋介石特务匪徒"；选材注意"斗争"，"正派"和"反派"都可得传，中庸一点的人反而被抹煞〔杀〕了。毛、鲁迅、瞿秋白、周扬和一位叫做冯雪峰[4]的话，是两书都大 quote 的，所谓"文学史"只是根据他们的话编写而已。

我现在想研究 1930–1936（年）所谓"左联"的活动。许多个人主义的作家或小集团如何汇成这个大团体，共党如何操纵，他们帮些共党什么样的忙——这些是极有趣味的题目。研究起来不难，只是材料不够。如左联的 publication，我相信即使 Hoover Library 也不会全备的。这方面你现在是美国少数专家之一，可惜我还没有看到你的书。你的书可能多讲作品，少讲作家们的 activities 和心理转变的过程，我相信我如好好地弄，也许可以写成几篇文章补充你的书。

1　王瑶（1914–1989），字昭深，山西平遥人，文学史家，1952 年后任教于北京大学，代表作有《中古文学史论集》、《中国新文学史稿》、《鲁迅作品论集》等。

2　刘绶松（1912–1969），原名寿嵩，湖北洪湖人，文学史家，1949 年后任教于武汉大学，代表作有《中国新文学史初稿》、《文艺散论》等。

3　台静农（1902–1990），字伯简，安徽六安人，作家、书法家，早年活跃于未名社，1946 年赴台任台湾大学中文系教授，代表作有《地之子》、《龙坡杂文》、《静农论文集》、《静农书艺集》等。

4　冯雪峰（1903–1976），原名福春，浙江义乌人，诗人、文艺理论家，1929 年参加中国左翼作家联盟，1949 年后任中国文联党组书记、中国作协副主席、人民文学出版社社长、《文艺报》主编等职，代表作有《湖畔》（合）、《真实之歌》、《回忆鲁迅》、《冯雪峰论文集》等。

现在住址已定，两箱书请寄信封上的地址为荷。可是又要浪费你的寄费了。身边东西越来越多，将来再搬家如何了局？《三国演义》想已寄出，这次你不要同我推让钱了，好不好？你现在有两篇，也该自己出面，不要让给我了。专颂

近安

济安

十月四日

〔又及〕如写家信，请把我做菜的情形，先约略禀告。我过些日子另行写信。

415. 夏志清致夏济安（1959 年 10 月 12 日）

济安哥：

十月四日来信收到已多日，前两天Joyce不舒适，患Bronchitis，服antibiotics，已差不多痊愈了。上星期我把glossary、bibliography等东西弄好，你的那篇《台湾》也打好了，一面打一面把文字多少修改一些，revised version文字比较紧凑一些，但原意未失，风格也如旧。我自己没有留底稿，不能写一份给你看看，等书出版后再看吧。我列的bibliography，有几本书不知道出版的日期和地方（indicate上海or北京即可），请你找union catalogue和在华大图书馆查一查。查得到最好，查不到也无所谓：

> 史剑[1]：《郭沫若批判》香港 195？
>
> 冯雪峰：《论民主革命的文艺运动》194？
>
> 郭沫若、周扬等：《论赵树理的创作》194？
>
> 郁达夫：《她是一个弱女子》(or《饶了她！》)上海 193？
>
> 　　　　《屐痕处处》上海 193？
>
> 张天翼：《鬼土日记》193？ 上海

1　史剑（1924–1983），本名马彬，字汉岳，浙江余姚人，笔名史剑、南宫博，毕业于浙江大学，后赴台，出任中国时报社社长，代表作有《汉光武》、《武则天》、《太平天国》、《蔡文姬》等。

李广田：《灌木集》开明 194？

茅盾：（抗战后的短篇集）《委屈》194？

施蛰存的散文集：《灯下集》上海 193？

老舍：《饥荒》（《四世同堂》第三部）晨光出版公司 1951？

梁宗岱[2]：《诗与真》

此外，Clarence Moy[3]有一篇文章叫 "Kuo Mojo & the Creative Society"，载于哈佛 Fairbank 主持的 Regional Studies Seminars 所 mimeo 印出的 *Papers on China*，1950，请查 volume number（这些 *Papers on China*，华大一定有的）。丁玲《太阳照在桑干河上》中有一个地主名叫 Hou Tien-Kueu，究竟是侯什么（典贵？），我没有书，无法查。你如借到该小说，我记得书前有人物表，一查即得。这些事，又要麻烦你一下，如找不到，请不必去惊动人了。

你搬进 apartment，自己做菜吃，自有一番乐趣，中国菜煮法很简单，你学会了炒和炖，大多数的菜都可以自己做，不久即可成为 expert。有几点我可以指导你的地方：一、你的 frying pan 是铁制的很好，铝锅虽轻便，煮饭可以，煮菜不相宜。铝锅和 sink 一碰，即有一片黑色留在 sink 底上，此黑色者即铝也。如炒菜，铝一定被炒到菜里面去；有些蔬菜，放在铝锅内煮后，铝锅即变色也。所以 aluminum 可能被吞下，于健康有害。最好的 pan、pots 当然是 stainless steel，Revere ware 是 stainless steel 最老牌的一种，但价格较高，你有兴，可以买一两件。二、can opener 你一定要买一件，而且

2　梁宗岱（1903–1983），广东新会人，诗人、批评家、翻译家，早年留学法国，结识保尔·瓦雷里（Paul Valéry），法译的《陶潜诗选》获得罗曼·罗兰的高度褒扬。回国后，任教于北京大学、清华大学、复旦大学、中山大学、广州外国语大学等大学，代表作有《晚涛》、《芦笛风》、《诗与真》等，译有《莎士比亚十四行诗》、《浮士德》等。

3　Clarence Moy（克拉伦斯·莫伊，1916–2015），出生在美国俄勒冈州波特兰市，1934年到中国广州、南京上学，美国密苏里大学新闻系毕业，1947年参加美国中央情报局，1951年获哈佛大学硕士。

必定要买用 screws 钉在墙上的那一种。我们用的牌子叫Swing-Away，非常方便（老牌 Daisy 想亦不错）。小型的can opener，既麻烦，而且用起来不放心。小型can opener，cutting edge 不smooth，结果金属 particles 都掉在食品上，吃下去可能有害的。美国frozen蔬菜都是染色的，毒已很多，再吃金属，与〔于〕身体更不相宜。三、你的咖啡壶得用drip方法，Carol 不会用，请问洋人。我们喝instant coffee，味道虽差，方便得多。四、你能买到中国作料，很好。但有几种美国人用的东西，用起来很方便，如onion salt、garlic juice等。有一种香料（at spice counter）anise seed，即茴香，炖红烧牛肉最相宜，味道和中国的茴香一般无二。Ginger powder 我是常用的，但其调味的功效远不如老姜。你煮菜用的花生油，不知是什么牌子，我们用corn oil（Mazola），另外一种cotton seed oil 叫 wesson oil，equally popular。Butter、lard 等动物油质〔脂〕，boiling point 既低，与〔于〕身体也有害，少用为妙。Supermarket 有cleaned 好的鱼、虾、lobster 等，这种海鲜放在作料里soaked 了一二小时，即可直接放进滚油里去，很容易fry，你不妨试试。五、有时饭多了，隔日仍可吃饭，不必煮粥。买一个colander漏锅 ，把冷饭放进去，然后把colander在大锅后，锅内先放下一两寸热水，把盖盖上。让水boil，蒸汽下〔上〕升，饭得到水蒸气，到适当热度，即可吃了。此法是我想出来的，很方便。六、美国frozen food得放在freezer，frozen orange juice，早上吃一杯，开胃提神，是很有益的，其他juices你可以试用，较吃水果方便便宜。此外frozen vegetables，纸盒出售，不知你买过否？Corn、peas等类大概比新鲜的好，leafy vegetable等则味道远不如新鲜的。但有时prepare fresh vegetable 麻烦，也可试用一下。美国canned soup 最versatile，普通frozen veg. 放在鸡汤里（instead of water、salt）一煮，也就很可口了。七、你的冰箱如是旧式的，日子一久了，freezer 一定厚厚encrusted with冰雪。把frozen defrost，花时间很多，不方便。我的方法是每两星期or so，用大spoon or hammer，把compartment敲打，冰块受了震动，自己就掉下来了，这样方便得多。当 frust 仍在 fluffy 的 stage，用 spoon scrape freezer 内部，那更省事。八、我用的 ham 是 daizy ham（可问 attendant），是小型纸包的东西 ❨❩（红黄色），像大型的 sausage。此种 ham 与普通美国粉红的 ham 是不同的。有 fat，很咸。普通美国人吃这种 ham，把它放在一大锅水中煮，煮熟了把水倒掉，吃肉，真是大大的不智。我 invariably 炖鸡时，把 daizy ham 放在里面，好像是一品锅。注意：不要放 salt，鸡半熟时，尝过后，再放盐，因为 ham 是相当 salty 的。你有大白菜、香蕈、笋，炖起来更有味道了。九、Supermarket fresh mushrooms 很多，白色，这种东西用大量滚油炒以后（转黑色）很可口，可和肉片同吃。

我做菜，因作料不够，数年来，除炒菜外，不外蹄膀〔髈〕、炖鸡、红烧牛肉、咖喱鸡，数种而已。你多 experiment，可以做更多的菜。如豆腐此物，我从来没有用过，因为买不到。

十月初给父母的信已报告你就职 UC 的好消息，你过几天可以把住 Apt.，煮菜的经验讲给家中听。你当 Research Associate，Salary 已讲定否？你的 research 计划，我觉得译《聊斋》比较方便，容易见功。Giles 的版权早已 lapsed 了，他译的文体可能不够好，不够 faithful。你把他所译的 revise 一下，自己多译几篇，可以好好地出一本书。《聊斋》文言很 elegant，美国专家是不敢动的（《恒娘》似已被林语堂译了，载在他的《中国短篇小说选》内，有 pocket edition）。此外你可参考 Martha Davidson[4] 的 *A List of Published Translations from Chinese into English, French, German*，看看那〔哪〕几篇故事是已有人译过了。你译《聊斋》可以出书，研究"左联"活动，至多只好写几篇文章。"左联"的内幕，究竟怎么样，我还不大清楚。它和 Comintern 的关系，也没有人研究过。二十年代，常常有人骂鲁迅有 rubles 的 income，鲁迅也写文章否认过。"左联"出的刊物这样多，究竟有没有第三国际津贴，也很难说。瞿秋白无疑是"左

4　Martha Davidson，生平不详。

联"的领导人物，冯雪峰后来参加长征，和江西关系是弄得很好的（他也被purged了）。此外，还有托派，其中大人物是创造社的王独清[5]，但托派还有些什么人都不清楚。生活书店，韬奋[6]（also艾思奇[7]）这一段历史也是值得研究的。巴金安那其派的人物也可入文，可以研究的材料极多，问题是从现有的书本上，能否得到accurate instruction。鲁迅笔战一场后，如何投降中共，这一段历史的内幕（应看《鲁迅书简》，我没有看过这部书），我至今还未弄清楚（approach 他的是冯雪峰）。周扬（大夏大学学生）在三十年代如何弄出头的，也很费解（他是和胡风辩论而出名的，早一些时候，他仅是个translator，他如何能得到中共的信任，也很难说）。总之，在我看来，郭沫若、周扬、创造社 veterans 是一派！鲁、茅（非党员）、胡风等是另一派，鲁茅那一派有什么政治背景，也很难说。你要研究这个题目，非得大看书不可，最好写信问当年（的）文坛老人（如胡适、黎烈文——《自由谈》编辑，他应该掌故很熟），打听内幕消息。我书上这种材料不多，你要研究这个时期，最好能翻阅旧杂志，先读一两个月书，有了头绪后，可再写文章。你的两包书，日内即寄出，你要动用存款，随时可寄还。Carol 因 Joyce（生）病，很忙，隔几日再给你信。我看了 *A Hole in the Head*（Robinson 演技很好，Sinatra 和 millionaire Keenan Wynn 相会的那一段，我认为拍得极好）。这几天工作较轻松些。匆匆，即颂

近安

弟 志清 上
十月十二日

---

5 王独清（1898–1940），山西蒲城人，诗人、小说家，曾加入创造社，代表作有诗集《像前》、《死前》、《独清诗选》等。

6 韬奋（邹韬奋，1895–1944），原名恩润，江西余江人，记者、出版家，1926–1933年主编《生活》周刊，1932年成立生活书店。代表作有《小言论》、《大众集》、《韬奋言论集》等。

7 艾思奇（1910–1966），原名李生萱，云南腾冲人，哲学家，曾任中国哲学学会副会长、中国社会科学院社会科学学部委员，代表作有《大众哲学》、《哲学与生活》等。

416. 夏济安致夏志清（1959 年 10 月 12 日）

志清弟：

　　收到来信，甚为欣慰，盖期待已久矣。你功课如此忙法，我则很清闲。研究的题目还不曾正式开始，"左翼联盟"的史材〔料〕太少（他们办了很多"短命"刊物），也许就研究 1949–1959（年）间的中共文坛，最后写一篇像样的文章（不是 paper 式的），投稿给 PR 或 Hudson R. 等的 chronicle 栏。此事也许能做。上信提起"冯雪峰"，后来知道此人也是胡风反"党"集团里的。据闻鲁迅当年曾和周扬笔战，周的文章（早期）不知容易找否？最近在看 Ernest Simmons[1] 的 Through the Glass of Soviet Literature，发现苏联的文艺路线曲折经过，多少可以和中共 parallel。毛在 1942 年的整风报告中提出文艺路线，1946 年夏秋之交，Zhdanov[2] 所提的苏联路线，可以说是毛的 echo。这种东西可能没有人研究过，可以取巧地发挥一下。中

1　Ernest Simmons（西蒙斯，1903–1972），俄国文学研究专家，代表作有《契诃夫传》(Chekhov: A Biography)、《俄国现实主义导论》(Introduction to Russian Realism) 等。

2　Zhdanov（Andrei Zhdanov，安德烈·日丹诺夫，1896–1948），苏联领导人，曾任联共（布）中央政治局委员、中央书记处书记等职，长期主管苏共中央的意识形态工作。

国在 20's 所介绍的共产文艺理论，如 Plekhanov[3]、Lunacharsky[4]、Bukharin[5]等，后来在苏联都受清算的。那些普罗理论书，现在也不容易借到了（除了《鲁迅全集》里的以外）。为对付 UW，我也许就研究中、苏共党的文艺政策。Simmons 还有一本书，其中有 Erlich 的 "Social & Aesthetic Criteria of Soviet Literary Criticism" 一篇文章，我认为这个题目取得很好（我尚未看）：中共文艺理论闹了几十年，主要也是想两个 criteria 兼顾，偏左不好，偏右也不好。中共十余年来文艺理论的根据一直还是毛的 1942（年）那篇报告。

哈佛 Fairbank 历年以来，私人印了（打字、油印）十几套 *Papers on China*，我看见 1958 年的一本，收文五篇，其中有一篇论郭沫若的早期生活，大部抄他的自传，没有意思；还有一篇论"百花齐放"与费孝通，写得很不错。我一直对于"百花齐放"不大了解；台湾的反共专家认为那是个 trap，预备来捉那些心里想反共的人的。据那篇文章（作者是女人，姓 Hawtin）说，中共起初（陆定一[6]演说时）很有诚意要争取"高级知识分子"的（1956），到 1957（年），从 6 月 8 日到 7 月 8 日，那才是布下了天罗地网预备捉人的。她（的）文章把日子一天一天排得很好，我才开始对于"百花齐放"有点认识。想不到美国人对于中共的事情的确有人是有点了解的。

3　Plekhanov（Georgi Plekhanov，普列汉诺夫，1856–1918），俄国革命家、理论家，早期的马克思主义者，俄国社会民主主义运动开创者之一。代表作有《社会主义和政治斗争》（*Socialism and the Political Struggle*）、《历史唯物主义论集》（*Essays on the History of Materialism*）、《论个人在历史上的作用》（*On the Question of the Individual's Role in History*）等。

4　Lunacharsky（Anatoly Lunacharsky，阿纳托利·卢那察尔斯基，1875–1933），俄国革命家、美学家，苏俄首任国民教育人民委员会委员，长期负责文化教育和意识形态工作。1930 年任驻国际联盟代表。代表作《实证美学概论》、《列宁和文艺学》、《社会主义现实主义》等。

5　Bukharin（Nikolai Bukharin，尼古拉·布哈林，1888–1938），苏联领导人，苏共中央政治局委员、共产国际执行委员、《真理报》主编，曾被誉为苏共"党内头号思想家"。1929 年由于和斯大林政见分歧被开除出苏共，大清洗时被处决。

6　陆定一（1906–1996），江苏无锡人，1949 年后任中共中央宣传部部长、国务院副总理、中央书记处书记、文化部部长等职。

英文系 Weiss、Don Taylor、Hoover，三人合送一只 frying pan
（市价要几十块一只），算是给我搬家的礼，盛意可感。那只 pan，
可以调节温度，从150°到400°，并附详细说明书，介绍各种西菜
的做法（包括 dessert、candy 等），我收到了很窘。我不想做个好
cook，那种西菜我也不想学（并不是我不喜欢吃美国菜，吃美国菜可
以上馆子，用不着自己动手了）。看来做 steak 最省事，只要把肉放
上去，把温度、时间算准就成了。那只 pan 同时可做三块 steak 或六
块 pork chop，可是我绝不想用我自己做的菜请客，要请客还得上馆
子。现有的电灶很够用了。上星期买了一只鸡（约二磅多，已切成
块，附鸡什鸡肝），吃了三天还吃不完（白烧，汤极鲜），但天天吃
鸡，也觉单调。Thomson Hall（Far Eastern［系］所在地）的 janitor 卖
给我一只鸭子，重五磅多，我想那是吃一个礼拜也吃不完了，乃送
给 Weiss，昨天晚上到他家里去吃的饭，足见我对烧菜的兴趣不浓。
其实中国菜都不难做，炒菜只是抢个快，炖菜只是火候。附近 A & P
supermarket 恐怕没有蹄膀〔髈〕卖，几时想做红烧试试看。你恐怕不
知道母亲的红烧肉是不合标准的（母亲喜欢加百叶结或萝蔔〔卜〕）。
我在浦东，曾跟父亲住过几个月。父亲根据 cook book 做红烧肉，先
白烧，然后加酱油与糖红烧。这是标准做法，其肉嫩。母亲是一上
来就加酱油红烧的，结果肉比较老。母亲刚到浦东，还和父亲辩论
呢。父亲说："你问济安，看啥人做的红烧肉好吃。"我至今还没买
过面包、咖啡、牛奶、冰淇淋、水果等，美国像我这样一个厨房大
约是很少的。广东香肠极鲜（我曾用以炒蛋，加番茄），你们不妨去
supermarket（纽约）order。冰箱里还有一大块火腿，似乎不够咸，味
道有烟熏的香味，只好算熏肉也。Carol 对于我寄去的"皮蛋"，有
何意见？Daniel Weiss 很想一尝 Ancient eggs，但是 Seattle 恐怕没有。

胡适在 Seattle 住了一天（在李方桂家里），我因上月在纽约没有
去看他，这次特地到飞机场去迎接。他在台湾，飞机场迎送的人每
次都有几千，我可一次也没去过。他在飞机场同我瞎客气，问我：
"你太太好吗？"这种话他对于半生不熟的人，大约常说，对于我可

用不上。李方桂家里有一个reception，他见（了）我大赞美你。他对
Wilhelm及另一人说: You must have his brother（可惜Taylor 和Michael
那时不在旁边）；Wilhelm说道：这大约是family tradition了。后来我
要走了，向他告别，他忽然语调转变，说道："叫你弟弟回台湾来教
书呀！"胡适在美国的声望虽不如昔，在UW的远东系，他还是大受
尊敬的。他转San Francisco，即飞台湾。

最近才接到Schafer 的信，告诉说，Dean & Chancellor对于聘任
事都已表示赞成，这样事情才算定当。此事怎么成功的，我至今还
觉得很奇怪，只好以命运解释。承蒙介绍柳、李的书，很感谢，免
得我编选讲义麻烦了。我相信假如运气好，教书也不会大失败的。

《聊斋》与《琵琶记》于月底前就寄出。支票90元也已收到。你再
把30元推让给我，我真不好意思叫你写那篇《三国》了。我论《聊斋》
说：中国小说中只有《红楼梦》和《聊斋》是描写女人心理最成功的。
《文学杂志》已收到，其中思果[7]继续在攻击《聊斋》，文章我还没看，
但他的第一篇我看了就不服气，很想我也来一篇。其实叫我来研究
《聊斋》之类的东西，比研究左派作家有兴趣得多了。

箱子已从Pressly处拿来，发现Kodacolor一卷照得并不好。毛
病是out of focus，我的Leica太旧，镜头拔出拔进，松了。在Seattle
有时替人照相，也犯这个毛病（镜头焦点和软片不成绝对垂直），很
窘。底片我已去添印，寄上两张请转寄家里。另外kodachrome寄上
五张。Joyce真聪明，记得纽约的事情，还能拿来做游戏。现在寄上
的照片里，有llama拉车（烦你扮演一次llama了），有animal food的
箱子，想必更可唤起她的回忆。可惜我不能"出主意"，替她设计新
的游戏。Carol想必忙碌如常，过几天预备写封英文信同她讨论烧小
菜的经验。

7　思果（1918–2004），原名蔡濯堂，江苏镇江人，天主教徒，散文家、翻译家，代
　　表作有散文集《香港之秋》、《林居笔话》、《橡溪杂拾》等，译作有《大卫·科波菲
　　尔》（*David Copperfield*）、《西泰子来华记》（*The Wise Man from the West*）等。

最近很想学开车，可能忽然会有一天心血来潮，真去学的。别的再谈，专此 敬颂

近安

济安 启

十月十二日

〔又及〕这一期（10月）*Harpers* 中论美国新小说与新诗二文，我已寄给台北，请人翻译去了。

搬来后还没有整理过床，也还（没）有扫过地，扫帚还没有买。上信恐把地址写错了：这里是 12th Avenue N. E.，不是 12th Street N. E.，请注意。

417. 夏济安致夏志清（1959 年 10 月 18 日）

志清弟：

　　接来信，知Joyce稍不舒服，现想已痊愈，甚念。我的《台湾》，承蒙修改，甚感。其实我那篇东西，立论自信大致准确。写完以后，近来想想，有些论点，还可以大加发挥。但是懒得去动它，你把它改成〔得〕紧凑一些，那是最好了。托查的书，只有《她是一个弱女子》（郁）、《饥荒》（老舍）和《鬼土日记》（张）未查到，其余的如下：

　　①史剑（1954）——此书根据David Tod Roy所著 *K. M. J.: The Pre-Marxist Phase*（收在F.氏所编 *Papers on China* Vol. 12, 1958——上信中已提起）的Bibliography中说："作者did not have access to《创造季刊》与《创造周报》。"他真姓名是马彬，查Union Catalogue，才知道他另一笔名是南宫搏，写了很多香艳的历史小说（如大美人李师师、李凤姐etc.），我一直把他当作无聊作家看待。②冯雪峰，上海，1949。③郭、周等，1949，湖北新华。④《屐痕处处》，上海，1934。⑤李广田，1946。⑥茅，1945，上海。⑦施，1937。⑧梁宗岱，上海商务部，1935。Moy的文章收在 *P. on China* Vol. 4, 1950，题目把创造社译成The Creation Society。丁玲的小说，华大没有，暂时也不想去转借了。

　　你的书引证如此广博，实在可怕。我只看见你的《论张爱玲》与

《结论》两章，以为注重在批评，后来愈来愈发觉你在scholarship上
所用的功夫。这种书我恐怕是一辈子也写不出来的，没有这个精神
和毅力也。

　　研究事，还无头绪。昨天看《鲁迅书简》，倒很感兴趣。鲁迅
致其母之信（母在北平，想是依周作人而居，鲁在上海），一点不
像"革命文豪"的著作，简直同我们的家信差不多。他讨论修坟（绍
兴），讲讲亲戚朋友，报告天气和海婴如何地顽皮等。他母亲能看小
说，几次叫他去买张恨水、程瞻庐[1]等的作品，鲁都买了寄去。鲁
说：张恨水的作品，他没有看过。不知道他老太太看了《呐喊》、《彷
徨》是什么意见。家信中一字不提周作人，也很奇怪的。（《书简》于
1946年出版，会不会许广平给删去的？）

　　1933年十一月五日致姚克[2]（莘农）信中，有对于《鲁迅评传》的
意见，抄录如下：

　　　　弟（按：他不写"第"，专用"弟"；不用"於"，而用"于"）
　　十一段至十二段，其中有不分明处。突兴之后，革命文学的
　　作家（旧仇创造社，新成立的太阳社）所攻击的却是我，加以
　　旧仇新月社，一同围攻，乃为"众矢之的"，这时所写的文章
　　都在《三闲集》中。到一九三〇年，那些"革命文学家"支持不
　　下去了，创、太二社的人们始改变战略，找我及其他先前为
　　他们所反对的作家，组织左联，此后我所写的东西，都在《二
　　心集》中。（按：似乎毫无enthusiasm。）

1　程瞻庐（1879–1943），名文枚，字观钦，号瞻庐，又号南园，江苏苏州人，作
　　家，先后在苏州晏成中学、振华中学、景海女校任教，并在《小说月报》、《礼拜
　　六》、《半月》、《申报》等报刊发表作品，代表作有《茶寮小史》、《众醉独醒》、《唐
　　祝文周四杰传》等。
2　姚克（1905–1991），原名姚志伊，又名莘农，安徽歙县人，毕业于东吴大学，剧
　　作家、翻译家，20世纪30年代初与鲁迅交往密切。曾参与英文刊物《天下月刊》
　　的编辑。代表作有剧本《清宫怨》、《楚霸王》、《美人计》、《蝴蝶梦》等，英译有
　　鲁迅的《短篇小说选集》等。

他信中对于北大一批人颇为切齿，因为他们不让他教书。前些日子，看见闻一多在某处说的话，大意是闻在清华教书时，自居"京派"，瞧不起"海派"的鲁迅，在昆明时，很觉后悔云。北大那些五四英雄，后来"变节"，也是使他大感寂寞的原因之一，如胡适、刘半农，甚至林语堂等。

鲁迅的脾气、性情、思想，以及"斗志"等，我自信能相当了解。不了解者，是他怎么会"积极"地去支持与加入左联。他是一股巨大的摧毁的力量，最能戳破中国人的complacency；我认为台湾的乌烟瘴气，实在需要"鲁迅风"去一扫（我没有这勇气与救世的conviction）。鲁迅某信中说：冰莹[3]……与左联亦早无关系。如此冰莹亦曾加入过左联的。

他的"两间余一卒，荷戟独彷徨。"不知是在'30之前或之后写的（鲁迅这个卒，后来也是个"过河卒子"）。这使我想起自称"过河卒子"的胡适。鲁颇不齿胡之为人，于其治学方法亦不大赞成。但是胡这次回台湾，可能做martyr去了。十一月台湾要开国民代表大会，讨论"修宪"和总统连任问题。前天跟萧公权[4]（UW教授，清华教授，中央研究院院士，是个和善的前辈学者）谈，他说胡适这次告诉他，回台湾去后要大大地反对修宪和总统连任。胡是国大代表，在会场里预备发表重要的演说。我真替他担心。台湾的事情，岂是总统换个人，捧牢了宪法，就可有济的？胡适与其说是提倡民主，还不如说是提倡parliamentarianism，为这个理想，闹得自己的性命有危险，真是何苦？萧公权分析胡的性格，说他"太爱名"，怕

3　冰莹（谢冰莹，1906–2000），原名谢鸣岗，字凤宝，湖南新化人，作家，曾留学日本，1948年去台，代表作有《从军日记》、《女兵自传》等。

4　萧公权（1897–1981），原名笃平，自号迹园，江西泰和人，政治学家，早年留学美国，获康奈尔大学博士学位，返国后先后任教于南开大学、燕京大学、四川大学、光华大学等学校。1948年当选为第一届中央研究院院士。1949年底赴美，任西雅图华盛顿大学教授。代表作有《中国政治思想史》、《宪政与民主》、《中国乡村》、《问学谏往录》等。

美国之寂寞，乃回台湾。他又说蒋廷黻[5]曾指着胡说："适之，你不以为你提倡什么科学方法，you are more a Chinaman than any of us!"胡一向提倡民主的理想，但在台湾，非得卷入实际政治阴谋不可。有三方面人在拉拢他或捧他，而胡适最喜人捧：一、陈诚——有野心想做总统，且极反对蒋经国；陈诚有自己的特务（好像Beria管特务，但Malenkov等人也自有其特务），于党方、政方、军方、财政经济方面都有势力，他只厌恶老蒋与悻老子为后台的蒋经国。二、C. C.——陈立夫拖了一大批没落的知识分子、地方绅士与党棍子进立法院，这帮人本为majority，现失势（一部分被拉进陈诚或蒋经国的圈子），但不服气（雷震亦为C. C.），现成台湾的民主势力（virtually是国会内部的反对党）；闹得最凶、最使老蒋头痛（陈诚表面上（？），可能事实上还是效忠老头子的），凡是《自由中国》半月刊上所大闹的案子（如电灯加价，出版法修改……），立法院中皆由C. C.为回应，但C. C.无头，预备捧胡出来。据萧公权说：胡公于去年回台任中研院院长之前，曾邀他去谈话（在纽约），拿出真正的龙井茶饷客，胡说，决不预备谈政治，但很难，"人未回去，已经有人来拉拢了。"萧问是谁来拉拢呢？说是"C. C."。三、不满现实的青年——热血分子，近几十年来在中国一直大闹，在台湾十年来没有闹的机会：大学生、中学生、职业青年，甚至军人。这帮人可能相信"议会政治"，但也可能有左倾分子（他们被压入地下，别的话不敢说，唱"民主"高调还是可以的），也有感到生活苦闷，只想以闹一闹为乐的。还有一批人，力量很大，跟胡还没有什么来往，但是雷震跟他们很要好，即台湾地方势力。现在只是高唱"地方自治"、"地方选举民主"，先占据了地方要职再说（Majors、City Councillors等），

5　蒋廷黻（1895–1965），字清如，湖南邵阳人，历史学家、外交家，早年留学美国，获哥伦比亚大学博士学位，返国后任教于南开大学、清华大学等学校。后弃学从政，1945年任中国驻联合国常任代表，1961年任台湾驻美国"大使"兼驻联合国"代表"。代表作有《近代中国外交史资料辑要》、《中国近代史》等。

其中可能有大野心家，想搞"台湾独立"。胡不赞成"台湾独立"，但是一定支持他们的"县市乡镇民主选举"的。现在蒋是阻碍四方面（陈诚可能是例外，he can afford to wait；但另外三种人都在捧陈诚，不知陈将何以自处？）的力量，逼他下台的这四种人（陈诚的干部想升官发财，也唯有等陈诚出来做No.1 man，他们也可能怂恿陈诚），老蒋即便肯放手，但蒋经国的话，他是听的，可能还想做总统。今年年底明年年初，台湾的局面将相当紧张。

十月一日北平开大会，*Time*、*Life* 等尽嘲弄之能事。我是始终不敢小看共产党的阴谋与力量的。照我看来，共产党志在必得台湾，但又怕打美国人。他们的"解放"计划，如要实现，只有让台湾内部起变化，把老蒋轰走，来个"民主"政府。如此美国既不便干涉，共党又从此可以渗透，慢慢地把台湾吞噬下去。老蒋虽缺点甚多，他到底还是安定台湾的力量。他即使再连任，总得有归天之一日，台湾那时恐怕没有太平了。

我讲鲁迅与胡适，其实也是讲我自己。我在台湾，以《文学杂志》主编及所谓"名教授"的身份，麻烦是很多的。我已觉察出危机（有些朋友——如刘守宜——及学生等，是希望我出来做官的），侥幸抽身得早，不知明年要不要再投身是非之地耳。我如对于政治毫无兴趣，那倒是大大的幸福，但环境不容许（朱光潜都是三民主义青年团的理事），再则我对于政治的兴趣，的确很浓。如一开头写文章讨论政治，就欲罢不能，一篇一篇地写，最后非采取某种立场不可。这是in spite of yourself的。如鲁迅虽常嘲骂"革命文学"，他一直没有反对过"革命"；如要革命，当然要群众，群众又变成了"无产阶级"，他之成为"左联"的发起人之一，也许有这么一个过程。胡适一直想做政府的"诤友"，这次他就回台湾去，进可能是最后的"诤言"了。其间似乎有一种logical necessity。但政治很复杂，问题如单线解决，总是顾此失彼的。鲁迅得到了"普罗"，一定失去些什么。胡适把老蒋逼下台来了，台湾的问题也许更复杂。我在台湾就不知道采取什么政治立场的好。我在讲堂上曾公开地讲，英千里曾劝我入党，我说："国民党如自命革命的政党，我决不加入；如改称'保守党'，我也许考虑。"当然，改名称也没有什么用，即使国民党真成了保守党，那就能百分之百地符合我的希望和要求吗？足见我的话说得很幼稚。雷震他们当然希望我去加入谈"民主"。其实，英千里和雷震等，都是忠厚人，手段拙劣，假如碰到一些厉害的人（如曹操、刘备等），我也许糊里糊涂地就拉过去了。许多教授在昆明、北平、上海、南京等地被拉入"民主阵线"（或 C. C. 集团），其间经过，一定都可以写成小说的。可惜现在写小说的人，无此 imagination 耳。

学者文人教授加入某一政治团体，大约同女人〔和〕某个男人结婚情形相若。可能她只是想男人，而偏偏该男人追得甚紧而手段高妙，她就结婚了。事实上，她不一定就对该男人十分满意的。

我在台湾，好像是个 prudish 的处女，总算保其"节操"逃出来了。现在容光日益娇艳，dowry 也增加了，回去，追的人一定更多。

昨天 UW 和 USC 大比足球，同时又是 Home-coming weekend，热闹非凡。USC 是 Time 列入各大学足球第二名的，实力很可怕。这次我没有去看，前星期 UW vs. Stanford，我去看了，不甚有趣，球员都挤在"一足堆"，要诀是"寸土必争"，攻到底线（touch-down）就赢。Barzun 的 God's Country & Mine（讨论美国风俗人情）我已买来（Home of Intellect 尚未〔无〕），他很不赞成足球，认为是 Muddy hecatomb，但很欣赏棒球，认为像 fencing，又像 ballet 云。事实上，欣赏棒球也不易，一个好的 pitcher 连掷三个不犯规的球，而叫 batter 接不着，该是极精彩的，但是不懂的人（如我）可能觉得沉闷。UW 赢 Stanford，但败于 USC。星期五晚上，到 Greek Row 去参观，真热闹，该 Row 占地好几个 blocks（好几条街），各 fraternity 与 sorority，都扎彩挂灯，还沿街表演歌舞戏剧。女学生漂亮的多极多极（表演的与旁观的都算在内），平日在 campus 反倒不注意。一切装置与表演，都是表示要打死USC的Trojans队，而拥护自己的Husties队。
试举一处sorority的表演：房子前面搭一戏台，做barn状，barn上面
挂了一张布，上书Gunfight at UW Corral。先上来四个男装少女，跳
舞；后上四个少女，合跳；后加至男女各八；再上来十几个少女散
坐在台的四周，作各种表情。上坏人（即Trojan），有仁丹胡子，众
人惊逃；再上两英雄（即Husty），其人亦少女扮演，国色也；两人
比手划〔画〕脚多时，英雄把坏人一枪打死。前面的八对男女再上来
大跳舞庆祝。舞剧进行时，有音乐（hi-fi）伴奏。其他各处sorority的
歌舞少女，姿色大约都不比Radio City Music Hall的Rockettes差。
Fraternity的表演以幽默为主，味道就较差。

　　我因为在宿舍里认识一批学生（宿舍不在Row的附近），所以
有机会去看这些低级趣味的东西。若专和faculty来往，是不会去看
的。他们大多数人之嫉视足球，不在你之下。美国大学生活真有
趣，一方面是苍白的，shy的，好静的faculty与研究生，一方面是
Wu-Wah Wu-Wah的本科生与Alumni。我因为兴趣太广，对两方面
都想略有认识。若一心做scholar，就不免miss掉大学生活中的热闹
部分了。（今天听说，昨晚一幢fraternity house失火烧掉。）

　　再看那些讽刺USC与Trojans的表演与装置，那是harmless的，
中国以前也学过美国的玩意儿，如清华之与燕京、交大（南洋）之与
暨南，在运动上竞争得都很厉害。我在中学读书时，常看到报上交
大、暨大比赛soccer的热闹情形。上一晚要"誓师"，也有"校花"献
旗，"文丑"写壁报痛诋对方，校友和社会人士跟着瞎起哄。后来政
局多故，学生的精神多发泄到政治上去了（当然也有人在引导的）。
如暨南大学的学生本来可能演戏挖苦交大的，后来改为宣传抗日
了；胜利以后，就成为宣传反蒋，美国民主政治所以能维持，青年
人宁可瞎闹，而不去管政治，也是原因之一。如一旦那种fraternity
与sorority演的戏、唱的歌、跳的舞，是反杜鲁门，或反艾森豪（威
尔）的，美国政治大约已临末日。即使大家唱歌跳舞来反对苏联，
美国大约也快完蛋。美国之所以比苏联强，从青年人的"闹"的不

"纳入正轨"，也可以看出来的。台湾的青年一点也不闹，政府偶然来领导热闹一下，大家敷衍了事。这也不是好现象。

Book of the Month Club 的宣传品，承你退回来，大兜圈子，刚刚寄到。十月份的那本书：John Hersey [6] 的小说，来不及退掉，让它寄到 Potsdam 去吧。只好请你掏腰包，把书款寄给他们。连 Hersey 之书，我已经买了五本，离规定的购买数已不远。为免周折起见，请你以后每月代拆，如书不合用，则请寄一明信片去，说不要。它所选的书，有些我是不要看的，如 Hersey 的小说，想无多大道理，有些也许还能一看，请你斟酌好了。

承蒙指示煮菜法，甚感。我尚未做过红烧牛肉，因切起来太麻烦。红烧肉已做过，太性急，肉不甚烂，但还可以。配以白萝葡〔卜〕一条；照母亲（的）做法，萝卜先要（放）到水里煮一煮，把苦味煮掉，我也省了这一步。买了一大块猪肉（loin 部分，带肥肉与骨头，想是和蹄膀〔髈〕相去不远了），随时切些做做，尚未吃完。大白菜（即苏州做"烂污肉丝"的那种）极肥而甜香，Potsdam 大约是没有的。我怕切，肉丝之类是不会去做的。现用的花生油是 Planters 牌。Orange juice 尚未买，因为没有 pitcher。但是常常到小店买一杯来喝喝。Frozen 的东西还没有买过。

此间可能没有薪水。我向 Taylor 请求 job 时，自己提出来的条件。他说看他去 dig up 如何，系里款项如多，不会不给我；如不够，也许真没有了。我现在生活除吃东西（仍旧不断地在外面吃）、房租以外，其他用途也不多。即便没有薪水，也可维持，请勿念。中国馆子不大去吃，因为菜太丰盛；我小时吃苦，大了不肯糟蹋东西，菜不吃完，又觉可惜，勉强吃完，还得添饭，因此 overeat，惹得父亲发议论。在别种馆子和自己煮菜时，吃得都很合中庸之道的。

---

6   John Hersey（约翰·赫西，1914–1993），中文名韩约翰，美国作家，生于中国天津，十岁时随父母返回美国。二战期间，往返于欧亚大陆，为《时代》、《生活》、《纽约客》撰稿，1945 年曾获普利策奖。代表作有《钟归阿达诺》(A Bell for Adano)、《广岛》(Hiroshima) 等。

昨天看了 *Love is My Profession*[7]，不大有趣，虽然B.B.仍很美。
我以为是一出 mystery，不料不是。蹩脚三角恋爱，两个男人个性都
模模糊糊。Joyce 想已痊愈，你们不要太紧张，把大人累到〔倒〕了，
也不好的。我寄给家里的信与照片，想都收到。专颂
　　近安

济安 上

十月十八日

　　〔又及〕台北现有的文人，除黎烈文、台静农外，尚有孟十还[8]
（已搁笔）、戴杜衡[9]（即苏汶，专写报纸杂志的editorials，现专攻经
济学，我拉过他好几次）、胡秋原[10]（立法委员、中央研究院近代史
研究员，写得很勤，但不涉文坛）等，他们该知道些当时的情形的。
叶青[11]已成KMT忠实信徒，当年是托派，办辛垦书店。当时托派大
本营该是神州国光社、王礼锡[12]等。

7　*Love is My Profession*（《不幸时刻》，1958），法国电影，据乔治·西默农（Georges
　Simenon）小说改编，克劳特·乌当–拉哈导演，让·迦本（Jean Gabin）、碧姬·
　芭铎主演。

8　孟十还（1908–?），原名孟斯根，辽宁人，作家、翻译家，曾留学苏联10年，与
　鲁迅来往密切。1949年去台湾，任国立政治大学东方语文学系主任。退休后
　定居美国，后病逝于美国，卒年不详。翻译有果戈里的《密尔格拉得》、莱蒙托
　夫的《且尔克斯之歌》等。

9　戴杜衡（1907–1964），原名戴克崇，笔名杜衡、苏汶，浙江杭县人，作家、翻
　译家，曾任《无轨列车》、《现代》月刊等杂志的编辑。代表作有《石榴花》、《叛
　徒》、《漩涡里外》、《文艺自由论辩集编》等，译作有《结婚集》、《道林格雷的画
　像》等。

10　胡秋原（1910–2004），原名胡业崇，湖北黄陂人，史学家、政论家，曾任上海亚
　东书局编辑、同济大学教授。1949年去香港，1951年去台湾。1963年创办《中
　华杂志》。主要著作有《近百年来中外关系》、《历史哲学概论》、《中国文化之前
　途》、《民族文学论》等。

11　叶青（1896–1990），又名任卓宣，四川南充人，政治家，早年曾参与发起组织
　"中国少年共产党"，任中共旅法支部书记，后转投中国国民党，任国民党中央
　宣传部副部长。1949年去台湾，曾任国民党中央评议委员、台北政治大学教
　授。主要著作有《胡适批判》、《民生主义真解》、《中国政治问题》等。

12　王礼锡（? –1939），诗人、作家，1929年在上海创办神州国光社，后因宣导展开
　中国社会史的讨论而轰动一时。代表作有《市声草》、《海外杂笔》、《战时日记》
　等。

418. 夏济安致夏志清（1959 年 11 月 5 日）

志清弟：

多日未接来信，甚为系念，尤其是上信说Joyce有病，不知现已痊愈否？希望此信发出后，即刻看见你的来信。

书六包都已收到，害你又重新pack过，浪费许多精神，很对不起。我因为怕搬动打扎东西，还没有把它们拆开来。虽然字典等等是要用的，也许拆一两包试试。如今拆了，将来寄加州去，又是大麻烦事。

这两个星期，忙于搜集材料，写有关鲁迅的paper。UW有一个Modern Chinese History Project，我算是加入那个东西，不好意思不拿些东西出来。如研究神怪小说，只好算是personal project，UW不一定要。Project里有研究冯玉祥的、袁世凯的、康有为的、章太炎的，等等。我这个鲁迅还可以配合得上。

现在所知道的关于鲁迅的材料，比两个星期前多得多了。材料一多，只好写小题目，希望写《鲁迅的末一年》(last year 1936)，主要的出发点是他的1934、1935、1936（年）的信，信中对于左联不满的话很多。周扬和他恐怕很为不睦。那时瞿秋白、冯雪峰都不在上海（瞿秋白1935年死），没有人去humor他；他觉得很孤立，周扬他们未始没有打击他的心思。若是没有United Front《国防文学》出现，他也会和左联as it was，断绝关系的。这点事实共产党是不承认的，所以我这篇文章也许还有点价值。

最缺乏的材料是：（一）共党在1930–1936年间在上海所布置的地下活动的情形；（二）左联所出的各种公开的与秘密的杂志书报。

昨天刚去翻翻1955（年）的《文艺报》，那清算胡风的几期，看了真恐怖，血腥得很。一个人这样受攻击，比枪毙还难受。

胡风的文章做得不行，我对他没有什么好感。他是个ambitious的人，而才能恐怕不副其ambition。他的"五把刀"的说法，倒是想争取立论创作的自由的。

冯雪峰这个人倒值得好好地写一写。其人的intellect在胡风之上，据周扬攻击他的话：（一）他经过二万五千里长征，抗战发生后，反而退隐了；（二）1949（年）"解放"后，他说过：他觉得像石子一样地踢在路旁边；（三）左派人士都去找他诉苦，称他为"冯青天"。此人是共党而"良心未泯"者，功劳虽大，仍不免遭殃。大约是Rubashov之流。可惜我知道他的东西太少，不能替他作传。

聚精会神地研究一样东西，在你是常事，我在这方面的经验很少，但弄起来很有兴趣。我觉得一本full-length的鲁迅传，还是值得写的。郑学稼[1]的文章恶劣，态度更恶劣（材料也没有什么特别的）；王士菁[2]的，瞎抄书，自己的话恐怕不到全书的廿分之一；小田岳夫[3]的（及其他日本人的）没有见过。日本人恐怕也只能作粗浅的介绍而已。其实日本所藏的材料不少，所有左派在20's、30's（的）刊物，日本恐怕都还保存（着），不知他们能不能利用。西洋人看鲁迅

---

1 郑学稼（1906–1987），福建长乐人，历史学家、传记作家，曾任复旦大学、暨南大学、台湾大学等校教授，代表作有《鲁迅正传》、《十年来苏俄文艺论争》、《陈独秀传》等。

2 王士菁（1918–2016），江苏沭阳人，毕业于西南联合大学，曾任职中国社科院、北京师范大学、鲁迅博物馆等，代表作有《鲁迅传》、《瞿秋白传》、《鲁迅创作道路初探》等。

3 小田岳夫（1900–1979），日本小说家，本名小田武夫。1924年，作为外务省书记员前往驻中国杭州领事馆工作。后为了文学创作辞去外务省的工作，参加了同人杂志《葡萄园》，与藏原、田畑修一郎等创办《雄鹤》，也向《文艺都市》投稿，不少作品都以中国为题材。1936年6月，凭借《城外》获得第三届芥川奖。代表作有《紫禁城的人》、《鲁迅传》等。

的文章大多很费力，要有深刻的研究，也不容易。

《鲁迅日记》(毛边纸线装 24 册，分两函。手记影印，看的时候有一种偷看人家秘密的 thrill) 也借来了。他每天只记两三行：来往的信，来访的人，买的书，收到的礼物，天气，如此而已。史料很少。不过他在上海看的电影不少，至少一星期一次，'35 左右的电影中有《仲夏夜之梦》[4]、《十字军英雄（记）》[5]、《从军乐》[6] 及丽都大戏院的上下集低级电影。他大约 perversely 地找《夺宝》[7]、《兽国》[8] 等低级电影看，怕对美国电影发生好感。萧红记他的家(北四川路大陆新村)的情形很详细，他家里备两个佣人，房子三层楼独家住，算是中等的阔气了。萧红没有描写"亭子间"，可能冯雪峰是曾住在他亭子间里的。

父亲买过不少商务印书馆的"说部丛书"，其中我记得清清楚楚有一本是《红星佚史》[9]——会稽周逴译。现在知道那是周作人译的，*The World's Desire* by Haggard[10] & Andrew Lang[11]，叙述 Ulysses

---

4　《仲夏夜之梦》(*A Midsummer Night's Dream*，1935)，浪漫喜剧，据莎翁剧作改编，马克思·莱因哈特(Max Reinhardt)导演，伊恩·亨特(Ian Hunter)、詹姆斯·卡格尼(James Cagney)主演，华纳影业发行。

5　《十字军英雄》(*The Crusades*，1935)，历史浪漫电影，塞西尔·B·戴米尔导演，洛丽泰·扬、亨利·威尔克松(Henry Wilcoxon)主演，派拉蒙影业发行。

6　《从军乐》(*Bonnie Scotland*，1935)，霍恩(James W. Horne)导演，劳莱(Stan Laurel)、哈代(Oliver Hardy)主演，米高梅发行。

7　在《鲁迅日记》中未找到《夺宝》这部电影名，可能是译名不一致。

8　可能指由 Martin E. Johnson(马丁·强生)编剧的《漫游兽国记》(*Baboona*)，1935 年美国上映。

9　《红星佚史》(*The World's Desire*)，由周作人、鲁迅合作翻译，以周作人为主，鲁迅参与，署名会稽周逴译，1907 年由上海商务印书馆出版。

10　Haggard(Henry Rider Haggard，哈葛德，1856–1925)，英国浪漫主义小说家，擅长写异国历险故事，影响广泛，多部小说由林纾译介到中国，如《迦因小传》、《埃及金字塔剖尸记》、《百合娜达》、《洪罕女郎传》、《蛮荒志异》、《红礁画桨录》等。

11　Andrew Lang(安德鲁·朗格，1844–1912)，英国小说家、诗人、民俗学家，以整理童话、民俗、乡谣知名，代表作有以 12 种色彩命名的《彩色童话集》，如《蓝色童话集》(*The Blue Fairy Book*，1889)、《红色童话集》(*The Red Fairy Book*)、《绿色童话集》(*The Green Fairy Book*)等。

第三次航海故事。（林辰[12]著：《鲁迅事迹考》，开明。）父亲藏书中我还记得一本：《埃及金字塔剖尸记》，大约也是Haggard著，林琴南译的。我当时只以为古书才名贵，谁知道这种东西现在都是极难得的了。

我也许会去翻查1936（年）的《大公报》（听说UW图书馆有），如把1935, 34, 33……等一叠一叠地翻起来，倒是十分有趣的，可以唤起多少回忆。其实我对于考证求真的兴趣相当大，恐怕大过文学的欣赏。只是这方面从来没有好好地发展过罢了。鲁迅很恨《大晚报》的副刊《火炬》，和一张名叫《社会新闻》的小报（因为造他的谣言），这种东西大约是很难再找到了。

李济在西雅图住了一个星期，已去哈佛。他带了太太出来，这是很少的中国人做得到的。我又瞎忙了一阵。陪他的太太打过一次麻将，打到天亮四点半——好久没有犯过这个戒了，只破一次例。输约一块钱。最近电影都很少看。

忽然想起来了，《鲁迅日记》：

> 1936（年）四月二十九日 小雨。上午得程靖宇信。……
>
> 五月一日 晴。上午复周昭俭[13]信并《死魂灵百图》一本，又寄程靖宇一本。……

程靖宇大约就是我们的朋友，但他从来没有提起此事。他大约和名人们从青年时期起就喜欢往来的。《鲁迅日记》中这种无名小卒的信都登录下来的，有人还托他转寄投稿。可是政治人物如瞿秋白等，日记中就很少见，据许广平说是怕出乱子。

12　林辰（1912–2003），原名王诗农，笔名林辰，贵州朗岱人，曾任重庆大学、西南师范学院教授，人民文学出版社编审，代表作有《鲁迅事迹考》、《鲁迅述林》等，参与了《鲁迅全集》的编辑和注释。

13　周昭俭（1919–？），又名周俭，江苏常州人，文学爱好者，1936年曾参加《文学青年》的编校工作。

我这样弄下来，写 full-length 鲁迅传记也不是件难事。问题是我能否在美国住下去，如再住两三年，教些粗浅的课，另外不断地搜集材料，也许可以写出一本书来。这样一个题材，出版商大约也欢迎。

还有一个办法，定几个人，每人写一两万字长的短传，不以 footnotes 为主，而以文章漂亮和批评看法为主，写一本合传。现在想出（的）有三个人，大约都不难写：鲁迅、胡适、林语堂。梁漱溟[14]大约是个很有趣的人物，但是从未读过有关他的东西，他至少可以代表守旧一派。每篇传记后面，可另附些思想态度相近的，如梁之后，附张君励〔劢〕[15]、钱穆、唐君毅[16]等；胡适之后，附傅斯年、罗家伦等；林语堂之后，附周作人等。好像同 Armed Vision 相仿，不过不着重在文学批评。再有两个人也不难写：蒋介石与毛泽东。请你想想看，此事是否做得，或者还有什么人可列入。

我在台湾时，看见国民党的暮气沉沉的样子，本想写几个老革命党之堕落，那是该模仿 Lytton Strachey 的：一、汪精卫——revolutionary turned 汉奸，二、吴稚晖[17]，三、于右任[18]，四、戴季

14　梁漱溟（1893–1988），蒙古族，原名焕鼎，字寿铭，后以漱溟行世，原籍广西桂林，生于北京，哲学家，早年发起"乡村建设运动"，代表作有《东西文化及其哲学》、《人心与人生》等。

15　张君劢（1887–1969），原名嘉森，字士林，号立斋，江苏宝山人，哲学家，政治学家，早年留学日本、德国，曾参与组织中国民主同盟，创办国家社会党（后与民主宪政党合并为民主社会党），负责草拟中华民国宪法草案，毕生志向是使中国成为一个民主宪政国家。代表作有《中西印哲学文集》、《新儒家哲学发展史》等。

16　唐君毅（1909–1978），四川宜宾人，曾任四川大学、中央大学教授，1949年赴香港，与钱穆等人创办新亚书院。1958年与徐复观、牟宗三、张君劢联名发表现代新儒家的纲领性文章《为中国文化敬告世界人士宣言》。1963年香港中文大学成立后，长期任哲学系讲座教授和新亚研究所所长。代表作有《人生之体验》、《人生之体验续编》、《中国哲学原论》、《生命存在于心灵境界》等。

17　吴稚晖（1865–1953），江苏武进人，政治家、教育家，早年留学法国，鼓吹无政府主义，并发起留法勤工俭学运动。1924年起任国民党中央监察委员、国民政府委员等职。代表作有《吴稚晖先生全集》。

18　于右任（1879–1964），原名伯循，字诱人，陕西三原人，政治家、教育家、书法家，曾任国民党中央执行委员、国民政府监察院院长等职，并创办复旦公学、上海大学、国立西北农林专科学校等，代表作有《右任文存》、《右任诗书》等。

陶[19]（此人据张作霖在北京俄使馆搜查出来的共党秘密档说，共党在20's忌他甚深，说他"十分能干"，似乎国民党中能够和共产党比赛理论的长短和争取群众的，只有此公一人，后来念佛，再后来自杀），UW的Modern Chinese History Project慢慢地就要研究到这个时候来的。我如在UW有个permanent job（不论大小，不教书也无所谓，甚至更好），倒可大有作为。不过精力有限，单是鲁迅一人，就可占用一年的时间的。像Edmund Wilson那样，一下研究这样，一下研究那样，其精神与脑力之充沛，不由得人不甘拜下风也。

我历年以来，跟你讨论过的计划，不知有若干条了。可是现在刚刚开始seriously地研究鲁迅。那是环境逼迫，加以我为人好胜之故。如回台湾去，也许一个计划都不会实现，就是糊里糊涂地快乐做人了。

Joyce近况如何，至念。Carol转来的 *Book of the Month Club News* 已收到，这种东西请你以后代拆代〔就〕行，不必再转寄了。家里想都好。专此 敬颂

近安

济安 上
十一月五日

---

19 戴季陶（1891–1949），原名良弼、传贤，字季陶，原籍浙江湖州，生于四川，政治家、理论家。早年留学日本，加入同盟会。辛亥革命后追随孙中山，参加了二次革命和护法战争。曾任黄埔军校政治部主任、中山大学校长、国民党中央宣传部部长、国民党考试院院长等职。代表作有《孙文主义之哲学基础》、《国民革命与中国国民党》、《学礼录》等。

419. 夏济安致夏志清（1959 年 11 月 7 日）

志清弟：

昨天发出信，今日收到来信，知一切平安，甚慰。附上文章，业已拜读，虽然微嫌 pedantic，不算文章正宗，但游戏文章做到这个地步，真是登峰造极了。中国最适宜于写这类文章，句法还要古雅与干净，用典更要深奥，这种艺术，近几十年来是失传了。英文如这样的文章，据我所知，似乎不多。但是人的学问和 wit，到了某种程度，非这么写是不能过瘾的。前月看《聊斋》，其中末篇故事，并无情节，只是作者做梦，梦见群芳（各种花）要向"风"宣战，请作者写篇檄文。檄文是四六的，大约有四 page 长，把各种风的典故都写完了（据我看来），同时辞藻美丽，音调铿锵，我读了爱不忍释，读了两三遍。那篇东西，同你的这篇一样，是我的 despair。我是非常喜欢的，但是游戏文章背后也需要多少 training。

我现在所研究的，只好算是左联时代的鲁迅，而且文章还想集中在 1936 一年。左联的全部活动我还照顾不周全，抗战到今天，更弄不清楚了。我于两星期后要读一篇 paper，文章大约十几页即够，只希望对于共产党的歪曲史实，有所纠正，野心是很小的。但是确要写鲁迅传，我这篇东西也许有点用处。你所提出的关于周扬的问题，的确很有趣，但是延安四周，那时就有一个小铁幕，其内幕除非将来等丁玲之流来写回忆录，无人会讲。此时来研究，可能材料

是一点都没有。周扬历年的职位，可查；他的阴谋和权力之获得
等，至少在目前，历史家是无法可查的。

你的五六十页的"1936–1957"那一段时间的文坛情况，我很想
一看，但目前也不必亟亟。凭我现在这点知识，也无法有所新见贡
献。那有关左联的一章，倒是立等着有用的。希望寄来，可以交给
系里去打字，分发给seminar里的人，作为我那篇东西的"背景"参
考之用。但如长至50、60页，那么也请不必寄了。系里打字也太吃
力，最好是一二十页。你有了简要的描写，我可以集中于"国防文
学"那一个episode了。

今天想起你上回介绍的《文坛五十年》（要看的东西太多，顾此
失彼），一翻卡片，翻到了另一本：曹聚仁《鲁迅评传》（1956，HK，
约三百余页。你bibliography中如未列入，不妨再添一条）。两书都
已到Berkeley去转借。我的文章等着要出货，恐怕来不及用到它们
了。曹聚仁是很有资格写鲁迅传的，一、二人间的私交不错，二、
曹自己很会写文章。我在苏州中学时，常看他所编的《涛声》，以后
写了些什么东西，我可不知道了。我只知道他有一种"乌鸦哲学"。
他到赣州去跟过蒋经国。

共党于1955–1957（年）清算胡风、冯雪峰、徐懋庸三人之时，
对于"国防文学"论争一事经过，似乎无法自圆其说。那三人据说都
有破坏"统一战线"之罪，其实罪最大者，该是鲁迅。而且所谓"破
坏"云云，只是鲁、冯、胡之不服周扬（或他的一派）的支配而已。
徐则代周去做恶人，写了封信给鲁迅，这一点在1957（年）也算是他
的罪名的，真是冤枉。

鲁迅《且介亭杂文二集》末后有一张'34的禁书名单，其中有周
起应的两本：一、《新俄文学的男女》；二、《大学生私生活》（均为
现代书局出版，该书店也出郭沫若的《古代社会研究》、《石炭王》、
《黑猫》、《创造十年》等，书大约都是横排的，均禁）。这是周起应
时代的有关他的唯一资料了。新俄云云他送了鲁迅一本。鲁迅日记

中记着的。同一名单中还有他所做的《伟大的恋爱》一本，水沫书店
出版，看书名，似乎和共产党没有什么关系；或者因为他后来加入
共党，因此禁他的全部著作了。名单中，冯雪峰的书有七本，书名
大多有关"社会"、"艺术"等等，比周起应的只谈"男女"、"恋爱"
的，似乎扎实得多。1932 年周和姚蓬子[1]合编《文学月报》，光华书
局出版；《鲁迅书简》中对于光华书局有不满之辞，但是我没有抄下
来，还得去查。

　　今天看'57 的《文艺报》，看见卞之琳的攻击丁玲。卞之琳说，
他初到延安时，丁玲对他说："在外面碰碰钉子也好。"卞之琳乃加
以解释，丁玲的意思是："国统区"比延安好。卞之琳之所以出此卑
鄙手段，无非是恐惧之故，我是原谅他的。这种背后的话假如可以
揭发，卞之琳自己所说不利共产党的话，我相信也有不少。最近看
了 Milosz[2] 的 The Captive Mind，很受感动。波兰文坛有人写了，中
国的恐怕永远不会有人写的。中国人的良心都已麻木——香港、台
湾、美国的自由中国人大致如此。大陆上还有有良心的人，但他们
正在被人扼杀中。香港、台湾出的反共书，大多思想简单，虽然反
共，写法还是共党的"教条式"、"宣传式"、"发泄愤怒式"的。曹
聚仁可能还有一点 sophistication，但是他是共党的特工，那我就不
明白了。Milosz 的头脑和同情心都够，文章也大有 restraint，他该使
台湾、香港的反共人士感到惭愧的。

1　姚蓬子（1891–1969），原名方仁，字裸人，浙江诸暨人，作家、编辑家，1930 年
　　加入左联，1931 年为《文艺生活》主编，1932 年与周起应合编《文学月报》。曾创
　　办作家书屋。代表作有《银铃》、《蓬子诗抄》、《剪影集》。
2　Milosz（Czesław Miłosz，切斯瓦夫·米沃什，1911–2004），美籍波兰诗人、
　　作家、外交家，曾任波兰驻美国、法国外交官，1951 年向法国政府申请政治
　　避难，1970 年加入美国国籍。1980 年获得诺贝尔文学奖。代表作品有《被禁锢
　　的头脑》（The Captive Mind）、《三个冬天》（Three Winters）、《诗论》（A Poetical
　　Treatise）、《个人的义务》（Private Obligations）等。

信上屡次提到钱的问题，该钱除非有如你所说的emergency发生（例如要补缴所得税了），我是不想用它的。我在这里除了房租稍贵以外，生活可称俭朴。我对于吃与穿都不讲究，只要不旅行，我一定俭省。旅行时因怕辛苦，凡一切可用钱买来免除辛苦之法，我是不惜花费的。假如买衬衫，2.50一件的，与1.50一件的，我一定买1.50的。但是假如粗事情有人来替我做，我是五元、十元地出去，决不考虑。

上次没有提起的：给我的名义是Visiting Lecture，但是他们的薪水单子上是Associate Professor，Grade Step III，大约可算很高的了。假如有了那样的一个"长饭碗"，做人也该知足了。

再回到你的"论左联"，你有没有讲到苏联文艺思潮对于左联的影响？刘学苇[3]（此人跟胡风一起清算掉的）在《五四文学革命及其他》（在其《论文二集》中，1952，上海新文艺出版社）中说：

> （左联）几次的理论转变：法捷耶夫[4]的唯物辩证法创作方法也好（《北斗》《创作方法论》）；吉尔波丁[5]的社会主义的现实主义的口号也好（一九三四至三六），自己不断地提出理论上、写作上之公式主义的急需清算也好（一九三二、三三、三六），理论上都没有得出具体的彻底的解决，写作上自然也就不能得到相同解决……从一九三〇到三三，从一九三三到三六……从"新写实主义"到"唯物辩证创作方法"，再从"唯物辩证创作方法"到"社会主义的现实主义与革命的浪漫主义"，还是不行……

3 应为刘雪苇（1912–1998），原名刘茂隆，贵州朗岱人。1932年加入左联，1949年后任中共华东局宣传部文艺处处长。1955年胡风案件中受到株连，1980年平反。代表作有《论文学的工农兵方向》、《论文一集》、《论文二集》等。

4 法捷耶夫（Alexander Fadeyev，1901–1956），苏联作家，代表作有《毁灭》、《青年近卫军》等。

5 吉尔波丁（Valerii Kirpotin，1898–1997），苏联批评家、理论家，曾任联共（布）中央文学处处长，1956年以后在世界文学研究所从事文学研究工作。代表作有《俄国马克思列宁主义的先驱者》、《陀思妥耶夫斯基的世界》等。

一九三〇–（一九）三六（年）间，苏联的政坛与文坛变化甚大，其影响及于中国者（当然是中共的"东施效颦"）一定也不小。往前再推到 Plekhanov、Lunacharsky 等，左派内部的思想变迁，应该也是很有意思的研究，可是这种研究大非容易。大约 1942（年），毛的"整风文献"发表，左派"理论"方才有比较通俗化而是〔且〕"国产"的（表述）。

真要详细地写左联，要看的东西也有不少，而且那种理论东西看了可能使人"昏昏欲睡"，我是不想弄了。李何林[6]《中国近三十年文艺思潮论》(1946，重庆生活书店) 里面所搜的也不够多。李书只抓住几个大题目（如"第三种人"、"大众语"、"国防文学"等）讨论，关于左派理论的细微之处，根本没有涉及。从他的书里，可以知道：周扬和胡风的仇恨起自 1936（年）初至四五月间关于"典型"（小说中的典型人物）的论争。辩论些什么，他没有提。但李书倒有点可敬之处，他自己已有立场：拥护胡风，反对周、徐之流的。我现在研究的，不是文学，而是历史，但是要 reconstruct 过去的事实，是非常困难的，虽然也很有区别。下星期可能埋头写作，要停两个星期再写信了。专颂

近安

济安 启
十一月七日

〔又及〕Carol、Joyce 前都问好，谢谢所送的赫胥黎、脂砚斋《红楼梦》，所谓庚辰本是台湾翻印大陆的。我去 Berkeley 后，也许要到伦敦去多定〔订〕购些中共所出的书。

6　李何林 (1904–1988)，原名竹年，安徽霍邱人，学者，曾任天津师院、北京师范大学、南开大学等校教授，鲁迅博物馆馆长，代表作有《鲁迅论》、《近二十年中国文艺思潮论》等。

110

420. 夏济安致夏志清（1959 年 11 月 20 日）

志清弟：

　　文章昨天一打好钉好，就寄出；今天收到来信，甚为快慰。你所讲的关于鲁迅晚年的几点，极扼要中肯，with your permission，我要设法放入文章的 part II。我是一面做文章，一面改，改的时候就想，想者无非要把思想想通，慢慢地也许也会达到你的结论，但是你已经给我想通了，可以省我好多时间，与少撕掉好几张纸。很感谢。

　　本来想把文章一气呵成，但是实在来不及了，只好中途做小结束的打算。现在虽只拿出去半篇，我在 UW Far Eastern 的地位恐已确立。文章漂亮（我似乎在学 *New Yorker* 的 profile，那四篇讲火柴大王 Kreuger[1] 的，我看得比较仔细），人人叹服。我本来还怕德国派的学者也许要认为漂亮文章是 suspicious 的。Scholarship 方面，也的确有点贡献，而且所下的功夫，大家也看得出的。我今天大言不惭地说：I think I am the most qualified person to write a full-length biography of Lu Hsün. 似乎没有人有异议。如能在美国住两三年，得 Foundation 的资助，一本《鲁迅传》是写得出来的。对于盲目地四处 digging，不知你的兴趣怎么样，我是大感兴趣的。单是文章漂亮，也许内容虚，但是去瞎 dig 一些材料出来，就变成"内容充实"了。

1　Kreuger（Ivar Kreuger，1880–1932），瑞典实业家、金融家，建立了他的"火柴帝国"和"金融帝国"，一度占有世界上四分之三的火柴市场，被称为"火柴大王"。

这实在是太容易了。有许多不会写文章的，单是靠 digging 亦可做学者，这怎么叫我佩服？

讨论左联的一章，已经拜读，但是你的文章寄来时，我正在焦头烂额中，没有仔细看，连你的 left wing 我都没有采用（仍用 leftist）。现在再仔细看看，你的文章和我的之间的大不同，是你的一句有一句的分量，一段有一段的分量，思想紧〔缜〕密；我的大约是这样，有一点 idea，总要至少写三句〔个〕句子，求 embellishment，求 variations on the theme，而且非但一处出现，隔了一些时候，这个 idea 似乎还有一个漂亮的说法，我是还要叫它再出现一次（或两三次）的。你的文章看了一句得一句之益，我的是一句只好算一个"分句"：句子本身并不成为"思想的单位"，看你的文章随时应该停下来想一想；看我的，是一口气地带过去的。

我这篇东西里，有几句似乎有点"浮"，即所说的话似乎靠不大住。或者为了文章，把话说得过火。这种毛病你是没有的。我的 loose construction 似乎也用得太多，虽然有时故意求"摇曳生姿"，好像女人拖着长裙似的，但是也可以表示思想的软弱。好处是有所谓的 cadence，念起来好听。软弱处（或虚浮处）必须大改，千锤百炼地敲打，使它紧而韧，但是这个工作太吃力。寄上的有 typographical errors 没有改，但尤关宏旨。

你那一篇虽然所讲的东西，大多是些熟知的事实，但缩成这样一篇文章，是不大容易的。拉杂的感想有如下诸点：（一）关于老蒋，你所讲的我不赞成。他本身有大缺点。其尊孔崇礼等，其实并不比孙传芳、吴佩孚等高明。（二）关于孙中山，这种痛快话中国竟然没有几个人说得出，不亦怪哉！（三）关于托派，福建十九路军造反（人民政府）时，托派去了好些人，"闽府"是想跟瑞金方面合作的，但是为了〔因为〕托派在那边，瑞金方面没有同意。胡秋原可能亦是托派。（四）关于创造社、鲁、茅诸点，说得很扼要而精彩。（五）关于民族文学，鲁迅似乎笑他们是"没有作品的作家"，这恐怕也（是）对的。他们的东西似乎很少人读过。可能有好东西，给左派

骂得没有人注意了？你似乎说得还嫌模糊。（六）关于小品文，说得
很有道理，我那篇"台湾"没有把这个放进去，是个大遗漏。台湾的
作家，虽然"无大志"，或"不能载道"，但是讲究闲适，回忆故乡等
等，还是很拿手的，而且还真拥有读者。这种文章，句子还可写得
漂亮，使人觉得像是"文学"。不像新小说与新诗等常有莫名其妙或
感情冲动的劣句。（七）关于傅东华的《文学》，色彩到底如何，很难
说。傅走后，王任叔[2]接编，王是"国防文学"一派，其为左翼正宗
无疑。但傅自己如何？鲁迅和傅编《文学》有两件不愉快事：一是伍
实（即傅自己）的谈休士[3]在中国，挖苦了鲁迅和梅兰芳（他似乎亦是
公审胡风的主席团里的一分子），因招待萧翁而相聚一堂；二是周文
的小说被删改事，详情我还不知。《中国文艺年鉴》（亦是根据左翼观
点而编的）1955（年）本上引《星火》（杜衡、侍桁[4]、杨村人[5]编——
鲁迅替侍桁赎过"当头"，当侍桁在日本还是他的通信朋友时。许广
平说起过，鲁迅日记中亦有）的话，说《文学》不左不右，是个"大
百货商店"云云。（八）没有讲起《译文》（及以后的？《世界文学》），
这个你也许已在别处另外加以补充。黄源受左翼正统之忌，我亦大
不了解的。黄源据我在廿几年前所知道的（那时我在中央大学，可
能没有根据），是傅的亲戚：妻舅或是表弟什么的。（九）巴金和安那
其主义的活动，也是很难查考的事。林憾庐[6]编过一本杂志（大约和

---

2 王任叔（1901–1972），笔名巴人，浙江奉化人，作家、外交家、早年曾参加文学
   研究会和"左联"。1949年后，曾任中国驻印度尼西亚大使，人民文学出版社社
   长、总编辑等职，代表作有《文学论稿》、《土地》、《印度尼西亚史》等。

3 休士（Langston Hughes，1902–1967），现译休斯，美国黑人诗人、作家、社会
   活动家，是向世界介绍美国黑人生活的最重要的作家之一。1933年7月来访问
   上海。代表作有《疲倦的忧伤》（*The Weary Blues*）、《不是没有笑》（*Not Without
   Laughter*）、《黑豹与鞭子》（*The Panther and the Lash: Poems of Our Times*）等。

4 侍桁（韩侍桁，1908–1987），原名韩云浦，笔名侍桁，生于天津，评论家、翻译
   家，代表作有《文学评论集》等，译著有《红字》、《卡斯特桥市长》、《雪国》、《拜
   伦评传》等。

5 杨村人（1901–1955），广东潮安人，曾参与创办"太阳社"，加入左翼戏剧家联
   盟，1949年后在四川理县中学、川北大学等校任教。

6 林憾庐，林语堂三弟。

我们的《西洋文学》——它是比较"京派"的——同时，1940 吧？），名字已忘。主要是宣传，巴金每期写理论文章，讨论无政府主义，短评中，似乎常常骂苏联，提起 Barcelona 之惨剧，似乎痛心疾首。我在上海读过的《立达学园》（1931）是大家所知道的无政府主义大本营，虽然学生里面似乎共产分子不少。安那其和托派同为革命 minority，他们似乎主要的还是煽动了青年的革命热情，替 CP 毛派制造候补党员的。他和靳以[7]等办刊物，不知有没有政治背景。

来信中说起鲁迅在去厦门之前几年是创作力最高的时候，很对。他从北平去过一次西安，要搜集材料写杨贵妃，虽然没有写成，但是他有一个 observation 是很精彩的：《长生殿》誓愿是表示爱情的衰退（在天愿为……在地……）。这种 insight 在《故事新编》里是半点影子都找不到的。

我现在写 '36 的鲁迅，主要的困难，是找不到有关那一年（和前几年）共党在上海地下活动的组织布置等等情形，故事讲来，因此难以生动。

你那篇《左联》，如蒙允许，我想拿去 Berkeley 作为 lecture 的材料，不知可否？（当然 acknowledge authorship 的。）还有那两章，也想一用，但是现在还不急等（着）用，等我去 Berkeley 后再说。这样可以使我少写三篇 lectures，感恩非浅！我是要从唐、宋讲起的，如集中精神，专讲旧小说、唱本、元曲等，那些东西也许统统用不着了。但是怎么讲法，现在还没有定，如《水浒》讲两个钟头（一星期），《红楼梦》讲两个钟头，不知何时才可说到左联呢。

最近在 Chinatown 买到了干贝，今天交邮包寄上。也许赶不上 Thanksgiving，但是这个东西总是有用的。照母亲的做法，干贝、虾米，甚至炒或烧的肉都要放在酒里浸透了，才下锅的。干贝吸收

7　靳以（1909–1959），原名章方叙，天津人，作家、编辑家，20 世纪 30 年代与郑振铎合编《文学季刊》，与巴金合编《文学月刊》，并创办《文丛》。1949 年后任中国作协书记处书记、上海作协副主席等职，1957 年与巴金共同主编《收获》杂志。代表作有《前夕》、《祖国——我的结亲血》、《心的歌》等。

水分的容量很大，先在酒里浸，想可增加鲜味。我现在打听到：线粉分两种，你所用的一种可能是下锅即化的，应该等汤煮沸了，再放线粉，即刻灭火。我在这里所用的一种，尽管煮亦不怕。最近又买了一罐细的豆瓣酱，想做炒酱或炸酱面吃。但是那是铁罐，我还没有把它打开。现在做菜最感困难的是：买来的东西吃不完，一棵白菜，一球cauliflower，一包carrot，任何一种东西，都可吃一个礼拜。肉亦然，一块钱猪肉，似乎吃来吃去吃不完的。因此觉得单调，想到外面去吃，去外面吃了，冰箱里的"原料"更用不完了。

最近看了一张电影，日本的《楢山节考》[8]（*Narayama* something），在 Venice 得奖，我组织了一个party去捧场，果然不同凡响。音（全部日本古乐）、色（棕色极重）、景（故意模仿Kabuki的舞台布景）皆极费匠心（英文系Jacob Korg说，他看了有初次读 *Oedipus Rex* 的印象，感情很raw）。故事惨厉〔烈〕异常，没有恋爱，没有武士道，只是讲某地的陋俗。老人过了七十岁，要到山上去饿死的。日本有一只ballad，叫做Ballad of Narayama，即是讲那只故事。诗的朗诵穿插着电影，同时进行。诗句我当然听不懂，但看其句法（英文字幕），似乎同中国的五言乐府有点相像。

《文学杂志》我已好久没有理会，希望你哪天有空，放了寒假都可以，替Barzun的书写篇介绍。这方面的感想，你累积了不少，趁此发泄一下也好，对于中国读者也许有点用处。

美国人弄中国学问，恐怕弄不出什么名堂来。相形之下，中国人弄西洋学问比他们高明多了。Schultz[9]（我们私交不错）的论文，

8　《楢山节考》（*The Ballad of Narayama*，又名 *Narayama Bushiko*，1958），木下惠介导演，高桥贞二、田中娟代主演，松竹株式会社（Shochiku）发行。

9　Schultz（William R. Schultz，舒尔茨，1923–），美国汉学家，1955年以论文《鲁迅：创作的岁月》获得华盛顿大学博士学位，后长期任教于亚利桑那大学，转向古代文学与历史研究，曾任该校远东研究系系主任。代表作有四卷本《民国时期人物传记辞典》（*Biographical Dictionary of Republican China*）、三卷本《太平天国叛乱》（*The Taiping Rebellion*）等。

我已借来好久，厚达400余页，实在没有什么道理。先讲家庭背景，抄了很多周作人（以周遐寿的名字在共区发表），讲到作品《呐喊》、《彷徨》，一则一则故事替它作summary，翻译了很多《野草》里的散文。讲到1927年为止，可是关于《热风》、《华盖集》等，碰都不敢碰，那些东西对于洋人（或现在中共区的青年）可能是不知所云的。总之，抄书太多（换言之，中译英的工作做了不少），见解很缺。见解也去抄别人的，文章更没有劲了。Bibliography很惊人，但是我怀疑他是否都看过。《鲁迅书简》在Bibl.中赫然在焉，但他一句亦没有用。其实鲁迅的信中偶然也讲起些自己的作品与过去的生活的，有时很有用处。

关于前途的问题，我没有计划。现在只想和UW搞好关系。UC只有一个陈世骧，他虽赤心忠良，但我不好意思多去麻烦他，因为Cyril Birch[10]非回来不可的。当然UC的关系也可能搞得好，现在还没有把握。Taylor是国务院的consultant（今年三月他写信给美国大使Drum Wright[11]，请他替我帮忙，visa不要留难云云，他是自动地写的），只要共和党在位，他要帮些小忙，绝无问题。他的顾忌（亦是我的顾忌）是把我留下，如何向台大交账。这些希望拖延一些时间，自然而然地解决（如台大钱校长自己辞职等）。UC写信来问，我算是UW愿意release呢，或是loan？我想loan可以留一个退步，因此Taylor回信去说是loan。我去UC，人还算是UW的，好像Kim Novak一般借给人家去拍片子。我现在在UW不拿薪水（而且关于此事不提只字），一方面拼命工作，拿成绩出来，无非想博得Taylor及全

10　Cyril Birch（白芝，1925–），美国汉学家、翻译家，1954年获伦敦大学博士学位，后长期任教于加州大学伯克利分校，主要研究明代话本戏剧、中国现当代文学，代表作有《中国神话与志怪》(Chinese Myths and Fantasies)、《中国文学类型研究》(Studies in Chinese Literary Genres)等，译作有《明代故事选》(Stories from a Ming Collection)、《牡丹亭》(The Peony Pavilion)、《桃花扇》(The Peach Blossom Fan)等。

11　Drumright（Everett F. Drumright，庄莱德，1906–1993），1958–1962年任美国驻台湾大使。

系的好感（张琨就说："你何必再写什么文章呢？"但是我的算盘比
他精明）。牺牲了三个月薪水，Taylor总有些不好意思（如没有工作
成绩，他倒泰然于怀了），将来有什么事情求他帮忙，总容易一些。
我的坚持要loan，亦可表示我对UW的忠心。我若是不学无术之
人，再忠心耿耿他也未必要。但是，一、UC请我去教书；二、我的
paper众口交誉，这些可以证明我还是个人才。我的忠心他也会考虑
到的。这些以后再说，但是我不是一些〔点〕没有布置的。我只是心
不够狠（例如：不能毅然决然无缘无故和台大break），做事不够毒辣
与当机立断，但深谋远算，我相信我实在很多人以上的。UW远东
系虽然人很多，但像我这样的人才也不容易找。台大也来过些人，
但其表现（除了李济，他是大家都服帖的）大多是，一、关心名位，
不肯吃亏；二、金钱上斤斤较量，派头"奇小"；三、英文至多能达
意，sophistication是谈不上的；四、公开或半公开藐视洋人的中文
程度不行，暗示如要研究中国东西，只好台湾来领导。我一反其道
而行之，亦可算苦心孤诣了。

　　我在UC的所得税要扣掉30%，每月要扣二百十几块，其毒辣
之处，不亚于宿舍的贼骨头也。

　　你们一年X'mas买礼物要花多少钱？我在这方面经验毫无，想
去Bretano定〔订〕一只中国雕刻的复制品，送给陈世骧。别人该送
些谁，我想不起来了。不知美国规矩如何？Taylor他们要不要送？
这些日子没有功〔工〕夫考虑这些闲事，希望你和Carol赐以指教。
你们想都好，Joyce伤风想已痊愈了。家里想亦都好。专此 敬颂
　　近安

　　　　　　　　　　　　　　　　　　　　　济安 启
　　　　　　　　　　　　　　　　　　　　　十一月廿日

421. 夏济安致夏志清（1959 年 12 月 4 日）

志清弟：

　　来信对于文章，颇加赞美，甚为惭愧。我今年初来美国时，英文已非常生疏，'55下半年回台后，没有好好地写过一篇英文文章，总计那四五年中，英文恐怕没有写满一千字（一年难得有一封英文信的）。所以心情如此颓唐，当然跟回台湾有关系。*PR*的小说花的力气很多，假如在美国继续下去，虽不能完成一 novel，一年写一个像样的短篇，总还办得到的。但是我认为"名"和"利"都是前生注定的，写英文出名也就是"名"；既然我在美国不能久居，大约命中不该有这个名，所以就自暴自弃了。精神比在上海抱了病，死读十九世纪散文时，已经差得远了。今年一来美国要写台湾文坛，觉得非常吃力。最大的困难，当然是材料不够和顾忌太多（还要摆脱 Faulkner 的恶影响），但是笔不大听话，也是真的。后来到勉强缴卷时，文思已稍顺，后来又得感谢 MaGill 的五篇游戏文章，虽然写得很随便，总算是一种很好的 exercise。那篇鲁迅，小毛病还有些，但是态度雍容，文思能管得住材料，很有几句漂亮的句子，自己亦引以为慰。Part II 希望能保持这个水准。再有大进步，是很难的事。钱学熙老觉英文写不好是 sex 的关系，那只是替自己解嘲。

　　总之，献身于艺术的精神与自己的眼界是两件最重要的事。自己作文，总有一个标准，尽力达到这个标准，就是献身的精神。我的标准是19世纪的，这恐怕也改不了，要达到它，仍是极吃力的事。19世纪散文大家我曾读得非常仔细，我一辈子恐怕就沾这点光。老是想把18世纪的作家，好好地读一读，不知怎么的，此事竟甚难实现。*Pride & Prejudice* 我曾教了好几遍，每教一遍，便愈觉得J. A. 的文章之不可企及。大约学她一句两句都是不可能的。但是Dickens的瞎卖弄文章，我看了很过瘾，有时也想学他。这个我相信倒不难，但是这步死功夫我也没有用。所以我的英文还是靠上海养病时的那点根基，十九世纪大家中，我的确是最最佩服Newman[1]。初一读，觉得Macauley才气纵横（中国老一辈的人，其文章taste就是从中国古文培养出来的，都十分喜欢Macauley），读仔细了觉得他有时过火，有时浅薄（丘吉尔还不如麦考莱），而做作太甚，是其大缺点。Newman的好处是有说不完的话；以为他没有话了，他还在那里滔滔不绝，这种resourcefulness是第一遍读来就叫人服帖的。他的心灵之静谧细腻，当然超过麦氏。Precision你是说过了，还有一点可以补充的，他所以吃力地做句子，无非觉得precision之难得。他的文章给人的另一个印象是极大的谦虚，努力求真理，也陪伴着读者在求真理。其人Manners极好；其修辞技巧之神奇，固然给〔让〕人拍案叫绝，但他并不因此沾沾自喜，主要的还是想把道理说清楚了。这点精神大不容易。十八世纪最讲究Manners，其实那时的人的Manners很多带一种看不起下等人、看不起俗气人的神气（当然有例外，Jane Austen的Manners就是极好的），只是在上等人之间讲究虚伪而已。Newman的信教，真有点道理。

1　Newman（John Henry Newman，约翰・亨利・纽曼，1801–1890），宗教领袖、作家，早年就读于牛津大学三一学院，后来成为英国基督教圣公会内部牛津运动领袖，改奉天主教。其文字文华质朴，又论说缜密，用词精确，又气象万千，被誉为维多利亚时期英国文学的高峰之一。代表作有《论基督教教义的发展》（*Essays on the Development of a Christian Doctrine*）、《自辩书》（*Apologia Pro Vita Sua*）、《失与得》（*Loss and Gain*）等。

　　赫胥黎的书收到了，很感谢。好几篇我都看过（旧作），新作也都很有趣。H 氏才气也是不得了的，但是我觉得他谦虚精神不够。他博览群书，自以（为）看道理也很透彻，文章所表现的求真理的精神似还不够。他有新奇之见，他对之很得意；对庸俗之见，似很看不起。说理常用惊人笔法，不肯像 Newman 那样地细心抽绎，从常识出发（最后可能仍是归到常识）。他是个 brilliant talker，但读者总觉得他跟他们不是一伙的。Newman 之才，超过 Huxley 的，但是读者觉得他（赫胥黎）是跟他们站在一起的。Newman 有一篇文章，讨论 Prose Style 的，极精彩。中国人从钱锺书到宋奇，都是想学 H 氏之文，我相信他们的境界总不会很高。法文里面好文章恐怕比英文多，但是这方面没有下过功夫，不敢说。但看法国人的著作译成英文的，有时都还比英文的著作高明（清楚、细腻、流利、平易），由此可以推想得到了。中国人学英文同任何国人学外国文一样，是很吃力的。每个 expression 都要记，不记就不会用了。这是最基本的功夫，和 style 不大有关系的。我在这方面的功夫，其实还不够。乱看杂看报章杂志等，对于增加字汇是大有帮助的，可是顶好要用生字簿，这种工作我已好久好久没有做了。我对于 H 氏之文有不恭敬的批评，其实要做到他（这）一步，恐怕此生都难有希望。Shaw 能常常一口气用七八个同义字（Huxley 人约有三四个就够，这方面他很有 restraint），这是叫我瞠目而叹服的。这么一来，句子和段落都非拉长不可，否则船的吨位不够，怎么能载这么多货呢？Shaw、Huxley 和 Chesterton 都是头脑很清楚，而文章有劲。这两点合在一起，就大不容易。中国的白话文，胡适的清楚，可是没有劲。有些自命有劲的，大多所表现的是浮力（如郭沫若），taste 极糟。鲁迅的长劲不够，劲是有的。鲁迅恐怕没有好好地写过一篇 exposition，其 argument 只求获得胜利的满足，说理也不大透彻的。你说我们的英文都还不如林语堂，这话很谦虚，可能也是事实。林语堂能传世之作，恐怕也很少，他不过能模仿得巧妙，真要对英文散文有什么贡献，恐怕还谈不上。他的好处，如你所说，是熟练，能这样熟练，就中国人说来，已是大不易的了。你的文章是紧而谨严，恐怕难有popular appeal如林或甚至如我的，反正你恐怕亦不求popular appeal。你的好处是观察得深刻，其深刻可能还不如Eliot，但也决不在很多洋人之下。你对于文章，据我看来，还只以为是载道的工具，并不能拿style本身作为一种目的而追求的。有人说过，写书的时候，顶好把每天的时间划成三节（如上午、下午、晚上），一节整理搜集材料，一节写，一节为style而读书。这样严格规定恐怕很难做到，方法倒值得采用。拼命写的时候，再看好文章，好像体力大运动的人吸收维他命似的，最能得实惠。

我的半篇文章已产生具体的效果：一、年前我将拿三个月的grant，共九百元（不抽税），算是support我的研究工作；二、UW决定明年暑假请我回来，担任暑期学校的研究（或再加上课）的工作，薪水跟头牌教授一律；一个暑假两千块，一半数目要抽税，一半不用抽税。这些都是意想不到的收获。我三月间来的时候，就决心要和Far Eastern系搭上关系，忍耐了这么久，总算搭上了。暑假之后，因护照问题，目前大家还是爱莫能助，我也不好意思开口说不回台湾去。据我看来，台湾明年可能要乱。老蒋联〔连〕任三任〔届〕问题，正在分裂台湾内部的团结（蒋经国 vs.胡适、陈诚、C.C.、liberals，及其他各种野心家），美国人和华侨也大多反对老蒋联〔连〕任的。如蒋经国一派真得势，钱思亮非下台不可，那时我就有理由不回去了。但是现在不必说，藏在肚里，耐心地拖着，看台湾的局势发展。国运如此，我们这种私人的命运，总算比较好的了，不应该再有什么不满足。

今天听Berkeley来的一位经济专家（李卓民[2]？）讲大陆经济情

---

2 李卓民，应为李卓敏（1912–1991），美国著名华裔经济学家、教育家，出生于广州，后赴美国深造，获加州大学伯克利分校博士学位，曾任南开大学、西南联大、中央大学教授，1951年起任加州大学伯克利分校教授，1964年至1978年任香港中文大学校长。代表作有《中共的经济发展》、《中共的统计制度》等。

况，此人倒是头脑极清楚的人，一点不pedantic。据他说：大陆工业发达是可观的事实，但是农业一团糟，非常严重。1958（年）所谓大跃进，粮食生产先是统计增加150%（他说：Stanford有位专家，姑隐其名，还替共党辩护，说是绝对可靠），后来共党修改，只承认增加30%，其中大宗是白薯。1958（年）所以办"公社"，因为"集体化"已是complete failure，1959较之1956（共方自己的数字）粮食只增加1%，而人口每年要增加2%到2.5%，其严重可想。共党动员几千万人下乡劳动（虽然动员了这许多人，那时觉得labor仍不够），从事：一、筑各种大小水利工程；二、搜集各种肥料；三、加工挖土"深种"……公社之设，为的是要容纳城市里来的工作人员，并且加强动员人力。有牛津某专家说，毛泽东为了ideology才实行"公社"，是不明真相之谈。1958年九月后大炼钢，那是因为秋收以后，一大批人在乡下无事可做，硬是找些事情来给他们做，使组织不致涣散。共党目前农业情形，仍非常严重云。（十二月份的*Atlantic*是"红中国"专号，看见没有？）

你要查的几个问题，不能有全部的答案，很抱歉，1954（年）九月《中华人民共和国宪法》颁布，是件大事。在那以前，Cabinet叫做"政务院"，在那以后改称"国务院"。政务院时期，郭沫若一直是副总理，国务院时期（1954（年）九月29日颁布的任命），副总理没有他的份。宋庆龄、张澜[3]等"副主席"头衔，也是那时丢的。1954年九月后，只有一个"副主席"，是朱德。文化部在政务院时期，沈雁冰是部长，周扬和另一个人是副部长；在国务院时期，沈仍是部长，但副部长换成丁西林[4]、郑振铎、夏衍等七个人，没有周扬了。"国"

3　张澜（1872–1955），字表方，四川南充人，1941年参加发起中国民主政团同盟（后改名中国民主同盟），任主席。1949年后任中央人民政府副主席、全国人大副委员长、全国政协副主席等职。

4　丁西林（1893–1974），原名丁燮林，字巽甫，江苏泰兴人，剧作家、物理学家，曾任北京大学物理学教授、国立中央研究院物理研究所所长、全国科协副主席、文化部副部长等职，代表作有《一只马蜂》、《压迫》等。

的组织容易查，"党"的组织名单，共党似乎不大公布，我还查不到。如陆定一是宣传部部长，那是连他的名字一起出现的时候的头衔，到底宣传部里有些什么人，我查不到。1958年《人民手册》（所叙内容是1957）里有一张共党中委名单，胡乔木[5]是中委，周扬只是候补中委，名次还不在最前面。不知道现在他升成了中委没有。王实味[6]译过一本《有资产者》（中华书局出版），想是Galsworthy[7]的作品。胡风听说已死，详情再打听。丁玲擦地板。

台大有几个学生，其中之一是白崇禧的儿子，名白先勇[8]，小说曾在《文学杂志》发表，是个文弱青年，一点不像"虎子"。要办一本杂志叫《现代文艺〔学〕》，写信来索稿。他们曾帮我办《文学杂志》，我不好意思拒绝。Thanksgiving假期，除了应酬之外，就替他们写文章，写了十二页（这种纸），横改竖改，结果还是没有寄给他们。我文章内容是杂谈五四以来的新文艺，题目叫"祝辞"，从青年们办文艺杂志说起，话里难免触及政治问题。他们的杂志销路不会好，可是一、文坛上的"英派们"（用鲁迅的话），二、政府管检查与思想

5　胡乔木（1912–1992），原名胡鼎新，笔名乔木，江苏盐城人，曾任新闻总署署长、中共中央宣传部副部长、中共中央副秘书长、中共中央书记处书记、中国社会科学院院长等职，著有《胡乔木文集》。

6　王实味（1906–1947），原名诗微，笔名实味，河南潢川人，作家，1942年延安整风运动中受到批判，被开除党籍，逮捕入狱，1947年被处决，1991年平反。代表作有《野百合花》等。

7　Galsworthy（John Galsworthy，约翰·高尔斯华绥，1867–1933），英国小说家、剧作家，曾在牛津大学读法律，后放弃律师工作从事文学创作，1932年获诺贝尔文学奖，代表作有《福尔赛世家》（*The Forsyte Saga*）、《现代喜剧》（*A Modern Comedy*）、《尾声》（*End of the Chapter*）等。

8　白先勇（1937–），生于广西桂林，作家，1958年在夏济安主编的《文学杂志》上发表第一篇短篇小说《金大奶奶》。1960年与台大的同学欧阳子、陈若曦、王文兴等共同创办了《现代文学》杂志。后赴美留学，于1965年取得爱荷华大学硕士学位。毕业后长期任教于加州大学圣塔芭芭拉分校，一直到1994年退休。近年致力于昆曲推广计划。代表作有《寂寞的十七岁》、《台北人》、《纽约客》、《孽子》等。

管制的人，一定要注意的。我既是《文学杂志》的 Founder 兼主编，
又率领小喽啰一群来办另一种杂志，声势太浩大，要遭人之忌。我
在昆明、重庆、北平的时候，什么文章都不写，深得"乱世不出名"
的要诀。台湾现在的局势，恐怕还要乱，出名的人不免倒霉。我既
无 permanent residence 在美国可以长住，台湾的闲事还是少管为妙。
我那篇作后未寄文章，并没有什么特别好，但是我这点意见，台湾
亦未必再有人说得出。关于五四以来的新文艺运动，我近（来）有很
多感想，大约同你所有的也差不多，但是这种话，台湾还是说不得
的。这一来，感触更多了。

　　再谈，专颂

　　近安

济安　顿首
十二月四日

　　〔又及〕台湾新出一部长篇小说叫《旋风》[9]，虽和陶斯道不能
比，但我认为相当好，已看完，另封寄上。想听你的意见。

9　《旋风》，长篇小说，成书于 1952 年，1957 年由作者自费出版。作者姜贵（1908–
　　1980），山东诸城人，原名王意坚，早年从军，后转业。代表作有《旋风》、《重
　　阳》等。

422. 夏济安致夏志清（1959 年 12 月 22 日）

志清弟：

连续的两张拜年片，两套礼物均已收到，谢谢。烟袋很合用，这是抽 Pipe 的人必备之品（张心沧也送过我一只）。四大本希腊悲剧，那是可以成为传家之宝的巨著。我没有送什么好东西，都是些零零碎碎的。女用绣花拖鞋（给 Carol 的）的绣工之恶劣，看了要叫人冒火，真丢中国人的脸。但是 Seattle 买不到更好的了。齐白石大日历那是替中国人争光的（我相信我在 visual art 方面修养不差），还有给 Joyce（的）那张卡片。中国艺术如此光荣，落到 Chinatown 的绣花艺术，令人兴悲。陈皮梅之外，又添了软糖和芝麻糖，大约都是 Joyce 没有尝过的。甜面酱也寄来了，可以做炒、炸酱面等。在那家铺子买完了之后，伙计已在包扎了，我发现了"油焖笋"，那东西你一定喜欢吃，可惜包扎得已经差不多，添不进去，不久我将再买些油焖笋寄上。

最近为"过节"，也是瞎忙一阵，钱瞎浪费，用得也不实惠，我也不去算它了。如寄台湾的卡片，用掉三盒（@ 3.75），共七十五张，每张邮票25¢，你说可怕不可怕？该早寄，但是早寄想不到。我在美国算是得意的人了，台湾的朋友都很穷苦，愈是如此，愈不能忘记他们。寄虽寄这么多，还可能有遗漏的。美国该寄的也有不少，自己也弄不清楚了。

　　寄卡片以前，忙的是写文章。那时之苦，为生平所未有。实在时间太局促，而Part II 材料极多。精神已太昏乱，可是文章始终得保持头脑清楚：体力不支，而文章要有劲，其苦可想。Part II 里漏了不少东西，如鲁迅最后的签名等（和包天笑、周瘦鹃[1]、郭沫若等发表联合宣言）——此事可能与周扬、徐懋庸等无关。他们的"反目"，据 *Yearbook 1936* 说，始终没有得到调解。鲁迅和共产思想之关系，亦没有说清楚。文章中 Cliches 用得太多，但没有精神力求精确了。

　　那几天最苦的是：白天精神昏迷（所幸者，胃口一直不错，身体才支持得下），晚上精神总是兴奋（病态的），不能睡觉。生平第一次靠安眠药（文章写完后）入眠。服用的是一种 sleep EEZ，据 Drug Store 里的人说（不要医生方子），是一种 Antihistamine，毫无副作用。我试用过一次，果然很好。服后（二片）约半小时入睡（我平常自己是头触枕就能入睡的），可睡足八小时，醒来精神焕发。此物多用当然有害，我只用过一次，现在睡眠已正常。好在文章写完后，虽然为交际而瞎忙，头脑是可以休息了。有一个时候，真怕生病。现在是已经完全恢复了。写一百多张拜年片，也需要精神来撑的。现在已完全正常，请释念。

　　我大约二十九、三十日之间去加州，可能搭便车去。详情容再报道。先发一信，使你们释念。专此　敬颂

全家新年快乐

济安　启

十二月二十二日

〔又及〕明年暑假来研究 20's 时鲁迅和创造社吵架经过。

1　周瘦鹃（1895–1968），原名周国贤，笔名泣红、侠尘、兰庵、怀兰等，江苏苏州人，作家、翻译家，曾主编《申报》副刊、《礼拜六》周刊、《紫罗兰》等刊物，代表作有《新秋海棠》、《行云集》、《花前锁记》等，编译有《欧美名家短篇小说丛刻》等。

423. 夏济安致夏志清（1959年12月28日）

志清弟：

今天收到来信，文章承蒙赞美，甚为感激。有些Cliches想除掉，但写时精神不济，没有办法。好在Far Eastern系里的人没有看出。我一向因为贪懒（最近几天又大贪懒），脑筋常常保持fresh，所以吸收能力相当强。记得我在九月底十月初写信给你时，还不知道冯雪峰为何许人。两个月之后，关于他的事已经知道得很多了。文中所引的许多details，因为我对它们发生特别兴趣，所以也容易记住。写这一类的文章——夹叙夹议，津津有味地retell一件故事（真要讲究narration我可本事还很差，所以成小说家很难）——大约我最擅长。我应该做一个biographer。最近Ellmann的Joyce传为文坛一件大事，此书我尚未看过。Weiss（他在UW开过Joyce）和他认识，说他年纪不到四十岁，攻Joyce有八年之久，八年以来，各处写信，打听有关Joyce的生平琐事。如要写"鲁迅传"，也非得这样广事搜集材料不可，但是这种功夫我是怕做的。到图书馆里去瞎翻，则兴趣甚大。

你所提起的日本太太以及cancer等事，我可一点都没有注意，真惭愧。鲁迅的绍兴太太姓朱（？），在北平和鲁母住在一起。鲁迅在北平时，曾追过许钦文[1]的妹妹许羡苏，此事曹聚仁的"评传"中

1　许钦文（1897–1984），原名许绳尧，生于浙江山阴，作家，代表作有《故乡》、《许钦文创作选》、《钦文自传》等。

约略提起。许钦文在50's所写的回忆录似亦隐约提到。你所注意到的有关萧红一事，我看很有见地。萧红的"回忆鲁迅"写得非常之好，虽然只是片片段段，不成系统，但是此女的眼光和文才都是上等的。

关于鲁迅和俄国作家，又很惭愧地，我暂时无话可说。这就是做scholar的不行之处。关于我自己的题目，我知道的是很多，题目以外的东西，就很可怜地无知了。如《死魂灵》我还没有看过，事实上，时间亦来不及。如鲁迅之和高尔基，不是好好地读几个月书，无法下笔的。有两个题目可以写的：Lu Hsun as a Translator；Lu Hsun as a Scholar，这两点一向似不大有人注意，你所提的科学神怪小说，可以成为MLA很好的一篇paper。（明年暑假也许来研究和创造社笔战那一段。）

文章的Part I已由Rhoads Murphey[2]送给 *Journal of Asian Studies*，下落如何，尚不得而知。Part II发表前似乎还要补充很多东西。

你对于贺年片的不安，使我也联〔连〕带地不安起来了。Potsdam是小地方，不容易有特别精美的贺年片，那是真的，这点无需〔须〕道歉。你们所送的那一张，我很喜欢它的富丽堂皇——过年过节，只要富丽堂皇，真正（的）"雅人"对于过年过节是不感兴趣的（如我的朋友Weiss）。这里平常很"雅"的人家，一到过X'mas之时，满屋红红绿绿，也雅不起来了。我很喜欢你们的贺年片，因为那才是代表X'mas spirit——这点请转告Carol。所谓"雅"的贺年片，只合收藏之用，不是过节所宜用的。你以前在Yale寄来的贺年片（空白的）我还有好几张锁在台北的箱子里，太好了，舍不得寄出去。

父亲的信已经拜读。我们轮流寄家用，那是理所应该的。暂时先在那笔钱里去扣。我主张你可停寄一年，由我来负担一个时候，

2　Rhoads Murphey（罗兹·墨菲，1919–2012），美国学者，致力于亚洲地理、历史研究，曾任 *Journal of Asian Studies* 编辑，代表作有《亚洲历史》（*A History of Asia*）、《东亚新史》（*East Asia: A New History*）等。

那才是道理。以后等我在美国生活稍趋安定，再另定计划。我于来秋以后之事，和Taylor谈也没有用。他自动地请我暑假回来，交情到这种地步，我如一再有所请求，未免太不识人情了。他是愿意帮助我的，我因为感激就不应该再给他（添）什么麻烦。我之留美或返台，对于一生的关系太大，我相信冥冥之中，必有安排。我是一点都不放在心上（的）。我相信上帝对我已经是很好的了。

还有一件事，可能对你和Carol相当exciting的。我三月间从台北飞来美国的时候，同飞机有两位台湾小姐，是去纽约学Nursering（护士）的，一路之上，我表现得很潇洒，因为我是熟门熟路，路上情形熟悉，再则我英文讲得比她们流利，可以照料她们。我们在旧金山机场分手，她们转飞纽约，我逛旧金山去了。其中有一位叶银英小姐（名字很怪，但她的旅伴叫杨梅，更怪）曾从纽约写了两三封信来，国语倒很通顺的，她说她"永远不会忘记"（在路上）我的幽默和热心等等。我好像回了一封信，很冷淡的。我好像对她说起过如到纽约去，要去看她们（我们在Peking Cafe喝Martini的时候，我也隐约提起过，记得吗？），结果没有去，主要原因还是心境不好。我那时是否要回台湾还不知道，她们拿学生护照的，反而可以长期居留，中国女孩子在纽约还会找不到男朋友吗？我也不用去瞎敷衍了，因此连电话都没有打一个。今天去学校，收到一张拜年片，一看所用的字眼，把我呆了半天。那位叶银英不知道我的住址，把贺年片寄到学校里去了。片子没有什么特别，上面写了这几个字：To Dear Professor Hsia Love Yen-ying。Love这个字中国女孩子岂能随便用的？台湾女孩子可能受些日本影响，但是她受了十年中国教育，这点轻重总是该明白的。那只有一个解释：她是真有意思。她为人照我厉害的眼光看来，该属于纯正善良一派，决非flirt，因此把我呆住了。此人并不很美，但我相信她是温柔的正派人，她的朋友杨梅我就不敢说了。路上我也许对叶比对杨更好些。信怎么回法，我还不知道。假如诸事顺利（如美国有"长饭碗"等），我亦许不再

"浪漫"，就去和这位叶小姐谈恋爱了。目前我不会有什么急遽的表示，但是我将以极 gentlemanly 同时很温柔地回她一封信。以后的事情，看上帝安排。我是个大 fatalist，不大替自己打主意。以前还想表现一下自己的 will，现在做人愈来愈"随和"了。你们也不必太乐观（切不可告诉父母亲、玉瑛妹和别人），因为事情太渺茫了。不过我要告诉你和 Carol：我不愿意再使钟意我的女孩子失望了。受了这么多年教育，这点 gentleman 的做人条件总要做到的。

本来定卅号搭学生便车去加州，但张琨警告说一路前去一千里多是山路，还有积雪，学生开车太靠不住。我决心牺牲八元钱（预付给那学生的），改坐火车或 bus 前去，大约仍旧卅号走。一月一日是 Pasadena 的 Rose Bowl，有 UW（西海岸第一队）和 Wisconsin（Midwest 第一队）的足球大赛，Seattle 去的人多极，车票很难买，我且试试看。那帮学生也是去看足球，同时出卖黑市球票的。Packing 很可怕，我又买了一只漂亮的皮箱（廿五元，就像你们所看见的那只一样），预备把东西丢进去。书已陆续付邮。你上次寄来的书，我大多都没有拆，所以寄起来很省事。三只箱子坐火车应该不成问题的。

Joyce 的信已经收到。这次寄上三种糖果：陈皮梅、软糖、芝麻糖，她最喜欢哪一种？ S. F. 中国好东西更多，当陆续购买寄上。齐白石的画大约还可以买到。德国人（还有瑞士人）的印刷确是世界第一，令人叹服。再谢谢你们送的希腊悲剧（Weiss 很"眼热"）全套和烟袋。1960（年）快到，希望大家——父亲、母亲、玉瑛妹、你和 Carol 和 Joyce 还有我——都有更好的运气。你的书出版了，名誉一定大好。回信请寄：C/O Prof. S. H. Chen, 929 Ramona Avenue, Albany 6, California。再谈 专颂

新年快乐

济安
廿八日晚

PS：现定30日中午坐greyhound去Berkeley，31日中午可到。火车票买不着，greyhound也相当舒服的。余续告。

这几天瞎忙 —— Party Going、打牌（麻将、Bridge）等，文章是一个字都写不出来。《旋风》你如看得满意，不妨在文章（Appendix后）再加三四百字note，说明台湾也曾出了一本对于共产党确实有些了解的反共小说。

424. 夏济安致夏志清 (1960年1月4日)

志清弟:

连日很辛苦,但加州天气太好——阳光明媚,高约五六十度,低约四十度(西雅图也不冷,高约四十几度,低约卅几度,但阴雨天较多),所以精神很好。

本定三十日走,但因懒于packing,且有不少人挽留,卅一日在李芳桂家打马〔麻〕将,元旦日又有两家应酬。二日中午走的,火车票、飞机票都买不到,仍坐greyhound。车子开得很稳,但座位不舒服(腿伸不直),走长路总不合适。三日中午到Berkeley,仍住Carlton旅馆,已付一星期房租(三元一天),慢慢地找Apt.。

UC要三月初才开学,早知如此,我该住旧金山,好好地玩一玩(*Ben Hur*[1]西雅图不演,但旧金山在演)。现在只好静心看书,同时预备学开汽车。一个月之内定可学会。加州天气好,附近好玩的地方多,没有车子,太对不起那地方了。

昨天(三日)晚上,同陈世骧夫妇和蒋彝[2]到林同炎[3](土木工程

1　*Ben Hur*(《宾虚》,1959),威廉·惠勒导演,查尔登·希士顿、杰克·霍金斯主演,米高梅发行。

2　蒋彝(Chiang Yee,1903–1977),江西九江人,画家、作家、书法家,曾任教于伦敦大学、哥伦比亚大学、哈佛大学等学校,被选为美国科学院艺术学院院士。代表作有十二册的《哑行者丛书》等。

3　林同炎(1912–2003),祖籍福州福清,工程学家,是预应力工程理论的研究者及最早的实施者,曾任美国工程院院士、台湾中研院院士、加州伯克利分校教授,获美国国家科学奖等大奖。

教授，美国研究concrete的权威）家去吃饭，他们先约好的，我是凑巧也跟着去。饭后坐车到S. F.的Broadway，去一家night club喝酒。Club名叫Bocce Ball，是意大利人开的，余兴是唱opera和弹钢琴。一个男歌唱家面孔很像Lee J. Cobb[4]，唱tenor，声音之洪亮，似不在Mario Lanza[5]之下。两个女的（一个soprano，一个contralto）虽不怎么杰出，似乎都比台湾开演奏会的那些太太小姐们高明。钢琴弹了一支Chopin，一支J. Strauss。这家night club趣味高级，生意并不很好。我喝的是Venetian coffee加Brandy的。附近各种狂热或低级的night club很多，我只在门口走过，不知道里面是些什么东西。有一家门口贴着The world's most talked about show ——据说是男扮女装的表演，想是homosexuals的大本营。我在Seattle曾看见德国出的homosexual杂志，里面是男人照片 ——那些男人似乎都不如京戏里的旦角漂亮。里面用三个文字，译登了一首唐诗，王建（？）作给朋友的，据我看来，这种诗在中国是毫无homosexual意义的。旧金山有自己的opera，恐怕也有ballet，很想和纽约一较短长。Broadway并不broad，但是星期天晚上liquor store都开门，据说要开到半夜两点。相形之下，西雅图是规矩得多了，西雅图的liquor store是州政府"专卖"的。

蒋彝你想也闻名已久。他已入英国籍，在Boston住过一阵，最近一本描写Boston的书（Norton出版），已销了一万三千本，他很高兴。现在在搜集材料，预备写一本 The Silent Traveller in S. F.。他是旧式中国人样子（在中国做过县长），英文讲得一点也不流利。

今天找到马逢华，他刚回来。曾去华府开经济学会，回来路上又在Ann Arbor停了一两天。今天午饭同他一起吃的，等一下将一起

4　Lee J. Cobb（科布，1911–1976），美国演员，代表作有《十二怒汉》（*12 Angry Men*，1957）、《码头风云》（*On the Waterfront*，1954）、《驱魔人》（*The Exorcist*，1973）。

5　Mario Lanza（马里奥·兰扎，1921–1959），美国演员，男高音歌唱家。

吃晚饭。他去开会的目的，是要找 teaching job，目前尚无头绪，因
离秋季开学尚早。他为我的事，也出了很多主意。我那种听天由命
的精神，在美国住久的人恐怕看来很奇怪的。他住的地方和旅馆很
近，你来信不妨由他转，因为我们最近可能天天见面（我无聊时可能
就去他的 Center for Chinese Studies 看书），他的地址：

2411 Durant Avenue Apt.3

今天约略看了些书。共产党把左联时的作家的作品也印出来
了：我看见了《叶紫选集》和《萧红选集》。叶紫[6]和鲁迅的关系也不
坏，他是1933年入的共产党。萧红集里还有她的照片，是全身的，
穿了大衣，脸不大清楚。书中萧军[7]的名字似乎从来没有出现。

Berkeley 几条街上书店多（大多兼卖图画），唱片店多，有两
家所谓 art cinemas，预告了各种奇怪的电影：如 Chas. Laughton[8] 导
演，Robt. Mitchum 主演的 *Night of the Hunter*[9]（1955）；Eisenstein 的
俄国片 *Potemkin*（1925–1958 Brussels 世界博览会中选举它是"历来
最伟大的电影"云）；John Barrymore[10] 与 Myrna Loy[11] 的 *Topaze*[12]

6　叶紫（1910–1939），原名余鹤林，湖南益阳人，作家，代表作有《丰收》、
　　《火》等。

7　萧军（1907–1988），原名刘鸿霖，生于辽宁锦州，作家，代表作有《八月的乡
　　村》等。

8　Chas. Laughton（查尔斯·劳顿，1899–1962），英国电影演员，代表作有《英宫艳
　　史》（*The Private Life of Henry VII*，1933）等。

9　*The Night of the Hunter*（《猎人之夜》，1955），查尔斯·劳顿导演，罗伯特·米彻
　　姆、谢利·温特斯主演，联美发行。

10　John Barrymore（约翰·巴里摩尔，1882–1942），美国演员，代表作有《公
　　正》（*Justice*，1916）、《理查三世》（*Richard III*，1920）、《哈姆雷特》（*Hamlet*，
　　1922）等。

11　Myrna Loy（玛娜·洛伊，1905–1993），美国女演员，以参演默片知名，代表作
　　有《风流侦探》（*The Thin Man*，1934）等。

12　*Topaze*（《陶白士教授》，一译《教授外史》，1933），据马塞尔·帕尼奥尔（Marcel
　　Pagnol）同名剧作改编，Harry D'Abbadie D'Arrast 导演，约翰·巴里摩尔、玛
　　娜·洛伊主演，雷电华影业发行。

（1933）；Conrad Veidt [13]、Emil Jannings [14]、Werner Krauss [15]（*Dr. Caligari* 主角）的德国恐怖片 *Waxworks* [16]（1924）等。看来这地方连影迷都有不少是自命风雅 snobbish 的。但是银行各窗洞口都长长地排了队，足见生意兴隆。加州的"活力"还得好好地体会。再谈 专颂

近安

济安

元月四日

〔又及〕Carol 和 Joyce 前均问好，我在买车以前，到 S. F. 去还是不很方便，虽然有 bus。

寄纽约的信还没有写。

13　Conrad Veidt（康拉德·韦特，1893–1943），德国演员，代表作有《卡里加里博士的小屋》(*The Cabinet of Dr. Caligari*，1920)、《禁苑藏龙》(*The Man Who Laughs*，1928)、《月宫宝盒》(*The Thief of Bagdad*，1940)、《卡萨布兰卡》(*Casablanca*，1942)等。

14　Emil Jannings（埃米尔·强宁斯，1884–1950），德国演员，曾获奥斯卡金像奖，代表作有《蓝天使》(*The Blue Angel*，1930)等。

15　Werner Krauss（沃那·克劳斯，1884–1959），德国演员，代表作有《卡里加里博士的小屋》、《腊像馆》(*Waxworks*)等。

16　*Waxworks*（《腊像馆》，1924），德国无声片，保罗·莱尼(Paul Leni)导演，埃米尔·强宁斯、康拉德·韦特、沃那·克劳斯主演，UFA发行。

425. 夏志清致夏济安（1960年1月11日）

济安哥：

　　Seattle临走前及抵Berkeley后两信都已收到，这几天房子想已找到了，甚念。你文章写完后，交际了一阵，最近又旅行了一下，换了新地方，脑筋可以借此休息，保持永远alert的状态，很好。我一直少动，交际又不多，生活实在比你单调得多。你有志学开车，确是好事，希望你一个月内学会。

　　叶银英小姐给你信和贺年片，我看是很有意思的。希望你早日复她，和她保持联系。我想台湾女子比中国女子多情，世故不深，所以叶小姐卡片上的"love"一字一定是表达她爱慕之意。凭你的文字，写几封信使她全部倾倒实在是很容易的事。Carol和我为此事都很高兴，希望你好自为之，不要太noncommittal，真正把她当对象追求。人家既然对你示意了，你信上也应当感恩示意，情愿自己吃亏，不使对方hurt，才是gentleman追求的作风。旧历新年、valentine，可以送些小玩意儿给她。

　　我这两星期来实在忙得可以，文稿已全部寄还了，从头看了一遍，有几处文字和内容可考虑的地方，还得斟酌一下，因为这次文稿送回后，下次的节目就是校看galleys和做index了，尽量想把错误减到绝无仅有。加上学期将到来，卷子特别地多，大部还没有过目，所以下两个星期，更要大忙。我有几个老问题，请你在加大再查一查：

郁达夫《她是一个弱女子》（《饶了她！》）出版期 1932？

老舍：《饥荒》，出版期，地点，1950？ 1951？

《桑干河》，侯 Chung-Chuan（忠全？）中文名字，中共版小说卷首有人物介绍，一查即得。（如查不到，也就算了，因为都是不关紧要的小节目。）

此外有几个新问题，也请代为解决：

"大负贩"如何译英文？ Peddler 仅是小贩。

《学衡》杂志，从李何林到刘绶松，都认为是1921年出版的，其实第一期出版期是1922年正月。加大如有此杂志，请再check一下。又，该杂志何年停刊？（可查看Fairbank et al, *Modern China: A Bibliographical Guide*。）

有一篇中共小说白刃《战斗到明天》，我不知道是短篇抑长篇，《文艺报》1952年正月号有文批评该小说，请查一究竟。

钱锺书《围城》中述一个老妈子跑得快，冲进房间像棉花弹一样（大意），"棉花弹"作何解，英文如何译法？

你文章上提到《祖国》赵聪一篇文章，《巴金难逃炼狱苦》（Nov. 17, 1958），内容讲些什么，不知你记得否？巴金何时开始吃苦的？

《火葬》你新近看过。文城中的大火如何燃起的？石队长等先杀日本人，再放火 or 先放火，再杀人。凭你记忆所得，略述一二。

元旦拍了一卷照片，兹附上四张（可看到record player和齐白石的画）。附上程靖宇信。父亲有信来，下次再附上吧。这几天相当紧张，不多写了，专颂

大安

弟 志清 上
一月十一日

马逢华前代问好。

〔又及〕《中国小说史料》明日寄出，这本书我retain了很久，很不好意思。

426. 夏济安致夏志清（1960 年 1 月 14 日）

志清弟：

多日未接来信，甚念。我已搬入
新公寓（地址见信封），为一cottage，很
讲究，较Seattle那一所似更舒服。房租
($)75，自付电与煤气。房东叫Loeb，是
物理系教授，似乎很爱好中国的东西。

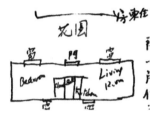

老夫妇都很和气，供给我一切用具。但是他们讲究清洁，我这人癞
莉癞塔〔邋里邋遢〕已惯，现在和房东住得这么近（Seattle的房东住
在乡下），不免极力想养成整洁的习惯——例如，每天早起都"铺
床"了，以前是从来不管的。这座cottage可以说原来是一些〔点〕灰
尘都没有的。

学校尚未大考，离下学期开学还有相当时候。功课似乎没有什
么要准备的，学校太挤（campus不够大，人太多），我至今还没有分
配到office。我也无所谓。

加州好玩的地方太多，我已决心学开车。今天拿到instruction
permit，明天开始上第一课。你虽然极力反对欧洲车子，我有一个
时候仍很想买一部小巧的欧洲车子的。但驾驶学校的教员反对gear-
shift，他和你一样是拥护美国大车子的。将学autonomous transmission
这一类车子。趁这几个礼拜，好好地把车学一学。假如买车的话，

买'55左右的大车，大约不到一千元即够。驾驶学校的教员还主张我用power steering——凡是一切省力的配备，他都主张用，我想我为人一向clumsy，宁可多用机器帮忙，自己少为开车费力。Gas多费一点也无所谓，美国的gas总是全世界最便宜的，也许论月地去租一部：Falcon Comair是六十元一个月，我如去租一部'58的大车，也许还不要这么多钱。Carol在这方面是专家，她有什么意见？

　　加州要学车也不容易，事前先经过笔试，我好好地把交通规章读了，考得还不错（四十题错了两题）。检查眼睛，我的眼睛有毛病，还特别去找眼科医生检查。普通人在MVD motor vehicle division稍一检查即可。检查费五元，那医生倒非常和气，而且很有耐心。检查了差不多一个钟头，发现我那副眼镜还合用，只是我左眼几乎全没有用——这个我自己知道，不知道你知道不知道？——我在昆明时也去检查过，那里的仪器当然不全（那是生平第一次）；在台北也检查过，也没有什么补救的办法。我小时候"斗鸡眼"，左眼球的肌肉拉歪了，看东西不正；医生说，nature后来根本就不用它，就让右眼单独工作。但是左眼还能吸收些印象，在脑筋里造成一种错乱，这是我所以"口吃"的缘故之一（后来左眼渐趋不用，口吃反而倒好起来了）。医生说：也可能是我生下来之时，被"老娘"（midwife）硬拉头部，手指碰伤了我的眼睛（你知道，我是难产的。我的"扁头"同难产也许有点关系。假如真是这样，我两只眼睛都给那老娘弄坏了，岂不可怕？医生说：一只眼睛也能开车，只是头部忙一点，多转动向左右看就是了。我同他说UW足球队第一名健将（在Rose Bowl得胜的，请看Jan. 11的Time）是一个独眼龙；他知道那人，他说此人冲刺力强，瞄准功夫也很好（普通人瞄准时，也得把一只眼睛闭上），但是空中接球功夫差。因为他只用一只眼睛，猜测距离的能力不会好的。这又使我想起我小时踢毽子技术之恶劣，踢了上去，一定接不着的。对于我，3D的电影、图画或地图是毫无意义的。

　　那医生说，New Hampshire 的 Dartmouth College 附设医院，有人专研究我这一类的眼病——即一只眼睛废而不用的（有一个术语，我没有抄下来）。他又说：据专家研究，看书从上至下（像中文那样），最合眼睛运动习惯。眼球上下活动，力量比左右活动要大得多。这也是专家研究出的。中共把书横印，实在并不聪明。我看起来就不大习惯的。

　　在这里有一个时候，很想念自己做的菜。Berkeley 有中国的馆子，做得也不差，但是我自己所做的，也别有风味。Berkeley 买东西还没有 Seattle 方便，我至今还没有筷子；别的中国东西，也不大容易买到，如老姜就没有。此外我也很想念日本人的罐头鱼（有好多种，都很鲜），和日本人的酱菜（日本人叫"渍"），那两样东西早晨用来吃粥，最是开胃。Oakland 东西该多些，但我还没有专程去过。S. F. 东西当然更多，但是 B. 和 S. F. 之间往返很不便，过海公共汽车 50¢，到了 S. F. 还要乘公共汽车，才能到 Chinatown。上回去 S. F. 听 opera 清唱表演，已经写过了。上星期六同马逢华和另外一个学经济的洪家骏（此人有车），又去 S. F. 一次。吃中国饭之后，去 Broadway 最有名的 Moulin Rouge 夜总会。M. R. 地方不大，但尚称高尚。两元钱 cover charge，一元钱任何种 drink。节目有三种歌舞（我很喜欢一个跳拉丁舞的叫 Gwen 什么的，其人很瘦，但跳得很有劲，全身动作都有节奏）；两个跳脱衣舞的，一个叫 Zabuda，跳天方夜谭舞、印度祭神舞，硬充 exotic，手脚乱动，一无是处；一个叫 Patti White，算是头牌明星，其人的脸和身材都和当年 *Esquire* 上 Patty 所画的电话美女相仿，可说是个美女，但我是不大喜欢的。一个男的，表演魔术。MC 叫做 Bert Henry，算是幽默滑稽，我大约听懂 70%。笑话里面很多是"荤"的。我因此想上海和苏州的说书先生也常常穿插"荤"笑话，可是叫我回想，我是一只也想不起来了。这也可见小说之难写。小说里若要活龙活现穿插一个说书先生，我就不行。

对于最近的美国电影，除了 *Ben Hur* 之外，我是一张都不想看。似乎没有一张的明星、故事和导演等，能引起我的兴趣的。*Third Man on the Mountain*[1]（Disney 的）应该不错，Seattle 演时，我错过了。*Time* 列入 listings 的 *Pillow Talk*[2] 和 *They Came to Cordura*[3] 我都不想看。来 Berkeley 之后，倒也看了两次电影，两次都是在电影院看的，第一次两张，都十分满意：*Dead of Night*[4]——英国的鬼故事（1946），有五只小故事，全片的 frame work 也有神怪意味的。紧张玄妙，非常精彩。还有一张上回信里已提过，劳顿[5]导演，Agee[6]编剧，R. Mitchum 主演的 *The Night of the Hunter*[7]，居然也非常精彩。其紧张之处，我认为胜过 *North by Northwest*，而且它一望而知是匠心独运的，*N by NW* 还是俗套太多。另一次是两张法国片，*Les Enfants du Paradis*[8]（1945），据说有很多象征意味，我看不出来。只是普通的古装爱情片，演小丑的某人是 M. Brando 最佩服

1 *Third Man on the Mountain*（《山中客》，1959），据乌尔曼（James Ramsey Ullman）小说改编，阿纳金导演，迈克尔·伦尼、詹姆斯·麦克阿瑟（James MacArthur）主演，迪斯尼影业出品。

2 *Pillow Talk*（《夜半无人私语时》，1959），浪漫喜剧，麦克尔·戈顿（Michael Gordon）导演，拉塞尔·劳斯（Russell Rouse）、Maurice Richlin 主演，环球国际发行。

3 *They Came to Cordura*（《威震群雄》，1959），西部片，罗伯特·罗森导演，古柏、丽塔·海华丝主演，哥伦比亚影业发行。

4 *Dead of Night*（《死亡之夜》，1945），惊悚剧，卡瓦尔康蒂（Cavalcanti）导演，迈克尔·雷德格瑞夫、约翰斯（Mervyn Johns）主演，环球影业（US）发行。

5 劳顿（Charles Laughton，查尔斯·劳顿，1899–1962），英国演员，代表作有《英宫艳史》（*The Private Life of Henry VIII*，1933）等。

6 Agee（James Agee，詹姆斯·艾吉，1909–1955），美国作家、剧作家，代表作有《失亲记》（*A Death in the Family*）等。

7 *The Night of the Hunter*（《猎人之夜》，1955），惊悚剧，据戴维斯·格拉布（Davis Grubb）同名小说改编，查尔斯·劳顿导演，罗伯特·米彻姆、谢利·温特斯主演，联合艺术发行。

8 *Les Enfants du Paradis*（《天堂的孩子》，1945），法国电影，马塞尔·卡尔内（Marcel Carné）导演，阿莱蒂、巴劳特（Jean-Louis Barrault）主演，Société Nouvelle Pathé Cinéma 出品。

的明星（见下 Capote 所写的文章），此人演小丑时很好，卸了妆，脸上粉擦掉后，其演技也不过如此。另一张是 Jean Cocteau 的 *Le Sang d'un Poete*[9]（1930），是电影中的 Dali，太怪了，没有话说。

马逢华和我往来很密。他生活很刻板，在 Ann Arbor 考了驾驶执照，但还没有车（考虑太多，不知买哪一种牌子的好）；公寓里有厨房，但从来没烧过饭（每月照付煤气 $1.60），中饭晚饭天天在一家中国馆子吃（他很赞美你做的菜）。他似乎比我 serious，不喝酒，不打 Bridge，又缺乏我的 high sprites，跟他在一起玩，不大有劲。他似乎也不大想玩，在 Ann Arbor"读苦书"把精神拘束得太厉害，得学位后，没有拿到长饭碗，精神还不敢放松。我们虽常在一起，但是我总觉得我们是两类的人。陈世骧有他的家，住得又比较远，我们也不能常在一起玩。我有一度觉得非常寂寞，很想念 Seattle。那边中国美国朋友一大群，热闹得很。但是初到 Seattle 几个月，我也很寂寞的，后来混熟了朋友愈来愈多，在这里大约也是如此。

你们想都好，好久没有见到来信，很是想念。宋奇已经皈依天主教。程靖宇的母亲故世，你那里想已接到信，闻之不觉怆然，感慨很多。还有很多话（如关于 UC 同事等），下次再谈。上海家里想也都好，也很想念，专此 敬颂

近安

Carol 和 Joyce 前都问好

济安 启
一月十四日

〔又及〕来信寄学校也可：Dept. of Oriental Language, U. of C., Berkeley 4, Cal.

9　*Le Sang d'un Poete*（《诗人之血》，1930），让·科克多导演，Enrique Rivero、米勒（Elizabeth Lee Miller）主演，Vicomte de Noailles 出品。

427. 夏济安致夏志清（1960年1月19日）

志清弟：

来信收到。你最近这样忙，暂时不写信也好。所托查的东西很多还没有查到，很抱歉。

"大负贩"据陈世骧说，可能是traveling merchant。

"棉花弹"不知道。照我想，把棉花搓成弹状，也可以打得很快的。什么场合上用这种棉花弹，待考。军火中大约没有一种子弹叫棉花弹的。陈世骧建议说是否和"弹棉花"有关。

《桑干河》里的人物是叫侯忠全。

白刃《战斗到明天》图书馆里有，那是1958（年）北京作家出版社出版的，381pp.，还是"第一部"。《后记》中说，该书曾于1951年出版，但有些批评家拿当时的"解放军"和抗战时敌后的"解放军"相比，认为他写得不好。也有人鼓励他的。他于是重写（茅盾似乎是鼓励他的）。《后记》中的话，我拟择要抄下寄上。《文艺报》我在Seattle翻得很熟，这里来还没有发现，有大约一定有的，让我找到了，再把人家批评的话一起抄下寄上。

这里的书比UW的书多，但中日文混合起来放；卡片箱用部首（如舒庆春的"舒"我就不知道该查什么部〈舌部〉）而不用拼音，所以我还没有用熟。《宇宙风》、《论语》以及《风雨谈》（柳雨生的一篇《〈封神演义〉考证》是他在London U.的Ph.D.论文，他在香港教了很多年中文，London U. 不 require residence 就可以考 Ph.D. 的）的合订本放的位（置）倒很明显。

《学衡》的合订本可能也有，还没有找到。根据张静庐《中国近代出版史料》，确是在 1922 年创刊。Fairbank 的 bibliography 对我将大有用处，我还没有去查。张静庐的书计有七本，从清末同文馆讲起，内容十分有趣，关于"左联"的材料也搜集了不少——恐怕是搜得最详细的了。你的 bibliography 中如没有把这部书引入，我下次书中可以把内容（各卷）约略介绍寄上。他书虽名叫《出版史料》，其实是偏于"革命"的；《学衡》等"反动"刊物就不免忽略。张静庐是 30's 冒出来的出版家，办"上海杂志公司"，当时有点臭名——投机取巧之名。

《祖国》中论巴金之文，内容大意也于下次信中介绍，假如这里有《祖国》合订本的话。我于 Part II 脱稿后，在 UW 图书馆中又发现一篇文章叫做《中共斗不倒巴金》，刊于香港的《联合评论》，大约是 1959 年四月到六月之间。内容：中共要斗争巴金，但读者纷纷来函拥护巴金，使中共没有办法。当时我把期数、作者抄在一张旧信封的反面，这次搬家到了加州找不到了。我想写信给 Seattle 托朋友复印寄过来，大约你并不着急地等着。《联合评论》是比较新的小报 size 刊物，每星期出 8 pages，UC 图书馆大约一定没有，虽然它在纽约有航空版的。

《火葬》内容不记得了。《饥荒》也查不到。

《她是一个弱女子》总得在 1932（年）或以后出版。素雅（李赞华）[1] 编的《郁达夫评传》（1931，现代书局）你想见过（很有趣），那里面就没有提起这本书。我在 Union Catalogue 中发现一本有趣的书

---

1 李赞华，笔名素雅、李芷香、残华，生卒年不详。20 世纪 30 年代曾任现代书局总编辑，编过《前锋月刊》、《现代文学评论》等，其作品多见于《申报》、《前锋月刊》、《现代文学评论》、《真善美》等报刊，代表作有短篇小说集《变动》等。《郁达夫评传》是其编选的一本评论选，收入了周作人、成仿吾、钱杏邨、沈从文、王独清等人关于郁达夫与创造社的 18 篇文章。

《郁达夫的流亡与失踪》，大约是香港出版的，你如要，我可以去定〔订〕；书在Congress或Harvard，寄来总要两个礼拜。

本星期六我已约了Richard Irwin[2]开车到Hoover Library去，有一个上午的时间可用。我只是想去瞎翻翻，同时希望能解决一些你的有关dates以及其他的问题。

Irwin为人很热心，我寄在系里的好多包书，都（是）由他驾车送到我的Apt.来的。他也在这里教初级中文，我向他请教一些问题，他的nervous情形，不亚于苏州中学的英文教员碰到外国人。关于《水浒》，我是只字不提，怕他窘。去Hoover Library，也是他建议的，我只是说想去看看而已。他的车是Peugeot，似乎也很漂亮，不像Renault那样的小得过分。Schafer人也很和善，他似乎有点自知之明。我赞美他去年四月写的那篇paper：讲唐朝时候各国来的进贡，里面材料倒真不少。他似乎很难为情，把手一挥，好像说："不要提它了。"但他很用功，常在图书馆看书，Taylor所忙的就只是行政与交际了。

我在这里开的三门课，都是undergraduate的，学生程度不会好，所以很定心。一门Intermediate Chinese，一门Contemporary Literature都预备用Yale的书，已去order（每班大约十人左右，教来一定不吃力）。另一门survey课，我预备从唐宋讲起，这门课不难，最要紧的是bibliography——给学生的"压生"。中国小说译成英文的多找几本，让他们看了写paper，此外由我瞎讲。

《中国小说史料》此间图书馆有，我也不等着用。你如不提起，我已经把这本书忘了。此间于二月八日上课，两门有text的，根本不需要什么准备。Survey课，第一堂总讲，描写一下课程内容和中国历史纲要。以后定每星期写一篇paper——lecture notes，我相信

---

2 Richard Irwin（Richard Gregg Irwin，1909–?），曾任加州大学伯克利分校东亚图书馆副馆长，20世纪80年代饮弹身亡，代表作有《中国小说的演进：〈水浒传〉》（*The Evolution of a Chinese Novel: Shui-Hu-Chuan*）等。

也不难的，总比研究鲁迅容易得多了。这方面的bibliography你如有所知，盼随时告诉，但是不急，等你把稿子、学生考卷等弄舒齐了再说。

上星期五开了一小时车，学right turn，很紧张，但在Berkeley市区，速度定25miles，也闯不了什么大祸的。今天下午又要学第二课，可能是left turn。最难的还是steering。情形下信再描写。专复 敬颂

近安

Carol和Joyce前均问好

济安

一月十九日

〔又及〕照片都已经收到，你们精神都很好，家里很干净，除了Hifi之外，似乎还添了家具。马逢华很喜欢Joyce。可是雪下得太大了，这里是春天。

428. 夏志清致夏济安（1960年1月24日）

济安哥：

一月十四日、十九日两信都已收到，谢谢你又花了不少时间，替我找材料。上次所问的大多是不关重要的。《战斗到明天》是1951年出版的长篇，这一点情报已够。《桑干河》我要问的人物是地主侯Tien-Kuei，请再查一查，上次是我信上写错了。巴金的事既发生在1958–1959（年），我的书仅cover 1957，也管不到。《她是一个弱女子》王瑶说是"一·二八"后出版的，想是1932年无误。此外有几个新问题，请指教：

一、白朗[1]《为了（更？）幸福的明天》是何年出版的？

二、如看到《文艺报》，请一查关于胡风集团的"三批材料"，这许多信，最早的是何年（194？）写的？胡风给舒芜信上曾说到何其芳、刘白羽从延安来访问他，这封信是何年何月写的？这封信若属于"第一批材料"，则page reference当为No. 9–10, p. 29，不知确否？（我写文章时，书已寄回哥伦比亚，无法再查）如是写给另一人，则当在第二三批材料找，请一查。

三、你以前信上说过胡风已死，不知消息确否？有无根据？

1　白朗（1912–1990），原名刘东兰，辽宁沈阳人，作家，曾任《国际协报》编辑、《解放日报》副刊编辑、《东北文艺》主编，代表作有《为了幸福的明天》、《在轨道上前进》等。

　　四、关于"棉花弹"，请查看钱锺书《围城》最后一章，last few page：方鸿渐和太太打架，方太太的奶妈冲进来劝架，状如"棉花弹"，你看了原文，或可知道中文的本意。

　　五、老舍的《饥荒》看来美国没有此书。《惶惑》、《偷生》宋奇送给我，我是看过的，后来美国出了一本 *The Yellow Storm*，是《四世同堂》的 abridged version，我也看了。但《饥荒》从没有看到，也不知其出版年月。茅盾 & associates 在 1948–1949（年）在香港出版过《小说月刊》（加大无此杂志，请不必查），后来搬到上海，也出了一两年。《饥荒》是在该月刊上连载过的，请一查，何期开始连载，有没有刊完？该刊也载过卞之琳《山山水水》的一章，你可看一看，有没有 Henry James 的味道？

　　张静庐的《史料》我没有列入 bibliography，你把此书各卷内容介绍给我，再好也没有。最近我向 Stanford U. 邮购了一本 Eugene Wu[2]，*Leaders of Twentieth Century China: An Annotated Bibliography of Selected Chinese Biographical Works in the Hoover Library*，中国近代文人的传记材料并不多，但鲁迅的材料却列了 42 种，你如想顺便研究鲁迅，Hoover Library 去一次倒是应该的。美国关于中国现代文学真正研究性的书一本也没有，bibliography 倒这样多，很使我头痛。你下学期开三门课，除 survey 一门稍要准备外，另外两课是上课讲书，毫不需要准备的。中国旧小说有名的几种译本，你想是知道的（去年 Charles Tuttle、Vermont 重印了 Kelly & Wash 的《三国演义》，Grove Press 前年重印了 Buck[3] 的《水浒》），此外中共出版了英译本

2　Eugene Wu（吴文津，1922–？），曾任斯坦福大学胡佛研究所东亚图书馆馆长、哈佛大学燕京图书馆馆长，代表作有《20 世纪中国的领导者》（*Leaders of Twentieth-century China: An Annotated Bibliography of Selected Chinese Biographical Works in the Hoover Library*）、《吴文津文集》等。

3　Buck（Pearl S. Buck，赛珍珠，1892–1973），美国作家，在中国生活了近四十年，1934 年才离开中国，回国定居。1932 年获得普利策奖，1938 年获诺贝尔文学奖。1942 年创办"东西方联合会"（East and West Association），致力于亚洲与西方的理解与交流。代表作有《大地》（*The Good Earth*）、《东风·西风》（*East Wind: West Wind*）、《群芳庭》（*Pavilion of Women*）等。

《儒林外史》(*The Scholar*)、《今古奇观》选译（题名 *The Courtesan's Jewel Box?*），不知加大有没有？张心沧译了三章《镜花缘》，也可列入参考书之内——*Allegory & Courtesy in Spenser*。近几年的 *J. of Asian Studies Annotated Bibliography*，你多翻翻，就有数目了。Yale Far Eastern Publications 去年出版了袁同礼的 *China in Western Literature*，Martha Davidson 的两本中国文学西洋文译本目录，有了这两本东西，你在 bibliography 方面，大概不成问题了。值得注意的是 paperbacks。我所知道的有 Anchor：Wang 译《红楼梦》（节译的节译）；Grove：Waley，*The Monkey*，Lin Yutang，*Chinese Tales*（Pocket Books）。这些书可鼓励学生去买，他们读后，你再讨论，可增加些生趣。我教书是从不编 lecture 的，在 Ann Arbor 时，教陌生东西，抄一些 note，在这里简直是信口开河，毫无准备。你除非想把 lectures 准备整理后出版，把 lectures 写出是多余的，只要每一点钟，有足够 lecture 和讨论的材料，就够了。（我在 Michigan 开过一门中西文化文学交流史，曾花了些功〔工〕夫开了一个 bibliography，可能对你有用，另兹附上。另外中国近代思想史、中国思想史的 bibliography，都是很普通的，没有什么新东西。）

　　你初到 Berkeley，不免寂寞，多认识了人，就不会有这个感觉了。马逢华单独和他在一起是很 serious 的，但和许多中国人在一起，他话也多了。我觉得你纽约那封信应当写了，否则对不起人。Valentine 即要到了，可送一张 card 给银英小姐。你学开汽车，很好。我要学汽车，也学得会的，但苦无时间。日间时间实〔宝〕贵，连理发也怕麻烦，看牙医也麻烦。我看过眼医，右眼近视加深，右眼 4.00，左眼 4.50，最近不感到 strain 了。我在中国时，两眼眼力相仿。在 Yale 第一学期住在人家家里，台灯放在左边，把右眼加深了 0.25 度，但十多年来，日夜看书，近视并没有增加多少。你左眼不管事，你以前也说过的，但左眼外表很正常，也就算了。我初看横排的《文艺报》，简字特别多，实在是很费神的。

　　上星期五把考卷看完（看得极马虎），这星期可以耗神对付文稿。Wade-Giles 我算弄得很通了，但仍非每一字查字典不可，最近看到的书，抓到文稿上的两个小错处。《牛天赐传》中的"赐"北京音读 tz'u，我写了 ssu；沙汀的"汀"想不到是 t'ing，我用了 ting。电影已一个月没有看。上星期领 Joyce 看了 *Li'l Abner* [4]，自己还看了 *Middle of the Night* [5]，是一贯 Paddy C. [6] 的作风。这星期过旧历新年，你那边想必很热闹。我今年生日凑巧和 Carol 同一日（二月七日）。程靖宇处我已去信，宋奇做天主教信徒，想是受徐诚斌的影响。他这样 arrogant 的人，其实是和天主教（天主教反共最彻底，是值得我们资助的）合不来的（但 Allan Tate 也是目中无人的人，也被 convert 了）。不多写了，祝

　　新年快乐

弟　志清　上
一月廿四日

〔又及〕家中你可写封信去，我转寄也好。

4　*Li'l Abner*（1959），音乐剧，梅尔文·弗兰克导演，彼得·帕尔默（Peter Palmer）、莱斯利·帕里什（Leslie Parrish）主演，派拉蒙影业发行。

5　*Middle of the Night*（《午夜梦回》，1959），德尔伯特·曼（Delbert Mann）导演，马奇、金·诺瓦克主演，哥伦比亚影业发行。

6　Paddy C.（Paddy Chayefsky，帕迪·查耶夫斯基，1923–1981），美国作家、剧作家，曾三次获得奥斯卡最佳编剧奖，代表作有《君子好逑》（*Marty*，1955）、《看错病症死错人》（*The Hospital*，1971）、《电视台风云》（*Network*，1976）等。

429. 夏济安致夏志清（1960 年 1 月 24 日）

志清弟：

前上一信，想已收到。昨日去 Stanford 的 Hoover 图书馆（一月廿四日书〔信〕），因有 Irwin 陪着，不大方便，且时间只有两个钟头（上午10–12），不能畅快地翻阅。但是 Hoover 图书馆的确有些不大多见的东西。我注意的是旧杂志，发现：

左联的刊物至少有三种，《前哨》、《文学月报》（周起应主编）和《文学界》（《今日世界》旧的可能也有，我想起《倪焕之》来了）；

胡风于 40's 所编的刊物《七月》和《希望》（还有一本叫做《冰流》的，出了一期《追悼丁玲遇难》专号）；

上海的小报《社会新闻》，专门造左派的谣言的；

《生活知识》（关于这个下面再谈）；

《中央周报》——国民党对外不公开的刊物。20's、30's 都有，里面应该有些关于左派的内幕报道；共产党在江西印的小册子等。

那边还有一本沈鹏年[1]编的《鲁迅研究资料编目》，1958（年）12月出版，没有功〔工〕夫看。但编者在序言（并说……〔此处原稿不清〕鲁迅、郭沫若、蒋光慈的联名宣言云）中攻击冯雪峰，说他"隐瞒事实"云。

1　沈鹏年（1920–？），江苏苏州人，原名沈凝华。1949 年以前做过纺织工人，曾在沪西实验工校学习。1960 年调上海电影厂工作。编著有《鲁迅研究资料编目》、《鲁迅及有关史实年表》，著有《行云流水记往》等。

　　这里离 Stanford 约四十五里（据说相当于上海到常州的距离），往返很不便（可能有 bus），非得自己开车不可（学车上了四课，至少还要上六课我才有把握去考照会）。我如买了车子，相信在 Hoover 图书馆一定可以发掘到很多关于左派的新材料。

　　昨天在 Frankel 家吃的午饭，他在 Stanford 教中文。Irwin 在燕京读过书，他本想研究鲁迅，后来把材料让给 Harriet Mills，自己专研究《水浒传》了。

　　关于你托查的东西，很少结果，很抱歉。

　　《她是一个弱女子》和《饥荒》，Hoover 也没有。关于这两本书，我想也许可以查得到，就是瞎翻 '32 左右与 '50 左右的杂志，注意上面的出版广告。此事恐怕还要费些时间才有结果。

　　《文艺报》UC 很不全，1952（年）正月号的没有。但是关于白刃的书，另外找到些材料，另纸找〔抄〕上。（又，关于《学衡》的和鲁迅的翻译俄国小说。）

　　《祖国周刊》这里有全份，《巴金》一文还没有去重读。日内查到了当再报告。《联合评论》一文，已托人在 UW 图书馆翻印，寄来后当一并寄上。

　　《火葬》大约只有 UW 有。暂时没有办法，我想托 Inter-Library 去借。UC 图书馆有《作家》月刊。它的目录是折叠式的，上面印有作家  肖像十余帧，中国人只有一人，那是鲁迅（其时鲁迅尚未死），放在高尔基和巴尔扎克之间；此外有莎翁、萧伯纳、托〔陀〕翁、歌德、赛〔塞〕凡〔万〕提斯等。

　　在鲁迅的《答徐懋庸》之后二月，巴金也发表一篇《答徐懋庸》（并论西班牙人民阵线），里面大讲安那其主义在西班牙所受的灾难，并驳斥"破坏统一战线"之说。文中提起一件有趣的事：徐懋庸在《生活知识》上发表过一篇小说，攻击不加入"文艺界协会"的人。这篇小说在 Hoover 也许可以查到，大约是很有趣的。

最近看了郑振铎的《中国文学研究》三册。郑的最大兴趣是买书，搜集材料。文章写得很坏，根本还不知道批评文章该怎么写法。有时忽然会出现低级的诗意散文，如：

> "这情形大有似于今日的说唱'弹词'。南方的夏月，天空是蓝得像刚从染缸中拖出来的蓝布，有几粒星在上面眨〔眨〕着他们的小眼，还有一二抹轻纱似的微云，在恬静的懒散的躺着。银河是唯一有生气的走动的东西，在这一个都静默不动的空气之中。……"

这是从一篇很严肃的《宋金元诸宫调考》中抄下的，这里本来是要讨论"说唱弹词"，忽然来大做"散文诗"，看了令人作呕。这样勤谨的一个scholar而有这样低的趣味，恐怕在五四以后的中国是很常见的。鲁迅的《中国小说史略》文章干净老练；胡适的考证文章文字平平，但是肉麻的话究竟不多。

我很怀疑那些小说家（郑振铎的朋友们）恐怕也会写出这种美丽的文字。五四以后的taste是大成问题的。我们的《文学杂志》想力矫其弊，但是对于挽救风气一道，成就可说毫无。

郑振铎在scholarship方面的贡献很大。愈读他的东西，愈觉得Giles的文学史中论小说戏曲的话，几乎一无是处。但是这是一本唯一容易买到的书。应该有人好好地重写一本，取而代之。你的"处女作"完成后，我很希望你再来一本《中国古代小说史》。工作将是很吃力的，但是"英文读书界"真需要这么一本书。我自己也想写，但是我只会夹叙夹议的table talk，弄得好顶多像David Cecil[2]，弄得不好，大约连Walter Allen[3]的 The English Novel 都赶不上的。我写批

2　David Cecil（大卫·塞西尔，1902–1986），英国传记作家、史学家，著作甚丰，代表作有《维多利亚早期的小说家》(Early Victorian Novelists: Essays in Revaluation)、《英国诗人》(The English Poets)、《小说家哈代》(Hardy the Novelist: An Essay in Criticism) 等。

3　Walter Allen（沃尔特·艾伦，1911–1995），英国小说家、批评家，代表作有《英国小说》(The English Novel: A Short Critical History)、《传统与梦：从20年代至今的英美小说》(Tradition and Dream: The English and American Novel from the Twenties to Our Time) 等。

评文章还是不行，在西洋文学方面的知识，也不够。如"弹词"的文学地位究竟如何，我就说不出（我恐怕还没有耐性仔细去读那种东西）。郑振铎在《研究中国文学的新途径》中说：

> 弹词，又是一种被笼罩于黑雾之间，或被隔绝于一个荒岛中而未为人发现的文艺枝干。弹词却并不是很小的或很不重要的文学枝干呢！她（！）有不少美好的东西，她有不比小说少的读者，她的描写技术，也许有的比几部伟大的小说名著还要进步。夏天，夜色与凉风俱来时，天空只有熠熠的星光……（alas！）……如《天雨花》、《笔生花》、《再生缘》、《再造天》、《梦影录》、《义妖传》、《节义缘》、《倭袍传》以及"三部曲"之《安邦志》、《定国志》、《凤凰山》等等，都可算是中国文学中的巨著。其描写之细腻与深入，已远非一般小说所能及的了。有人说，中国没有史诗；弹词可真不能不算是中国的史诗。我们的史诗原来有那么多呢！

我还看见过陈寅恪的《再生缘考》。他说他曾读过希腊与印度的 epic（原文），但是据他看来，《再生缘》并不比它们差。

今天去 Oakland 买了些东西，另包寄上。内有西瓜子、莲心、红枣子等，点缀过新年，是很好的。并有糯米粉一磅，汤团年糕恐怕很难做，但是"圆子"（加水，揉成小圆珠状即可）是不难的。也许赶不上过年，但是新年里面也可以让 Carol 和 Joyce 尝尝中国味道。请向她们问好。这种东西上海恐怕反而没有，说起来话又得很多了。再谈 专颂

新年快乐

济安
一月廿四

〔又及〕《小说史料》已收到了。

我同马逢华很要好，只是他比较拘谨而用功，不能陪我一起玩，我有时未免有点失望而已。

430. 夏志清致夏济安（1960 年 1 月 26 日）

济安哥：

给你一封短信，又是有几个问题请教于你：

一、萧军《八月的矿山》[1]，Eugene Wu 书上谓 1954（年）十一月出版，大约是不错的，我书稿上写了 1955 年出版，请 check 一下。（加大无此书，可查《文艺报》封底广告。）

二、老舍《偷生》中有一段："一棵松树修直了才能成为栋梁；一株臭椿，修直了又有什么用呢？""修直"意义是否是把树砍下来以后，再修直，抑树还在生长时，把它 guide 直，请指示。

三、端木蕻良[2]的小说《科尔沁旗的草原》，普通书上（如王瑶）都称《科尔沁旗草原》，端木蕻良自己在另一小说《大江》书后 mention 此小说时，却加了一个"的"字，请查一查。

四、上次你告诉我冯雪峰《民主革命的文艺运动》，出版于 1949 年，我书稿上却早已写了 1946 年，恐怕有来历（大约 1949 是沪版，1946 是渝版）。请把此书的出版期再查一查。

大半年来幸亏有你在大大学帮忙，否则我实在是 lost 了。

旧历新年过得想好，附上上月父亲信一封。匆匆 即颂

近安

弟 志清

一月二十六日

---

1 应作《五月的矿山》，夏志清钢笔写的是"八"，铅笔写的"五"是收到夏济安的信后，加在旁边的。

2 端木蕻良（1912–1996），原名曹汉文，辽宁昌图人，作家，曾加入"左联"，代表作有《科尔沁旗草原》、《大地的海》、《曹雪芹》等。

431. 夏济安致夏志清（1960 年 2 月 2 日）

志清弟：

　　来信都收到，托查的东西，很抱歉，还没有全查到。侯什么的名字叫做侯殿魁。白朗的书，这里恐怕没有。胡风的死我是听说的，那人看见 Seattle 去年八月份的英文报上有这么一条；死者的名字似乎拼作 Hu Fung。我从未去查过。假如 Seattle 报上有（那边两张报编得都很恶劣），*N. Y. Times* 上一定有。但是查旧报太吃力，什么时候有空，让我出空身体把去年八月份的 *N. Y. Times* 好好地拿出来翻一番〔翻〕。

　　说起报纸，旧金山的报纸也很恶劣，没有什么可读的。我想写封信给 Whitney[1]，叫他把 *N. Y. Herald Tribune* 搬来。他的报纸在纽约难有前途，在西海岸很容易压倒一切，成为出类拔萃的报纸。加州人口增加得快，他的报的销路也一定有办法。很多人都在期待一张较好的报纸。

　　今年庚子年，照我八字应该是大好的。照你相貌，你四十（岁）以后（你已经四十岁了，简直不能想象；不看见父亲的信，我绝想不到的；我总把你——及我自己——看作二十岁的），也比过去五年好。你的鼻子挺，眼睛则还不够"清"。照中国相书，眼睛管 30–40 岁，四十以后是鼻运。今年适逢 Carol 和你同天过生日，真是再好也没有。两张卡片已寄出，礼物买别的都来不及，明天想去唱片店里

1　Whitney（John Hay Whitney，惠特尼，1904–1982），出版家、外交家，曾任美国驻英大使，《纽约先驱导报》（*New York Herald Tribune*）出版人。

挑选一两张航空寄上。唱片轻，而且也很实惠。不一定是音乐，或者挑选朗诵诗歌，或各家剧本等，这些你们家里似乎还没有。同时希望你们走好运，长久地快乐。你的书出版后，一定可博得好评，你在学术界，一定可以有更好的地位，这样Carol和Joyce，父亲母亲玉瑛妹等也可以更快乐了。

你的书花了不少劳力，这种功夫与耐心，我是十分佩服。我的下功夫是sporadic的，忽冷忽热，要写整本的很难。但是如有人逼着（如UW的research project），我也会发奋用功的。我虽贪懒，得过且过，但仍是很要面子的人。

旧历年大除夕是在赵元任家过的，年初一在陈世骧家。UC的天下还没有打出，只好同中国人来往。其实我很喜欢和美国人来往，同中国人讲话总要斯文客气些，同美国人可以"瞎七搭八"，而且可以随时表露wit（讲中文反而dull），因此很想念Seattle的Weiss等人。

年初也有些好消息：*Asian Studies*的主编来信（Roger Hackett[2]），他说我的paper（part I），已经给编辑委员们和readers看过：… it has received a most favorable response. It is, I believe, a most interesting & important article. 这样就是不发表我也很满意了。他要我把part II寄去，但是part II虽然在Seattle也很受欢迎，但是我写得太仓促，有许多事情都来不及放进去（如鲁迅后来和包天笑、周瘦鹃的联合宣言等），若干部分还须扩大修改，如田汉为侏儒，周扬是弱不禁风一流，我称他们是huskies（鲁迅原文是"四条汉子"），关于老蒋部分也得tone down。Hoover Library有这许多材料，我如不好好地去看一看，也不甘心的。我回信给Hackett叫他再等一个月，我把part II寄去。上下篇如一起发表，文章可以更精彩（有头有尾），对我的声望可以更好。

2　Roger Hackett（罗杰·海克特），密歇根大学教授，专治日本史，1959年至1962年主编 *The Journal of Asian Studies*，代表作有《现代日本崛起中的山县有朋，1838–1922》（*Yamagata Aritomo in the Rise of Modern Japan, 1838–1922*）等。

今天陈世骧匆匆地说：Indiana缺人教中文，详情我明天到他家吃完饭再谈。当然我是十分希望能重游旧地，去Indiana再住上一年半载的。成不成看运气如何了，我为自己的前途一点都没有打算。一切听天由命。在美国延长居留，在美国大学教书，在美国settle down——这些成否都在命中，强求也没有用。近年别的没有进步，修养倒是很好。什么都不着急，什么看得都很淡。

开车已经学了十课，Driving School恐怕也是想乘机捞一票的，叫我再上五课，我也愿意做sucker，预备再上五课。开车不难，我现在大约已经算会开的了。但是经验不够，宁可在instructor指导之下，多兜几个圈子。我学开的车是1954（年）的Plymouth，已经走了四万五千多哩，但我觉得它已经很顺手，开起来不吃力。将来买车，也许去挑一部'54（或'53、'55）的Plymouth。车子上有automatic transmission；Gear Shift还不会，可能也不学了——怕麻烦。

初来时，很想去S. F.；近来已不大想它，当它不在附近，也就心平气和了。过阴历年，S. F. Chinatown是大热闹的，但我没有去看。

承寄来的bibliography，很有用，十分感谢。各种instructions也可以帮我不少忙。我那survey课主要是叫学生念英文text，课堂上讨论。那是一学期教完的课，范围很广；我想分两节：五四以前，五四以后。五四以前的指定读物是《红楼》、《西游》、《三国》、《水浒》、《金瓶梅》、《儒林外史》（图书馆有没有还没有去查），也许加《好逑传》、《镜花缘》、《隔帘花影》（新出的，我去翻过Davidson的书目，发现Kuhn此人真了不起，其翻译之多不亚于Constance Garnett[3]）；短篇小说：林语堂的，Birch的"古今小说"，《今古奇观》（不知道图书馆有没有）；剧本：《西厢记》（我已买到Hart[4]的本子）、《灰阑记》

3　Constance Garnett（康斯坦斯·加内特，1861–1946），英国翻译家，擅长19世纪俄国文学翻译，曾翻译过列夫·托尔斯泰（Leo Tolstoy）、陀思妥耶夫斯基、契诃夫等作家的作品。

4　Hart（Henry H. Hart，哈特，1886–1968），美国汉学家，编译有《中国诗歌研究概览》（*The Hundred Name: A Short Introduction to the Study of Chinese Poetry*）、《马可波罗：威尼斯的探险家》（*Marco Polo: Venetian Adventurer*）、《牡丹亭》（*A Garden of Peonies*）等。

（曾替Master-plot写过撮要，但我已买到此书，实在是本冒充的中国剧本）——此外不知道有些什么元、明、清的剧本是译成英文的了。熊式一的《王宝川〔钏〕》可不可用？法文的《赵氏孤儿》也可以开下去。我以前曾读过法文的《杀狗劝夫》（忘了是剧本还是小说）。Julien恐怕译了不少东西。在汉译英方面，美国人所做的工作，实在少得可怜。林语堂的短篇小说，我也已买来，发见〔现〕其taste很成问题。《碾玉观音》我以前在《妇女杂志》看见过，其taste只是投合那种读者的兴趣。中国人naive讲故事的味道丧失殆尽，他只求slick。五四以后，暂时不管，我已买到《骆驼祥子》与《离婚》，还买了一本《黎民之儿女》（都是旧书），据你说，那就是《小二黑结婚》、《李有才板话》，那么作为共产文学的代表作，也可以指定给学生看？加上鲁迅、沈从文、茅盾等，也差不多了。剧本方面，曹禺的《雷雨》大约有英译本（在《天下》？但不知有无单行本？），此外有些什么？郭沫若？田汉？五四以后的，预备在复活节后再教，现在还不急。这班学生（人数大约不会多）因为不懂中文，如单教五四以后的，反而有选材的困难。北平出的*Chinese Literature*杂志，以前的《天下》（合订本，不知这里有没有），将是主要的材料来源了。

来了加州以后，还没有看过美国电影。欧洲电影看了这些：*Hulot's Holiday*[5]（很多画面像*New Yorker*里的卡通），*Baker's Wife*[6]（法片，描写cuckold，很残酷的comedy），*The Beauty & the Beast*[7]（又是Jean Coctean的，很好，是最不俗气的童话片——MGM那张*Cinderella*最俗气，令人难受），*Wax Works*（无声片总〔终〕究是无声

5　*Hulot's Holiday*（《于洛先生的假期》，1953），法国电影，雅克·塔蒂（Jacques Tati）导演，雅克·塔蒂主演，Discifilm发行。

6　*Baker's Wife*（《面包师的老婆》），法国喜剧片，马塞尔·帕尼奥尔（Marcel Pagnol）导演，Raimu、Ginette Leclerc主演，1938年发行。

7　*Beauty & the Beast*（《美女与野兽》，1946），法国浪漫喜剧，让·科克多导演，让·马莱（Jean Marais）、朱赛特·黛（Josette Day）主演，DisCina发行。

片的样子，没有什么了不起），*The Bridal Path*[8]（英国喜剧，乡下人出门寻女人做家老婆），*Brink of Life*[9]（Ingrid Bergman 描写产科医院的，没有以前几张有 fantastic 的美，但相当可怕。这种可怕，美国电影也拍得出来的）。最后两张（都是 double feature）还加映了一张英国短片，叫做 *Jumping, Standing* 什么的，是模仿无声滑稽片的近作（它也是无声），想入非非，很滑稽。

最近在看《金瓶梅》（淫秽部分都删掉的）。我觉得它很像《红楼梦》，也是讲大家庭的日常生活，非常细腻（尤其注意过年过节过生日等 festivity），曹雪芹不知是不是模仿它的？二书大不相同处，当然是《红楼梦》里的人有 spiritual life，《金瓶梅》里的人没有，此所以《金瓶梅》还不够"写实"。

另附上抄来的资料，还有些东西要查的，隔两天再寄。又照片一张，那是在 Greyhound 下车后不久照的（西装是香港做的），精神显得不差。林同炎是土木工程研究 concrete 的世界权威。他家里出过一个研究历史的怪杰，叫林同济[10]（办《战国策》），你想知道。

叶银英那里的信，今天发出。卡片要落人话柄，不寄了（中国没有这个习惯）。信很简单，只是谢谢她的卡片，并报告已到加州而已。

你们过生日想必很兴高采烈，恨不能来参加。我自己做炸酱面，很好吃。哪天一定再做一次。附上寄父母亲的信，他们近况很好，我较放心。专颂

8　*The Bridal Path*（《找新娘》，1959），英国喜剧，弗兰克·劳德（Frank Launder）导演，比尔·特拉弗斯（Bill Travers）、乔治·科尔（George Cole）主演，British Lion Film Corporation 发行。

9　*Brink of Life*（《人生边缘》，1958），瑞典片，英格玛·伯格曼导演，伊娃·达尔贝克（Eva Dahlbeck）、英格丽·图林主演，Inter-American Productions 出品。

10　林同济（1906–1980），福建福州人，学者，早年留学美国，获加州大学伯克利分校博士学位，回国后任教于南开大学、西南联大、复旦大学等学校。1940 年与陈铨、雷海宗等人创办《战国策》半月刊，呼吁中国文化重建，被称为"战国策"派。代表作有《日本在中国东北的扩张》、《天地之间》等。

近安

济安
二月二日

〔又及〕Carol 和 Joyce 前均问好。讲起出痧子，美国大约常见chicken pox；中国孩子一定要出痧子，美国孩子不一定要出的吧。

432. 夏济安致夏志清（1960年2月5日）

志清弟：

唱片两张已寄出，希望你们喜欢；一张英诗，一张莎翁。这一类的唱片你们好像还没有。你们的生日party想必很热闹，可惜我不能参加。

托查的东西可以报告如下：

一、白朗——查不到。Hoover有57（？）58（？）两年份的全"国"出版物总目录，那是上次看见的。

二、《饥荒》——也查不到。《小说月刊》UC没有，Hoover可能有。什么时候重去Stanford，当好好地查一下。

三、1958（年）《新中华》上中华书局的广告上，有王实味译的《资产者》(*Man of Property*)与《奇异的插曲》(*Strange Interlude*)。这种书能容许出版，可能表示王实味还不是完全在黑名单上（当然1950还早，我忘了注意月份）。周作人的散文集听说一本也没有重印。

四、萧军《五月的矿山》据Union Catalogue，确是1954，《文艺报》1955 No. 24 Dec. 30有一篇晏学、周培桐[1]二人合作的文章《萧军的〈五月的矿山〉为什么是有毒的？》。

1　晏学、周培桐，均为中央音乐学院教授。

五、端木蕻良的书名中没有"的"字。1948（年）开明出版。

六、老舍文中"修直"据陈世骧说，是quick的意思。

七、冯雪峰《民主革命的文艺运动》我上次的data可能是根据UW的Union Catalogue；很奇怪的，这里的Union Catalogue没有这本书（under"冯"，under"民主"）。会不会署名上有个"论"字（《论民主……》）？今天拟再去查一查。

八、"爆进来像一粒棉花弹"已经看到原文。我也只好猜：棉花弹会不会是nitrocellulose？据化学书上说，棉花浸在硝酸里，一碰就要炸的。会不会有一种低级的hand grenade，把"硝酸纤维"放在瓶子里掷的？问题是"粒"字。大约只有手枪子弹才可以用"粒"字；步枪子弹在苏州、无锡一带也许还可以用"粒"字，在北平话里也许就不用了。还有个可能是田里的棉花果是"爆"开来的。这样，问题有两个了："粒"字和"弹"字。钱锺书的用字一定很小心，他为什么用了这个"粒"字，我不能了解。

九、这里的《文艺报》，很不全。胡风三批资料那一期偏没有，但是《新华月报》No. 6 1955这里有，两本刊物都是转载1955 May 13的《人民日报》的。

你要查的那封信，在《新华月报》的p. 2，那是第一批资料的第一封，页码在《文艺报》里一定也很在前。日期是1944（年）七月廿二日（那时何、刘已在重庆）。第一批资料分两类，第二类的第一封日期是1944（年）三月七日（重庆），那恐怕是全部资料里的最早的一封信了。（第一类是攻击人的，第二类是攻击思想的。）

胡风那一百十几封信，还没有人好好地study过，这里面大有文章好做。1953年何其芳和林默涵就有文章攻击他。《文艺报》一卷12期，二卷四期有文章批评他的长诗《时间开始了》。

十、胡风的死还没有去查。

我在美国，慢慢地有名气，"圈子"里的人认识多了，找事情也许不难。但是护照不知是否能延长一年。护照比visa更麻烦；visa

请学校的dean、系主任等帮忙，倒好解决。护照要台湾外交部批准延长（不是这里的领事馆），手续很麻烦。所以我在这方面，不敢多想。（最高的奢望：国会有个议员提个一个special bill为我申请永久居留。这当然很渺茫。）

学开车已经学到最后一步：turning与parking。下星期去考road test了。只怕考的时候nervous，表现不佳。

再谈，专颂

近安

Carol和Joyce前均问好

济安

二月五日

433. 夏志清致夏济安（1960年2月8日）

济安哥：

　　最近三封信都已收到，费了你不少时间精神，代我查东西，很是感激。贺片两张，及新年礼物、生日礼物也都已收到。生日贺卡，其实是用不到〔着〕的，那些礼物更是不必办。我们不断受〔收〕你的东西，很不好意思。其实直接向纽约函购中国食品，也是很方便的，只是Carol和我都太懒罢了。所收到的东西很实惠，西瓜子Carol恐怕不会有耐心吃，莲心、红枣子、笋、香蕈、榨菜、线粉都极受用。红腐乳已开罐了，隔几日做稀饭吃。上次送来的酱，还没有开罐，做炸酱面一定很好吃的。事实上，我们没有过什么年，因为我太忙，没有闲情逸致做饭吃。生日也没有开什么party，只是Carol定〔订〕了一只蛋糕，生日那天（昨天）到馆子吃了一顿（side order spaghetti，也算吃寿面），此外Carol送些小礼物给我（我不开车、不上街，Carol的礼物都是自办的）。其实照美国算法，我只好算三十九岁，四十大庆是明年，所以不庆祝也无妨。两张唱片已听过了，以Dane Edith Evans[1]所灌的 *As You Like It* 最精彩。这两张唱片一定花了你不少钱，外加航邮，实在是不必的。糯米粉做汤团最

1　Dane Edith Evans（伊迪丝·埃文斯，1888–1976），英国女演员，以出演舞台剧知名，代表作有《已故的克里斯多夫·宾恩》(*The Late Christopher Bean*)、《汤姆琼斯》(*Tom Jones*)、《告密者》(*The Whisperers*) 等。

好，可惜汤团比水饺更难做，看来祇好做圆子了。下两星期有空，预备好好做一顿中国饭。陈皮梅收到了好多盒，冬季屋里暖气太烈，很容易干掉，所以这种东西暂时可以不必买了。你送了这样许多东西，一两星期来我们这里多少有些新年气象，Joyce 也很高兴，我们只好等机会，将来再报答了。

一星期来，工作太忙。稍有些伤风，今天在医生处拿到了些antibiotics，大概日内即可痊愈。我一伤风，即吞服 antibiotics pills，所以不会太严重，但 drugstore 所售的 cold pills 不能使 virus 全部消除，所以一伤风，总要拖一些日子，很麻烦。你所给我的information 很 valuable，其他查不到，弄不清，也就算了。我查查笔记薄〔簿〕，《饥荒》是在《小说月刊》1950（年）六月起连载的，有没有载完，则不得而知。Ida Pruitt[2] 的 The Yellow Storm，是《四世同堂》的节译，此书 1951（年）在北美出版，《饥荒》当出版于 1950 年无疑。抗战前夕的左派杂志有《作家》、《文学界》等种（你《鲁迅》文中都提到过），如有更详细报道，如何年创办等也请指示。《读书生活》是何人编的？鲁迅在《书简》中对杂志似很重视。《乱弹及其他》初版想是1939 年，但 preface 是指明 1931 年写的。我看到的一种是上海霞社1941 年出版的。加大可有《瞿秋白文集》，请查一查该书的出版史。（张天翼长篇《鬼土日记》何年出版？）

张静庐的《出版史》，曹聚仁《文坛五十年》中提到过，我不能看到此书，很感遗憾。如有茅盾《霜叶红似二月花》、《腐蚀》初版日期，请告知。《文艺阵地》想是 1938（年）出版的（1948 是笔误），以前我只知道该杂志曾在香港、重庆出版过，想不到最初是在汉口出版的。

2　Ida Pruitt（蒲爱德，1888–1985），作家、社会工作者，出生于中国山东，在美国读完大学后，又回到中国，长期在中国工作。代表作有《中国童年》(A China Childhood)、《旧北平的岁月》(Days in Old Peking)、《传统中国故事》(Tales of Old China) 等，并译有《四世同堂》等作品。

鲁迅"四条汉子"这段文字我去年暑假也翻译过，我把"汉子"译成guys，以示鲁迅轻蔑的态度，你译huskies，和原文比较妥切。我"guys"此字，Yale编辑认为太colloquial，看来只好译"man"了。东方既白[3]在《自由中国》1959 4/1, 4/16, 5/1上说（《在阴黯〔暗〕矛盾中演变的大陆文坛》），鲁迅那篇文章是由冯雪峰起稿的，所以和鲁迅普通的文章不大一致，那时鲁迅已病得很厉害，可能写不出这样长的文章。东方既白说information是根据徐懋庸在斗丁、冯时所disclose的。不知你有没有看到中共杂志上提到过这句话？

胡风死讯，查 N. Y. Times 太吃力了。加大东方系office里一定有香港 U. S. Consulate所编译的 Survey of Mainland Press、Hong Kong Press多种mimeo的材料（是Walker写书的主要材料），你不妨把这种东西查看一下，如胡风死掉，这消息是一定不会漏过的。丁玲的近况，也一定会有报道。

你文章得到极高好评，自在意料之中。Journal of Asian Studies刊载的文字都是很拙劣的，内容也不太好，你那篇《鲁迅》文字内容都好，是不多见的。希望文章在Summer issue or Autumn issue刊出来。我本来也有意把几个chapters在各杂志上预先发表一下，但打字麻烦，一直没有空重打一份作投稿之用。现在投稿，想已太晚了。我的书是solid的，但 N. Y. Times 等可能请左派人物Edgar Snow[4]、Robert Payne（后者在 Times Book Review上常写书评）作书评，我反共太烈，可能引起这班人的恶感，但这种小问题，也顾不及去想它们了。希望下星期把文稿全部交出，暂时可relax一下。

上星期看了 Wild Strawberries，连着看了两遍，这种举动在我是鲜而为之的。该片的确极精彩，很absorbing，第一遍看时，有许多注意不到的东西，第二遍可以好好欣赏，所以一点也不沉

3　东方既白（1908–1980），即徐讦。

4　Edgar Snow（爱德加·斯诺，1905–1972），美国记者，以报道中国知名，是第一个采访陕甘宁边区的西方记者，代表作有《西行漫记》（Red Star Over China）等。

闷。该片的 theme "人的寂寞"，支配许多近年剧本、电影，好像是 modern drama 的唯一主题（*Middle of the Night* 亦然），但 Bergman 导演摄影技术都高，几个 dream sequence，和那对长脸 couple 是极 memorable 的。有些地方和 Kafka 很接近，虽然 Kafka 我读得很少。关于 Marianne 大夫那一段似太勉强，和情理也不合。

马逢华也给了我们卡片和信，请预先道谢，隔两星期再给他信。他的朋友赵冈[5]，弄经济学而有空研究《红楼梦》，是相当可令人吃惊的。父亲最近有信来，谓玉瑛顺便开会，可在新年期中在上海小住。前两次汇款，陆文渊套汇，托他父亲把款项直接交给父亲，结果上海某银行就去责问父亲，最近两次汇款是怎样汇的？可见中共事事注意，什么事都要追根问底，很使人可怕。上海的 food 供应不够，将来终有大家没有东西吃的一日。

你照片上神气不错，希望如你所说的，今年以后大家交好运。办护照事应早开动，免得以后麻烦，Indiana 事如无下文。匆匆，Joyce、Carol 皆好，专颂

　　近好

　　开汽车学会了，congratulation ！

弟 志清 上
二月八日

5　赵冈（1929–），黑龙江哈尔滨人，经济学家、红学家。1951 年毕业于台湾大学经济系，1962 年获美国密歇根大学博士学位，先后任教于美国密歇根大学、加州大学伯克利分校、威斯康星大学。主要研究明清经济史，同时也是《红楼梦》考证专家。代表作有《中国棉业史》、《中国经济制度史论》、《〈红楼梦〉研究新编》等。

434. 夏济安致夏志清（1960 年 2 月 14 日）

志清弟：

　　来信和Joyce的卡片都收到。Valentine的卡片是我生平第一次收到。想不到美国在这一天也印了各种卡片寄给各式人等的。谢谢Carol和Joyce。你们不要想送什么东西给我。因为我在美国尚未住定，东西多了将来怎么搬回台湾去呢？

　　上了一个星期的课，"白话文"和"短篇小说"没有什么意思，主要是逐字逐句解释，同教初中英文差不多，我所要准备的只是查国语发音，尤其注意的是-n和-ng的分别，与四声（tones）。此外大约是很省力的。Survey较有趣，可以乱发议论。看样子五四以后都来不及详细讨论，只预备草草应付，主要预备对付中国的major novels（五本"四大奇书"plus《红楼梦》），assign英译本叫学生写paper，我在堂上发挥我的看法，我可说的话很多，不一定都sound，但相信大多是发人所未发，对于美国学生也许有点stimulating的作用。空谈了两堂，接着要讨论"变文"（敦煌发现）的"目连救母"，然后略谈宋人说书，然后《三国演义》。你说《三国演义》有讽刺关公之处，Robert Graves说Homer也是讽刺的。Graves的意见是不是并不为专家学者所接受？我看你在把书稿校对整理就绪后，不妨写篇文章来讨论《三国演义》，日积月累，这种文章多了，也可以出版的。（希望你少吃antibiotics，这东西对付伤风virus未免大材小用；据说以后如犯了细菌病，再用 antibiotics 要不灵的。）

"左联"暂时不及兼顾。附上关于"巴金"的文章一篇，及《火葬》内容撮要，都是 Seattle 托人寄来的。别的要查的再陆续寄上。刚开学，有点乱，忙倒并不忙。过了几天，"生活上了轨道"，空闲还是很多的，因为所教的可不需要什么准备。

丁玲的特务丈夫同时也是 Smedley[1]的秘书，Smedley 的书里（就是我在文章里所引的）把他译成 Feng Da，那么应该是"达"字了。Smedley 在上海，一直是这个人钉〔盯〕着她。政府恐怕很不放心她，所以找个特务去做她的秘书。但是这个特务的工作成绩很差——据我们现在看来。大约特务们都没有什么政治主张，他们只想求刺激冒险，再加上 sadism，对于工作本身是并不寄托什么理想的。很多军统、中统的人，在上海改投"七十六号"，帮日本人捉爱国分子。但是很多汪派（甚至日本军部里面）的高级中国特务，又是和重庆通气的。德国的 Nazi 特务后来又变成共产〔党〕特务，共产〔党〕特务变成纳粹特务（的）想也有。特务大约是生活最空虚的一种人——这点当然是 liberals 所不能了解的。英国有"福尔摩斯"传统，其特务也许文雅一点，但是福尔摩斯生命也很空虚的。Graham Greene 的小说我看过两三本，他对于特务似乎也并没有深切的认识（他称间谍小说为 entertainment）。Conrad 似乎也写过，也许比较深刻一点（没有看过）。关于 Feng Da 此人，我们知道得很少，如要写一篇关于"左联"的故事，如能描写一个 KMT 的特务，文章可以有趣得多。《文学杂志》里那篇关于丁玲的文章，也是 KMT 特务写的。此人叫朱介凡，现在身份是保安司令部的上校（或少将），据说本来也是左派人（可能是共党），被政府捉去，改做 KMT 特务的。此人

---

1 Smedley（Agnes Smedley，史沫特莱，1892–1950），美国记者、作家、社会活动家，1928 年底来华，在中国工作长达 12 年，向世界报道中国的抗战。代表作有《大地的女儿》（*Daughter of Earth*）、《中国人的命运》（*Chinese Destinies*）、《中国反击》（*China Fights Back: An American Woman with the Eighth Route Army*）等。

很温和而沉默寡言，微笑而不露声色；爱好文艺是他的 weakness，关于丁玲的文章在台湾不是他的身份来写，别人是不敢动笔的（在香港另作别论）。我和他私交不够，否则，如再见面，可以请问他一些 '30s、'40s 时的左派内幕。他自己当年也可能是一个文艺青年，丁玲的过去，他一定知道得很多的。

最近生活的大事是买了一部汽车。房东 Dr. Loeb 是个已届退休年龄的物理教授，有两部车，一部是 '41 的 Oldsmobile（很好），一部是 '59 的 Olds。他用 Olds 已有几十年，跟 Oakland 的 Olds dealer 颇有交情。承他去关照的 dealer，如有结实耐用好的旧车来 trade in，请他留下给我。上星期买了一部 '53 Olds，星期四 Loeb 开了他的 '41 Olds 同我一起去看了。车子果然很新（外表绝不比你们的 '59 Ford 旧，而且看来并没有 repair 过，像旧家具、中国扇子的扇骨似的有种 mellowness，颜色是深绿色的），机器试了一下，很好。别的我不懂，至少它是十分 quite。我连 Mileage Meter 都没有看，就买下来了，$550。我还没有去考 license，车子存在 dealer 处。我这样慷慨地草草地把车子买有〔了〕，朋友们都大为责备。因为美国汽车 dealer 的名誉很坏，自命精明的人似乎从来没有谁跟去匆匆一看就把一部旧车子买下来的。其实我不是傻子，我是全部 trust Dr. Loeb。他很懂车子，而且很讲究 quality，他说好（而且是 awfully good），那是一定没有问题的了。他自己是十分小心的人，他看得出原来的 owner 也是处处小心保养车子的。

马逢华的责备，你们也可以相〔想〕信〔象〕得到的。他考虑买车已有半年多，每个月要买好几种杂志（如 *Motor Trend*、*Motor Life*、*Consumer's Report* 等）比较研究。我们平常见面就讨论车子。他本来想买 Falcon，但是又嫌它马力不够（90）（Corvair 更少），'59、'60 的 Chev. 又太长，'60 的 Ford 更长了。旧车他不敢买，怕吃亏上当；Chrysler 厂的出品他全部不信任（这也是滑稽的；Chrysler 厂的出品我想决不比别人的坏，只是美国人没有理由地不去捧场而已）。他横挑竖挑，结果是一部车子都买不成了。他现在是（在）等 Buick 的 Compact Car，希望它有 Aluminum V8，这样大小和马力都合他的需要了。他本来对 Comet 寄甚大之希望，但 Comet 仍用 Falcon 的 90 h.p. engine，他大失所望。

昨天我们一起吃午饭，又碰上一位姓赖的朋友（你们过生日的那天，我们一起吃面的）。其太太叫 Sandy，和 Carol 一样是美国人。赖氏夫妇都有 driver's license，饭后，我们一起去看我的车。赖太太说：Amazing，七年旧的车子这样好，是她从来没见过的。马逢华第一个先去看 Mileage Meter，发现是五万六千多哩（平均八千哩一年）。他和赖都试了一下引擎，结果都十分满意。而且把马逢华的哲学都推翻了：一、dealer 之中也有好人——并不全说诳的；二、'53 的车子也有好车，其 performance 几乎和新车相仿，外表也很新。这样鼓励起他买车的兴趣，而且也开始欣赏我做人的态度。我们四个人以赖的驾驶技术最高明，车子就由他开回 Berkeley 来了。马逢华也开了一段，觉得十分 smooth。

车子是 4 door sedan，"88"，用 premium gas，也许稍为废油一点，且有 power brake（没有 power steering）。我因为没有学过 power brake，且车子尚未（上）保险，所以还不敢开，但是买了一部好车，心里很得意，而且可以使怀疑的朋友们都一一吃惊，这是另一得意之处。'53 年份的车，还没有像以后那样地长、矮和阔，其 dimensions 还是合理的。Maneuver 想亦不难。再谈 专颂

近安

济安
二月十四日

东方既白即徐讦，他用这个名字写比较 serious 的文章。他的话可能有根据。徐懋庸在斗丁、冯与百花齐放阶段，曾用各种笔名写了二十多万字文章（据攻击他的人说）。香港也许看得到那些东西。

他后来算是"社会科学理论家"，他发表东西的地方，也许不是《文艺报》、《人民文学》之类的文艺刊物，而是别的刊物，很可能在报纸上。

鲁迅的信虽然和他一般的 style 不同，但是我看冯雪峰亦写不出来。冯的 style 是比较喜欢兜圈子的，他的长处绝不是"爽利"，而那封信显然是爽利的。

《自由中国》那几期我没有看见，谢谢你提起它们。

胡风与冯雪峰是《作家》的发行人之说，亦来自香港，亦很难查考。

Hightower 的 Topics 的最后一章，评中国近代文坛，倒有几句中肯的话。他说中国近代作家"结帮"之风甚盛。一个杂志就是一个帮。"作家"与"文学界"之对立，即是两个帮的对立也。

我对于《文学杂志》丧失兴趣原因之一，就是怕"结帮"，或被 identified 为"帮魁"。

435. 夏志清致夏济安（1960年2月15日）

济安哥：

有几个问题，如能查到答案，请即作复：

一、我在"Leftists & Independents"一章上〔中〕，提到 *The Sentinel*，后改名 *Literary Bulletin*，*The Sentinel* 想即是《前哨》，*Literary Bulletin* 中文该如何写法，一时无法可查，不知刘绥松 or Union Catalogue 上有没有提到？

二、《乱弹及其他》初版日期，请查《瞿秋白文集》。此问题不知上次信上已提及否？

三、到1958年底 or 1959年底为止，《郭沫若文集》，茅盾、巴金、叶绍钧文集，一共出了几册，已出全否？According to《茅盾文集》，《第一阶级的故事》、《霜叶红似二月花》、《腐蚀》是何时何地初版的？

昨天做了中国菜，开了一罐"油闷笋"，十多年来未吃到此物，大为欣赏。匆匆 即颂

好

弟 志清 上
二月十五日

436. 夏济安致夏志清（1960 年 2 月 19 日）

志清弟：

这几天的大事是开车。License 已经考到，车子亦已保险，是AAA 承保，且已加入 AAA 为会员。我的驾驶技术虽能满足考官的要求，但是经验还是很差。有三点尚须补救者：（1）公路上尚未开过，我的最高 speed 是 30 哩，超过它该是怎么样的 thrill，现尚无所知。（2）Parallel Parking（那是要考的）已会，但是别种还不会。所谓 Parallel Parking 是倒退而入两车之间的空挡〔当〕，靠 curb 而 park。但如马路有坡度，或 curb 成 curve 状 —— 那种 P. P. 则尚未试过。尤其 San Francisco 的很多路都有坡度，那地方需要前轮紧贴 curb（成角度），这恐怕是非常难学的。（3）跟上面有关系，即在小地方还周转不灵（虽然 U-Turn 要考的，且已考及格），小地方如 Closed Parking Space，找 Filling Station 等地，所以还得好好练习，才谈得上 enjoying driving。现在亏得有个马逢华，他的程度大约同我相仿，可以互相研究。只是他研究学问十分用功（赶写论文），不能老陪着我，别人则不好意思去麻烦也。Carol 大约是世界上最好驾驶员之一，她大约可以教我很多，现在且让我瞎摸吧。这三天是美国大放假，加州又是冬季 Olympic 开会之地。今天星期六阳光明媚，十分暖和，穿 shirt 就够，街上（住宅区）粉红色的 plum（梅花？）盛开，公路上全是车，市区反而人少车少。我是公路上还不敢去，趁此机会在市区练习练习算了。

AAA 有一种 sticker，你大约见过很多。AAA 的说明书上说：It is a mark of distinction & identifies you as a careful and responsible motorist. Display it proudly！我还没有把它贴上去，只怕驾驶技术恶劣，替 AAA 丢人。到什么时候我把那东西贴在车上，我才可以说对驾驶有了自信了。

托查的东西，除了胡风之死尚未去查以外，其余各点，敬复如下：

（1）共党简字表，似乎只有達作达（里面是大小的"大"）。

（2）《瞿秋白文集》（一）（1954）p. 252 的注："《乱弹》的稿本有两份，其一为作者在 1932（年）末或 1933（年）初交谢澹如保存，后由谢出版的《乱弹及其他》（1938, May，霞社）中《乱弹》部分即是；其二是交鲁迅保存的……"后者有修改，有增加（文章篇目）。普通图书馆（据 Union Catalogue）所藏者，皆为 1949（年）霞社本。

（3）甲．《郭沫若文集》的第八本出版日期是 '58 九月。UC 图书馆有一至六，并第八本。第七本缺，但想已出版。

乙．《茅盾文集》已出一至八，第八本的日期是 1956 年六月。

丙．《巴金文集》第六本日期是 1958（年）十月。

丁．《叶绍钧文集》第三本日期是 1958（年）十月。

关于此条尚拟去 check Union Catalogue，看看别家图书馆有了些什么新添的没有。

（4）根据《茅盾文集》

甲．《第一阶级的故事》出版日期是 1945。

乙．《霜叶》是 1942 年写，1943（年）桂林华华书局。

丙．《腐蚀》1941 年写，在该年的《大众生活》（韬奋主编）上连载。

（5）《文艺阵地》是 1938 年创刊的。据张静庐：《文艺战线》一卷五期（1940 五月出版，周扬主编，曾被禁）。

（6）《读书生活》尚未查到。据张静庐：1936 年成立"读书生活出版社"，后改（when？）"读书出版社"。"读书生活"本身当在"出版社"之前。

（7）张天翼《鬼土日记》可能是1931（或1932）。《乱弹》中有"画狗罢"一文是评《鬼土日记》的，其中用这样的话："最近出版的《鬼土日记》"，且mention在此以前所出的《二十一个》（1931出）。问题是瞿写此文是在哪一年。霞社本把此文放在《乱弹》collection之末，文后没有日期。《文集》本把此文放在《乱弹》的第三位；第一篇是《乱弹》，日期是1931（年）九月十七（日）；第三篇（即此文）后注日期为八月十日，没有说明是哪一年。我想可能此文写在《乱弹》之前，那几篇东西是连续发表的，叫做《笑峰乱弹》（瞿所用笔名是"陈笑峰"），后被禁，改用"司马今"笔名写《水陆道场》（column之名）杂文。而《文集》是先排《乱弹》一系统的杂文，接排《水陆道场》那系统的杂文的。又《文集》本中《乱弹》部分最后一篇文章是"评《三人行》"，这个可借参考。

（8）《文学导报》见另纸。又冯书出版日期。

（9）关于冯雪峰，有一点资料，不知你曾注意到否？

《文艺报》1958（年）第4期（Feb. 26）有姚文元[1]作《冯雪峰资产阶级文艺路线的思想基础》谈起两件事情：

甲．1937年10月19日鲁迅逝世周年纪念会上，冯作如下讲话：

"我们的民族，即大家所夸耀的古民族，本来已走上和有些已经灭亡的古民族一样的灭亡过程……几千年的黑暗专制统治，和近百年来帝国主义的宰割，将中国人民摧残，压迫，曲折得成了怎样的病态了。"据我看来，拿这个态度来评鲁迅，是正确的。但姚文元评曰："这正是工农红军长征胜利，神圣的抗日民族战争已经开

---

1 姚文元（1931–2005），浙江诸暨人，"四人帮"成员之一，曾任《红旗》杂志总编，主管意识形态工作。姚文元于1965年、1966年发表的《评新编历史剧〈海瑞罢官〉》、《评"三家村"——〈燕山夜话〉〈三家村札记〉的反动本质》，揭开了文化大革命的序幕。

始，中国人民已经在党的领导下显示出伟大的，不可战胜的生命力量的时候，冯雪峰眼中的人民却是这样的麻木。"

按：其时抗战已发生，那次纪念会不知在何处开的。冯的失势以及退隐是否从那篇演讲发表以后开始的？

乙．1953 年第二次全国文代大会筹备期内，冯雪峰起草《报告》初稿，后未被采纳。他《报告》中有语云（quote 姚）：

"怕'在政治上犯错误'是一种比资产阶级'更坏的''落后心理'。""艺术上犯错误也就是政治上犯错误。"

这种主张以前在苏联也惹过大祸的。

（10）《巴金难逃炼狱苦》文中要点，即如上次所说一样，介绍那几篇文章。文中说姚文元是中共理论权威。该文中并说：在鸣放时期巴金亦发表诉苦言论，说他虽位居"作协"的什么地位，但并无实权。他并说：文艺应还给人民；不满党的领导与干涉。巴金的文章见 1957（年）四月八日《光明日报》，五月一日《人民日报》，五月八日《解放日报》，但他并未因此受祸。

（11）关于《作家》与《文学界》两刊物，请看拙文 part II 的 notes 52 与 59。《中国文艺年鉴》1936（年）此类材料颇多。

（12）关于鲁迅，在《文汇报》上找到一点材料，特翻印寄上。

再缺什么，请统计一下，卜星期可查出寄上。这里上课很轻松。再谈 专颂

近安

济安

二月十九日

〔又及〕Carol 和 Joyce 均此候安。待稍空要写封信给 Carol 描写开车之紧张。

《战斗到明天》第一部，白刃著，北京作家出版社1958年8月第一版。

《后记》，一九五八年三月十三日

P. 380抗战期间，我在山东八路军中工作……抗战胜利后，总想写部长篇，把耳闻目睹的告诉读者。一九四八年冬天，乘部队战斗的空隙，在平津前线一个小村里，开始写这部小说。……

小说写成后，得到许多同志的帮助。茅盾先生在百忙中看了稿子，并写了序言勉励作者。小说于一九五一年在中南部队中印行。

无疑的，这是部幼稚的作品，有许多缺点，个别章节也有错误（p. 381）。部队首长，读者和批评家们及时指出来，给我很大的教育与启发。但是也有些教条主义者，硬不顾抗战敌后的真实情况，拿现在解放军的标准衡量当时的部队，说我歪曲这个，歪曲那个。尤其是张立云[2]的批评更是突出。

亏得党的爱护，上级的鞭策，同志们的帮助，消除了我的灰心丧气，坚持从事写作，茅盾先生还认为这个题材有教育意义，公开提出要我鼓起百倍勇气，把小说改好。几年来，我的文艺思想混乱极了，想按某些批评家的要求修改，未免昧了良心说假话，想照真实情况重写，又怕棍子无情，只好一放数年，没有勇气去动它。

感谢党中央提出的"百家争鸣，百花齐放"的方针，给了我新的力量，澄清了我的思想。……

改作后的《战斗到明天》，除保持原来一些主人公的名子〔字〕和某些基本情节以外，已经和当年的本子大不相同。在描写时间上，也从几年的多次战役，集中到一个月中的一次反"扫荡"斗争。而知识分子的改造，是通过军民英勇抗日的影响，通过他们自身在斗争中的锻炼。当然这仅仅是一个开始，许多东西我准备在续篇中去完成。……

---

2 张立云（1921–?），河南睢县人，评论家，曾任《华北军大报》总编、《解放军文艺》编辑，代表作有《论〈战斗到明天〉的错误思想》、《〈柳堡的故事〉创作思想的探索》、《泰山旅行记》等。

《学衡》杂志

Fairbank 的书目说是 1922（年）正月创刊的，并说 No. 6 Dated June 1922。大约哈佛所藏者只有六本。

UC 共藏七十九本，从 Jan. 1922 到 July 1933，以后是否绝版，不得而知。1922 到 Oct. 1925 是在南京编印，此后在北京，那时吴宓到清华去教书了。总代理发行者，为上海中华书局。

《域外小说集》中收：

Stepniak[3] 1 篇；Garshin[4] 2 篇；Tshekhov[5] 2 篇；Sologub[6] 1 篇；另寓言 10 篇；Andreyev[7] 2 篇。其中鲁迅所译者为 G 氏 1 篇，A 氏 2 篇。

周作人自己译过一本《空大鼓》，其中俄国小说有 Tolstoy 1；Dantchenko[8] 1；Tshekhov 1；Sologub 2；Kuprin[9] 3；Andreyev 1。

另《现代小说译丛》也是鲁迅、周作人合译的（商务出版），其中俄国部分，收：Andreyev 2（鲁）；Tshekhov 2（鲁）；Sologub 2（周建人）；Artsybashev[10] 2（鲁）；周作人只译一篇 Militsina[11] 的。

3　Stepniak（Stepniak Kravtshinski，斯蒂普涅克，1852–1897），俄国社会改革家、小说家，流亡英国，作品多表达俄国民生疾苦。

4　Garshin（Vsevolod Garshin，迦尔洵，1855–1888），俄国小说家，代表作有《红色花朵》（*The Red Flower*）。

5　即契诃夫。

6　Sologub（Fyodor Sologub，梭罗古勃，1863–1927），俄国象征主义诗人、小说家、剧作家。

7　Andreyev（Leonid Andreyev，安德烈耶夫，1871–1919），俄国小说家、剧作家，俄国"白银时代"（Silver Age）的代表人物。

8　Danchenko（Vladimir Nemirovich–Danchenko，1858–1943），俄国导演、作家，莫斯科艺术剧院（Moscow Art Theatre）创办人之一。

9　Kuprin（Aleksandr Kuprin，库普林，1870–1938），俄国作家，代表作有《决斗》（*The Duel*）、《摩洛克》（*Moloch*）。

10　Artsybashev（Mikhail Artsybashev，阿尔志跋绥夫，1878–1927），俄国作家，俄国自然主义先驱。

11　Militsina（Elizaveta Militsina，1869–1930），俄国作家，所著《乡村牧师》（*The Village Priest: And Other Stories*）述说俄国监狱囚犯的故事。

胡适和很多文学史家都说《域外小说集》销路奇惨。但是我记得清清楚楚苏州桃坞中学图书馆就有一本，我还看过。照我看来，它一定不止祇销21本的。

《罗生门》也是鲁迅第一个翻出来的。

1953（年）《文艺报》第4期（Feb. 26）

姚文元《冯雪峰资产阶级文艺路线的思想基础》一文中透露若干事实：

I. 1937年10月19日鲁迅逝世周年纪念会上冯雪峰作如下讲话：

"我们的民族，即大家所夸耀的古民族，本来已走上和有些已经灭亡的古民族一样的灭亡过程……几千年的黑暗专制统治，和近百年来帝国主义的宰割，将中国人民摧残，压迫，曲折得成了怎样的病态了。"姚评：这正是工农红军长征胜利，神圣的抗日民族战争已经开始，中国人民已经在党的领导下显示出伟大的，不可战胜的生命力量的时候，冯雪峰眼中的人民却是这样的麻木。（按：那次纪念会是在哪里举行的？冯的失势是那时候开始的？）

II. 1953（年），第二次全国文代大会筹备期内，冯雪峰起草《报告》初稿，后被推翻。冯认为"怕'在政治上犯错误'是一种比资产阶级'更坏的''落后心理'"；又认为"艺术上犯错误也就是政治上犯错误"。

437. 夏志清致夏济安（1960 年 2 月 26 日）

济安哥：

　　最近两封大信封的信，都已收到了，谢谢你花了不少时间，查到这许多材料，还托人把两篇文章由 Photostat 印出，抄下了《火葬》的故事。我不能在去年暑假看到张静庐的史料，很感遗憾，否则很多要查的东西，都可以迎刃而解，用不到〔着〕这许多通信的周折了。张静庐，曹聚仁（《五十年》）是提到的，可惜当时没有去注意他。所查的东西大抵已差不多了，文稿已寄回了一大半，这星期六再整理一下，把余下的交出。关于"文总"的材料，因为稿子已脱手，暂时不能派（上）用场，可能在〔再〕看 galley proofs，稍加修改一下。可以一查的东西是《新月》、《人间世》、《论语》、《宇宙风》终刊的日期，《人间世》好像不到抗战就终刊的。《论语》、《宇宙风》抗战期还出版着，其历史比较难 trace，张静庐书上没有情报，也就算了。"科尔沁旗"这个 term 怎么译法，中共译 Kolchin，Schyns[1] 译 Khorch'in，你可请教马逢华，他若不知道，他 Institute 内的朋友

---

[1] Joseph Schyns（善秉仁，1899–1979），比利时天主教神父，1925 年被派遣来华，先后在内蒙古、宁夏传教。1943 年被日本宪兵队拘留，直到 1945 年才获释，期间开始阅读中国现代文学作品。1948 年任北京怀仁书院秘书，1952 年退休回比利时。后长期任比时利 Verviers 副本堂。代表作有《中国现代小说戏剧一千五百种》、《说部甄评》（法文版）、《文艺月旦》（中文版）等。

一定知道的。另外一个比较困难的问题，是巴金老提到的波兰作家
Leopold Kampf [2]（名字像德国犹太种），他的剧本《夜未央》巴金自己
译过，Leopold Kampf是何许人，我查不到，但据巴金说《夜未央》曾
在纽约上演，1st decade of the 20th century，相当轰动，所以查 *N. Y.
Times* Index（1900–1910）一定可查出，该剧本的英文译名，学校如
有波兰文学史之类，查起来可比较省力。此剧本在五四时代就有人
翻译了（巴金看到后，深深感动），但《新文学大系·史料索引》中未
列 Kampf 之名，不知何故。According to Schyns，巴金《小人小事》是
文化生活出版社 1945 年出版的，但不知出版地是上海 or 重庆？以上
问题，查不到也无所谓，反正我这两天内要把文稿交出了，你有兴
致，不妨慢慢地查。

　　一月多来，一直很忙，我信上除问问题外，很少谈到别的事
情。去年秋季有两次汇款是由陆文渊套汇的（他在上海有的储蓄，
由他的父亲当面送上门），不料上海那家银行，四个月没有经手汇
款，就去问父亲，最近几月来为什么没有款子汇来，父亲就老实把
陆文渊父亲的名字告上。文渊得讯后，大为恐慌，恐怕因套汇事连
累他家大人。但他又想把自己的存款提出，所以这次二月初汇款
时，嘱我虚报一个数目，少报的一部分钱（$50）仍由他父亲送上。
他又怕我寄上海的信被拆看，一定要我把由银行转汇的实数（$150）
写在家信上，这样中共当局如要调查，也看不出不妥处。我不久前
答应父亲，兄弟二人每次寄款二百元，改寄一百五十元，实在想不
出理由，所以我在信上说因特殊原因，这次汇款数目减为 150 元，
即〔接〕着写了许多话，都是加密圈的，说最近打扑克，输了二三百
元，只好少汇些，我恐怕父亲误解，加了下面这几句话："儿嗜赌
如命，大人素知，以前在沪时，即打马〔麻〕将，深夜不归 etc。"我
在沪时从不打牌，父母是知道的，不会再有什么误会了（信是写给

2　Leopold Kampf（廖抗夫，1881–?），波兰作家，代表作有《夜未央》。

censor看的）。不料上星期父亲来信，信以为真，把我好好地劝告了一番，当时父母在庆祝我四十大庆，兴致一定大为减低，而且想到我一直很规矩的人，怎么转坏了，一定很伤心（我信未到前，玉瑛曾返沪住了几天，希望她没有看到此信）。父亲发信后，不数日汇款即到（陆文渊父亲处的钱已拿到了），看看数目比二百还多（代陆文渊买书约二十元，他一并汇上），希望他能猜到我的苦衷。我自己上星期立即复信，但信在路上要走十多天。第一段事情很使我想到有人告诉曾子母亲"曾参杀人"，曾母真的逃避起来了那故事的truth。我自己名誉受损失虽然不要紧，但父母无缘无故发愁，伤心三四个星期，我的"不孝"责任实在太大了。又，中共把一切事情调查得这样清清楚楚，也可使我们吃惊。

你学会了开车，并买了一辆Olds 1953 Sedan，我很为你高兴。在美国没有汽车行动不自由，有了汽车，方便得多了。你托可靠的人在熟识的dealer那里注意有没有结实的旧车，这办法是对的。马逢华太小心，殊不知自己瞎研究，最后挑选的汽车不一定是最理想的。Yale的小郏也是万分prudent的，他买汽车也是研究了好几年，结果买了一部1953 Chevy新车，隔半年，1954 Chevy上市，style完全改过，照我看来是大不上算的（小郏买照相机等小东西，也要研究）。我以为美国大公司的出品都是可靠的，他们的广告也是可相信的。相比下来，*Consumer Report* 并不怎么样可靠。我记得有一期*Consumer Report* 研究衬衫，结果认为Sears Roebuck的衬衫最好，Arrow Shirt祇列第三位or第四位。但照我看来，arrow shirts一定比sears shirts好，因为价钱高，prestige高。另一期*Consumer Report* 说Imperial驾驶起来还不如Plymouth，我想Chrysler大厂自己testing车子的equipment一定要比*Consumer Report* 的equipment高明得多，*Consumer Report* 的话即使可靠，我也不相信的。以前美国小厂出的汽车（如Hudson）可能靠不住，目前厂家出的汽车都是很好的，买车的条件是愿意花多少钱，哪种style对胃口而已。Chrysler最近两三年来一直是forward look，所以营业很差，希望明年把style大改，抢一部分GM、Ford的生意来。Olds的车子自1948年来，式样一直很好看，它和Chevy外表都是比较feminine（但近年Pontiac式样较Olds、Chevy更好看），很对我胃口（相反地，Buick一直是很rugged、masculine，而丑陋的，但Buick二三年来，外表变得sleek后，生意反而不如Olds、Pontiac了，可见有一部分美国人是欢喜rugged的车的）。据Carol说Corvair最大的危险是，万一汽车和别的东西一撞，front没有机器做cushion，容易有性命之忧。Carol又说San Francisco市街忽高忽低，开车最难，应当格外小心。其实公路上开车最容易，速度有规定，pass也容易，但西部speed limit可能太高，如不喝醉酒，是绝对不为〔会〕出毛病的（我公路上看Carol开车看惯了，实在容易得很）。在city街道上，我最怕小弄堂，可能你没有注意，弄堂小街上半腰开出一部汽车，和你相撞。我开汽车的道理都懂了（Carol的缺点是性急，喜欢pass别的车子），但不知什么时候会有空去学开车。Premium gas当然是比regular gas好，所费多少也谈不上考虑。美国人目前喜欢小汽车，ostensible purpose是省油，park容易，其实真正的理由是对大汽车bored了，对gadgets bored了，欢喜开小汽车过过瘾。小汽车马力不够，走公路容易出事情，在城市里开开也无所谓。

　　昨天看了 The Magician（下星期看 The Seventh Seal[3]），觉得远不如 Wild Strawberries，Vogler内心一直很苦闷，但不知苦闷些什么。他和那医生斗法，allegory是很明显的，但最后变得滑稽化了。几处comedy场面处理得很好，但故事本分〔身〕缺点太多，所以无法使人深深感动。看预告片，Seventh Seal 是正经电影，一定比 The Magician 好得多。Bibi Andersson[4] 在两片中都出现，Summer Night

---

3　The Seventh Seal（《第七封印》，1957），瑞典电影，英格玛·伯格曼导演，布耶恩施特兰德（Gunnar Björnstrand）、本特·埃切罗特（Bengt Ekerot）主演，AB Svensk Filmindustri发行。

4　Bibi Andersson（毕比·安德森，1935–），瑞典女演员，参演《野草莓》、《第七封印》等。

可能也是她做主角，她很轻俏可爱。

　　你在讲堂发挥自己的意见，一定很有兴趣，不知那课学生有多少？护照延期事已开始办理否？今天看 Time，老蒋三次连任总统希望极大，所以台大一时不会换校长，你的事应该早日办理才好。叶银英处有消息否？Carol、Joyce 身体都很好，我一直没有休息机会，伤风也一直没有断根，但极轻微，最近不吃药。此次冰雪满地，看医生都厌〔嫌〕麻烦。谢谢你给了我这许多 information。开车当心，即祝

　　近安

弟　志清　上

186

438. 夏济安致夏志清（1960年2月28日）

志清弟：

多日未接来信，想必忙于整理文稿，甚念。我近日多了一件worry，即车子驾驶尚不能得心应手。很想把它再卖掉，损失几个钱也无所谓。但是一方面又想挺下去，多练练也许会enjoy驾驶也未可知。有了车子的worry，别的心思反而多不用。我们大约都是很容易absent-minded的；要不absent-minded，只有用很大的effort来集中注意力，这样人又太紧张，对于开车也是不合宜的。你不学开车是明智之举。

车子是买得很好，别人开过的都赞美说好，但是我的驾驶技术尚未臻纯熟，很觉对不起这部车。

Berkeley在海湾的东边，连接S. F.的是一座很长而漂亮的桥（Bay Bridge），这是唯一交通线（以前有ferry，后来因桥落成后，摆渡生意清淡，就被淘汰了）。但桥上六条lanes（来三、去三）都很狭，车子开得又快，车子又多，我至今还不敢去桥上试试。

到了S. F.，开车更困难。人多，车挤，加上不时出现的可怕的山坡，不知要再学几个月才能在S. F.开车。

Berkeley一带问题较简单，但是parking还是伤脑筋。我在学校里有Parking Permit，但是这个特权尚未享用过，因为还不会开进Parking Lot去。如为了parking花了十几分钟时间，左进右退，把车子停好，那么不知要阻碍多少交通。交通一被阻碍，我心慌乱，技术更要大打折扣。

托查的东西：

（一）香港美国领事馆出的 survey，我去查过去年六七八九月的，没有发现胡风死的消息。那几个月中似乎只有一个重要的 obituary note：张元济[1]（菊生）。

（二）《读书生活》是李公朴[2]主编的，英文名称叫 *Intelligence Monthly*，创刊在1934年，似乎为11月。1936年十月被封停刊，那时一起被禁的有《生活星期刊》、《中流》、《作家》等十余种左派刊物。

（三）图书馆有一本《瞿秋白著译系年表》，那篇评《鬼土日记》的文章，确是1931年八月所作。

（四）《巴金文集》1959（年）十月出了第九本，九本我都已见过。

最近没有做什么正经的事，有了部车，心很野；车还不能驾驶纯熟，心里又不高兴。预计去 Stanford 翻书的计划，不知何日始能实现。*Journal of Asian Studies* 的文稿还没有送去。学车浪费很多精神、时间，假如早十几年学会了，现在可拿车子派用场，那就快乐得多了。

在加大朋友很少，远不如在 Seattle 时。英文系在什么地方，都还不知道。希望慢慢地把天下打出来。初到 Seattle 的时候也很寂寞的。现在最亲密的朋友还是马逢华，他要 struggling 找"长饭碗"，对开车十分向往，而技术比我好得有限。我们同病相怜的地方较多，所以谈得最投机。再谈，专此 敬颂

近安

济安

二月廿八日

1　张元济（1867–1959），号菊生，浙江海盐人，出版家，1902年加入商务印书馆，历任编译所所长、经理、董事长等职，后担任上海文史馆馆长，曾主持出版《四部丛刊》、《百衲本二十四史》等。

2　李公朴（1900–1946），原名永祥，号朴如，生于江苏淮安，中国民主同盟早期领导者。

439. 夏志清致夏济安（1960 年 3 月 2 日）

济安哥：

　　今天收到二月28日信，知道你最近相当寂寞，学开汽车也操了不少心，甚念。开汽车你经验不够，最好有〔是〕朋友有车的，坐朋友的车、跟他学（马逢华有汽车，就好办得多了），据Carol说在Bay Bridge上驾车，比我们去夏进纽约市的George Washington Bridge更困难，所以你目前还是不试为好。学习parking最好有熟人坐在你旁边指导，各种方式多试几次就好了。加大太大，交友比较困难，我在Michigan时，除同几个中国人来往外，其他也没有来往。Felheim开始很热诚，同我吃中饭，后来我一直没有邀他吃饭（吃了一次饭，在家），也渐渐冷淡了。马逢华这样用功，与他的寂寞也有关系，看到Asian Studies Newsletter，马逢华四月中要去纽约读paper了，希望他这次找事成功。我这次Asian Studies开会仍旧不想去，虽然有了马逢华、Rowe（也读paper）等熟人，不会和以前去开会那样寂寞无聊。自己不出名，不想多露面。（你和马逢华同去New York，两人替换开车，倒是学开车好法，但学校schedule一定不允许。）

　　今天同时收到程靖宇的信和照片，兹附上。他为捧野添[1]，四日夜不睡觉，也亏得支持下去的。他自作多情，在旁人看来是作

1　野添瞳（Hitomi Nozoe，1937–1995），日本女演员。代表作有《女经》（*Jokyo*）、《白鹭》（*Shirasagi*）等。

"瘟生"，照片上看来他实在消瘦得很。这次追野添比追 Ada 更是希望渺渺〔茫〕，希望他早日觉悟，追一个容易到手的美女。上次我信上劝他去日本游玩一两个月，讨一个日本太太，带回香港。他和野添言语不通，那次宴席的讲辞一定肉麻不堪，那些礼物，也不会 impress 她的（她拒 date 跳舞，就是毫无兴趣的铁证）。你可去信劝劝他。在月份牌上，野添是个 doll，香港照片上人瘦些，貌颇（正面）似夏萍。我把他给我的照片也寄上，可看到程靖宇脸部消瘦的状态，那两张给我的，你看过，请寄还。

今晚看了 *Seventh Seal*，大为满意，该片我看成就较 *Wild Strawberries* 更高，全片 mood 一致，而中世纪气氛全 capture 在 film 上，是不容易的。几个演员（Bergman 的班底），演技皆特出，非好莱坞明星可比拟。我所看的三张影片，Bergman 都在 assert 上帝的存在。Seventh Seal 典出 *Revelation*，我也翻看了一下。好莱坞大导演中实在没有人可和 Bergman 相比。主要原因恐怕是好莱坞电影脚本受 realism 限制，导演最多在细腻上下功夫，很少能独出心裁，在画面上、镜头上花功〔工〕夫。

你文章 Part II 实在用不到〔着〕什么修改，祇要加一两段文章〔字〕就可以了。我看你那文章早日寄出，早日发表，终是好的。谢谢你又寄了几段 information，我这个周末预备把讨论《旋风》的几段文字写好，把未交出的稿子全部交上。以后发现错误，在校阅 galley proofs 再修改了。不多写了，即颂

近好

弟 志清 上
三月二日

440. 夏济安致夏志清（1960年3月5日）

志清弟：

　　上一封信亦许引起你们的一些worry，这几天我对于车子的态度已经好转。那几天有些性急，有了车，想要赶快派上用场。现在知道离派用场还有一段时间，倒也心平气和了。学校里只是星期六、星期天开进去兜兜圈子；平常日子车子太多，我虽然有教授的parking permit（那张东西还没有贴在车上），但只怕在parking lot里周转不灵，耽误别人的时间，妨碍别人的进出，所以暂时还没有用这个特权。公路上也还没有去开过。最高速度只是25左右，暂时不冒险。我认为市区开车是很容易的。想赶路的人也许认为那些红绿灯、stop signs等是阻碍物，我倒喜欢常常多停停，脑筋可以relax一下，周围交通情形也可以多加注意。叫我开了车找路还不会，只有在红灯的时候，可以停下来看看路牌上写的是什么。车子有无线电，从来没有好好去听过，开了车管不到这些了。有好几次，我把车借给别人开，去S. F.或Oakland，那时我在车子里才真是relax了。车子引擎很好，在我手里老走"牛步"，觉得有点对不起它。别人开了，可以让车子"出出锋（苏州人读如'披'）头"，让它也痛快一下。Carol在公路上喜欢"超先"（passing），据陈世骧说，这是很好的习惯。因为在公路上开车很dull，开长了以后，注意力容易松〔涣〕散；偶然"超先"一次，可以把精神集中，对付周围环境。效力胜过吃 no-doz。这点请转告 Carol。

Kampf 此人在波兰文学界恐怕并无什么地位，我查过 Shipley[1] 与 Columbia 两种欧洲文学辞典，在 Polish Lit. 下面，他的名字没有出现。但是巧得很，《夜未央》的法文译本，UC 图书馆有。收在 *L'Illustration* 的《戏剧补编》里（*L'Illustration Théâtrale*），那是第八十一期，1908 年二月八日出版。戏名 *Le Grand Soir*，并附有作者肖像与演出剧照。我看法文，即使不查字典，平常亦可懂十之七八。但为免于译错起见，把法文介绍，抄几段在下面（介绍文作者 Gaston Sorbets[2]）：

Leopold Kampf, qui était hier ignoré, qui sera demain célèbre（事实证明恐不然），est jeune: trente-deux ans à peine…Né en Pologne russe, il s'affilia, tout jeune, au parti socialiste polonais…Néanmoins, le séjour de son pays natal devenant dangereux pour lui, il gagna l'Allemagne. C'est à Berlin qu'il écrivit sa pièce, en allemand.（此前的波兰文学史不载其名乎？欧洲此类"难于归类"的作家似乎不少。一过流亡生活，可能入外国籍，或用外国文字作文章。）

La police intervint, la première représentation n eut pas lieu. Il alla jusqu à Hambourg et là, fit une autre tentative. La première représentation eut lieu…La police intervint encore et cette première n eut pas de seconde. Cette fois, Kampf découragé, s embarqua pour l Amérique.

Il y vécut d une existence mouvementée et rude, pénible même. Une foi ardente le soutenait: tous les camarades à qui il lisait son ouvrage

---

1 Joseph Twadell Shipley（约瑟夫・希普利，1893–1988），美国学者、戏剧批评家，哥伦比亚大学博士，代表作有《尤金・奥尼尔的艺术》（*The Art of Eugene O'Neill*）、《词源辞典》（*Dictionary of Word Origins*）、《世界文学辞典：批评、形式、技巧》（*Dictionary of World Literature: Criticism, Forms, Technique*）、《文学百科全书》（*Encyclopedia of Literature*）等。

2 Gaston Soberts（加斯通，1874–1955），法国记者、诗人、剧作家，曾主编《插图》（*L'Illustration*）杂志，著有《图书馆资源》（*Ressources de la Bibiliothéque*）等。

s enthousiasmaient et l encourageaient. Il présenta donc son manuscrit aux directeurs de tous les théâtres de New-York: effrayés tout d'abord par l'inspiration même de l'œuvre, ils ne remarquèrent pas sa valeur scénique; et Kampf dut attendre que le théâtre allemand de la grande cité américaine se décida enfin à jouer cette pièce qui avait été écrite, d'original, en langue germanique.（我亦查过 *Oxford Companion to Theatre* 及另一本戏剧目录，此剧皆不见载。）

Là, les représentations suivirent leur cours paisible, — ou plutôt bruyant, mais d'applaudissements.（那是1907的事？）

Et c'est là précisément que la directrice du théâtre des Arts（巴黎剧院名？），de passage à New-York, entendit *Le Grand Soir*; elle en admira la classique et forte beauté; elle vit l auteur, traita avec lui, rapporta en France son manuscrit, le confia à M. Robert d Humières. Celui-ci, gentilhomme de lettres, apprécia en artiste l uvre de Leopold Kampf, en fit une fidèle et vivante traduction…Le succès éclata, brutal, étourdissant.

底下还有好几段各报的"好评潮涌"。

《夜未央》我没有看过。法文虽然不难，但手边没有字典，暂时怕去看它。如能找到巴金译本，中法对照一看，应当是很有趣的。

在图书馆翻书对我亦是一种乐趣。我在学校里有office，但不知怎么的，在office里我不能做事，连写信都"呒心想"。Office是很静的，只是我没有这个习惯。我做事一定要在自己屋子里，穿了拖鞋，松了领带，泡一壶茶，etc.，这些在office里是不可能的。在学校里时间反正浪费，到图书馆去翻书比较有趣得多。

张静庐书里也许还有有关此剧的资料，还没有去查。

另外一些小问题，大致都已查到：

《小人小事》收在《巴金文集》Vol. 9。《小人小事》的后记是1945年11月在上海写的。其中《女孩与猫》一篇是在重庆写的，"到上海后才完成"。此书可能是在上海出版。按1945年11月，日本投降才两个月，那时后方到上海的交通工具很缺乏，很多公务人员要等一年半载，才弄到船票飞机票，巴金很快能回上海，亦可算是有办法的了。

科尔沁旗据 Albert Herrmann[3] 的 *Atlas of China*（Harvard-Yenching Series），是拼作 KHORCHIN，我想那比较靠得住。

《新月》的 vol. 4/7 期是 1933 年 6 月出版。《人间世》末期是 1935 年十二月。1936 年有史济行[4]（《鲁迅日记》中有几次骂他无耻，又《全集》中关于白莽《孩儿塔》一文，亦骂过他）出过几期汉口版的冒牌《人间世》。《论语》似乎在 1937 年七月停刊（卢沟桥事变）；1946（年）的十一月或十二月又复刊，1948 年六月又停（林语堂和邵洵美[5]间的事，你想知道）。《宇宙风》1935（年）九月创刊，1947 年六月停刊。这些都是根据 UC 的 holdings，我想与事实上各刊的起迄必相差不远。

你和陈世骧等都为我下半年的出路打算，非常感激。这个问题，我自己是不去想它，因想它亦无用。Indiana 有信来，对我似尚感兴趣。我老实不客气地把护照问题先提出，希望 Indiana 大学帮助解决，假如他们真正需要我这样一个人的话。照陈世骧的意思，先把 job 弄定当，再谈护照问题。这也许是比较 prudent 的办法，但是我怕对不起 Ind. 大学，他们把我请定当了，到时候我的护照又发生问题，反而使他们尴尬。所以我没有商得陈的同意，自说自话地先把问题提出来，假如他们因此不把我放在考虑之列，我也就算了。其实我目前并不愁 job 的问题；无论如何，华大是一定要我的。

3　Albert Herrmann（阿尔伯特·赫尔曼，1886–1945），德国考古学家、地理学家，尤擅古代地中海地区和中国地理，代表作有《中国历史和商业地图集》(*Historical and Commercial Atlas of China*) 等。

4　史济行，浙江宁波人，曾编辑《人间世》(汉口出版，后改名《西北风》) 等刊物。

5　邵洵美(1906–1968)，祖籍浙江余姚，生于上海，诗人、出版家、翻译家，早年入剑桥大学攻读英国文学。曾开办金屋书店，出版《金屋月刊》，主持《论语》半月刊等。晚年从事外国文学翻译。代表作有《天堂与五月》、《花一般的罪恶》。

Taylor等人野心勃勃，想把远东系办好。他们经费办法很多，我的为人与本事他们已深知，我要替他们做事，他们无有不准之理。所顾忌者，祇是台大耳。假如我抛弃台大，改进Ind.大学，Taylor等反而要不高兴：一样地在美国大学做事，为什么不留在熟手的华大呢？印大的好处，是台大可以管不着；但是他们如不代为出力，我仍无法享受这点好处。现在先拖一些时候再说。

你的"曾参杀人"的故事，我听见了很难过。共产党检查监视之严密，自在意（料之）中。此所以我不大敢多写信，过些时候，我假如回了台湾，父母亲将很难向"当局"交账。我不如表现出对于写信很为懒散的样子，以后如不能写信回家，也不致多引起censor的猜疑。又，假如我在上海，看见了你的信，也许会懂你的意思。我这点shrewdness还有，希望玉瑛妹的头脑也有这点灵活。母亲根本是个worrier，我们小的时候，她替我们各种事情着急，其实她所着急的事情，有很多根本不可能发生的。父亲老于世故人情，但最近几年来，身体较衰，又加上共党各种折磨，脑筋运用，恐怕不如前。父亲其实不大识人的，他一向敦敦〔谆谆〕教诲的是要"择交"，他自己却很少on guard。他为人豪爽，凡是有人称赞他豪爽，他大得意，乃更豪爽。父亲真是capable of generosity的，但他眼睛里看见的坏人又太多，虽然从小熟读孔孟之书，对于human nature还是有点悲观的。"一个纯洁的年青人，初入社会，误交劣友，乃致堕落"——这种故事他对我讲了不知多少遍。虽然我们的表现，so far，毫无有成为prodigal sons的可能，但他自己已受这种教训的影响，对于depravity的可能性还是相信的。不知道你回信如何解释。洗得太清白，也许又要惹censors的注意。我想：你不妨说，来美以后，只赌过这一次；后来又赌一次，小胜，结果只输了二三十元，以后发誓不再赌。不妨再说几句在上海时候的情形，常常和何漱六[6]、夏乾安[7]（这些都是不赌的）等摊〔推〕牌九，"年代久远，大人

6　何漱六，夏济安的表哥。
7　夏乾安，夏济安的堂哥。

恐已记不清楚；但儿之为人今昔如一，大人可不必深责"。有了这话，那末〔么〕美国的赌博情形不再提亦好。

叶银英那里去了一封信，没有回信来。可能贺年片上那字是没有什么深意的。

最近非但毫无交女朋友之意，而且连女明星看了中意的，都没有几个了。B. B. 看了两三张劣片之后，已不愿再看。前天同马逢华去看了 *Never So Few*[8]，对于 Lollo 毫无好感——该片甚平凡，远不如 *Kwai Bridge*[9]。加映的 *7-Thieves*[10] 倒可以一看。你最近大看 Ingmar Bergman，此人确是怪杰。*The Magician* 我尚未看过，但 *Smiles of a Summer Night*[11] 已看过，该片亦显不出特别天才。Bibi Andersson 只有在 *The Seal* 里最美，*Wild Strawberries* 里不如远甚。最近看的电影中以 *He Who Must Die*[12]（1958）为最佳，其深刻动人处确可列入世界巨片之中。欧洲电影好的（如 Ingmar Bergman 的几张，*La Strada* 等）似乎每幅画面都有劲；而美国电影的画面（除了 *Anne Frank*、*12 Angry Men* 等杰作）大多鲜见精彩，只像 *Sat. Eve Post* 上的插画。电影的画面好像文章的句子章法，美国导演不能注意及之，电影终难拍得好（欧洲劣片大约亦很多，只是不大运出口而已）。我初到 Berkeley 之时，街上正在演 *Journey to the Center of the Earth*，但苦不知该片评价如何，所以没有去看，虽然 James Mason 还是我心目中的英雄，Arlene Dahl[13] 我亦认为很美的（已好久未看见）。想不到

8 *Never So Few*（《战云》，1959），约翰·斯特奇斯导演，辛那屈、吉娜·劳洛勃丽吉达主演，米高梅发行。

9 *Kwai Bridge*（*The Bridge on the River Kwai*，《桂河大桥》，1957），英美片，大卫·里恩导演，威廉·霍尔登、杰克·霍金斯主演，哥伦比亚影业发行。

10 *7-Thieves*（《七妙贼》，1960），亨利·哈撒韦（Henry Hathaway）导演，爱德华·罗宾逊、罗德·斯泰格尔主演，福斯发行。

11 *Smiles of a Summer Night*（《仲夏夜的微笑》，1955），瑞典电影，英格玛·伯格曼导演，乌拉·雅各布森（Ulla Jacobsson）、伊娃·达尔贝克（Eva Dahlbeck）主演。

12 *He Who Must Die*（《山河泪》，1957），法国电影，朱尔斯·达辛导演，让·塞维斯、卡尔·穆勒（Carl Möhner）主演。

13 Arlene Dahl（阿琳·达尔，1925–？），美国女演员，代表作有《地心游记》（*Journey to the Center of the Earth*，1959）。

*Time*影评后来很捧它。最近看的John Barrymore的*Topaze*，倒很满意；老约翰英文之漂亮，工〔功〕架之好，为目前影坛所罕见，如Mason、鲁滨逊、Claude Rains[14]、George Sanders等，英文口齿十分清楚，派头亦够，但似都不如老约翰。他的英文还带Oxford Accent（如o念成ou等），这在美国人中亦少见的。Myrna Loy的"东方美"不一定在眼睛，可能在嘴。她的嘴很小，可以说是樱桃这一类吧，近一二十年来，西洋美人都是大嘴（广东美女亦是大嘴的）。Loy的嘴亦许小一点，但至少那时涂口红是只在中间一点，如 -●- 状。后来不知从什么时候开始，鼓励女人"咧开大嘴"笑的。"摩登女子"可以Doris Day为代表，显得和蔼可亲，能干，self-reliant；但嘴大了，什么东西都outspoken，神秘之感乃少。东方美还有一点是"削肩"，这是美国明星（除了Garbo？）之外，无人做得到的。我喜欢看日本女明星穿了Kimono，肩膀一点都看不出，自然有弱不禁风之态（还有京戏的旦角）。日本事事醉心西化，但日本电影还是能保留东方美。并不是说我一定喜欢削肩、樱口、袅娜的东方女子，只是这种女子渐将extinct，也该像保护whooping crane、mustang、wild buffalo等，有人来提倡"保存"的。香港的中国女明星，都是欧化十足的。而旗袍实在亦不好看：处处束者束，挺者挺，非但线条上不悦目（静态），且使wearer动作很僵。穿旗袍而要举动大方是很需要一点训练的，此所以中国女子在旗袍之外，都喜加件大衣，有了大衣，行动才有飘逸之态（有些时髦女人都加件白大衣的）。台湾的女学生，举动上还很带羞涩，可是在重要party，都穿旗袍，曲线大为heightened，于是其头、其手、其脚都没有安放处了。

UC人多，campus显得小。女学生漂亮的似乎多极，但美国的美人似乎可分成几型，很多人都长得差不多的。美国女学生似乎有

14　Claude Rains（克劳德·雷恩斯，1889–1967），英国演员，代表作有《摄青鬼》（*The Invisible Man*，1933）、《侠盗罗宾汉》（*The Adventures of Robin Hood*，1937）。

一种"制服"：即咖唭布（？）的大衣。一头秀发，灵活的眼睛，唇红齿白，但都披了一件nondescript的drab的大衣。在UW、UC我所见者皆然。UC学生中似乎左派很活跃，Socialist Papers（小报）有三种，但我从来没看见过〔有〕人买过。Chessman死刑事[15]，学生瞎闹了一阵。又闹过废除ROTC。今天看见学生约一二十人在Woolworths与Kress两家商店门前示威，举了木牌，乃是抗议南部那两家商部〔铺〕discriminate against黑人的（此事示威已进行了好几天）。东方系里的美国学生，似乎没有什么左倾的。他们对于中共，并无好感。虽然程度大多恶劣，但我认为孺子尚可教。

今天报上看见Nelson Rockefeller[16]大骂一张电影On the Beach[17]，心里觉得很痛快。那张电影，香港的两家共产报纸是大捧的。R式的道德勇气，很令人佩服。纽约这几天又是大风雪，务请保重身体。如有小伤风，不妨稍为喝点酒，可以增加抵抗（御寒）力，而且可帮助你relax，睡觉更为酣熟。Carol和Joyce亦请多多保重。再谈 专颂

近安

济安

3/5

---

15 Chessman，即Caryl Chessman（卡里尔·切斯曼，1921–1960），因抢劫、绑架、强奸等罪名，1948 年1 月在洛杉矶被判处死刑，引发加州大学伯克利分校学生抗议，呼吁在加州废除死刑。切斯曼在狱中完成了四本书《2455 号牢房，死囚室》(Cell 2455, Death Row)、《神判法》(Trial by Ordeal)、《正义的面孔》(The Face of Justice)、《那孩子是个杀人犯》(The Kid Was a Killer)，畅销一时，其中《2455号牢房，死囚室》还于1955 年被搬上银幕。切斯曼最终于1960 年4 月被执行死刑。

16 Nelson Rockefeller(纳尔逊·洛克菲勒，1908–1979)，美国政治家，曾任美国纽约州州长(1959–1973)、第四十一届美国副总统(1974–1977)。

17 On the Beach(《和平万岁》，1959)，斯坦利·克雷默导演，平克、艾娃·加德纳主演，联美发行。

441. 夏济安致夏志清（1960年3月7日）

志清弟：

昨日发出长信，今日接到来信并陈〔程〕靖宇信、照片等，再复一封。程处回信已写了。

程靖宇追求的劲道〔头〕，真令我吃惊。年纪已不小了（看了觉得又可怜又可笑），还如此自作多情（此与歌德、卓别林、罗素等又不同，他们是真能"玩"女人的），亦人间罕见者也。我回信劝他赶快去日本，因为去了日本，亦许可以叫他死心了——这话当然没有说，免得替他泼冷水。

野添瞳诚是美惠，但追求她的人一定有一长排，程靖宇不知可轮到第几。程如真为国际闻名之作家，如C. Y. Lee者，女孩子羡慕虚荣，再加上"才子佳人"的幻想（这种幻想，日本人应该也有的），也许还有希望。现在这样，希望甚微。

想不到他的日文还是这样不行，看来简单的会话还不能对付。如何能谈恋爱？他要替日本大映公司写剧本，恐怕亦是永田君说着玩的（永田之父永田雅一[1]，即 *Rashomon*、*Ugetsu*、*Gate of Hell* 等监制人），按日本电影是大企业，日本靠卖文为生者又多，很难轮得到香港的程某也。

1　永田雅一（1906–1985），电影制作者，曾创立第一映画社。

我对于日本，大有好感，但是不大敢去日本旅行。一则因为日本在我梦想中是"美之国土"，亲自跑去一看，亦许会使梦想破灭。再则，准备工作不够。至少应该花一年功〔工〕夫，好好地读日文（我想我读日文，成绩一定比程靖宇好得多），多读日本文学以及有关日本的文化、历史、美术、宗教等书籍，否则去了亦看不到什么东西，我因为日本的古装片（"武士道"）看得多，对于日本历史已有极简单的认识，但这是不够的（欧洲旅行，除了英国以外，我的准备工作都不够的。法国还勉强。意大利我根本不配去）。

陈世骧曾于五七秋冬之间在日本住半年，对日本印象大好。我对于日本的好感是看电影看出来的（此地日本电影只有 S. F. 才有，没有车，去看很不方便），有一次我说：假如1937（年）左右我对于日本也有现在这点认识（或 misconception），我也可能做周作人的。他很同意这句话。但是我们从小受了爱国教育——五九国耻[2]、五三[3]、五卅、九一八等，那时无论如何不会对日本用别的角度来看的。

日本电影庸俗的很多，但是好的、奇怪的也不少。我所看过的好的日本电影，已经可列一张表了。

我现在并不反对久居日本，甚至入籍做日本人。

这是从陈〔程〕靖宇的信引起的感想。

最近的 mood 受汽车的影响很大。开车如不顺利，到处撇〔别〕扭，心里觉得 frustration 很大。这几天因为开车较顺利，已经多少能 enjoy driving，人也快乐得多。开车的小问题，反而冲淡了人生很多大问题。孔子曰："人无远虑，必有近忧。"我说："人有近虑，可

2　五九国耻：1915年5月9日袁世凯与日本签订了"二十一条"不平等条约，将德国在山东的权益让给日本，是为"五九国耻"。

3　五三：1919年5月3日，北京各大学的学生代表在北大法科大礼堂举行会议，通电中国代表，不得在《凡尔赛和约》上签字。5月4日在天安门前举行集会游行，是为"五四运动"之肇始。

无远忧。"如此说来，学开车（或学任何别的东西），都是逃避现实的一法也。再谈 专颂

近安

济安

三月七日

〔又及〕Joyce、Carol前均问好。照片奉还。

442. 夏志清致夏济安（1960年3月23日）

济安哥：

收到三月五日信后，一直还没有给你信，倒不是事忙，十天前把稿子全部缴出后，人有些懒散，所谓懒散也者，就是有空闲多看些文学书报，没有精神提笔写信（三月七日的信也看到了）。你信上所给的材料都很可贵，尤其查到Kampf的生平和作品，最不容易（我同时托Yale editor找John Gassner[1]〔戏剧权威，编了不少教科书〕，不知他有没有查到Kampf的来历）。我还得写一篇preface，预备星期五放春假后写，以后编index，校对，又要忙一阵。前几天Pottle去意大利旅行前，给我一封信，谓Mary Wright（现任Yale历史教授）spoke very highly of my book and was eager for its publication。Mary Wright恐怕是美国中国专家中最左的一位，她对我的书很重视，倒是我所料想不到的（她曾大骂Walker：*China Under Communism*）。我的书出版后，美国学术界的reception可能会很好的。

你既有standard中国地名表，不妨再查几个地名的英文译名：

1　John Gassner（约翰·盖斯纳，1903–1967），美国学者，戏剧专家，以其名字命名的John Gassner奖专门用于奖励戏剧创作与表演方面的优异者。代表作有《戏剧大师》(*Masters of the Drama*)、《我们时代的戏剧》(*The Theatre in Our Times: A Survey of the Men, Materials, and Movements in the Modern Theatre*)、《现代戏剧的形式与观念》(*Form and Idea in Modern Theatre*)等。

剑门关，（湖南）凤凰县，大明湖。前次信上你给我关于《叶绍钧文集》的报道，"叶绍钧"会不会是"叶圣陶"的笔误？最近十多年来叶圣陶已不用叶绍钧这个名字了。《茅盾文集》所载几本小说写作出版日期，可能不可靠。我 Bibliography 上写道《第一阶段的故事》，Second Printing，1939。这点材料如不是你抄给我的，必另有根据，请在 Union Catalogue 上再查一查。《霜叶红似二月花》，曹聚仁说是在香港《立报》连载过的，茅盾说是在桂林写的，不知哪个报道比较可靠。我最近和哥仑比亚一位写茅盾论文的学生通信（名叫 John H. Davis[2]，在译《霜叶》，由 Doubleday 出版），他把该小说的题名根据《茅盾文集》内的《后记》给我解释一下，但他说的不大明白，你把这篇《后记》看了后，请把 title 的意义简单地阐明一下。Franz Kuhn《子夜》译本德文 title，Hightower 和 Martha Davidson 给了两种不同 reviews（好像是 Zwielicht in Schanghai，Schanghai im Zwielicht），不知哪种是正确的。以前信上你提到 Franz Kuhn 译书数量惊人，《子夜》的德文 title 你一定可以找到的。郭沫若继《少年时代》、《革命春秋》后好像曾写过自传的第三集《亡命十年》，此书 Union Catalogue 有没有提到？《郭沫若文集》中有没有 include？请告示。又《胡适文存》出过三个 series，很多本，究竟每 serial（date）共有几册，请告示。以上种种，都是些零星问题，你有空请一查。我稿子上如有错误，在读 proofs 时改正还不迟。

你学车已有进步，甚慰。希望早日把各种 parking 方法学会，就方便得多了。Potsdam 1960（年）的新车不多，有好多种我还没有看到过，我每月坐车不过三四次，所以最近对汽车兴趣不浓，也毫无研究。

上星期读了一只 Hawthorne 早期的故事 "My Kinsman Major Molineux"，不知你曾读过否？这篇小说和 "Young Goodman Brown" 有异曲同工之妙，据 Marino Berit[3] 说是 Hawthorne 最好的一篇短

2　不详。
3　不详。

篇，Q. D. Leavis [4] 在 *Sewanee Review* 1951 曾有专文讨论，可惜此地无书，无法看到。*New Yorker* 七期连载的 Max Beerbohm [5] 我都看过了，Beerbohm 的文章和 caricature 我看都不大高明，他的 style、cliché 很多，和 L. Strachey 一样，不能算是上流。七期文章所 expose 祇是 Beerbohm 的生活和著作内容的空虚而已。但读 memoir、biography 之类的确是很好的消遣，比小说能引人入胜，无怪在美国 biography 销路总是很好的。Errol Flynn [6]、C. B. DeMille 的自传及 B. Crowther 的 Mayer 传（*Hollywood Rajah*）都可以一读，其中掌故一定不少，可惜没有闲情去读它们。这星期日 *N. Y. Times* 上看到 *The Life of J. M. Murry*（Oxford）的书评。我在上海时 Murry [7] 的书看得不少，对他一直很有兴趣，已写信 Oxford 去订购一本（去年 *Paris Review* 载了一篇 T. S. Eliot Interview，附 Eliot 文稿真迹，这篇文章是 Murry 的回忆，不知刊在什么杂志上）。

昨天看 *Suddenly, Last Summer* [8] 大为满意，这可能是 Williams 最好的作品，虽然未读剧本文，不能下断语。Hepburn、Taylor 演技极佳，得金像奖的希望极大。K. Hepburn 所饰的角色，很有些悲剧的意义。你以前信上说 T. Williams 的对白很精彩，在影片中也可体

4　Q. D. Leavis（Queenie Dorothy Leavis，利维斯，1906–1981），英国批评家，系 F. R. 利维斯（F. R. Leavis）的太太，夫妇二人曾一起合编《细察》（*Scrutiny*）杂志，代表作有《文集 1: 英国小说的英国性》（*Collected Essays, Volume 1: The Englishness of the English Novel*）、《文集 2: 美国小说及对欧洲小说的反思》（*Collected Essays, Volume 2: The American Novel and Reflections on the European Novel*）、《文集 3: 宗教腐论辩的小说》（*Collected Essays, Volume 3: The Novel of Religious Controversy*）等。

5　Max Beerbohm（马克斯·比尔博姆，1872–1956），英国散文家、漫画家。*Zuleika Dobson* 是其最著名的作品，也是他唯一的小说。

6　Errol Flynn（埃罗尔·弗林，1909–1959），澳大利亚—美国演员，主演《铁血将军》（*Captain Blood*，1935）等。

7　J. M. Murry（J. M. 默里，1889–1957），英国作家、批评家，著作丰盛，代表作有《陀思妥耶夫斯基述评》（*Fyodor Dostoevsky: A Critical Study*）、《两个世界之间》（*Between Two Worlds*）等。

8　*Suddenly, Last Summer*（《夏日惊魂》，1959），曼凯维奇导演，田纳西·威廉斯编剧，泰勒、赫本主演，哥伦比亚影业发行。

会到。上星期看了 *The Mouse That Roared* [9]，上半部很whimsical，下半部pacifist气味太浓，故事也不通了。

此地仍是街道两旁积雪如山，春天的景象还没有，和California实在不好比。叶银英没有回信，也就算了，Berkeley不知有没有可谈的小姐？Indiana有没有下文？父亲已有信来，已明白上次谎话的真相了。并寄上照片两套（玉瑛返家时所摄），母亲如旧，玉瑛妹较黑，父亲已带老态了。马逢华近况想好，两星期来常驶车往郊外旅行否？《鲁迅》文已修改完毕否？Carol、Joyce皆好。上星期六，Joyce看 *The Living Desert* [10]，很高兴，可惜这类影片不多。匆匆 专颂

近安

弟 志清 上
三月二十三日

9　*The Mouse That Roared*（《鼠吼记》，1959），英国片，据韦伯利（Leonard Wibberley）同名小说改编，杰克·阿诺德（Jack Arnold）导演，彼得·塞勒斯（Peter Sellers）、珍·茜宝（Jean Seberg）主演，哥伦比亚影业发行。

10　*The Living Desert*（《生活在沙漠里的动物》），记录南加州沙漠里的动物，迪斯尼公司1953年出品。

443. 夏济安致夏志清（1960 年 3 月 28 日）

志清弟：

来信收到，敬悉平安。我也有两个多礼拜没有写信给你，一定害得你们也很挂念。这两个礼拜，第一个是为车子而伤脑筋，第二个是交际应酬忙，今天心才平静下来。

先说车子，我已决心不抱野心学会开车了。原来我已出过两次事情，但是没有人受任何损伤，请你们放心。我上次有一封信，mood 显得很坏，那是在撞车之后写的，但是我没有说明原因。那次撞的是一部 park 好的 '60 Chevy，是条僻静的路，但很宽，右边也没有车 park，左边亦没有来车，照例这种路最容易开了。但是我眼睛只看前面的 intersection，没有注意近处，因为右边一路都没有车 park，我的车不免靠右一点，糊里糊涂中忽然有一部车 park 在那里，我就撞了上去。那车没有错，只是我眼睛看得太远；那部车停在那里我应该是看见的，但是我没有考虑它，没有想到我的 course 一直偏右了一点，会撞它的。

第二次是在我寄回程靖宇的信之后不久发生的。那次撞的是别人等红灯的停住的车，我要左转弯，但是那时是下午五点半，一往左转，西方的太阳全照在眼睛里，一时眼睛看不见东西，我的 steering wheel 没有还原（或者是还原得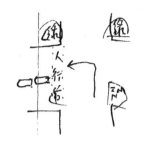
慢了一点），转弯转成了，但是车头还在往
左偏，因此撞了人家停住的车。五点半时
traffic 很忙，我在转弯之前，前面有车来，
亦是使我心慌（的）原因之一。

第一次可以说是我糊涂，但毛病是：
（一）看远不看近；（二）Misjudge distance，明知 park 一部车在边上，
但我判断不出我要撞它的，还是一直往前开。第二次则表示我的技
术太差，慌慌张张，肌肉反应太慢——在太阳 bother 我眼睛的时
候，我忘了松 steering wheel。

两次相隔时间约一个月，一个月出了两次事情，我心里难过得
不得了。尤其第二次，那是非常危险的，可能撞死人，因我在左转
时，是要过人行道线的，人行线却巧没有人走，否则在我 blackout
之时，可能撞到个把人的。想到此事，心里害怕得不到〔得〕了（同
时羞愧无已）。

第一次出事后，就想把车卖掉；第二次更是个大 warning，我 so
far 只在市区走，开得很慢，尚且出了两次事。如在公路上，speed
如此之快，小小一点错误，可以〔能〕酿成大祸的。但朋友们都反对
我卖车，我暂且不卖，但是不在专家督导（坐在旁边）之下，我不去
开它。当它是个大玩具，到我离开 Berkeley 时，把它"三钱不值两"
地卖掉。

我从小就"抓"（clumsy），肌肉反应迟钝之至——不是太紧
张，就是太松懈，两个极端对于开车都是大不利的。精神则 absent-
minded 时候很多，眼睛不是顶好，可能有时还要视而不见。从小如
此，大了要训练回去，也来不及了。这几个月为了车子忽而兴奋，
忽而懊丧，好像又闹了一次恋爱似的——最后是失恋收场。这几天
已心平气和，车子停在门口（已修好），我当它不是我的；再则已不
想把开车学好，不去练它了。热心朋友有空来指导我，我就再 take a

few lessons，自己不去练它了。

上星期 Am. Oriental Society 西部分会在 Berkeley 开（Seattle 来人不多，张琨没有来），加上 Bridge Party，各种应酬，我连续有四个晚上睡得很晚。现在精神已复原，那几天几晚的瞎应酬，把为车子的失恋忘掉了。本来可以多写一点，但是赶快要把信寄走，免得你们焦虑。明后天当再有信，茅盾等事尚未去查。《夜未央》事，我去查过张静庐，上面有蒲梢[1]的汉译东西洋文学目录，"廖元夫"（L. Kampf）底下，只有巴金译的《微娜·夜未央》。我又去查过两本戏剧目录（好像是 Minnesota 什么人编的），在 Kaufman 下，列戏无数，Kampf 之名不见。

你很需要休息一下，我既不预备把时间花在练车上面，也希望做些正经事出来。

寄来的照片，看见了心里很高兴。母亲精神很好，父亲是像个老太爷样子了，精神亦不差。玉瑛妹稍胖，但眼睛似乎有毛病——近视，像玉富似的。漱六本来不常见面，但看来显不出老，他好像一直是这个样子的。

请 Carol 放心，我开车不会再出事情。请向她和 Joyce 问好。那些 accidents 其实不大，但给我情感的刺激很深，侥幸没有闯大祸，为此我该感谢上帝的。

再谈 专颂

近安

济安 上

三月廿八日

车子是在 AAA 保险的，所以没有什么纠纷。

1　蒲梢（1901–1981），原名徐名骥，字调孚，笔名蒲梢，浙江平湖人，曾任《文学周报》、《小说月报》、《东方杂志》等编辑，1949 年后长期任中华书局编辑，代表作有《中国文学名著讲话》、《现存元人杂剧书录》等。

444. 夏济安致夏志清（1960 年 3 月 31 日）

志清弟：

茅盾的两篇后记寄上，他说得很清楚，关于出版时间和地点应该没有什么问题。曹聚仁可能记错，也许把香港《立报》的那部小说张冠李戴了。

地点祇查到一个Fêng-huang；剑门关和大明湖都没有，但是这两个地名应该不难翻，剑大约是chien（同建）；门如"金门"之"门"（Men），关是Kwan；大是大冶、大庾之"大"（Ta），明是昆明之"明"（Ming）。中国地名呆板译法，如台北为Taipeh，近几年才改为Taipei。

《子夜》德文本，UC图书馆有，*Schanghai im Zwielicht*，1938（年）Dresden出版。

《叶圣陶文集》，没错，是我随便写，写错了。

《郭沫若文集》已经出到Vol. 10（不知上回我说出到第几），Vol. 10是1959（年）六月出版，内收《文艺论集》、《文艺论集续集》、《盲肠炎》等，好像都是'20s时的作品，Vol. 9是1959（年）九月（反而在后）出版，内收自传之第四部《洪波曲》，原1948（年）香港《华商报》连载，后又改写。Vol. 8是自传之第三部《革命春秋》，《亡命十年》似乎没有；在《少年时代》（Vol. 6）与《革命春秋》（Vol. 8）之间，另有一部自传，适图书馆中Vol. 7出借，我不敢断言，大约是《创造十年》之类吧。

《胡适文存》初集——洋装二册，平装四册——1921 年 Dec. 出版；二集——册数同上——1924 年 Nov. 出版；三集——册数同上——1930 年 Sept. 出版。

上信大约使你们很挂念，但是今天我仍开车，现在当然经验渐富，怎么样的自信可是不敢说。长途跋涉走公路，已不作此想，大约到六月把车子卖给马逢华，另觅交通工具去 Seattle。马逢华已决定去 Los Angeles State College 做 Assistant Professor，同时和研究所（Center for Chinese Study——Rand Corp.[1] 支持）关系不断。他去 Los Angeles，太需要一部车子了，Los Angeles 的 freeway 密如蛛网，路上车子密集开快，实很可怕。他现在的驾驶技术恐怕还不如我；只是他为人谨慎，步步小心，开车可以把稳，不像我的常易 absent-minded，忽好忽坏，自己都没有把握。胡世桢下月来加州（Easter），我有部车，对他也方便一些。

最近在旧书店买到一本 *The Insolent Chariots*，John Keats[2] 作（好像 *New Yorker* 上曾有评），1958（年）出版的，看得很痛快。该书把 Detroit 骂得狗血喷头，有许多意见你一定是不赞成的，但是大体上很有道理。我现在开车的困难在，一、Parking；二、认 Lane 还不够准；三、转弯。假如车子再小一号，这三个困难就很容易解决。当然，我的 '53 Olds 比起 '59、'60 的 Olds 还小了很多。我现在每星期至少去一次旧金山（去时主要为吃饭，Chinatown 的中国饭很好），都是成群结淘〔队〕而去，每次玩得都不痛快，不像纽约反而我一个人曾经加以 explore。去旧金山，有时开我的车（别人开），有时开陈

---

1   Rand Corporation（兰德公司），创建于 1948 年，以研究分析国际政策为主的非营利组织。总公司在加州圣塔莫妮卡，分公司遍布美国各大城市，在英国、比利时、澳大利亚亦设有分公司。

2   John Keats（约翰·济慈，1921–2003），美国作家、传记作家，代表作有《傲慢无礼的轿车》（*The Insolent Chariots*）、《霍华德·休斯传》（*Howard Hughes: The Biography of a Texas Billionaire*）等。

世骧的车，有时是一位王适³（电机系副教授，electronics专家，年纪很轻）开。王适的车是一部'58的Ford，我每跟他去一次，就对"过桥"发生绝望之感。盖'58的Ford太宽，把Lane几乎挤满，两旁车子往来又多，如稍微出线一点，就可能碰撞（'60的Ford更是宽得没有道理）。陈世骧的车是'59的Rambler American，在Lane里似乎尚有余地，steering比较容易得多。所以我坐陈世骧的车去，自信就稍恢复。他的American曾去Yosemite（大约只有九十匹马力），翻山越岭，如履平地，一点没有马力不足的现象；我想马力在一百以上，都是多余的，反而增加危险。Falcon的马力大约也是足够用的了，祇是Falcon的座位太低，看前面还不大清楚。我看Detroit的Medium Priced的车，都有被淘汰之危险；Buick适逢其会，恰巧在'58、'59之间换style，大家就怪它的style不受欢迎，其实chev.的高价车（Impala）有Buick一切的长处，而定价便宜；Buick之类的生意，大约都是给高价chev.抢去的。Cadillac不会淘汰，但是真正有钱人也许需要用个chauffeur来驾驶。洪家骏（他在UCDavis Campus教经济，周末来Berkeley，常教我开车，是个极好的驾驶教师与驾驶员；我如能在他监视与指导之下多开几次，那两次祸也许不会闯了）说，他如开Cadillac，还要先练几次，才敢上公路，因为实在太长太宽了。再说那Bay Bridge，计长八哩，分两层，上层六条Lanes，来三去三，下层走卡车、bus等。设计时的lane宽度和那时的车的宽度还配合，但是新出的车子，都太宽，把lane"拍拍铺满"。现在听说要把lane重新划过，六条改五条，一层完全是来车，一层完全是去车，卡车、公共汽车和私人车在同层走，旧金山的交通也实在太不方便，就靠这么几顶桥，以前还有ferry，后来因生意不行而停掉。现在又听说要建地下铁道了。旧金山本身的交通情形，那是比桥还要危险（纽约其实不难，你只要有耐心，肯多停红灯，大家慢慢地鱼

---

3   王适，江苏无锡人，1951年获哈佛大学博士学位，加州大学伯克利分校教授，代表作《固态电子学》。

贯而行，不会出什么事的；进纽约那几处公路，如林肯山洞、华盛顿桥等地，那当然也可怕的）；路仄〔窄〕而常上坡下坡，坡度有的很陡。那种狭街而有坡度的，谁要是能 park，真是本领不小了。陈世骧进了旧金山，就常把车子交给 garage，由 garage 敲竹杠，多出几个钱，免得兜圈子找 parking 的困难。

　　对于美国的汽车文化，我因有两三个月的经验，已经认识得比以前透澈〔彻〕。Carol 实是世间最好的驾驶员之一，你不学开车，完全对的，你的个性恐怕也不适合开车。而且你读书太用功，开车时脑筋未必能专注于车也。至于 Mary Wright 赞美你的书，我想亦是当然之事。她们虽思想左派，但是对于扎实与不扎实、深刻与不深刻的书，究竟还分得出来。林语堂与 Walker 等挨骂，不仅是左右问题，而是右得不深刻不扎实也。再谈 专颂

　　近安

济安
三月卅一

〔又及〕Carol 和 Joyce 前都问好，两三天内当再有信。

445. 夏志清致夏济安（1960 年 4 月 13 日）

济安哥：

三月廿八日的信收到后，相当为你worry一下，读卅一日信，知道你mood已改善，驾驶技术已渐进步，甚慰，多有朋友指导，我想普通情形之下开车，parking想是不会出毛病的。我不学开车，以后想也不为〔会〕抽出时间去学。我做菜领小孩都比Carol能干，她喜开车，这是我唯一不会干的事，出门都要依赖她，也可使她高兴些。我最近二三星期来，好像神经"衰弱"，容易脉搏跳得很快，经医生检查，血压较去年增高（请不要worry，我在上海时，就有这种现象了），虽是nervous性质的，但终不是好现象。现在暂且休息一阵，看情况会不会改善。

很奇怪的，去年夏天以来，为整理书稿忙碌，身体一直很fit，最近精神松懈下来，反而注意到自己的身体。恐怕我的体质，一定要在tension下工作，才能保持常态，也未可知。我停服tranquilizer后，一直服用（临睡）一粒最小denomination的Phenobarbital，这种老法催眠药是会引起瘾的，可能服用时间久了，不管事了，也未可知。前星期春假，写了一篇preface，这以前写了篇《旋风》的短评，《旋风》旧名《新梼杌传》，按《辞源》，梼杌是鲧的别称，另一义是一种怪兽，我想后者定义比较applicable，不知你以为对不对？你送上的材料，很有用，谢谢。茅盾说得明明白白，我想他把小说写作出版年月是不会记错的。郭沫若另一本自传，title是叫什么，书如能recall，也请查一查。

这几天把Middleton Murry[1]的传看完了，他和K. Mansfield[2]结合，K.生肺病，服侍了好几年，不久又结婚，太太又是生肺病的，Murry和钱学熙一样（相貌也相像），一直主张true love的，又日夜不倦地服侍了她五六年。Violet死后，Murry讨了一位不学无术在他家照顾小孩的三十多岁的阿妈Betty。Betty性情凶悍，日夜和Murry吵架，弄得Murry心神不安，加上Betty生了两个孩子，Murry为免孩子受罪起见，不忍离开她。一直到WW II结束前后Murry才硬了心肠，和另一妇人同居（Betty死后，才结婚），比较享受一些domestic tranquility，虽然那时Murry已被人遗忘了，后境还算不错。Murry一生差不多三十年为了爱情结婚受苦，同时写了三四十本书，也是亏他的。Murry两岁即能看报（Joyce三岁半还不识字），虽然他成就不大，天赋当是比我们高得多，而把我们比普通人，我们的intelligence又高了很多，人比人，终是气煞人。1932年北京大学曾聘Murry去做教授，届时Murry把此事忙〔忘〕掉了，没有动身。不知有意请他的（是）什么人？（徐志摩已死了否？）

春假期看了George Steiner[3]的Tolstoy or Dostoyevsky，此书N. Y. Times Books Review 评得并不太好，但书极精彩，我看得很满意，自己买了一本作参考。Steiner才三十一二岁，相当了不起，中小学在法国读的，Chicago B. A.，Harvard M. A.，得Rhodes Scholarship，Oxford Ph.D.，回美后在Institute for Advanced Studies 做了一二年

1　即前面提及的 The Life of J. M. Murry。
2　K. Mansfield（Katherine Mansfield，凯瑟琳·曼斯菲尔德，1888–1923），出生于新西兰，后定居英国，短篇小说大家，代表作有《花园舞会》（The Garden Party: And Other Stories）、《曼斯菲尔德小说集》（The Collected Stories of Katherine Mansfield）等。
3　George Steiner（乔治·斯坦纳，生于1929年），美国文学批评家、理论家，曾任日内瓦大学（1974–1994）、牛津大学（1994–1995）、哈佛大学（2001–2002）教授，代表作有《语言与沉默》（Language and Silence）、《巴别塔之后》（After Babel）等。

fellow，把书写成。这样的 record，在美国当代的 younger scholars 中也算是头挑了。我最近加入了 Mid-century Club，赠书 *Love & Death in the American Novel*，其中有几章以前是读过的，但很想把它从头看一遍（研究美国文学的好书，近年来出版得很多，实在没有时间分顾）。*Love & Death* 的封面上的图案是 🟐，大约前者代表"爱"，后者代表"死"，《文学杂志》第八卷起封面上也用这两个 symbols，不知是谁出的主意？（最近《文学杂志》译的几篇论文，重要性都不够，你可以指导侯健，译几篇重要的文章。）

你讲授小说二个月，一定很有些心得，有空最好把 notes 整理起来，写几篇文章。以后集合起来，也可以和 Fiedler 一样地写一本 *Love & Death in the Chinese Novel*，key terms 当然得换掉。我最近心定不下来，等把 index 编好后，再好好研究一下中国旧小说。日前看些杂书，把英美研究小说的专书多看看，也是好的。《鲁迅》一文已交出否？早日出版，终是好的，所以我劝你不要把此事拖延。

老蒋三次连任，台大 administration 大约不会换人，你要在美国长住，在钱思亮方面还得表示得态度强硬一些。去华大后，我想拿一个 permanent appointment 是不成问题的，主要还是你自己不要感到对不起台大。

马逢华在 Los Angeles State College 已有了 job，很好，他和 Rand 仍保持关系，收入一定是很好的，请代问好，隔几日再写信。Joyce、Carol 近况很好，今晚 Carol 在看 *Ivan the Terrible* Parts I & II，明晚我看，Potsdam art movies 到了不少，也增加了些小镇的生趣。上次父亲给你信，忘了附上，兹寄上，我看你写封短信，报告平安，是不会引起什么问题的，免得母亲挂念。专颂

春安，驾车顺利！

弟 志清 上

四月十三日

446. 夏济安致夏志清 (1960 年 4 月 13 日)

志清弟:

又是好久没有收到你的来信，想必仍在休养。我近况很好，最近为交际瞎忙。Berkeley 来往之人都是中国人，结果我的生活变了〔得〕跟在台湾时差不多。在 Seattle 时中美朋友各半，我自己在 Apt. 做菜亦有兴趣。这里中国菜馆较多，我总在外面吃，自己很难得做菜。又常去陈世骧家打 Bridge，一打总打到两三点钟。还有些中国朋友喜欢去 Chinatown (S. F.) 吃饭，接触的都是中国人，说的是中国话，吃的是中国饭。好像并没有在美国，只是生活在一种 Chinese colony 而已。这几天因为等候胡世桢来，买了两种武侠小说，预备送给他。自己看看亦很出神，且把陈世骧引诱得亦入迷了。他对于武侠小说的智〔知〕识，只停留在彭公案、施公案阶段，但是近年香港所出的武侠小说，其结构、文字、人物描写等已可与 Dumas 的 *Three Musketeers*、*Monte Cristo*[1] 等相颉颃。武侠小说在香港的 revival，paradoxically 的该归功于左派报纸。香港的中国人，百分之九十是反共的，亲共的左派报纸大家是唾弃的；后来左派报纸改变作风，以软性读物吸引读者，政治毒素含得很少。最成功的 features

---

1　即大仲马 (Alexandre Dumas) 的《基督山伯爵》(*The Count of Monte Cristo*)、《三个火枪手》(*The Three Musketeers*)。

是几部长篇武侠小说，文字流利，情节离奇，高潮迭出，使得读者看了不忍释手，今天看了明天还要看。有个叫做金庸[2]（笔名）的，以《书剑恩仇录》一书成名。该书写乾隆皇帝（据传说，他是汉人，海宁陈阁老的儿子）和陈家洛（乾隆的halfbrother，帮会的领袖）的斗争，很是紧张动人。后写《碧血剑》（李自成）与《射雕英雄传》（成吉思汗）（南宋末年，元、金、宋的斗争）都极好。书中毫无马列思想，还是提倡忠孝节义那一套，侠客当然都是爱国的。他的小说在东南亚各地（如越南、泰国、印尼等）的中文报上都翻印，那些报倒不一定是亲共的。最奇怪的是台湾的人亦等着看香港的武侠小说，其情形犹如当年Boston的人等英国来船，看Dickson（的）小说也。在台湾翻印亲共报纸的小说，罪名很大（翻印别的书倒无所谓，台湾翻印美国书最近成"大买卖"，如 Encyclopedia Britannica，才五十美金，美国publishers很怕台湾的翻版书倒流入美国，此事报上有记载），但是因为利润厚，做的人很多，我在台湾时就从来没有看见它们禁绝过。这种书真有读者，这几年来，要讲小说的倾向，读者顶多的是武侠小说。Serious fiction分明已进入极低潮。武侠小说其实很难写，尤其像我这样从小看武侠小说的读者。一切tricks都了然于胸，要使我看来觉得很紧张，是不容易的。程靖宇亦算是一个武侠小说作家（他的《江湖情侠传》在《星岛日报》——香港最大的报，胡文虎[3]〈反共〉办——连载数年）。我亦看过他写的一部，讲些什么东西，已经一点记不起来。他大约只是抄袭模仿平江不肖生而已。他文字流利是没有问题的，但是不善布局，亦不能invent特出的人物和武功和situation等。他知道我喜欢看武侠本来还想把他的武侠小说dedicate给我，但我从来没给他什么好评，他在信上亦不再提起他的武侠。他的长处是讽刺，写短文极刻薄，不过他自己是不知道他

2   金庸（1924–），原名查良镛，浙江海宁人，武侠小说家，代表作有《射雕英雄传》、《神雕侠侣》、《倚天屠龙记》、《天龙八部》、《笑傲江湖》、《鹿鼎记》等。

3   胡文虎（1882–1954），生于缅甸仰光，南洋华侨企业家，曾创办《新岛日报》。

的长处的。台湾出的武侠小说没有一本是好的，香港有一二流的，台湾只有三四流的而已，人才凋零，不亦怪哉？

不知道你对于《旋风》是怎么评的？《新闻天地》（香港的杂志）曾载有关于作者的生平；此书在台湾倒真是轰动，写小说的人都很佩服。因为台湾没出过一本像样的长篇小说。陈纪滢的《荻村传》（将有张爱玲的英译本，在香港出版）是模仿《阿Q》的一个"傻常顺儿"为主角（从民国初年写到 1950（年）），此人在共党之下，莫名其妙地成了荻村的什么官。还有《赤地》（亦陈纪滢著），篇幅较长，以抗战为背景，但是对于当时的政治，多有忌讳（爱国青年、汉奸、贪官污吏、共产党等没有一个写得像样的），毫不深刻。陈纪滢的唯一长处是北平话流利，写贩夫走卒的谈话，如闻其声，但是书中的主要人物，都是 colorless 与 toneless 的，且他对于中国与世界都没有一个看法。想反映时代，结果是很不 convincing 地替国民党做宣传而已。台湾的 intellectuals 并不看得起他，虽然他自己很 vain，以为了不起。陈纪滢曾任《大公报》记者，还有个人叫王蓝[4]，一直跟张道藩[5]（《狄四娘》的翻译者），在南京曾为 C.C. 办"民族文艺运动"，现为台湾的立法（院）院长）做事，他写了一部《蓝与黑》，算是台湾近年的 best seller，亦是从 1937（年）写到最近，包括抗战、"戡乱"等大事，穿插了恋爱故事。我看文字与情节均一无可取。有一部最荒唐的书，叫做《紫色的爱》，不知是谁写的，内容是共方女间谍爱上国民党的特务，红和蓝相交，他们的爱不是成紫色了吗？

这些你如要用以补充你的 appendix，亦很好，不知来得及否？总之，香港与台湾的风气，是 escape literature 为主。Escape literature

---

4　　王蓝（1922–2003），祖籍河北阜城，生于天津，长于北京，笔名果之，作家，曾任台湾"国大代表"等，代表作有《蓝与黑》、《长夜》等。

5　　张道藩（1897–1968），字守之，原籍贵州盘县，美术理论家、政治活动家，1921年就读于英国伦敦大学，曾任国名党中央组织部副部长、内政部常务次长、教育部常务次长、中央宣传部部长、立法院院长等职，代表作有《近代欧洲绘画》、《三民主义文艺论》等。

中又分"香艳爱情"（sentimental，我最近看台湾的报纸，只对于
Peck 与 Deborah Kerr 的那部以 Fitzgerald 生活为背景的电影，大为赞
美。这种电影在台湾最吃香，所谓"文艺爱情"电影是也。在台湾
的中国人的自卑感加深，较前更容易感受美国的低级趣味的影响，
好莱坞那些 tear jerkers 在美国不值高尚人士一嘘的，在台湾正在培
养中国人的趣味。此种风气由来已久，你总记得 *Waterloo Bridge* 与
Great Waltz [6]。很多人在中学时代看了，大了还在留恋不舍）、"肉感
淫秽"、"历史"（南宫搏 —— 即史剑 —— 是此中巨擘）与"武侠"。
侦探大约只好翻译外国人的，western 与 serious fiction 在东方没有起
什么影响，盖中国的武侠小说，已兼二者之长了。台湾还有几个人
写 serious fiction 的，但是都是才气不够，短篇偶有佳作，长篇则因
见事不明多所忌讳，无可看的了。相形之下，《旋风》还能讲一个像
样的故事，算是难得之作了。

这星期在放春假，so far，什么事情都还没有做。很想重弄鲁
迅，但尚未开始。旅行亦不想了，我其实是很怕旅行的。开车，
以后大约不会再闯祸，盖我已不想在公路上试，不想真的把开车学
会。过些时候，把车卖掉，和开车的因缘就此断绝了。我学"跳舞"
和游泳，学了很多年，都没有学会。一切运动，大约对我都无缘。
想到这里，亦就心平气和。

你这本书想必整理得很有头绪，我很希望你能继续花几年功
〔工〕夫，写一本中国旧小说的研究。关于这类的研究，好书是如
此之少，真中国学者之耻也。Scholarship 其实不难，别人已经做的
工作，拿来整理一下，亦够用了。我在班上已讨论过《三国》、《水
浒》和《西游记》。这三部书我最佩服的还是《三国》，作者对于三国
大势，真有个 clear vision。《水浒》的最大功劳是金圣叹，没有金圣
叹，《水浒》（不论 100 回的或是 120 回）是都很 weak 的书。金圣叹

6　*Great Waltz*（《舞曲大王》，1938），传记电影，朱利恩·杜维威尔导演，Fernand
Gravet、路易丝·赖纳（Luise Rainer）主演，米高梅发行。

硬派宋江做奸雄，删去许多无聊的诗词（使narrative 紧凑生动），且删去后部的无聊故事（征辽、征方腊的描写，其实比薛家将之类高明得并不多），使《水浒》勉强有一个结构。其实《水浒》作者的world view 是很狭小的。《西游记》作者的imagination 是够高的了，但后来也不免repeat himself。Waley 把取经故事大部不译，不知何故。我认为"吃唐僧肉"是全书一个主要的theme；假如那些妖魔不想吃唐僧肉，取经（就）没有那么多的危险。Waley 大约没有看出这一点。《西游记》里的symbolism 还没有人好好地研究，如唐僧怕被人吃，而孙行者最喜欢被人吃，加上老君的炼丹炉，以及能吸人进去的瓶和葫芦等，这些symbols 可能有其意义。明末有董说者，即在火焰山之后补写若干回，成《西游补》一书。孙悟空给罗煞女吃下去两次，出来后神魂颠倒，那就是《西游补》的事。《金瓶梅》我总认为是部很dull 的书（so is《儒林外史》），但是它对于过年过节、赏花吃酒等的详细描写，可能给曹雪芹很大的启发。《红楼梦》本身可说的话最多，这里有一点可说：《水浒》里的英雄和孙悟空都是rebels，但是最彻底的rebel 还是贾宝玉。贾宝玉非但是总结中国旧小说的rebel tradition，而且也是一切才子佳人小说的发展的顶点。Leslie Fiedler 的新书，大约很精彩，不知你已看过没有。对于中国旧小说，这类的书，有好几本可以写。

Easter 我不再买什么东西寄上，只是买了三个小纸球，给Joyce 玩玩。纸球又是日本货，不知那玩意儿是什么时候传到日本去的。别的再谈，专颂

近安

济安 上
四月十三日

家里想都好，祝你们那里Easter 快乐。

447. 夏志清致夏济安（1960 年 4 月 28 日）

济安哥：

　　收到你四月十三（日）信后，还没有给你信，前两天收到你在游玩Carmel时寄出的风景照片，想是胡世桢夫妇已抵California，和他们一同去玩的。你寄给我们的Easter cards和给Joyce的纸球，也已收到。Carol事前没有想到寄你Easter card，待你的卡片到达时，补寄已来不及了。我上次给你信后，即去看医生，现在服用Equanil（即Miltown），此药药性平和，反应很好，一天仅服两片，如有不好副作用，当即停服，望勿念。现在身体很正常，血压想亦已降低。最近仍多看杂志书籍，好久不读书，要看的东西很多，所以兴致很好。Fiedler的书看了一小半，他自谓得益于C. S. Lewis *Allegory of Love* 不少，精彩见解很多，此书大半祇好算是literary sociology，*Time* 和*N. Y. Times Book Review* 都以literary criticism评它，是不公道的。最近一期*Sewanee Review*有一篇"Joyce & the Finite Order"，评得很公道。Ellmann的书，我看是捧Joyce的climax，因为近几年来，downgrade Joyce的文章，数量增加，恐怕不久的将来Joyce的著作必将贬值无疑。前两天我看了*The Exiles*，全剧embarrassedly personal，主角Richard和少年时代的Stephen一样地不可爱。许多critics说后半部portrait内的Stephen不是Joyce自己，实在是替Joyce辩护。我看Stephen的disagreeable characteristics都是Joyce自己的。

前天收到 Salem Press 寄来 *Masterplots* 两大册（你的两册，想一定也收到了），看到我们兄弟的名字在 preface 上一同列入很高兴。你和我的几篇东西都已看了，觉得文章都比王际真写的那两篇好。你的那篇《聊斋》Essay Review 是篇极好的译文，可惜 bury 在参考书内，不能得到学术界的注意。我的那篇《诗经》，也发表了些意见，可惜当时无书，不能把原文重读，有许多 information 是根据 Giles 和 M. Granet 的，不知可靠不可靠。MaGill 自作主张加了一条：first transcribed: 12 Cent. B.C.，实在是不通的。最后一节中有一段：the spontaneity of the natural, unashamed womanhood，读来很不顺，我原稿是 the spontaneity & their natural unashamed womanhood。可能是 misprint，或是被 MaGill 改动了。*Masterplots* 3rd series 列入了不少比较冷门的名著，倒是部很好的参考书。

你老是和中国人玩，行动比较不自由，讲话也不能太随便，去旧金山也不能玩个畅快，这种情形我能想象得到。我在 New Haven 时也欢喜和美国人玩，在中国人面前（除陈文星外）总是不免有拘束的。几年来没有和中国人接触，将来如重返中国人较多的地方，生活还得好好调整一下。我们在这里，社交生活简直没有，上星期 sorority weekend，我和 Carol 是某 sorority 的 honorary member，星期五、六玩了两晚，星期六吃 steak dinner，喝酒，至深夜两时方返，算是一桩大事。Joyce 已 used to babysitters，所以最近我们行动也自由些。

我武侠小说已二十年未看，印象最深的还是《霍元甲》、《大刀王五》之类的。大约在 Yale 时仍重读过一章《江湖奇侠传》（飞剑斩鸡头那一章），觉得写作技巧极拙劣。还珠楼主从未看过，最近新出的更一点也不知道，一时大概也不会有空去看它们。《旋风》我觉得是部极好的小说，是抗战后两三部最好的小说之一（抗战前长篇小说最多，但成就都不高），全书引人入胜，虽然有一两个 episodes 写得较差（董银明杀父入狱之类）。最值得注意的作者的 intelligence，能把许多 grotesque 的事情记录下来，自己不动声色，是大不容易的。

这种怪事的堆积，的确有些像Dostoevsky *The Possessed*的作风。胡适、高阳[1]都看重《旋风》对共党的分析，其实方祥千自己脑筋简单，姜贵对共党心理分析方面没有什么特别贡献（这方面当然表示中国人思想简单，和欧洲intellectuals不同）。高阳更看重作者变态性心理的描写，其实姜贵所学到的一些Freud究竟是皮毛，不值得大惊小怪。我觉得《旋风》的好处还是在能继承中国讽刺小说（和一小部分武侠小说）的传统，而把它发扬光大，从史慎之到韩复渠到张嘉，都是极好的讽刺。世界上恐怕很少有方冉武怎〔这〕样笨拙的地主，但是正因为他笨得发疯，这个脚〔角〕色也写得很好。有几段文章是极细腻的（如康子健、方其麦洞房花烛夜的描写，曹小娟搬进方宅后寂寞的情境），读后我大为佩服。姜贵把中国旧社会腐败分子和中共党徒用同一眼光去看，所得grotesque & macabre comedy自成一格，大不容易。我觉得此书可以列入Irving Howe的*Politics and the Novel*，和Dostoevsky、Conrad、Jonson政治小说，deserve同样严肃性的讨论。Dos Passos[2]的U.S.A.篇幅较《旋风》大得多，但人物不够有趣，讽刺也不够入骨，成就上还不如《旋风》。最近的英美的小说也没有这种fresh & distinguished的成就（L. Durnell[3]的《四部曲》报章捧得很凶，我看也不会太好），不知你觉得我的意见如何？

　　昨晚看Chabrol[4]的*The*〔*Les*〕*Cousins*[5]很满意，欧洲的好电影

1　高阳（1922–1992），原名许晏骈，浙江杭州人，作家，以创作历史小说著称，代表作有《李娃》、《慈禧全传》、《红顶商人》等。

2　Dos Passos（John Dos Passos，多斯·帕索斯，1896–1970），美国小说家，代表作有《美国》三部曲，包括《北纬四十二度》（*The 42nd Parallel*）、《一九一九年》（*1919*）和《赚大钱》（*The Big Money*）。

3　不详。

4　Chabrol（Claude Chabrol，克劳德·夏布洛尔，1930–2010），法国电影导演，代表作有《一箭双雕》（*Les Biches*，1968）、《不忠的妻子》（*La Femme infidèle*，1959）、《屠夫》（*Le Boucher*，1970）。

5　*The*〔*Les*〕*Cousins*（《表兄弟》，1959），法国电影，克劳德·夏布洛尔导演，热拉尔·布兰（Gérard Blain）、让—克劳德·布里亚利（Jean-Claude Brialy）主演，Les Films Marceau发行。

看得多了，好莱坞的片子会愈看愈不入眼了，前几天看了 *Solomon & Sheba* [6]，两三次都想 walk out，看完后，心中很不舒服。我因为 admire Gina 的美，看过她三次，第一次她是个 dumb brunette（in *Beat the Devil* [7]），第二、三次 Gina 都化妆成 dark skinned 女郎（*Hunchback of Notre Dame* [8]），以后不想看她的影片了。Sophie Loren 在演技方面比 Gina 高明了不知多少。前日 *N. Y. Times* 载，Ingmar Bergman 差不多已答应为 Paramount 拍片两张，同时 Par. 搜罗到 Sinatra、D. Kaye、Wayne 等诸大明星，可以稍有生气。

谢谢你给了我不少新材料，但恐怕已无法安插在书里面了。马逢华春假去纽约读 paper，反应想很好，不多写了，Carol、Joyce 皆好。即请

近安

弟 志清 上

四月 28 日

〔又及〕陈文星寄上订婚照片。

6　*Solomon & Sheba*（《所罗门王与贵妃》，1959），历史剧，金·维多导演，尤尔·伯连纳、吉娜·劳洛勃丽吉达主演，联美发行。

7　*Beat the Devil*（《霸海群英》，1953），约翰·休斯顿导演，亨弗莱·鲍嘉、詹妮弗·琼斯主演，联美发行。

8　*Hunchback of Notre Dame*（《钟楼怪人》，1956），法国电影，据雨果《巴黎圣母院》改编，让·德拉努瓦（Jean Delannoy）导演，吉娜·劳洛勃丽吉达、安东尼·奎恩主演，联美发行。

448. 夏济安致夏志清（1960 年 5 月 3 日）

志清弟：

最近不大写信的原因之一，是精神有点颓唐，怕坐定下来检讨各种问题。颓唐当然和前途有关系，但是前途太复杂，不愿意去想它。所以近来的生活，只是嘻嘻哈哈，好像人生毫无什么问题似的。

韩国之事，是这里的中国人之间平常讨论的大题目。马逢华是绝对反共的，还有些人的态度是中间偏左，但他们好像都希望台湾出些事情。并不是我幸灾乐祸，照我看来，台湾内部潜伏危机甚深。假如早晚非爆发不可，那么为自私的打算，与其以后我在台湾时爆发，不如现在爆发了，可以给我一个观望的机会。

最近看《五代史平话》（写得很糟，但在宋朝，说五代史是与说三国一样地受欢迎的，只是五代史不幸没有碰上罗贯中那样的能剪裁、编排、描绘、渲染的写作之人耳），内有陈抟"老祖"之诗，其中两句很可代表我对于台湾的态度："愁闻剑戟扶危生，闷见笙歌聒醉人。"

胡世桢（他要来 UCLA 教一年，可能改 permanent）已来过，他总是催逼我去办移民的事情。我已经去见过一个律师（移民法专家），他劝我暂时尽量地把 exchange visitor 的身份延长下去；延长到不可延长时，再出"绝主意"急救。我暂时拟听他的话，到 Seattle 再去设法。

老蒋是五月廿几号就任总统，此间感伤新内阁中将由蒋经国出任教育部长（马逢华在纽约亦听见这么说，张群[1]做 prime minister），如此钱思亮的校长地位仍然可以〔能〕动摇的。下一两个月内台湾和台大都可以〔能〕出一些事情。

我在加州大约还要住一个多月，回顾在加州这几月，时间大多是浪费掉的，工作效率远不如在西雅图时，希望回西雅图后，再发奋一下。

开车亦浪费不少时间、精神与金钱。现在车已不大去开它，临走时只好"三钱不值两"地卖掉，不过卖掉亦殊不容易耳。开车能够练到随便开出去散散心的程度，总得要好几年的功〔工〕夫（据专家们讲是五年），我哪有这么多功〔工〕夫练完？像胡世桢等，都有十万哩以上的经验（我大约至今只开了两三百哩），但据我看来，胡世桢、陈世骧等开车技术都还不算好，这大约跟天生手脚的 clumsy 有关系。他们开得当然比我熟练了好多倍，但是手脚与车子的配合行动，还不够 smooth。这和他们学车年龄较晚亦有关系，像 Carol 这样，才算是头挑的驾驶人才。

你的血压问题总是个隐忧。我的血压恐怕亦有问题，但是不去理它，好在还没有什么 symptoms。一个人的生活习惯养成不容易，如为了某种健康问题，如血压，而要改变生活习惯，这是更不容易了。你的问题恐怕还是太喜欢吃药；药不是没有用，即是利害参半，绝对有利的药恐怕是没有的。神经系统太 delicate，药物来管神经系统，总是管不好的。这种镇定神经的药，偶一服之还可以，常服必有害。但是如精神真不安定，觉得非吃药不可，那又有什么办法呢？我以为吃药还不如吃酒，酒当然亦有害处，但是少量的酒的害处亦许不如某种药（即使少量）。人生有这个身体，真难服侍。要对付神经系统，顶好的办法恐怕是 yoga，但是 yoga 练起来很难，

1   张群（1889–1990），字岳军，四川华阳人，1927 年起任国民政府兵工署署长、上海市市长、国民政府外交部长（1935 年 12 月至 1937 年 3 月），后任国名党中央政治会议秘书长等职。

其事为一种art，练的人亦需要一点天才，再加上悟性、恒心等，庶几有成。我们要学的东西、要做的事情太多，恐怕没有精神时间再来练yoga。练yoga时，心头大约可以有真正的宁静，其效果可胜过tranquility。西洋人每星期上一次教堂，亦可求片刻的宁静耳。像平常人的生活，恐怕是没有时间能真正的宁静的。曾国藩的养生法是"君逸臣劳"：君是心，它应该少活动；臣是身体，它应该多活动。我们的体力都有限，多做体力活动是办不到的。我现在的生活情形是，"君逸臣逸"——少用心，少费力，多贪懒；你现在的情形恐怕是"君劳臣逸"，用心过多，而体力活动不够。做文章是最伤身体之事，连续写几个月的文章，我尚无此种经验；但连续写几个星期的文章，人就很疲倦了。但是身体虽疲倦，神经仍很excited，因此很难休息。你现在的需要是让神经尽量松散。怎么办呢？只有你看了斟酌着办了。

写到这里，收到28日来信，知道医生prescribe Miltown，效果很好，甚慰。年龄增加，血压降低是不大可能的，能够维持这样就很好了。如要血压正常，顶好的办法是"懒散"二字，但我等功业未就，到底懒散不得的。

Masterplots 亦已收到。书到时，我还不敢去看它，过了两三天再〔才〕去看它。你的两篇都非常之好，尤其《诗经》，我决写不出来，因我无这么多研究也。我那篇《聊斋》自己看看〔着〕亦还不差，已在班上读给学生们听了。王CC的那两篇还没有看。我那篇《灰阑记》德国人名字不given（恐怕版权谈不妥），弄得故事不伦不类。我在UC图书馆发现一本某人真是从中文译出的《灰阑记》，故事和中文的一样，序文中说明要改正Klabund [2] 的错误。可惜Seattle图书馆中无该书，那篇synopsis在scholarship方面留了一个大缺点。12th century B. C.云云，亦大成问题。你说我们该不该写封信去谢谢

2　Klabund（克拉邦德），系Alfred Henschke（阿尔弗雷德·亨施克，1890–1928）的笔名，德国诗人、剧作家、小说家，代表作有《布拉克——一个滑稽者的故事》（*Bracke—ein eulenspiegel Roman*）、《波吉亚家族》（*Borgia*）等。

MaGill，同时成问题的地方亦指出来，让他在再版时修正？

Carmel 是同陈世骧夫妇和从香港来的画家赵少昂[3]一起去的。赵少昂的功力不差，但为人比较 dull，天分有限，我看不能成为第一流画家。但在中国当代画家中，前十名中是挨得进的。近在顾孟余[4]（曾在国民政  府做过部长，及中央大学校长等职，现在 Center for Chinese Studies 研究）家中看见一幅徐悲鸿画的松树，树干极粗，龙鳞可数，松叶几丛，浓绿有力，大约如左图，倒是一幅了不起的 Myopic 写实杰作。San Francisco 的中国画很少（香港就极多，都是大陆近年翻印的），徐悲鸿的马倒常见，似乎有点"熟汤气"，没有买。不知你们有兴趣否？要买不过一元钱一幅而已。

附上照片三张，一张请转寄家里。我有点 out of focus，但人显得很 relaxed。那家餐馆叫 Nepenthe，是加州一大胜地，在山上，下望是海，形势如中国之庙。Big Sur 的户口三百，所居多"雅士"，据说 Beatniks 之流常有光着脚开两百哩路汽车从 San Francisco 赶来吃饭的。另一照片：车子已撞过两次均经修理，现在看来还不旧。

我亦跟你一样，欧洲佳片怪片多看了，看美国片总觉得 imagination 太 tame。*Ben Hur* 是同胡世桢一起去看的，虽 Wyler 大用苦心，画面并不俗气，且有时很难（不特别看重大场面，这是 Wyler 的 taste 胜人之处），但其 religious sentiments 总觉得很假（同 *Seventh Seal* 一比，是天上地下了）。但赛车一场，的确惊心动魄。Heston 得金像奖，更不配。今年 Academic Award 的 TV 节目，我仍看的，只有 Bob Hope 一人支持而已。姑举一笑话：Rock Hudson 要出来给〔颁〕

3　赵少昂（1905–1998），字叔仪，原籍广东番禺，曾任广州市立美术学校中国画系主任、广州大学美术科教授，代表作有《实用绘画学》。

4　顾孟余（1888–1972），原名兆熊，祖籍浙江，生于河北宛平，毕业于德国柏林大学，曾任北京大学教授、广东大学校长、中央大学校长，国民党中央执行委员、宣传部长、交通部长等职。1949年后先在香港，后定居美国加州伯克利，1969年返台湾定居。

奖——大约是颁给最佳女主（配？）角，Hope 说，"现在悟侬要请一个人来给奖，格个人呀，样样事体才要学奴概，着衣裳，说闲话，走路才是学奴概，而且侬两个人面孔，身配才来得个像——Rock Hudson！"一阵鼓掌，Hudson 英俊如昔，走出来，拍拍 Hope 的肩膀（Hope 显得很矮）说，"本来侬是双生子哇！"好莱坞能够吸引我的不多，*Who was That Lady*[5] 是要看的（尚未看），昨天同马逢华看了 *The Unforgiven*[6]，Huston 导演手法亦算佳妙，但是情感总亦是勉强的。好莱坞的好片子顶好不涉及情感问题，如 Marilyn Monroe 的 *Too Hot*[7] 等，索性去拍 melodrama 与 comedy 等，娱乐成分反高。

看了一本 F. L. Lucas 的 *Literature of Psychology*，此书 New Yorker 评得很好（短评），但其实说理极浅。英国学者的本事大约是抓住浅显的一点道理，拼命举例，举之不尽，Toynbee[8]、Frazer 的书都是这样写的。他们不大会从道理上分析、演绎、发挥。我看还是美国学者的头脑有力，思想透辟。C. S. Lewis 的书还没看，亦许跟他们不一样。你对于《旋风》的批评，非常得当，非但台北无人说不〔得〕出，我亦说不出，很是佩服。希望有空，详细替《文学杂志》写一篇。"梼杌"据我记得是晋国或楚国的《春秋》（鲁国的叫《春秋》），不知《辞海》上有没有这条解释？再谈，专颂

健康

济安

五月三日

Carol 和 Joyce 前均此。

5　*Who was That Lady*（《浪蝶偷情》，1960），喜剧片，乔治·西德尼导演，东尼寇蒂斯、迪恩·马丁主演，哥伦比亚影业发行。

6　*The Unforgiven*（《恩怨情天》，1960），西部电影，约翰·休斯顿导演，兰卡斯特、赫本主演，联美发行。

7　*Too Hot*，应该是英国电影 *Too Hot to Handle*（1960），曼斯菲尔德（Jayne Mansfield）主演，而玛丽莲·梦露主演的情节喜剧叫 *Some Like it Hot*（《热情似火》，1959），夏济安可能写错了。

8　Toynbee，即阿诺德·约瑟夫·汤因比（Arnold Joseph Toynbee，1889–1975），英国历史学家、历史哲学家，曾任伦敦大学教授，代表作为 12 册巨著《历史研究》等。

449. 夏济安致夏志清（1960年5月19日）

志清弟：

又是多日未接来信为念。上星期寄上 *Ben Hur* 画册与齐白石画册各一本，想已收到。这几天开车稍有进境，心里很高兴。学开车和追女朋友相仿，情绪忽好忽坏。本来有一时期想放弃不学了，但是在朋友鼓励之下，还是硬着头皮继续地练习。最近已去过San Francisco开来回，第一次开的时候，紧张得两条腿都软了。第二次，就relax得多。现在一个人开车过桥（Bay Bridge）还不敢，还需要一个人在我旁边代我注意很多事情：steering直不直，背后的车离我的远近（有时换lane是必需的，如公路的lanes由分而合、由合而分的时候），与各种signs——那些我还可能忽略的。桥都开过了，Berkeley附近市区交通（25 miles speed limit）当然容易应付得多。人慢慢地relax，开车的乐趣亦增加。现在最大的危险是怕因relaxation而alertness减低。以前是太紧张，因此顾此失彼，再则技术还幼稚。现在必需〔须〕常常警惕自己：保持alert，和初学时候一样地守法。

这个月内当继续练习，下月初拟开去Palo Alto，在Stanford附近旅馆里住几天，到Hoover Library里去发掘材料。我答应Seattle做的研究工作还没有开始，我相信在Hoover工作几天可以抄到很多材料。Berkeley和Palo Alto不远，我在公路上再练几次，开去大约没有什么问题。

下学期的事情，陈世骧正在设法替我在 Center for Chinese Studies 弄一职位，成功希望很大。只要护照能延长（那个要到 Seattle 后再办），职业大约没有什么问题。陈世骧待人真热心，弄得我不好意思向他讨论我的问题。Center 的事情也是他自出主意的。我本来见了他不谈我私人问题的。在 UC 教书，我自信很成功，但是 UC 空缺有限，下学期 Birch 是一定要来的，我无法延长。在 center 研究，如成功也不错。

这几天时局十分紧张，大家见面总是讨论国际大事，打，一下子恐怕还打不起来。但美苏妥协的可能性几乎已经全部丧失，如非苏联软化，或美国屈服，甘居第二流国家之列也。苏联很难软化，盖听说 K 君还是温和的，苏联国内强硬派多得很；美国如 Nixon 出来，大致将是 Ike 的老路。如 Kennedy 做总统，Stevenson 做 Secretary of State，对于远东也许让步，对欧洲（柏林问题等）是决不会让步的。这样紧张下去，可能真的会打起来。

局势如此，看看 UC 的那辈教授学生，真正气人。东方系左派人还没有什么，但 UC 学生所表现的（有教授赞助），如历次为黑人问题（Woolworth、Penny 的 lunch counter）、Chessman 案等的 picketing，多属瞎闹。最近 Un-American Activities Sub. Committee 来 S. F. 调查，学生们又大闹一阵。这辈知识分子似乎忘了苏联要毁灭美国的切身祸害。美国这几年的民心一般而论似乎尚未崩溃，再隔十年廿年，不知要士气低落到什么程度。

你最近健康情形如何？甚念。你这样容易神经过敏，需要吃药，我很奇怪你为什么不多看看医药书（尤其关于神经系统的），作为消遣。以文学为本行，以医药书作为消遣，我相信一定也很有趣的。医药书里也许可以告诉你一些小毛小病的来源，和简易治疗法。我说的当然是科学性的医药书。即使非科学性的，也可以看看。陈世骧太太根据那本 best seller *Folk Medicine*，常吃 cider vinegar

与honey的混合饮料，据说成绩很好。吃那种"单方"，可能无效，但是害处是不会有什么的。

上星期Aldous Huxley来UC演讲，热闹之至。讲题是"Matter, Mind & the Question of Survival"，定晚八点讲，我七点三刻到，自以为已经很对得起他了，到时礼堂（可容千人以上）大门已关（客满），另外一间大教室可容数百人，放了两架TV，一只loudspeaker，我跑去时也已坐满。礼堂stage door附近挤满了人，我也去挤在那里，倒是看见Huxley在我身旁走过，走进去的。但stage door不容我们进去，我仍去大教室，立在TV背后，听他的讲演。H氏讲得并不精彩，但观众反应热烈，大有人鼓掌。他先从ESP讲起，方法还是experimental science的，想从那里找灵魂的根据。这个我相信正统科学家一定不赞成的。讲到灵魂问题，他显得并不eloquent，说话似乎格格不吐。对于Mysticism，他还是抱Eclectic的态度，把东西各派一视同仁地容纳，这表示他对Mysticism其实并没有什么研究（好像清朝与民国的学者，把Newton与Watt、Edison与Einstein等科学家一视同仁一样的）。他并没有为灵魂不朽的问题，present a cogent argument。他皮肤与头发皆灰白，人瘦长，眼镜不戴，我在TV上catch一两个glimpses，他读notes时也不用眼镜的。声音似乎苍老，全部牛津音（比Spender的标准），说话不快，人显得很relaxed，演讲虽有notes，但句子常用It is remarkable that等缓起法开头，然后再想适当的字眼放进去，英文并不紧凑。明天Jacques Barzun要来讲，希望精彩一点。

在加大糊里糊涂的停留日期快满，这几个月来工作实在毫无成绩（关于旧小说所讲的意见，有些也许尚可取，但可惜没有写下来），也没有交到杰出的新朋友，但一般而论，日子过得还算舒服。假如天意只叫我糊里糊涂地过舒服日子，那么自己也不必闹撇〔别〕扭了。

很希望日内看见来信。Carol和Joyce前都问好，家里想必也都好。专此 敬颂

近安

济安 上

五月十九日

〔又及〕《郭沫若文集》Vol. 7，UC图书馆根本没有。

450. 夏志清致夏济安（1960 年 5 月 23 日）

济安哥：

　　最近不大动笔，但想不到已有近一个月没有和你通信了。自服 Equanil 以来，身体很好，望勿念，但没有好好费精神写文章，身体究竟如何，还没有经过一个测验。一个多月来，一直等 Yale Press 把 galley proof 寄来，校阅完毕后，还得 prepare 一个 index，相当花时间，此事不告一个段落，心里总是不痛快，不想做较 serious 的研究工作。但多看图书，也看得烦了，很想上劲做些工作。目前学期终了，卷子很多，过后想把《红楼梦》从头读一遍，把那两种译本也看了，好好写一篇文章。两星期来重读了些 Yeats 和关于他的参考书，在这里教 poetry 和在北大教 poetry 差不多，需逐字逐句地讲解，而 Yeats 有几首诗的确是相当费解的。Yeats 诗句扎硬，是他最伟大的地方，但 paragraph 和 paragraph 间往往缺少连〔联〕系，而 symbolism 也免不了有晦涩之处。Yeats intelligence 比 Eliot 差得多，但能写出这样许多干净利落的诗句和诗篇，也实在是不容易的。最近研究 Yeats、Eliot 的人都把他们视为神圣一般地崇拜（要不然，就像 Karl Shapino[1] 那样不负责地瞎骂），走的都不是批评的正路。我觉

1　Karl Shapino（卡尔·夏皮罗，1913–2004），美国诗人，曾获得第十五届"桂冠诗人"荣誉称号。

得最近美国短篇小说成就实在很高，可惜一般人不注意。前星期读
John Cheever[2]的 *Clementina*（载 *New Yoker*），读后极为满意，很有一
些 Flaubert "A Single Heart" 的味道。Malamud *The Magic Barrel* 中的
那篇 "Title Story" 写得很怪，但很多篇小说题材都相仿，不能算是第
一流人才。他小说结构较松懈〔散〕，pace 较 casual，这大约是他像
Chekhov 的地方。

你在加大半年，学车终算学出一点成绩来了，所以时间不
能算是浪费掉的。你已能开车过桥，还是很难得〔能〕可贵的
achievement，我想你自己一个人去 Stanford，公路上都跑跑，紧张
心理自然会慢慢消失，而可真正 enjoy 开车的乐趣。你的 Olds 我想
也不必卖掉，何不在暑期学校开学前，花一两天工夫开往 Seattle，
这样一切行李书籍，都可放在车上，也不必再经一番包扎邮寄的麻
烦了。

陈世骧替你设法在加大 Center for Chinese Studies 弄一职位，我
想十分之九是靠得住的，所以把护照延长后，下年度的 job 是不成问
题的，我很代你高兴。台大方面不知常有消息否？钱校长如要你回
去，你可以正大光明对他说在西岸研究学问是不可多得的机会，委
托条件要比在台大教书好得多，可以做些成绩出来，留在台大仅是
大材小用而已。钱校长是读书人，自己也常常来美国，你的 request
他当然会答应的。

韩国日前闹事的情形，真相我不大清楚，但二三月前，西德闹
过纳粹反犹的风潮，接着土耳其学生也闹风潮，西德、土耳其、韩
国都是反共最坚决的国家，这许多风潮我想可能是因苏联 agent 唆
使的，以民主的名义来破坏反共的实力。而美国支持民主势力，正

2　John Cheever（约翰·契弗，1912–1982），美国小说家，尤以短篇小说著称，被
誉为"郊区的契诃夫"，代表作有短篇小说集《收音机》（*The Enormous Radio and
Other Stories*）、《约翰·契弗短篇集》（*The Stories of John Cheever*）、《泳人》（*The
Swimmer*）等。

好中计削弱 free world 反共的力量和决心。这两天日本学生又在抗议美日条约的签订，台湾学生较 docile，其中中共分子也不多，所以我看不像会出事，要真正出事的话，非要有以前北大"民主广场"那一套举动不可。苏联知道英国人耳朵软，一向同情民主运动，所以在许多小国家（including Latin America）制造民主运动，来削弱反共实力。Franco 反共三十年，而美国对他仍很冷待〔淡〕，因为他的作风不民主也。在美国本国〔地〕，这种民主运动的盛行更令人可笑可恨。UC 学生的举动，看来是 innocence，其实已是 symptomatic of 美国人三十年来在 liberalism 熏陶下受毒之深。哈佛左倾和 UC 相仿，Seattle、Yale 比较上还是右的。好莱坞 Brando、Preminger[3]、Sinatra 都是有名（的）前〔激〕进分子，他们的作风实在是很可怜的。Brando 据说要拍一张 Chessman 的传记片来 protest against capital punishment。Brando 人是聪明的，但和乾安一样，自己教育自己，不免受了左派的毒，他走的路子我看和 Chaplin 的路子如同一辙。好莱坞明星这一派 leftist Democrats 势力极大，他们私生活虽腐败，而讲起道理来，一本正经，无形中为共产党增大势力（California 四五年前是共和党的根据地，想不到现在左得如此可怕）。我看美国政界除几位老人（MacArthur、H. Hoover）不算外，真正反共有信心的，祇有 Thomas J. Dodd 和 Barry Goldwater 两位 senators，其余都是希望和苏联妥协的糊涂虫。Rockefeller 态度比较强硬些，但他究竟有什么政策，我们不知道。Nixon 为人是 pragmatic 的，但他要 court liberal 分子，也不会坚决反共。但他如能当选总统，态度终要比 Kennedy 强硬些。Kennedy 当总统，Stevenson 做 Secretary of State，美国可能要走上亡国之路，也很难说。Stevenson 发表谈话要 investigate U-2 失事造成国际危机的事，他的 motive 显然是 appeasement。许多 Democratic Candidates 中我看 Stevenson 是最懦弱的一位，他当

3　Preminger（Otto Preminger，奥托·普雷明格，1905–1986），澳大利亚裔美国导演，代表作有《绝代佳人》、《堕落天使》（*Fallen Angel*，1945）。

Secretary of State，将是美国的不幸。相反地，Acheson 如能上台，重做国务卿，美国外交政策可能强硬些。

上星期 K. 口出疯言，大骂 Ike，他若肯坚持这种强硬态度，free world 倒可以好好团结起来。可惜隔了两三天，他又在讲和平，讲开 summit 会议了。显然地，K. 希望 Democratic Party 得胜，谈判起来可以多占便宜，而 MacMillan 之流又会去上他（的）当的。在某一方面看来，帝国主义是一个民族自尊性的表现，中共、苏联都是 imperialist，因为他们有自信。大英帝国尊严最后的丧失是在侵埃及那一段事件上（同时也是艾登的悲剧，假如我读他的自传，我一定会对他深表同情），英国听了华盛顿说的话，自动把部队撤退，在整个英国历史上，从来没有过这样一般丢人的 episode。一个国家同一个人一样，在他有野心求进取时，不大注重 security，一旦他专求苟安图享福的时候，大约他的野心也丧失了，事业性也完了。英国现在就停留在这个阶段，过去的光荣已全部忘掉，但求舒舒服服过苟安的生活，只怕原子弹掉到头上来。美国的情形也并不比英国好多少。以前在中国，一个传教徒被谋杀了，即可引起一场战争，目前美国人民在 Cuba，在苏联，在中国被扣留被监禁，被判死刑的不知有多少，政府不 protest，人民也不闻不问，一点 national pride 也没有，这种情形不能不算是一种国运衰亡的征象。相反地，一个按法处死刑的囚犯（Chessman），却引起全国的同情，瞎闹了一阵，这种 decadence 实是 inexcusable 的。

Huxley 有两三次上过 TV，我没有 TV，没有看到。在加拿大电台上曾听过他的一次 interview，他说话慢吞吞，爱用 enormously、extraordinarily、extremely 等 big adverbs，和他的 prose 相仿。其实 Huxley 对 mysticism 很有研究，只是他对任何 psychic 现象都有兴趣，浮面看来，好像他不够"正派"。他的 *The Perennial Philosophy* 引证广博，说理透彻。和上海"五教同融会"的那种社会名士的言论是不可相提并论的。Huxley 的 mysticism 对我是一个 forcible reminder that有史以来有不少人是真正的saint or sages。这种state我们天赋不够，没有"虚心"的耐心，当然是达不到的，但用"圣人"的眼光看历史，我们可以领悟到不少道理。Huxley对人类各方面观察的精到，他的那种彻底悲观的态度，是值得我们佩服的。除了上帝之爱之外，人生最precious经验当是男女之爱。这方面做功夫比较容易，但我们也没有做到，没有领会到ecstasy。现在受年龄生理限制，祇好靠intellectual life来得到些比较不平庸的安慰。

齐白石画谱、*Ben Hur*两册都已收到了，谢谢。齐白石的风景画我以前没有看到过，画上的几幅构图设意都极好。齐白石的colors比一般中国画家的gay，这一方面他很像Matisse，但成就比Matisse高。齐白石画的花草虫鱼，范围好像比一般画家广，以前很少有人画虾蟹、老鼠的。我们从小受教育，都以人的立场来指定害虫益虫，garden flowers & weed，齐白石能够transcend这种偏见，看得到万物都是"善"的，都是"美"的，这就很不容易了。中国画家大约不是用Eden（花草）（的）眼光看世界，即是用recluse（山水）的眼光看世界，所以得到的境界是Blake的innocence。Tragic、experience、suffering中国画家是看不到的，这和中国文人不注重悲剧经验一样，但人如真能享受到自然界的乐趣，悲剧经验也并不是必需的。

六月中我们要去New Haven参加陈文星的婚礼，同时也准备去纽约住两天，Carol已写信给我们上次住的hotel定〔订〕了房间。最近看了*400 Blows*[4]，该片博得好评不少，但我觉得仍是一部conventional movie，结局更是sentimental（虽然许多children的画面极好），不如*The*〔*Les*〕*Cousins*远甚。后者我看后很为感动。此外没有看什么电影。你什么时候去Stanford，Seattle暑期学校何时开课？

4　*400 Blows*（《四百击》，1959），弗郎索瓦・特吕弗（François Truffaut）导演，让—皮埃尔・利奥德（Jean-Pierre Léaud）、阿尔伯特・雷米（Albert Rémy）主演，科西诺（Cocinor）电影公司发行。

马逢华处日内当写信。Carol、Joyce 都很好，父母情形也还不错，只是有钱买不到东西吃。照片上看来，你的 Olds 很新，你的神气也好，不多写了，即颂

　　暑安

弟 志清 上

五月二十三日（一九六〇）

　　写一篇批评《旋风》的文章，我又得把小说重读一遍，暂时恐怕不会写。

451. 夏济安致夏志清（1960 年 6 月 5 日）

志清弟：

长信收到。知道近日体力精神，均渐趋正常，甚慰。我近况大致如昔，行期将届，但尚未决定何日动身，或怎样走法。

先说开车，我已开过Sacraments（加州首府），一口气开七八十哩，已没有什么问题。但一个人开去Seattle，还没有把握。

一、我在公路上开的speed是45，65哩是怎么样一个境界，现在还不能想象。

二、在公路上怕路弯，如全部是直路，我可以把车开到五十哩，如路有点弯，我就把油门（accelerator）松掉，让速度降到三十五哩，车子比较容易控制。

三、去Seattle有两条公路，一条是US101，那是靠太平洋岸走的，据说风景很好，但是曲折得很，我不拟尝试。一条是US99，在加州与华盛顿两段都很宽，且是multiple lane，但听说在Oregon州，路是single lane，狭仄，而且都是绕山而转。如连转四五个钟头，而我的steering还没有十足把握的话，那么神经的紧张就可以使我够疲倦的了。一走绕山的路，我就得（照现在的程度）看好路上的白线（怕出线），就再没有精神看"照后镜"与兼顾路上的signs了。这样是很危险的。

学车诚然是难，我现在来往Berkeley与Oakland之间，已相当得心应手。但是经验的累积，谈何容易？现在所以还不敢开去Seattle，即为经验不够之故。如绕山路多走几次（在专家督导之下），这次我也许就自己开车回去了。

车子ship到Seattle去，运费约需百余元，这个我已不加考虑，现在可能把车子存放在garage里，暑假后再回来用。

Job事，此间已完全谈妥，薪水是八千元，工作十一个月，每三四个月交出一篇paper（有关中共的文艺、语言之类），事情可以说是很轻松。但我近日一点也不快乐或兴奋，盖护照仍成问题。问题当然已经简单化，如又要找事情又要为护照而钻营或奋斗，那是我一定没有精神来对付的。现在侥幸不费吹灰之力，已把这里的事情弄妥，剩下的只是护照问题，但这个问题还得碰运气。这个到Seattle去再办，即使台北不通过，我必要时可以找律师打官司（放弃护照）。好在我已有employment，已有sponsor，打起官司来较为理直气壮。但麻烦仍很多，想起来有点头痛。无论如何，今年是不回台湾的了。回台湾，变了〔成〕对这里的Center for Chinese Studies失信；不回台湾，当然是对台湾失信。要失信，还是继续对台湾失信吧。

行李packing比较简单，大部分的书与冬季衣服等，都拟存放在陈世骧家。随身带些简单的行李，也许就飞回Seattle去了。

Stanford仍拟去几天，如无那边的材料，我在Seattle恐写不出好文章来。我这里的房子是九号满〔到〕期，我可能在下星期（六、七）连去三天，也许七日或八日搬去Palo Alto住几天。Seattle的工作何日开始尚未定，但我很想能早一点去（虽然在Berkeley也有些应酬要敷衍），盖办理护照亦得花一些时间也。

Seattle仍住老地方，地址你想记得（4125 Apt. 13 12th N.E.？）。信寄C/O Far Eastern Institute转亦可。我大约总要十日以后才离开加州。请你斟酌着寄信可也。（不知道暑假里有没有功〔工〕夫到东部来看你们。）

最近看了 *Masters of the Congo Jungle*[1]，值得郑重推荐。
Potsdam 上映该片时，希望 Caro 1 和 Joyce 都能去一看。Walt Disney
的 *Prairies Desert* 和《北极风光》，你们看了想都很满意。这张
Congo 是比国政府协助摄制的，大约花钱更多，费时更久，成绩比
Disney 的那些 Nature Life 片子更好。黑人常常出现，但并不讨厌，
盖有关 anthropology studies 也。摄影很美，气魄雄伟，充分表现
cinemascope 的长处。

你要写《红楼梦》，甚是好事。希望你仔细把 galley proof 校阅过
后，再写一部中国旧小说研究。如我们能合作，不妨你集中精神写
几部大书（《红楼》、《三国》、《水浒》等），我来写零碎的几章，如唐
传奇、宋人说书、明人短篇、历史小说总论、社会小说（after《儒林
外史》）总论等。此事等到双方定心一点，再详细讨论亦可。

看看俞平伯（《〈红楼梦〉研究》、《〈红楼梦〉随笔》）、林语堂（《论
高鹗》）与赵冈（除了《文学杂志》的一篇以外，还有《自由中国》上几
篇，《大陆杂志》、《民主评论》上各一篇，我希望他能集合成单行本
出版）研究《红楼梦》的文章，对于他们读书的仔细，甚为佩服。我
们大约是不可能这样精心地写考证文章的（材料先不够，赵冈搜集
了不少东西，亏他的！），但是几十年来中国学者对于旧小说的考
证，也没有多少成绩，要做 summary，关于每本书可说的亦不过几
页而已。曹雪芹的传记材料最近发现了不少。赵冈说，脂砚斋（畸
笏叟？）乃曹雪芹的堂兄，此人曾见过曹府的繁华时代，曹雪芹生也
晚，只是凭 hearsay 与想象写他的大观园而已。不论脂砚斋是何人，
我是很不赞成胡适与周汝昌[2]的认为《红楼梦》即是"自传"的极端主

---

1 *Masters of the Congo Jungle*（《刚果丛林之王》，1958），纪录片，亨利·布兰特
   （Henry Brandt）、海因茨·希尔曼（Heinz Sielmann）联合导演，比利时国际科学
   基金（The Belgian International Scientific Foundation）出品。

2 周汝昌（1918–2012），天津人，红学家、学者、诗人、书法家，曾任燕京大学、
   四川大学教员，人民文学出版社编辑，中国艺术研究院研究员等。其红学研究
   代表作《红楼梦新证》力主考证派，是红学史上一部具有开创意义的重要著作，
   此外还著有《曹雪芹传》、《石头记会真》、《红楼梦与中华文化》等。

张的。在周汝昌以后的传记家，倒渐渐要恢复《红楼梦》的小说的面目了。这也许才是"红学"研究的真正的开始。盼多保重，行前当再有信。专此 敬颂

近安

济安

六月五日

Carol 和 Joyce 前都问好，家里想都好。

P. S.

昨日听于斌[3]（Archbishop of Nanking）主教谈话，此人在台北声望可和胡适相比。口才的确不错，谈话内容无非鼓励对反共前途的信心。辅仁大学要在台湾复校，预计十年后将设十二院，学生人数一万二，校舍分布台湾各部，如文学院在台北（附设中国文学、中国哲学、中国史学三研究所，不知哪里去找这么多教授？），工学院在高雄等。他刚从远东返美，在日本去找了 Kishi（岸信介[4]）。他以为 Kishi 一定神情紧张，心绪恶劣，不料见面时发现此公态度悠闲镇定。Kishi 说：这是民主政治存亡的考验，国会多数通过的法案当然是民意，暴民想推翻这个法案就是想根本破坏民主政治，他只有坚持弹压云。日本官方很希望 Ike 不顾一切地去日本访问，日本民间的 spontaneous warm response 声势必可压倒暴民的骚动。

今年暑假在 Moscow 有个 Orientalogists 的会议，UC 去的将有 Levenson、Schulman（教社会学的，听说过没有？）和赵元任。赵元任本来说要去，U-2 事件发生后，不知怎么说又不去了。Levenson 我曾在一处 Colloquium 中听见他读过一篇 paper，报告中国近代学者对于井田制度的看法，无甚新见，可是英文相当漂亮。他英文有点英国口音，后来在一处 party 中碰见他的太太，原来他太太是英

3　于斌（1901–1978），字冠五，号希岳，黑龙江兰西人，1946年任天主教南京总教区总主教，1954年去台湾，1960年任辅仁大学校长。

4　岸信介（1896–1987），日本政治家，1920年毕业于东京帝国大学，历任伪满洲国政府实业部总务司司长、总务厅次长等。

国人。Schulman的太太是中国人，他的作品我没有读过，听他的谈话，好像思想相当左的。UC研究远东问题另一权威叫做Scalapino[5]，是政治教授，年纪相当轻，但佩服他的人很多。他的作品我亦没有读过，只是上次Conlon报告[6]，他是三个起草人之一。

我快要和UC的Oriental Language Dept.告别，不妨把系里的情形约略一谈。系主任Schafer下学年休假，将去欧洲。他是研究唐代文化和各种奇怪鸟兽虫鱼的专家。人是个爽快强干的美国executive样子。老教授Boodberg[7]曾任系主任多年，是俄国流亡来的，至今反苏（如TV上出现K的面孔，他就把TV关掉）。学问据说渊博之至，但是怪论亦多。陈世骧很不赞成他的许多理论，但是一般美国学生都还捧他。他讲演过几次翻译问题，他似乎主张英文翻中文时，要把中文的偏旁（部首）一起翻出来。如"道"应译作lode-（"辶"也）head。"道可道"是Lodehead brook lodehead。"秋"是"禾"、"火"，应译作seretide。结果他的译文可能比中文还难，都是些从各国文字（他恐怕通十几国文字，同Joyce相仿）里杂凑而成的怪字。赵元任在学生之间的声望当然很高，不过他是快要退休的了。赵太太据说脾气特别，关于她的故事很多，总之赵先生大约是个很惧内之人。Oriental Language是个很小的系，中文方面除了三位之外，就是我（or Birch）和陈世骧了。此外还有Carr（教Indonesian文？），Shiveley（日文），Rogers（韩文）等。Irwin似乎不教书，主要工作是图书馆。

5　Scalapino（Robert A. Scalapino，施乐伯，1919–2011），1943–1946年供职于海军情报局（U.S. Naval Intelligence），1948年获得哈佛大学博士学位，美中关系国家委员会（National Committee on United States-China Relations）创始人之一。

6　Conlon报告，指1959年美国参议院外委会委托智囊机构康伦有限公司（Conlon Associates Ltd.）就美国的亚洲政策所提交的研究报告（*United States Foreign Policy: Asia*），其中对华部分由施乐伯执笔，对美国19世纪60年代调整对华政策产生重要影响。

7　Boodberg（Peter A. Boodberg，卜弼德，1903–1972），俄裔美国汉学家，1920年迁居美国，执教加州大学伯克利分校长达40年之久，1963年出任美国东方学会会长。代表作有《古汉语导论》（*Introduction to Classical Chinese*）、《卜弼德文选》（*Selected Works of Peter A. Boodberg*）等。

452. 夏济安致夏志清（1960年6月17日）

志清弟：

又是多日未接来信，甚念。我于昨日（6/15）飞来西雅图，当晚在旅馆住宿。今日已迁返旧屋，居然感触很多。最显著的两点是：此间公寓之旧而脏——我在Berkeley的cottage是新房子，每星期有maid来打扫，窗明几净，倒也习惯了。再则，忽然有寂寞之感。这是好的，人应该有机会静下来，体会一下寂寞。其实我在Seattle朋友很多，只是尚未正式和他们恢复联络而已。Berkeley有一家广东小馆子，叫做Yee's，那边成了我们的club，我老在那边吃饭，吃饭就遇见很多人，高谈阔论，这种盛况，这里是不可复得的了。我觉得Seattle的环境倒可以做些研究工作出来的。Berkeley的distractions太多。

Olds存在一家garage里，每月现金十元。明天（星期五）预备去租一部车子开着玩，已定〔订〕好一部Rambler American，开一个周末，十块钱。

今天已去找过一位律师，谈过护照问题。我在Berkeley的职位已无问题，只是护照要到台北去延长，恐不能获准，我向那位律师提起由一congressman提出special bill的问题，该律师也想这么办。情形如何，下星期听回音。既有sponsor，special bill提出来，比较理直气壮。（办妥了，八九月之间亦许到纽约来看望你们。）

这里暑期学校两个月，送我两千块钱，我真觉得有点受之有愧。非得好好做些成绩来不可。我去Stanford住了两晚，翻得很勤，没有什么了不起的发现。可谈者约略如下：

1.《倪焕之，谁换之？》，作者唐文冰[1]，发表在《今日世界》1954年1月1日那期，总号为44，你书Proof Reading时可添入。

2. 沈鹏年《鲁迅研究资料编目》(1958)美国只此一本，此书亦该列入你的bibliography。内容是丰富得很（约四五百页），我抄下来很多。如鲁迅书简在(19)49（年）以后，还发现很多封，以收信人计之，至少有六七十人，每人少则一封，多则十几封，这些材料很是名贵，可惜没有编印出来，我们看不到了。冯雪峰不得势，中共当局大约不会再把和它的文艺政策抵触的鲁迅文献印行出来（鲁迅日记之照相印出来，大约冯雪峰的功劳很大）。《编目》的确下了苦工〔功〕，那是看得出来的，但有两点我在《编目》中还找不出线索。(1)鲁迅常自叹被人攻击不做事情：谁攻击他的？发表过没有？我只见一条《文艺新闻》（左联外围刊物）中的题目"鲁迅伏处牖下一事无成"，未见内容，不敢说一定是反对鲁迅的。《文艺新闻》是楼适夷[2]做No. 2编辑，No. 1可能是侍桁，他后来"变节"，共方不欲再谈起他的名字。但侍桁在32、33之前应该还是鲁门的一员大将。(2)胡风说丘东平曾于批评鲁迅的一封公开信上署名，这封信在哪里发表的，《编目》中亦遍找无着。《编目》很想湮没某些人的名字，如《文艺新闻》只说是楼适夷等编，这个"等"是谁？但据楼适夷自己的回忆（收入于张静庐），明明另外有一个人是主编，此人的名字他（楼）亦不愿说出来。又如《萌芽》，王哲甫的文学史中说是鲁迅、冯雪峰编，在《编目》中就成了鲁迅等编了。

1　不详。

2　楼适夷(1905–2001)，原名楼锡春，浙江余姚人，作家、翻译家、编辑，曾参与《前哨》、《新华日报》、《抗战文艺》、《文艺阵地》、《作家》等报刊的编辑工作。1949年后任人民文学出版社副社长兼副总编辑、作家出版社总编辑等职。代表作有《挣扎》、《病与梦》、《第三时期》等，译作有《在人间》、《天平之甍》等。

3. 根据张静庐和沈鹏年，左联的刊物一共有些什么，我们大约已十知八九。那些刊物，Hoover 搜集得甚不完备。最名贵的有《前哨》一本（原仅出一本），《拓荒者》两期（pre-左联时代），周起应的《文学月报》六期（一卷），还有徐懋庸的《文学界》等。《萌芽》、《北斗》等全缺。《光明》半月刊（洪深、沈起予编）一卷七期（1936）有鲁迅致何家槐[3]信一封，说明不加入"文艺界协会"之缘故，该信《书简》未收。Hoover 有《光明》，可是缺一卷七期。

要是有系统地研究左联时期的文学，Hoover 所藏，甚是不够也。

行前送上一大叠 *Playboy*，希哂纳。这个杂志据说男人是要瞒着太太看的，希望 Carol 不介意。我先发现这杂志是在去年十月，甚为激动，因此还到旧书店去补了些 back issues。现在连看几个月，觉得刺激性很少，裸体美人，今年所挑选的几位都很美，但是多看了，似乎差不多，亦不过翻翻而已。你平常大约不看这类的东西，忽然一大包送来了，"百美俱陈"，或者可以使你耳目一新。里面的文章似乎还不差。你要看消闲读物，这种东西大约最好。*Playboy* 里是另外一种世界，是我们以及该杂志的大多数读者只能梦想不能亲身体会的。

七月里台湾要来二十几位老前辈，开中美文化交流会。人选有胡适、钱思亮、刘崇鋐、毛子水[4]、沈刚伯、罗家伦等。我很怕看见他们，他们如问起我回台湾的事情，我既不便撒谎，又不便据实告诉。情形如何，到那时再说。

台湾总算情形还安定。日本近来闹得太不像话，美国人看来也许很奇怪，其实这只是 1949 年前中国左派学生闹事的翻版而已。美

3　何家槐（1911–1969），笔名永修、先河等，浙江义乌人，左翼作家，1932 年加入"左联"，代表作有《暖昧》、《寒夜集》、《竹布衫》等。

4　毛子水（1893–1988），名准，字子水，浙江江山人，历史学家，早年留学德国，回国后历任北京大学、西南联大教授，1949 年后任台湾大学教授。代表作有《毛子水全集》等。

国人虽近年花大量金钱，研究近代中国，但是从历史上得到什么教
训，很是难说。那些scholars勤于搜集材料，但是智慧是不够的。
周策纵[5]的《五四》，看 *N. Y. Times* 的书评介绍，似乎毫无新见，而
美国书评家还说它有新见，不亦怪哉。中国大陆已沦陷，日本的大
乱，恐怕难免，朝鲜亦站不直了。这种变乱的因果，似乎历史家还
没有好好地写文章指出来，美国人的远东政策只好还是摸索。再
谈，希望不久看到来信。专颂

近安

Carol 和 Joyce 前都问好，家里想亦都好。

济安 上

六月十七日

5　周策纵（1916–2007），湖南祁阳人，历史学家、红学家，美国密歇根大学博士，
　　威斯康星大学东方语言和历史系终身教授，代表作有《五四运动：现代中国的思
　　想革命》(*The May Fourth Movement: Intellectual Revolution in Modern China*)、《红
　　楼梦案》等。

453. 夏志清致夏济安（1960 年 6 月 20–21 日）

济安哥：

六月三日信收到后，我们正在准备动身去 New Haven 参加陈文星（的）婚礼，没有空写复信。我们在 New Haven、纽约玩了一星期，回来不久就收到你在 Berkeley 临行前寄出的 insurance policy，这几天你重住 Seattle 旧地，想已把 apartment 布置得很舒齐了，中文系、英文系的朋友想也见到了。我们不大旅行，这次旅行，情形很好，大家很高兴。祇是六月十五（星期二）开车返 Potsdam 那天，Carol 想已很累，caught a cold，返 Potsdam 后 Joyce 也受了风寒而咳嗽，但毛病极轻微，不影响食欲，天气转暖后，咳嗽也想必停止了。望勿念。

我们六月九日出发，当晚留宿在 Duncan Hotel（在 Chapel Street，Normandy Restaurant 对过，你想记得），翌晨我去见了 Yale 的 editor，David Horne，Yale Press 数月前搬到 York Street 的新屋子（即 China Trading Co. 左边的 bakery），式样很不差，同时去 Art Gallery 参观了一下 Yale Alumni 的画展（见 *Time*）。Yale collection 很多，精品不少，Rembrandt 即有了三张，impressionists 大抵每个大家都有好几幅，以前教科书上常见到的 A. Pope 肖像（戴黑帽，穿黑衣），想不到是 Wilmarth Lewis[1] 所藏的。Lewis 是十八世纪专家，

---

1 Wilmarth Lewis（W. 刘易斯，1895–1979），美国藏书家，对 18 世纪英国文化，尤其是霍勒斯·沃波尔（Horace Walpole）感兴趣，与妻子 Annie Lewis 一起将搜集到的大量书籍、手稿、绘画等捐赠给耶鲁大学，建立了刘易斯—沃波尔图书馆（Lewis Walpole Library）。

专弄 Walpole[2]，家里有钱，所以十八世纪的书籍图画搜集得也很多。他住在 New Haven 郊外，据说房子完全是模仿 Walpole 的 castle 的。那天晚上在陈文星（的）apartment 吃饭，新娘 Ellen Chang[3] 嘴阔一些，脸扁一些，但态度举止都很文静，没有染上纽约中国小姐的俗气，所以相貌身段看来都很不差，陈文星讨到这样一位太太，也算他（有）福气，数年的努力也不是不〔白〕费掉的。翌晨在天主教堂结婚，于斌主教从西岸赶来 officiate，穿黄袍，戴黄帽，相当 regal。Nuptial mass 要花半个钟点，和新教婚礼的简便不同。随后到 Albertus College[4] 吃午餐。出席者有钱穆，他人很矮小，精神很饱满，不会讲英文，所以不大说话。他在 Yale 已住了一阵，毕业典礼时，听说他拿到一个 honorary degree（他在 Yale 演讲，都是由李田意翻译的）。丁乃通夫妇本来也要来参加婚礼，最后打长途电话给文星，说在讲台上跌了一跤跌伤了，所以不能启行。丁乃通近年来运道不好，现在仍在 Texas 边境教墨西哥种的学生。Yale 有办法的人也不少：夏道泰已去 Library of Congress 做事了，管什么东方法律科，是薪高责任轻的 job。陈文星的 apartment 就是夏道泰让给他的，在 Park Street。柳无忌下半年去 U. of Pittsburgh，任 director of Chinese Studies。李田意和 Pittsburgh 的 James Liu[5] 很要好，想必是李田意帮忙的。James Liu 自己将去 Stanford，replacing Arthur Wright。

2　Walpole（霍勒斯·沃波尔，1717–1797），英国作家，辉格党领袖罗伯特·沃波尔（Robert Walpole）的四子，其代表作《奥特朗托堡》(The Castle of Otranto) 被认为是哥特式小说的渊薮。

3　Ellen Chang，张婉莘的英文名字，夏济安的学生，台大外文系毕业，1966 年获福坦莫大学 (Fordham University，1841 年创校的天主教大学) 哲学博士学位。曾任教于纽约圣约翰大学，现已退休，迁居波士顿。代表作有《中国道教中自然的概念》等。

4　Albertus College，阿尔伯特学院 (Albertus Magnus College) 是一所私立的天主教文理学院，创立于 1925 年，紧邻耶鲁大学，陈文星当时在该校任教。

5　James Liu (刘子健，1919–1993)，宋史专家，祖籍贵州，就读于清华大学、燕京大学，1950 年获美国匹兹堡大学博士学位。1960 年任教于斯坦福大学，1965 年转往普林斯顿大学任教，直至退休。代表作有《宋代中国的变法》等。

当天下午，陈文星夫妇去蜜月，我们搬进了他的 apartment。同时和 Janet Brown（她也参加婚礼的）、Harry Nettleton 夫妇、Norman Aubrey（你大约没有见过他）相叙，晚上在 Weathervane 吃了一顿。星期日休息了一天，吃饭是和邬劲旅[6]在远东吃的。星期一去纽约，参观了 Bronx 动物园，使 Joyce 很高兴（她在 New Haven Peabody Museum 看到了 dinosaur 的骨骼），当晚住在 King's Crown Hotel，即是我们去年住过一晚的 hotel。吃饭与翌日午餐都在 Shanghai Café 吃的，下午去 Chinatown 买了些东西。星期三下午动身。当晚赶到 Potsdam。

New Haven mayor Richard Lee 做事很有魄力，旧房子拆掉了不少，连 Loew's Poli Theater 也拆掉了。Poli 对面一条街的房子全部 torn down，downtown area 显得很宽畅〔敞〕。Prospect Street 新 apartment 房子也多了不少幢。我在 Yale、哥伦比亚看了些书，并借了郭沫若《批判》、茅盾《四十年的文学道路》、杨燕南[7]《中共对胡风的斗争》、*The Case of Hu Feng* 四本书返 Potsdam。杨燕南也 quote from《鲁迅书简》，他说"三郎"是萧军，此外没有什么未看到的研究中国现代文学的新书。Yale Press 把我的书 Proof Reading Schedule 已定出，六月底到七月中看 galley proof，九月初几天看 page proof，同时要把 index 编好，时间很局促。书的页数约五〇〇，定价 $8.50，也可算是相当有分量的书了。第一版印二千册，书价十分之一归我所有，书全部卖完，可有一千六百元的收入，如有二版三版，也可多些外快进账。（我今夏在校教 summer school，六个星期，必异常忙碌。）

你建议我们合作写一部中国旧小说研究，这个计划很好。你把

---

6   邬劲旅（King-lui Wu，1918–2002），学者、建筑师，曾师从哈佛大学现代建筑开山大师格罗皮乌斯（Walter Gropius）教授，毕业后长期任教于耶鲁大学建筑系，开设"日光与建筑"、"中国园林艺术"等课程，培养了一大批优秀学生，包括华盛顿越战墙设计者林璎（Maya Lin）。

7   杨燕南，不详。

中国旧小说已看得差不多了，有空就可以写。我对那几部大书，没有什么研究，其他短篇小说根本没有看过，写起来比较慢，但把几本小说细读一番后，心得是一定会有的。你自己教了一学期小说，对那几部名著，心得一定很多，不把它们organize了写下来，是件很可惜的事。所以我觉得你尽可先写文章，在杂志上发表，同时我自己也动手研究，如果在时间上我赶不上，你先单独出书，也无不可。你以为如何？（去New Haven前，读了*Huckleberry Finn*。）

你下学年job事已谈妥，甚好，薪水和工作条件都很优越。以前 Berkeley 寄来的几本 Miss Li Chi[8]的*Monographs*，想就是她在research center 工作的成绩。她所研究的尽是些 Communist terminology 和最近时行的 phrases，这种东西写好后，对中文程度不好的外国学生是很有益的，但对中国学者讲来，是毫无用处的。所以我劝你预定一个计划，好好研究些有关痛痒的问题，否则每三四月交出一篇无聊的paper，也太呆板了。你去Stanford研究想很有些结果，最近Harriet Mills给我信，她暑期要去Harvard做研究，把论文写完，下学年她去Cornell教书，所以我劝你月内即把那篇鲁迅论文交出，趁早在*Journal of Asian Studies*刊载了，先声夺人。Mills的论文发表与否，也不容你关心了。我想Mills虽然研究了鲁迅数年，成绩也不会比Schultz的高明多少，因为她文学修养有限，看不到中国现代文学全景也。

汽车想已安放在garage内，护照延期事已开始办理否？Carol好久不写信，这次长途旅行，她可写的事一定很多，所以一两天内她要寄你一封信，我也不多写了。张琨处代问好，专颂

8　Li Chi，即李祁（1903–?），湖南长沙人，毕业于牛津大学，曾任加州大学伯克利分校中国研究中心研究员、加拿大UBC大学教授等职。当时正在陈世骧负责的"最新中文语言专案"（Current Chinese Language Project）中编写《中国共产党术语研究》（*Studies in Chinese Communist Terminology*），先后撰写了六本相关研究小册子。

暑安

弟 志清 上

六月二〇、二十一日

〔又及〕昨天见医生，血压已降低至125/90，很正常，望勿念。

父亲来信，托我代买手表、钢笔，送给玉瑛妹。据他说侨属寄东西，可以免税，我去问了陆文渊，他说手表这类东西绝不可以进口，你可在Seattle打听一下，有没有人寄包裹到大陆的。

454. 夏志清致夏济安（1960年6月23日）

济安哥：

抵达 Seattle 后寄出的那封信已收到，《倪焕之》的 reference 代我找到十分感谢。

明日我们又要长征去 Buffalo 参加 Liz Sing 的婚礼。 Liz Sing 是去年这里毕业的学生，她的 groom 是 David Wu，他的父亲是香港 textile industry 的大亨。

河上肇[1]英译名 Kawakami（河上？）Hajime（肇？）大约是不错的，但不知那〔哪〕一个字是姓，那〔哪〕一个字是名，请指示。又郭沫若曾译过一本 Turgenev 的小说叫《新时代》，Schyns 以为此书为 *Virgin Soil*, 不知确否？沈雁冰编《小说月报》，大约到1923年就不干了，请把阿英《大系・史料索引》一查，因为明天又要动身，不便多写，草草，专颂

大安

弟 志清 上

六月二十三日

1　河上肇（1879–1946），日本经济学家、社会评论家，马克思主义者，代表作有《贫乏物语》、《唯物史观研究》、《经济学大纲》和《〈资本论〉入门》等。

455. 夏志清致夏济安（1960 年 6 月 29 日）

济安哥：

上星期Carol和我寄出的两封信，想都已看到。我们去Buffalo，在motel住了两晚，星期日返Potsdam。顺便把Niagara Falls的风景也领略了一下。Niagara Falls可看的地区不大，游人很多，不知为什么成了蜜月圣〔胜〕地，新婚夫妇在那里得不到多少 privacy。大瀑布附近老式旅馆很多，饭菜也似较别处便宜。Niagara Falls 城本身工厂很多，一点也不attractive。几个瀑布，都很壮观，但我们走马看花，也并不能好好欣赏。

你已请了律师，代办在美国长期居住问题，很好。希望能顺利找到一congressman来sponsor你，那就没有问题了。台湾方面，当然应该继续negotiate，能够把护照延长了，也可有更多的时间，把permanent residence的资格争取到。在美国住久了，你自己觉得对不住台大的guilt feelings想也冲淡了。下月到Seattle的二十几位老前辈，他们做人也是相当现实的，不会逼着你重返台大的。况且，你在美国工作可以更有成绩，这点连钱校长也不可能否认的。（这一期《文学杂志》还没有收到，不知侯健在编辑方面有没有碰到困难？）

一大叠Playboy已收到，很为感谢。那天从Buffalo回来，看了一晚上，真是如你所说，"百美俱陈"，看不胜看，在Austin时，吃了午饭没有事，也曾把Playboy在市区drugstore经常翻阅。来

Potsdam后，不大走动，已好久没有机会看它了。*Playboy*的特点是增加human interest，在介绍每期playmate前，把她的姓名、生活情形一起报道一下，好像使你真正认识了一个人，在照相杂志上的裸体美人，无姓无名，总给人cold的印象。许多playmates中，我最欣赏Ellen Stratton[1]（legal tender），该杂志读者也一致拥护她，所以她的照片在三期不同issue上登载，使我很高兴。Ellen嘴角带微笑，天真无邪，而且乳部极美，是很难得的。美国一部分人喜欢"大哺乳动物"，其实乳房太大了，不容易持久firm，结果可能令人厌恶。Monroe、Jayne Mansfield[2]都已pass了她们的peak，而且她们坚持不戴奶罩，近两年的figure实在并不美观（J. Mansfield在London拍片的三张照片，比起她前面三年的照片来，已不能同日而语）。法国女明星在银幕上裸体的情形，相当shocking，但看多了裸体美人，观众也就看厌了，专靠性感吸引观众，总不是电影的正路。我看*Les Liaison Dangerous*[3]和意大利的*The Sweet Life*[4]两片在处理sex方面，已reach了超前的frankness，在这方面再有新发展，已不大有可能（除非是学Beatniks，摄《春宫》电影，文见*Playboy*）。*Playboy*中的小说，我还没有看，Herbert Gold[5]之类倒也是有名的新作家。

---

1 Ellen Stratton（爱伦·斯特拉顿，1939–），美国模特，是《花花公子》杂志1959年12月月度玩伴女郎和1960年年度玩伴女郎。

2 Jayne Mansfield（简·曼斯菲尔德，1933–1967），美国女演员，早期《花花公子》女郎，以性感著称，20世纪50至60年代初风靡一时。代表作有《成功之道》（*Will Success Spoil Rock Hunter?*, 1957）、《春风得意》（*The Girl Can't Help It*, 1956）等。

3 *Les Liaisons dangereuses*（法国电影《危险关系》，1959），爱情片，罗杰·瓦迪姆（Roger Vadim）导演，让娜·莫罗（Jeanne Moreau）、让·路易·特兰蒂尼昂（Jean-Louis Trintignant）主演，法国Les Films Marceau-Cocinor出品。

4 *The Sweet Life*（《甜蜜的生活》，1960），剧情片，费德里科·费里尼导演，马塞洛·马斯楚安尼（Marcello Mastroianni）、安妮塔·艾克伯格（Anita Ekberg）主演，意大利Riama Film 公司出品。

5 Herbert Gold（赫伯特·古德，1924–），美国小说家，毕业于哥伦比亚大学，长期游历法国和海地，后定居旧金山，代表作有《一个英雄的诞生》（*Birth of a Hero*）、《乐观主义者》（*The Optimist*）等。

赵冈的文章，他已大部分寄给我，他的考证本领，实在令人佩服，他同时赶写Ph.D.论文，能够抽出时间做这方面的研究，更使我吃惊。他几篇文章上重复之处虽然很多，但把周汝昌的许多论证驳得一钱不值，很使人感到痛快。"脂砚斋"是史湘云的假设，实在是很不通的，赵冈的theory比较plausible得多。可惜赵冈弄的是中国东西，假如他能把英国大作家做同样的研究，有同样的发现，我想他被聘牛津、剑桥去做教授，也可当之无愧。在中国杂志上写文章，一般人indifferent而无辨别能力，不易得到reception和物质上的reward。

你去Stanford，查到了几条东西，虽然material不太多，也花了你的心力了。希望你把part II revise后，赶快发表。研究1920s、30s的中国文学，我看在杂志方面，还是以哥伦比亚搜集得最完备，虽然左联的刊物并不多。Columbia有全套《小说月报》、《文学》，朱光潜的《文学杂志》、《文学季刊》、《文学月刊》、《新月》、《现代》、《学衡》、《创造学刊》、《文艺复兴》(postwar)等，可惜我经济能力不敷，以前不能在哥伦比亚附近住一阵。《小说月报》、《文学》bound volumes太重，不能全部借出，没有好好把它们翻一遍。比较下来，哈佛的collection（根据Bibliographical guide）就没有这样完整，两岸诸大学也比较差一点。Yale最近中共出版的书买得很齐（这次回去，周作人的两本讲鲁迅的书也有了），1949（年）以前的书报，少得可怜。沈鹏年的书，出版地点想是北京[6]。

韩侍桁的文章我看过几篇，他经常在《语丝》投稿，鲁迅被围攻后，他也是骂革命文学的一位要员。他在《现代》上也发表了不少文艺批评，论点很中肯公允，后来不知怎的，他费劲去翻译George Brandes[7]的"文学史？"，1935、1936年就不大见到他的文章了。

6　沈鹏年的《鲁迅研究资料编目》，1958年由上海文艺出版社出版，而非在北京出版。夏志清当年看不到书，故猜测有误。

7　George Brandes（勃兰兑斯，1842–1927），丹麦文学批评家、文学史家，对19世纪70年代至20世纪初的欧洲文坛产生重大影响，代表作是六卷本的《十九世纪文学主潮》(*Main Currents in the Literature of the Nineteenth Century*)。

五四以来 critics 不多，他可算是较 competent 的一个。

这两天内 Galley Proofs 即将寄来，心神不定，不能好好把《红楼梦》重读，只是想些书稿上可能有问题的小节目。周策纵的那本书，本来不想买，我给学校 order 的一本还没有寄到，今天自己也去 order 了一本，可能有些材料，是对我有用的。周策纵在《自由中国》上写的新诗，实在不像东西，学问是很不够的。他的《五四》是密大的论文，马逢华以前也讲起过他。研究东方文学的学者，我看 Earl Miner[8]（Los Angeles）的西方学问还算不错，陈世骧的英文文章我一直没有看到，不知他在什么杂志上发表的。Achilles Fang 捧 Pound，也走了斜路。Yi-tsi Mei Feuerwerker（梅仪慈）最近在一本 *The Oriental Classics?* 的 symposium 上有一篇 "The Chinese Novel" 不知你已见到否？她是梅光迪的女儿，我曾见过一面，相貌很文静，她的那篇文章恐怕也无多大道理。

附上父亲的信，上海物品供给，一年不如一年，父亲已开始向陆文渊处去求买罐头食品了。父亲在给我的信上说，六月份起侨胞汇款至国内，受款人享受优待（上月开始，家里生活可以改善）。以人民币一百元为例，可得糖二斤、油二斤、鱼二斤、猪肉二斤，普通人每月恐怕祇能配给到几两猪肉。以前父亲经常寄 powder milk、维他命丸给玉瑛妹，现在也办不到了。中共物资这样恐慌，美国还当它强国对待，实在好笑。侨胞寄东西到大陆，可以不抽税，想是真情，不知你已打听到确讯否？玉瑛妹暑期返沪，很想看到礼物，我想先寄（航空）一枝〔支〕51 号笔去，61 号可能太 fancy。Carol、Joyce 身体皆好，即请

　　近安

8　Earl Miner（孟尔康，1927–2004），美国普林斯顿大学教授，曾任加州大学洛杉矶分校教授，主要研究日本文学、英国文学和比较诗学。代表作有《德莱顿的诗歌》(*Dryden's Poetry*)、《日本宫廷诗导论》(*An Introduction to Japanese Court Poetry*)、《比较诗学》(*Comparative Poetics: An Intercultural Essay on Theories of Literature*) 等。

弟 志清 上

六月29日

　　〔又及〕来Potsdam路费太贵，我看还是明年夏季我们到西部
来看你较好。Potsdam太dull，我们来东部，有你招待，可以好好
vacation一下。

456. 夏济安致夏志清（1960 年 7 月 3 日）

志清弟：

　　好几封信都收到，要说的话很多，先从家里说起吧。在加州可以看到很多种中文报，《人民日报》大约隔一个星期即寄到Berkeley来了（真正航空寄，而不via Hong Kong的）。加州中国人多，大家特别关心中国。程靖宇来信说过香港的华人有寄几两花生米、一包挂面（粉面）回国内去的；马逢华说花生确已绝迹，所出产的统统出国去换外汇了，他是有figures为证的。大约两个月之前，我看见某报上说，凡是海外寄返国的食物小包，统统要交给公社去"共产"。这样海外有亲友的人也无法享用那些寄来的粗陋的"珍品"了。上海市内尚未普遍实行公社，但是统制一步一步地紧，换言之，即物资日益集中到政府手里去，老百姓当然日益吃苦。将来陆文渊那里的罐头食品都不容易寄到父亲那里去了。寄去了可能要充公。关于玉瑛妹钢笔、手表的事，我不知道父亲为什么要出这个主意。为了玉瑛妹快乐起见，我劝你暂时不要买，51型在东南亚各地（即使台湾）都当宝贝看的，在国内更是了不起的宝货。请问玉瑛妹怎么好意思拿出珍贵的东西来使用，在普遍的穷困，加以恶意的嫉妒的环境之中？请想想我们中小学时候，假如有一个同学用派克自来水笔，别人用什么眼光看待他？现在国内的一般穷困已到凄惨状况，而一般人嫉视奢侈心理可以更恶意地发挥。玉瑛妹有了一枝〔支〕好笔或好表，只是无形中得罪很多朋友，原来跟她不睦的人（这种人总是有的），更要大兴问罪之师了。在台湾比较是自由经济的环境下，我都不大愿意穿新西装，因为一般朋友大多是寒酸的，而我是了解人的嫉妒心理的。请听陆文渊的话，如钢笔不能寄，则此议作罢；如能寄，则寄一枝〔支〕21型即可。中共现在亦出自来水笔，如关勒铭（Rockman）等，且大量出口，国内普通人亦许买不起。21型和"国产"水笔在品质与美观上相差不致太远，不致hurt中共的骄傲自大心理。最好是寄几枝〔支〕Scripto（五角左右一支的）的ball point pens回去，丢了不可惜，要是有人眼红，随便送掉亦无所谓。（有了51笔，哪里去买51墨水？）总之，父母亲与玉瑛妹的问题，不单是穷困；若单是穷困，则尽我们弟兄二人之力，总可减轻家人的痛苦的。现在他们是生活在六万万个同样穷困或更加穷苦的人中间，而大部分人因穷困而神经变态了，共干的阴谋陷害与疯狂且不必说。这是我们特别要小心的。你良心太好，目前还是听从陆文渊的劝告为是，他知道得总比我们清楚。我所担心的，是不要因我们的孝心或爱心，反而引起家里的麻烦。在共党下过日子，能够无声无臭〔息〕不受人注意最好，任何方式惹起人注意总是给自己招麻烦的。在mob里面，顶好生活装扮得和别人一样；虽然苦，但可少麻烦。记得我们坐海船到秦皇岛去的那一次吗？我们因为生活稍稍舒服（虽然亦坐damn统舱），且不与那些学生来往，后来才发现那些人对于我们的痛恨了。船上只有几十个学生，但已成为mob了。我对于人生的看法是相当dark的，大陆沦陷，更使我无法对人生乐观。若说中共之得势，是"命该如此"，那反而是乐观的看法，盖注定要来，不免注定要去也。若不承认命定论，说有free will，那么才是大大的悲观了。怎么会有这么多人chose slavery的呢？

关于你书上的问题，拉杂谈来：

1. 河上肇是姓Kawakami，日文河、川等字是Kawa（或变音读作gawa），如芥川为Akutagawa，市河为Ichigawa等。还有大明星早川雪洲[1]，Sessue Hayakawa。

---

[1] 早川雪洲（Sessue Hayakawa，1889–1973），日本千叶县人，电影演员，是最早活跃于欧美电影界的亚洲演员，代表作有《蒙骗》（The Cheat，1915）、《桂河大桥》（The Bridge on the River Kwai，1957）、《艺妓男孩》（The Geisha Boy，1958）等。

2.《小说月报》和《新时代》都忘了查了，很抱歉，这两天放假，五号以后一定去查。UW 的《小说月报》似乎有全份，郭书大约查生活全国总书目就可以了。

3. 傅东华在 1937 年所写的《十年来的中国文学》看见过没有？那是收在商务在 1937 年所出的《十年来的中国》，很厚的一册书，编排装订印刷如冯友兰的《中国哲学史》。扉页题字者为陈立夫，写编辑后记的是樊仲云[2]（提倡"中国本位文化"的十教授之一，后在"汪伪"处做事，当时是上海某大学教授，大约和 CC 有关）。这本书是七七抗战之前，蒋介石黄金时代十年治迹的记录，各篇作者都是国民党有关之人，除了傅的这篇。大约书去送印时，尚未打仗，书出版时，就碰上八一三了。傅东华这篇写得很好（各方面都写到），对于创造社和左联，评得严厉公正；他说标榜主义的人，不如埋头创作的人，前者往往叫嚣一阵，而没有作品产生的。他认为中国新文学的主流是周作人"人的文学"——文学研究会（茅盾、老舍、叶绍钧等）——和生活书店的"文学"。他主张现实主义，赞美反映现实而不硬凑主义公式的作品。对于"民族主义文艺"的批评很得当（不妨引入你的书里面），他认为民族主义亦是和创造社一样的热情浪漫叫嚣派。这一句话就可以 dismiss 民族主义文艺了。他不承认他编的《文学》是和左派有关系的，对于提拔的新人有如下之说：

"现在文坛上的后起之秀如艾芜[3]，蔡希陶[4]，征农[5]，何谷天[6]

2　樊仲云（1901–1989），字德一，浙江嵊县人，知名学者。曾任商务印书馆、新生命书局编辑，上海复旦大学、暨南大学、光华大学等校教授，抗战爆发后为汪伪政权服务，历任中央大学校长、国民政府政务参赞等职。著有《中国本位的文化建设宣言》等，主编《社会与教育》、《文化建设》等刊物。

3　艾芜（1904–1992），原名汤道耕，四川新繁人，左翼作家。早年漂泊云南、缅甸、新加坡等地，1932 年加入"左联"，1949 年后任重庆市文化局局长、文联副主席等职。代表作《南行记》、《山野》、《百炼成钢》等。

4　蔡希陶（1911–1981），原名中矩，字侃如，浙江东阳人，植物学家。青年时期热爱文学，发表在《文学》月刊上的短篇小说《蒲公英》曾受到鲁迅的称赞。

5　征农（1904–2008），原名夏正和，笔名夏征农、夏子美，江西新建人，左翼作家。代表作有评论集《野火集》、短篇小说集《结算》等，主编《辞海》等。

6　何谷天（1907–1952），原名何开荣，笔名周文、何谷天等，四川荥经人，左翼作家。在《文学》上发表了成名作《雪地》（1933），其他代表作有《分》、《爱》、《烟苗季》等。1952 年在"三反"运动中受迫害而死。

（周文），臧克家[7]，万迪鹤[8]，吴组湘，盛焕如[9]，刘白羽，陈白尘[10]，蒋牧良[11]，萧军，谢挺宇[12]，王西彦[13]，舒群[14]，端木蕻良，哨吟[15]等等，大半都是由《文学》上发表处女作而成名的。"

周作人后来讥左派文学为"八股传统"（vs.公安竟陵自由传统），他亦引进去了。这篇文章读后，对于傅东华大起尊敬之心。

4.《郭沫若文集》在UW的一套亦缺Vol. 7，缺的是什么？倒引起我的兴趣了。

5.《叶圣陶文集》Vol. 3，是1958 Oct.出版的，已经看到（Vol. 4尚未见，UC是不是有？忘了），内收《倪焕之》及短篇小说十余篇。他说1953（？记不准）那本《倪焕之》，删了八章（？），现在遵朋友之劝，恢复原状，一章不缺。文字到底有无改动，我还没有去对照比较。总之，宋奇那篇文章似乎已经失掉意义。

7　臧克家（1905–2004），山东诸城人，现代诗人。受闻一多影响极大，有诗集《烙印》、《罪恶的黑手》、《臧克家诗选》等，1949年后任《诗刊》主编。

8　万迪鹤（1906–1943），现代作家，早年留学日本，1933年在《文学》上发表处女作《达生篇》。出版小说集《火葬》等。

9　盛焕如，不详。

10　陈白尘（1908–1994），原名陈增鸿，江苏淮阴人，现代剧作家、小说家。代表作有《结婚进行曲》、《升官图》、《岁寒图》等。

11　蒋牧良（1901–1973），原名蒋希仲，湖南涟源人，现代小说家。受张天翼鼓励开始文学创作，处女作《高定祥》（1932）发表于《现代》，受到鲁迅关注。代表作有小说集《十年》、《夜工》等。

12　谢挺宇（1911–2006），原名谢廷玉，浙江武义人，现代作家。曾留学日本，1937年回国参加抗日战争，后加入中国共产党。1949年后在东北从事专业创作，代表作《断线结网》、《雾夜紫灯》等。

13　王西彦（1914–1999），浙江义乌人，现代小说家。1931年在《橄榄月刊》发表处女作《残梦》，代表作有"追寻三部曲"（《古屋》、《神的失落》、《寻梦者》）等。

14　舒群（1913–1989），原名李书堂，黑龙江哈尔滨人，满族，现代小说家，"东北作家群"代表人物之一。在《文学》发表成名作《没有祖国的孩子》（1936），主要作品有《战地》、《老兵》、《秘密的故事》等。

15　哨吟，萧红（1911–1942）的笔名。萧红原名张荣华、张乃莹，黑龙江呼兰区人，现代女作家，"东北作家群"代表人物之一，因特出的文学才华以及坎坷而富有传奇性的一生闻名于世。代表作有《呼兰河传》、《生死场》等。

你这本书主要的是作品的批评，关于史料方面，现在搜集的这点已够。再多搜集，恐怕反而要把书的重点掩没。我现在对于五四以来的社会文化文学史，倒大感兴趣。这方面如好好地研究，可以写一本很生动有趣的书。这种书中共出的，当然是谎话居多；台湾方面好像也不会有人写。香港人写书，大多写出算数，很少有人去 research 的（史彬[16]的《郭沫若批判》已看过，可说毫无 scholarship 可言，主要材料是抄沫若自传的）。如能在美国花多年功〔工〕夫，亦许可以写成。这个时代亦算是我们的时代，如不把它记下来，有许多事实真相，亦许就此要湮没了。最困难的还是材料难找，如 '20s，除几种有名杂志外，次要杂志如《真善美》、《乐群》、《金屋》等，最好亦能觅到。有几个 chapters 不妨先写的，但都很难写，如"胡适"。他人虽健在，但已可"论定"。先说一点：With all his amiability，他的领袖欲还是太强，有时甚至不惜抹煞〔杀〕真理。在 Berkeley 听到两个故事：一、Richard Irwin 不是在研究《水浒传》版本吗？胡博士曾在 Berkeley 讲学几个月，Irwin 去请教他关于《水浒》的问题了。据说胡的答复是："你只要看我的两篇文章好了，问题都已经解决了。"——这不是 Irwin 说的，亦不是陈世骧说的，好像是李祁（Miss Li Chi）说的，但我没有去问〔向〕Irwin 证实。二、这是马逢华说的，赵冈的几篇稿子是统统寄给《自由中国》的，雷震本来说要用，但后来胡博士不赞成，一直把它们压住。赵冈要拿到别处去发表了，雷才替他发表一部分。胡适是赞成周汝昌的。

要写近人传记，非得访问很多人不可（Columbia 大学有美国名人 tape recording library），但这种工作我是怕做的。

有一篇文章可写，写出来大有趣味，即《留法勤工俭学团》是也。可在美国先搜材料，写一部分，再向 Foundation 申请款项，到法国去一年，再搜集材料。（在日本可搜集的材料，当然是太多了。）

16　史彬，《郭沫若批判》（香港亚洲出版社 1954 年版）的作者署名为史剑，是曾任《和平日报》主编的马彬的笔名。

关于左联，我至今没有看见全份会员名单，认为是憾事。即第一天开会的出席名单，也不全的（中共故意 suppress 有些名字）。胡也频[17]和丁玲都不在创办人之列，可能 1930（年）三月他们二人在济南。最近读了沈从文的《记胡也频》和《记丁玲》，里面事实也不全。胡之倾左，沈似乎事前一无所知。丁玲和瞿秋白的弟弟一段，该是很有趣的故事。"上海大学"[18]就是一篇有趣的文章。

左联有多少人被政府捉去而忏悔释放的？韩侍桁恐怕是一个，他曾经把当票从日本寄来，请鲁迅赎当头。田汉可能亦曾忏悔。

在 Hoover 看见一本胜利出版公司的《关于鲁迅》，中有鲁觉吾[19]的一篇，据其人说：他和鲁迅之母是本家，叫鲁迅为"周家大阿官"，又在济南和胡也频（是）同事。此人当有一肚皮的故事，可惜写下来的太少。

我上次那篇文章，至少有两点要改（都是我自己发现的），1. 冯雪峰 1936（年）不是从延安返沪的，那时延安还在国军手中，西安事变后，延安才给共党拿去。2. 徐懋庸答复鲁迅"万言书"的信，措辞亦很毒辣，因为我在 Hoover 翻到那期《今代文艺》了。

日本改造社《大鲁迅全集》有 notes，对鲁迅研究当很有用。书分七本（？），四本是小说、论文、回忆录之类，是由日本专家（如增田涉[20]等）写"解题"的；三本是杂感，都由胡风写"解题"。杂感都

17　胡也频（1903–1931），原名胡崇轩，生于福建福州，现代作家，1930年加入左联，是1931年在上海被捕并秘密杀害的"左联五烈士"之一。代表作有《到莫斯科去》、《光明在我们的前面》、《也频诗选》等。

18　上海大学，1922年由国共两党合作创办，于右任任校长，瞿秋白任教务长，1927年被国民党当局强行关闭。瞿秋白的两个弟弟和丁玲都在"上大"读书。夏济安此处可能是说上海大学的成员复杂，男女恋爱本身就是一篇有趣的文章。

19　鲁觉吾（1900–1966），即鲁荞，浙江绍兴人，鲁迅母系亲戚，知名报人、作家和戏剧家，代表作有《杜鹃啼倦柳华飞》、《自由万岁》、《黄金万两》等。曾任国民党中央图书审查委员会官员和三青团宣传部部长等职，在抗战期间积极支持抗日话剧上演。

20　增田涉（1903–1977），日本岛根县人，毕业于东京帝国大学中国哲学文学科，历任岛根大学、大阪市立大学、关西大学教授。1931年来到上海随鲁迅学习，结下深厚情谊。将《中国小说史略》翻译为日文，在鲁迅去世后参与改造社版《大鲁迅全集》的翻译工作，并一直致力于中国文学研究。

是骂人文章，胡风的 commentary 应该很有兴趣。关于《现代评论》的话，郭沫若在《创造十年续编》中曾经驳过，我看还是胡风说得对，至少胡风是照着鲁迅的意思说的。

关于胡风之死，总算找到一些根据。今年 4 月份香港出的《展望》（西名 Look）（自联出版社 Chih Luen Press 出版）有一篇纪念胡风的文章，文章一开头就说，根据"自联通讯社"消息，胡风业已自杀云。

关于郁达夫之死，香港《文艺生活》（Literary Life —— 司马文森[21]编）1949（年）四月十五（日）那期（总号 No. 43）有金丁[22]（姓汪）的文章一篇，说得很详细。金丁和郁一起在南洋的。（篇目都已忘记，如需用，当去抄来。）

我自己的问题很简单，但也很伤脑筋。找律师做难民，暂时不进行，盖此法太 drastic。只有等钱校长来了，和他磋商延长 2 年之一法。我的口才拙劣，加以理不直气不壮，求起人来更加无话可说。摊牌在即，不知如何对付。虽然平常不去想这个问题，但是隐忧在胸，总是很难排遣的。对于发表鲁迅一文，最近亦不大起劲。如果要回台湾，这种文章发表了对我没有什么好处。我现在的问题不是找不到 job（暂时并不需要靠 paper 来建立我的地位），而是护照 immigration 等，这些不是靠发表文章所能解决的。现在的态度，且看运气如何吧。钱校长如不答应，我是一点办法亦没有的。H. Mills 的论文要出版，对我没有什么关系，我相信我钻掘材料与文章花描的本领，她决赶不上。而且 Ph.D. 论文中不免要充塞很多 platitudes（美国人写中国题目），不像我的处处要寻求引人入胜。周策纵的书我匆匆翻了一下，发现他主要的工作是在记载政治外交罢课罢市等事，对于文化思想方面说话很少，如有，大致没有什么精彩的

---

21 司马文森（1916–1968），福建泉州人，现代作家，1934 年加入左联，在抗日战争和国共内战期间积极参与宣传工作。代表作有长篇小说《雨季》、《南洋淘金记》等。文革期间受迫害去世。

22 汪金丁（1910–1998），笔名金丁，北京人，左翼作家。1932 年加入左联，代表作有小说《孩子们》、《两种人》等。

话。有一点我不知道周策纵写进去没有（别的在美国的学者恐怕亦大多忽略的），即社会manners & morals的记录。这包括public taste（如月份牌）、娱乐（第一家电影院何时建立的？）、交通工具（轿子在上海何时disappear？脚踏车何时始用？）、服装（男女）、风俗（如文明结婚，以鞠躬代磕头，以白纱代红裙）、建筑（拆城墙）等等，这在中国modernization方面是很重要的，即便礼拜六派文艺亦是推动中国人对于时代自觉的一种力量。这些问题似乎还很少人研究，周策纵书里如不包括这些，对于五四as a movement的了解还是不够的。洋人看中国书报大多都很费力，大约是不可能在这方面研究，因为这样一个研究可能要在几千处地方找材料，这在他们是办不到的。我对于历史，大有curiosity，且自信有fresh outlook，如能完成这样一部著作，倒可算是"宏举"。但脑筋虽灵活，而毅力不够，不知何日始能开始之耳。

Carol的信照旧非常生动有趣，这封信已经写得很多了，她的信明后天再回复吧。我在这里三个周末，都去租了一部Rambler American（十元钱一个周末，加七分钱一mile，汽油他们出），开着玩，开车技术在进步中。Rambler American比Oldsmobile灵活，马力充足得很，一发动似乎就要冲出去的样子，这倒是出乎我意料的。第一个周末我开了一百多哩，第二个开了两百多哩。这是个long weekend，不敢上公路，也许就在市区附近玩玩了。

The Apartment[23]精彩得很（小地方处处讨俏），当年刘别谦成绩想亦不过如此。此片如*Love in the Afternoon*，幽默中带温馨；不像*Some Like It Hot*的使人狂笑。附加的*Islands of the Sea*[24]是狄斯

23　*The Apartment*（《桃色公寓》，1960），爱情喜剧，比利·怀尔德导演，杰克·莱蒙、雪莉·麦克雷恩主演，The Mirisch Company出品。
24　*Islands of the Sea*（《海之岛》，1960），纪录短片，Dwight Hauser导演，迪斯尼影业出品。

耐[25]的生物教育片，亦很有趣。中有 Iguana 打架的场面，打架之前两只怪物先互相吐口水，好像顽皮儿童打架一般 —— Joyce 看了且不要学坏样。

父亲的信已拜读，他希望家庭团圆，足见老怀悲怆，看了使人很难过。时代巨劫，我真觉力量之薄弱。回信当于寄 Carol 信中附上。

别的再谈 专颂

精神愉快

济安

七月三日

---

25 狄斯耐，即迪斯尼影业（Walt Disney Productions），美国最知名的电影公司之一，取名自其创始人华特·迪斯尼（Walt Disney，1901–1966），以创造了米老鼠等一系列广受欢迎的卡通形象而享誉全球。

457. 夏志清致夏济安（1960 年 7 月 8 日）

济安哥：

七月三日长信已收到，同时收到父亲的信，托买61型笔和名牌好表。你信上说的理由，都很对，父亲要我们买表和笔，可能是我们大学毕业前后，他也曾给我们表和笔各一种，所以要维持tradition，也未可知。你文笔好，可否写封（信）给父亲，观〔劝〕告他举动的不智，信可直接寄上海（712弄107号Chang Ning Rd），或由我转。我可能下星期买一支21号航邮寄上海，看能不能寄到。

谢谢你给我关于胡风自杀的消息。Associated Press（联通社？）的release美国报章上应该查得到。他的死期是否是你以前信上所说的？《展望》上的那篇文章，有没有署名？有没有给确定的死期？请再查一查。

我去夏《文艺报》（从）1955年正月份那期看起，可是胡风在"文联"、"作协"联席会议上两篇讲辞都没有看到，那两篇东西都载在《文艺报》1954年22号（十二月份）上，Seattle如无《文艺报》，《新华月报》想也可能转载。我所要知道的是两篇发言中的内容和着重点究竟有什么不同。此两篇发言时间是十一月七日、十一日会议上，请你查一查，把内容不同处转告给我。如篇幅不大，托library摄了影寄给我也好。叶绍钧的《未厌居习作》想是散文集，而不是小说集，不知《圣陶文集》上有没有提起？这星期在校对proofs，长信隔两信再写，专颂

研安

弟 志清 上
七月八日

458. 夏志清致夏济安（1960年7月11日）

济安哥：

今天整理notes，抄出了几项东西，希望你替我查一下。U. of W.如有书，找这几个quote（附纸）一定很容易，如没有书，也就算了。《倪焕之，谁换之》一文刊在《今日世界》何年何期，宋奇自己也不记得了，UW如有该杂志，也请查一查。渡边两个字英文怎样译法，远东系日文专家一定很多，一问即知。我为了找quotes的page references，不知花了多少时间，侥幸的是，上次去New York、New Haven，把引书的页数差不多全数找到，缺的祇有这几项，因为书misplaced或遗失了。我把两章已送去打字，其余要修改的地方都是很简短的，不必多费时间。吴相湘想已离（开）Seattle，你也可以定下心来多读书写作了。《台湾文坛》一文写好后，请即寄上。

又，UW如有《文艺报》或《人民文学》，请将本年正月份攻击钱锺书《宋诗选注》的文章粗略一看，并将那两篇重要文章的作者和titles抄给我。我给程靖宇信后，他没有回音。

昨晚看了 *Black Orchid*[1]，Anthony Quinn演技很好，如把关于Quinn、Loren的子女部分去掉，该是一张好片子。

你job方面有消息否？希望早日能把明年的事情安排好。不多写了，即祝

近安

弟 志清 上
七月十一日

1　*Black Orchid*（《黑兰花》，1958），剧情片，马丁·里特导演，索菲亚·罗兰、安东尼·奎恩主演，派拉蒙影业出品。

459. 夏志清致夏济安（1960年7月14日）

济安哥：

这几天读proofs，没有空写长信。Galleys上misprints极少，唯capitalization、punctuation等要求一致，每个chapter精读两遍，也要费不少时间。

胡风的两篇发言已查到否？鲁迅的《药》曾在Snow，*Living China*上载过，我翻译了一段《药》，文字大约是根据Snow而稍加修改的。这段文章在小说的结尾：

The old woman moved a few steps nearer, gave it minute scrutiny, & then…the crow, his head drawn back, perched among the straight boughs as if it were cast in iron.

请你把Snow上相仿的那两段文字抄发〔给〕我，并指明页码（& edition），我的文章如和Snow的译文相差不远，应当在notes中作一个acknowledgement。

近况想好，做些什么研究？周策纵书寄到了，粗翻一翻，该书英文的蹩脚，相当惊人。周君想已五十左右，在Preface上说他曾在郭沫若编的杂志上发表过新诗。Carol、Joyce近况皆好。父亲处的信已写了没有？今天我们先寄了一两件衣服（航邮），看能不能寄到。匆匆 专颂

近安

弟 志清 上
七月14日

460. 夏志清致夏济安（1960 年 7 月 16 日）

济安哥：

有两个小问题，要请你查下书。《创造季刊》创刊号出版日期想是1922（年）5月1日，本来我书上也这样写，去年重翻《大系》钱杏邨《史料索引》，我把这段记载改为"《创造季刊》1922（年）秋季出版"。其他书籍（including 周策纵）都说是5/1出版的，请你把《史料索引》查一查，看它作什么说法。郭沫若的《女神》诗集，我译 Goddess，Achilles Fang 在一篇文章上译它为 Goddesses，周策纵也跟着译 Goddesses，我想他们是译对的。请查查《郭沫若文集》中的《女神的再生》，告诉我郭沫若究竟 invoke 了哪九个女神？

胡风的两篇发言已找到否？请你抄给我大意，希望日内看到来信。近来校对极忙，一直没有好好给你写信。近况想好，专颂

研安

弟 志清 上

七月十六日

Helena Kuo[1] 译过一本老舍的小说，*The Drum Singer*（Harcourt Brace，1952），不知是根据哪一部小说节译的。我没有见到这本书，所以无法揣测。《离婚》、《牛天赐》、《四世同堂》都已有译本了。请你把书查看一下，看它最像哪一部小说。

1　Helena Kuo（郭镜秋，1911–1999），美籍华裔作家、翻译家，是美籍著名画家曾景文（Dong Kingman）的夫人，也是宋奇的亲家。郭镜秋出生于澳门，1937年移居英国，任伦敦《每日邮报》的专栏作家。1939年移民美国，任美国之音和美国新闻社翻译。译有老舍的两部小说《离婚》（*The Quest for Love of Lao Lee*，1948）和《鼓书艺人》（*The Drum Singer*，1952）。老舍曾作七律《赠郭镜秋》，以表谢忱。

461. 夏济安致夏志清（1960 年 7 月 18 日）

志清弟：

上星期忙得不得了，华大举办了"中美学术合作会议"，台北到了二十几位代表，加上美国各地的中美代表，交际应酬极多。开会亦浪费很多时间。美国代表中，Creel 火气最大，认为他是爱护中国文化，而一般 social scientists、linguists 是要杀害中国文化的。最后一天还说，这个会是 Scandalous！Martin Wilbur[1]，是白发和善老者，没有同他讲话。Lindbeck[2]（哈佛）像 Jack Lemmon[3]，但很严肃。中国人之中，杨联陞[4]傻态可掬。刘大中[5]（Cornell 经济）京

1　Martin Wilbur（韦慕庭，1908–1997），美国汉学家，哥伦比亚大学博士，主要研究兴趣为近代中国，尤其是孙中山与国民党崛起的历史，代表作有《孙中山：壮志未酬的爱国者》（*Sun Ya-Sen: Frustrated Patriot*）等。韦慕庭也是 20 世纪 50 年代末开始的哥伦比亚大学中国口述史项目的主要发起者。

2　John Lindbeck（约翰·林德贝克，1915–1971），美国汉学家，耶鲁大学博士，父亲是在华传教士，自幼生活于中国，1959 年受费正清邀请出任哈佛大学费正清中国研究中心（Fairbank Center for China Studies）副主任，1967 年离开哈佛，出任哥伦比亚大学东亚研究所主任，著有《理解中国：美国学术资源评介》（*Understanding China: An Assessment of American Scholarly Resources*，1971）等。

3　Jack Lemmon（杰克·莱蒙，1925–2001），美国演员，一生获奖无数，是历史上第一位集戛纳、柏林、威尼斯三大电影节和奥斯卡金像奖最佳男主角于一身的演员，代表作有《热情如火》、《桃色公寓》、《中国综合症》（*The China Syndrome*，1979）等。

4　杨联陞（1914–1990），字莲生，生于河北清宛，历史学家。20 世纪 40 年代初赴美国留学，获哈佛大学博士学位，后留校任教，主攻中国经济史。代表作有《中国货币与信贷简史》、《中国制度史研究》等。

5　刘大中（1914–1975），生于北平，计量经济学家，康奈尔大学经济学博士，先

戏极好，能唱八大锤中之《陆文龙》、《舞双枪》。袁同礼（Library of Congress）很和善。台北方面出席者有胡适、钱思亮、毛子水、罗家伦、蒋梦麟[6]、刘崇鋐、梁实秋等。我租了部车，供朋友们代步，开了〔来〕开去，现在经验大增，对于开车已经很少有恐惧之感了。原定早日要复父亲及 Carol 的信，均无暇执笔，甚歉，日内补上。

托查的东西都已查到：

（1）沈雁冰停编《小说月报》日期，确如来信所言。（《文艺新闻》是袁殊[7]和楼适夷编的，袁后投"汪伪"，故共方不欲再提起他的名字。）

（2）根据生活《全国总书目》，郭书是 Virgin Soil（郭鼎堂[8]译）。

（3）《未厌居习作》根据 Union Catalogue（Berkeley 的）上说是"小说"。但 1935（年）《中国文艺年鉴》上把它列入"小品"。我想以后者为是。要不要到 UC 去把书借来？

（4）《展望》上的文章叫做《怀念胡风先生》，作者署名"启明"[9]。香港的史诚之（友联）也来开会，我问过他。他说据他所知（最近消息），胡风是"求自杀未遂"，现在还活着。《展望》是司马璐[10]办的，司马璐曾著《斗争十八年》，你想知道。关于此事，我曾

后任职清华大学、国际货币基金组织、康奈尔大学和台湾中研院，在台湾的赋税革新中发挥了重要作用。代表作是《中国大陆的经济：1933–1959》（与叶孔嘉合著）。

6　蒋梦麟（1886–1964），原名梦熊，字兆贤，浙江余姚人，教育家。哥伦比亚大学博士，师从杜威，归国后先后担任北大校长、国民政府教育部部长等教育界要职，代表作有自传《西潮》等。

7　袁殊（1911–1987），原名学易，化名曾达斋，生于上海，新闻记者，情报工作者。活跃于20世纪三四十年代的上海滩，身份极为复杂，游走于中共、中统、军统、汪伪与青帮之间，1949年后受潘汉年案牵连下狱。著有《袁殊文集》。

8　郭鼎堂，郭沫若的笔名。

9　启明，不详。

10　司马璐（1919？–），中共党史专家，早年加入中国共产党并赴延安学习，1941年因政治原因被开除出党，避居香港，后移居美国。拥有大量中共高层早期事迹的一手资料，在香港期间主办杂志《展望》，著有《中共历史的见证——司马璐回忆录》。

查过 *N. Y. Times* 的分类索引，没有找到任何报道。这个也许以前信里没有提起。现在唯一的文字根据，仅《展望》而已。

（5）胡风的两次发言，似没有涉及要点。但周扬的说话（1954）已经对他批驳得很厉害。'55的大 purge，杀机已种于此。我是叫图书馆印 Photostat 的，不知怎么的，馆员没有听清楚我的话，印成了 Microfilm。叫他们改印，恐又要耽搁时间。只好先把 Microfilm 寄上，你想办法去读它吧。（可向图书馆借 viewer。假如早知是 microfilm，我索性就多印几页了。）

（6）*Living China*（John Day, Reynal & Hitchcock, N. Y.，可是我手头这本又说是 Made in Great Britain，Bristol 某印刷所印，出版日期亦没有）p. 39:

> For many years neither of them has seen clearly, & yet now both see these fresh blossoms. They are not many, but they are neatly arranged; they are not very splendid, but they are comely in an orderly way. Hua Ta-ma looks quickly at her son's grave, & at the others, but only here & there are a few scattered blossoms of blue and white that have braved the cold; there are no others of scarlet. She experiences a nameless emptiness of heart, as if in need, but of what she does not wish to know. The other walks nearer, & examines the flowers closely, "What could be the explanation?" she muses. Tears stream from her face, & she cries out:
>
> "Yu, my son! You have been wronged, but you do not forget. Is it that your heart is still full of pain, & you choose this day & this method of telling me?" she gazes
>
> (p. 40):around, but seeing only a black crow brooding in a leafless tree, she continues:"Yu, Yu, my son! It was a trap; you were buried alive! Yet Heaven knows! Rest your eyes in peace but give me a sign. If you are in the grave, if you are listening to me,

cause the crow to fly here & alight on your grave. Let me knows!"

There is no more breeze, & everywhere the dry grass stands erect, like bristles of copper. A faint sound hangs in the air, & vibrates, growing less & less audible, till finally it ceases entirely .Then everything becomes as quiet as death. The two old women stand motionless in the midst of the dry grass, intently watching the crow. Among the straight limbs of the tree, its head drawn in, the crow sits immobile, and as though cast in iron.

怕你久等，先把这封信发出。一、二日内当再有信。你proof-reading 如是之忙，我真想来助你一臂之力，Carol 和 Joyce 前都问好。父亲处的信，下次一并寄上。专此　敬颂
近安

济安　顿首
七月十八日

〔又及〕胡与袁：《文艺报》1954 年第 22 号（Nov. 30，主编冯雪峰，副主编陈企霞[11]、侯金镜[12]。可是该期登了个小启事："本刊本期因故延至十二月九日出版，希读者鉴谅"，当时内部斗争情形还很紧张）周扬文刊，……23、24 号合刊（Dec. 30，编辑者：中国文学艺术界联合会文艺部编辑部）。

Mote[13] 也读过你的原稿，非常赞美。

11　陈企霞(1913–1988)，浙江鄞县人，左翼作家。早年与叶紫一同创立了无名文艺社，1933 年加入左联。1949 年后任《文艺报》副主编、主编，1955 年被打为"丁玲、陈企霞反党集团"，文革后始得平反。主要作品有《狮嘴谷》等。
12　侯金镜(1920–1971)，北京人，文艺评论家，1954 年开始担任《文艺报》副主编，文革期间遭迫害致死。著有《鼓噪集》、《部队文艺新的里程碑》等。
13　Frederick Mote(牟复礼，1922–2005)，美国汉学家，金陵大学历史系毕业，西雅图华盛顿大学博士，普林斯顿大学教授，代表作有《中华帝国，900–1800》(*Imperial China 900–1800*) 等。

462. 夏志清致夏济安（1960 年 7 月 23 日）

济安哥：

七月十八日信及microfilm都已收到，信上所指示的数点及microfilm对我都很有用，我书上把胡风的发言写得过火一点，现在参看原文后（用viewer读文章还是生平第一次），重写了那一段，比较妥切些。Snow所译（当然是请人译的）的《药》，与我的对照，大约"意译"之处较多，英文也不好。鲁迅在杂文集常常提起一本在准备中的"草鞋集"，是由洋人翻译的中国近代小说集，我想就是那本 *Living China*。《倪焕之》既在《圣陶文集》内重印了，请你查一查倪焕之临死前说的那段话的页码（大约是最后一两页）："Aye, so let it to death! Feeble ability & unstable emotions, they are useless, completely useless! One hope after another came within my grasp & then fled; if I had 30 more years to live, it would be still the same!"这段文章是宋奇quote过的，现在有了《文集》，就用不到〔着〕依赖宋奇的那篇文章了。我书中所讨论的小说都全部看过，祇是《倪焕之》看的是abridged edition，《四世同堂》第三部《饥荒》没有看到，甚是遗憾。《饥荒》1950年在上海《小说月刊》开始连载，当于1951年方可载完，但Ida Pruitt的英文节译本 *Yellow Storm* 在美1951年即出版，此事很使我费解。晨光出版公司的单行本不知会不会比《小说月刊》连载的出版日期为早？大陆沦陷前后，不知晨光（赵家璧）有没有搬到香港去，把书在香港出版？I am tempted to 写封信去问问 Ida Pruitt（via her publisher），她究竟用的什么版本。

上星期 printer 度假期，书稿的最后 200 多页还没有看到校样，其中一百页是 notes、bibliography 之类，得花功〔工〕夫细读，免得有错误。有空翻看了周氏《五四运动史》，周氏说胡适在 1916 年夏季开始和朋友们讨论白话文和作白话诗的问题，我记得清楚是 1915（年）夏天，请你把《新文学大系》第一卷的"导言"和第十卷的"逼上梁山"翻看一下，以便 confirm 这个 date。又，周氏说 1915（年）夏季胡适已读完了 Cornell 的大学本科，他的说法一定是对的，请你同时在那两篇文章上查一查（或者翻一翻《留美日记》）。上次信上问及《创造季刊》第一期出版日期，想已查到了。

傅东华那篇文章我没有看到，他的观点和我的相仿。《文学》可能不是左派，但左派写文章的人不免多了些。他所说关于《文学》的那一段大意，我可以放在 note 里面。史诚之既认为胡风仍是活着，《展望》的那段消息我想也不放进书里面去了。

上星期你和中美学术界代表在一起，见到不少人，想玩得很好（加上去年加大的会议，我想你已把美国的中国专家全部看到了）。和钱思亮他们，不知你有没有好好地把护照问题谈一谈，我想你在美国研究情形很理想，钱思亮是不会刁难的。胡适在 *TIME* 照片上好像较在〔前〕消瘦黝黑一些。你上次信上所讲的几段笑话，我想都是真的。胡适的"大胆的假设"，其实也是 dogmatism 的变相。我想中国历代留下的文件这样不全，任何什么假设都可以得到些 plausible 的证据。周汝昌书上下了不少"大胆的假设"，无疑使胡适对他大为佩服了。

前两天买了一支 21 型笔（$5），已航邮寄陆文渊处，由他再转寄上海。笔不值钱，丢掉也无所谓（笔如能收到，再寄一只较可靠的手表）。你前次信上所说关于嫉妒心理的话，都是对的，不知何故，父亲想不开，一定要我们送玉瑛妹笔和表。可能他在上海，除了食品恐慌外，还没有多接触到中共的丑恶面。此事出主意的人是玉富（她告诉父亲侨胞寄东西可以免税），她在中共生活了十年，似应该明白一些道理。

Demo. ticket Kennedy和Johnson[1] 相当坚强，Nixon 可能斗不过他们。而Kennedy上台后，Stevens、Chester Bowles[2]支持外交，free world 的前途更不堪设想。最近Congo事变，白种人受了万种侮辱，使我感慨很多。我看白种人的黄金时代是从十六世纪到十九世纪，那时期人有自信，各方面都有超前发展。第一次大战后，西方开始衰落（想看看Spengler[3]，看他如何分析西方的衰落）。一方面提拔弱小民族，一方面对苏俄抱旁观态度，结果今日野蛮民族抬头，苏俄倡〔猖〕狂，只好算西方人自己掘自己的坟墓。西方的祸源是法国革命，拿破仑下台后，亏得英奥德国保守，把残局收拾得差强人意。第一次大战后理想主义者Wilson重新apply法国大革命的principles，自由、平等、民主，结果世界大乱。那时美国人不加入国际联盟是对的，目前美国靠UN来推行自己的政策，终不是一个办法。不多写了，你开车大有进步，甚慰。希望你自己有功〔工〕夫做研究，心境愉快。Joyce、Carol 皆好，专颂

　　近安

弟 志清 上

七月廿三日

1　Lyndon Baines Johnson（林登·贝恩斯·约翰逊，1908–1973），第36任美国总统（1963–1969），民主党人。他在1960年大选的党内竞争中不敌肯尼迪，转而接受副总统提名，1963年肯尼迪遇刺后继任总统职位并取得连任。

2　Chester Bowles（切斯特·鲍尔斯，1901–1986），美国官员，曾出任美国驻印度、尼泊尔大使等职。1960年大选期间，担任肯尼迪的外交政策顾问，并在胜选后被任命为国务次卿。1961年因对"猪湾事件"（Bay of Pigs Invasion）持反对态度等原因遭到解职，引发了史称"感恩节大屠杀"（Thanksgiving Day Massacre）的官员洗牌。

3　Spengler（斯宾格勒，1880–1936），德国哲学家、文学家，其在一战后写下的名著《西方的没落》（Der Untergang des Abendlandes，1918）影响深远。

463. 夏济安致夏志清（1960 年 7 月 28 日）

志清弟：

来信收到。《倪焕之》（开明战前版）与《小说》（1950）四期（《饥荒》连载，惜未见全豹）均已借到，拟印 Microfilm 寄上惜来不及，返 Seattle 后即办。

我在加大事无问题，但钱校长催我回去，所以要去加大找人商量，拟找律师 fight。在加州约三天耽搁即回。详情函告。专颂

近安

济安

《创造季刊》：郭著《创造十年》中说是 5 月 1 日创刊，阿英[1]的目录上说（是）Autumn。也许那期叫做秋季号吧。"女神"有四个，并无 invocation。胡适事查后再复。

---

1 阿英，即钱杏邨（1900–1977），原名钱德富，安徽芜湖人，作家、文学史家、编辑。早年发起组织"太阳社"、"左联"等文学革命团体，对清末小说有深入研究，代表作有《晚清小说史》、《晚清文艺报刊述略》等。

464. 夏志清致夏济安（1960 年 7 月 30 日）

济安哥：

上次那封信，想已看到，信上所问九个问题，希望日内看到回音。因为 according to schedule，我应当在 8 月 3 日把 galleys 寄还，希望能在那一天前把各种小问题解决。

另有三个小问题：

a.《语丝》何年终刊？我看了川岛[1]那篇文章后（《文艺报》，No.16，August 1956），在 notes 中写了"1929 年终刊"，但在 Bibliography 上，我载的年份是 1924–31，不知哪一个 date 正确，请你查一查。

b. 我书稿正文中，写道，"1921 年创造社出版了三部书：《女神》、《沉沦》和郭译《维特的烦恼》"（这句话是有根据的，不知出什么书），周策纵书上写郭译《维特》1928 年出版，Schyns 书上所载 date 亦是 1928，请你一查。

c.《文艺复兴》一卷五期（June 1946）有一篇《山洪》(or《鸭嘴涝》)的书评，by 余冠英[2]or 俞冠英（我抄书，在两处不同地方，抄了两

---

1 川岛，即章廷谦(1901–1981)，字矛尘，川岛为其笔名。浙江绍兴人，作家、学者。毕业于北京大学，与鲁迅关系密切，后和孙伏园等人发起创办《语丝》，是"语丝文体"的代表人物，出版有散文集《月夜》等。

2 余冠英(1906–1995)，江苏扬州人，古典文学史家。毕业于清华大学，抗战期间

个不同的 Yú 字），Seattle 如有杂志，请一查。余冠英想是写过书
的，请你在 reference works 上查一查他的名字。

一星期来，每晚三时入睡，忙不堪言，你近况想好，专颂
近安

弟 志清 上
七月 30 日

465. 夏志清致夏济安（1960 年 8 月 1 日）

济安哥：

今日接来卡，悉你已去 Berkeley 找人商量，颇为你 worry，希望一切进行顺利。钱先生的话恐怕也是空口说说，算不得准的。假如他来华大，你不在那里，恐怕他不会从台北写信来认真催你的。信到时，想已返 Seattle，希望听到好消息。

《倪焕之》、《饥荒》（both《叶圣陶文集》Vol. III or 战前 edition，give date of Publi.）我没有看到，也是说说而已。Microfilm 靠 viewer 来读，实在不方便，看整本的书，我是不会有这样的耐心的。我所要的仅是上次所抄的那段 quote 的页码而已。galley proofs 这星期寄回，昨天信上所问的问题，祗好在 page proofs 上改了。谢谢你告诉《女神》、《创造季刊》两点。所余问题请早日告我，我可以同 editor 通信，由他代改。匆匆，专颂

一切进行顺利

弟 志清 上
八月一日

466. 夏济安致夏志清（1960 年 8 月 5 日）

志清弟：

几封信都收到。我在旧金山申请延长护照，成否尚不可知。普通护照在领事馆即可延长，我的可是要到台北去的。如护照只在外交部兜一个圈子，只费些时间，亦无所谓；只怕外交部再转教育部再转台大，那么大有碰钉子的可能。我现在不去想这个问题，听天由命。据律师（专家）讲，护照如不能延长，问题变得很困难。必要时，我预备去欧洲玩几个月，再转香港，再也不回台湾去了。

在这里的 research 亦没有什么成绩，乱七八糟的东西是看了不少，最近拟写一篇瞿秋白。他的《饿乡纪程》与《赤都心史》讲的是他内心的追求，这两本东西和他死前的忏悔录《多余的话》之间，似有脉络可通。《多余的话》1936 年于《逸经》发表（该刊主编人是简又文[1]，即大华烈士，研究太平天国的专家，他们是拿该文当作"忠王李秀成供状"来看待的），1958 年香港《展望》又转载。据我看很像是真的，但是很难证明它是真的；即使是真的，亦很难证明没有经过改动。瞿秋白文人气质重，做了共产党很有幻灭之感。如该文是真（的），当是一篇很重要的文献。

1　简又文（1896–1979），字永贞，笔名大华烈士，太平天国史专家。著有《太平天国全史》、《太平天国典制通考》等。

倪焕之之死：

他梦呓似的说：“肠窒扶斯typhus！我就要结果在肠窒扶斯吧？三十五不到的年纪，一点儿事业没成功，这就可以死吗？唉，死吧，死吧！脆弱的能力，浮动的感情，不中用，完全不中用！一个个希望抓到手里，一个个失掉了，再活三十年，还不是那样？同我一样的人，当然也没有一个中用！成功，是不配我们领受的奖品；将来自有与我们全然两样的人，让他们去领受吧！啊，你肠窒扶斯！”（p. 404，《叶圣陶文集》第三卷，1958年10月北京人民文学出版社。Microfilm已送去印，尚未印好。）

根据《创造十年》，郭是于1921年翻译《少年维特》（同年郑伯奇[2]译《卢森堡之一夜》），书是否1921（年）出版，待考。1928年是靠不住的，黄人影[3]（顾凤城，后被指为托派）编《郭沫若论》中收有《读了〈少年维特之烦恼〉以后》，by熊裕芳[4]，该文写作日期为十三年（1924）十月廿八日，发表于上海《时事新报·学灯》。该书至少在1924年前已出版了。

骆宾基《萧红小传》（《文萃》1946–1947连载）中说三郎是萧军在东北时的笔名。你在哥大借到的那本茅盾研究，我在Berkeley时亦约略翻过，其中有一点似有问题。景宋[5]的某书里说"XX先生从日本回来了……"该书说"XX"即是茅盾，但我在上一篇paper里，说XX是胡风，因该XX是很不popular的，不像是茅盾。不知道你有没有注意这一个问题？

《语丝》据阿英说《大系》是1931年停刊，但是他在后面所抄的目录，抄到156期为止（1927年10月），不知何故。大约《新文学

2　郑伯奇（1895–1979），原名郑隆谨，字伯奇，陕西长安人，左翼作家、文学理论家，左联的发起者之一。代表作有《抗争》、《打火机》等。

3　黄人影，即顾凤城（生卒年不详），字仞千，江苏无锡人，左翼作家、文艺理论家、编辑，代表作有《没落的灵魂》、《新兴文学概论》等。

4　熊裕芳，贵州龙里人，生卒年不详。

5　景宋，即许广平。

大系》只编到北伐，北伐以后就不收，那么 1931（年）停刊可能是对的。他又说《语丝》终刊后，北新又出了一种《骆驼草》，"不过那是一九二八年以后的事了"（请看加注）。

《语丝》据 Union Catalogue，Hoover Library 有这么些本：

No. 1–140（Nov. 24–July 1927）

Vol. 4 No. 1–Vol. 5 No. 52 Jane 1928？–March 1930

原注：1924–1927（年）在北京出版，1930（年）停刊（？）

胡适《藏晖室札记》（后来改《留学日记》）明明说是 1915 年和朋友们讨论文学革命的：

> 一九一五 九月十七日，送梅觐庄[6]往哈佛大学诗："新潮之来不可止，文学革命其时矣。"（"文学革命"一辞，恐怕真是胡适第一个用的。）

> 九月十九日，叔永[7]戏赠诗（送胡生往科〔哥〕伦比亚大学）："文学今革命，作歌送胡生。"（胡是 1915. 9. 20 去科〔哥〕大的。）

> 九月廿一日，昨夜车中戏和叔永再赠诗，却寄绮城诸友："诗国革命何自始，要须作诗如作文。"

> 一九一六 七月六日追记（那时胡已在纽约）"在绮色住时，与叔永、杏佛[8]、擘黄[9]三君谈文学改良之法，余力主以白话作文作诗作戏曲小说……"

6　梅觐庄，即梅光迪。

7　叔永，即任鸿隽（1886–1961），生于四川巴县，学者、科学家、教育家。同盟会成员，中国近代科学的奠基人，创办了中国最早的科学刊物《科学》，著有《科学概论》等。

8　杏佛，即杨铨（1893–1933），江西玉山人，经济学家、社会活动家、国民党左派人士，组织发起中国济难会、中国民权保障同盟等民权组织，1933 年遭国民党特务刺杀。

9　擘黄，即唐钺（1891–1987），福建闽侯人，心理学家。美国哈佛大学博士，中国心理学的奠基人，译介了大量西方心理学著作，著有《唐钺文存》、《国故新探》等。

《新文学大系·建设理论集》大约被人借走了，没有看见，但是《留学日记》想更可靠。

关于左联，我仍不断地在搜集材料，但是第一张名单（加盟人）还没有找到。我很想trace各人的活动，包括被捕的人。司马璐《斗争十八年》是香港最近十年来出的最好的一本书，描写共产党给他的痛苦，很深刻。他说他在延安碰见李初梨[10]和徐懋庸。两人都很失意。周扬没有提，但是他说毛泽东"整风运动"是对付陈绍禹[11]的，陈绍禹（王明）后来就打垮。据我猜想，周扬大约曾在整风运动中出过大力气，被毛欣赏了。

此次去加州，我曾开车去Palo Alto（找沈刚伯，台大文学院院长），Frankel夫妇说起一个故事，使我愕然久之。他们说，共产党进城了，地下分子都暴露身份，你猜北大里面共党党龄最高的是谁？是王珉源！他那时已有廿几年的党龄了。我们只注意他和张祥保谈恋爱，谁知还有这一套！现在想想，他似乎太"阴"，但不知他那时有没有操纵学潮。操纵又如何操纵法？小说真难写。

下星期Vancouver有李少春等真正京戏表演，这里很多人要成群而去。我是买了两张票，临时也许要送人。所以不去者，还是想保持反共的身份。他们有了美国公民身份，去去无妨。陈世骧夫妇也将来了同去。钱穆夫妇也将来西雅图，我的票也许就送给他们了。钱穆今年仍旧希望我回新亚去的，我没有答应。到处乱答应，到处失信，以后不能做人了。我当然还希望留在美国，如必要时去香港，暂做freelance也可维持生活。我今日之地位和十年前大不相同：这点地位，在美国是微不足道；在台湾是反成累赘（今后文坛、政坛〔台湾真在组织反对党，叫做"中国民主党"〕、教育界的纠纷，

10　李初梨（1900–1994），四川江津人，文学评论家，后期创造社的主要成员，代表作有《怎样地建设革命文学？》、《请看我们中国的Don Quixote的乱舞》等。

11　陈绍禹（1904–1974），即王明，安徽金寨人，中共早期领导人，与毛泽东在发展道路上存在诸多分歧，在延安整风运动中受到严厉批判。

我都将很难不管了，假如回台湾）；在香港则谋生必不成问题的。电影已好久未看，你太辛苦，盼多保重。专复　敬颂

　　近安

Carol、Joyce 前都问好

济安

八月五日

〔又及〕余冠英近年还在大陆编过《诗经选》、《乐府诗选》等，你讲的人大约就是他了。俞冠英未闻其名。《文艺复兴》Berkeley 有，此间无。

467. 夏志清致夏济安（1960 年 8 月 15 日）

济安哥：

八月五日来信已看到，所指示数点，都十分有用，谢谢。你去旧金山申请延长护照，希望不久有好消息，反正你在Berkeley有job等着你，护照事拖一年半载，也无所谓。我想外交部不会出恶主意，一定逼你返台的，如真有困难，你托朋友、律师和校方帮忙，把时间拖长，最后一定可得到圆满解决。你已抱不再返台的决心，事情好办得多，我想你在美国有job，移民局一定让你好好住下去，台湾方面的说话不一定有多大力量。暂不得已去香港住一阵也是好的，但我想你不会有去香港的必要。

Galley proofs前星期缴出，书中factual errors我想仍是有的，即是周策纵这样努力research的人，他书中仍免不少〔了〕错误，但我自信已把errors减到极少数。可能有问题的有下面三桩小事：一、瞿秋白去江西做文化部长抑教育部长，我书中两处做了不同的记载（根据两种不种〔同〕的sources），最后为求consistency起见，把"教育部长"的头衔除去了，但"文化部长"可能是新名辞〔词〕，瞿的职位可能是教育部长，你在研究瞿秋白，请指示。二、郭沫若抗战初年任National Military Council（？）第三厅厅长，后来任Cultural Work Committee委员长。郭沫若不做第三厅厅长后，第三厅有没有被撤除，抑重新改组？关于这一点情报也不一致，你如有所知，请赐教。三、最近看到袁同礼编的 *China in Western Literature* 那本大书（很有用，自己也去 order 了一本），书中有一项是

Su Hua（凌叔华）*Ancient Melodies*, Introd. by V. Sackville-West [1]-London- Hogarth [2], 1942（？）

不知此书是凌叔华自己译的短篇小说集，抑是英文创作的长篇？ Seattle 图书馆如有此书，请翻看一下，或找 librarian 帮忙查一查。此事不关紧要，但我很 curious 凌叔华在英国究竟写了些什么东西。

1952 年 Harcourt Brace 出过一本老舍的 *Drum Singer*，我不久前曾写信给 Helena Kuo（via Harcourt），问她究竟译的是哪一本小说。今天得到回信，署名 Helena Kuo Kingman 郭镜秋（可能是 artist Dong Kingman [3] 的太太），说这部小说是老舍在纽约写的，中文本从没有出版过。中文题名是《鼓书艺人》（主人翁一家人姓方，title 很有 *Rickshaw Boy* 封面上"洋车夫"三字的气味，不像是真的）。中共统治中国后，老舍曾写过一本 play 叫《方珍珠》，也是描写走江湖的艺人的，我想老舍后来把小说中一部分材料放到剧本里去了。《四世同堂》译者 Ida Pruitt 处我也去了信。

瞿秋白的一生值得研究，你有兴趣写文章把他讨论一下，也是好事。瞿秋白早午是文学研究会会员，不知他和该会关系

1　V. Sackville-West（薇塔·萨克维尔·韦斯特，1892–1962），英国作家、诗人、园艺家。其一生充满传奇色彩，与丈夫哈罗德·乔治·尼克尔森（Sir Harold Nicolson，1886–1968）共同修建了著名的锡辛赫斯特城堡花园（Sissinghurst Castle Garden），拥有多名同性恋人，其中包括小说家弗吉尼亚·伍尔夫，并成为伍尔夫小说《奥兰多》（*Orlando: A Biography*）的灵感来源。代表作有《耗尽的激情》（*All Passion Spent*）、《大地》（*The Land*）、《诗集》（*Collected Poems*）等。

2　London-Hogarth，此处指位于伦敦的霍加斯出版社（Hogarth Press），1917 年由伍尔夫夫妇创立于里士满（Richmond）的家中，该出版社以出版布鲁姆斯伯里文化圈成员的作品以及翻译作品闻名。

3　Dong Kingman（曾景文，1911–2000），美籍华裔艺术家，水彩画大师，郭镜秋的丈夫。一生活跃于绘画、电影和文化交流领域，获奖无数。

深浅如何。我一二月前翻看 Robert C. North[4], *Moscow & Chinese Communists*，书中有一段关于瞿临死的描写，很有趣。North 所述的是根据李昂[5]《红色舞台》的报道。李昂说"长征"开始前，瞿肺病已很严重，所以毛泽东没有把他带走。他临死前，写了一首诗，高唱"International"，枪决时手指间还夹着燃着的香烟。瞿的翻译我都没有看过，他的杂文给人的印象是非常专横，除鲁迅外，他把别的左翼作家都不放在眼里（在《学阀万岁》内，他提倡"大反动文学"，颇有杀人不眨眼的态度），不知你有没有同感。

上星期把应列入 index 的 subjects 按章打了下来（用 adding machine 的纸卷），但没有看到 page proofs 前还不能把 index 好好编排，所以这星期可以比较闲一些。昨晚看了一百多页 H. James 的 *The American*，描写美国纯洁青年（36岁）Christopher Newman，追求法国贵族寡妇，极引人入胜。法国破落贵族家庭规矩之严，颇似中国旧式家庭，其残酷或且过之。James 的早年小说我想都是十分可读的。今天在 office 读在〔了〕头几章《红楼梦》，发现问题很多，即"贾雨村"这个 character 就很 ambiguous。一方面贾雨村代作者说了许多要说的话，一方面他的人格举止不够正派，似不应有做 spokesman 的资格。关于"京都"和"金陵"我想是作者固〔故〕意弄玄虚，实在只好算是一个地方。《红楼梦》中许多 discrepancies 我想是作者故事考虑不周密的结果，不值得大惊小怪地去做考证的。Carol、Joyce 近况皆好。上次台湾要人来后，不知你同他们谈些什么。叶子铭[6]

4 Robert C. North（罗伯特·诺斯，1914–2002），美国纽约州人，第二次世界大战期间在远东服役，战后任斯坦福大学胡佛研究所研究员，获斯坦福大学博士学位，后任政治系教授，直至退休。代表作有《莫斯科与中国共产党》（*Moscow & Chinese Communists*）等。

5 李昂，即朱其华（1907–1945），浙江海宁人，中共早期党员，20世纪30年代脱党返沪，以不同笔名发表作品，代表作有《中国资本主义之发展》、《中国农村经济关系及其特质》、《红色舞台》等。

6 叶子铭（1935–2005），福建泉州人，现代文学专家，长期任南京大学中文系教授，以茅盾研究见长，著有《论茅盾四十年的文学道路》等。

《茅盾》那书我看得很粗心（把抗战以后那段好好看了），没有注意到
XX 先生的事，但我想你的推测一定是对的。近况想好，即颂
　　近安

　　　　　　　　　　　　　　　　　　　　弟　志清　上
　　　　　　　　　　　　　　　　　　　　八月十五日

〔又及〕"倪焕之"摄影，不知你要不要花钱，很不好意思。
　李少春如到 Montreal 来上演，好想去看他。*N. Y. Sunday Times*
上武松打虎一景中的武松恐怕就是李少春。

468. 夏志清致夏济安（1960 年 8 月 17 日）

济安哥：

　　昨天收到父亲来信，兹寄上。看后请寄还。

　　玉瑛妹的婚事，我几年来不时想到，但从没有写信去问过（如"玉瑛妹已有男朋友否？"），一则不好意思问，二则近两三年中共人民生活奇苦，一个人自己的衣食都管不了，怎么可以结婚？玉瑛妹一向很shy，可能没有男朋友，不结婚累赘较轻，也就算了。父亲信对我是个surprise，对你恐怕也是。焦良可能是个好青年（名字使我联想到焦赞孟良[1]，并带话剧明星、作家假名的气味），他和玉瑛妹熟识了好多年了，人想是靠得住的。在共党奴隶生活下，life's claims是压不倒的。生活愈枯燥乏味，男女间的mutual solace更是人生可能享受的唯一的privacy，更觉得有需要：在这一点上我们对玉瑛妹及焦良只好表示好意的同情，希望他们能得到一点做人的快乐和趣味。但正因为人生的urges是压不倒的，共产党可以利用这个弱点把它的统治铺排得更严密，更使人透不过气来。中共人口增加是事实，而人口愈增，吃苦的人也愈多，这个vicious circle也永久可保持其完整性。我希望玉瑛妹懂得birth control，不要生子育女，把自

1　焦赞、孟良，宋代抗辽将领，在《杨家将演义》中被描述为六郎杨延昭的左膀右臂而广为人知，因二人在小说中常常一同出场，故有"焦不离孟，孟不离焦"之说。

己的生活弄得更苦楚，把自己生下的小生命白白地让共党糟蹋作践。

读父亲信，家中对玉瑛妹的婚事是不大赞成的，可能为了此事，玉瑛已和父母吵了架。父亲还想替她办家具，不知道玉瑛妹结婚后能不能和焦良住在一起，还成问题，实在是想不开。将来结婚后，焦良可能很 proud，不要我们的接济，但婚礼是应该送的，我以为除了那只手表外，再送一百元美金，你以为如何？至少父母有了钱，可以添办一些东西，暂时减少他们的 worry，而 maintain 一点嫁女儿时应有的 excitement。

日内我要选购一只较实用的 shock-resistant、waterproof、stainless steel 的手表寄回家去。其实在大陆衣食不全，有了一只表，有什么用处，能得到些什么快乐，实在也很难说。两年以前父亲信上总很乐观，对中共建设很有信心。最近两年来信上显得很寂寞，对中共很失望，可能也后悔当年不听你的话，逃到香港去（两年前，夏季照旧每天开西瓜，现在西瓜市面上也见不到了）。他希望玉瑛妹能调往上海，事实上是不可能的。希望见信后，给父母写封长信，劝慰他们。玉瑛妹你有要说的话，也可给她一封信，我们给她 moral support，她心头也可高兴些。

不多写了。The American 已看完，看后很有回味。James 虽然自称该小说仅是 romance，但有许多 scenes（如最后 Newman 和 Duchess 某的 interview）是非大小说家写不出、想不到的。即祝

近安

弟 志清 上
八月十七日

469. 夏济安致夏志清（1960 年 8 月 22 日）

志清弟：

两封信都收到。玉瑛妹的婚事，我并不反对。父亲的信亦已拜读，我觉得"家境贫寒"似不成为理由。大陆上现在恐已很少不贫寒之人，如共产党还要维持若干时候。有希望的人恐怕还是那辈年青〔轻〕干部与技术人员（即 Djilas[1] 所谓 New Class），他们也许可以拿到较高的待遇。你的话不错，男女间的恋爱在共产暴政下也许还可以给人生一点安慰与 privacy。玉瑛妹虽然交了一个穷朋友，但这是恋爱结婚；焦良大约是个好青年这一点，我也同意（但他如单是善良、刻苦耐劳等，而不阴险，亦很难爬上高位）；物质生活困苦，本是意料之中的事，只希望精神上能得些安慰就好了。最大的 blow，是给父母的。他们将要感到更大的寂寞。焦良不会是"半子之靠"之类的人，可能和父亲母亲感情亦不大好。玉瑛妹是忠厚人，她不会诱导焦良的感情，使他对我们的父母尽些孝道。我们两人远在美国，唯一能安慰安慰父母的，是玉瑛；她的婚事已成定局，以后请假又难，她恐怕真将成了"嫁出去的女儿豁〔泼〕出去的水"了。父

1　Djilas（Milovan Djilas，米洛万·吉拉斯，1911–1995），前南斯拉夫共产党和国家的主要领导人，革命家、政治家，1953 年因与铁托在体制问题上产生严重分歧，激烈批评斯大林主义和铁托的政策，被剥夺一切职务，成为异见者与反对派，此后多次因反对当局的言论下狱，其政治主张被称为"吉拉斯主义"。

母亲的老境是很凄凉的，这一点使我们特别地难过，物质生活的困苦，倒是其次。我们所能劝玉瑛者，只是教他们小夫妻在可能范围之内，多给些"温情"给父亲母亲而已。

最近中共的动态，很值得注意。粮食增产大是失败，并且没有改善的希望（听钱穆说，农民们真的是怠工的，取消了私有财产，他们做工就不起劲了）。最 puzzle 的是，中共在外交上亦将走入绝路。和苏联的关系闹得很糟，上星期有一天报上的 headline（AP）说：苏联专家数千人离华，中共留俄学生亦多召回。这是根据南斯拉夫和法国方面的报道。但是有一桩事情，真表示两国感情之恶化。八月初莫斯科开一个 Orientologists 大会，美国去了很多人，UW 是 Michael，UC 有 Schultz（社会学）、Levenson 等（赵元任本亦拟去，后来不敢——怕和中共代表见面；顶妙的是，台湾当局还训令赵元任去，这一下吓得赵更不敢去了），此外有 Lattimore、Fairbank、Hackett、以及 Richard Walker 等。其中不少美国人，是想去见见中共代表的。最近消息说，中共代表（人数原定三百）根本没有参加那个会。除了两国关系恶化之外，我想不出中共为什么要下苏联这个"台型"。据美国时事分析家的意见（如 Time），"中"苏歧见之处一是公社，二是第三次大战。其实中共何尝敢打？中共是希望美苏打起来，它守中立；美苏互相大破坏，它埋头建设，它才有机会跻入强国之列。苏联内部大约亦有反对 Khrushchev[2] 拥护毛泽东的人，毛才敢一意孤行。美国外交如好好运用，还有希望拆散中共与苏联的

2　Khrushchev（赫鲁晓夫，1894–1971），1953–1964 年间苏联共产党和国家最高领
　　导人，执政期间实行去斯大林化政策，平反斯大林时期的政治案件，使得苏联
　　社会各个领域迎来"解冻期"。在外交方面，他虽多次出访西方国家，但也制造
　　了第二次柏林危机、古巴导弹危机以及中苏关系恶化等重大事件。

"团结"。美国外交界目前恐无如Pitt³、Disraeli⁴之类的纵横捭阖之才，但美国如像现在这样下去，亦不一定会有什么坏结果。我不相信民主党会出卖美国利益。共产党最大的危险是蹈希特勒的覆辙：自己天天宣传如何强大，敌方如何脆弱云云，结果自己亦相信了自己的鬼话，可是敌方并不如所宣传那样地脆弱，自己的强大反而经不起严重的考验的。就目前所表现的，中共与苏联还是稳扎稳打，很有些韧性。这是很可怕的。美国朝野，似乎都很了然于局势的严重，这次增加国防费用，是两党一致要求，连Ike都只好同意。站在中国人立场，我是绝对地反对中国共产党，但是美国人如有办法把中共从苏联那边拉过来（虽然目前希望非常之小），那将是外交上最大的成功。主义云云，本是骗人的，希特拉〔勒〕、史大林都可以"互不侵犯"，中共未始不可和美国改善关系。中共目前所需要的是机器和粮食，美国都可大量供应；不像苏联那么小气，何况苏联粮食还需要中共来接济呢。目前如要解除中国大陆人民的痛苦，只有希望U.S. aid to Red China——这当然是wishful thinking，但我不反对美国和中共举行谈判（即使暗中吧），我不相信中共真像它所表现的那样地intransigent。共党的反复无耻，是天下著名的；它是只讲究实惠，不讲究道义的。抓到这一点，美国还是有机可乘。

最近又是瞎忙一阵，陈世骧等从加州来去Vancouver看戏，在Seattle逗留时，我又不得不陪他们玩。Vancouver的戏，这里去看的

3　Pitt，此处指的应该是小威廉·皮特（William Pitt the Younger，1759–1806），英国首相（1783–1801、1804–1806），因任期内带领英国成功抵抗了法国大革命和拿破仑而获誉，其代表的新托利主义（New Toryism）亦对日后的英国政坛产生深远影响。此外，他的父亲老威廉·皮特（William Pitt，1st Earl of Chatham，1708–1778）同样是杰出的英国首相（1766–1768），在七年战争中作为英国的实际领导者，带领英国扭转了不利局面。

4　Disraeli（Benjamin Disraeli，本杰明·迪斯雷利，1804–1881），犹太人，英国首相（1868、1874–1880），小说家。在将托利党改造为保守党的过程中发挥重要作用，同时作为殖民帝国主义政策的积极鼓吹者，他还创作了多部政治小说，包括被称为"迪斯雷利三部曲"的《康宁斯比》（Coningsby）、《西比尔》（Sybil）和《坦克雷德》（Tancred）。

人很多，我也曾定〔订〕了两张票，后来想想，还是不去了，把票子
送了人。星期三到星期六四个晚上演的是同样的节目：《三岔口》、
《秋江》(昆曲？)、《虹桥赠珠》(有一妙龄武旦，据说很精彩)、《霸王
别姬》(袁世海、杜近芳[5])、《雁荡山》(李少春主演武戏)，另外有些
舞蹈节目，如丝带舞、孔雀舞(都是些妙龄少女)等。星期日白天演
全部《白蛇传》，据说精彩更甚。演员中最好的是杜近芳，她今年 27
岁（大陆沦陷时，她才 19 岁，无怪我们未闻其名），据曾唱老生的李
桂芬（她是 *Mountain Road*[6]女主角 Lisa Lu 卢燕香[7]〔丈夫姓黄〕的母
亲，她们一群我都见到了）说，杜近芳的玩意儿远在张君秋、言慧珠
等之上，可列入四大名旦而无愧色云。我很赞成你们去 Montreal 一
看，Carol 看了一定会满意，你也可以得到很大的乐趣，也许 Joyce
也会喜欢。《三岔口》也是李少春主演的，可是故事改得不像样：任
棠惠是奉命保护孟良（古铜色脸，不是焦赞了！）的，而刘利华一
家也是奉命保护孟良的，要暗害孟良的是那两个原来是很可怜的解
差。黑夜之中，双方起了误会，任棠惠和刘利华"摸黑"大战，最后
误会消释，Happy Ending。《白蛇传》取消了"祭塔"，杜近芳一人到
底，很卖力气（不"饮场"），做工细腻，嗓音甜润，在"盗仙草"与
"金山寺"中的开打，亦颇使人咋舌。戏班已去东部，在 Toronto
演完后去 Montreal，希望你们注意开演日期，早去定〔订〕票。听说
在 Toronto 有李、袁的《野猪林》，戏码将有更动。在 Vancouver，戏
班还举行一次 reception，酒是茅台酒（一种高粱）；男演员都西装笔
挺，女演员涂脂抹粉，穿一种长到〔得〕拖到脚板上、开叉很高的旗

5　杜近芳(1932–)，北京人，京剧演员，自幼学习青衣，师从王瑶卿、梅兰芳，亦
　　工花旦、刀马旦等。

6　*Mountain Road*(《山路》，1960)，战争片，丹尼尔・曼(Daniel Mann)导演，詹姆
　　斯・斯图尔特、卢燕香(Lisa Lu)主演，哥伦比亚影业发行。

7　卢燕(1927–)，别名卢萍香、卢燕香、卢燕卿，生于北京，旅美华人电影演员。
　　京剧名伶李桂芬之女，《山路》是其在美国主演的第一部剧情长片，代表作有《瀛
　　台泣血》、《倾国倾城》、《末代皇帝》等。

袍。我的朋友们也有去后台参观的。京戏无论如何经中共瞎改，要想表演"人民的力量"，总不能成为宣传共产主义的vehicle（neither does "ballet Russe"——我看过俄国的 *Swan Lake*[8]影片，英国拍的，其中妖人一角，很像Stalin），味道仍是封建社会的。而在中共暴政之下，演员不敢拆烂污（尤其武工更求完美），演出水准反提高了。

在Seattle社交很忙，连电影都好久未看了。这里的李方桂与其太太是华人社交界的中心，家里常常住满很多客人。我同他们来往得很熟。我对于社交的兴趣，一直比你大，但是精神也浪费不少。

瞿秋白在江西时，任"中华苏维埃共和国教育人民委员会"的commissar。他出国过早，没有帮文学研究会多少忙。他的前妻王剑虹[9]（后早夭，续妻杨之华[10]）是丁玲最要好的朋友，据沈从文在《记丁玲》中说，还是很"美丽"的。郭沫若在抗战初期任军事委员会（蒋是委员长，国府主席是林森[11]）政治部第三所所长，他卸任后，何人接任，不详。《郭沫若文集》中可能提起，是不是一定要查？你们跟Joyce送的两张卡片，都收到了。谢谢。今年那〔哪〕天生日都不知道，反正那几天天天有应酬，无形中亦celebrate过了。再谈

　　祝好

济安
8/22

〔又及〕父亲来信并我的家信附上，另附上支票100元，即作为我给玉瑛妹的婚礼。行踪尚未定，等定了，再写信给Carol，她和Joyce处均问好。

8　*Swan Lake*，即《天鹅湖》。

9　王剑虹（1901-1924），四川酉阳人，知识青年，丁玲在上海大学时的好友，瞿秋白第一任妻子，因肺病在上海去世。

10　杨之华（1901-1973），浙江萧山人，妇女运动活动家，瞿秋白第二任妻子，曾任中共中央委员、中共中央妇女委员会主席等职，文革期间被迫害致死，著有《妇女运动概论》等。

11　林森（1868-1943），字子超，号长仁，福建闽侯人，近代政治家。同盟会成员，国民党元老，"西山会议派"重要人物，长期担任国民政府主席之职。

470. 夏志清致夏济安（1960 年 9 月 2 日）

济安哥：

八月二十二日的信收到已多日了，接着又收到父亲和玉瑛妹的来信，两封信上都没有提到婚事，不知何故，父亲信上没说什么，玉瑛妹的信现在附上。你寄上的贺礼我也寄陆文渊处了，这礼本应我们两人合送的，但暑期中我经济情形并不好，你既把钱都付了，我现在在 Ward 定〔订〕了一只自动的女用表，四十多元，不日寄出，也就算了。看玉瑛妹的信，大约她终日教书开会劳动瞎忙一阵，只要身体能维持，大约也不能算太苦，因为人的身体精神久处于苛刻的 regimen 下，迟早 develop 了抵抗力，会消极地混日子。我以前军训三月，一点自由也没有，大约玉瑛的情况还比我的优胜些。

读了你的信，极有兴趣去 Montreal 一观京戏。前天我们去 Ottawa 玩了一天，买到了 Ottawa、Montreal 两份报纸，看到了京戏上演的日期：Ottawa 九月 19–20，Montreal 九月二十三→Oct；我们已去定〔订〕了两张九月廿五日的戏票，那天是星期日，路上来回比较方便些。日戏是 Vancouver 演出的 variety program，夜戏是《野猪林》，我很想留在 Montreal 看两场戏，当晚住旅馆，翌日坐 bus 赶回，但到底交通不方便，还是看完日戏，吃顿夜饭，和 Carol 一起回家的好（计划可能更变）。《雁荡山》这出戏我好想〔像〕没有看过，不知所演的是哪一段历史。李少春大陆沦陷前好像没有贴过《野猪林》

（杨派武生戏他似乎不大唱的），但应该很精彩。杜近芳的"白蛇传"仅演九月25、29两个夜场，我那时候学校已开课，想是无法看到了。杜近芳不知是不是梅兰芳的门生，抑是跟李世芳学的？总之，这次看京戏，当是我在Potsdam生活史上一桩大事。

John Owen[1]（此地教drama的）重返Stanford去读书，他把他的旧TV set（17″）送给了我们，这两天也偶然看一看旧片子。第一晚上看到了Dead End Kids[2]和年青〔轻〕的H. Bogart，看了十分钟，影片大约就是Goldwyn's *Dead End*[3]，但不见Sylvia Sidney[4]出现。现在Dead End Kids原班人马，改名Bowery Boys，十年来专做闹片。第二晚上收听了几分钟Zachary Scott[5]、Faye Emerson[6]的劣片，再改听early 30's的侦探片，华伦威廉[7]（已死了多年了）饰Perry Mason，

1　John Owen，不详。
2　Dead End Kids，一群年轻的纽约演员，在西德尼·金斯利（Sidney Kingsley）的百老汇戏剧《死角》（*Dead End*，1935）中崭露头角，获得制片人萨缪尔·戈尔德温（Samuel Goldwyn）青睐而进军好莱坞，拍摄了包括同名电影在内的许多作品，极受欢迎。其成员包括Billy Halop、Huntz Hall、Bobby Jordan、Leo Gorcey、Gabriel Dell和Bernard Punsly。
3　*Dead End*（《死角》，1937），犯罪剧情片，威廉·惠勒导演，西尔维娅·西德尼（Sylvia Sidney）、乔尔·麦克莱（Joel McCrea）、亨佛莱·鲍嘉主演，联美发行。
4　Sylvia Sidney（西尔维娅·西德尼，1910–1999），美国电影女演员，戏剧专业出身，20世纪30年代出演了一系列好莱坞电影，如《蝴蝶夫人》（*Madame Butterfly*，1932）、《狂怒》（*Fury*，1936）等，之后专职于舞台演出，直到1973年才重返银幕。
5　Zachary Scott（扎瑞特·斯考特，1914–1965），美国演员，擅长扮演反面人物和神秘人物，代表作有《混世魔王》（*The Mask of Dimitrios*，1944）、《欲海情魔》（*Mildred Pierce*，1945）等。
6　Faye Emerson（菲伊·爱默森，1917–1983），美国电影女演员和电视节目主持人，其代表作正是与扎瑞特·斯考特共同出演的《混世魔王》。她也是罗斯福总统（Franklin Delano Roosevelt）的儿子艾略特·罗斯福（Elliott Roosevelt）的第三任妻子（1944–1950）。
7　华伦威廉（Warren William，1894–1948），美国演员，20世纪30年代初风靡百老汇和好莱坞，被称为"前审查时代之王"（King of Pre-Code）。代表作有《1933年淘金女郎》（*Gold Diggers of 1933*，1933）、《春风秋雨》（*Imitation of Life*，1934）等。

故事相当精彩，半途看起，倒把它看完了，女主角是 Mary Astor[8]，另一位详〔想〕不出来，可能是 Madge Evans[9] 之类，影片中汽车都是我们住在交通银行那时候的汽车，但因为崭新，倒也很漂亮。几分钟前，我 tuned 的一张旧片，有 Colman、C. Grant、Jean Arthur，想必是 Talk of the Town 无疑。对我这样有历史癖的影迷，Old movies on TV 应当是一个极大的诱惑，但夜间十二时、一时正是我的读书时间，所以也无法多看。相反的晚饭前后的家庭 comedy、西部节目，都相当恶劣，实在是不值得一看的。

　　最近精读《红楼梦》，只看完了半本，对曹雪芹写实的手腕，实在很佩服。从 17 章到 54 章，整整讲了一年内贾府的事情，许多事情是极琐小的，但把它们去掉，小说的力量也必减弱。这一大 section 中有不少篇幅是述贾家姐妹作诗作乐的情景，以前看过觉得并不好，现在读了，也觉得很有趣。《红楼梦》译英文很困难，但节译极易，因为故事没有连贯性，小节目、繁重的对白都尽可削去。我把 Kuhn 和 Wang 的译本同时翻看了，Kuhn 的较详尽，但错误极多（可能是德译英，把原意走了样），Wang 本没有什么错误，但节译和不译的地方太多，无怪 Anthony West 读了，觉得更不满意了。如把《红楼梦》全部译成英文，我想书的销路并不会太好（要西洋人记住这样许多名字，是相当吃力的事），但节译就削弱了原书的力量。我以前很看重《红楼梦》allegory 这方面的东西，但现在看来没有多大道理，精彩的还是在写实方面。最 ambiguous 的 case 当然还是秦可卿，她表字兼美，当然是兼宝钗、黛玉之美，她临死前托梦凤姐，显得她是极贤德的人。但普通人以为 early version 章目有"淫丧

8　Mary Astor（玛丽·阿斯特，1906–1987），美国女演员，跨越了默片与有声片时代，代表作有《马耳他之鹰》、《火树银花》(Meet Me in St. Louis，1944) 等。

9　Madge Evans（玛吉·伊万斯，1909–1981），美国女演员，童星出身，出演了《七姐妹》(The Seven Sisters，1915)、《化名吉米·瓦伦汀》(Alias Jimmy Valentine，1915) 等电影，成年后继续活跃于舞台和大银幕，代表作有《起立欢呼》(Stand Up and Cheer!，1934) 等。

天香楼"一句，再加上焦大骂公媳"爬灰"的事，断定秦氏和贾珍一定有暧昧关系，可能是冤枉她的。宁国府大做丧事，正表示一家大小都爱这个媳妇，假如真有什么淫荡的事迹，也不会这样地大做。警幻仙子引宝玉和可卿相欢，正表示可卿是警幻仙子的最得意的exhibit，她也不过如此，况论宝钗、黛玉了。黛玉是相当unpleasant的character，但她和宝钗有了谅解后，也使人觉得她相当可怜了。对全书有什么新见解，读完后再同你讨论。同时我觉得要研究这样一部着重sentiment的小说，法国的古典小说、Clarissa H.[10]等，都得一看，才可发言。要研究《红楼梦》，纯从文学批评出发，不做考据，也是大费时间的事。

你不知何日返Berkeley，Seattle研究事有了个结束没有？你在给父亲信上说去Berkeley，还没有决定，不知你有什么其他计划，甚在念中。办护照事，有下文否？我想除非Seattle请你教书，还是回Berkeley的好。不久前收到一本Li Chi注译的中共出版的国语文法，倒是一部很有趣的书。Carol、Joyce近况都好。Joyce今夏不断流鼻泪〔涕〕，最近检查，大约是hay fever，究竟她对多少种pollen有敏感，现还在test中，以后只好长期打一阵针，看明夏情形会不会改善。不多写了，专祝

近安

弟 志清 上
九月二日

Labor Day weekend预备去哪里玩？

《饥荒》的microfilm已收到了，谢谢。但所摄的即是全书的一小部分，我还没有去读它。

---

10 Clarissa H.，即Clarissa Harlowe，塞缪尔·理查逊（Samuel Richardson，1689–1761）的代表作*Clarissa*中的悲剧女主人公，这里用来代指整部小说。小说讲述了女主人公对于美德的追求一再被其家庭挫败的故事，被认为是现存最长的英语小说。

471. 夏济安致夏志清（1960 年 9 月 6 日）

志清弟：

我是九月一日离开西雅图的，在 Berkeley 已住了几天，因事情未定，心绪甚是不宁，所以没有写信。行前几天也没有看见你的信，你们想都好。

我在 UC 已有一 office，随时可开始办公，但因护照事尚未解决，不想开始办公，人悬在那里，相当无聊。

护照是等台北的回信，如回信 OK，当然可以安心地在 UC 做一年事；如回信不行，则需要 fight，如何 fight 法，是很伤脑筋的。

今天看报，见 AP 电，雷震与《自由中国》三个编辑被捉去了（九月四日入狱）。国民党政府为何如此倒行逆施，令人不解。雷震和几个台湾人正在筹备组织"民主党"，他被捕了，组党事当停顿。但老蒋在国际上声望将更跌落，而且韩国与土耳其之类的暴动，在台湾亦可能发生。那三个编辑之名尚未见，可能是夏道平[1]、金承艺[2]之流，他们都是我的好朋友。他们和雷震的见解，我不一定全赞

---

[1]　夏道平（1907–1995），原籍湖北大冶，经济学家，《自由中国》主笔。该刊被查禁后，不再过问政治，专心译注教学，曾任台湾政治大学、东海大学、辅仁大学等校教授。

[2]　金承艺，中国近代史学者，清朝宗室，曾担任胡适的私人助理，后长期执教于澳大利亚墨尔本大学。

成（他们主张"变"，我主张"安定"），但老蒋如剥夺他们的自由，乃至用严刑拷打，那是我不得不要气愤的。老蒋和《自由中国》各走极端，台湾不得不要分裂（精神上已经分裂了），这是反共大业的不幸，亦即是俗话所谓：为亲者所痛，仇者所快。李承晚[3]倒了，共党在南韩的势力大约已增加。如老蒋再倒，反共力量必减弱。假如我亦必需〔须〕站在反蒋的一面，实在是很使我心痛的。

胡适仍在美国，他不知道要不要回去了。《自由中国》是他一手创办的，很多主张他是首创或鼓励的（如台湾应成立反对党等），现在闯出这个大祸，不知他是否能再做政府的"诤友"，或者亦必需〔须〕声明反蒋了，至少该辞"中央研究院"之长之职。他一向作风温和（或软弱），这回是真正碰到一次moral crisis了。他岂能继续和蒋保持友谊的关系？雷等之被捕，政府是存心不把胡适放在眼里了。

共产党前几年清算胡适的文章，你不知有没有follow？共党似乎抄到了胡适未曾发表的日记。胡适的态度（这倒是一贯的），是拥护反共的政府，同时向那个政府伸手要"民权"。他生平的大事（政治上的）：一、1920（年）后和《新青年》拆伙；二、北伐期间，拥护孙传芳，反对亲共的广州政府；三、拥护反共的蒋介石。他不能关起书房门来做学者，他对于政治有甚大之兴趣与关心，他自己知道不是政治领袖人才，他乃希望现有的政府改善——走美国式的民主。他是先知先觉的，又是贯彻始终的反共斗士。可是他所拥护的反共政府，可能使他很难堪，甚至像最近那样，也会打击他的。他终于像欧洲小国的一些智〔知〕识分子那样，在左右两种极权政治之下，轧扁了头。他之因反共而亲蒋，实不亚于欧洲有些人之因反希特勒而支持史大林也。

雷震事件当然使我更下决心不回台湾去了。他们当然不会逮捕我，我是很守法而又很胆小的。但是雷震事件将加深反政府人士对

3　李承晚（1875–1965），原名李承龙，号雩南，朝鲜黄海道平山郡人，政治家，普林斯顿大学博士，二战后出任大韩民国首任总统，并连任三届。因对内实行集权统治，于"四一九革命"中被迫下台。

政府的仇恨，以后可能有大动乱，这是我所害怕的。蒋倒，而暴民政治开始矣。蒋极力要维护自己的政权，何其心劳日绌也。戊戌政变带来了辛亥革命，闻一多、李公朴之死，乃致大陆变色；雷等之被捕，则使人相信，改革之无望，其 alternative 乃造反也，何其可怕哉！（当然老蒋还可以压制一个时候，但也没有多少时候可压制了。）

这几天本来相当 depressed，雷案倒给我一些刺激，使我精神一震。台湾现在真无言论自由，我不回去，更可以理直气壮了。

别的再谈，玉瑛妹婚事如何了？念念。信暂寄陈世骧处为感：
C/O Prof. S. H. Chen, 929 Ramona Avenue, Albany, California.

Carol 与 Joyce 前均问好，今年暑假快完，大约是没有功〔工〕夫东游来访问你们了。专颂

近安

济安
九月六日

472. 夏济安致夏志清（1960年9月17日）

志清弟：

　　九月二日的信，才收到不久。我到了Berkeley，又回Seattle了一次，所以有一个时候，信的寄递是很成问题的。我在UC的工作，可以〔从〕九月一日开始，但是台北的回信还没有来，我想还是九月十五日开始吧，乃返Seattle去研究瞿秋白（North翻的那首瞿者绝命诗，错误百出）。现在台北回信仍没有来（护照想没有什么问题），UC的工作不可久拖，故已正式报到。这里的工作大约不难，李祁去Ann Arbor教中文，我是代她的，原计划将没有什么大改变，仍是编些terminology。这种工作反正不可能exhaustive，可多可少，所以做来不紧张。不像"左联"（我仍在搜集材料中，今年是左联卅周年纪念，共方发表不少纪念文章）那样，我至今仍难描绘出一幅完整的图画也。我大约将从旧小说与神话传说的故事与用语着手，看看"共党文章"受它们的影响有多少（如《东风压倒西风》之类）。《毛泽东选集》已看了一半，此人文章写得极清楚有条理，其intellectual power未可轻视；大约列宁（什么都没有看过）亦是此类作家，能把复杂的问题说清楚，从而影响别人的思想与行动。对于威胁他的领导权的思想，他能勇敢地面对之（他最恨王明），而且清晰地驳斥之。如果王明真能取得领导权，中共也许早已毁了——至少毛的文章给人这种印象。冯雪峰批评周扬他们的"宗派主义、关门主义、

教条主义"，即毛泽东用来批评王明的，但后来周扬反而起来大约
在延安时"辩以顺逆"，大大地出力打击王明（张国焘[1]到延安时已很
惨，不值得一击了）。今年八月，中共开文艺工作者大会，冯雪峰
仍当选为一个什么委员，巴金则为理事，朱光潜都有委员的份。中
共最近受清算之人为巴人（王任叔），他主张文艺要描写永恒的"人
性"，当然为共党所不能容。

蒋介石太爱说教，不善辩论，于其领导大为吃亏。最近雷震
一案他答复美国新闻记者说：（大意）过去大陆沦陷，即为此辈嚣张
分子所致，今此辈又来活动，不得不加制裁，"以后事实必可证明"
他的做法是对的云云。他的话也许有道理，但是说不清楚，因此很
难博得中立分子的相信。大陆沦陷的责任，老蒋就从来没有面对事
实彻底分析过一次。国民党的错误当然很大，但在抗战末期与胜利
以后，国民党已瘫痪，此后从未revitalize过。蒋经国学俄国作风来
"改造"党，这未始不可（孙中山就这么做过），但比之中共的严格统
治与上令下达，相差仍不可以道里计。40's以后的自由分子，大多
头脑不清而被捧为时代的先知先觉，自己的功名利禄思想（钱端升、
张奚若[2]、罗隆基[3]等都是想做官，而老蒋不给他们做的），表现为
爱国爱民的正义感，糊里糊涂，把自己把民族国家都带到毁灭的路
上去。我们都不想做官，因此很难想象一般有"官迷"的读书人，他

---

1 张国焘(1897–1979)，字恺荫，江西萍乡人，中共创始人和早期领导人，其领导
   的红四方面军在长征途中与中央红军分裂，南下另立党中央。红军三大主力会
   师陕北后，张国焘遭到批判并被剥夺兵权，1938年逃离延安投奔国民党，加入
   军统从事反共活动。1949年后逃亡香港、加拿大，晚年出版回忆录《我的回忆》。
2 张奚若(1889–1973)，字熙若，陕西朝邑人，政治学家、教育家，同盟会成员，
   早年留学美国，与胡适、陶行知、宋子文、蒋梦麟等是同学，回国后积极投身
   政治与教育事业，同时也是中华人民共和国国名的提议者。著有《主权论》、《社
   约论考》等。
3 罗隆基(1896–1965)，字努生，江西安福人，学者、政治活动家，伦敦政治经济
   学院博士，中国民主同盟创始人之一，反右运动中被划为"中国第二大右派"。
   著有《人权论集》、《政治论文集》等。

们是什么都做得出来的。中国知识分子的思想贫弱与立场动摇，英文里恐怕还没有一本书好好地研究过。洋人恐怕至今还不知道。北伐以前乃至民国初年的思想动态，似乎还没有人好好地写过，中共的simplification（如进步的与落后的，无产阶级的与资产阶级的）将可欺骗世人不少时候。胡适就是需要debunking的一个，但是老蒋根本就ignore胡适的"思想"，只知道他名气大，值得联络联络而已。雷震之产生，乃台湾之病之征候，把他关起来，甚至把他杀了，仍不能治病，一个征候去掉了，更多的仍会起来的，最后也许搞得一个不可收拾。现在自由的中国人，大致已分成"捧雷"、"反雷"（或"捧蒋"、"反蒋"）两派，这种"两极化"（各趋极端）即为动乱之预兆（当然还有很多很多人是什么都不关心的）。要在"蒋雷"之间，说句公平话，用中文恐怕是没有地方可以发表的。洋人当然更不知道中国人在搞些什么名堂。好好地做几篇文章，分析廿世纪中国政治与学术思想间的关系，是很需要的，如我们不写，真理也许更将湮灭（周策纵对于五四，大致是不加批评的；他的书传流愈广，一般人更不知五四的真实意义了）。但美国的research，太不容易做，旁征博引，要费多少时候！而且钻牛角尖，不切大体。周佛海、陈公博为共产党发起人，下场如此，而共产党今日当权者根本不承认有这两个"祖宗"。戴传贤[4]、吴稚晖早年何等brilliant，后来变成那样地昏庸。此四人者，任何一人都可以供美国研究生写一篇Ph.D.论文。这篇论文费三年五载写完了，对于中国近代文化现象之大体，该研究生恐怕未必了然也。像你那样的书，美国是太少了，但是你写来，已非常之吃力，再写第二部，又得要花好几年功〔工〕夫。我现在对于历史，有很大之兴趣。从历史上看来，雷震虽然outspoken，究竟还是个"立宪派"（用宪法来对付政府之极权），此种人在清末民初都有过，若政府对这种人而不能容，另外在地下（因此并不很

4　戴传贤，即戴季陶。

outspoken）蠢蠢的暴动分子将更获得人的同情了，结果是 deluge。我现在可以写一篇"The Case of 雷震"，*New Leader* 等也许要，花两个星期也许够了，但是我的瞿秋白还没有写完，精力有限，只好把这个大好题目暂时搁一搁了。

你对于《红楼梦》的意见很精彩。宋奇似乎猜到了"兼美"的意思，但不能把它同"色空"连起来。胡适的榜样放在那里，学者们所走的路的确是会变狭的。你来写旧小说研究，必可用世界眼光估计它们的价值，为中国文学批评开一新路。可是能 follow 这条路的人，就目前看来，还是非常的少。

在西雅图寄出书一包（动物图画），怕时间来不及，赶不上 Joyce 的生日，故用航空。今年不能来赶热闹，很觉遗憾。近来因护照问题，心里老是不定。如不能在美国耽下去，一切研究工作都是白费的。我研究的是中共（换言之，靠中共吃饭），这种研究在台湾是用不着的。台湾有官方人去研究，我不愿意跟他们混在一起。这几天又稍为定心一点，生活渐趋正常，可以做些事情。

我又迁回上半年所住的 Cottage（2615 1/2 Etna Berkeley 4），环境熟悉，可帮助我定心。在 Berkeley 有车子，出入方便（唯 Parking 仍伤脑筋），家里不预备再做饭了。不管护照事如何，我假〔决〕定再在 Berkeley 住一年。一切计划，准此而行，算是又暂时 settle down 了。

陈世骧当然给我的帮助最大。听说他要写一部英文的中国文学史，这真可以 fill a long-felt want（要穷年累月之功〔工〕夫才能完成的）。今年上半年 *Far Eastern Journal*（你家里有的）里有他的一篇评 A. Waley《袁枚》之书评，文章很漂亮，亦显得大有学问。最近一期英国 *China Quarterly* 中有他一篇介绍中共民歌运动，那只是一般性质，告诉洋人有这么一回事而已。我跟他很熟，看他平日生活很忙，似乎剩下没有多少时间可做 research。像我这样，真要在美国打天下，好好地写本书出来，非得每星期工作七天，而且谢绝应酬不可。Scholars真得要过修道院的生活，或像鲁迅有篇小说，"几无生人乐趣"，但在美国，好玩的东西这样多，能专心修道者，确是不易。一个人的精力充沛与否，亦有关系。陈世骧精神极好，开车到Oregon去看莎士比亚，去Vancouver听京戏，就使我很羡慕的。你说你每天半夜十二点到一点看书，这个我亦办不到。我十二点睡觉已养成习惯，但十一点以后（甚至十点以后）所看的书就不大用脑筋了。怕的是失眠。我这种精神，在台湾已经算头挑了——台湾一辈中国人的萎靡不振，同你在北平所看见者相仿。但中国人到了美国，大多很奋发有为，足见环境之能刺激人也。

我没有无线电、唱机，或TV，怕的是搬家麻烦（连新西装都没有买过，再买箱子里放不下了），再则亦怕耽搁时间。偶然听听无线电或TV，发觉颇有助于英文——美国人常说的那一套，可以听熟而容易运用。有了唱机，就得买唱片，这样行李负担更不得了。过些日子，亦许去买一只无线电。

Joyce有allergy，这亦是文明病（或因文明发达而想出的病名），我常常大打喷嚏，你想记得。我平素不服药，但Anti-histamine之类，是常备的；打（喷）嚏（？，手边无字典）之后，即赶紧服两颗（出门都带在身边）。伤风（？）即被遏住，鼻涕亦不流了。有时皮肤痒，大约亦是allergy。Joyce能借打针把这个治了，亦是好事。美国一般人身体都很健康，乃有余暇注意此种小病；中国大病都无法对付，小病只好不管了。

玉瑛妹来信不提婚事，很奇怪。礼送了，很好。玉瑛妹的书法，似比以前进步，文章亦通顺，很少奇怪的"简字"。她信上提起西瓜，使我很安慰。想起母亲在我们的小时，如此重视西瓜（要灌我喝的），假如过了一个夏天（伏天），而没有西瓜，那真是凄惨了。我小时有几年拒绝吃西瓜，大约是因为母亲大惊小怪所致，后来不知怎么，又吃了。

　　希望你们能看到《野猪林》，单看 Variety Show，是没有什么意思的，虽然那些少女都很美。并希望能看到《安天会》[5]，Joyce 一定喜欢，Carol 可以先看 *Monkey*（假如尚未看过）后再去看戏。我在 Seattle 的朋友 Don Taylor，每晚上念一节 *Monkey* 给他的孩子们听，骗他们睡觉（他们听得很出神）。Carol 不妨亦试试。《雁荡山》讲的是隋（？）末英雄孟海公，精彩开打是"筋斗过城"。

　　Carol 处没有写信，很抱歉，希望今年能于 X'mas 左右见面。再谈，专颂

　　近安

济安
九月十七日

5　《安天会》，京剧，根据《西游记》前几回改编，讲的是孙悟空大闹天宫以及被收服的故事。

473. 夏志清致夏济安（1960 年 9 月 19 日）

济安哥：

已好久没有写信了，上次寄 Seattle 的那封信想已转到。九月六日你在 Berkeley 发出的信已看到了。上星期收到你寄给 Joyce 的贺卡及书四本，Joyce 看到后很高兴。据 Carol 说，那四本书是从 Seattle 航空寄出的（平寄即可，太花费了），不知你最近有没有重返华大？甚念。护照的事进行得如何了？希望你能把这桩心事早日解决，也可定下心来多做些事情。（胡世桢给我一封信，说他给了你两封信，都未见复音，他的新住址是 1147 Galloway, Pacific Palisades, Calif.，你可给他一封信。）

关于雷震的事，我也有同感。老蒋这种作风，实在是不智之极，虽然我对《自由中国》那帮人的主张，也相当讨厌。殷海光的 nationalism，其他人借用 or 翻译 Stevenson、Bowles、Conlon 的意见来批评台湾和中共的前途。总之在亚洲小国家，智〔知〕识分子闹民主，政府当局压制，最后共产党渔翁得利，把政府和民主势力同样地压倒。我希望这次雷震的事不要闹大了，引起南韩和土耳其式之暴动。雷震那帮人闹民主，大约也是由于台湾政局沉闷，许多 frustrations 只好用政治方式来发泄。雷震亲近共党的说法，我想是毫无根据的，但他和美国许多人一样相信"共存"的说法，以为大陆无法恢复了，只有在台湾好好地弄民主，做个榜样，在精神上、道义上和共产势力反抗（《自由中国》关于南韩及李承晚下台的种种观察，都是不大妥当的）。我们要民主，但同时我们要防制共党 agents 在争取民主的局面下，获取政权：这可说是亚洲各国面对的难题。反共比较 effective 的小国家，大多由 strong man 独自执政，但因为那些 strong man 不得民心，或容易受到批评，结果国内闹起风潮，strong man 下台，反共势力也因之削弱。Strong man 是否是（遏止）Communism 的最好的 answer；在共产势力猖獗的今日，如何实行民主，保障自由，这种种问题，一时实在没有答案。因雷震事件，你决定不返台，并且有借口不返，这个主意很好，希望移民局能早日赞助你，使你常驻美国。

学校上星期开学了，此地 freshmen 每年增多，教授的 burden 也每年增大。这一学期我开了一课欧洲文学，从 Moliere[1]、Racine 读起，这门课我当然没有资格教，但正因为如此，自己也可有些长进。Moliere、Racine 我一直想把法文读好后再读，但法文只读了一暑假，几年来一直没有功〔工〕夫去（看）它。将来也不知什么时候有空。关于法国文学，Lytton Strachey 那本小书仍旧可读，只是十九世纪写得差一些。此外 Martin Turnell 几本大书外，英美学者似乎没有写过多少研究专书。《红楼梦》重读了一遍，我觉得最精彩的一段还是晴雯的死，不知你有没有同感。后四十回在叙事方面的确和前八十回有不同之处，许多节目，因要交代的事情太多，不能淋漓尽致地写出。但黛玉之死、宝钗结婚写得极好，贾母对黛玉既 callous，对宝钗也并不好。许多人都为林妹妹叫屈，但宝钗因"冲喜"而草草结婚，其 suffering 也不小。最后有几章描写贾蔷、贾环等小辈的堕落和巧姐儿的下场极好，刘姥姥的四进荣国府，不特前后照应，她的引救巧姐儿也是故事上 inevitable 的发展。刘姥姥

1　Moliere（莫里哀，1622–1673），原名让・巴蒂斯特・波克兰（Jean Baptiste Poquelin），法国剧作家，古典主义文学的代表人物，古典喜剧的开创者，代表作有《伪君子》、《悭吝人》等。

的乡村生活，变成了和荣国府对照的 norm，更显得贾府的 cruelty
和 decadence。贾宝玉第二次梦游太虚幻境后，简直是和 Oedipus 在
colonus 差不多，成了个硬心肠的 prophet 了。宝玉可以给宝钗、袭人
较快乐的生活，但他决定出走，这一段情节可说是全书最大的 tragic
irony。全书叙述恋爱结婚种种式式悲惨情形，但并没有 invalidate
人生恋爱可能有美满的一方面；宝玉自己即有力量给宝钗、袭人相
当的爱和保障，但他情愿转为石头，和尘世隔离。《红楼梦》虽然把
"情"和"欲"混为一谈，但"情"的 cases 究竟和"欲"的 cases 是不同
的。尤三姐和司棋的死都出于 shame 和误解，她们的恋爱生活可能
是美满的，但曹雪芹不肯把纯 passion 的结合正面写出来。唯其如
此，全书对人生和爱情所抱的态度，非常 complex，不知我什么时候
能把头绪理出来。

不久前我和 Evan King 通信，讨取 quote *Rickshaw Boy* 的
permission。他回信极客气而 nervous，要讨好我的样子。我回信告
诉他抄袭赵树理的事，结果他恼羞成怒，发了两封 long telegrams，
给我和 Yale Press，threaten to sue for libel。此事下文，尚不得而知。
我虽然证据充足，但真正上法庭也是极麻烦的事。我起初坚持一字
不易，但后来想想和人结怨也没有什么意思。写信告诉 Yale editor
把 Evan King 的名字和书名 delete 了，Evan King 也就没有上诉的凭
借了。Yale Press 如何处理此事，一两天内当有下文。

玉瑛妹在家住了十八天，已返福建了。大约寒假时和焦良结
婚。Joyce 昨天生日，没有什么举动，仅拆看了几种 presents，和吃
了蛋糕。Joyce 对 weed 之类，确 allergic。两星期内做了不少 tests，
即日将开始打针，希望把 anti-bodies build up 起来。目前气候转冷，
各种 pollens 也不再在空气中飞舞了。Joyce 晚饭前收听 TV 上的卡
通节目，我 TV 也少看。现近看了两张满意的电影 *Sons & Lovers*[2]，

---

2 *Sons & Lovers*（《儿子与情人》，1960），英国剧情片，杰克·卡迪夫（Jack
   Cardiff）导演，特瑞沃·霍华德（Trevor Howard）、迪恩·斯托克维尔（Dean
   Stockwell）主演，二十世纪福克斯出品。影片改编自 D. H. 劳伦斯的同名小说。

和 *The Apartment*，后者的故事 bitter sweat 实在处理得极好。Billy Wilder 自己编导，不根据什么"原著"，比起 Wyler、Steven 来更胜一筹。十多年来他的影片我张张看过，他的 resourcefulness 实在是惊人的。

你所〔近〕来做些什么事，请详告。甚在念中，匆匆，专请近安

弟 志清 上
九月 19 日

474. 夏志清致夏济安（1960 年 10 月 2 日）

济安哥：

九月十七日信已看到了，知道你已返Berkeley安心工作，甚慰。研究中共文字，可能写出好文章来，李祁注译的那本汉语文法，就很有趣。你的国文根底当然要比李祁好了多少倍，研究中共套用的idioms，必然是很轻易的工作。你为了左联和瞿秋白，看了不少参考书，文章写出来，一定很精彩，抓住人家看不到的地方。

前两日程靖宇给了我一封（信），内中一封长信及《自由中国》复刊启事一纸是托我转寄胡适的。我既不知胡适通讯处，已把该信及启事寄李田意处，托他代寄（寄给你，因胡适在东岸，恐费时太久）。他给我们的信很简短（兹附上），希望我们多写稿子。我看程靖宇和雷震那帮人毫无关系，此次用闪电战方法取到了《自由中国》在香港出版的许可证，并且和某出版商合凑了一万港币，办这个刊物，目的纯在投机赚钱，但希望他这个大gamble能得到预期的成功！程靖宇不看英美报章，对政治的看法，仅凭香港台湾报道上的记载评论，恐怕自己一无新主张，写起社论来，可能遗〔贻〕笑大方。台北《自由中国》的社论坚持自己的主张，抱一贯反"不民主"的态度，白话文写得也很谨严；程靖宇的杂志要达到这个水准，实在不容易。程靖宇虽然是读历史的，我看我们的政治知识不知比他高明了多少。我对《自由中国》的主张，一向不大赞同，所以也不预备为程靖宇写文章。你和他友谊较深，免不少〔了〕要应酬几篇，但多写了，也是没有意思的。最好你能找到个借口，不写稿子为妙。

星期日、星期四我们去 Montreal 看了两次戏：什锦节目和《白蛇传》，《野猪林》仅在星期日晚上演了一场，无法看到，甚是遗憾。星期日日戏有四出短戏，《三岔口》、《拾玉镯》、《秋江》、《虹桥赠珠》，都是"动作"戏，观众极为满意。其余跳舞节目以"丝带舞"为最精彩，余者平平。有一位郭女士唱歌，观众鼓掌后还连唱了一段《蝴蝶夫人》和 Mozart Requiem 中的一段 Hallelujah。她的歌喉虽很好，但我要看的是京戏，她这样地浪费时间，倒把我急煞。一个中国乐器的乐队，弹奏了几支曲子，那些 musicians，身穿黑色中山装，头发长长的，面黄肌瘦，看到后，相当不舒服。《三岔口》武生上场，李少春我在国内时看过很多次，看着相貌不像（《虹桥》演出时，他出来舞了一回大旗，想他必是二牌武生 Wang Ming Chung）。演刘利华的武丑，鼻上抹些白粉，那个 grotesque 的脸谱全部没有画上，更使我失望。武生、武丑上台，总要表表姓名，做几个把式（叶盛章、张椿〔春〕华[1]，把黑袍掩面奔上台的情形，我们都不会忘记）。现在中共把这种场面都取消了，可能是要节省时间。二人摸黑，开打了约十分钟左右，戏就完了（焦赞仍是焦赞），以前李叶摸黑，总要三四十分钟，情形是大不相同的。Program 上《虹桥》主角是 Liu Chi[2]，武功极好，这出戏全武行，大获观众欣赏，我看得也极满意。《拾玉镯》也是 Liu Chi 演的，我起初还以为她是杜近芳。节目表上本列有《霸王别姬》，由袁、杜演出，临时改了《拾玉镯》。原来当晚李、袁、杜要演重头戏，日戏三人都没有出场，好在洋人不知道 who's who，许多在座的中国人恐怕也不知道，所以大家看得极满意，鼓掌不绝。《秋江》女主角 Hsia Mei-chan[3] 做几个坐船姿态

1　张春华（1924–），天津人，京剧演员，叶派武丑传人。

2　Liu Chi（刘琦，1937–），山东文登市人，京剧武旦演员，1959年中国戏剧学校毕业。

3　Hsia Mei-chan，不详。

也很好。我十几年来看京戏，看到了许多花旦的"做工"和开打，当然很高兴，但看了半天戏，竟没有听到半句老生青衣的唱工，实在不能过瘾。回 Potsdam 后，还是叫 Carol 打电话定〔订〕了座看《白蛇》，Carol 什锦节目看得满意，当然也要看一出像样的大轴戏。杜近芳的确如你所说，唱做全好，是坤旦中少有的人才（言慧珠喉音极狭，但我印象中童芷苓的 voice 似比杜近芳的好。张君秋表情呆板，他的唱工和杜近芳孰胜，就难比较了）。《金山寺》表演的武功也很好，但不如那位"妙龄武旦"Liu Chi。杜近芳"断桥"的大段唱工，最是难能可贵，我屡次要叫好，但在外国，没有这个规矩，心头痒痒的，觉得很对不住她（观众 less enthusiastic，只为开打场面鼓掌，终幕后，鼓掌也不如星期日那样热烈）。李少春演许仙，仍用武生（or 老生）喉音。我重读梅兰芳《舞台生活四十年》，讨论到俞振飞演许仙时，唱的都是昆腔；李少春唱的仅是些摇板之类的简单调子，不知何故。李少春演许仙，当然是大材小用，虽然几个掸帽滑跌身段很不错。袁世海饰法海也无戏可做，voice 也没有十年前宏〔洪〕亮（他手下两个用照妖镜镇压白蛇的神将，口喷火星，Joyce 看得大为满意）。"断桥"以后，全戏草草了事，没有什么精彩（的）了。中共剧团带来的行头都是崭新的，《白蛇传》有几个 backdrops，用国画之法，淡淡几笔，倒是很可取的。戏完后，穿中山装的 musicians 也一齐出场，按俄国方法，自己拍掌，是相当 disgusting 的。总之，这十几个 musicians 使我想到中共的 drab life，心头很不高兴，大约这些琴师在国内舞台上，也穿制服伴奏了。

两次长征，看戏都很满意，对 Joyce、Carol 这是新经验，第一次看后，更是满意。Joyce 对京戏的开打大为神往，美国的西部片只有放枪角斗，比起中国的 stylish combat，简陋得多了。《拾玉镯》、《秋江》情节简单，我们在家也伴 Joyce 作了几番演出。因为语言不通关系，中共剧团在国外所演出的节目，都是经过部里考虑的，但老生青衣的"静场"戏不能演出，总不能表演京剧的全面优点。国内情形如何，也很难说，新出道的演员究竟太少，老观众看戏的热诚想必大大减低。即北京上海想象中也不可能和以前一样经常有商业竞争性的演出。几个大名角演戏，可能是招待外宾，或慰劳军士工人，这些人的欣赏能力有限，大抵也只求热闹有趣。演员没有内行观众的 challenge，在艺术的努力方面可能会见见〔渐渐〕松懈的。

你信上把想做官的 intellectuals 批判得很对，希望你真能抽出时间把雷震的事件在 New Leader 上报告分析一下。程靖宇在国内恐怕和胡适关系很浅，最近几年一直缠住他，现在创办《自由中国》，简直是以胡适的门生自居了，情形是很可笑的。

Test 结果，Joyce 的确对很多东西是 allergic 的，预备日内开始注射针来。明日 Joyce 开始进 nursery school，目的是因为她一个孩子很寂寞，到学校去坐半天，可多些朋友。这种学校，比幼稚园更低级，学不到什么东西，只是玩玩而已。

一星期来，各国共党领袖大闹 UN，此次开了例，以后一年一度，情形更不堪设想。而 Ike 热诚支持 UN，美国外交受 UN 牵缠太多，更不容易有什么惊人的反共表演了。我看最好美国退出 UN，UN 没有了美国的经济支持，可能会自己瓦解。没有了 UN，Communist 和 Neutralist blocs 也可减少些骄气。

这学期我担任一门 extension course，每星期二到 Watertown 去教一些小学教员（在晚上），浪费时间精力不少。开学以后，工作时间减少，最近没有做成什么事，玉瑛妹寒假结婚事，上次信上已报道了。父亲信附上。专请

近安

弟 志清 上
十月二日

475. 夏济安致夏志清（1960年10月5日）

志清弟：

今晚在饭馆吃饭时，有人告诉我是中秋，但今晚有小雨，一点月亮都看不见。在外国，阴历节气总是不记得的。回到家来，看见来信，和父亲的信，很高兴，总算是团圆了。

加拿大的戏，我虽没有去看，但在Seattle看见了不少Lantern Slides（都是朋友们照了带回来的），陈世骧又照了些8mm电影，我已看过两次，大致是怎么回事，我已知道。虽然没有人录音，但他们这次的京戏，不注重唱，想亦不过如此。据我所听见的批评，却是raving praise，原因恐怕是一般中国人，在美国住久了，实在太homesick了。我对于京戏，自命亦是半个专家；在台湾历年看过几次，没有一次是满意的，因此兴趣淡下来了。我最喜欢的是苍凉的老生戏，谭富英的《打棍出箱》、《战太平》，李少春的《打鼓骂曹》以及很多人演过的《捉放曹》、《空城计》等都使我感触很深，这种经验是没有别的东西可以代替的。余叔岩在高亭公司灌的几张唱片（《空城计》、《搜孤救孤》、《鱼肠剑》等）是百听不厌的。台湾就没有一个好老生。青衣戏我不喜欢的居多，尤其梅派，因嗓音太甜，不够苍凉的味儿。张君秋我看过很多，其实没有一出使我能完全满意的。梅自己我看的太少，不敢瞎评。台湾在1951年左右，有个跟程砚秋拉琴的琴师叫周长华[1]的，在无线电台教《锁麟囊》，他的太太是中国大富豪盛杏荪[2]的孙女（化名，颖若馆主[3]），因学戏嫁给他的，亦在电台做助教，我有一个时候听得很过瘾。但后来周长华死了（死在舞台上的，想是 stroke），程派好戏亦不易听到了。程的戏大多太偏僻，不像老生戏那么家喻户晓。青衣戏编得亦没有老生戏好（若说老生戏是程长庚[4]首创的，此人的天才着实可观），青衣只有苦戏（如《玉堂春》、《六月雪》等只是瞎吃苦），不像老生戏那样的有灵魂受熬炼受磨煎的呼号。这恐跟中国社会有关系，中国男人所负的责任大，其灵魂所受的考验亦深，发之于戏，仍是深刻的；女人负的责任小，大多受命运的颠扑而已。至于老生青衣合演的戏，不少亦有好的，如《三娘教子》、《宝莲灯》等。有男人衬托，女人的苦恼更显得出来了。戏编得好坏，大有讲究，如《霸王别姬》是一塌糊涂的，你以前亦说过。又如《定军山》，人只是出场下场，忙得跟走马灯似的，没有人能把它唱好的。几出好的老生戏真有 unity，音乐、唱

1　周长华（1907–1954），京剧琴师，继穆铁芬之后为程砚秋操琴。两人合作十余载，相得益彰，代表作是《锁麟囊》。1947 年娶盛毓珠（颖若馆主）为妻，1949年后赴台湾定居。夫妻二人均被认为是"程派"在台湾的重要传人，时常登台表演，亦在电台说戏。1954 年，周长华在为盛毓珠伴奏演出《玉堂春》后突发脑溢血，死于后台。

2　盛杏荪（1844–1916），即盛宣怀，字杏荪，号愚斋，江苏武进人，清末洋务派官员。同治九年（1870）入李鸿章幕府，先后主持包括轮船招商局、中国电报总局、中国通商银行、北洋大学堂、上海图书馆、万国红十字会在内的一系列近代化事业。有《愚斋存稿》行世。

3　颖若馆主（1917–?），即盛毓珠，字岫云，艺名颖若馆主，盛宣怀的孙女，"盛老四"盛恩颐之女。自幼迷恋"程派"唱腔，后下嫁程砚秋的琴师周长华，成为"程派"在台湾的重要传人。时常登台表演，并灌有《女儿心》、《四郎探母》、《玉堂春》等唱片（周长华胡琴伴奏）。周长华去世后嫁给曾向周学艺的马芳踪。2003年马芳踪煤气中毒去世，颖若馆主赴美与女儿同住，现已作古，卒年不详。

4　程长庚（1811–1879），名椿，字玉珊，堂名四箴，安徽潜山人。京剧老生演员，同光十三绝之一，先后担任"四大徽班"之一的三庆班班主、"精忠庙"会首等。代表作有《文昭关》（饰伍员）、《群英会》（饰鲁肃）和《战长沙》（饰关羽）。

腔、身段和情节、人物性格等配合得都极好的。这些还没有人好好地谈过。

最近中共上演一出戏，叫做《官渡之战》[5]，可能非常之好。那是演袁绍失败的悲剧，谭富英演袁绍，据说其唱做繁重不亚（于）《战太平》。马连良演许攸，他要倒到曹操那边去，很有点内心表情，和他所擅长的大段说白。曹操是裘盛戎，其他配角均极一时之选。这种戏中共想亦编不出来，可能是老戏，富连成有很多老三国戏，除它的优秀毕业生李盛藻还贴演以外，别人是不大动的了，如《马跳檀溪》、《三顾茅庐》、《舌战群儒》等；马连良亦曾灌过《斩郑文》、《胭粉计》（气司马懿）、《上方谷》、《五丈原》等。中共最近似并不急于要替曹操翻案，虽然郭沫若嚷过一阵。《官渡之战》的情节是可以与莎翁的历史剧相媲美的，可惜这种戏一时是看不到的。

你们这次去看戏，Carol 和 Joyce 都很快乐，我听见了亦很高兴。中国的武工〔功〕，的确另有一功。Robert Taylor 在 *Ivanhoe* 和 *Round Table*[6] 的 "舞" 剑，笨拙非凡，怎么能使人联想得起古代英雄的英姿呢？我近年的一大消遣，是看日本电影，日本的 "剑道"（Kendo），和中国不同，剑风凌厉，常求一下把人劈死，但身、手、眼三法仍极有可观处。在陈世骧家看了他在 Vancouver 照〔拍〕的电影，中国的武功身段灵活，花巧美观，确是为洋人所不能梦想的。Joyce 回家来要表演，我们小时候看了戏回家不是亦要 "掮枪使棒" 的吗？

雷震一案，我不断地在注意中，这里的中文报多，容易得到消息。据说雷对他的太太说：无论如何请胡适回国来替他说话，其情极为凄惨。胡适原定九月初回去，现在是非观望不可了。据纽约

5　《官渡之战》（1960），孙承佩根据《三国演义》及《战官渡》改编的京剧，北京京剧团演出，马连良饰许攸，谭富英饰袁绍，裘盛戎饰曹操。

6　*Round Table*（《圆桌武士》，1953），古装动作片，理查德·托普导演，罗伯特·泰勒、艾娃·加德纳主演，米高梅英国工作室出品。

《华侨日报》（这是一家共产报 —— 不仅是同路人而已 —— 美国政府不知怎么让它出下去的）说，台湾有些人亦想清算胡适思想呢。他们对于胡在 Seattle 那篇演说大表不满，若所传是真，我真看不出胡那篇文章哪里得罪了国民党，雷震案定本星期六宣判，不知将怎么判法。如真把雷震关他十年八载，台湾要向海外号召，将更为困难了。另据旧金山《世界日报》（民主人士的）说：胡表示有两可能：（一）和台湾绝交；（二）回去为民主奋斗。

　　程靖宇在香港的生活，一部分是小丑，一部分是郁达夫式的才子，一部分又带点招摇撞骗。我亦不懂他怎么能 seriously 地来谈"民主"。香港倒的确有一帮人，和台北的自由中国派一（个）鼻孔出气的，思想与文风都相近，不知程靖宇能否把这帮人抓到手。我自己因护照事尚未解决，很怕在这紧要关头去得罪政府，程靖宇的请托，只好不理了（回信要写的）。人在美国，只希望吃口太平饭，麻烦愈少愈好。政治只想谈过去的，不想谈目前的，而且不想用中文发表。程靖宇是想接雷震的台，必定要骂政府，这个浑水我不敢趟〔蹚〕。他如照他自己的意思瞎来来，非驴非马，那末〔么〕上至胡适，下至旧《自由中国》的青年读者，都要骂他无耻冒牌，我们又何必捧这个场？

　　近日生活很有规律，每天开车上班下班，与暑假期内的混乱情形，大不相同，希望不久拿些成绩出来。我是无大志的，人生能一辈子如此，亦就知足了。但不知造物能否相容耳？移民局不来麻烦，护照事让台湾拖延下去不解决亦无所谓。

　　父亲信过些日子再写。希望不久我能在 Joyce 和 Carol（面）前表露一下我的京戏修养，请向她们问好。专此 敬颂
　　近安

济安

旧 8/15，Oct. 5

476. 夏济安致夏志清（1960 年 10 月 9 日）

志清弟：

　　昨晚看TV，看到半夜以后，那时 ABC 早已送给Kennedy 三百多票（ABC 的报告员 John Daly 睡眼惺忪，说话错误百出，如把 presidential election 说成 vice-presidential election 等），NBC知道如何吸引观众兴趣，还只给他268票。但是大势已定，今后四年乃是 Kennedy的天下了。照你平日的信念，心里一定很不痛快的。我在美国还是"过客"，关心的程度不如你。我是很希望Nixon当选的，因为我的temperament是近乎保守一派，不愿见到工人猖獗，政治上乱改一阵等。但Kennedy既胜，不得不想些理由来安慰自己，兼以安慰你。Kennedy为人究竟如何，世界人士与美国人士大约都不清楚，他似乎以Roosevelt自居，看他鼓动群众的能力，不愧是一绝顶聪明的demagogue。此人在一切liberals之中，还是比较保守，而且亦许自己有些主张，不会让别人牵着鼻子走。忘了是什么杂志，但我曾看见有些条内幕新闻，说Kennedy不会让 Stevenson 或 Bowles 做 Sec. of State，他要像Roosevelt一样，找一个软弱听话的人来办外交，然后运用他自己纵横捭阖的大才。这当然很危险，但Stevenson 与Bowles的外交主张，人人都知道，Kennedy的外交主张，大家还不大清楚，可能会对苏强硬，亦说不定。他曾说过要大扩军，但是扩军亦许只是年轻人好大喜功（拿破仑、李世民、忽必烈、亚历山大握权时年纪比他还要轻）的表示。他如要真心整顿国防，看他有没有魄力，压倒左派谬论，恢复原子弹试验。他当然要先来几次对苏谈判，谈 disarmament 的问题，谈当然不会有结果，然后看他有无决心恢复原子弹试验（Ike 自动停止这种试验，实在只是个稳重的老人的示弱的表现），假如这一点办到了，可不用担心他会对苏让步。他亦许真想拿些"颜色"出来的。

那些号 big-spending，socialism 的做法，亦许是使 Kennedy 赢得大城市（连带着几个工业大州）的主要原因。这种做法，是否对美国有利，我没有研究过，不敢说。这种做法，当然是把美国带到左倾的路上去。但假如"偏左"而能使那些左派嚣张分子满意，亦许是避免使他们变成"赤化"的一个办法。左派嚣张分子（不论是大学教授、工人，或无知黑人等）是美国政治上一大力量，他们总是要嚣张的。对付他们是很吃力的事。这次即使是 Nixon 当选，他对付左派恐怕要比 Ike 对付更为吃力。Nixon 如右倾，他们亦许左得更厉害，Nixon 将拿他们无可奈何。Ike 到底是得全国大多数人拥护的，他的所谓"压"左派，无非可以不理左派的嚣张，而无损于他自己的 popularity。左派如嚣张下去，赤化的人渐多，对美国更不利。美国各大学的所谓 loyalty oath，我看是很难贯彻。美国到底是自由国家，不能勉强人家发誓。大学里的人不肯发誓，倒是傻得可爱。中国讲究"面和心不和"，美国则"心不和，面亦不和"，这亦是防止隐患的好办法。Kennedy 上台，给左派一些"甜头"吃吃，至少暂时可以使他们安静一下。

Nixon 的说话不能像 Kennedy 那样地有力（即使两个人口才相仿），是因为他是采取守势，要替共和党的政策辩护，因此就不便放"大炮"。攻的人说话总是容易耸动听闻。Kennedy 的四年（希望这四年内不出大乱子）亦许可以造成一个局面，即左派或将被迫采取守势，让右派来攻击。左派政策亦许引起美国经济大不安；Kennedy 要办这样，要办那样，有识之士早就看出他的困难：他的钱将从何

处来？左派要替自己辩护了，说话亦将没有劲；右派反可振振有辞
〔词〕了。这四年亦许是右派复兴最好的机会：抓住左派弱点而加以
痛击。Ike上台之初，左派的确是不得民心，否则像McCarthy之流
的人，亦不会变得这样重要的。Democracy总有它的缺点，老百姓
总是糊里糊涂的；倒来倒去自己亦莫名所以。左派的only chance是
像Castro[1]那样，一把握政权，即来独裁，诛戮异己。如左派跟人
公平竞争，未必一定占便宜。美国可能出McCarthy，出Reuther[2]，
但是出现Castro，到底是不能想象的事，除非是给苏联征服了。假
如Cold War继续，而左派无力应付，右派卷土重来的机会仍旧有。
现在美国不少人提起McCarthy就痛恨，但能知道Reuther之可怕
者，只是少数先知先觉之士。可能有一天Reuther亦全变成被唾弃之
人的。

美国到底组织健全，潜力丰厚。这四年未必一定弱下去，即使
弱下去，亦许仍有翻身的机会。美国人可说个个天真，Nixon若真
是阴险之人，决不会接受Kennedy的挑战，在TV上去辩论的。奸
雄是玩弄老百姓的人，Nixon还是尊重老百姓，不敢玩弄他们的。
要woo老百姓，一定要有seducer的本事。亚洲与欧洲，有seducer，
亦有奸雄。在美国，seducer大约是不存在的，男女双方大多是各
取所需的，政治方面亦很少有奸雄。女权既张，民权亦盛。罗斯福
多少有些seducer的本事，但"女人"心里还爱他，当他是个devoted
lover，which he may have been。Ike是个老实规矩丈夫，Hoover、
Truman都可算是好丈夫。Kennedy目前给"女人"的印象是青年有
为，"女人"就想跟他。青年丈夫开头计划很多，但在社会环境与

1　Castro（Fidel Castro，菲德尔·卡斯特罗，1926–2016），古巴革命家、政治家、
　　马克思主义者，20世纪50年代领导古巴革命，推翻巴蒂斯塔（Batista）政权，将
　　古巴转变为社会主义国家。后长期出任古巴领导人，2011年隐退。

2　Reuther（Walter Reuther，沃尔特·鲁瑟，1907–1970），美国工人运动领袖。20
　　世纪中叶，全美汽车工人联合会（United Automobile Workers）在其带领下成为民
　　主党以及"产联"（Congress of Industrial Organizations）中的主要力量。

自己能力限制之下，亦许结果仍旧规规矩矩老老实实地做个bread-owner，并不会比Ike出色多少的。

接到来信知道你很忙（《骆驼祥子》已收到）。那种编card index的事，是应该让assistant们来担任的。你以后如有书出版，希望已在大的学校教书，学校出钱来替你雇用研究生，帮你做这种琐碎的事情。Asiatic "Asian" studies明年在纽约开会，要请一个人报告中国近代文学，陈世骧已推荐你去。那时你的书已出版，可以扬眉吐气地去一会"群雄"。会里将有正式信来接洽，希望你答应。X'mas假期十分希望你们来加州玩儿，Carol和Joyce都这么起劲，你何忍拂逆她们的兴致？别的再谈，专此 敬颂

　　近安

济安
十月九日

477. 夏志清致夏济安（1960年10月12日）

济安哥：

中秋节晚的信已看到了。这两天Yale Press把page proofs寄来了，校读page proofs极易，但编index仍得费一些功〔工〕夫，我平日教书，要抽了时间来，实在不容易。书大约有600页，也可算是本像样的著作了。

Yale Press把排印书事拖了很久，原因都是Evan King那桩公案（前信提到），结果Yale Press cautious，提议把指明Evan King plagiarize那两段文字delete，我也答应了。但E. King早已给我信，不准 quote 他的 *Rickshaw Boy*，我虽早已把他的inaccuracies修正过了，但免雷同起见，预备把所quote两三段重译一下。手边无书，记得你买到过一本《骆驼祥子》，可否见信即将该书航空寄上，为要。如无书，请向library借一本，寄上。

今晚给父亲写了封信。不多写了，上星期看了 *Black Orpheus*[1]、*Psycho*[2]。隔两天再写信。即祝

秋安

弟 志清 上
十月十二日

1　*Black Orpheus*（《黑人奥菲尔》，1959），爱情喜剧片，马塞尔·加缪（Marcel Camus）导演，布雷诺·梅洛（Breno Mello）、马彭莎·道恩（Marpessa Dawn）主演，法国Dispat Films、巴西Tupan Filmes出品。

2　*Psycho*（《惊魂记》，1960），悬疑片，希区柯克导演，珍妮特·利、安东尼·博金斯（Anthony Perkins）主演，派拉蒙影业发行。

478. 夏济安致夏志清（1960 年 10 月 22 日）

志清弟：

短简收到。《骆驼祥子》已寄出，此书你多用几天也没有什么关系。另外平信寄上英文《白蛇传》一册，可请 Carol 读给 Joyce 听。故事是很引人入胜的，虽然该书所用的情节和通常所知道的稍有不同；另外那些广东译名，也请你改成标准国语译音。

我的护照事大致已解决，台大已批准续假，现在只等"公文旅行"，到那时就可正式批准居留一年了。

所以近日很定心，只是工作甚紧张耳。这里的工作我只用一部分时间来对付，很多时间是用来写瞿秋白（的）。已写了几千字，不知到什么时候才可以完工。我现在所有的材料，写一篇文章已嫌多（假如一万多字的话），写书还是大大地不够。此外，写英文仍很吃力，改起来很费时间。我现在最感欣慰的是生活有规律，文章一页一页地打出来，虽然完工尚不在望，心里亦有点高兴。偶然打 Bridge，打到一两点钟（A. M.）睡觉，心里就觉得损失。这样能在工作中找到乐趣，我已经很配在美国大学做研究工作了。工作上了轨道，最怕外事分心。有一个时候，我很怕台湾来信，假如信里有些什么对我不利的话，我真将不知如何做人了。因精神大部分放在研究工作里面，没有余力对付别种问题了。侥幸护照事已解决，我非得好好地拿些成绩出来不可。

胡适在最近期内返台湾，已见报载。不知他回去后，对雷震案要说些什么话。程靖宇的《自由中国》，香港的 book dealer 已有信给我们的 center，希望我们订阅。我说恐怕是"滑头戏"，订阅是无所谓，但切莫当它是台湾版的复刊。

电影每星期看，*Black Orpheus*、*Psycho*、*Elmer Gantry*[1] 等都已看过，都很满意。最近期 *New Yorker* 大赞 Jean Simmons 在 *Spartacus*[2] 中之美，其实她在 *Gantry* 里也很美；虽然照相不慎，仍可显出"老形状"来，如眉头上的一条斜皱纹。

San Francisco 只有星期天才开车去，因星期天 San Francisco 市里和那顶大桥上车子比较少，开起来少紧张。San Francisco 要好好地 explore，无此精神，最近亦不想。开只是开到 Chinatown 去吃饭瞎逛逛而已。

你最近为 proofreading 又得辛苦一阵子，这次看完，可以好好地 relax 一下了。我有个建议，请你们一家在 X'mas 左右到 Berkeley 来玩如何？叫我到纽约来，我怕冷，而且我也不大想玩。你们好久没有出远门旅行，加州温暖（冬天大约仍在五十度至七十度之间），顺便可去 Disneyland，让 Joyce 快活一下。我建议：

（一）你们来的两张票（jet，小孩免费？）由我来买，因为你们不来，我反正要去东部，来回票亦差不多价钱。

（二）来了住在我的小 cottage 里，我这里有厨房，你们"开伙仓"省事些。我自己拟搬去附近的 rooming house 暂住几天。我现在有很宽畅〔敞〕的 office，常常在 office，漂亮的小 cottage 平常不大在那里，是很可惜的。

1　*Elmer Gantry*（《孽海痴魂》，1960），剧情片，理查德·布鲁克斯导演，伯特·兰卡斯特、珍·西蒙斯主演，联美发行。

2　*Spartacus*（《斯巴达克斯》，1960），历史片，斯坦利·库布里克导演，道尔顿·特朗勃（Dalton Trumbo）编剧，柯克·道格拉斯、劳伦斯·奥利弗、珍·西蒙斯主演，环球发行。因特朗勃 1947 年被列入亲共作家黑名单，他所编的《罗马假日》（1953）、《勇敢的人》（1956）等，都署化名。道格拉斯坚持编剧署真名，此后特朗勃的作品得以解禁，传为佳话。

（三）我的车子让Carol开，给你们开出去四处旅行。这里附近好玩的地方很多。你们如来玩两个礼拜，一定可以很快乐地回去。希望你先同Carol商量一下，过些日子我再写信给Carol。

有美国朋友说我这次看不到竞选的热闹情形，是很可惜的。今年的竞选，似乎很冷静。身上佩Button的人很少，露天演讲也还没见过。Nixon、Kennedy在TV上的第二次辩论，我看了一部分，觉得两个人都很紧张，很可怜，为做总统，如此抛头露面（如江湖戏班拉客的），真是何苦？两个人的英文句子都不漂亮，比起Churchill[3]与Bevan[4]的卖弄辞藻，那是差远了。Kennedy人家说他在TV上表现得mature了，我看不出来。他话说得很快，冲劲足，亦很清晰，但他给我的印象只是一个大学里的出风头青年，碰到问题不假思索侃侃而谈，十足表现"自信"，但是有什么mature thinking，那也不见得。这种青年每所美国大学里大约都有，哈佛恐怕特别多。这种人我是怕跟他们谈天的，因为他们认真，缺乏幽默感，只是以辩论胜利为乐。真正mature的人大约是那些法官，他们说话慢吞吞含糊糊的——至少电影上所表演当是如此。Nixon脸色苍白（那是第二次，第一次听说更糟），眼睛有点眯，两腮阔大，一点笑容都没有，给我一种sinister的感觉。Kennedy也不笑，但那种"自以为是"的青年是不大肯笑的。Nixon算是代表man in the street，他可亦毫无和蔼可亲的表情。Ike可算"表情圣手"，嘴大，脸上肌肉善动，上特写镜头是很"讨俏"的。Lodge[5]的英文亦不漂亮。英文还是Stevenson。但

3　Churchill（Winston Churchill，温斯顿·丘吉尔），英国政治家、作家，英国首相（1940–1945、1951–1955），在任期间带领英国取得二战胜利，发表"铁幕演说"（The Sinews of Peace）拉开冷战序幕。撰写系列回忆录《第二次世界大战》（The Second World War，1948–1953）获1953年诺贝尔文学奖。

4　Bevan（Aneurin Bevan，安奈林·贝文，1897–1960），英国政治家，工党左派（"贝文派"，Bevanite）领袖，致力于争取工人权利与社会正义，在二战后出任卫生大臣（1945–1951），推动了国民医疗服务制度（National Health Service）的建立。

5　Lodge（Henry Cabot Lodge Jr.，小亨利·卡波特·洛奇，1902–1985），共和党参议员，1960年总统大选中尼克松的竞选拍档，副总统提名者。出任过美国驻联合国、南越、西德以及梵蒂冈大使。

是做总统谁最合适，那亦很难说。Truman 初上台时，谁知道他有这么大的魄力派兵到韩国去打仗呢？再谈，专颂

　　近安

济安
十月廿二日

479. 夏志清致夏济安（1960年11月3日）

济安哥：

中秋节的信还没有好好作复，十月廿二日的信在桌上也搁了好多天，再不写信，自己也说不过去了。这几天我在编排 index，真是伤筋动骨的工作，希望这星期六能把 index 排好，星期日前始把它打出来。编 index 的方法是把 galleys 上可编入 index 的 phrases 用 red pencil underline，然后按章把这些 phrases 一条一条地打出（打在 adding machine papers roll 上）。Page proofs 收到后，再得注明页码，然后把 entries 一条一条地抄在 3×5 卡片上。这几天的工作是把页码誊抄在卡片上，把放在 box 内的卡片一张一张地抽出放进，实在（是）极 mechanical 的工作。Eliot 的散文集都没有索引，很使我羡慕（但 *On Poetry & Poets* 校对不密，错字极多）。

你护照事已将弄妥，甚慰。我不久前 applied 了 citizenship，第一次 interview 已轻易完事，大概再隔二三星期，即可办妥了。有了 citizenship，旅行及做犯法的事（如寄钱去香港）都方便些，此外没有什么。我有了市〔公〕民证，对你长住美国可能有帮助：你的弟弟既入了美国籍了，你再弄个 permanent residence 可以简便得多了。你现在安心做 research，很使我高兴，希望你把瞿秋白那篇文章早日写完（那篇鲁迅其实也应把它出版了完事）。我这学期教书，比较马虎，但为了出版事奇忙，自己读书实在没有时间。《红楼梦》读完后，一直没有时间看参考书，把自己的心得整理下来，很感遗憾。上星期重读了 *Adolphe*，第一次读还是看的卞之琳的译文。法国文学比德国文学丰富得不知多少，可惜我法文没有根底，不知什么时候能抽出一个夏天读法文。不久前教了《浮士德》Part I，实在看不出什么好处，歌德如此，其他想读的德国作家实在不多。

李田意这学年在 Indiana U.，我的信转到时，胡适已去台，所以李田意把程靖宇给胡适的信也退回了。我想程靖宇一定已和胡适取到〔得〕联络，那封信反蒋色彩太浓，也不必寄去了。雷震既已入狱，不知胡适有没有办法把他救出来。雷震自己署名的文章我看过他在《自由中国》上登载的自传，他不断说教式地讲爱国，可见他是个很忠厚善良的老派人（见解和父亲相仿）。但他记忆力很强，把学生时代的枝节小事都记得清，我就办不到。最近看到他的《我的母亲》，仅 first installment，杂志想已停办，以后看不到了。

我近来很多电影都错过了，*Elmer Gantry* 就没有看，今天 Carol 去看 Bergman 的 *A Lesson in Love*[1]，我也没有时间去看。但 *Black Orpheus* 是看过的，黑人跳舞甚 energetic，颇引人入胜。但故事一味仿效 Orpheus myth，男黑人的死实在是多余的，最后一幕小黑人弹琴，也有些 sentimental 的味道。TV 上的 old movies 已久未收听，Nixon、Kennedy 的 debates 倒听了两次。Nixon 嘴角上的微笑，给人阴险的感觉，怪不到〔得〕很多人都 dislike Nixon。但一般教授 intellectuals 们痛恨 Nixon（的）主要原因还是他把 Alger Hiss[2] 定了罪，正和他们后来痛恨 McCarthy 一样。据 *TIME* 估计，Kennedy 入

---

1 *A Lesson in Love*（《恋爱课程》，1954），喜剧片，英格玛·伯格曼导演，伊娃·达尔贝克（Eva Dahlbeck）、甘纳尔·布耶恩施特兰德（Gunnar Björnstrand）主演，瑞典 Svensk Filmindustri（SF）出品。

2 Alger Hiss（阿尔杰·希斯，1904–1996），美国政府官员，曾以总统顾问身份出席雅尔塔会议，1948年被前美国共产党员惠特克·钱伯斯（Whittaker Chambers，1901–1961）举报，指控其为共产党员和苏联间谍，1950年在当时的国会议员尼克松的推动下，被判处伪证罪。此案至今仍存在争议。

选总统，已无问题，我希望这个prediction不准确。Nixon再坏也不过和Ike相仿，Kennedy上台，则国内情形弄得一团糟且不说，外交上一定更是软化下来，美国的prestige当更将低落。他被Bowles、Fullbright、Stevenson等包围，外政上除了增加economic aid外恐怕没有别的方法。他真肯出兵征Cuba，我才佩服他，但这事是不可能的。

Joyce现已上学，每晨去nursery school，学不到什么东西，仅是和小朋友们游戏而已。谢谢你寄的那本《白蛇传》，Carol已读给她听了好多遍了。

你建议我们来California玩很好，但这几天我忙得紧，实在想不到旅行这方面去。待我把出版事弄好后，再给你下文如何？Carol、Joyce当然是很高兴来California的，但我天性不好动，总觉得麻烦太多。你finance我们一半旅费，衷心感谢，希望隔了一两星期，我的mood改变，欣然决心来Berkeley看你。Potsdam冷得可以，你寒假千万不要来。不多写了，专颂

研安

弟 志清 上
十一月三日

父亲最近没有信来。

〔又及〕《骆驼祥子》已于三日前平邮（special handing）寄还，谢谢。

480. 夏志清致夏济安（1960 年 11 月 28 日）

济安哥：

已好久没有给你信了。上星期五接到你给Carol的信，并收到支票$300一纸，十分感谢。这次我们来Berkeley，花你的钱不算，还得使你劳神，upset你工作的schedule，希望你能够afford时间上的损失。做较长时期visit，对host和guests，都是相当劳烦的事，希望你不作elaborate的招待，这样我们都可以好好地relax，enjoy reunion的乐趣。我生平祇坐过一次飞机（从北平到上海），这次旅行，对我可算是一桩豪举。旧金山，我初来美时住过五六天（在YMCA），对它印象极好，这次重游，自己有了family，有你在一起，情形当然和上次不同。

Index和Proofs于十一月中全部交出了。Index整理成cards后，打字并不困难，所以所耗的时间比预计的短。我自校对书样后，看书十分仔细，发现很多书都有misprints，祇是普通读者不注意罢了（*Time*、*New Yorker*、*Life*，这种大杂志，misprints可说绝无仅有），我的书不能说没有misprints，但比普通书少。我对types也发生了兴趣（我的书是Baskerville type[1]），觉得English的types种类繁多，实

1　Baskerville type（巴斯克维尔体），一种衬线字体（serif typeface），1757年由约翰·巴斯克维尔（John Baskerville，1706–1775）设计于英国的伯明翰，是对当时老式字体的改良。

在无法全部identify。相反地，汉字排印仅有普通铅字、仿宋体、粗号字几种，实在不够应付，所以一般书籍总不很美观。有什么人肯花功〔工〕夫重刻一种铅字，当然是不容易的事。美国publishers在书上说明用何种type排印的，据我所知仅Knopf和Yale（近两三年）两家，所以一般人对此事不注意。Knopf一直注意印刷装订的，它的Vintage Books design就比其他的paperbacks好。

　　书样缴出后，我忙着看考卷，至上星期Thanksgiving假期方定心看了一部小说Laclos，*Les Liaisons dangereuses*，这本书虽两年前曾拍过电影[2]，对一般读者仍是一部冷门书。这本书是书〔用〕简体写成的，虽然受Richardson影响，但书中主角（Vicomte de Valmont、Marquise de Merteuil）对自己（的）行为动机分析得透彻深入，实在是一般小说所不能比拟的。尤其Merteuil，实在是女中豪杰，她的聪明阴险，令人觉得可怕，相较之下，Becky Sharp、王熙凤、潘金莲，都祇好算是bunglers，没有一贯的哲学来支持她们的行动（Becky Sharp、王熙凤都是相当可怜的；潘金莲究竟如何，我不知道，因为没有把《金瓶梅》读完）。近代小说从Flaubert以来，都注重imagery & symbolism，但可能因为小说家对人性观察可说的话很少，祇好用另一种的richness来disguise他们的psychological poverty。Laclos格言式的小说，实在不容易写，真和Pope的complete普通诗人写不好一样。但Pope的观察大部分还是表面的，Laclos对l'amour的了解，一贯法国classical传统分析作风，似又胜一筹。Johnson's *Rasselas*[3]对人生种种也有不少格言式的警句，但他的comments和故事本身没有

2　此处指 *Les Liaisons Dangereuses*（《危险关系》，1959），爱情片，罗杰·瓦迪姆（Roger Vadim）导演，让娜·莫罗（Jeanne Moreau）、让·路易·特兰蒂尼昂（Jean-Louis Trintignant）主演，法国 Les Films Marceau-Cocinor 出品。

3　*Rasselas*（*The History of Rasselas, Prince of Abissinia*，《阿比西尼亚王子》，1759），英国作家塞缪尔·约翰逊的哲理小说，讲述了一个生活于"幸福谷"中的王子与同伴周游世界，寻找幸福的根源，并获得种种人生哲理的故事。在主题上类似于伏尔泰的《老实人》（*Candide*）等哲理小说。

关系，力量也不够，有时似乎他在 indulge in melancholy。Laclos 一点也没有 sentiment，最是他难能可贵之处。我希望你有空把这本小说一读，该书法文很浅，你可读法文本。

你近来忙得如何，瞿秋白一文已写完否？甚在念中。谢谢陈世骧推荐我去，在 Asian Studies 年会上读 paper，但至今此次〔事〕没有下文，相当纳闷。我收到你的信后，隔两日看到 Asian Studies 的 Newsletter，自己写了封信给 Richard Mather[4]（他负责中国文学方面），也不见下文。这次年会在 Chicago 举行，地点相当远些，如没有 paper 可读，去那里就没有意思了。明年 job 的事我还没有 plan 什么，可惜书出版迟了，在学术界有什么 impact 还得正月书正式出版后（十二月间书可以印好）。希望有什么学校来请我，自己活动，总是太费精神，也不得什么结果。此次来 Berkeley，当可和陈世骧好好谈谈（但除熟朋友外，系里人请不必多惊动）。

Citizenship 已于十一月十八日拿到了，同时领到市〔公〕民证的有三十多人。竞选那时，我正忙着，Kennedy 当选，虽然不高兴，但并不 upset 我。我希望 Kennedy 肯重用 Acheson，此人见解似已较七八年前大有进步。美国黄金流到国外，实在是一桩隐忧。不知 Kennedy 有什么办法。父亲常有信来，手表已妥收了，你好久没写家信了，可写封信安慰老人家。Carol、Joyce 皆好，上星期 Canada TV Station 转播了中国京戏节目，我们又 watch 了一次什锦节目。不多写了。专颂

　　近安

弟 志清 上

十一月廿八日

4　Richard Mather（马瑞志，1913–2014），美国汉学家，明尼苏达大学中国文学教授，《世说新语》的英译者。

481. 夏志清致夏济安（1960 年 12 月 2 日）

济安哥：

今日接到 Richard B. Mather（Minnesota 大学）（的）回信，我复信已答应去 Chicago 读一篇关于《红楼梦》的 paper。上次信上我说因未得 Mather 回音而有些 worry，现请释念，并向陈世骧道谢他推荐我的好意。

我上次给 Mather 的信上说：我可以 present 一篇关于近代文学的 paper 或关于《红楼梦》的 paper。他回信说，他计划一个 panel "The Literary Revolution in Asia"，关于中国方面已于十一月初请 Cyril Birch 作讲，Birch 回信迟迟不到，所以他不好早 invite 我。现在他在 set up 一个关于中国旧文学的 panel，unless 我 prefer 读中国近代文学的 paper，《红楼梦》的 paper，真是再好没有（on the panel: Frankel "Time & Self in Chinese Poetry"，Hsu Kai-yu[1] on 李清照）。

我信上推荐你，说如 Birch 无意读 paper，你是最好的 candidate，你研究过鲁迅、左联、瞿秋白，对文学革命和革命文学一定有很多的新见解。你可和 Birch 谈一谈，他如无意去 Chicago，你何不

---

1   Hsu Kai-yu（许芥昱，1922–1982），生于四川成都，美籍华人学者、艺术家，曾就读于西南联大，1947 年赴美留学，1959 年获斯坦福大学博士学位，后长期任教于旧金山州立大学。代表作有《二十世纪的中国诗选》(*Twentieth Century Chinese Poetry: An Anthology*)、《周恩来传》等。

也趁此机会去Chicago，显显本领？Birch不去，我想Mather会写信给你的，Mather是陈世骧的学生。如Birch决定去Chicago读paper，我想旧文学的panel上祇有三篇文章约定，你何不毛遂自荐去suggest一篇，《西游记》、《聊斋》你已做过相当的研究，题目是现成的，我想Mather一定欢迎的。此事你可和陈世骧商量商量。

你我同去芝加哥，可在大城市中玩玩，同时一起开会，也增加兴趣不少。不多写了，专颂

近好

弟 志清 上
十二月二日

482. 夏济安致夏志清（1960 年 12 月 5 日）

志清弟：

　　两信均已收到。芝加哥之会你去讲《红楼梦》一定精彩万分，而且可以促进你第二部书的写作。那种会其实无甚道理，好像你以前说过，大部分人是去联络感情或者是找饭碗去的。15分钟或20分钟一篇paper，很难发挥，而且得假定听众都已有了基本功夫（这个假定都是靠不住的），大部分这种paper都是"言者草草，听者懵懵"的。最近Thanksgiving我到 S. F. State College（地方很漂亮）去开过一次 west coast philological society（MLA 的附属机构），那地方的paper比 Oriental Society 的还有意思一点。

　　谈谈我最近的研究成绩，《瞿秋白》已于Thanksgiving以前寄到Seattle交他们打字。什么时候打好，我也许（明年一月）要去出席替自己辩护。写文章太吃力，写完懒得再去看它，甚至不再去想它。文章命运如何是不大关心的。《瞿》文约比《鲁》文稍长，内容仍极有趣，我心目中总有个 *New Yorker* "profile" 的写法标准，"娓娓道来"。但 *New Yorker* 一般作者能运用的生字与句法都比我多得多，我是不及的。《瞿》文有几段亦许写得还漂亮（虽然不像 *New Yorker* 那样"慢吞吞"作风），但是亦有几段写得不行，重读时不满意，再改太吃力，而且时间亦来不及了。先缴了卷，了一桩心事再说。

　　我们这里的center开过一次"雷震案座谈会"，主要的讲员是我。

我说明不谈雷震一"案"，只谈过去 background。雷案是要 Scalapino（Conlon Report 起草人之一，"民主行动派"——ADA——分子）来谈的。临时 Scalapino 生病，派他的学生来读了四封信，两封是 Sca. 与 John Fairbank 写给 *New York Times* 的，两封是社会人士（一封署名 A Taiwanese）写给 Sca. 的。我把旧的《自由中国》翻了一下，加以个人回忆，与香港报刊的意见与报道，讲了许多 facts 是洋人们所不知道的。讲得相当有趣，虽然英文的 broken 是难免的（因为我没有拟稿）。Facts 之后，附有小小的意见：雷震固然是 anti-communist patriot（胡适说的），但老蒋亦是 anti-communist patriot，双方不和只是给共产党占便宜，甚为不幸云。这些材料可以写下来，但是恐怕暂时没有余力了。 最近在写一篇 "Metaphor, Myth, Ritual of the People's Commune"，是给 center 的。这个题目太漂亮，有点唬人，我有点不敢用，但是陈世骧很喜欢，我相信你亦喜欢的。我只怕题目太漂亮，太吸引人，而内容不够充实，使人失望；不如题目定得灰色一点（如瞿文题目是 "Chü Chiü po's Autobiographical Writings"），而内容使人看得有趣。我对于 commune，相信知道得已很透彻，美国人很少能比得上我的；只是把它和 Metaphor、Myth、Ritual 牵联〔连〕起来，需要的学问太多，我的准备工作恐怕还不够。当然我可以"持之有理"地讲得很生动的，但是学问不够，讲来总有点吃力。

该文已着手，大约再隔两个多礼拜可以竣事（idea 已想通，只是琢磨文句而已，文章亦可以写得平凡一点），你们来 Berkeley 时我可以"出空身体"了。其实《瞿秋白》加 "Metaphor etc" 两篇文章在三个月内赶完，亦是相当吃力，应该痛快玩玩。我对于自己"八字"还没有十分信仰，假如真是注定要写文章出名，那末〔么〕苦干的日子真是刚开始呢。我的惰性太大，尤其怕写文章，在台湾一 follow 就是几年，去年一至九月主要是游散，九至十二月写了一篇《鲁迅》；今年一至九月更是一字未写（暑假搜集材料，加上陪客人们玩），九月以后又来赶忙。如在美国想立住脚头〔跟〕，写文章非养成习惯不可。笔头勤，出产可多。其实我脑筋一直很灵活（懒人脑筋多休息之故），如为 center 写这篇 paper，我本来想学李祁那样写法，找三十个 terms，一天解释一个，三十天很轻松地就写完了。洋人们看了亦会满意的。但是我愈研究 commune，愈对李祁的写法不满意。她对于中共的人生社会似乎毫无兴趣，她把 language 与 life 切开来研究，是错误的态度。再则她的文章不立纲要，先没有什么话要讲，只是胡适的所谓"点点滴滴"的研究，这亦不是做文章的道理。我对于 commune 已有某种看法，我的文章是理论的推衍〔演〕，那些 terms 都是用来说明我的理论的。这样写法，文章又得一气呵成，但是"一气呵成"，文章前前后后要顾得照应，写来就吃力得多。但是为了对得住自己的"艺术良心"起见，只好挑难的路走，一反李祁之道而行。好在我已想通，文章亦许不能漂亮，内容是有点精彩的。说起我的研究 commune，亦很滑稽，我是当它消遣的，写瞿秋白写得疲倦了，拿一份《人民日报》看看，挑选几个 terms 写在卡片上，现在居然亦写了几百张卡片（生平治学用卡片之第一次）。然后建立理论线索，挑几十张卡片来说明我的理论，如此而已。此事实很轻松，只是写文章吃力一点而已。

这一次因为是以研究 commune 为主，材料大多用《人民日报》。这篇写完，明年要写 Revolutionary Romanticism & Myth，那是要多看些中共的民歌、小说、剧本（电影剧本、京戏等）了。不过那亦是比较有趣的题目。

明年 Oriental Society 西岸分会将在 Los Angeles 开，我是会员（只加入了这么一个，那是因为因缘凑巧，Seattle、Berkeley 两次的会都给我赶上的），我想去读一篇十五分钟的 paper：The Fascination of Death —— 讨论鲁迅对于无常鬼、"女吊"等的研究。这个问题我尚未开始研究，不过研究起来将非常有兴趣。我读《太平广记》（这套书内容太丰富了）时略有心得，胡乱找些材料，写篇短文是不难的。

其实研究中国问题（任何问题）都还有很多新看法是从未经人道及的，不像英国文学，路都给人走完了。例如公社，美国亦有一大帮人在研究公社，我相信我的意见对于他们将是十分新鲜的。

明年三月以后，要去 S. F. 的 UC Extension（中共所谓"业余大学"）去讲三个 lectures，每次两小时，讨论中共的文艺、语文等问题，届时至少亦得写些 outline 出来。

你主张我去芝加哥一会"群雄"，陈世骧亦曾如此主张。我当时对他的答复：这种事情不忙，等我多写几篇 paper，外面有了点 stir，再去出风头不迟。这种事情，只要我留在美国，早晚要落在我头上来的。现在你主张我们一起去玩玩，倒亦是好意。不过我还不是会员，那时我的文章能否准备完成，亦很难说。让我考虑一下再说。

恭喜你取得美国国籍。讲起明年的 job 问题，我是一点打算都没有，完全是乐天行事（因为明年台湾如何？护照如何？都还不知道）。前几个礼拜陈世骧说 Rochester U. 需要人教中文的，他想推荐我，我反而婉谢了！（那时我还不知道你的意图，没有提起你。）我说，成不成固然难说，成了不能去亦对不住大家的。这种机会陈世骧那里比较多。以后如有机会，他一定会推荐你。你的写这本书，真像 Dr. Johnson 的编字典，一个人含辛茹苦地苦干，但愿书出之后，一举而天下闻名！（Yale 的广告已看见，很多人——包括 Levenson——在等着拜读。）

你们来 S. F. 玩，真是太好了。我对于 S. F. 的 night life，亦不大熟悉（因为晚上怕开车），中国 night club 有两家，一家叫"大观"（sky room），很糟，一家叫"紫禁城"（Forbidden City），还有美人可看。上星期六去看 Musical Comedy: *Destry Rides Again*[1]（with John Raitt[2]、

1　*Destry Rides Again*（《碧血烟花》，1960），舞台剧，由 1939 年的同名电影改编，约翰·雷特（John Raitt）、安妮·杰弗里斯（Anne Jeffreys）主演。

2　John Raitt（约翰·雷特，1917–2005），美国演员、歌手，百老汇明星，代表作有音乐剧《俄克拉荷马！》（*Oklahoma!*）、《睡衣仙舞》（*The Pajama Game*）等。

Anne Jeffreys[3]），是别人请客的。Musical Comedy 只是热闹而已，大约没有一出有什么 intellectual quality 的（不像电影那样可玩弄 "手法"）；像共舞台的海派京戏，但还没有海派京戏过瘾（主要是我对西洋音乐不大能欣赏）。再谈 专颂

　近安

济安

十二月五日

3　Anne Jeffreys（安妮·杰弗里斯，1923–），美国女演员、歌手，活跃于好莱坞和百老汇舞台，代表作有《疤面大盗》(Dick Tracy，1945)、《乌合之众》(Riffraff，1947) 等。

483. 夏济安致夏志清（1961年1月11日）

志清弟：

你们走后，我在赵元任家吃了中饭、晚饭，打了两个〔盘〕Rubber bridge、六圈麻雀，一天糊里糊涂过去。次日写文章，花了两天〔时间〕，把第三部分写完，但是人考附〔将〕近，找不到打字的，文章于上星期三送出去打，迄今未见送还，这一个星期人又大为松懈，连信都懒得写。看了一大本《民国通俗演义》[1]，百万余字，从袁世凯讲到吴佩孚，很有趣。还看了两本关于太平天国的书。像你这样，能够维持数年紧张，确属不易。我在暑假以后，先为护照事伤脑筋，后又完成两篇文章，觉得所花力气已不小，第二篇文章写完，脑筋就懒得再动了。等到Part III打完，就添footnotes，算是正式交卷。下一篇可能是讨论Revolution and Romanticism的，其实没有什么research可做，因为共产党的材料，就是这么一些，解释名词更是无聊之至。若是回溯到过去的普鲁文学与"社会主义现实主义"，在那些方面多搜集材料，内容亦许可以充实一点。其实所谓research，总得要带些历史性的，单纯研究current的题目是不可能的。

1　《民国通俗演义》，一百六十回，蔡东藩著，许廑父续写后四十回，为《中国历代通俗演义》之一种，因蔡氏写作此书时广搜资料，详细叙述了辛亥革命、袁世凯称帝、蔡锷讨袁、张勋复辟等大事件，具有相当的史料价值。

　　Carol的信已收到（过几天再写回信），知道你们曾在Chicago耽搁一晚，不知影响到你的上课否？回家以后，Joyce有没有想念加州的温暖？所照的照片，大致都很好，只是彩色底片，有几张似乎颜色不够鲜艳，我就没有印。有一张是Joyce在UC Campus照的，她因为跑路过多，脸上flushed，照出来倒是脸上红馥馥的，我已把它放大到8″×10″，两三天内可以寄上；其他的印成 wallet size，亦可一同寄上。五彩的照片，一定要颜色鲜艳才好看，照人像顶好的亦要像Nixon上TV之前做一次化妆，想不到Joyce瞎跑一阵之后，照在五彩上更为好看。

　　你们走后，这里冷了好几天（天倒是晴的），晚上都在冰点以下，早起车子上的冰结得厚厚的。因此我只好在家里吃早饭——烤面包很省事——瞎摸摸到九点钟左右才开车去上班。那时太阳已大，车上的冰已晒化，免得括〔刮〕冰的麻烦。这种天气在这里已经算是冷得出奇了，但是积雪到底是没有的。现在在家里吃早饭已养成习惯，且已吃过一次 hot dog 加 soup，作为晚饭，亦很省事。（Loeb送来了一大盆中国水仙花。）

　　电影看了一次，*I Am All Right, Jack*[2]，Peter Sellers[3]的演技是很精湛的，演一个工会头目，很像。片子是滑稽电影，把工会和资本家都讽刺了。工会亦真"横"；我看工会和共产党于同时冒起，亦许有其生克关系。"工会"的"横"，大约不是民主政府所能对付得了的，只有共产政府（或法西斯政府）才能把它镇压。由工会运动引起共产党的猖獗，再由共产党来压制工会，这不是冥冥之中自有定数吗？

2　*I'm All Right Jack*（《杰克，我一切都好》，1959），喜剧片，约翰・博尔汀（John Boulting）导演，伊恩・卡迈克尔（Ian Carmichael）、特里—托马斯（Terry-Thomas）、彼得・塞勒斯（Peter Sellers）主演，英国Charter Film Productions出品。

3　Peter Sellers（彼得・塞勒斯，1925–1980），英国喜剧演员、歌手，因在BBC广播剧《傻瓜秀》（*The Goon Show*）中的表现成名，后因主演《一枝梨花压海棠》（*Lolita*，1962）、《奇爱博士》（*Dr. Strangelove*，1964）等名作以及《粉红豹》（*The Pink Panther*）系列电影成为世界级影星。

我定24号飞Seattle，飞机来回票已由Seattle寄来。瞿秋白一文当从Seattle寄给你和Carol（一天12元per diem，他们希望我去玩一个礼拜）。最近身上是轻松了，要在开始写第二篇文章时，才能再把"发条"扭紧。你的书什么时候出版？过两天当再有信，专此 敬颂

近安

济安

一月十一日

484. 夏志清致夏济安（1961 年 1 月 12 日）

济安哥：

回来已十天了，还没有和你通过信，实在是旅行之后，总要经过一段时间，才可恢复正常生活。离旧金山机场到Potsdam一段经过，Carol信上已稍加叙述。AIR FRANCE靠meals出名，可惜我们没有吃到飞机上的午饭与香槟。从Montreal到Potsdam一段路上，两旁都积了厚雪，bleak的景象实在和加州的情形不好比，当时看了相当depressing，现在又习惯了。这次来访，你破费很大，最使我不好意思。占住了你的cottage不必说，此外meals和娱乐消费上面你也花了很多钱。你目前收入还好，但父亲信上一直要你储蓄，恐怕你还没有做到，这次为了我们，动用了你六七百元，实在是很不应该的。我今年收入可以好一些，因为版税方面至少可以拿到一二千元（depending on sales，每本书我抽十分之一，85¢）。今年暑期我又可拿到一笔State University fellowship $750，可以不教书顺利过去了。

这次旅行是家庭性质，Carol和Joyce都玩得极高兴，你做主人的应当很满意。我重游旧金山，心境也很好，同时渐渐可以把tranquilizer戒掉，也是一桩好事。但正因为伴着family玩，朋友交际方面功夫恐怕没有做好，如你劝我去看Frankel，我没有去看他，即是一例。Frankel和我同在一panel上读paper，此事已揭晓了，所以三月底我可以看到他。陈世骧夫妇这次热诚招待，请代致谢意。我书月底可以出版，出版前job事不易推动，但各大学有什么openings，仍请世骧随时留意。Leonard Nathan 谈吐很好，读书很博，见面时也请问好。

你最近三月来大写文章，很使我佩服。我们离开Berkeley后，想myth metaphor 一文已写好了。瞿秋白一文印好后请即寄一份来，上次信上你说正月间可去Seattle，不知何日动身。你和Taylor、Michael 关系弄得很好，Michael 如有什么offer，我想你不顾台大情面还是接受的好。目前在加大做research很好，问题是李祁要不要回来。所以这次去华盛顿，如有好机会，千万不要放过。我最近已好久不写英文，月底学期终了有一星期假期，预备把那篇《红楼梦》（25分钟）写好，可说的话很多，但问题是能否把要说的话在十多页内精彩地说出来。我计划要读好几本西洋小说，*Tale of Gengi* 也想把它读完，但时间恐怕不够了（这个周末可能重读 *Swann's Way*[1]）。祇好先（写）好短文，将来再写长文（同panel上有柳无忌的《The True Story of 苏曼殊》）。

上星期末读了Camus的 *The Stranger*、*The Fall*。*The Stranger* 写得不坏，*The Fall* 则不能算是好小说。Proust 后法国很少有人写大规模的小说，Gide[2]、Camus等的作品都极简短（此外Colette[3]、Sagan[4]也是如此），好像毅力不够。同时Gide、Camus等好像都是Dostoevsky 的徒子徒孙，祇是他们对于Dostoevsky的Christian love

---

1   *Swann's Way*（《在斯万家这边》，1913），普鲁斯特长篇小说《追忆似水年华》（*In Search of Lost Time*）的第一部。

2   Gide（André Gide，安德烈·纪德，1869–1951），法国作家，1947年诺贝尔文学奖得主，代表作有《田园交响曲》、《伪币制造者》等。

3   Colette（克莱特，1873–1954），法国女小说家，1948年诺贝尔文学奖得主，其代表作中篇小说《吉吉》（*Gigi*，1944）被多次搬上大银幕和舞台。

4   Sagan（Françoise Sagan，弗朗索瓦丝·萨冈，1935–2004），法国女作家，18岁时发表小说《你好，忧愁》（*Bonjour Tristesse*，1954），一举成名，其一生因为漂亮的外表和鲜明的个性而备受关注。

不能接受，所以祇能领受运用"存在主义"一方面的思想，但也没有大发展。你对 Camus 很有研究，我的浮浅印象可能是靠不住的，但他所改编的 *The Possessed*，气魄方面实在是和原著无法相比的。我 Kierkegaard 没有读过，二十世纪欧洲文学思想上的启发人可能是以 Dostoevsky 和尼采二人为最重要。这学期读了些法国东西，自己教书，也等于 take 了一门 survey course。

Joyce 本来易咳嗽伤风（so called allergy），加州回来后身体很好，食量也大，加州树木到处皆是，照例应当对花粉野草之类更 allergic，但身体渐强，可见 allergy 之说是靠不住的。玉瑛妹还是没有结婚，父亲方面你可以写两页报道我们访问加州，同时把照片和我的信一同寄去，可使他老人家高兴些。

Carol 留给你的 dandruff ointment，希望你经常用它，是很灵的。你的眼睛、牙齿我觉得应当去医生处检查一下，眼睛老流水，不是好事，牙齿也可能有 cavities，这种小事请不要忽略。这一期 *Time* cover story 所 recommend 的 diet，和你平日吃饭的方式，很相近，Carol 注重 high protein diet，实在是不对的。我们 butter 之类早已不大碰，但我平日牛奶鸡蛋吃得太多，以后当少吃少饮。你工作想已上规〔轨〕道，我们在 San Francisco 已被 spoiled 了，最近在家吃饭，实在觉得毫无胃口，不多写了，专颂

近安

弟 志清 上
正月十二

485. 夏济安致夏志清（1961年1月18日）

志清弟：

　　来信收到。照片附上，另有一张8″×10″的Joyce像另封寄上。照片看着transparency都不差，放大了满意的很少。颜色不正恐怕是Technicolor冲洗的关系（Kodak软片，顶好是由Kodak自己来洗），但是我的Leica因年代太久恐怕亦不大灵了（那是第二次大战以前的货）。快门恐怕已不标准（为1/100秒，亦许不止1/100秒），镜头拔出来时，焦点距离亦不准。例如Joyce在飞机场坐着的一张，什么都很好，就是距离有问题。照理，有自动对光的照相机，距离是绝不会有问题的（这种毛病已出过几次），但是我的Leica用大光圈照时，距离必有误，想必是镜头松了，距离不准了。

　　照片背后署有"济安"二字者，我已去添印，不妨先把这几张寄给父母亲。或者由你斟酌，等到下一批（至少得再等一个星期）添印到时，再寄给父母亲亦可。此外你们喜欢什么，请告诉我，我亦可添印。你们亦有人要送的，如Potsdam的朋友们、Joyce的外祖母等。那张放得顶大的"得意杰作"，我预备送一张小的给陈太太。Wallet size添印很便宜（二角几一张），再添印十张亦无所谓，请你们不必客气。

　　你们回去了，身体都很好，我很高兴。中国人讲"水土"，是有点道理的。如我的身体即是在昆明与北平干燥的气候下渐趋结实的，北平对于你已是太干燥（记得嘴唇燥裂与"嫩维雅"吗？），对我却巧合适。台北非常之潮燥，但我身体已炼好，亦不怕它了。加利福尼亚天气的确不差。所谓smog我亦不觉得，有人说smog伤眼睛，但是我的眼睛在没有smog的地方亦流水，想和smog无关。

讲起food，Keys的理论未必就对。至少 *Time* 没有说cholesterol是从多少年纪开始沉淀的，我想十七八岁以前总无"血脂过多"的问题。Carol的high protein理论亦不差——她亦是有根据的。过去的营养学家，都说中国人、日本人、意大利人等吃的蛋白质太少，因此体质瘦弱，T B 猖狂，而日本人的瘦小与近视眼的普遍，想必与营养有关。营养学只是一种经验的学问，没有什么大理论在里面；中国人在这方面的经验很丰富，那些由经验累积的教训，都值得我们尊重，所差者为有许多教训尚未经过如Keys之流的人来做科学研究而已。中国老人讲究吃长素，而中国相书上亦说，老人瘦而皮色黄润的主长寿；这种人血压不会高，而皮色红润或紫气腾腾的老人，反而在心脏方面、血管方面有问题。中国人所说的"寒体"、"火体"、"温补"、"凉补"等，必有学理根据，可是这种学理尚未经人研究而已。

吃东西顶好杂吃，什么都吃一点。营养丰富的东西如鸡蛋、牛奶、橘子、番茄多吃了亦都有弊害。如蛋白质过多妨碍肾脏（"蛋白尿"是很麻烦的病），番茄中听说含钠（Sodium）太多，"空心肚皮"吃Orange Juice或Grape Fruit Juice 听说最刺激胃，于Ulcer大不利的，上次没有跟你说，不妨留意。如和toast一起吃，就能吸收胃酸了。美国有一时候，大家提倡吃菠菜，后来又发现菠菜的害处。

Time 那篇文章只讲脂肪与心脏的关系，但是脂肪和别种内脏（尤其是胃，因为脂肪是酸性的）的关系，就没有讲到。中国过去吃东西有他传统的一套办法（如牛奶顶好在"立冬"以后吃，交春就不吃了），其中虽有错误，大家亦安之如素。美国人可怜是没有传统，只有fad，而fad又常常变的，fad可能亦有错。美国人眼巴巴地望着

营养科学家，而营养科学家没有研究过的问题还有很多。我的主张是不去理他们那一套，爱吃什么就吃什么，年纪过了四十，偶然让肚子饿一两个小时，总是没有错的。牛奶我有时亦吃，Carol留下的牛奶，我炖热了吃，就没有泻肚子。美国有些菜和很多种点心里面，都是有牛奶的，喝咖啡加cream是很合卫生的，中国人说咖啡是"刮肠"的，那是说，它容易和人身（体）里的蛋白质化合成一种不好的东西，如在杯子里先让它和蛋白质化合，对于人身（体）较好。

这一期 *Look* 有周恩来给〔跟〕Snow的谈话，我已买来看过。其中有一篇讲 Clark Gable [1] 的，说起 Gable 为拍 *Misfits*，硬把体重减轻39磅，我想此事和他的死亦许有关。在减重期间，很多内脏必同时受损；减重有它的好处，但是内脏受损（这个很难查察，但是我们凭常识可以想象：人身是个整体，一部可以牵连他部），身体反而弄坏了。崔书琴活生生的一个人，亦要来减重，结果很快就死了。减重的人，住在医院里，不做事，经常有医生 check，亦许没有大害。体重减轻后，还得休息很长一段时期，而 Gable 却拼命去做 cowboy，力拉劣马等，无怪他要死。假如我有一天体重过高，我决不减肥，假如我同时要工作的话。体重高的胖子，吃东西有精神，说话做事都有精神，实在亦不必过虑的。

Journal of Asian Studies 来信，说《鲁迅》一文定八月号刊出。我定下星期二（24号）晚上飞 Seattle，坐 Jet 只消一个半钟头好了。在那边预备住四天，星期天（29号）飞回。我相信"华大"的人对于我的那篇《瞿秋白》会看得中意的。华大对我的帮助（如去年暑期的 job，这次的旅费与 per diem）很大，反而使我不好开口。但是我相信：在我走投无路，真正 desperate 的时候，华大必可收容我的。现在先

1　Clark Gable（克拉克·盖博，1901–1960），美国电影演员，好莱坞巨星，代表作有《一夜风流》(*It Happened One Night*，1934)、《叛舰喋血记》(*Mutiny on the Bounty*，1935)、《乱世佳人》(*Gone with the Wind*，1939) 等，人称"好莱坞之王"(The King of Hollywood)。

"听天由命"观望一个时候再说。总之，还是懒，怕多想、多动。眼睛和牙齿是都该治，但是眼睛麻烦一点（耽搁时间），等有空闲再说。牙齿亦许去弄弄它。因为在我的office同一层楼上，即有一位牙医，我走过去就是，不会耽搁时间的。头皮油尚未涂过，此事麻烦很小，已不大放在心上，下次洗头时，将试一试，免得忽略Carol和你的好意。过去年轻，觉得秃顶不好看；现在已习以为常，而且更迷信命运之说：照相面先生说来，我的脸型可能秃顶，运气可以更好。

Camus的小说，我一本亦没有看过，但法国人写作的魄力减低，我亦看得出来的。我只看了Camus的 *Sisyphus* 与 *Rebel*，那都是essay，讨论思想与学问的。我近年来，正式小说看得很少，主要原因是怕看见谈恋爱。小说里如有恋爱场面，看了似乎就很不舒服似的。我看小说，还是法意英文的文章，对于人生大事，反而有点处女式的怕惧。现在最有兴趣的是历史，大事件的起伏与小事件的考证。最近几天，倒看了两本小说，屠格涅夫的 *Superfluous Man* 与 *Rudin*，那是因为瞿秋白曾引用，我的文章中亦提起的，去Seattle之前，得先准备一下。*Superfluous Man* 相当浅薄，*Rudin* 亦不够深刻（但是恋爱场面看了仍有些不舒服，那是和小说好坏无关的）。屠氏在中国疯〔风〕靡一时（在台湾仍然如此）和他的可爱的半解放的女孩子们（是）有关系的。当然，俄国那时的社会，中国人亦最易了解。照我看来，George Eliot在 *Mill on the Floss* 与 *Middlemarch* 中对于女性心理的描写，比屠氏深刻。讲起对智〔知〕识分子的描写，Dostoevsky亦深刻多了。

你的《红楼梦》想必很快就可写完。Oriental Society在LA的开会，我要不要写文章，还没有定。最近看曹聚仁的《北平通讯》（他是拥共的），他在1958年去访问过知堂，知堂好像仍旧很"冲淡"的样子（住北平他的旧宅），知堂题了两首诗送给曹聚仁（《儿童新事诗》）:

山魈独脚疑残疾，魍魉长躯俨阿呆，

最怕桥头河水鬼，播饯游戏等人来。

目连大戏看连场，搬出强梁有王伤，

小鬼鬼王都看厌，赏心只有活无常。

这两首诗大约和鲁迅所谓的《女吊》、《社戏》等有关。替这些鬼怪做考证亦不容易。

最近听高友工[2]说，Stanford暑校要请David陈、劳干的儿子（在哈佛读历史，尚未得Ph.D.，在写论文）等青年人来教书。高自己亦是正在写Harvard的论文，Stanford专请未出道之人，想必可少出几个薪水钱吧。

别的再谈，父母亲那里的信，下次再写（一并写了附上）。专此 敬颂

近安

Carol与Joyce前都问好

济安

一月十八日

2　高友工（1929–2016），美籍华人学者，哈佛大学博士，普林斯顿大学中国文学教授，代表作有《唐诗的魅力》（与梅祖麟合著）、《美典：中国文学研究论集》等。

486. 夏济安致夏志清（1961 年 1 月 27 日）

志清弟：

星期三下午飞抵 Seattle，现住 Meany Hotel。星期四已经把文章在会场上讨论过，人人大为满意，我所以这几天略有点洋洋自得，至少写文章的苦心没有白费。

UW 很希望我在他们那里工作，暑假大约可以来，他们希望有更长期的合作。同时他们似乎还有点怕我这样一个"人才"会给别的学校抢走。其实，我在美国是没有什么办法的。

他们听说，我那篇《鲁迅》交给 J. of AS Studies 发表，很觉可惜，他们希望我多写几篇这类的文章，汇集成一本书出版。

在 UW 研究范围较宽，而且中国五四以后的 intellectual life，正是我最感兴趣的题目，Communist Terminology 我是不大感兴趣的。

我的态度很是平和。我不是来求事情的，而且我对他们，老实说，护照等的问题尚未彻底解决。我的情形，如有 UW 大力帮忙，亦许有点希望。

所在我在美国的处境很奇怪：别人讲 Publish or Perish，UW 的人反而劝我慢慢地 publish！

H. Mills 在 China Quarterly 的讲鲁迅一文，想已读过。我早知道她是写不过我的，一看果然。内容是相当 compact 而平稳，但没有什么精彩。其中略有小错误：

（1）柔石在左联成立前，不是共党党员，他是左联成立后，才入的党。

（2）鲁迅会见的是陈赓不是陈毅。

（3）周扬在后期左联的权力恐怕没有她所说的那么大。

我这篇《瞿秋白》相当轻松，Carol看了一定会觉得有趣的。

别的俟回到Berkeley后再谈。专此 敬颂

近安

济安

一月廿七

Carol与Joyce前均问好。

有一本 Robert Elegant[1] *China's Red Masters*，你见过没有（1950（年）出版），其中有半章讨论瞿秋白，用了《多余的话》的材料，并论及丁玲与郭沫若。我是在来西雅图之前看到的。该书态度亲共，用了《多余的话》而不说出来源，掩人耳目是很滑稽。

1　Robert Elegant（罗伯特·艾利根特，1928–），美国作家、记者，普利策奖得主。精通中文，其作品主题大部分都与其在远东地区的记者经历有关，代表作有《中国的红色领袖》（*China's Red Masters*，1951）、《一种背叛》（*A Kind of Treason*，1966）等。

487. 夏志清致夏济安（1961年2月1日）

济安哥：

《瞿秋白》长文前天收到，一口气看完，大为佩服。这篇文章比《鲁迅》那篇文章对我更饶兴趣，因为我根本没有看过《饿乡》、《赤都》和《多余的话》，你文章上所present的材料对我都是新的，从瞿秋白的早年生活到他在苏联吃苦的经过到他晚年的忏悔，文章段段精彩，引人入胜。Part I头几页的开场白实在不容易写，而你写得实在好（难者在读者对soft hearted communist这个concept可能毫无兴趣，而你能引导他对这问题发生兴趣；并且在描写这个假定人物的时候，你已把瞿秋白精神生活的轮廓放在读者面前了）。写文章中英文道理一样，你白话写作翻译经验多，各式各种体裁都尝试过，我想对你写英文也是极有帮助的。我中文没多机会写，写英文在Yale受训练者亦仅是批评文、学术论文两种，像你这样的大规模的critical biography实在是无法写的。加上我对人物的personality兴趣不浓，恐怕也没有耐性写。你这篇文章价值实在比Levenson的《梁启超传》高了十倍。Levenson对梁的一生经过，思想变化，实在没有什么兴趣，他的兴趣仅是用梁启超做代表来说明他自己对modern Chinese mind所有的一套理论而已。你注意concrete details，所表现的同情心成分较irony强，quote多而不凭自己主见来manipulate facts，做biography的条件实在比Lytton Strachey完备得多。以前

读 *Eminent Victorians* 很有趣，此书已十多年未翻了，但我想他的
"Chinese Gordon" 那篇文章 as biography as literature 可能都不如你的
那篇。Strachey 不识中文，材料搜集方面一定大成问题，但他的目
的是 exhibit Gordon as a 可笑的 specimen，你在可笑之外还看到可
悲，境界就比他高。你的文体和 Strachey 是相近的（去秋重读了他
的 *Landmark of French Literature*，这本书讲法国文学很有道理，因
为 Strachey 对 French mind 较接近，对它的优点容易欣赏），如一连串
noun phrase 的排列，长短句的交互运用。在加州时我 mentioned 的
Santayana[1] 也是这种作风，但 Santayana stylistic resources 较 Strachey
丰富，读了不会使人厌倦。总之，你写文章是抱 stylist 的态度，而
目前这种为写文章而写文章的散文家实在不多。以前我说过林语堂
英文好，去年我翻了他的新书 *The Secret Name*（关于王实味一段），
文章的马虎实在令人难以置信，和他早年 *Importance of Living*、
Moment in Peking 用功写文章情形大不相同，无怪没有人读他了。

　　我所看过的瞿秋白作品仅是《乱弹》一书，觉得他是目中无人的
横人（他除对鲁迅特别尊敬外，当时别的文人似乎一个也看不起），
所提倡的种种节目我看了觉得都是毫无道理，所以对此人毫无好感
（李何林书上所载的照片，相貌清秀，文弱书生的样子，给人的印
象就不同）。读了你的文章，才知道他内心的一段苦痛，而且他早
年为是学佛的。你一直说要替戴季陶、吴稚晖作传，其实凭你的能
力康梁你应当写，蒋毛也应当写，此外蔡元培、胡适之类，都可以
写（胡适的一生你了解得很透彻，要写随时可写，假如你肯不顾情
面的话）。就近计划，你已有了鲁瞿两篇长文，再写两三篇现存材料
较多而为人本身很有兴趣的人物（如周作人、郭沫若等）即可出版一

1　Santayana（George Santayana，乔治·桑塔耶拿，1863–1952），哲学家、文学
　　家，生于西班牙，1872 年移居美国，获哈佛大学博士学位，并留校任教，后辞
　　去教职去欧洲，定居罗马。代表作有《美感》(*The Sense of Beauty*，1896)、《理性
　　的生活，或人类进步诸相》(*The Life of Reason*，5 卷，1905–1906)、《存在诸领
　　域》(*The Realms of Being*，4 卷，1927–1940) 等。

本很厚而极重要的书了。"鲁迅"一文已准八月份出版，可喜可贺。
Journal of Asian Studies articles 篇幅不多，你的文章一期登完，其余
的篇幅只好都载 Book Reviews 了，也等于 *Asian Studies* 代你出了一
本《鲁迅专号》。Mills 的文章，看到你信后我再读的，文字很紧凑，
但如你所说的，毫无新鲜见解。她的着重点我想是 objectivity，但自
己没有主张纯客观的研究，终是没有大道理的。Mills 花多少年心血
研究鲁迅一人，结果还不如你数月的浏览。八月中文章出来后，她
一定会很伤心的。

　　我上星期看了些中共研究《红楼梦》的书（最近我向香港 Universal
Book Shop 定〔订〕购了些书，很便宜），把全书翻看了一下，星期
一二两天写了十九页（今天到 Watertown 去了，没有写文章），明天
再写。大约把我要说的话都写下来，恐怕要有 40 页，而年会 paper
仅需 25 分钟，只好把初稿写完后，提出重要的论点，写他十二三
页。将来发表，我想还是根据初稿重新整理较好；要读的 paper 太
短，不能有充分发挥。我缴出去的题目是 "Love & Death in ⋯⋯" 我
现在发现我真正的题目是商榷红楼梦的 Tragedy。俞平伯因后四十
回写贾府复兴，大骂高鹗，林语堂在《平心论高鹗》上又大骂俞平伯
的"酸"。其实，在某一方面看来，《红楼梦》的确可以算是有 happy
ending 的。林语堂对悲剧的看法仍旧是不免庸俗的。纯以道家的眼
光看，《红楼梦》可能和《神曲》一样称得上是一部"喜剧"。但贾宝
玉本身的故事又是 tragic 的，我的 paper 想把小说悲剧性的道理说
明。据我看来，林黛玉一生行为仅是 pathetic 而已（往往 disgustingly
pathetic），够不上 tragic。以前梅兰芳演林黛玉，扮得成"好娘娘"一
般，曾被鲁迅大骂，我想是骂得有道理的（你如记得起这篇文章，请
把 title 和那几句恶骂抄给我）。薛宝钗的一身〔生〕比林黛玉悲得多。
全书最重要的关节当然是宝玉重游太虚幻境回来以后的几段文章
〔字〕。宝钗和宝玉争辩"不忍"的一段（第 118 回）可说是全书悲剧的
中心点。宝钗道："我想你我既为夫妇，你便是我终身的倚靠，却

不在情欲之私。论起荣华富贵，原不过是过眼烟云；但自古圣贤，以人品根柢为重。"宝钗承认情感荣华的 illusory nature，她承认道家禅宗的看法，但她坚持 "love" or "charity" 的重要，坚持 "赤子之心" 和 "不忍" 是做人的根本。宝玉辩不过她，"也不答言，只有〔是〕仰头微笑"。即〔接〕着也答应去考功名，表面上维持做人的道理。我想这一段辩论（Waley & Kuhn 都略过不译）是孔孟和释道的争辩，也是中国文化上最 crucial 的一个 debate。曹雪芹（or his editor）能抓住这一点真不容易。《红楼梦》的悲剧不在人死得多，死得惨，不在用释道眼光来看人世的过眼烟云，而在 tag-of-war between the claims of love and of personal salvation（or detachment）。我信上讲不清楚，写出来可能很有些道理。

我的书要在三月出版，书大约这两星期内即可印好了，但一般规矩是把 review copies 早寄出，书正式出版时，reviews 也可同时登出。我本月收到书后，即寄给你。明年 job 事，我也不大想，还是等书出来后再说。

你这次去 Seattle，大为成功，我很替你高兴。我想 Washington 这样看重你，还是把 job 事明说了，大家定了心。Berkeley 有陈、Birch 两人，再添中文教授，两三年内必不可能，研究 terms 也无聊，还是暑假去 Seattle 后，一直在那里住下去好。华大 discourage 你发表文章，我想也是出于 jealousy，恐怕知道你的人多了，白白 "发现" 你这样一个人才。其实文章发表后，再集在自己的书内，是出版界的常事。普通 Asian Studies 文章不再重印，恐怕内容 dull，太专门也。

父亲给你一封信，兹附上。玉瑛妹寒假结婚，想已结了婚了。上次信上附来的照片，已看到了。有几张虽不够理想，但总是上次重聚很好的纪念。照片上署 "济安" 者都已寄父母，此外我多寄了两张，一张是你在 Carmel 抱建一的那张（署名照片上你出现的次数太少，这张可看到你的上半身，可使父母高兴），另一张是 17-mile

drive有棵树作背景的那张（让父母亲欣赏美国风景）。Carol prefer
Joyce在树上的那张to你放大的那张，你可添印三四张，尺寸如旧。
已寄父亲的几张也请你每张重印一份。放大的那张，我们见了都很
喜欢，当把它放在镜框内。放大照片又花了你不少钱，谢谢。

　　Carol读了《瞿秋白》很为满意，对你（的）style大为佩服，日内
她自己会写信。Joyce最近突然对TV没有兴趣了（intelligence的表
现？），平日多看书，多和我们玩（2 skits：a. Joyce as waitress serving
sukiyaki，她记忆力很好，serving时步骤不乱；b. 天亮了，大家起
床，开车过桥，给黑人toll money，到airport吃早餐，早餐毕，到飞
机场，飞机已开掉了，大家兴高采烈在Berkeley再住一天）。不多写
了，即祝

　　年安

弟 志清 上

二月一日

　　Cyril Birch的"Fiction of the Yenan Period"[2]翻看了一下，觉得他
赞美延安小说的辞〔词〕句太多，不大满意。在英美捧徐志摩的也是
Birch，可见他的taste还不够好。

　　〔又及〕张心沧去秋得子，单名英。他在编一部早期俗文学
Anthology，自己译，由Edinburgh U. Press出版，消息可转告世骧、
Birch。

2　　发表于《中国季刊》（*The China Quarterly*）1960年第4期。

488. 夏济安致夏志清（1961年2月3日）

志清弟：

星期天从西雅图返此，多日未接来信为念。我的生活大致如旧，明天要去Squaw Valley（冬季Olympics举行之地），是坐chartered bus去，那边雪很多，你们那里的雪太多，我们可是要专诚〔程〕去赏雪。

电影看了一张 *Behind the Great Wall* [1]，Cinema Scope 五彩纪录中国情形，比我想象的好得多。政治色彩很淡，照相很美，音响配得亦好。中国在共党底下，矫揉造作不近人情之处太多，电影总算还尽量把"人"与"自然"表现出来，这些是共党所不能毁灭的。

大陆的饥荒听说很严重（从《人民日报》上是看不出来的），我想寄钱给陆文渊专买粮食小包寄回去。现在的问题恐怕是有钱买不到粮食了，寄钱回去不切实用。中共过去有一度是不准粮食小包进口的（进口了亦要没收），最近弛禁，买饼干、粉面、火腿、牛肉干、肉松等耐藏的东西都可以。大陆人民到底缺粮到什么程度，这里都是猜测，可能很严重。上海亦许比乡下好些，江南亦许比黄河流域好些，到底好多少亦不知道。听说公社要放松，共党拿人来瞎做试

1　*Behind the Great Wall*（《中国长城》，1958），纪录片，卡罗·里查尼（Carlo Lizzani）导演，意大利Astra Cinematografica出品。

验，人民不知道还要吃苦多少时候。父母亲生平从来没有遭受过饥荒，想不到老来还要受饥饿的威胁。

Angel Records 有一张是北平剧团灌的唱片，我在 Seattle 听过（Vincent 施[2]家里），其中有一段是《白蛇》，唱的人可能是杜近芳，我听亦不觉得特别好。在 Berkeley 唱片店里找不到，当再慢慢地找，找到了当买来送给你们作为生日的礼物。Carol 一定会喜欢的。（这张唱片听说已 discontinued，销路不好，不出了。）

张琨近交到一女友，有结婚可能。女士叫 Betty Schaft（Shaft？不像是犹太人），亦是 Yale 出身，读 linguistics 的，她不记得你，但是 Carol 或你亦许记得她，她亦是在你们那个时候在 Yale 的。UW 找来了十名西藏人，做各种专家的 informants，张琨、Thomson[3]（他是 Betty 的介绍人，介绍到 UW 去的），和女士是研究他们的语言。该女是九月以后才去的 UW，张琨和她在 X'mas 左右才"轧熟"的，现在看来已 going steady。女士是方额骨，沉默寡言，个子不比张琨矮。

看报上说，胡适将于三月底再来美国，是应 M.I.T. 之邀参加什么庆典的。他不知此番来了，要不要再回去。

你书出版没有？甚念。《红楼梦》（文）写得怎么样了？附上添印的照片若干张，可以给你们送人。Grace 那里由我送了。报上讲，东部又是大雪，Carol 和 Joyce 想都好，甚念。今天晚上要早睡，明天要早起，不多写了。专此 即颂

　　近安

　　　　　　　　　　　　　　　　　　　　　　　济安
　　　　　　　　　　　　　　　　　　　　　　　二月三日

2　Vincent 施，即施友忠（Shih, Vincent Yu-chung，1902–2001）。

3　Larry Thomson（Lawrence Thompson，劳伦斯·汤普森），耶鲁大学语言学博士，泰语专家，与李方桂在西雅图华盛顿大学创立语言学系，后转任夏威夷大学教授。

489. 夏志清致夏济安（1961 年 2 月 2 日）

济安哥:

　　《红楼梦》一文打好后星期日寄 Mather（文章送王际真看，你觉得妥否？他是看不起后 40 回的，而我所讨论的都是后 40 回的东西）。这两天定心校读了两三遍，稍加修改，寄上请你和世骧指正。因为初稿打了四十页，许多东西都装不下，写 final draft 时，极力想 condense（许多 observations 都只好割爱），写的多是很长的复句，没有我平日文章的较简洁利落，虽然读起来可以 impress 听众，不能算是 style 的上乘。不知你读后有没有同感？请你把翻译的一段，好好地同原文（Chapter 118）对阅一下，有错误处，请告诉我。宝玉引的一句"聚散浮生"，不知你知道出典否？林黛玉我仅提了两三句，把我的道理讲出来，恐怕听众不会服贴〔帖〕，还是少提为妙。　文中 allude to Vivas [1]，Lawrence，*Catcher in the Rye*，Genji，*Remembrance of Things Past*，Dostoevsky 吓人也是尽够了。《红楼梦》末了两个 chapter，有些地方交代不清楚，宝玉光头披着红毡斗篷，打扮可能是和尚，后来被赏了个"文妙真人"的道号（但柳湘莲也是削发后跟道士出走的），宝玉家中都说宝玉成了佛，不知他究竟是

1　　Vivas，即 Eliseo Vivas（维瓦斯，1901–1991），美国哲学家、批评家，曾任教于威斯康星大学、芝加哥大学、西北大学、爱荷华大学等校，代表作有《创造与发现》(*Creation and Discovery*，1955)、《劳伦斯：艺术的失败与胜利》(*D. H. Lawrence, the Failure and the Triumph of Art*，1960) 等。

僧是道。贾雨村和甄士隐谈话后，在急流津觉迷渡口长睡了一场，
看来他自己并未悟道，祇是同情道家的看法而已。又"晴雯"英译
"Bright Cloud"（Kuhn-McHugh[2]）似较妥切，王译"Bright Design"，
不知什么根据，你知道否？

　　长信还没有复，你多写几篇 critical biography，我想最是上策，
所以和华大方面谈判，还是把自己的 plan 陈述一番较好。Carol、
Joyce 皆好，隔两天再写信。专颂

　　近安

弟　志清　上

2　Kuhn-McHugh，即麦克休姐妹（Florence and Isabel McHugh）转译自弗兰兹·库
　　恩（Franz Kuhn）博士德译本的《红楼梦》英文节译本，劳特利奇与吉恩·保罗出
　　版社（Routledge & Kegan Paul）1958 年版。

490. 夏济安致夏志清（1961年2月4日）

志清弟：

大作已经拜读，世骧和我都极欣赏。世骧认为"非常之好"，特别是英文好。关于王际真方面，他认为：不论王对于后四十回的偏见为何，只要他对于文学有点真兴趣，总会佩服你的见解的。

但是我认为，你且不忙把这篇文章给王看，因为你的一本大书已经够他消化的了。他为人既然怪僻，在没有把他的做人摸清楚之前，暂时不必提出和他不合的意见。他可能亦同意你的看法，不过他弄"红学"已有数十年，未必一下肯改过来。他如赞成你的说法，这篇文章对于你的书来说不过是锦上添花，他万一不赞成，那反成画蛇添足了。

你的《红楼梦》研究，全世界恐怕只有你能写得出来。分析的精细和见解的深刻，中国人之中恐怕没有第二人了。洋人则能批评的，不能看中文；能看中文的，皆不会批评也。

你你把《红》里面的人物分两类，那是很对的，尤其是贾宝玉并未纵欲一点，是发人之所未发。薛宝钗的吃苦，乃是真正对中国社会的批评，这亦是极精深的见解。你真能把握住全书的结构，这在对于有考据癖的人——甚至受过考据影响的人——是不可能的。

我读《红楼梦》时，觉得前后的时间观念不对。前面所发生的事，各种过年过节庆贺作诗的事，时间是停顿的，即过年、元宵、端午、中秋等节令，可以是任何一年的。那时人生似乎只是年节的循环，而并不向前推进。即使推进，亦是缓慢而不易觉察的（所以那时贾宝玉和林黛玉的年纪，考证家亦考不出来的）。后四十回则有 hurry to the climax 之感。我那时还是受了"四十八十对立说"的影响。你提出 Arcadia 和毒蛇（搜春宫画）的说法，比硬分四十、八十合理得多。"搜春宫"一节，实是全书主要的关键，我看了很心服。

《红楼梦》对于"佛道"，只是感情方面的接受（或拒绝），并没有理智的分析。佛道两教只是代表出世（或两教共同的容易认识的特点），它们之间的不同，作者是不管的，读者亦不必管。天下有佛道在，总之，在儒家做人方法之外，便还有另外一种做人的方法，这是比较重要的。"一僧一道"的搭档云游，以及"入我门中一笑逢"，"我门"——佛 or 道？这些例子很多。这亦是中国平常人对佛道的看法。曹雪芹在这方面还是接受普通的看法的。

《红楼梦》中的奇怪 symbols 很多，你能爽脆地指出曹雪芹没有把它们发挥透彻，这亦是很重要的发现。否则在那些里面纠缠不清，亦会迷失全书的真义的，王国维说贾宝玉的"玉"是叔本华的 will，我看很难说得圆通。

那段翻译（118），我对读了一下，我认为翻得很好。"聚散浮生"什么出典，世骧亦不知道，但是绝不像庄子的。这种话中国人用得太多，已经成为 cliché 了。我看和浮萍有关，聚散都是说的浮萍。据《辞海》"萍浮"出《后汉书》，已是相当晚，和 Classics 无关。《红楼梦》只是随便引用，可不必加注。

晴雯，世骧说，可以译作 Bright Design。因为中国字含有"文"根者，皆有 design 的意思。原来"文"有"纹"的意思。（《辞海》：云章曰"雯"。）

你那篇文章拿到芝加哥去读，一定可以压倒群雄。主要的，当然还是全文（40pp）的发表。到"学会"来听讲的，很多是心不在焉的人，而且各人兴趣皆狭仄，只有拿出来发表，才能找到真正的读者也。

最近看了 *Birth of A Nation*，Griffith 的技巧，的确大大地值得佩服。片子这么老，但中国香港那批导演到今天还没有用熟这么多的技巧。故事是反对黑人在南北战争以后的骄横与胡闹，没有什么大道理，但使人联想起，中共实行土改后（即使1927年在湖南吧，看毛的《农民运动视察报告》），那辈受中共所扶植的所谓贫农与农村无产阶级（流氓等）的"翻身"情形。

我的生活如旧，你如没有空，信慢慢地写亦可。家里想都好。Carol 和 Joyce 均在念中。专此 敬颂

近安

济安 启
二月四日

最近准备写一篇有关中共干部下放的文章。

491. 夏济安致夏志清（1961 年 2 月 7 日）

志清弟：

赏雪回来，展获来信，甚是快慰。你的赞美，对于我的写文章，当然加深了很多勇气。我虽然做事胆小，怕羞，但亦略有自知之明。这一类夹叙夹议的文章，我最擅长——尽管写起来仍然是很吃力的。纯粹学术性文章与纯粹小说，写起来还要吃力得多。我很求"流利"，但是"挖空心思"，英文的句法与字汇还是嫌不够，clichés是难免的。记得上海你在沪江大学读的一本课本中，有一篇文章比较 Lytton Strachey 与 James Joyce 的 style，大骂 Strachey 文章中的 clichés 之多。当时我刚看 Strachey 不久，对他（的）文章当然很佩服，看了那篇文章，印象很深。现在想想，这个比较有点不公平；Strachey 假定英文有个公认的写法，他在这写法的范围之内，力求elegant。他并不想创造新的说话方式。Joyce 是十分 precise 的，但是他的说法是他自己的，天才的说法。写普通 nonfiction prose，只要善用公认的共同的说法即可。Strachey 自从那时以后，未曾看过，这里不妨替他辩护两句。我自己的句法与字汇，比起 Strachey 来，那是差很多的；像我这样，绝不能出口成章——出口成句的"句"还常常很蹩脚的。文章中所有的"流利"（中文的流利，则是自然的，中文我一天可写五千字，英文只能写五百字），都是硬改改出来的。读读不顺了，再写一次，精神是花得很多。好在对于此事，我还觉得有兴趣，我的artistic sensibility，全部用进英文的句法与章法中去了。在写《瞿秋白》的过程中，常常拿起A. Huxley的文章来朗诵两三个pages，想得到他的"文气"。据我看来，赫胥黎（还有萧伯纳）都是十几个noun phrases可以脱口而出的，我勉强只好凑三个五个。赫氏的文章段落很长，中间"天衣无缝"，转弯抹角（的）地方毫无痕迹。我亦想用长段落，但是一句一句连缀起来就比较吃力。要改好多次，才有一个比较长而流利的段落，而段落与段落之间的联系，还是很麻烦的。

写biography的好处，是故事在进行，靠着先后发生的事迹次序，文章自然能贯串〔穿〕。写议论文，语气贯串〔穿〕就较难。至于写小说，则事情全部凭空捏造，表现方式要求独创，关于日常生活的用字许多我是不知道的；而且我认识不少abstract nouns，以及与它们有关的adjectives & verbs，在小说里面，这些都用不进去了。因此我的字汇立刻大打折扣，写起来更吃力了。（再则，我对风景没有什么兴趣。）

写biography还有个好处，即可冒充scholar。我对于小考证，亦略有兴趣。对于personality则大有兴趣的，尤其是中国近代的这些名人。你所建议的这些题目，加上我自己所想到过的，我都可以写，至于research，那是一定要的，而且相当花时间。这种research，只是花时间而已 —— 如翻阅旧杂志、旧报纸（美国很难找到1945（年）以前的中国旧报），瞎翻一天，未必有多少材料。但是瞎翻并不吃力，只有写文章才是吃力的。

对于蒋毛这种政治人物，我写起来顶好还要多看些洋人的传记 —— 如关于凯撒、拿破仑、列宁、华盛顿等，还有中国古代人物传记等，这样引经据典，文章更多姿采〔彩〕。

近代的intellectuals，因为造诣都不很高，而且我们前进了，看他们似乎都很落后。凭这点superiority，写起来比较容易。像梁启超（Levenson的书，我尚未看过）其实都应该重新写过。

讲起传记文学，我新近看过胡适的《丁文江传记》[1]。这算是胡近年的大作，虽然仍只有一百多页。胡自负能写传记，其实是他的"史才"还是不够的。（一）《丁传》差不多每句都有出典，胡只是抄书剪贴。胡自己的话很少（很少narrative）——虽然胡的文章亦总是流利的。胡似乎不知道"传记"除了剪贴以外，还有别的写法（即使看看司马迁吧）。（二）丁的思想很幼稚的——这种幼稚当然有其时代性，但胡自己亦是落在那时代的圈套内，不能超越而批评之。因此，胡更没有话可说。

丁是中国研究地质学的开山祖师，"科学的人生观"论战的开第一枪的人（打张君劢），北大——中央研究院学阀系统建立者之一。他的思想还是属于富国强兵一流，曾主张"新独裁"、"统制经济"、"要有真正统一的政府……收回租界，取消不平等条约；行政制度彻底的现代化……有廉洁的官吏；组织要健全；握政权的人要能够信任科学技术，识别专门人才……"我相信，中共政权在他看来是能符合这些条件的。丁于1933年曾访问苏俄：

> "我离开苏俄的时候，在火车里，我曾问我自己：'假如我能够自由选择，我还是愿意做英美的工人，或是苏俄的知识阶级？'我毫不迟疑地答道：'英美的工人！'我又问道：'我还是愿意做巴黎的白俄，或是苏俄的地质技师？'我也毫不迟疑地答道：'苏俄的地质技师！'"

中国近代人的爱国与富国强兵思想，实有助于共党之兴起。我目前要研究的，只是若干文人的思想，但是对于事业人才、技术人才的思想，亦可以传记的题材来研究的。（如陈嘉庚[2]——典型的近代爱国华侨富商。）

1　丁文江（1887–1936），字在君，江苏泰兴人，地质学家、社会活动家，中国地质事业奠基人，创办了中国第一个地质机构"中国地质调查所"，1923年与张君劢展开"科学与玄学"论战。主编有《中国分省新图》等。

2　陈嘉庚（1874–1961），福建同安人，爱国华侨领袖，同盟会成员，集美学村和厦门大学的创办者，在辛亥革命、抗日战争中均贡献了重要力量，著有《南侨回忆录》。

还有一点，智〔知〕识分子要做官而倚靠有枪阶级。丁文江之曾倚靠孙传芳，后来他们——"独立评论"一派——都是靠蒋介石而做官的。最notorious的是青年党（国家主义派），他们的领袖曾琦[3]的集子已出版，遗留下来的很多诗，有不少是瞎捧各地的军阀。左派文人与教授之投靠毛泽东，亦一例也。孙中山在广东与军阀们（粤军、桂军、黔军、滇军，各军尚有很多派系）的联络，是很可怜的。梁启超之与北洋军阀。

梁启超的《欧游心影录》大约是本很有趣的书，我在很多年前看过，现在已不记得了。他之游欧，带了张君劢、蒋百里[4]（"文学研究会"发起人之一，曾做吴佩孚的参谋长、老蒋的陆军大学校长）、丁文江等。张君劢曾游苏俄。中国那几年去苏俄的人——近代的法显[5]、玄奘[6]，除瞿秋白、刘少奇之外，还有各种人。有一个江亢虎[7]，在北洋政府时组织"社会党"，后来在汪政权底下做一个什么院院长。他们游苏，大约是和瞿秋白差不多时间。

写那帮人可以写成一本或几本很有趣的中国近代文化史。Levenson等看中文太吃力，决不能吸收这么多材料。用笔纵能搜集

---

3   曾琦（1892–1951），原名昭琮，字慕韩，四川隆昌人，中国青年党创始人和领导者，宣扬国家主义，反对国共合作。

4   蒋百里（1882–1938），名方震，以字行，浙江海宁人，军事学家，先后留学日本、德国，归国后执掌保定陆军军官学校，1937年出版军事专著《国防论》，影响巨大。

5   法显（334–420），平阳武阳人，东晋僧人，为求真经，远赴南天竺（今属印度）、狮子国（今斯里兰卡）等地搜求佛经，归国后译出《大盘泥洹经》、《僧祇尼戒律》等经书，并撰写《佛国记》。

6   玄奘（602–664），洛州缑氏人，唐代高僧，法相宗创始人，为到印度求法，贞观三年（629）从长安出发西行，在印度各地参学研法十余年，被尊为"大乘天"和"解说天"，贞观十九年（645）归国后译经书75部1335卷，奠定中国佛教唯识学说，口述《大唐西域记》。

7   江亢虎（1883–1954），原名绍铨，江西弋阳人，社会活动家、学者，中国社会党创始人，社会主义在中国最早的传播者之一，因甲子复辟案逃往北美，在大学任教，传播中国文化。汪伪政权成立后出任考试院院长，抗战胜利后被关押。著有《洪水集》、《江亢虎文存初编》。

材料，可是抓不到问题的要害。要我来做，大约是能胜任的，但是还得看机缘。留日的智〔知〕识分子——从秋瑾、章太炎到胡风、雷震；留法的智〔知〕识分子——曾琦、周恩来、李立三[8]、王独清；留美的——胡适以及很多大官，都可以大写特写的。如能一帆风顺，在美国有长饭碗，先出一本书，再申请 Foundation 的钱，到东京去一年，巴黎去一年，搜集材料，写作，这当然很理想。这在美国学术界亦不算是很希〔稀〕罕的事情。但是我有没有这福分，还不知道呢。

鲁迅那段文章，我在"横排本"全集翻翻，尚未发现。我看横排书较吃力，看直排书大约可以"一目十行"。以后当去翻直排本的全集。鲁迅的各种版本，文字可能有不同。据香港某反共报纸说，过去单行本的《华盖集》等，里面对于左派的攻击还要凶些。可惜此人没有详论，我尚来不及做这种考证。

你的论《红楼梦》一定非常精彩，所论 tag-of-war 一点，你提起后，我很能了解。这的确是中国文化的大问题，从《论语》里，孔子 confronting 南方几个隐士（可参考冯友兰的《哲学史》）以及庄子所 imagine 的孔子——老子的辩论等就开始了。我自己亦有此感，如在台湾办《文学杂志》，这是儒家"救世"之想在作怪，但后来道家出世之想，又抬头了。现在只想关起门来做研究，即是隐居或出世也。我相信用你这个观点，对于中国的诗人的"矛盾"（陶潜、杜甫、李商隐都感觉到的），亦可写出很好的评论文章（中共和台湾争取留学生回国，即是康熙皇帝的征山林隐逸之士也；清初的一群隐士，曾受"一群夷齐下首阳"的讽刺）。"中国文化上最 crucial 的 debate"，一点不错。不少留学生（esp. 学理工的）想回大陆去"把学问贡献给祖国"是可以同情的。于斌主张多从台湾运少女到美国

8　李立三（1899–1967），原名李隆郅，字敏然，湖南醴陵人，工人运动领袖，曾一度掌握中共中央实际权力，后因"立三路线"的失败，赴苏联学习。文革期间遭到迫害去世。

来，羁绊这帮留学生的心；不知他们的"入世"之心，亦是一种道德的力量。而台湾虽高谈道德，实不能在道德上使人满足也。当然"出世"是另外一种道德力量。

所要的照片，已去添印。Joyce在树上那张，的确很好，我初看transparences时，觉得颜色不够醒目，没有注意，印出来真是很好。还有几张底片，上次没有印的，现在豫〔预〕备一起去印。

Joyce的记忆力真好，那两个游戏（是）她想出来的，可惜我不能陪她玩。

玉瑛妹结了婚，亦是了结一桩心事。我希望她索性入了共产党算了（可能焦良是党员）。Djilas的New Class之说，是有点道理的。做了党员，当然纪律更严，但可能有privileges，亦许可能给父母亲多一点保障。你在信上不妨隐约提起。这不是principle的问题，既然逃不出来，只好适应那环境。把目光放短浅一点：如何吃最少之苦，得最大之享受，这点我们亦要帮家里想想的。我上次信上对大陆的饥荒，亦许看得特别严重一点，因为真相不明。看父亲的信，知道情形还好，亦就心安了。

《瞿秋白》一文，陈世骧要叫UC给重打一次，印五十份，在这里派送人。这事给UW知道，又要吃醋的。我得写信去打招呼。印好后，我想试试（到）*Partisan Review*等高级杂志去发表，不知道有没有希望。Carol的反应对我很重要，因为我的文章不是写给专家看的，希望一般读者对它都发生兴趣。

今天是Carol的生日，我是要吃面的，请告诉她。并祝她快乐。再谈，专此 敬颂

冬安

济安
二月七日

〔又及〕Mills最近写了一篇《鲁迅与木刻》，油印了在传观中。

492. 夏志清致夏济安（1961 年 2 月 17 日）

济安哥：

两封信都已收到。夜深了，长信隔两天再写。前天收到王际真一封信，他把我佩服得五体投地，大约 Columbia job 有希望，祇好看我和他见面后的交际功夫了。我交际功夫不佳，可能较吃亏。但这两天 Carol 和我都很兴奋，你得讯，也必高兴。

王信翻印附上，陈世骧也可一看。Columbia 几个教授，王、Goodrich[1]、de Bary[2]、Wilbur 等，他们专长什么和脾气如何，请向世骧处打听一下。世骧和王不睦，不知王为人究竟如何。匆匆 专颂

近安

弟 志清 上
二月十七日

《红楼梦》一文已写好，明日打字交出。

1　Goodrich（Luther Carrington Goodrich，傅路德，1894–1986），美国汉学家、历史学家，出生于中国通州，曾任哥伦比亚大学东亚系教授、系主任，美国东方学会会长。代表作是其主编的《明代名人传》（*Dictionary of Ming Biography, 1368–1644*），获法国儒莲奖。

2　de Bary（William Theodore de Bary，狄百瑞，1919–），美国汉学家，哥伦比亚大学东亚系教授，中国思想史研究和儒学研究泰斗，代表作有《东亚文明：五个阶段的对话》（*East Asian Civilizations: A Dialogue in Five Stages*, 1988）等。

493. 夏济安致夏志清（1961 年 2 月 22 日）

志清弟：

接获来书〔信〕，非常高兴。此事大致可成，这是你的运气转了，从此可以稳稳地"坐"在美国学术界的领导地位，可喜可贺。

多少年来你为寻 job 之事伤脑筋，现在不费心思的就有很好的 offer 来了。这就是所谓"运气"，你的野心也许不大（世俗方面），但是来的事情比你所想象的还要好些。

当然你肚子里真有货色，加以多少年埋头苦干地写了一部大书，然而在上位者的"拖一把"还是很要紧的。也有人写了好书，仍然没没〔默默〕无闻地瞎吃苦的，历史上例子很多。王际真的钦慕与援手，是求之不得的事情，现在很容易地得来了，这就是叫做"缘"。

你很担心"交际功夫"，其实这是多余的。谁都有他自己的一套处世办法，每套办法都各有利弊。你的办法是比较天真，几十年来一直如此，现在再学虚伪亦来不及了。但是天真的作风，亦有人欣赏的；虚伪的作风，亦会给人看穿的。你就照你一向的作风，与人相处，亦不会吃亏。最要紧的是你没有害人之心，不会暗算人；你关心的只是学问与真理——这是你的本门工作。把本门工作弄好，总有人欣赏与拥护的。我的理论：你把人事问题看得简单，它就简单；你把它看得复杂（如钱学熙之打击袁家骅、捧朱光潜等），它就复杂了。人事本来很简单，你不用手段，它不会变成复杂的。别人用手段，你还是不用，仍旧复杂不起来的。这是中国老子一派最高深的做人的道理。

在美国做人，比在中国简单得多。中国几千年来的虚伪作风，你虽然不会去用的，看一定看得很多——不知道在小说里面的反映如何？美国人根本不知道天下有这样虚伪的民族的——共产党来了，只有使人更虚伪；独裁者靠虚伪治天下，干部与老百姓说的话，真伪谁知？很多中国的好人，要来美国做expatriates，脱离那个虚伪的社会，恐怕亦是原因之一。

在美国做人的好处：用不着在"手段"上多费心思。以真诚待人，不会吃大亏。真本事大约可以得到"真"欣赏，有本事的人总可以出头。此所以美国的社会还算是健康的。

我用不着在这里痛骂中国社会习气（鲁迅的"世故"很深，其实他是痛恨世故的，这是他为人可爱之处）。在美国以中国人来研究中国学问，只消做到一点起码的交际功夫就够了，即保护洋人学者的自尊心。那些洋人"皓首穷经"，结果亦是"著作等身"，其实可能看中文书都很吃力。他们自己内心必然惶恐，但是牌子已经做出来了，只好硬了头皮挺下去。对于这种人，我们只好同情他们。他们自己一定知道不行的，他们亦很希望中国人能帮助他们。为了整个学术界的前途，我认为中国人应该帮助他们，让他们知道得更透彻，写出更好的书。他们已经享有的盛名，我们亦该保护之。

陈世骧在UC搞得很好，一则他来得早，再则他和洋人处得好。我出席过几次Colloquium，他在座必发言，对洋人的paper，总是三句赞美的话，加一句轻轻的批评，使洋人听了很舒服而又实惠。如Levenson的《论井田》（收在 The Confucian Persuasion 中），他私下认为根本没有什么道理的，但在Colloquium上他还是捧Levenson的。那些洋人，看中国书有什么不了解，偷偷地可以去请教他。反过来，洋人亦捧他。这样他在UC的地位就很稳了。

　　法国的moralists，好研究self-love（amour-propre）。他们认为这是做人的first principle，我认为尊敬别人的self-love，的确是处世的一个要诀。孔子讲"忠恕"，其实把做人（的）道理都包括在里面了。老子的道理太高深，有时且近于阴险。老子的"自然"，有时是很矫揉造作的。庄子的自然，是真的自然，但是他是丢弃社会的。

　　陈世骧还有一点长处，是跟英文系相处得好。他说他的许多papers，中文系看了并无反应，英文系的人都说好。这点对于你是没有问题的。中文系"皓首穷经"的人，可能心智蔽塞，兴趣狭仄，但是在Columbia这样一个大学堂，英文系里人才济济，你一定可以找到好朋友。对于王际真他们，你总是多捧少说坏话好了。你举的那些人，Wilbur我在Seattle见过，觉得很和蔼慈祥（我没有上去和他讲话），不难相处。Columbia的巨头如Barzun、Trilling等，我们心仪久之，看法和我们亦接近，你上去一谈，包你会很合拍的。

　　你要开一门"中国史"，我劝你不要拒绝，硬了头皮接下来就是了。一面教，一面再自修。第一步，先不理中国的参考书（太多、太乱），把英法西文的书好好地先看一看，反正我们可以假定洋人学生看不懂中文参考书的。《史记》、《周礼》等好像有法文译本，不妨拿来和中文对着看。几年之后，再慢慢多看中文书，包你成为"专家"。中国历史是一门很有趣的学问，你多看看，必有高明的见解。我最近看了些有关中国上古史的书（郭沫若在这方面的贡献究竟如何，我还不敢评），觉得很有趣。对于"井田"略有了解，Levenson在文章里对于井田是什么东西，一句话亦不说，实在有愧他的历史家的地位的。

　　中国书你在香港能买到，那是顶好了。此间Chinatown亦有中国书，常见的亦买得到。"25史"（开明的）一套$150；我如能在美国长住，一定亦要大买古书。研究中国学问，应该贯通古今的，你在Michigan，对于古学问已经下了一些功夫。现在"边教边学"，对于古中国的大略，不难于短期内把握之。我们到底根基好（比起洋人来），吸收得快。

　　昨天晚上看到来信，打电话给陈世骧家里，没有人接，他们想必又去出席 party 了。今天早晨（华盛顿诞辰），不便去惊动他们，尚未打电话。关于王际真，据我在 Seattle 所听见的，他是个很怪僻的人，对待他太太似乎亦不好。我的 source 是个外国女人，她和王际真是认识多年的。她说，他本来很好，后来不知怎么变怪僻了。但是怪僻之人（即使所传是实）其心必寂寞，他是很希望有知心朋友的。你只要少去管他的 private affairs，多谈学问好了。他能对于素昧平生之人，写出这样一封"五体投地"的信，可见其人还是很"真"的，而且能"识货"的（胡适就不大能"识货"，亦不"真"）。我认为和他交际不难，但是怕他怪僻起见，宁可稍为疏远；君子之交淡如水，可以保持友谊之长远。再谈 专颂

　　快乐

济安

二月廿二日

　　P. S. 已和陈世骧通过电话，他亦很替你高兴。他亦认为王是 eccentric，而且晚年愈甚，但他说王绝对是个正派人，没有虚假的。他的确"爱才"，陈之去 Col.，亦是王邀去的。后来二人感情有没有变坏，我可不知道了。还有蒋彝（silent traveller），亦是王见了他的书而邀他去的。蒋后来 complain：王开头很热，后来就冷淡了。但王并无恶意，只是 eccentric 而已。所以我的劝告：你不做交际的打算最好；反正你不会交际，问题反而简单。对付怪僻之人，即使交际老手亦会束手无策的。你的天真亦许是对付怪僻最好的办法。

　　de Bary 是系主任，"young & vigorous"，他是王和 Goodrich 他们的学生。陈认为王如提出来，de Bary 不会反对的。de Bary 的 field 亦是 modern Chinese thought，陈认为他做人相当开通的。第一年即便没有 tenure，我希望你亦接下来，当然最好上来就有 tenure。

总之，美国的人事很简单，你不用worry。人跟人相处得好，有时冥冥之中似有前定。两个人一见投机，或者无论为何谈不投机，有时没有理由可说的。只有付之因缘了。我因为对于命运之说，信仰愈深，所以把世事看得愈来愈简单了。

济安

〔又及〕给Carol的信和照片另封寄出，先向Carol和Joyce问好。

494. 夏志清致夏济安（1961 年 3 月 6 日）

济安哥：

二月间你给我好几封信都没有好好作复。上星期又收到你看了王际真信后写的两封信，信上为我兴奋而高兴的情形，读后我很感谢。王的那封信，的确是我生平第一封 fan letter，说我英文写得怎样好，连我自己也难以置信。我大约四月初去纽约，去见王际真及哥大其他东方系教授。我给王的回信上说及三月底去芝加哥开会的事情，王回信谓他并非 JAS 会员，并我也无法看到全班哥大人马，决定四月初邀请我去纽约，日期在下次 faculty luncheon 上决定。他第三封信日内当可收到。第二封信上他提及蒋彝买到一本Oxford 新出的关于《红楼梦》的书，问我要不要借去一读。我希望这次去哥大 interview，结果圆满，但近年来关于中国的书出版得怎〔这〕么多，大多我都没有读过，和教授们谈起话来，可能显得不够well informed，此外我倒不怕什么。《红楼梦》一文想已读过，希望一两日来〔内〕看到你的批评和指正。这篇文章我寄给 de Bary 看，他一定喜欢，因为我所弄的东西，正是他所编 *Approaches to Oriental Classics* 所着重的东西：Mrs. Feuerwerker 和 Donald Keene[1] 的文章（论

1　Donald Keene（唐纳德・基恩，1922–），美国学者，日本文学研究专家，在哥伦比亚大学任教超过 50 年，退休后定居日本并加入日本国籍，代表作是四卷本的巨著《近代日本文学》（*A History of Japanese Literature*）。

中日小说）和我的文章比起来，内容都比较空虚，没有什么新的见解。但王的approach和我的不一样，他把后四十回翻译得原文味道完全失去，而我着重的是后四十回，希望他读后不会不高兴。我译文有错误的地方，请提出，改正后把文章寄王际真。陈世骧有什么意见，也请告诉我。

　　Yale Press告诉我书定于三月22日出版，我去芝加哥，书刚出版了一星期，很可使人注意。《中国文学》session上其他几篇papers，我想不会太精彩的（Frankel可能有新见解，但Time & Self in Chinese Poetry题目很大，不容易写得好）。Mather收到我的文章后，对我大为佩服，有意把《红楼梦》去重读一遍。我的书advanced orders已近500，first printing 2,000册，我想销完不难，二三月内即可重印2nd printing。定价已减低为$7.50，我想也是Yale Press预计销路好的缘故。封面已看到，红底白字，有一幅王方宇[2]所藏的齐白石的笔砚图，相当美观：

　　希望一两星期内看到书，当寄你和世骧各一册。

　　你信上劝告种种做人办法，很对。我不想虚伪，也不会虚伪。如能真正被聘哥大，只有好好弄学问，做些成绩出来。哥大很器重Donald Keene（很快已升正教授），我写东西决不会如他那样快，但成绩我相信可比他好。Keene对西洋东西知道不多，是相当吃亏的，但他译书写书之勤，是相当惊人的。

　　你自己的事情，上次提到UC预备把你（的）瞿文添印五十份后，已好久没有谈及了。不知summer job已谈安〔定〕否？下年度

2　王方宇（1913–1997），生于北京，艺术收藏家和学者，先后任教于美国耶鲁大学、西东大学，自20世纪50年代专注于八大山人作品的收藏和研究。

华大的事情已开始进行否？世骧去 Hawaii，我想你在 UC 教 summer school 可能性很大。Li Chi 下年度留 Ann Arbor 与否，想应该通知世骧了。我希望你去华大做你的研究，但李祁不返 UC，你暂时留在 UC 也无妨。我总希望你和华大早早谈判，不要怕面皮嫩，把自己的事情耽搁了。胡适已来美否？在芝加哥可能见到他。

附上父亲及焦良的来信和照片。照片上焦良眼眉之间很有些英气，身体也结实，一点也没有沾染到共党的阴险虚伪，很使我为玉瑛妹高兴。他文字修养方面也比玉瑛妹好得多，他可以和玉瑛妹同派在一处工作，生活虽清苦（婚期 postponed to 暑假），但总算是幸福的。希望你早日写封回信寄给我，我可以早日作复。父亲把"陈世骧"错当"郑之骧"，实在是笑话，郑之骧不知现在什么地方为人民服务了。

三张照片已收到，Carol 还要两三张。Wallet size 送朋友，你有空可再添印。

我从香港 Universal Book Store 买过两套郭、茅文集，价很便宜，最近买了一套全唐诗，俞平伯校订的八十回本《红楼梦》，和北大集体著作的文学史，都还没有工夫翻。我总觉得好好研究中国小说，几部西洋的大小说没有读过的，还得一读。最近 Dos Passos 又红了起来，我忽然想到《三国演义》常常介绍些有趣的人物如华陀〔佗〕之类，往往和正文没有多大关系。此种 vignettes，非但没有破坏小说结构，可能和 USA 中 Short Biographic 一样，使人对当时政治战争生活外更增加一种 intellectual & artistic life 的认识，也未可知。中国小说 episode 的写法，好好研究，也非把冷门的 picaresque novel 一读不可。《水浒》中的英雄和 Icelandic Sagas 中的英雄很有相像处，这种种都值得写。这暑假如去哥大，则准备教书要多读书，没有时间多写文章。否则把《红楼梦》文 expand，再研究《三国》、《水浒》，也可为第二本书做准备了。

《宾汉》已看过，不大好（不久前看 *He Who Must Die*³大为满意）。Wyler 是大导演，但《宾汉》中看不到他 subtle 的地方。大凡电影上 hate 容易表达，love 不容易，《宾汉》下半部意义是相当 blurred 的，耶稣的上十字架和 Ben-Hur 本人〔身〕drama 配合得很勉强。

今冬 Potsdam 相当 warm，积雪已溶〔融〕，但地上的雪水又时溶〔融〕后重结成冰，很 slippery。不多写了，你近况想好，Grace、世骧前问好。专颂

近安

弟 志清 上

三月六日

3　*He Who Must Die*（《该死的人》，1957），剧情片，朱尔斯·达辛（Jules Dassin）导演，吉恩·赛维斯（Jean Servais）、卡尔·蒙纳（Carl Möhner）主演，Kassler Films 出品。

495. 夏志清致夏济安（1961年3月19日）

济安哥：

　　二月四日来信已收到，我的文章承你和世骧称赞，很感谢。关于《红楼梦》时间处理问题，我也有同感，可惜文章中无法提到。总之，搜春宫后，曹雪芹自己几段文章〔字〕大为精彩。晴雯死的一段是前八十回最好的文章，接着几节，其irony的深刻也使人佩服。晴雯嫂嫂调戏宝玉一段A. West[1]已提到了，但跟着贾政叫宝玉去作诗赞林四娘，贾政对家里人死活的情形不管，有闲功〔工〕夫去研究"千古佳谈，风流隽逸"的旧帐〔账〕，其迂腐处祇曹雪芹完全抓住。宝玉那时哪里有心绪作诗，却作了一首长诗。离开父亲后，宝玉"一心怀楚"，作了一首晴雯的祭文。他所念的祭文被黛玉听到，黛玉对晴雯的惨死，一点也没有感慨，对宝玉的心境，一点也不表同情，反和他讨论文句的雅俗，后来宝玉听了她的话，重改了两句"黄土陇中，卿何薄命"，触动了黛玉的心事，"陡然变颜，虽有无限狐疑……反连忙含笑点头称妙"。这一段文章〔字〕把黛玉的自私完全写出（袭人的reaction也相当suspect）。同时宝玉对林四娘、

1　Anthony West（安东尼·韦斯特，1914–1987），英国作家、批评家，是英国著名科幻小说家赫伯特·乔治·威尔斯与丽贝卡·韦斯特的私生子，从母性。他在"Through a Glass Darkly"（*New Yorker*, November 22, 1958）一文中提到晴雯嫂嫂调戏贾宝玉，译文见《文学杂志》1959年第6期。

晴雯的死同样地大做文章，硬把晴雯封为芙蓉仙子，虽然情感是真的，他的懦弱，自己安慰自己的作风，也很赤裸裸地写出。

大观园和adolescence一段，承你欣赏。其实还有一点，我无法提到，即是贾母以下的女眷及宝玉，逢节逢时，都有意无意地revert到childhood各种games，酒令、猜谜，在我看来都是儿童的pastime。许多女人，在party上，自己心事不好讲，有的作诗作不来，祇好在childhood境况中找快活。在我看来，childhood的mood可能比adolescent mood更重要也说不定。

前三天（星期四晚），王际真打电话来约我于本星期天（三月25日）去纽约，住在他家里，同时和家里人相见。今晚他又打电话来，把时间confirm了一下。本来约定我去芝加哥后再去纽约，但我的书本星期出版，我去芝加哥后可能另外有offer。Columbia此举可能有forestall的意思，看来大约事情已无问题。我《红》文寄王与否，最初不能决定（在未收到你信前），最后决定送了王、de Bary各一份（文中把Bright Cloud改为Bright Design）。de Bary为人较新派，对我的文章一定会欣赏，能够得到他的赏识我觉得比可能incur王displeasure的consideration重要。结果不出我所料，de Bary回信对我〔的〕文章大为欣赏，所以事情也推动得快了。去芝加哥本拟找事情的，现在去芝加哥前，大约事情已定了，倒可好好地玩一下。我星期日由纽约飞芝加哥，de Bary也去Chicago，但他可能要早到。Yale Press星期一发信，谓书已寄出，至今尚未收到，但明天一定可以看到。Yale先寄两本，其余13本free copies问我要不要由Yale直接转送，或寄给我，让我自己分送。我决定自己分送，所以寄你和世骧的两本，可能下星期四五方可寄出。我自己留一本，另一本答应借给Library，让此地的学生、faculty有机会看看书的外表。上星期偶然翻 N. Y. Times，看到李国钦（K. C. Li）逝世的消息，我本来想送他一本，现在他去世了，倒添了我一番感慨。

父亲来信，谓玉瑛妹已和焦良于二月七日结婚，并把信附上

（看后请寄还），可看到家中 food 的情形比一般人好得多。你自己 job 方面和华大已继续谈判否？一切念念。但望这次去纽约，interview 哥伦比亚诸公，一切顺利。不多写了，专颂

春安

弟 志清 上

三月 19 日

496. 夏济安致夏志清（1961 年 3 月 20 日）

志清弟：

　　来信收到多日，一直未复为歉。前天、昨天（星期六、星期日）本来可以写信的，可是借来了两年全份 *China News Analysis*，看得出神，把正经事又耽搁了。*China News Analysis* 是香港一批天主教人士办的（Jesuits），每周一次的 news letter，密排英文每期约七页。我看了对于共产党觉得又是可恨又是可怜。我是看《人民日报》成为习惯的了，但是老实说，对于中共的情形我还不大清楚，因为《人民日报》几乎是天天一样，年年如此，千篇一律的。在字里行里要看出人民以及中共首要们（yes，they too！）的痛苦，是不大容易的。*CNA* 执笔人的笔调还带点幽默，可是对于中共的资料看得比我多，研究的经验比我丰富，说来娓娓动听，而且大多都有把握，要知道中共内幕，*CNA* 是最好的读物。我希望你何时有空，也把 *CNA* 翻一翻。我兴趣广，什么都想知道一些，所以每期都有兴趣。即使限于文学，*CNA* 亦很有些材料。如 342 期（Sept. 30, 1960）描写茅盾发表他的《夜读偶记》的尴尬情形，就很有意思的。茅盾要介绍"社会主义现实主义"，可是就在那时候（'58 的四月前后）毛发明了革命的现实主义和革命的浪漫主义相结合，这样使茅盾很难下笔，因此他的五篇东西断断续续地发表，很难自圆其说。关于人民的生活，*CNA* 里材料更多。总之，在上者的瞎作主张，干部的无知，都是使公社

（及其他一切计划）失败的重要原因。但是中共经济困难这几年特别厉害（'58–'60），这三年算是"苦战三年"的，以后应该"苦尽甘来"了，但是情形更形恶化。"苦战三年"的口号，据史诚之（HK 友联）对我说：是 1957 年年底毛去莫斯科谈判借债不成而开始的。近来苏联日益小气，北京方面悻悻然地叫喊"自力更生"，结果一塌糊涂。1949（年）以来，中共一直以重工业为首务，'59 改成工农业等并重，'60 老实宣布以农业为首务之急，可是农业失败之惨，亦以 '60 为最厉害。毛泽东之流，即使罪大恶极，可是我相信假使能够给老百姓吃饱，他们亦愿意给老百姓吃饱的 —— 奴隶亦得吃饱了才能做工呀！可是力不从心，只好承认失败。毛泽东之流又是"死要面子"的人，他们肯承认去年全国耕地之一半"受灾"，情形之严重可想。

　　我的 myth 一文，不知何时能打出。第二篇我定《干部下放》，材料搜集了一些。但是整个局势不大清楚，现在相信可以开始执笔了（"干部下放"这个制度所造成或推广的 terms）。

　　焦良的确是个很好的青年（从他信里看来，他是想多读书而少管闲事的，可是环境不允许也！），玉瑛妹嫁给他，我是很放心的。但是他们的吃苦，正是方兴未艾 —— 这种话我们信里当然不好说。奇怪的，父母当初还要挑剔焦良家境不好，不知国内还有谁是"家境"好的？高级共干当然可以享受，但是我们可以拿女儿嫁给他们吗？上海的小布尔乔亚，兆丰别墅的居民和我们"门当户对"的那些人家，假如现在还有谁"家境富裕"，早晚要给压榨逼干为止的。共产党讲究"出身"，焦良假如出身"贫农"，这就好像有了金字招牌，做事顺利得多。他和玉瑛妹只要乖乖地做人，不去"鸣放"惹祸，吃苦耐劳，那么在那绝不合理的制度下，亦许可以享受一点人间的温暖的。焦良肯给我们信，表示他并不因"阶级"而大义灭亲，这个人的良心还是好的：中共并没有把他脑子洗清。这亦表示，他亦会爱和尊敬我们年老的父母。我们都在海外，父母亲真亦需要这样一个小辈来照应照应的，虽然在那社会制度下，小辈们能帮忙的地方是非常之少的。

台北美国新闻处要出一本英文刊物，问我要稿，我想拿你那篇《红楼梦》出去发表，不知你有何意见。你不妨添两句："全文篇幅不止此"等云云，等回音后再做决定。USIS不抢你的版权，将来全文仍可另行出版。又美国新闻处的主任（director？）Richard MacCarthy希望你的书能亲笔签名送他一本，MacCarthy倒是很爱好中国文学的，向往你的书已有好几年，亦算一个你的fan，他的地址是USIS Taipei。

你的书台北是否禁售，我尚不得而知（寄给美国人是没有问题的）。你的态度反共，但是讲了这么多左倾作家，亦许有人会认为其中有危险思想。想起我的那篇"附录"，我常常很害怕；假如从此不回台湾，亦没有什么可怕。万一要回去，乱子可不小：（一）我表示和雷震很熟，而且比他更进一步地主张要以文艺作品来批评社会（即使不是批评政治）；（二）我对台湾那些作家，无一有好评，他们之中一定不少人要愤恨的。我当然希望台湾没有人看见我的文章。

出路问题：暑假去Seattle（工作性质、待遇照旧），早已谈妥，以前信中忘了提及。暑假以后，还毫无着落。此事你和朋友们都很着急，但是我是尽量不去想它，做人只管眼前快活。希望你不要为我的事出力，因为此事太复杂；关键不是美国的job问题，而是台湾的护照问题。有了job，而得不到护照，变了四处对不起人了。我的"静观"办法不是个好办法，但是我不想乱钻瞎动，因为这样，情形亦许更糟。请你容许我静观一个时候再说吧。我现在的态度是：但愿不回台湾，这样你也许可以放心了。我现在隐隐约约地有个计划，以后再谈。

专此 敬颂

近安

济安

三月廿日

　　Carol 和 Joyce 前都问好，Joyce 照片送上六张。焦良的信和他给你的照片寄还，请你保管。另寄上我给焦良的照片一张。

497. 夏济安致夏志清（1961 年 3 月 28 日）

志清弟：

　　昨晚回去，看见寄来的大作，兴奋异常。书的精彩内容，一时尚不能全部吸收。你的思想vigorous，文章扎扎实实，不让人松一口气，看起来非聚精会神不可（我的文章之所以有所谓cadence，实在还是脑力不济，常常需要换气休息，不能一步一步地relentlessly、vigorously地推理分析）。印刷很漂亮，校对、附录、索引等做得都很精——亏你的！

　　结果失眠，大约两点以后，吃了Sleep-eeze才睡着。——是我生平第二次吃安眠药，第一次是在Seattle拼命赶写《鲁迅》一文，亦是因脑筋活动过度，畸形兴奋之故。我平常睡眠都十分酣熟的，请勿念。

　　我那篇《台湾》，你改得非常之好（对于我在美国的学术地位无疑是大有帮助的，特此感谢）。Style还是我的，带一点irony，但是那时候我刚离（开）台湾不久，对于台湾文坛（该说中国文坛）前途还是抱着极大的希望。现在已经把它"气出肚皮外"了。我这点希望和热忱，现在看来完全是过去的事了。但是我相信，即便在台湾的人看来，我是没有什么恶意的。书出以前怕人攻击的worry，现在已减至极少极少。全文最大的讽刺，是假定《自由中国》还在出版，"明眼读者"当然会下他自己的结论的。文章里牵涉蒋经国，反而是好事。蒋经国大约不会因此而生气，但一般文人看见蒋经国亦牵连在内，他们反而可以不来多管闲事了。

凭你的 sound judgment，惊人的学问，和十分纯熟老练的英文，书之轰动学术界，是不成问题的。最大的影响，我希望是能 offset 哈佛学派（？）的浅薄的"前进—后退"两元论的 positivistic overimplication 的影响。美国的莘莘学子（研究中国问题的），甚至已成名的学者，大多皆受些二元论的影响。跟他们口头说，亦说不清楚的。你的有力量的巨著，总可以使他们开开眼睛〔界〕。他们之所以"亲共"，不一定对"共"有好感，实在还是迷信"共"是代表（至少在中国那种"落后国家"）"前进"也。你能指出人性与中国文化、世界文化中的永恒的部分，对于整个美国学术界（不仅研究中国问题之人）是大有裨益的。陈世骧私下谈话，亦很讨厌那辈自命研究 Social Sciences，相信"科学方法"之人；在他同事之中，就有这种人，不过他为人 prudent，不会去大骂他们的。

来信亦已经收到。你去哥大小住，和去芝加哥开会，一定都是会很愉快而顺利的。玉瑛妹已经结婚了，很好，亦少了一桩心事。手表我劝你不要在美国买（假如尚未买），仍旧请陆文渊代买寄去，香港的表比美国的便宜得多。家里粮食不缺，闻之甚慰。再谈，专颂

近安

济安
三月廿八日

〔又及〕袁可嘉最近在《文学评论》上发表一篇《托·史·艾略脱——美英帝国主义御用的文阀》。

HAPPY EASTER to you all！ Carol、Joyce 前一并问好，are you very happy to see Jonthan's books out at all?

T. A.

498. 夏志清致夏济安（1961 年 4 月 6 日）

济安哥：

　　芝加哥回来后，隔二日看到你的信，很高兴。你为了我的书兴奋失眠，我刚收到书也很兴奋（虽然还没有把书从头看一遍），现在已在等看 reviews 时期，因为美国懂中国现代文学的内行太少，那些reviews 写些什么，很难预测。前星期六，在纽约看到 *Times Book Review*（Sunday）的 A. C. Scott[1]的书评，Scott 在哥伦比亚 Boorman Project 做事，不见经传，看见他的 review，他所有关于 modern Chinese fiction 的知识，就是中共的一套，所以对我的书，实在不会欣赏，最后几段（引据了你的 appendix 两次）都是政治性的讨论，而且你的 irony 一点也抓不住，以为你我都是台湾的 apologists，distort facts，看后很生气。我 appraise《旋风》，何尝 presage 台湾的文艺复兴？你提到《自由中国》，何尝捧国民党？他这些都看不清楚，可见没有把书好好地看一遍（文载 p. 3，你想已见到，如未见到，可寄你一份）。我的书反共，liberals 一定不喜欢，将来 *Saturday Review* 之类

1　　A. C. Scott（Adolphe Clarence Scott，施高德，1909–1985），是美国从事中日戏剧研究的先驱者，在威斯康星大学麦迪逊校区创办了"亚洲戏剧项目"。代表作有《梅兰芳：一个京剧演员的生活与时代》（*Mei Lan-fang: The Life and Times of A Peking Actor*，1971）、《演员是疯子》（*Actors are Madmen: Notebook of A Theatregoer in China*，1982）等。

的 reviews 也不会太 favorable。你所希望的"轰动学术界"，还得等待学术性 journals 的书评。陈世骧那里书已寄出，我希望他能在大杂志上写一篇书评（如 *Asian Studies*、*Harvard-Yenching Journal* 等），他批评我（我）不怕，但至少他是识货的人，能指出书的真价值也，这句话，你可转告他。

这本书校对的确很精，错误绝无仅有（发现金圣叹的"叹"拼了 t'ai，此外"张天翼"一章内一个 character 黄宜庵拼了 Nian，glossary 内已拼对，此外错误，我还没有看到。有一两处，punctuation 可以改善）。但中文题目我本来写的是"现代……"，看到 title page proof 的时候，王方宇自动改写了"近代……"，那时 title page 既已印好了，加上按 Matthews 字典"近代"、"现代"通用，我没有去 correct，现在想想，"近代"两字包括的时间较长，实在是不妥的，不知你以为我的看法对否？书中讨论 individual novels 可能也有不对的地方，如以前信上你把《洋泾浜奇侠（传）》，看不入眼，我把小说看过一遍，觉得很"发松"，但没有看过第二遍，所以书的真价值如何，我自己也说不定。但大体上我给许多小说家的批评是相当公允的，只是讨论小说家时态度没有 conclusion 那样严正而已。最后写《旋风》，把孙中山、康有为等都骂了一下，自己很得意，觉得把 modern Chinese intellectuals 的弱点指出了一大半。不知你有同感否？你把全书看完后，有什么不同意的地方，请多多指教。

前星期六飞纽约，下午见到王际真，他太太是沪江毕业的，在 UN 做事。王人很瘦小，戴圆框老式眼镜，山东人，在美国读（政治系）Wisconsin B. A.，此后就一直在哥伦比亚。他以前很佩服鲁迅，看我（的）文章时，他的热忱已减低，所以对我《鲁迅》那章特别佩服（他称我"少年老成"）。他对英文 style 特别有兴趣，以前看了张心沧的书，也有请他到哥伦比亚来的意思。我的事大约没有问题，因为他预备请我的时候，系里 budge 已完，王自己情愿把他的薪水一半给我，此外再弄二三十元就好办了。Rank 方面 associate professor

系里通过后，还得administration特别开会通过，比较难办，因为太late了。我可见先去当一年Visiting Associate Professor，明年再改名义，此事一两星期内当可有消息。离开王家后，到faculty club见到了de Bary、Keene、蒋彝。de Bary个子很高，很能干的样子，他是professor of Chinese & Japanese，两国文字都通，但究竟中日文字程度如何就难说了。Keene是bachelor，人很可亲。蒋彝旧诗根底很好，他属于faculty of general studies，即以教extension course为主，不算真正哥伦比亚的faculty，他对你很佩服，说你学问很"博"。我们谈了些课程的事情：王把"文学史"course出让，我此外在大学本部教一门Oriental Humanist，另外开一门"Modern China Lit."，上半年lecture，用英文texts，下半年读原文。假如这个schedule实现，我对这类课是不必大费力的。王际真为人极retiring，在哥大三十年，哈佛祇去过一次，他与世无争，前三年才升正教授，40's他翻译的几本书，我想是因为升级关系逼出来的。他平日研究花鸟，目前他最佩服的作家是Krutch[2]，但近代英美文学after Eliot我想他都没有看过。他中国书看了几十年，古文根底一定很好，但暑期有空的时候，还在编国语教科书，不知何故。他和publisher有contract翻译《醒世姻缘》，至今尚未动手，大概年纪大了，energy不够之故。我和他比起来，旧学问知识实在太差，最好有机会读一年古书（和在Yale读研究院时相仿），再去哥仑比亚，才能对得起人。

星期日下午又和王际真谈了两小时，然后乘飞机去芝加哥。住了〔在〕Palmer House，见到的朋友不少（李田意、张桂生、赵冈等），但开这种会，我心里总不太舒服。李田意决定返Yale，Indiana仍要人，李田意有些忌才，所以我和Indiana主管人没有多谈（你有

2　应该是Joseph Wood Krutch（克鲁齐，1893–1970），美国作家、批评家和生态学家，1923年获哥伦比亚大学博士学位，代表作有《塞缪尔·约翰逊》（*Samuel Johnson*，1944）、《梭罗》（*Henry David Thoreau*，1948）、《生命的巨链》（*The Great Chain of Life*，1956）等。

兴，不妨再去 apply）；Wisconsin 倒真要添一位教中国文学（的）人，
我回来后写信去 apply 了一下，以防万一。芝加哥开会的，中国人真
多，有一次吃早餐，见到曹文彦，他是你的好友，你护照方面有问
题，尽可去托他。曹文彦等在星期三中午还请中国人吃了一顿饭，
以示联欢。我的书，Yale 办事慢，星期二才 on display，但我既有
书，又读 paper，当然引起一部分人注意，至少我的名字不再是陌生
（的）了。Paragon Gallery 也在那里有书陈列，老板（Faerber[3]）就是
在上海开旧〔书〕店的（你恐怕不认识他，他开店时，你已到内地去
了），他 order 了十五本我的书，都一买已〔而〕空，所以我的书没有
陈列。我问起 Heinemann[4]，他也在加拿大开书店。上海的犹太人，
都很有办法。Chinese Literature Session 我的 paper 当然最精彩，但文
字太 elaborate，和其他 paper 的普通英文相差太多，《红楼梦》不熟的
人，听来可能很吃力。Han Frankel、Hsu Kai-yu 的 papers 都很好，祇
是柳无忌的《苏曼殊》实在没有什么道理。Wingtsit Chan[5]、陈受荣[6]
等听了我的 paper，都大为佩服。陈受颐也在芝加哥，听说他的《中
国文学史》已将出版了，不知世骧曾见过原稿否？

　　见到 Mckinnon，他和蔼可亲，他主持的日本文学 panel，papers
都是很新派的（有一日本学生讲 Genji 的 color symbolism），所以我和

3　Faerber，即马法伯（Max Faerber），流亡上海的犹太人，1942 年在上海创办了佳
　　作书局（Paragon Book Gallery）。后来书店转至纽约和芝加哥，成为亚洲艺术领
　　域出版与收藏的重地。其中纽约期间的旗下出版社 Paragon Reprint Ltd 专营东方
　　文史著作的出版，迁至芝加哥之后设立的 Art Media Resources 出版公司，与多家
　　博物馆合作，更侧重于艺术类著作的出版。

4　Heinemann（海尼曼），英国出版家，William Heinemann（1863–1920）家族后裔，
　　抗战时期是上海分店的主持人，生平不详。

5　Wingtsit Chan（陈荣捷，1901–1994），美籍华人学者，哈佛大学博士，先后任教
　　于夏威夷大学、达慕斯学院、哥伦比亚大学等，美国亚洲研究与比较哲学学会
　　会长。研究领域主要集中在中国古代思想与哲学，尤擅宋明理学，是公认的朱
　　子学权威。代表作有《朱子门人》、《朱学论集》、《近思录详注集评》等。

6　陈受荣（Chan Shou-jung，1906–？），广东番禺人，陈受颐的弟弟。曾任教于
　　斯坦福大学，主要从事汉语教学与研究，著有《汉语初阶》（Chinese Reader for
　　Beginners，1942）。

你一样，对他很有好印象。据杨富森（？）说，你明年Seattle的事大半已决定了，不知确否？我想你暑期去华大后，明年的job一定不成问题。护照事我劝你赶快办好。华盛顿大学听说要大招人，此事世骧一定有数，但最好留在华大，Hawaii我看水准太低。

见到了Harrit Mills，她去年看了我（的）page proofs，一直回信也不写，现在我要考问她的论文（日期：五月四日），她道歉不止。她身（材）很高大，年龄看来不大（据说已近四十了），相貌相当秀气。她说在condense你的《鲁迅》一文，因为文章太长了，*Asian Studies*托她去condense的，不知此事你有所闻否？她对你我，相当"吃斗"，虽然外表客气，心里不一定高兴。我回来后，她的论文（600页）也收到了。论文太长，文字很马虎，一开头就把鲁迅和Voltaire、Gorki[7]、Swift比（再加上Pushkin，就和王士菁的结论一般无二了），看来不大顺眼。可惜我手边关于鲁迅的书一本也没有，无法指正她可能有的错误。真正有资格审定她论文（的）在美国祇有你一人胜任，可惜文稿邮寄不便，而且时间不够，否则我要把论文寄给你看。（王际真今春看两篇论文，Mills之外，有Olga Lang[8]的《巴金》，她中文不通，更不成话。）

星期三晚上，朋友都散了，相当无聊，在附近小酒吧吃了两杯啤酒，看了三人表演striptease，其中一人（很）年轻很美。但酒吧间人不多，大家不起劲，多看就很乏味。这种酒吧式的表现，我生平还是第一次见到。店内有hustlers，stripteasers跳完舞也下台hustle，但她们一杯酒二块钱，坐二分钟即走开，毫无意义。

7　Gorki（Maxim Gorky，马克西姆·高尔基，1868–1936），原名阿列克塞·马克西莫维奇·彼什科夫（Alexei Maximovich Peshkov），苏联作家、学者、社会活动家、社会主义现实主义文学奠基人，代表作有《母亲》（*The Mother*，1907）、《童年》（*My Childhood*，1913–1914）、《在人间》（*In the World*，1916）、《我的大学》（*My Universities*，1923）等。

8　Olga Lang（奥尔格·朗），美国汉学家、巴金研究专家，《家》的英译者，著有《巴金及其创作》（*Pa Chin and His Writings: Chinese Youth Between the Two Revolutions*，1967）、《中国家庭与社会》（*Chinese Family and Society*，1946）等。

　　父亲方面已寄信去，你的照片和给焦良的信也已转去。你写"干部下放"，想没有什么困难。你《台湾》那文，我当时把"雷震"的名字delete了，现在想想倒是好事。王际真觉得我翻译的《红楼梦》那段有二三处可改动，我在这里提出，和你商议一下：他说"人品根柢"应译为moral characters，我译"innate character"，因为要照应到"赤子之心"；"尧舜不强巢许，武周不强夷齐"，王以为是可"not force their view on"（勉强）的意义，不是"superior to"；另外一句"古来若都是巢许夷齐……"，应作"古来都以巢许夷齐为是"解，我想王是对的。我把译文改好后，可能就把文章在美国杂志刊出，如USIS的杂志不销美国，同时出版也无妨，但暂且不必答应新闻处方面。有人说PMLA欢迎关于东方文学的文章，我去试一试。我的书送的人都是些老朋友和小朋友，自己有的几本都已送出了。可能再买几本，送一本给MacCarthy，但现在手边只有两本书了。你近况想况〔好〕，不写了，即祝

　　近安

弟 志清 上
四月六日

499. 夏济安致夏志清（1961 年 4 月 10 日）

志清弟：

　　来信收到。纽约芝加哥之行，都很顺利，闻之甚慰。A. C. Scott 的书评，此间一到，我即听见 Nathan 说了，就去买它一份。世骧亦看见了，他是很生气，要去驳他，可惜那时他还没有看见你的书。我看了倒有点 amused，我本来一直在担心批评台湾之事，偏偏出了这样一篇书评，硬派我是在捧台湾，这倒使我心安理得了。在美国我是不怕 notoriety 的；台湾虽小，倒是黄蜂窝，不去惹它为是。

　　你的书精彩之处太多（Misprint：某处有 medium 拼作 medum，在前面，忘其页码），非细心咀嚼不可，而且要对原书看得相当熟。那些中国小说，有些根本没有看过，有些看过了亦忘记了（如《洋泾浜奇侠传》）。但是凡是对于我所知道的题目（不论大小），你的意见都很精彩，可说发人所未发。骂孙文、康有为不过是一端（其他地方批评孙文的，我看了亦很痛快。孙文是最最需要批评的一个人；胡适的影响不过限于少数老小学者，孙文的影响可大得多了）。对于鲁迅我虽有点偏爱（小时受他影响太深），但是对于你的批评，我看了还是心服的。

　　陈世骧既然要骂 Scott，他大约一定高兴替你写书评的。他认为这本书还是要让不学中文的人去欣赏，学中文或研究中国学问之美国人，太可能有"Scott 式思想"了。弄了中文，即不大可能有文学批评之训练。看懂中文已是太吃力，无暇他顾，其苦一也。美国式的 research（胡适亦提倡这一套，如李田意之流即为这学派培养出来的）只要找死材料，思想训练可说没有，其苦二也。加以如再对中共存有偏爱，如何再能对你的书有真认识？如 Scott 之流，照中共流行意见复述一遍，倒可拿他作典型来看。他赞美你的 bibliography 与死材料的搜集——死材料如能加上马列毛观点，这就是他所认为最高的学问了。（他对于你的书根本没有看，怎么敢写书评的？）

　　关于 Scott，我倒略有所知。他是香港大学的（英国人），太太是港大图书馆的馆长（？），画得一手好的钢笔素描。丈夫是京戏戏迷，太太画的京戏速写，我看了是很喜欢的。既然是戏迷，我相信他和我们一定谈得投机，而且我们可以指导他一些京戏认识亦未可知。他新出一本《梅兰芳》(*Mei Lang Fang*)，我曾乱翻一下，觉得相当有趣，当然新见解新发现是没有的。四年前，在 Munich 开的"东方学者会议"（即去年在莫斯科开的上一届），Scott 读了一篇"On 丑"的论文，幼稚贫乏得很。中国几百年来戏种很多，他只谈京戏，已经显得学问不够。但是即使在京戏里面，他关于丑的智〔知〕识仍旧是欠缺得很的，我就可以补充他很多。西洋方面他只举莎士比亚和中国来比，Ben Jonson 与罗马喜剧等的"典型的丑"，乃至 pantomime、马戏班的丑等等，都大有学问在，他都没有讲。（Harlequin 似乎专门和 pantaloon 某一种丑打架的，还有 Scaramouche 等。）他的论文只是一个英国的京戏戏迷，根据一点粗浅常识的报告，居然亦当论文来读，不亦怪哉。我曾翻过一厚本的《Munich 东方学者会议报告与论文集》，论文印英法德各国文字，Scott 那篇是英文的，而且内容相当有趣，我所以把它看了。想不到 *N.Y. Times* 叫这位先生来评你的书。

　　新近 Franz Michael 来柏克莱（他亦看了 Scott 的（书）评，很不服气，尤其是"reckoning of history"一语），陈世骧曾为我的事和他长谈。Michael 表示 UW 的确有意再请我去研究一年，现在正在弄钱。

世骧说，钱弄不到，UC 都可以帮忙的（和 UW 合办一个 project 都可以）。世骧说，UC 最大（的）困难不是钱，而是我的护照问题，"素仰 George Taylor 神通广大"，能够把这个事解决了，什么都好办了。Michael 本来的确正在进行我的事，得世骧一语，事情应该更顺利了。知道你关心，所以先行奉告。我仍旧认为此事太复杂，能够不用我自己伤脑筋，最好（杨富森的话，是有点根据的）。但是如不成功，请你亦不要懊恼。

Asiatic〔*Asian*〕*Studies* 要 condense 我的文章，Hackett 信中亦说起。我不知道是请谁，亦不知道怎么改法。现在知道了是 Mills 女士，倒觉得有点滑稽。Mills 要想鲁迅在美国成名，我们是应该帮助她的，我服她做专家，亦无所谓。关于中国学问，路子太宽了，钉〔盯〕牢了鲁迅来研究，我亦不干的。关于现代或近代中国，我可以想出一两百个题目，可惜研究起来都很吃力。你的书真是在讲大道理，可是如叫我来写，我倒有很多如 Scott 所说的 nostalgia。那些 critical biographies 中就会有不少，还有我以前信中提起的上海风俗人情之沿革。这几天又在想起吸鸦片的事。Aldous Huxley 是原谅人吸鸦片等毒物的，至少在 Aspirin 发明之前。还有对我有极大兴趣的：中国的邪教（道教之别流）、迷信与民间传说等。还有，中国的各次战争，尤其是老蒋怎么把大陆丢失的。

最近电影看了不少。*The Passia of Joan of Arc*[1]（法国 1928 年旧片，无声），Carl Dreyer[2] 导演，出乎意外〔料〕的精彩。全片只有审判场面（不说话用字幕）与最后一段火刑，可是那位导演用了连续的 close up 镜头，得到惊人的效果。胜过 Henry Fonda 的 *12 Angry*

1　*The Passion of Joan of Arc*（《圣女贞德蒙难记》，1928），历史传记片，卡尔·西奥多·德莱叶（Carl Theodor Dreyer）导演，玛利亚·法奥康涅蒂（Maria Falconetti）、安托南·阿尔托（Antonin Artaud）主演，Capitol Film Exchange 发行。

2　Carl Dreyer（卡尔·西奥多·德莱叶，1889–1968），丹麦电影导演，丹麦艺术电影创始人之一，代表作有《圣女贞德蒙难记》、《吸血鬼》（*Vampyr*，1932）、《复仇之日》（*Day of Wrath*，1943）等。

Men，因为 *Joan of Arc* 里是没有 plot 的。全片百分之八十以上的画面是特写，那些教堂高僧，脸型个个像老年的 Fredric March、Laughton、Edw. G. Robinson 等那样凸出。我假如要学拍电影，这部片子应该看一百遍。不一定是好的 drama，但是摄影艺术不同凡响。（宋奇的电影，似乎还不知道特写怎么用法。）*General Della Rovere*[3] 亦是一部令人难忘的好片子。别的再谈，专此 敬颂

　　近安

Carol 与 Joyce 前均问好，谢谢她们的美丽的卡片。

济安
四月十日

〔又及〕胡世桢春假中来过，他说你如在 Col. 暂时没有 tenure，在 Potsdam 可请假，不要辞职。胡太太的脑子血管先天有病，最近有一次 stroke 很危险，现在已回家休养无大碍了。

3　*General Della Rovere*（《罗维雷将军》，1959），战争片，罗伯托·罗西里尼（Roberto Rossellini）导演，维托里奥·德·西卡（Vittorio De Sica）、维托里奥·卡布里奥里（Vittorio Caprioli）主演，Continental Distributing 发行。

500. 夏志清致夏济安（1961 年 4 月 21 日）

From review by David Roy in *THE CHRISTIAN SCIENCE MONITOR*, Thursday, April 13

The publication of C.T. Hsia's book is an event of the first importance, it has the distinction of being first serious study of modern Chinese fiction in English. It also has the rarer distinction of being the best study of its subject in any language. No more ambitious attempt to apply the principles of modern Western literary criticism to the study of Chinese literature has even been made.

今天 Yale 寄来 *Monitor* 上载的 review，看后很高兴。David Roy[1] 是哈佛 man，对郭沫若有过研究，但他能看出书的重要性，大加赞美，可见有些文学修养。他对我鲁迅、张爱玲的评价不大同意，但全文用字很恰当，不像 Scott 用些 comprehensive、interesting、enthusiastic 不着痛痒的赞美词。Review 请你到 library 查看一下。

1　David Roy（芮效卫，1933–2016），出生于南京，1958 年哈佛大学本科毕业，1960 年哈佛大学硕士毕业，1965 年哈佛大学博士毕业，长期任芝加哥大学中国文学教授，花费 40 年时间将《金瓶梅》译成 5 卷英文本，注释多达 4400 多条，还编有《古代中国：早期文明研究》（*Ancient China: Studies in Early Civilization*，1978）等。

来信已收到，谢谢你的同情。哥仑比亚处尚无消息。我受托 *Journal of Asian Studies* 写吴世昌[2] *On the Red Chamber Dream*（Oxford）书评，"Love of Compassion" 该 Journal 也在考虑中。世骧肯写书评，很好，如没有 Journal 请他，他也可以 volunteer。不多写了，隔两日再写信，即颂

近安

弟　志清

陆文渊看到我的书已在英国 Oxford Catalogue 上列入，定价 6.8。

2　吴世昌（1908–1986），字子臧，海宁硖石人，著名红学家，代表作有《红楼梦探源》、《红楼梦探源外编》等。

501. 夏志清致夏济安（1961 年 4 月 28 日）

济安哥：

好久没有给你写长信，原因是 de Bary 方面吞吞吐吐没有确切的答复，你和世骧既在等候好消息，我暂时没有什么 news 可奉告，所以写信也不勤。昨天柳无忌打了长途电话来，要我去接任他的位置。他在 U. of Pittsburgh 当 Director of Chinese Studies，下手有 Samuel 朱等两人，柳无忌自己要去 Indiana U. 了，这次推荐我，我刚刚出了本书，加上学历背景和柳无忌相仿，学校当局是一定不会提出异议的。下星期四我去纽约会审 H. Mills（做她论文审判员的，应当是你，可惜你在西岸，我把论文寄给你看的时间也没有），接着乘飞机去 Pittsburgh，星期五和 Pittsburgh 副校长谈话一番，大约 job 可不成问题的。除非哥仑比亚正式给我 Associate Professor 的 position，我准备接受 Pittsburgh 的 offer。原因有下列几点：在 Pittsburgh 我没有上司，独当一面，我学问寡陋之处，没有人批评，正好给我一个喘息的机会，把中国旧文学好好读一下，用功两年，那时教中国文学已很有经验，古文根底也打好，C. C. Wang 如仍有意思叫我去接（替）他，我可受之无愧。我直接去哥仑比亚，天天和王际真在一 office 办公，他三十年来中国书看得这样熟（虽然没有写过学术文章），我相形见绌，心里一定不高兴，也可能 disillusion 王际真。在哥仑比亚教书要多写文章，同时自己得多读古书，结果两面不讨好，一定忙得不堪。在 Pittsburgh，pace 较轻松，自己读书写文章，可少收〔受〕外界的压力。U. of Pittsburgh 很有钱，pay 可能很好，Associate Professor 是不成问题的，谈判得好，也许拿到 professorship 也说不定。我想去 Pittsburgh 教两年，是不错的。两年以后，哥伦比亚去不成，别的大学想必仍在到处抢人，所以跳入更有名的大学是不很困难的。在 Pittsburgh 有几位 Yale 的老朋友，Carol 的 social life 也较热闹些。柳无忌失意多年，他去 Pittsburgh、Indiana 都是李田意帮的忙，希望他在 Indiana 能有一番作为。我想 Indiana 有意请柳无忌在芝加哥开会的时候已在进行中，最近谈判成功，所以柳无忌立即打电话来。在芝加哥柳无忌就有意邀我去 Pittsburgh，我那时以为是做他的下手，没有表示特别兴趣。柳无忌去 Indiana 我是没有想到的。

　　Franz Michael 来 Berkeley 和世骧长谈后，你的 job 想已不成问题。护照问题想也可早日如意办妥。你的文章由 Mills condense 实在是大笑话（*Asian Studies* 篇幅较少，我想你的《瞿秋白》文章可送 *China Quarterly*，但先试试 *Partisan Review* 也好），她的那篇《鲁迅和共产党》文笔还不错，相形之下，她的论文文章实在马虎，长至 600 页，她把鲁迅的材料差不多都看全了，吃亏的是鲁迅同时的 intellectuals 她可能都没有读过，所以对于陈源、周作人、胡适的看法大体都是依照中共的看法，是很不公平的。她引林语堂、胡适的意见，都是 *China Critics* 内的英文文章。论文只看了一半，预备两天内看完它。有些材料，因为我没有看《两地书》，对我是新鲜的，如鲁迅和高长虹[1]笔战，原因是高长虹为了许广平吃鲁迅的醋。关于周扬在左联得权一事，Mills 也没有 provide documentation。Mills 去年就向 Boyd

---

1　高长虹（1898–1954），原名高均，山西盂县人，现代作家。在上海等地发起"狂飙运动"，编辑《狂飙》周刊，作为"莽原社"重要成员，协助鲁迅创办《莽原》半月刊，后与莽原社分裂，抨击鲁迅。为人疏狂骄傲，加之对鲁迅的态度，1941 年赴延安后很快得罪上层人物，晚年精神失常，郁郁而终。

Compton（Rockefeller F.）借到了你的文章，论文下半部借用你的文章一定有好多处。你文章revised version有些新材料，是她所没有看到的，她两星期前重写了十多页，也把这些材料放进去了。她论文的题目是 *Lu Hsün 1927–1936: The Revolutionary Decade*。她信上、论文上misspellings极多，"preceding"写"preceeding"，末尾"tail end"写"tale end"，"embarrass"写"embarass"（以上三例，都是她信上的，preceeding一字她论文上用了不知多少次）。

有一种 *The International Guide* 的年刊，嘱我写一篇报道中共文坛近况，我因为找材料太麻烦，已辞却了，推荐了你。这刊物没有什么声望，你高兴写一篇也可以，不写也无所谓。*International Guide* 要搜集世界各国"little magazine"的data，我回信说中共没有一本杂志是可称得上"little magazine"的，台湾倒有好几种。编者Mary Bird[2]如同你通信，你不妨把台湾几种文艺杂志的性质、编者姓名、地址抄给她。

我的书这星期在波兰华沙展览（The 6th International Book Fair），大约派到波兰的代表已看到这本书了。Yale把这样一本反共的书去exhibit，倒是我料想不到的。David Roy的那篇书评想已看到，据说 *Saturday Review* 上已有了书评，我是没有看到。书的销路如何，最近没有消息。

不久前我看了一本Holmes Welch[3]，*The Parting of the Way*，上半部讲"道德经"，下半部讲道教史，其中所载的怪僻材料，你想是熟知的，但对美国人一定是很有趣的。T. S. Eliot称此书为"first rate"。你对中国风俗人情有兴趣，可把这本书看一看。

2　Mary Bird，不详。

3　Holmes Welch（尉迟酣，1921–1981），汉学家，主要研究领域是中国宗教史，代表作有《近代中国的佛教制度》（*The Practice of Chinese Buddhism, 1900–1950*，1967）、《中国佛教的复兴》（*The Buddhist Revival in China*，1968）。

电影不常看，最近看了 *Rosemary*[4]，second feature *Tiger Bay*[5] 是 Hayley Mills[6] 在未被 Disney 发现前所演的片子，这个女孩子你一定会欣赏。*Elmer Gantry* 没有看到，相当遗憾。今年第一次 watch TV 上的 Academy Awards，可惜没有看完，Jimmy Stewart 代 Cooper 领奖事，没有看到。想不到 Gary Cooper 得病很重，得讯很有感慨。我第一次看电影是在苏州青年会（or 乐群）看的《勇大尉》[7]（*Only the Brave*），是 Cooper 主演的，此后看了他的影片，不知多少。目前我已不能算是影迷，对古柏这种 loyalty 在我自己生活史也成了一种陈迹了。星期三到 Albany 去开了一次会，Albany 城没有什么可看。Carol、Joyce 近况都好，即请

　　近安

弟 志清 上

四月二十八日

4　*Rosemary*，即《女孩罗斯玛丽》(*Das Mädchen Rosemarie*)，西德喜剧片，罗尔福·席勒(Rolf Thiele)导演，娜佳·蒂勒(Nadja Tiller)、彼得·凡·埃克(Peter van Eyck)等主演。

5　*Tiger Bay*（《猛虎湾》，1959），犯罪剧情片，J. 李·汤姆斯导演，约翰·米尔斯、豪斯特·巴奇霍兹(Horst Buchholz)、海莉·米尔斯(Hayley Mills)主演，英国 Independent Artists 出品。

6　Hayley Mills(海莉·米尔斯，1946–)，英国女演员，约翰·米尔斯之女。《猛虎湾》是她的处女作，并一举成名。早年为迪斯尼出演了多部电影，包括在《爸爸爱妈妈》(*The Parent Trap*，1961)中一人分饰两角的表演。

7　《勇大尉》(*Only the Brave*，1930)，战争片，弗兰克·塔特尔(Frank Tuttle)导演，加里·库珀、玛丽·布莱恩(Mary Brian)主演，派拉蒙影业发行。

502. 夏济安致夏志清（1961 年 5 月 1 日）

志清弟：

　　信都收到。这两个礼拜以来，我很为写文章伤脑筋。Metaphor 一文尚未印出（UC Red tape 太多，不像 UW），但外面口碑却不差，那天 Levenson 对我说，听说那篇文章 wonderful，很想一看云。那篇文章印好了，要卖一元钱一本的，这颇使我增加惶恐之感。第二篇如编写 glossary，那早已弄完，可是我再想 present 一个 theory，而腹中空空，并无 theory。给我乱写乱想乱看，终〔总〕算找到一个 theory：共产党的 language 和人民的 language 之间的矛盾和"统一"（！）。现在终〔总〕算想通，可以贯串〔穿〕了。我自命博学，可是对于 linguistics 实在所知太少。最近看了 Edward Sapir[1]：*Culture, Language & Personality*，对此公相当佩服。此公可说是胸襟开阔，颇有 wisdom，linguists 中出此一人（他是李方桂的先生），可替 linguistics 争光。我们是 linguistic project，我要冒充专家，亦很吃力的。李祁是个小心谨慎的学者，我却想把问题牵广，是自寻烦恼也。

1　Edward Sapir（爱德华·萨丕尔，1884–1939），美国人类学家、语言学家，哥伦比亚大学博士，先后任教于芝加哥大学和耶鲁大学，是语言学学科发展早期的重要学者。代表作是《语言论》（*Language: An Introduction to the Study of Speech*，1921）。

你去 Pittsburgh 如能成事，亦是好事，所举理由，我认为很对。Pittsburgh 事原来是刘子健（Jimmy Liu）主持的，此君到 Stanford 来了就发神经病了，真是可惜。和王际真天天坐在一个 office 里，我相信是很难受的。中国古书对我们这种人来说，我主张先读四史（《史记》、《汉书》、《后汉》、《三国》），中国上古文化的结晶也。我自己从未读过，但总希望有一天能把它们读完。四史都有很好的注解，这些注解都值得读，此乃古人 scholarship 的结晶。古人主要的著作，四史中搜集了不少（都录全文）。如诸葛亮的前后《出师表》，《三国志》诸葛亮传中都有的。S. F. Chinatown 有四史，我可以买一套（或四种不同的本子）寄上。

你的《红楼梦》那段翻译，我很抱歉，虽然你托了我，我可没有细对原文。后来文章给陈世骧拿去，我更不管了。这是我做事马虎贪懒之处，而且假定你的翻译一定对的。现在细读原文，觉得王说（的）很有道理。第一点，没有什么大关系，moral character 似较合宝钗世俗人的口气。第二点，"强"是"勉强"；第三点，是"以巢许夷齐为是"。这些我是很容易发觉的，可惜当初我把中文粗粗一看，没有细读，没有早发觉。但是这些小毛病无损整个文章的价值，而且很容易改正过来的。但是王际真是怪人，他有什么想法，我可不知道了（我本来主张是不拿文章给他看的，但此事若影响你在 Columbia 的地位，只有委诸命运了）。

Monitor 的文章我是在发表后两天之内就看到的。看后很高兴。Roy 是哈佛的 Junior Fellow，听说在中国长大，中文小说可以拿来看着玩的。他对中文的熟识，和哈佛 Junior Fellow 对于一般 Humanities 的知识，他的意见是远较 Scott 的靠得住和可宝贵，而且他的口气很带点 authority，可以使人信服。*Sat. Review* 我在报摊上每星期总去翻翻，似乎没有看见书评。

陈世骧正在细读你的书，而且考虑怎么写书评。对于全书的观点和文章，和这本书的重要性，他将给予非常高的评价。但是他的书评将是指导美国学生怎么读这本书，对于小地方恐怕有和你意见不合之处。当然你并不希望一篇全部捧场的书评。他的评将寄给 *Oriental Society* 的那本刊物；*Journal of Asian Studies* 他和他们吵过一次，原来他评《袁枚》（Waley 著）一文，指出 Waley 的欠妥之处，都给编者删去了，他很不高兴。

我对于自己的事，仍是一切付诸天命。最近交到一个怪人 Conrad Brandt[2] 做朋友。 不知怎么的， 德国人（还有犹太人，但 Brandt 似非犹太人）跟中国人的感情总容易好。Brandt 是出名的哈佛派近代史家，但他到处跟人吵架，弄得没有朋友。哈佛不要他，UC 恐怕亦不要他（只让他教一门课，听说只给他 1/3 的薪水）。他是相当寂寞而可怜的。思想其实并不左，他对老蒋的坚强的个性还相当佩服，对于周恩来的虚伪，则是痛恶的（蒋、周他都见过面）。他不过是成见深，看人还讲点道理。我亦不想去改他的思想，免得同他吵架，但是我多少可以给他一点影响。他正在看 MacFarquhar[3] 的《百花齐放》，他说看后非常难过，足见尚有是非之心。我们两个光棍礼拜天常到 S. F. 去吃饭。他很想帮我的忙，当然我并不希望他帮忙，只怕他是"泥菩萨过江"也。

今年的 Academy Awards 我没有看，听说很冗长而沉闷。电影看了四张老 Hitchcock，一张是 1926 年的无声片，忘了叫什么东西（叫什么 *Paradise*[4]），幼稚低级，真看不下去（相形之下，同为无声片，

2　Conrad Brandt（康瑞特·布兰特），学者，中共党史专家，与费正清、史华慈共同编写《中国共产主义历史文献》（*A Documentary History of Chinese Communism*，1952），更新了美国中共党史研究的面貌，另著有《斯大林在中国的失败》（*Stalin's Failure in China, 1924–1927*，1958）等。

3　Roderick MacFarquhar（马若德，1930–），英国学者，牛津大学博士，任教于哈佛大学，文化大革命史研究专家。《剑桥中华人民共和国史》主编，《中国季刊》创办人，代表作有《文化大革命的起源》等。

4　*Paradise*（《天堂》，1926），爱情片，Irvin Willat 导演，弥尔顿·希尔斯（Milton Sills）、贝蒂·布劳森（Betty Bronson）主演，国家第一电影公司（First National Pictures）发行。

*Birth of A Nation*确有点艺术，而那张 *Joan of Arc* 是头等之作，现在人亦拍不出来）。一张是 Leslie Banks[5]、Edna Best[6]的 *The Man Who Knew Too Much*[7]，不如 Jim Stewart 与 Doris Day 的那张。另一张亦是高蒙公司（上海国泰想都演过，但是我们谁想到去看呢？）John Gielgud[8]演 Maugham 的 *Ashenden*（Gielgud 的脸很像 Cyril Birch，会不会是犹太人？），片名 *The Secret Agent*[9]（女角玛黛琳卡洛儿[10]）亦不过如此。Hitchcock 大约不算了不起的天才。还有一张是*The Shadow of A Doubt*[11]，是 Teresa Wright 挂头牌之作，在我是重看。看了不禁沧桑之感，因为 Teresa Wright 太可爱了。若干年前看过她扮演母亲（忘了是什么片子），时光过得真快！Gary Cooper 生重病，亦是叫人意想不到的。你说 Hitchcock 喜用 Blonde，但 T. Wright 是 Brunette，在片子里非常吃重。

5　Leslie Banks（莱斯利·班克斯，1890–1952），英国演员、导演，在20世纪三四十年代的黑白电影中，以扮演阴险诡谲的形象著称，代表作有《擒凶记》（*The Man Who Knew Too Much*，1934）、《亨利五世》（*Henry V*，1944）等。

6　Edna Best（埃德娜·贝斯特，1900–1974），英国女演员，以在《擒凶记》中扮演母亲而成名，其他作品还有《寒夜琴挑》（*Intermezzo: A Love Story*，1939）、《幽灵与未亡人》（*The Ghost and Mrs. Muir*，1947）。

7　*The Man Who Knew Too Much*（《擒凶记》，1934），惊悚片，阿尔弗雷德·希区柯克导演，莱斯利·班克斯、埃德娜·贝斯特主演，高蒙英国电影公司（Gaumont British Picture Corporation）出品。

8　John Gielgud（约翰·吉尔古德，1904–2000），英国演员，伟大的莎剧演员，与拉尔夫·理查德森、劳伦斯·奥利弗并称统治20世纪英国舞台的"三位一体"。也尝试拍摄电影，主要作品有《雄霸天下》（*Becket*，1964）、《亚瑟》（*Arthur*，1981）等。

9　*The Secret Agent*（《间谍》，1936），悬疑剧情片，阿尔弗雷德·希区柯克导演，约翰·吉尔古德、彼得·洛、玛黛琳·卡罗尔主演，高蒙英国电影公司出品。

10　玛黛琳卡洛儿（即玛德琳·卡罗尔，Madeleine Carroll，1906–1987），英国女演员，20世纪三四十年代红遍英美两地，成为全世界最卖座的女星，她最为人称道的是在希区柯克的电影《39级台阶》中的表演。

11　*Shadow of a Doubt*（《辣手摧花》，1943），犯罪悬疑片，阿尔弗雷德·希区柯克导演，特雷莎·怀特、约瑟夫·柯顿主演，环球影业发行。

　　最近为时局瞎紧张一阵（我希望他打），Kennedy似乎有点一筹莫展，不过此人想有一番作为，打击共产党，其用心是很值得令人同情的。Seattle曾来了一位Treadgold¹²（俄国史教授），是来开会的，此人和Seattle很多人一样，坚决反共。据他跟我说，这次把古巴革命党送上岸去给Castro屠杀，恐怕有阴谋，是有人（不是Kennedy）存心要消灭这批反Castro分子的。他承认此事可能性不大，但不可不注意云。

　　别的再谈，Carol和Joyce想都好，家里想亦都好。百花齐放时，大陆上曾逃出一批人，可惜父亲、母亲、玉瑛妹想不到这一点。专颂

　　近安

济安

五月一日

　　〔又及〕International Guide事，我想交给台湾的朋友去办。

12　Treadgold，即Donald Treadgold（特雷德戈尔德，1922–1994），1950年获得英国牛津大学博士学位，1949年加盟华盛顿大学直至退休，代表作有《列宁和他的反对者们》(Lenin and His Rivals)、《西伯利亚大迁徙》(The Great Siberian Migration)、《二十世纪俄国》(Twentieth Century Russia)、《西方在俄国与中国》(The West in Russia and China)。

503. 夏志清致夏济安（1961 年 5 月 15 日）

济安哥：

五月初到纽约、Pittsburgh、纽海文一带走了一阵（Carol、Joyce 同去，她们住在Hartford 附近hotel。在陈文星处吃了一顿饭，Ellen 人很好，现在commute去Fordham读Ph.D.，向你问候），回来后也相当忙，所以一直没有写信。现在把job 事negotiate 经过简述一下。五月四日（星期四）我去哥大审考 Mills 论文，那星期一de Bary 写信给我一个offer，第一年当assistant prof.，Salary $7,500，合同三年，promise 第二年consider 升副教授，三个暑期供给研究费 $1,500–$2,000 each summer。第一年收入可有$9,500，但名义不大好听，而且升级必开会通过，de Bary不便先写保单。去Pittsburgh 大学后，由柳无忌招待，见到Dean、Vice-Chancellor 诸人，他们那边教中国方面有历史Samuel Chu[1]，社会学C. K. Yang[2]，其他东方政治、人类学都有几个人，空架子很大，但真的在文字文学上求深

1 Samuel Chu（朱昌峻，1929–），历史学家，哥伦比亚大学博士，曾任匹兹堡大学、俄亥俄州立大学教授，著有《中国近代的改革家张謇，1853–1926》、《清朝政府实行现代化的能力》等。
2 C. K. Yang（杨庆坤，1911–1999），广东南海人，社会学家，密歇根大学博士，主要研究领域是当代中国社会，著有《革命中的中国农村家庭》、《初期共产主义下的中国社会和家庭》等。

造的学生不多，因China Language & Area Center还在初办，不能吸收优秀学生也。Pittsburgh给我的offer是最高级的Assoc. Prof.，年薪9,000元，Pittsburgh系trimester制度，9,000元只教两学期，四月底功课即结束，教summer学期，另酬三千元。哥大、Pittsburgh，每学期教授都只教三课，九小时，学生不多，paper work方面要比Potsdam轻松得多。Pitts.的offer是我返Potsdam后柳无忌在电话上〔里〕confirm的。我因为在Pitts.没有人监视，自己读书较自由，觉得答应后能够对自己较有利。我给哥大信就把自己要研究中国学问的大道理说了一通。上星期五de Bary收到信，大为shocked，他以为我决不为〔会〕认真考虑Pitts.的offer的。他既诚心要我，在电话上〔里〕即答应代我弄一个Associate Professorship，星期一再通电话。今天通电话，他和系里商议后，见了Provost Barzun[3]后，得到下列结果：我可以今秋去哥大as Visiting Associate Professor，年薪八千（哥伦比亚salary不久即将大为改善，事见 *N. Y. Times*）or暂去Pitts.教一年，哥大方面明年再给我正式Associate Professor的聘书。我虽然没有正式答复他，我想先去Pittsburgh一年较理想，自己得到些经验，Sinology方面种种诀巧〔窍〕也弄熟了，那时再去哥大，虽然学问好不了多少，至少不是"外行"了，教中国文学史已有经验，教起书来，驾轻就熟，用不到〔着〕多费工夫，同时向王际真请教一年（他开一门Bibliography，这方面知识我很缺乏，得好好请教），也可好好地当一个哥大的中文副教授了。我这样计划，虽然搬家两次较杂烦些，但对我是有利的，对哥大也是有利的。今年有两个大学抢我，和在Michigan教了一年书后情形大不相同。de Bary对我很看得起，怕不久别的有名的大学把我抢去，所以很着急的样子，我相信我可以在哥大把文学program整顿得好些。王际真虽研究中国文

---

3   Provost Barzun，即Jacques Barzun（雅克·巴赞），彼时其在哥伦比亚大学任教务长。

学，但很看不起中国文学，这种态度他对我直说，以前在文章上也讲明过（见 MacNair[4]，*China* 书）。

芝加哥回来后，de Bary 他们就开会讨论我的 appointment，有某人提出我说话太快，上堂教书 delivery 的问题，结果 committee 只好 settle for Assistant Professor。事后王际真即打电话来道歉。我为了此事，很不高兴，因为我在美教书六年，一直受学生爱戴，现在有人 malign 我，不免冤枉。我在五月四日重见 de Bary，那时他已知道我有了 Pitts. 的 offer，讲话很 confidential，才知道提出这意见的（是）Martin Wilbur（我和 Carol 早已 suspect 他，我和他在芝加哥同吃过一次早餐，可能我给他的印象不好），但 de Bary 说这仅是托词而已，主要原因是我反共太烈，Wilbur 不希望有这样一个 anti-communism 在哥大，Wilbur 自己的 position 大约和哈佛派相近。同时我和 Rowe 关系太深，而 Rowe 和 Wilbur 两人一向是闹意见的。de Bary 自己是反共的，而且明年 Wilbur 去台湾一年，Executive Committee 通过我升级较容易，所以极希望我能立即去哥大。王际真无权，de Bary 对我的确极佩服，once 我有了 Assoc. Prof. 的 rank，Wilbur 是历史系人，也无法阴谋，况且我以后多弄旧文学，也不多牵涉中共问题了（我在审考 Mills 时，表现得很好，Wilbur 事后对我 delivery 不好的疑问，已自动收回了。这是 de Bary 上星期五电话上〔里〕告诉我的）。我和 de Bary、Keene 年龄都相仿，以后大家都写文章，可把哥大中日文系弄得很像样。

Mills defends 她的论文，没有通过，她一人重返 Cornell，情形相当凄惨，结果 Committee recommend major revisions，此事我已告

---

4   MacNair（Harley Farnsworth MacNair，宓亨利，1891–1947），美国外交史专家，主要研究远东国际关系，1912 年来华，曾在上海圣约翰大学任教并任《密勒氏评论报》特约编辑，1926 年返美后从事教学和写作，曾任华盛顿州立大学、芝加哥大学教授。主要著作有《中国》（*China*，1946）、《革命中的中国》（*China in Revolution: An Analysis of Politics and Militarism under the Republic*，1931）、《中国国际关系》（*China's International Relations*，1926）等。

诉柳无忌、李田意（他来Pittsburgh看柳，并劝我join Pittsburgh，就扩大他自己的empire。我去哥大，当成他的rival了），不久必将轰动Sinological world。Mills的论文不通过，其实是有些冤枉的。Mills论文写了600页，太长，太噜苏，文字也很拙劣，有几个chapters重述鲁迅思想，毫无新见解，读来相当boring。但这许多毛病改正过来，并不困难。至少Mills关于鲁迅的参考书是看得很多的，她的两章"Lu Hsun & CCP"、"Lu Hsun & 左联"有些新材料，是很可宝贵的（Mills论文上说周扬是左联的Secretary-general，1931–36，没有加注，据她说是哈佛某人给她的information，可能是有根据的）。但王际真自称十五年来没有研究鲁迅，其他committee诸人（de Bary、Wilbur、蒋彝、Keene、英文教授一、俄文教授一）对鲁迅都是外行，对Mills查材料的苦心不能欣赏，她有贡献的小地方，也看不出。结果各人发言，Wilbur相当公允外，接着王际真把论文骂得一钱不值，蒋彝、D. Keene也跟着骂，接着我虽说了较公平的话（我的basic criticism是Mills的ambivalence，她对整个period没有见解，所以对鲁迅也没有见解），大势已定。原来事情是这样的：Mills看不起人，虽然写鲁迅的论文，几年来从来没有找王际真请教过，她有问题专找Wilbur，王际真积怒在心，正好有个大发作的机会。Mills第一次缴论文是正月，四月份是第二次缴，王看了后，即写封信给Mills，谓论文无通过希望，并将该信的copies分寄de Bary、Wilbur、蒋、Keene诸人。他们对Lu Hsun既无研究，祇好跟他来。那天，王也给了我一份，兹附上，供你和世骧一读；王早年意见其实和Mills很相近，信上的有些意见 —— few ideas & his own; vanity pettiness —— 倒是根据我的那一章。蒋彝对中国现代文学完全外行，但他说在三十年代，他在江湾，与文人很熟，信口开河，瞎骂一阵，最没有道理。—— 他问Mills为什么不讨论鲁迅的旧诗？—— Mills论文不好，正因为她参考书看得太多了，把中共的偏见都抄了过来，也可说是整个Lu Hsun Scholarship有问题，不是她个人的错。

现在committee要她重立thesis改写，那如何可能？我看王际真在哥大一日，她论文即无法通过。她的论文要等他退休时才好办。两年前Mary C. Wright看了我的M. S.后，觉得我的Lu Hsun那章可能有问题，要我去请问Mills，想不到今日我会witness她的disgrace。Olga Lang写巴金，王际真要把她通过了，Olga是Wittfogel[5]（的）前妻，中文坏极。

王际真自己对英文有兴趣，对我的英文极佩服，我把《红楼梦》那段翻错了，他可能有些disillusioned，但他既是我的advocate，不便明说。他指正我的错误时，一面道歉说《红楼梦》原文不通，我想他对我还是有好感的，但我此后在哥大的support当是de Bary。

父亲不久前寄来玉瑛妹、焦良结婚小照四张。新人都穿着西式礼服，毫无中共气派，看后甚喜。兹寄上两张。手表已寄文渊处，据文渊说父亲谓户口身份证遗失，手表暂缓寄，不知真相如何。父亲血压正常，望勿念。程靖宇收到我信后，曾上一封信，希望我书再版时，把他的亲戚陈衡哲[6]女士捧一捧，并立专章讨论张资平[7]，张资平的长篇我都不〔没〕有读过，不知程的话有没有道理。

世骧为我写书评，万分感谢，我新近加入American Oriental Society，将来文章一定可以看到。世骧教中国文学史多年，如有现成油印好的outlines、bibliographies之类，不知他可否每种寄一

---

5 Wittfogel（Karl August Wittfogel，卡尔·奥古斯特·魏特夫，1896–1988），美籍德裔历史学家、汉学家，法兰克福大学博士。一直关注中国革命，并对意识形态持反对态度，代表作有《东方专制主义：集权的比较研究》（*Oriental Despotism: A Comparative Study of Total Power*，1957）。

6 陈衡哲（1890–1976），笔名莎菲，祖籍湖南衡山，作家、学者。早年留学美国，归国后先后任教于北京大学、国立东南大学、四川大学，讲授西洋史，是新文化运动中的著名才女，著有《小雨点》、《文艺复兴史》、《西洋史》等。

7 张资平（1893–1959），广东梅县人，作家。与郁达夫、成仿吾组织"创造社"，又创办乐群书店和《乐群》月刊，其作品以恋爱小说为主。代表作有《冲积期化石》、《飞絮》等。抗战时期为汪伪政权服务，1955年被以汉奸罪判刑，不久病逝。

份来，可供我自己研究、教书之用，十分感谢。你Seattle明年事想已弄妥当。在Seattle希望有permanent job，否则，我离开Pittsburgh时，可推荐你接任，也是个possibility。你研究中共和人民language之间的矛盾，一定有很多的发现，我文字学一直是外行：Bloomfield、Sapin都没有读，此外Michigan也有一套东西，我也不大清楚。电影看了 *Pather Panchali*[8]，甚为感动，印度音乐配音也好。Teresa Wright已多年未见，很想重看 *The Pride of the Yankees*[9]。不久前在TV上看到 *Sargent York*，看到Joan Leslie。最近好莱坞的小美人我都不认识了。Kennedy上任后美国setbacks极多，Kennedy做事不够果断，我希望Acheson当State Secretary，反共可以有些转机。不多写了，专颂

　　近安

弟 志清 上

五月十五日

〔又及〕Hans Frankel将去Yale，Stanford一定要人。

8　*Pather Panchali*（《大地之歌》，1955），剧情片，萨蒂亚吉特·雷伊（Satyajit Ray）导演，Kanu Bannerjee、Karuna Bannerjee、Subir Bannerjee主演，印度Government of West Bengal出品。

9　*The Pride of the Yankees*（《扬基的骄傲》，1942），运动传记片，山姆·伍德导演，加里·库珀、特雷莎·怀特、贝比·鲁斯（Babe Ruth）主演，雷电华电影公司（RKO Radio Pictures）发行。

504. 夏济安致夏志清（1961 年 5 月 20 日）

志清弟：

收到来信，对于美国大学内幕知道得更多了。你如先去Pitts.一年，再回Col.，亦是一法，我很赞成。Mills的事，是大出我意外〔料〕的，照我（的）想法，Ph.D.论文没有通不过的道理，很多内容空虚文字拙劣的论文，都没有问题地通过了，Mills真是倒霉。如Schultz的《论鲁迅》只讲到1927年为止，关于鲁迅早期生活，quote了很多周遐寿的东西，自己心得非常之少，UW照样给他Ph.D.。这亦不是UW标准低，Col.特别严之故。我相信Olga Lang的论巴金一定不会比Mills的好多少的，可是她如能通过，这就是不公平的。中国过去许多有学问的人，在科举场中不得意的很多，左宗棠只有举人（M.A.），他认为生平憾事，康有为考进士（Ph.D.），亦失败了一两次。这是制度的问题，在任何种制度底下，总有不合理的现象。洪秀全大约曾去考过秀才（B.A.），没有考中，后来就不再想去考，只想另找出路了。Mills初到红楼，跟赵全章读鲁迅（那时你已去美），我是记得很清楚的。她用了那么多的功，在美国人中应该是无出其右的了。在Col.校外已经声名鹊起，哥大当局至少可以做个顺水人情的。

你要埋头苦干研究古文，我很赞成。我自己亦非常之想研究古文，总是没有时间。弄近代的东西，到底范围有限，不可能有大发

现。古文化里面好东西太多了，中国人自己都还没弄清楚，洋人更
不用谈。我们如真想改行变为研究中国文化文学的人，真力量还得
要在治古文学中表现。古文能自修吗？曰：能。郭沫若闭门造车地
研究甲骨金文等，总算给他弄些成绩出来。我们的智力，总不比郭
沫若差的。古文学如何着手，我亦不知道。我的兴趣，是在Myth，
所以想先读四史。据专家们的意见，应该先读《说文》——从识字着
手。这的确是很重要的，德国近代有许多大学者，讨论文化现象，
都从Etymology讲起，Etymology里面亦有Myth存焉。《说文》著于
东汉，大约东汉以前的古书里的字义，都给收进去了。我在下月
离开Berkeley之前，亦许要去买些书，寄一包给你。我们从小读过
《孟子》，但《孟子》中的话，如关于井田的，关于性善的，我们当时
不懂，现在才知道，这些话在学者之间，迄今尚无定论的。研究小
说，大约是要从《山海经》讲起，《山海经》本身就是大学问。以后六
朝的志怪小说、敦煌俗文学等，每个都是很复杂的题目。

美国人治学，尤其在中国学问方面，大多忽略根基，只求
productive，所以他们的中文一辈子学不好。如Schafer研究鸟兽虫
鱼，关于这方面的材料搜集得很多，可以写很多paper，别（的）方
面知道多少，那就很难说了。Conrad Brandt研究勤工俭学的运动，
只看关于这方面的材料（看来很吃力），别的就不看了。他们在西洋
学问方面，有Culture；在中国学问方面，可能并无Culture。我们研
究中国，比他们更吃力，因为我们要同时注意博（culture）与精。如
先秦一段，不论研究任何题目，都非好好地知道不可的。这就太费
时间。如再想研究别的专门题目（如六朝志怪小说），它将把你的注
意力牵引到别的地方去——如佛教，因此对于根基——先秦，不
能花很多时间去培植。而中国学问实在太广，不可能全知道的。郭
沫若在某文中，曾把王阳明的"险夷原不滞胸中……"一首诗弄错了
（详情已忘，见《蒲剑集》? ），别人写信去更正。这个错我是不会犯
的，因为我关于这点，恰巧知道。当然我可能在别的地方犯错误。

要研究唐诗，或宋人话本，那么唐、宋的社会情形，就是研究不完的题目。你在 Pitts. 一年，即使苦读，亦得定一个范围，只好先注意和"教书"、"著书"有关的题目，别的只好随时吸收。

陈世骧对于中国古文学，的确大有研究，非吾辈所可企及。他能背很多旧诗，就使我佩服不置。听宋奇说，当年吴兴华每年暑假把《文选》读一遍，这亦是很可怕的。钱锺书自己能写"宋诗"，他对于宋诗的欣赏，当然比不会写宋诗的人，高明一筹。以你的智力与勤学，如能有机会得到"中国文学"的 Chair，好好地弄五年十年，亦将有不得了的成就。陈给 *Encyclopaedia Americana* 写的《中国文学》，另封寄上，这是他每年发给学生们的 outline；学生们程度差，每年只能教少数材料；关于 survey 方面，学生们就读这个。

程靖宇的话不足信。张资平的长篇小说，被鲁迅撮要成为 Δ。这亦许挖苦太甚，但他的毛病（长处恐不多），你的书中于讨论别人时亦已把他包括在内了。他有三部很长的自传，对于我的工作，倒是很有趣的。对于陈衡哲，我毫无好感。她的小说，没有看过（亦许看过已忘）。但是她的《高中西洋史》，我们在高中时读过，现在想想简直是 liberalism 愚民政策的最恶劣的代表。她硬是把欧洲史曲解成为"进步"与"反动"两大势力的对抗，结果"进步"势力日益得势云。她虽不信共，但她这种理论，无疑有助于共产思想的执行——尤其对于高中学生。她在美留学时，曾追求胡适，这在《胡适传》中可以写得很有趣的。

玉瑛妹和焦良结婚的照片亦收到了，玉瑛妹穿了礼服很美，毫无共产气，看了很高兴。希望他们之间，不要互称"爱人"。孔子曰：必先正名乎？夫妻是夫妻，爱人是爱人，共产党把 terminology 搞乱，就是把人伦关系搞乱了。但是看此番玉瑛妹与焦良为了结婚，亦曾伤过脑筋，亦曾遇到小小的阻碍，如我们父母的不大同意，婚期之迟早难定等，足见他们把结婚看得还很重要，并不是以"做爱人"就算了，这亦是使我们感到欣慰的。

我的事情承蒙关怀，但是现在得到意想不到的帮助，可能有点希望。UC可能出面，申请Dept. of Education，Health of Social Welfare，特请国务院，转请移民局，批准改身份。关口一道一道有很多，不知有无希望都能通过，但是现在总算有路可循，以前则完全在黑暗中也。如成，则将留在UC（李祁回来，与她无干）。UW办得怎么样了，因没有通信讨论，故一无所知。但Seattle天气唯夏天最好，余时能在Berkeley亦是不错的。此事成功与否，我是抱很小的希望，暂时请不要对任何中国人谈起。因为我怕消息走漏到台湾去，台湾当然关心我的行踪，只怕他们出什么"对策"，把事情弄得更复杂了。

中国人，尤其是和台湾有渊源的（我现在和台湾简直不大通信），不免在写信回去时瞎说。假如事情未成，而闹得满城风雨，这是对我不利的，今年事尚未定，明年事更不敢想。如能去Pitts.，亦是好事。但是主任名义，我是绝对不敢接的。假如UC把一切手续办妥，那时你的美国公民的身份，对我很有用，因为亦许可以分到immigration quota了。但是即使这点，现在看了，还是很渺茫的。我一无资格，二无著作，完全靠"人缘"吃饭。在陌生地方，建立"人缘"不易，UW和UC已给建立好了的关系，是很宝贵的。

Brandt在 *Journal of Asian Studies*, 1959 No. 2中有一篇书评，痛骂Beauvoir的 *Long March*，文字精彩之至，如未看过，谨此介绍。It's a pleasure. 想不到此人英文有如此造诣。（他认为Wilbur是petty，little man，是sadistic的。）

电影现在多看老片子。看了四张卓别林1915、1916（年）间的短片，十分佩服。卓别林的手法身法步法，很像京戏中的丑角，真是大天才。京戏靠传统，卓是独创的。我对卓以前并无认识（后来的片子恐怕亦有"才尽"之叹），看他早年之作，觉得确是不凡。别的"名丑"，身段都没有他"干净"（W. C. Fields[1]说他是在跳ballet）。

1　W. C. Fields（W. C. 菲尔兹，1880–1946），本名William Claude Dukenfield，美

马克私〔斯〕兄弟 *A Night in Casablanca*[2] 仍可使我狂笑，但还有点拖泥带水处（Peter Sellers 很 "干净"）。*And Then There were None*[3] ——侦探片，Agatha Christie[4] 原作，收集性格演员 Barry Fitzgerald[5]，Walter Huston[6]，Roland Young[7]，Judith Anderson[8]，Mischa Auer[9]，C. Aubrey Smith[10] 等，一个一个死掉，精彩异常。Agatha Christie 的

国喜剧演员，以扮演愤世嫉俗和酗酒的自大者闻名，在百老汇音乐剧《罂粟花》（*Poppy*，1923）中一举成名，同时活跃于电影、广播等领域，在表演方面形成了鲜明的个人风格。代表作有《1938 年广播大会》（*The Big Broadcast of 1938*，1938）、《银行妙探》（*The Bank Dick*，1940）等。

2　*A Night in Casablanca*（《卡萨布兰卡之夜》，1946），喜剧片，阿齐·梅奥（Archie Mayo）导演，格劳乔·马克斯（Groucho Marx）、哈勃·马克斯（Harpo Marx）主演，联美发行。

3　*And Then There were None*（《无人生还》，1945），悬疑犯罪片，雷内·克莱尔导演，巴里·菲茨杰拉德（Barry Fitzgerald）、路易斯·海沃德（Louis Hayward）主演，二十世纪福克斯发行。

4　Agatha Christie（阿加莎·克里斯蒂，1890–1976），英国侦探小说家、剧作家，一生书写了 66 部长篇侦探小说和 14 部短篇侦探小说集，销量经久不衰，1971年因其对文学的贡献被授予女爵士（Dame）头衔。代表作有《东方快车谋杀案》（*Murder on the Orient Express*，1934）、《尼罗河谋杀案》（*Death on the Nile*，1937）等。

5　Barry Fitzgerald（巴里·菲茨杰拉德，1888–1961），爱尔兰演员，凭借电影《与我同行》（*Going My Way*，1944）获得第 17 届奥斯卡最佳男配角奖。

6　Walter Huston（沃尔特·休斯顿，1884–1950），美籍加拿大裔演员、歌手，约翰·休斯顿的父亲。代表作有《孔雀夫人》（*Dodsworth*，1936）、《黑暗煞星》（*All That Money Can Buy*，1941）等。凭借《碧血金沙》（*The Treasure of the Sierra Madre*，1948）获第 21 届奥斯卡最佳男配角奖。

7　Roland Young（罗兰德·杨，1887–1953），英国演员，代表作有《女人街》（*Street of Women*，1932）、《逍遥鬼侣》（*Topper*，1937）等。

8　Judith Anderson（朱迪丝·安德森，1897–1992），英籍澳大利亚裔女演员，获得过两次艾美奖、一次托尼奖和一次格莱美奖提名，被认为是 20 世纪最伟大的古典戏剧演员之一。在电影领域，她也凭借《蝴蝶梦》（*Rebecca*，1940）中的表演获得了奥斯卡奖提名。

9　Mischa Auer（米莎·奥尔，1905–1967），美籍俄裔演员，在《我的高德弗里》（*My Man Godfrey*，1936）、《浮生若梦》（*You Can't Take It with You*，1938）、《阿卡丁先生》（*Mr. Arkadin*，1955）等电影中出任配角。

10　C. Aubrey Smith（C. 奥布雷·史密斯，1863–1948），英国板球国手，后转型为演员，出演了《瑞典女王》（*Queen Christina*，1933）、《魂断蓝桥》、《小妇人》等电影。

小说，其实平平（好的侦探小说实在太少了），但拍成电影，可能非常紧张。如以前的 *Witness For the Prosecution*。*And Then There were None* 在 cleanness 上，较之 Witness 犹有过之而无不及的。我的最近喜欢看旧片子，大约和对于历史的兴趣一样，都是到了相当年纪后自然产生的。但是假如不在 Berkeley，不容易看到这么多旧片子。Seattle 就没有这么多机会，除非有 TV。"周扬和左联"，我最近已好久未研究，但是说周扬负责 1931–1976（不论挂什么名义）时期的左联，我是不信的。"左联"之复杂：内部是包罗很多杂牌人物，对外则是十几个（余如社联、剧联等）左翼文化团体中的一个。这些团体大约不免受到共产党内部斗争的影响。左联开始时，是在李立三路线（鲁迅曾和李立三见面）指导之下，但 1930（年）党里斗李而未倒，1931 年（此时出现罗章龙[11]、何孟雄[12]反党路线）陈绍禹上台，但毛始终既不服从李，又不服从陈的。'33 以后，上海共产党首领又躲到江西去了。这样一个情形之下，党内人物决难保其职位。假如说：鲁迅做了六年 Secondary General，还比较可能，因为他是同路人，对于党内斗争，可以不管；他对外有号召，至少可做六年 figure head——但是事实证明鲁迅并未挂名义。周扬之起来，大约总在瞿、冯去赣之后。我以前不是说过曾看过当时为鲁迅所痛恨的小报《社会新闻》的吗？该报经常造谣，如瞿秋白病死上海等（这些恐怕是瞿的朋友故意放出的空气，以保护他的安全的），但是在冯雪峰留

---

11   罗章龙（1896–1995），原名罗璈阶，湖南浏阳人。政治家、革命家，中共创始人和早期领导人之一。1930 年中共六届四中全会上，因反对共产国际确立王明中共中央领导地位的决定，与三十余名党员一起成立"中共中央非常委员会"，被选为书记。后"非委"成员多半被出卖给国民党或杀害，罗章龙逃至河南大学，在校教授经济系，著有《中国国民经济史》、《欧美经济政策研究》等。

12   何孟雄（1898–1931），字国正，湖南酃县人。政治家、革命家，中共创始人之一，因在六届四中全会中对王明领导地位合法性的否认而被出卖给国民党，遭到枪决。

沪期间该报说他是左联"总书记"，冯雪峰走后，才出现周扬，该报还笑他"胆小如鼠，深恐跌落法网"。在冯与周之间，潘梓年[13]（被捕）、楼适夷、蓬子（被捕）大约也负责过一个时候。《社会新闻》是国民党的小报，而那时共产党分子脱党的很多，国方对共方的情报来源是很多，只是真伪难辨。描写当时左派文坛的有小说，张若谷（天主教徒）著《婆汉迷》，其中大骂鲁迅，张曾主编被鲁迅所痛恨的大晚报《火炬》。可惜《婆汉迷》后见过"国防文学"论战时，党争情形我毫无所知，但据后来毛公布陈绍禹的罪状，说他先是"左倾机会主义"（反联合阵线），与国民党妥协后，陈又成了"左倾机会主义"（投降KMT路线）了。1934年，陈还在"左倾"时代，说不定鲁、冯、胡等是站在陈的一面（或者多少同情陈了），而周、徐等是站在毛的一面。这完全是猜测之辞。不过以共产党党人党性之强，在上海时虽极倒霉，被人搜捕，但他们自己还是忘不了"斗争"的。左联内部纠纷，我认为是和共党内部斗争有密切关系的。当时（30's）党内互相告密出卖人头之事，屡出不穷，借KMT特务之手，以锄"同志"中之异己者，手段之毒辣，实骇人听闻。有时共党特务混进KMT特务机关中去做事，提几个"同志"来枪毙，以博（得）KMT当局信任（而且制造社会对共党的同情），然后可扩大其势力。柔石[14]等之死，很多可能死在"同志"之手。我尚无证据，但可能证明，整个左翼文坛显得还要龌龊。你已经在你书中把Snow、Smedley等所谓KMT屠杀左翼作家一说，加以驳斥。不知即使在当时，共产党已经可能在屠杀左翼作家了。看过Dostoyevsky的 *The Possessed*

13　潘梓年（1893–1972），江苏宜兴人，《新华日报》的创办者，被称为"中共第一报人"。1949年后又创办《自然辩证法研究通讯》，推动哲学研究，文革期间下狱病逝。

14　柔石（1902–1931），原名赵平复，左翼作家，"左联五烈士"之一，代表作有《疯人》、《三姊妹》、《为奴隶的母亲》等。

（当时情形：Bakunin[15] betrayed Marx；Nechaev[16] betrayed Bakunin；Nechaev杀人"同志"），我们可以想象，这是太可能了。左联之龌龊，是和整个共党无耻作风分不开的，相形之下，鲁迅等同路人的人格，是要显得"伟大"了。整个故事，太复杂，尤其共党内部情形还弄不清楚，叫我来写，一时还写不出。

你们哪天搬家？又要辛苦 Carol 长途开车了。Joyce 大约不反对住 Motel 的。我离 Berkeley，总要元月十五日左右。再谈，专颂

近安

济安

五月廿日

15　Bakunin（Mikhail Alexandrovich Bakunin，米哈伊尔·亚历山大罗维奇·巴枯宁，1814–1876），俄国革命家、无政府主义者，代表作有《上帝与国家》（*God and the State*，1871）、《国家制度和无政府状态》（*Statism and Anarchy*，1873）等。

16　Nechaev（Sergey Gennadiyevich Nechayev，谢尔盖·格那季耶维奇·涅恰耶夫，1847–1882），俄国革命家，以主张达到革命目标可以不择手段的恐怖主义思想著称，也是陀思妥耶夫斯基小说《群魔》中"魔鬼"彼得的原型。代表作有《革命者教义问答》（*Catechism of a Revolutionary*，1869）。

505. 夏志清致夏济安（1961 年 6 月 8 日）

济安哥：

五月廿日来信已收到，这两三星期来，看学生 papers 和考卷，忙得可以，没有时间写信。前天把分数缴出后，许多积着的信都得复，晚上的时间都花（在）了写信上（两星期来请同事、学生到家里来吃点酒，时间也花了不少）。今天晚上写了封信给张心沧，不预备再多写，但你六月中旬要动身，所以先写封短信，并把玉瑛妹照片、焦良和父亲的信附上，希望你在离 Berkeley 前看到。

知道你下学年在加大留下大有希望，并改正身份的事情进行也很顺利，我很高兴。你在 Berkeley、Seattle 朋友很多，受人景仰，弄一个 permanent position 并不是难事，祇是移民局那道关难过而已。现在此事已进行顺利，我想不再有什么特别（的）困难了。明年 Pittsburgh 的事，只是一个 desperate measure，没有什么可取之处，你当然以留在西岸为是。看 U. of Pittsburgh Bulletin，发现 L. C. Knights 现在该处任 Mellon Professor，可以和他多谈谈。我的事仍如上信所述，没有什么变动。下学年在 Pittsburgh 教两星期，薪水九千。我们预备八月间搬家，因为 Pittsburgh 夏季气候好，可以多读些书。普通 Pittsburgh 教员住在郊外，我不开车，得在学校附近找房子，可能麻烦些。现在此事托 Samuel Chu 代办。

《中国历史研究法》、《现代语法》、《国学概论》三部书都已收到，谢谢。这些书对我很有用，王力编《语法》看来相当用过功夫，《国学概论》以前在沪江王治心[1]采用为大一课本，我是读过的。附寄书店目录，我要什么书，自己可以去order，不必你花气力了。我上次信上说要读古文，究竟如何读法，自己也没有计划，大约先读些散文诗词，把文言根底重新打好。今天我开始读郑振铎的《文学史》，无非是记些书名人名，可对整个文学史，有一个概观而已。

最近电影不大看。*GWTW* 重映没有去看，*Can-Can*[2]、*Sanctuary*[3]影评虽恶劣，MacLaine、Juliet Prowse[4]、Lee Remick，都是值得欣赏的，也错过了。你所讲的旧片子，这里当然没有机会看到。*Elmer Gantry*、*The Apartment* 重映倒去看了，我对 Jean Simmons 也很满意。

关于周扬早年得权之事，我想你的推论一定是准确的。他和胡风笔战以前，实在是没有什么表现的。不多写了。专颂

旅安

弟 志清 上

六月八日

1　王治心（1881–1968），名树声，浙江吴兴（今湖州）人，前清考入庠生，曾任东吴第三中学、华英学校等校国文教员，代表作有《孔子哲学》、《孟子研究》、《中国宗教思想史大纲》。

2　*Can-Can*，音乐剧，据布罗斯（Abe Burrows）舞台剧改编，沃尔特·朗导演，福斯发行。

3　*Sanctuary*（《恨海情天》，1961），据福克纳小说改编，托尼·理查德森（Tony Richardson）导演，李·雷米克、伊夫·蒙当（Yves Montand）主演，福斯发行。

4　Juliet Prowse（朱丽叶·普劳斯，1936–1996），英裔印度人，参演舞台剧、电影及电视剧多种。

506. 夏济安致夏志清（1961 年 6 月 12 日）

志清弟：

多日未接来信，为念。昨日马逢华来，看见你六月七号的信，知道一切平安，诸事顺利发展，甚慰。我这几天心亦相当乱，但是前途很可乐观。本来约了 Father Serruys[1]（研究中国古代文字的神父，在我 office 办公）一同开车去 Seattle，但是我在这里的事尚未舒齐，一时不能走，所以请神父替马逢华保镖〔镖〕，一同开去 Seattle，我暂留 Berkeley。马逢华亦是初学开车，昨天从 Los Angeles 开来，曾有小小惊险场面（车身擦树，但只刮去车上的克罗米，可谓大幸）。再往北开，胆子更怕，有神父代劳替换，安全得多。我亦许仍是飞去，东西不多带，假定暑后仍要回来的。

我亦许至少还要留在此一个礼拜。一方面，文章还差三五个 pages；再则，要等回音。Berkeley 此次花的力量不少，有 Law School 一位教授，Jerry Cohen[2]（曾做 Warren[3] 大法官的助手）现在

1　Father Serruys（Paul Leo-Marry Serrus，1912–1999），比利时神父，1937 年被派往中国传教。1949 年来伯克利加州大学，1954 年获得博士学位，一度与夏济安是同事。后任华盛顿乔治城大学、西雅图华盛顿大学教授。退休后曾去台湾，因身体虚弱，返回比利时。

2　Jerome A. Cohen（孔杰荣，1930–），美国人权律师，耶鲁大学本科及法学院毕业，1959 年任伯克利加州大学法学院教授。1964 年转任哈佛大学法学院教授。20 世纪 80 年代曾在北京开展律师业务，1989 年返国。1990 年以后执教于纽约大学。

3　Warren（可能指 Earl Warren，厄尔·沃伦，1891–1974），美国法理学家、政治

华府替我在联邦政府机关铺路。UC本身组织复杂，但现在这里的各"关"大致都已打通，只要华府方面没有问题，这里的正式公事可以送出去。先去Education，Health，Social Service部，再去State Dept.，再去司法部——移民局，复杂得很。但如能办成，倒是一劳永逸之计。如成，则将在Center做Research Associate，兼Oriental Languages副教授。陈世骧这次当然出力最大，但缴〔侥〕幸各方面的人，都愿意帮忙。先是Center for Chinese Studies的全体，然后上面还有个International Studies，还有dean，Chancellor副校长Kerr[4]等。糊里糊涂的，好像都很顺利。

UW亦已有offer来，名义是Visiting Research Professor，可谓尊崇之极，但我对名义等等，暂暂〔时〕并不关心。我该去UW的理由：（一）UW的组织较tight，我在那边人缘比这里更好；他们的热心，for personal reasons，我更appreciate，而且UW是第一个"慧眼识英雄"的学校。（二）他们研究的题目，对我更有兴趣。暂时不能接受——亦许终于不能接受的理由：（一）护照事如不能解决，再好的事亦不能接受。UW亦许已经替我办了，但我不知道。UC出的大力我是亲眼目睹的。（二）Visiting Status 一年一换，我虽自信在那边很受欢迎，万一不renew，将很伤脑筋（此所以我宁可做Associate Professor，使人家续聘时考虑简单一点）。UC花了这么大力气，大约会用我较长，以后我可少花费心思找事情。（如在UC耽长了，研究的题目亦可换的。）

目前在等华府的回音，如华府方面不成，那末〔么〕一切成泡影，还得另外打算。

家，1943–1953年任加州第30任州长，1953–1969年任第14任美国首席大法官（Chief Justice of the United States）。

4　Kerr（Clark Kerr，克拉克·科尔，1911–2003），美国经济学家，1952年加州大学重组时创设校长，科尔任首任校长（1952–1958）。

你们什么时候去Pittsburgh？大约不久就会看见你的信，再谈。
专此 敬颂
　　近安

济安
六月十二日

Carol、Joyce前均问好

507. 夏志清致夏济安（1961 年 6 月 20 日）

济安哥：

读来信知道UC offer 你Research Associate、Associate Professor 两职，UW offer 你Visiting Research Professor 之职，大喜。我想UC 为了你（的）身份问题出力很多，还是先答应UC offer 的好。UW 对你一直有兴趣，将来机会还多，不必现在就去。UW 所offer 的 position 较高，但 UC 薪水大〔高〕，酬报方面，想必差不多。你在Berkeley 再住一两年，地位即巩固后，再去Seattle 不迟。信到时，护照问题想已解决，希望早日把好消息告知。这学期的project 想已写好，你的Myth, Metaphor 已经出版，我在系主任哪〔那〕里看到brochure，广告做得很好，demand 一定也很大。（世骧夫妇已去Hawaii 否？）

我上次写出一封短信想已看到。每年学期结束，Potsdam变成死城，我心境总不大好，今年也不例外，所以写信不勤。两星期内看郑振铎的《文学史》，同时读些短篇小说。郑振铎书上所列的作家这样多，要做成中国文学各方面全通的专家实在困难。郑自己除对俗文学大有兴趣（而且suspect把它估价太高）外，对于正统文学祇抄些conventional description，自己毫无主张。《今古奇观》看了半部，好小说不多，祇有卖油郎追求花魁那一段写得入情入理，很觉此人个性的可爱；《杜十娘》结局写得也不错，此外特出的地方不多。如你在讨论《李太白醉草吓蛮书》一文上所说的，很多故事很像童话；
《转运汉巧遇洞庭红》已接近 *Dick Whittington*[1] or *Arabian Nights*，《灌
园叟》是 Disney 最好的 cartoon 材料，一个可亲的老人，许多 flower
fairies，几个 villains，可惜 Disney 不会看到这个故事。那许多小说
最引人入胜的地方大都是 omitted from the narrative，如李公子为什
么情愿 give up 杜十娘，or 早期的传奇，张生为什么突然对莺莺没
有兴趣了。故事中所给的理由都是不通的，但根据近代心理学把这
些男子（的）心理分析一下，直写出来，也很乏味。这种不 disclosed
subtle 地方小说中倒很多，可以写篇文章讨论。又《今古奇观》内，着
重的是故事结局，而不是一个人所受的磨折和福气。一个人吃苦几
十年没有关系，小说家有兴趣（的）是他最后怎么样。这种 approach
和近代小说是绝对相反的：近代小说有兴趣的是 actual process a
living，不是一个人最后得到些什么，但近代小说祇考验一个人生活
快活不快活、老实不老实，容易增加 self-pity 之感，好像人生无意
义，事事不如意。《今古奇观》内的人物几乎每人都 affirm life，没有
功〔工〕夫考虑自己的 condition、motive，所以 incidents 特多，人生
好像是 full of miracles。这当然是受佛教的影响，可比拟（的）当然
是欧洲中世纪的文学，可惜我在这方面读得不多。故事的 purpose
是 didactic 的（《明言》、《喻言》），故事的着重点是在"奇"字上（《奇
观》、《拍案惊奇》）；近代人对万事已不感到惊奇，生命上也可能少
了一种很重要的东西。

　　Carol 爱开车，我们明天要开车去 Detroit 看张桂生夫妇。路
上来回四天，在 Detroit 住两天，大概要花掉一个星期。我去看他
们实在没有兴趣（虽然张太太 —— 久芳 —— 是很可爱的），但旅
行是 Carol 的唯一娱乐，换换地方，看看风景，大家精神也可好

1　*Dick Whittington*，指英国著名的民间故事《迪克·惠廷顿》（*Dick Whittington*），讲
　　的是爱德华三世时期一个父母双亡的孤儿迪克·惠廷顿和他的猫闯荡伦敦的故
　　事。

些。Carol、Joyce身体都很好，Joyce is very excited。你想已飞到Seattle，马逢华有信来，他决定去Seattle教书，很为他高兴。不多写了，专颂

　　旅安

弟 志清 上

六月20日

508. 夏济安致夏志清（1961 年 6 月 23 日）

志清弟：

　　来信并附来家书与玉瑛妹照片等均已收到，知道你很忙，但想必都平安。我最近心亦很乱，Berkeley 的 offer 我已接受，因此间公文已送去华府，为我所出的力量很大，但他们怕我去了西雅图，不再回来，希望我在行前有所表示，所以贸然答应了。UC 的地位是 Research Associate，860 元一月，十一个月算，待遇亦算不恶。最有利者为假定每年可延长的，这比 Seattle 一年为期好得多。目前的大问题还是移民问题，如此事解决，则我可在美国做安居的打算，不致每年暑假为"行乎？留乎？"伤脑筋。华府如决定把我留下，则台湾亦无能为力的。这一切对于我一生关系太大，在台湾糊里糊涂混日子呢？还是在美国留下来做些成绩出来呢？这些大约在命中已经前定，我亦不敢做过分妄想。只要 Congress 里有 private bill 送出，我即可在美国暂住，所以大致今年是可以在美国住下去的了。即使美国住不下去，我想到欧洲去混混，台湾是仍旧不想回去的。

　　写"下放"写得乏味之至，假如我移民一切手续现在业已办妥，我真想 take a vocation，到各处去玩玩，散散心。但是我在美国立脚未稳，现在还正是卖力气的时候，所以 Seattle 还得去，暑假里还得赶篇文章出来。题目尚未定，顶有趣当然写关于"目莲〔连〕救母"、"女吊"等迷信与鲁迅的关系（Miss Mills 论文里大约没有把这些写入吧），或者写篇总论左派知识分子（最近胡秋原写了很长的自传，在台湾的《民主潮》分期连载，很有价值）。总之，去Seattle后没有功〔工〕夫做很多research，只是把文章写一篇出来就够。如UW原谅我去UC，而不接他们之聘的理由，我希望（如一切顺利），每年暑假去他们那里研究一下。这样我对于左派知识分子的研究，仍旧可以写一本书出来的。写"下放"，看了很多《人民日报》，内容总算相当充实（约两倍于"Myth, Metaphor"的长度）。题暂定：*A Terminological of the Hsia-Fang Movement*。所谓terminology是有它的system的，李祁过去所写，似乎随便挑几个terms来谈谈，可多可少，可添可漏。我先得替"下放"找出一个system，然后把有关的terms放在system里头，考其来源（共产党人哪一个先用的），所以比较吃力。回来后，我亦许把共产党所演的戏（改编、新编的京戏、地方戏等）研究一下，这个亦许比"下放"有趣些。

我定星期日（25日）飞Seattle，既然预备回来，东西带得很少。车子亦将存在garage里。但是把apt.出清，仍是吃力的事。老是要搬家，实在可怕。想起你们八月间长征Pittsburgh，当然更可怕了。现在我愈来愈懒，连包扎书邮寄，都有点怕了。希望以后可以settle down，你们如常住纽约，我常住Berkeley，那是最理想的了。马逢华已去Seattle，他有三年tenure，亦可安顿一个时候，他的地址：3936 University Way, apt. 26, Seattle 5, Wash.，我的信暂时由他转寄。

这里的人慢慢走空，陈世骧夫妇已去夏威夷（c/o Summer Session, University of Hawaii, Honolulu）。大约七（月）底八（月）初就可回来的。在Berkeley，与Seattle，交际都很多，你们在Potsdam比较清闲，不知到了Pittsburgh如何？纽约华人太多，你们去了交际亦会很忙。我不知道那些教授，差不多每夜有party，怎么有功〔工〕夫写书写文章的。陈世骧还算不忙的，有些教授一年要去纽约和欧洲远东各地好几次，真是亏他们的。如生物学家李卓皓[1]（研究 Hormone、Cortisone 之类）上月刚去欧洲两个礼拜，暑假里还要出远门三次，换了我，这样大旅行，什么研究亦不好做了。

　　详情抵 Seattle 后再谈，专此 即颂

　　近安

Carol、Joyce 前均问好

济安
六月廿三日

〔又及〕Frankel 一家定 26 日飞 Yale。

1　李卓皓（Choh Hao Li，1913–1987），生于广州，华裔美籍生物学家，台湾中央研究院院士。1933 年金陵大学毕业，1935 年入伯克利加州大学，获生物化学博士学位。1956 年至 1967 年主持加大荷尔蒙研究室，后转任加大旧金山荷尔蒙研究室主任，直至 1983 年退休。代表作有《性腺刺激荷尔蒙》、《脑下腺荷尔蒙》等。

509. 夏志清致夏济安（1961 年 7 月 6 日）

济安哥：

六月廿三日信我们从 Detroit 回来后看到，知道你已接受 Berkeley 的 offer，改换身份的公文已送华府，甚慰。你写"下放"，花了不少时间，虽然乏味，但结果一定是很 impressive 的。你弄了一年中共 terminology 的研究，在 linguistics 方面知识一定长进不少，你做学者的 equipment 较前更完备了。现在想已在 Seattle 住定，多做些 research，一定可以写一篇和《瞿秋白》同样精彩的文章。

我们三"六"月 22 日动身，23–25 在张家住了三晚。我和你有同样的感觉，住在人家家里，两方面都不安适。我们被桂生夫妇坚留，他们有个不到一岁的女小孩 Elaine，加上要煮菜烧饭，晚上谈得相当晚，两方都很劳顿，小孩夹在中间，不能得要〔到〕正常 care，更是受苦。（马逢华和张桂生很熟，在他面前祇说我们玩得很痛快就是了。）我和桂生在芝加哥已见到，要讲的话，都已说遍，加上没别的朋友凑热闹，谈天方面也并不兴高采烈。星期六下午张氏夫妇参加婚礼，我们在家 babysit，新娘是 Marie 蒋，T. F.[1] 的女儿，马逢华的 old flame，不知马逢华有没有收到请帖。Detroit

---

1　T. F.，即蒋廷黻。

因工厂裁人，apts for rent、houses for sale 的 signs 到处皆是。希望 Pittsburgh 也同样地不景气，找房子可以方便得多。

上星期一回来后，收到 Oxford 寄来的吴世昌 *On the Red Dream Chamber* 一书。就把书仔细去读了一遍，花了些时间写了篇 review，寄 Rhoads Murphey。限定 800 字，实在不容易写。结果写了一千四五百字，还只是把最近 scholarship 和发现的材料 survey 一下，驳了一下吴世昌坚持"高鹗续作"的 theory，文章也写得不好，不能算是篇好书评。讨论《红楼梦》牵涉太多，祇有 Ed. Wilson 在《纽约客》上那样写法，才可把要说的话都说出来。吴世昌旧学问根底很好，讲起批评来，还逃不出俞平伯和中共文人的一套看法。最近中共发现了不少新材料，连俞平伯也把"高鹗续作"的说法放弃了。吴世昌开始做研究必在 1955（年）左右，书将写好的时候，看到不少新的东西，祇好强词夺理地坚持他的 theory，很难使人信服。他在 Appendix III 内讨论了甲辰本和 1959 年才发现的《红楼梦稿》120 回手抄本（title page dated 1855，是后来加上的），其一页上有高鹗亲笔写的"兰墅阅过"四个字（吴世昌把"兰墅"音译 lan-hsü，想必手误，请一查）。关于讨论这两个 MSS 的文章有王佩璋[2]的一篇（on 甲辰本）载《文学研究季〔集〕刊》Vol. 5, 1957，Fan Ning[3] 的一篇载《新观察》No. 14, July 1959。你有兴趣，可翻看一下。Fan Ning 那篇文章很短，是 120 回手抄本看后的初步报告。你如找到，请拍照寄一份给我。

学校放假已一月有余，去 Detroit 来回六天，写 review 又花了一个多星期，其余时间看书实在没有什么成绩，不久要搬家，暑假

2　王佩璋（1930–1966），1953 年从北京大学中文系毕业，分配到社科院文学所担任俞平伯的助手，在俞平伯的指导下代写了《红楼梦的思想性与艺术性》、《红楼梦简说》等四篇文章，并与俞平伯合作校勘了八十回本《红楼梦》。"文革"中自杀身亡。

3　Fan Ning，即范宁，红学家。

内能accomplish什么，想想很心慌。古文诗词实在没有时间读，还
是多看些小说，可以早些弄些研究成绩出来。其他各方面，反正
在匹大要教一年文学史，祇好一面教一面自己做些准备了，按在
Ann Arbor教中国哲学的老方法，也可能有些长进的。de Bary要我
在十一月间去作一篇演讲（大约是聘请教授，副教授必经手续），他
还要请英文系做cosponsor，那时Trilling等都在场，我要impress他
们，实在很难。这事虽是routine，不会影响我的appointment，但
也得趁机会显显身手才好。因为听众不都是内行，lecture要由浅入
深，文字处理也相当吃力。我题目大概是关于中国旧小说方面的，
还没有定。

　　电影好久不看，不久 *One-Eyed Jacks*[4]、*Parent Trap*[5]上映，都
想去一看。Carol已在准备搬家，相当忙。我们预备把一切东西由搬
家公司搬运，麻烦就在把书籍、衣服等预先装好。父亲有信来，知
道我要去Pittsburgh、Columbia，很高兴，你有空请写一封短信由我
转寄。在Seattle，老朋友见面，一定可以畅谈。张琨（的）婚事进行
（得）如何？Joyce身体很结实，附上在Detroit所摄照片两张。即祝
　　近安

弟 志清 上
七月六日

4　*One-Eyed Jacks*（《龙虎恩仇》，1961），据查尔斯·奈德（Charles Neider）1956年
　　小说 *The Authentic Death of Hendry Jones* 改编，马龙·白兰度唯一执导的电影，
　　马龙·白兰度、卡尔·马尔登主演，派拉蒙影业发行。

5　*Parent Trap*（《天伦乐》，1961），据伊利奇·卡斯特纳（Erich Kästner）小说 *Lottie
　　and Lisa* 改编，大卫·斯威夫特（David Swift）导演，米尔斯（Hayley Mills）、玛
　　琳·奥哈拉主演，迪斯尼出品。

510. 夏济安致夏志清（1961 年 7 月 9 日）

志清弟：

多日未接来信为念。你寄 Seattle 的信，早已收到。去 Detroit 后，想已返家。热天长途开车，想来亦无多大乐趣。我所以不从加州开车到西雅图来，主要是对于自己的体力没有自信，万一开得疲倦了，怎么办？再则身体如能支援〔持〕，如眼睛疲倦了，又怎么办？我的目力不佳，戴了太阳眼镜，很不舒服，如不戴太阳眼镜，则眼睛老看公路，在大太阳底下，眼睛也会酸痛的。现在 Seattle，仍旧周末租车，开一二十里，走走短路，开车仍是有其乐趣的。

现在住在一家人家里，那家人度夏去了，我一个人住一幢房子，宽畅〔敞〕得使人不舒服。原主人是 Jack Leahy [1]，是英文系 Instructor，在念 Ph.D.，可是已有小说一本（*Shadows of the Waters*）在 Knopf 出版。他留下的图书馆，以新派小说居多，我大约不会有工夫好好地利用。有 TV，尚未看过。有钢琴，该买本琴书从 do re mi fa so 练起练几课。我主要是听 FM 无线电作为消遣。此人亦留有唱机与很多唱片，我亦没功〔工〕夫听它。房子大而不切实用，如此人的书房在 basement，该地太阴湿，我不喜欢。我仍在卧室（没有书

---

[1] Jack Leahy（Jack Thomas Leahy，杰克·利希，1930–1988），下文提到的书名应为 *Shadow on the Waters*，初版于 1960 年。

桌）写字，在living room看书与听无线电。至于打扫等等，我还不知道该怎么办。草地很少，但是叫我浇水剪草，亦是无从下手的。一个人有一幢房子，亦是麻烦的事。反正我在这里不会长住的。房租是85元（学校的产业），连水、电、电话（有分机一架，设在basement）等，亦得一百余元。这个价钱不好算贵，马逢华现住一新派的apt.，一个bedroom，living room与书房合（用），地方很小，房租亦得95元。

马逢华暑假教两门课，他忙着准备，没有功〔工〕夫做research了。我的research，自己亦不知道有没有算正式开始。做人总是得陇望蜀，走到一步又对于现状不满意了。我现在不满意的（假如移民等等都没有问题），是研究工作要配合人家的需要，不能想做什么就做什么。UC的terminology其实是很无聊的；UW希望我写关于"左联"的事，这仍是个难题。何以故？文献不是故也。我顶多只能证明"左联"是受共党操纵的。证明了这点又该如何？对于文学，对于人生都不算有什么心得和贡献。再要寻像瞿秋白这样一个"有人情味"的题目，亦不是容易的事。所以到底今暑要研究什么，现在还不知道。

叫我乱看中文书，其中亦有乐趣。《闻一多全集》四大本，我希望你一看，假如尚未看过。闻一多初回国时，写信给梁实秋，立志要反共的（他和罗隆基、梁实秋都是国家主义派）。在昆明时，曾苦心思索七天，才决心做"民主斗士"。全集里关于伏羲的研究，是十分精彩的。还有一篇把《九歌》和巫术祭典配合起来，你如教《楚辞》，不妨拿来一看，一定会觉得楚国祭神的情形，活龙活现的如在眼前。（他对于新诗的理论，很注重文学之美与格律，我认为还算是看对的。）

在旧金山又寄出两本文言书的白话注释本，对你亦许有些用处。我本来想寄大套的线装书，后来想这对你亦许暂时用不着。那天寄出的两本书，注解似乎不错。如《左传·郑伯克段于鄢》中的

"瘝生"我直到看到那篇注解才知道怎么讲。要做汉学的考证工作，实在太难了，普通一个人是只好如胡适所说的做点点滴滴的工作。但是大家点点滴滴，唯物史观一以贯之的大道理，把那些碎片就统一起来。你信上老说，研究古学问的材料不够，容易让人家盲目猜测。胡适一派没有大道理，点点滴滴，与闲人没有影响；但唯物一派，讲起"奴隶制社会"、"封建制"等，胡适一派就没有话去对付了。（研究 20 世纪历史，材料亦是不够，如鲁迅在 '27-'30 之间的心理变化。）

我现在的大野心，是整理中国的神话，迄今尚毫无研究。（周作人《药堂杂文》与赵景深[2]《银字集》都讲起浙江的社会，我如要研究"女吊"，倒是可以下手的。）小野心是娓谈 20 世纪中国的智〔知〕识分子，但小野心目前亦尚无实现可能。神话对我是非研究不可的，这是取巧的题目，容易成为 Sinologue。即使自己没有独创，能够把本世纪以来，中国各家的学说，综合一起，对于一般学者，贡献亦不小了。（如顾颉刚[3]说夏禹是虫，他到底怎么说的，我尚未看过他的文章。）

你对于《今古奇观》的看法很对。这些故事很难归入小说的范畴，为好奇看之则可，当文学来谈是要失望的。（《卖瓜张老》故事，Birch 的 *Ming Tales* 中似乎列入。）如《封神演义》，内容很有趣，但文章之糟，我去年想看亦看不下去。《金瓶梅》亦老看不下去的。昔顾颉刚想替亚东书局〔图书馆〕的新式标点本《封神》写篇序，研究十年，不能下笔。他所研究的，当然只是那些故事的来源，如要批评其文章，那只好说：该书不值得重排流通的。

2　赵景深（1902–1985），曾名旭初，笔名邹啸，祖籍四川宜宾，生于浙江丽水，代表作有《中国小说丛考》、《中国戏曲实考》。

3　顾颉刚（1893–1980），名诵坤，字铭坚，号颉刚，江苏苏州人，历史学家、民俗学家，"古史辨派"代表人物，曾任厦门大学、中山大学、北京大学、兰州大学等校教授，中国科学院历史研究所研究员，代表作有《古史辨自序》、《秦汉的方士与儒生》等，2010 年北京中华书局推出《顾颉刚全集》，凡八集，五十九卷，六十二册。

研究宋元明白话小说，我们恐怕是做不过李田意等专家的。他们至少是版本与目录熟悉，对于书的内容与文章，他们是没有theory，但叫我们成立什么theory，亦很难。那些话本，主要还是说话文学，不是写作文学。原来讲得亦许很有趣，写下来可能逊色不少。但是写得很坏的故事，碰到天才的讲故事人（即使他不识字），仍旧可以讲得津津有味的。敦煌俗文学，是"汉学"里的新兴热门，其间好文章恐怕亦很少很少。我劝你不妨看看元曲，这些到底是真有作家为了写作（终究是要上演）而写作的。剧本的结构与心理描写等亦许比不上西洋之戏曲，但是文章大约还可读。王国维此人taste不差，他赞美"宋元戏曲"总有点道理。

我的一切事情，都还悬着。你们哪天搬家？搬家真是苦事。即使Carol以开车为散心乐事，但驾车出发之前的packing，是够你们受的了。Seattle电影院没有S. F. 多，来此后只看过两次日本电影。这里的日本电影，是比S. F. 热闹（可能日侨较多）。如*Narayama Bushiku*〔*Bushiko*〕[4]（《楢山节考》），纽约近（日）上演，我尚未看到*Time*等的影评，但片子我在Seattle早已看过，是一张不同凡响的可怕的电影。

Joyce想要在Pittsburgh上学了。一路开车劳苦，请你们大家保重身体。父亲处和玉瑛妹处的信，过些时候再写吧。专颂

近安

济安

七月九日

4　《楢山节考》（*Narayama Bushiko*，1958），日本剧情片。讲述日本老妇在丈夫死后与儿孙同住，按照习俗，70岁必参拜楢山，然后舍弃在山里。

511. 夏济安致夏志清（1961 年 7 月 19 日）

志清弟：

上信发出后，即收到来信，知道一切都很好，甚慰。关于《红楼梦》的学问，我是很不够的。兰墅阅过的《红楼梦》，最近有什么研究报告，我没有见到（我看《人民日报》是很熟的）。《新观察》一文，我倒是老早看到，由马逢华（当时在 Berkeley）印了寄给赵冈的。现在又印一份，寄上。所谓"红学"，老是靠一些秘本珍本，实在是很可怜的。吴世昌书未见，恐怕他亦没有什么独特之见，但为洋人而写，把中国研究的成绩，作一报告，亦可满足西洋读者的需要了。你的书评，很想一读。（李方桂说：他不知道"墅"可念 Hsü。）

哥大演讲，极是好事。听"众"之中顶多只有两三个人是懂中国文学的，所以你的材料只应浅近，而见解深刻，则可 impress 明眼人也。我认为如谈谈《今古奇观》，即照你来信所说的，就是篇极好的文章。当年刘大中（马逢华所最佩服的华人经济学家，现在 Cornell，年薪二万）去 Ann Arbor 演讲，亦像老法结婚"相亲"似的，给人鉴赏。听马逢华讲，经过很有趣。刘大中事前写信给马，问明了教室形势容量，以及气候等——因为太冷太热都会影响演讲者的脑筋的。他是研究数理逻辑的，结果讲得太深，听的人都为（之）瞠目，讲完了没有人发问。只有两位教授——密歇根的杰出人才——提问题，刘当然给他们解释了，其中一位似乎不服。刘好胜心强，在离

Ann Arbor之前，特别到该人的seminar上去讲一次，非拿这一点问题把那人说服不可。一切都很顺利，但他没有接密大之聘。

我在Seattle生活十分简单，很守规则，研究则尚无头绪。心情比去年夏季为好，盖一时尚无递解出境的危险，但此事尚未解决，在心中尚是个"隐忧"。我是不大worry的，但亦绝不敢打"如意算盘"。我的办法是过一天算一天，不去想将来的事。假如这算是"修养"，我的修养功夫就是这么鸵鸟式的。好运气当然人人喜欢的，但是我还是中国人想法：一、自己谦虚一点，不要以为自己是"配"享有好运气的，宁可信其无（好事），不可信其有。二、福兮祸所倚，不要骨头轻，未来是不可知的。最近在报上看到当年俄国革命领袖Kerensky[1]（今年八十岁），在Stanford的Hoover Library每月拿三百元薪水，工作了六年，最近把他的回忆录（他的百日执政期间）写完，将由Stanford University Press出版。你想如讲才学，我如何能和Kerensky相比？我如能在美国留下来，已经是最大的幸运了。听说，胡适在Princeton图书馆的薪水还不到三百元呢。

在房东的藏书中，发见〔现〕一本Buckley[2]的 *Up from Liberalism*，知道了一些关于liberals的事情。Liberals的无知与专横，令人可恨；但我认为无知与专横，是人类共有的弱点，并不限于liberals。Conservatives也有他们的不知之事，亦可能强不知以为知；他们如有了权，亦会专横的。我现在没有什么积极的主张，只是心平气和地想求"知"。拿liberals当人看，他们亦是很可怜的。哥大liberals势力之盛，想不亚于Berkeley，我劝你暂时不要take sides。我们中

1　Kerensky（Alexander F. Kerensky，亚历山大·克伦斯基，1881–1970），俄罗斯社会党人，1917年俄国二月革命后，出任临时政府司法和军事部长，1940年迁居美国，代表作有《布尔什维主义序曲》（*The Prelude to Bolshevism*）、《大灾难》（*The Catastrophe*）。

2　Buckley（William F. Buckley, Jr.，巴克利，1925–2008），美国保守党作家、评论家，1955年创办 *National Review* 杂志，代表作品有《耶鲁的神与人》（*God and Man at Yale*）。下文提到的 *Up from Liberalism* 初版于1961年。

国人犯不着轧在美国人淘里去争闲气。你上次信上说，少讨论中共，多研究古代中国，我是很赞成的。我们总会有我们的影响——读我们的文章的人，和我们在友善的空气下谈话之人。勉强树立自己的影响，用周作人的话，就是不"雅"。勉强去取消别人的影响，总会引起许多自己不愿见的麻烦。对于人生、社会的意见，顶好还是用小说、诗的形式表现出来。政治社会问题大多都很复杂，说理文章很容易陷入自己建立的逻辑陷阱中。从事创作艺术的人，不必求"自圆其说"，写论说文的人，总得要"自圆其说"，但常常很难圆得过来。尤其是文章写多了，还要照顾几十年前写的文章，圆起来更难了。"破"又比"立"容易，批评 Liberalism 不难，但是要建立 conservatism，我看近代很少人能自圆其说的。（感情上接受conservatism，是另一回事。）

　　Buckley 书中提起美国大学里教经济学，只教 Keynes[3] 一派，其他各派是不教的。他举了些名字，我是一个都不知道；Keynes 的理论只是偶然 *Newsweek* 的 Henry Hazlitt[4] 看见一些介绍；H. 氏的文章很清楚，但 Keynes 到底说些什么，我至今不知。说我博学，是很惭愧的。Henry Hazlitt 似乎为大学里经济学家所不取。看来美国 liberals 以 Keynes 为正宗，但 Keynes 到底不是马克思，更不是列宁、毛泽东。经济学系只教一派，当然是愚民政策；哲学系的愚民政策亦很厉害的，如 Berkeley（UW 听说亦然）只以 Logical Positivism 为哲学（Carnap[5] 在那里），其他都不算哲学。这情形跟汉朝立什么人的经学为"学官"相仿。师徒相传，某一派得势，别派就衰落了。这情形

3　Keynes（John M. Keynes，凯恩斯，1883–1946），英国经济学家，代表作有《印度通货与金融》（*Indian Currency and Finance*）、《论概率》（*A Treatise on Probability*）。

4　Henry Hazlitt（亨利·哈兹里特，1894–1993），美国专栏作家，在《华尔街日报》（*The Wall Street Journal*）、《纽约时报》等刊物发表经济学评论。

5　Carnap（Rudolf Carnap，鲁道夫·卡尔纳普，1891–1970），德裔美国哲学家，精研逻辑实证主义，是维也纳学派代表人物。

该如何补救：例如什么样的经济学才算是正确的经济学，我是一点不知。我因为所知太少，还不敢跟专家如马逢华等讨论。但马逢华现在小有困难；他现在已是有相当成绩的经济学家，是否是Keynes一派，我亦不知。不过他是讲究"算"的，注意figures和figures的计算，算起来很苦。无论如何，是想把经济学化成exact science的。经济学大约应该如此，不如此，又该如何？他现在UW受经济系和远东系的联合聘请，他这种研究（他是非常用功的）和作风，想必可受同系教授的重视。可是远东系注重反共——从人道立场的反共，经济学家讨论农业，据说是不管农村杀人等事的——人口问题那是另外一个问题。远东系都是经济外行，徒有反共热忱；马逢华自己亦是十分反共的，但他研究经济学是根据他的专门训练出发，研究第一，反共第二，他又如何能满足远东系的要求呢？他因为我在远东系的人事较熟，常跟我讨论。我劝他还是以先建立他在经济学界的地位为要务，外行的意见暂时少听。经济学硬是要成为一门科学，Humanities方面的人常有意见（如在Berkeley，陈世骧等常叹息社会科学家之跋扈），但是对于我们所不懂的学问，我们是没有意见可发的。现在不会再有像Raskin[6]，Carlyle[7]，Arnold，Morris[8]那样的人来讨论经济问题。

　　华大想在远东研究方面建立地位，但是他们缺少一个研究中国经济的。以前有个张Chung Li[9]（写Chinese gentry的），听马逢华

6　Raskin（John Ruskin，约翰·罗斯金，1819–1900），英国维多利亚时期艺术评论家、艺术赞助人，代表作有《现代艺术家》（5卷）。

7　Carlyle（Thomas Carlyle，托马斯·卡莱尔，1795–1881），英国哲学家、作家、社会活动家，代表作有《论英雄与英雄崇拜》（*On Heroes, Hero-Worship, and the Heroic in History*）、《法国革命史》（*The French Revolution: A History*）、《衣裳哲学》（*Sartor Resartus*）等。

8　Morris（William Morris，威廉·莫里斯，1834–1896），英国设计家、诗人、翻译家、社会活动家，代表作有《乌有乡消息》（*News from Nowhere*）、《世界尽头的井》（*The Well at the World's End*）。

9　张Chung Li（张仲礼，1920–2015），江苏无锡人，1941年毕业于上海圣约翰大

说，华大经济系把此人看得一文不值。但Michael等又把张捧得跟
天一般高。Chang之回大陆，是对华大远东系最大的讽刺，以后一
直没有人。马逢华来了，远东系如获至宝，但马逢华一直在怕要使
他们失望。共产党的基本立场是唯物史观，一名经济史观，他们
对于经济现象，可能是曲解，再拿这些曲解来进一步地曲解历史。
远东系对于此事十分关心，可是经济学系 —— 可代表全美经济学
界 —— 是另有他们的问题要研究的。

　　附上一份我的研究草案（我明年暑假在UW的job已有
offer）——这不是计划，我亦不想写这样一本书，不过UW需要
这样一份东西，给大家讨论，我就随便想了些题目。我写什么东
西，还是看材料什么方面多，就写什么。材料不够，硬向架子里
塞，我是不来的。左派文艺作品，老实说，我不想看——因为看
来是乏味得多，而且我认为你的书已是定论，美国人只要照你的书
去研究就够了。有些问题是非常重要的，但我很难去深入研究 ——
如马列理论，这些东西弄几十年都弄不清楚的。Plekhanov在30's时
（的）中国非常之红，他到底讲些什么，我一点不知。中共批评"托
派"有句话，是很扼要的："政治 —— 无产阶级的；文学 —— 资产
阶级的。"Trotsky[10]的《革命与文学》要旨大致如此，该书大约在全
世界影响广大，中国大约亦是如此。胡风、冯雪峰之理论大抵皆和
Trotsky接近。我亦犯不着来说他们是托派。但在列宁之前，欧洲即
有好几派Marxists，今天共党里又有所谓"修正主义"，他们对于中
国的影响，我相信我是既无此耐心，又无此intellectual vigor来研究

　　学，1953年获西雅图华盛顿大学经济学博士学位，并留校任教。1958年回上
　　海，曾任上海科学院经济研究所研究员、上海社会科学院院长、中国经济史学
　　会副会长等职。代表作有《中国绅士》、《近代上海城市研究》、《长江沿江城市与
　　中国近代化》等。
10　Trotsky（Leon Trotsky，托洛茨基，1879–1940），马克思主义革命家、理论家、
　　苏维埃政治家、红军创始领导人。代表作有《被背叛的革命》(The Revolution
　　Betrayed)、《我的生活》(My Life)、《保卫马克思主义》(In Defense of Marxism)。

的。我的兴趣是讲故事，但是一定要facts收得很多，融合贯通，我才能把故事讲得津津有味，所以我的研究是并不照计划来进行的。

最近中文闲书看得很多，看了有什么用，现尚不知（研究任何题目，一家图书馆总是不够的）。有一本《中国现代作家笔名录》，好像是1936年中央图书馆出的，其中列周起应的笔名有四：一、年枣；二、企；三、企新；四、绮影（？）。'36以前他似乎还不大用周扬的名字，因此周扬并未列入。有了这四个线索，来trace周扬的early career，是比较有路了。此事好像从未有人提起，但先得找老杂志，看有没有署这四个名字的文章。周曾留学日本，日本方面的材料，也没有多少人用过。这种功夫即胡适所谓"动手动脚找材料"，其实亦是福尔摩斯式的——脑力的低级运用。研究左派的计划虽已拟出，但我可能多研究"右派"，盖右派的理论，我对之有兴趣，亦比较看得懂也。

张琨已于五月底结婚，马逢华给他们贤伉俪照了一张相（新娘叫Betty，Yale出身的，Tibetan专家），还有我（的）一张相，他都会寄给你。这张相我添印了亦想寄一张给父亲，这个连给父亲的信下次一并寄上。

Carol和Joyce想都好，你们在Detroit照的相亦已收到，神气都很好，看见了很高兴。再谈，专此 即颂

近安

济安
七月十九日

512. 夏志清致夏济安（1961 年 7 月 25 日）

济安哥：

　　七月九日、十九日两信都已看到。昨日看到马逢华信内附寄的照片两张，你在照片上神气很好，寄给父母看，一定可博老人家高兴。张琨的那张，新娘在 Yale 我是否见过，不记得了。又承蒙你印寄了《新观察》上的那篇文章，文章的要点，吴书上已提到了。很奇怪这样重要的 MSS 中共学者没有多加研究，范宁不能算是对红学有什么研究的。我感到更有兴趣的倒是你那篇 outline，九大纲领，真是把左联值得研究的地方都抓握住了。把所列条目全部写出来，书一定太长，而且你这种工作一定不肯做的。我觉得还是利用你的特长，注重有 human interest 的节目写些出来，一定大有可观。我觉得 Chinese background，Fluctuation of the fortune，Agony & Ignoring 三节可大加发挥，再加上鲁迅和瞿秋白两篇大文，必是一部极有趣的书了。你这方面材料搜集得已很多，写起来不太难。而你所不能解决的某些小问题，我看别的学者也不能找到答案的。

　　我书评寄 Rhoads Murphey，他回信自费城寄出，你暂时看不到了。Rhoads 说我的书和《红楼》的 reviews 同在十一月份刊载（我书的 reviewer 可能是 H. Mills，这是我的猜测）。吴书有 Arthur Waley 作序，自己序上也列了不少 Sinological 界的大人物：我对他的书好评不多，似乎也得罪了不少人。吴本人中文根底很好，但可能中共材料看得太多了，对胡适、林语堂、王际真等都看得一钱不值，（对）俞平伯、周汝昌反而捧得很高。考证后四十回关于情节方面都是根据俞平伯的说法，很幼稚。而这种种我书评上都没有提到，我的意思是即使曹雪芹后半部残稿今日找到，我们有一部新的《红楼梦》，这一本《红楼梦》也不能 discredit 程高本：因脂砚斋所 drop 的 hints 都是曹家吃苦，王熙凤被离婚之类，情节"蛮苦"，而缺乏悲剧意义也。

我今夏读书虽甚努力，而记忆力较差，所以成绩较差，颇以为苦，主要原因还是 tranquilizer 戒不掉，吃多了这种东西，脑筋想必迟钝，此地又没有好医生，只好去匹次〔兹〕堡后，找名医把身体检查一下，有什么方法，不靠药石，把 nerve system 改善起来。我读完了一（百）二十回本《水浒》，此书实不能和《红楼》相比，三四十回后即沉闷不堪；《征四寇》固然写得不精彩，七十回后半部虽然有些石秀、卢俊义节目，结构也 mechanical 之至。书中写得最好的（是）鲁智深几回（尤其是他在五台山做和尚的那一段）；林冲、武松写得也不坏。宋江和阎婆惜一段写得很好，梁山泊好汉劫宋江法场后，有个性的人物仅祇李逵一人而已。他一人还保持鲁智深、武松等英雄本色：有差使他就想下山去，打架杀人胡闹一场；宋江不给他差使，他也要跟着去。原因是梁山泊的生活是一种有 discipline 的 collective life，而好汉们真正有兴趣的生活是 to be on the road。他们除不好女色外，ideal 是和美国 Jack Kerouac 差不多的：大碗喝酒，吃牛肉，路抱不平，显显自己的本事。所以鲁、林、武 on the road 的几段文字精彩，因为他们的作风能得到读者同情，而小说后半部的企图仅是很吃力地把 108 好汉逼上梁山，把他们改造成无个性的东西（可怜林冲杀王伦后，鲁智深、武松上山后，一共没有说过几句话）。《水浒》中虽然有几个贪官，但给人一般的印象：人民生活是很富裕而自由的，即使犯人刺配，一路上还有他的自由，相比下来梁山泊 leadership 的 cunning 和 cruelty 实在吓人。秦明的一家老小被宋江用计杀了，还有什么"义"？以后朱同、柴进、卢俊义等都是逼得很惨的（毛泽东爱读《水浒》，可能他从书上学到不少东西）。而这 cunning 的 symbol 是吴用，他是中国小说上少不了的谋士，中国读者一向对这种 cunning 很有兴趣，但这种 cunning 迹近侦探小说所 exploit 的 cunning，对 mature readers 是没有什么吸引力的——中国公案小说发达得早，原因也在此。另外一种公孙胜 supernatural 的 cunning 仅把小说 suspense 减弱，更是毫无道理，所以我觉得《水浒》的悲剧——假如有悲剧的话——是把活生生的人改造成 anonymous 的工具，为一个团体的增强而出力。所以不管宋江自己做皇帝也好，为宋朝出力也好，李逵所梦想的生活在这种团体纪律下不会再实现了。（我重读《三国演义》，不知会不会 revise 我对诸葛亮的好感？）

金圣叹说《水浒》比《史记》写得好，我想是不可能的事。谢谢你寄两本古文选读，我在两星期内差不多把文章都已读过了，这样自修读书，对文言的 appreciation，一下子增进了不少。即以《左传》文字的简要，叙述故事时是很注重人物个性的，《史记》当然是更在这一方面努力，叙述扼要而给人印象很深。即《宣和遗事》写徽钦二宗的吃苦，很有几段好文章，在《水浒》后半部是看不到的。所以叙事文不管简详，不管文言和白话，作者的 intelligence 还是主要的考虑。胡适以白话为中国文学的主流的说法是一点也靠不住的。

最近读《儒林》，初读很有兴趣，觉得作者很 resourceful，讽刺的目标也不仅是周进、范进之类，而有几个 ambitious young men（巨超人之类）写得也很好；娄公子养了几个食客，结果大为 disillusioned，写得很精彩。但到后来人物愈来愈多，吴敬梓就显得相当笨拙，读起来也相当乏味。我仅读到杜慎卿、杜少卿出场后几段情节，值得研究的是作者对这两位 heroes 有不〔没〕有抱一些讽刺态度。假如他肯把杜少卿加以讽刺，那就不容易了。我对中国小说中所谓 hero 的 ideal 很有兴趣：不管好汉和名士，他们都着重好友和慷慨两事，但此外他们还有些什么就很难说了。他们所看不起的是官场和一般士大夫的作风（贾宝玉也是这种看法），他们所追慕（的）是不受拘束的自由，但是有了自由后，他们的行为仍受convention所支配，做不出什么真正enrich自己生活的事情来。吴敬梓所喜欢的王冕，是伯夷叔齐一类人物，是相当可怜的，此外一般古人的喝酒赋诗，也仅是一种mild hedonism而已。武松、鲁智深所表现的仅是exuberant physical vitality，杀人报仇，大吃酒肉，自己的body感到舒服，但intellect、emotions方面的发展都是很rudimentary的。杜少卿的"慷慨"，杜慎卿的"雅"，还得靠祖上的积蓄，靠自己的wits打天下那就非俗不可。我看中国小说中的nonconformist scholar，他们的ideal不外乎孟尝君的慷慨，伯夷叔齐的清高，和司马相如的风流（or李白式的嗜酒吟诗）。这是被中国传统社会所限制，真正对ideas有兴趣，对自己内心生活极端注意。欧洲式的intellectual hero是绝无仅有的（不知文素臣怎么样）。

你计划写中国近代intellectuals和中国myths两本书，现在看书搜集材料，将来写出来，一定都是惊人的巨著。反正你目前久居美国已不成问题了，将来做研究自己做主，一定有很多的时间。《闻一多全集》我以前翻过，但没有好好看他的学术性文章，Arthur Waley翻译的《九歌》，interpretation我想也是和闻一多相同的。我对于中国旧小说（的）ideas已很多，写一本评介几部小说巨著的书，祇要mood好，写起来也不困难，但不能假定读者已熟读原著，故事也得介绍一下，所以得采用E. Wilson、George Steiner等写法：有几段文章是focus on text详作评解，有几段文章是对人物、结构、思想作较general的批评。这样读者看起来可有趣些。

*National Review*我仍读，但杂志对各问题的看法，我肚里有数，已缺少新鲜之感。Keynes的经济理论我也不大清楚，但FDR的New Deal的经济政策是Keynes式专家所策划的，所以美国社会的变质，Keynes经济学说影响不小。Kennedy上台以后，连*LIFE*的社论

观点已与 *National Review* 差不多，大概有良知的人都觉得Kennedy
这种没有果断，凡事仅求妥协的作风不是办法，应当举国上下好
好振作一番才是。但不知这种new awareness何时可以translate into
policy。Barry Goldwater 近月来prestige很高，但三年后是否能得选
总统，还是大成问题的。Conservative势力虽已渐渐felt，但美国大
报，*N. Y. Times*、*Washington Post* 等都是liberal，左派作风，影响舆
论，势力仍很大。一般大学liberal教授势力仍是鼎盛，所以何日全
国决心反共，振兴企业，削弱工会势力，在外交方面对敌友态度表
示分明，（认）为是很渺茫的事。

　　Carol 忙着准备搬家，下星期 pack 家具书籍仍是我的事，想
想很可怕。预备八月七日左右动身，到 Pittsburgh 后住在学校hotel
内，再找房子。马逢华的回信可能日内写，如没有空，到 Pittsburgh
后再写，请致意。电影看了 *One Eyed Jack*[1]、*The Parent Trap*[2] 两张，
前者摄影很好，都是 Montreal 一带的风景。Brando 演的也是林冲式
的人物，但全片结局不够紧张。你近况一定很好，明夏仍去华大，
甚好。不多写了，即请

　　暑安

弟 志清 上

七月二十五日

1　*One-Eyed Jacks*(《龙虎恩仇》，1961)，西部电影，据查尔斯 •奈德(Charles
　　Neider) 1956年小说 *The Authentic Death of Hendry Jones* 改编，马龙 •白兰度导
　　演，马龙 •白兰度、卡尔 •马尔登主演，派拉蒙影业发行。

2　*The Parent Trap*(《天伦乐》，1961)，据伊利奇 •卡斯特纳(Erich Kästner)小
　　说*Lottie and Lisa*改编，大卫 •斯威夫特(David Swift) 导演，米尔斯(Hayley
　　Mills)、玛琳 •奥哈拉主演，迪斯尼出品。

513. 夏济安致夏志清（1961年7月28日）

志清弟：

前上一信，想已收到。这几天你们想为搬家事忙，我是算在研究，有一桩小事，使我花了些脑筋。*Journal of Asian Studies* 把我的鲁迅稿缩短了寄回来了，信是由 Berkeley 转马逢华（他将有一篇文章，在 Nov. 发表）转给我的，我收到稿子还笑着对马逢华说：我做人是马马虎虎的，随他们怎么简缩，我总是 OK，只要他们给发表就是。但是一看稿子（不连 notes 约 26 页），大为皱眉，假如这是 Mills 所改，想不到她的英文这样坏，而且头脑不清。先把头一段抄给你一看：

Examined in its historical perspective, the attack on Hu Feng & associates like Feng Hsueh-feng in the 1955 purge of China's leftist writers has some intriguing aspects. The evidence indicates that these two men, long intimately involved in communist literary affairs, were in fact being punished for their support of Lu Hsün & for their opposition to Chou Yang in a controversy over slogans within the Chinese league of leftist writers over twenty years before .

她（假定是她）全篇就来替我证明这一点：鲁、周之冲突。我的文章主要是说一个artist，在一个冷酷的政治性的文艺团体中，终究要失望；即使他所追求的理想，最后也要被出卖为止。左联一事不过拿来作例。Mills没有看出。胡风、冯雪峰等等被整肃，原因甚多，现在一改，改成了全是为了"口号之战"获罪。这种历史考证，如何能站得住？

Mills不单是文章不行而已。我的很多有趣的details都给删了 —— 这些在一篇缩短的文章之中，自该删除一些，原在我意料之中，但她常常莫明〔名〕其妙地给我下了些结论；这些结论并不是我的意思 —— 如第一段（即她所认为的全文要旨）；有些结论如无事实作证，似乎也是站不住的。我的两三段流利文章之后，忽然来了一段她的笨拙文章，使我看了很不舒服。而她的笨拙文章中的话又往往并不是我所要说的话。这足见她非但不会作文，而且还不会看书。

她的态度还是pseudo scientific的，总想替我证明些什么；不过她所要证明的，并不是我所要证明的。而且我所列举的facts，加上外面能找到的facts，也不能证明：胡、冯是为二十（年）前旧案而获谴。二十年前旧案只是在1955年又被提出而已，其实照共党看来，胡、冯不但在1935、1936年犯了罪，几乎没有一年没有一天不在犯罪，因为他们的思想，根本是"错误"的。

我想替自己（的）文章重新condense一下，但发觉下笔很难。这里的Franz Michael与 *Journal of Asian Studies* 有仇，他根本不赞成我的文章送去那边发表的，但他认为Roger Hackett还是好人。陈世骧评《袁枚》（Arthur Waley作）一文被他们大为删改，陈亦曾大为生气。但陈世骧的书评似乎未得他本人的同意，就被印出来了。结果剩下的只是赞美Waley的话，大失评者原意。陈因此与 *J. A. S.* 绝交，此事我前信中已提起。我初想我的地位比不上Michael与陈，委曲求全，随便发表一篇文章亦好。但继想，反正我在Berkeley的地位暂时不会动摇，而UW似乎亦很欢迎我，我一时不忙着要发表文章。

文章若立论不稳，对于自己（的）名誉亦许有损。现在决定《鲁迅》一文暂不送出去发表了。

UW方面非常鼓励我出书，Michael、Wilhelm等的意思，是只要我再写一篇文章，三篇凑满一两百页，稿子就可送UW Press印书出版。但是我无此大胆，第三篇写什么东西还没有定，三篇东西如何连贯，也是问题。我的心目中的大书，十年亦未必写得出来。今天想，亦许可以写一本小书：《鲁迅与瞿秋白》，但是这本书要出版，还得补几章：（一）绪论——民国以来的左倾思想；（二）左联的成立与它的政治活动（证明其非为文艺团体）；（三）鲁迅的生活、思想、作品——最有趣的一段当是关于《女吊》、《无常》等；（四）瞿秋白的活动——1925–1935（就是我文章中没有列入的事情）。这四章东西补进去，也许《鲁与瞿》可以成为一本书了。但写完这四章，至少还得花一年时间。至于孙中山、汪精卫、胡适等有趣的人物，只好俟诸异日来研究了。今年暑假亦许写上面的第二章。最近在看上海《字林西报》的星期刊 North China Herald 旧报，非常有趣，只是搬运太重，灰尘太多（似乎从未有人借过），而到处都是distract我的材料，使我不能专心研究。

我的事情大致仍旧。已接受明年暑假在UW的offer。你们何日搬家，甚念。Carol、Joyce想都好。余续谈，专此 敬颂

近安

济安

七月廿八日

514. 夏济安致夏志清（1961 年 8 月 4 日）

志清弟：

来信收到，趁你们在搬家之前，再写一封信。

我的 permanent residence 事，华府当局内定拟已批准，不过手续尚未了，还得经一 congressman 提一 special bill，我还得在华府委任一名律师做我的 attorney，办一切手续。一两星期之内，我亦许要飞 Berkeley 一次，看看有什么手续我在那边可办的。华府是不去了，太远了，去了亦没有什么用。剩下的，还有向台大辞职之事。国民政府仍旧可以向 U. S. government 提出抗议的，美国可以不理，但是这（样）一来，将弄得大家都很窘。所以对付台湾还得很小心 —— 现在的新的发展我除告诉马逢华外尚未告诉别人。非到一切都敲定着实，我是绝不敢"骨头轻"的。如一切都顺利，我只有感谢上帝，因为此事经过能到这一步，有许多许多事情，都不是我的力量所能办到，而且有些我都不敢乐观地幻想的。对于台湾，我们当然还是尽可能地支持老蒋。对于台湾，我最大的不满意，你亦知道，是社会心理之消沉；我无力能挽天，只有暂时 withdraw 一法。否则只有跟大家一起消沉下去也。

台湾现有人才，我最佩服的是胡秋原。此人我在台湾见过几次，但从未长谈（我见生人还是很 shy 的），现在看他的东西，越看越佩服。他主要的思想，是要重振儒家刚健之风，但对于梁漱溟、钱穆等复古派还是批判的。An ex-Marxist，他已完全抛弃马克思主义，这一点亦是难能可贵的。我和他思想很多不同：如我近道家，思想亦较悲观，但看他的东西，仍觉有鼓舞之功，足见其文章之魔力也。他再三地强调要认识大陆沦陷之原因，这种面对现实的精神，是真儒家，而蒋介石、胡适是缺乏这种精神的。他的著作很多，有两大本《中国古代文化与中国知识分子》(香港亚洲出版社，讲到汉朝之末，汉以后的，他应该亦写完了)，我很希望你能一看。很少人对于中国史有如此之 grasp——对小地方考证亦颇有功夫，而其 interpretation 实意味无穷，看得可以叫人不忍释卷。你的态度和我的态度，都或多或少地对于儒家有同情。但是我们对于儒家精神都很难发挥——实在还是对于旧学问的研究不够。看了他的书，即使不能接受他结论的全体，或即使对于他的分析，有些地方亦不满意，但我们自己的思想可以受他启发之处很多很多。他的书实是 thought provoking，因为他的介绍儒家思想与精神，是对我们这种 intelligent 而受过西洋思想训练的近代中国人而发的。他尊敬我们，我们亦非尊敬他不可。他是儒家的最好的廿世纪的代表。康有为是 19 世纪的怪物，林语堂称为 the last Confucian 的辜鸿铭亦是大怪物。梁漱溟、钱穆等不懂西洋学问，冯友兰的"新理学"大部分是 word-game，我未见其深刻与 conviction。我亦许就开始写胡秋原亦说不定。此人从 Marxism 到 Confucianism，亦可说是妖魔修炼成道，但他的大道是否真能修成，还得看儒家之究竟能否复活也。

关于左联事，我所知道的许多散漫之事，很难联串成文。有三点，我的知识很不够，如够了，写文章亦许容易得多：(一)共党内部不断的斗争（Mills 的错误是咬定周扬自始至终就很重要，但是 1932 年分明是冯雪峰指导整个左翼文化活动，丁玲是左联书记。周扬的起来，是饶有兴趣的问题。里面的斗争，该还牵连着李立三、瞿秋白、王明、毛泽东）。(二)日本的左翼——左联里面有多少留日学生，从成仿吾、李初梨到周扬、胡风（胡风和日本左翼的来往一定是很密切的。去年日本反 Ike 大暴动，他们的 "全学连"zengakuren 据说是托派团体，其间因果很难猜测，亦许在30's时，日本左翼内部的托派力量很大，而胡风是受其影响的)！且不说鲁老头子。（三）苏联文坛的纠纷；RAPP 解散前后，他们自己窝里亦曾大闹一阵，我只看过 Ernest Simmons 编的 *Through the Glass of Soviet Literature*，当然很不够，还有整个左派理论指导问题，如 Plekhanov 等的地位。胡风常 quote 的 "卢卡契"（匈牙利人，*Partisan Review* 可能介绍过），已被共产国际 brand 为 "修正主义"（周扬去年曾大骂他）。他们这套东西，我如弄不出个头绪，讲左派理论，总没有力量。但这套东西把人脑筋搞昏，亦不容易弄清楚的。谁能替我写一篇《左派文艺理论指掌图》，我的工作可以容易得多，否则我自己得看好多无聊的东西。鲁迅译的《艺术论》之类，我就没有看过，而且不想看。

如能写一篇关于胡秋原的长文，再加一篇总论左派活动的文章，这么四篇东西合在一起，你看像不像是一本书了？当然已写成的两篇中，还得加以补充。先写胡秋原，因为这比较容易；明年再写左派，你看如何？

你对于旧小说，就是这么看看，一定可以写出一本很有精彩意见的书来。你的头一本书之所以吃力，我相信大部分时间是花在穿针引线的几章上。那几章真不容易写，各时代的背景，与文坛情形非得看很多书，不能下笔。假如专叫你来评几本书，评几个作家，对你亦许要省力得多。如重庆一段，关于胡风、毛泽东之斗争，极为重要，但是很少人注意到。整个所谓抗战文学之空虚，亦很难提纲撷〔挈〕领地写。这些 research 都是亏你做的。现在你写旧小说，可以少管那些背景，可以不理那些次要的作品，择其精华而攻之，书写出来就省事。而且参考书亦不难找。拢〔笼〕统地讲一个朝代，如明朝，或清初，亦不需要很多的 research 的。

你对于《水浒传》的意见，我很有同感。金圣叹之斩断到七十回为止，实为明鉴；照作者的 scheme，实无法往下写了（又，金圣叹 as literary critic，将是个很有趣的题目，希望你注意）。你对于吴用等的意见，如参看胡秋原的论中国知识分子，亦又得到不少参证启悟的地方。《儒林外史》，我是看不下去的，觉得文章太坏。《金瓶梅》亦然。中国旧小说中所谓的 realism 是很可怜的。《儿女英雄传》的北平话，漂亮之至，而内容空虚。我希望你能一读《海上花列传》，是书实有苦心孤诣之处。清末及民国的章回小说，颇有佳作，超过《儒林外史》和《金瓶梅》者，可惜不受人注意，惜哉。共产党近年亦有模仿章回小说之作，没有看过。

　　电影看过一部 *Fanny*[1]，很轻松，Leslie Caron 很美。题材相当脏，处理得如此轻松，颇为不易。最近一星期五天，都在 students union 吃饭，吃的是 cafeteria 式西餐，淀粉大为减少，吃饭习惯已改。马逢华是生活很守规律、读书非常用功之人，我的心比较"野"，老想东逛西逛的，现在受了他的影响，生活亦较有规律。他说他在 Michigan 读书时，曾在 students union 吃过几年无聊的饭，已习以为常。他在 UW 三年聘约，目前尚是 assistant professor，非好好苦干，在美国学术界还难占一席（之）地。他现在声望已很大，照他这样下去，必能成第一流人才。他这种精神，很像美国人；我是总有点中国大少爷作风的。再谈　祝

　　一路保重

Carol 和 Joyce 前均此

济安

八月四日

1　*Fanny*（《春光花月夜》，1961），彩色剧，约书亚·罗根导演，莱斯利·卡伦、莫里斯·希佛莱主演，华纳影业发行。

515. 夏志清致夏济安（1961 年 8 月 10 日）

济安哥：

七月 28（日）、八月四日两信已看到。知道你争取 permanent residence 事，已得华府当局拟定批准，甚慰。想你委任一名律师在华府代你办手续，special bill 的通过当然不成问题。你已找到胡秋原作你书一章的题材，甚好。他和鲁迅、瞿秋白正是三个 contrasting types，把他的思想进展写来一定很有趣，而且可纠正 Levenson、Schwartz[1] 等关于中国现代 intellectuals 认识的错误处。 在 H. Mills defend 论文时，蒋彝曾提到他和胡秋原在 early 1930's 时是朋友而肯定胡不是共产党。究竟他有没有一度加入共产党，此事你可直接写信向胡问一问。此外黎烈文诸人你也不妨通通信，讨教他们所知关于左联的内幕。周扬早期做些什么事，他们一定知道（得）很清楚的。胡秋原的书我都没有看过，经你介绍，应好好地读他的作品。

我们昨日下午二时动身，上午家具、书籍由 North American Van Lines 搬了先走。当晚停在 Ithaca，Cornell 的校园极美，我们粗略看了一下，不知比 Indiana 的怎么样。据我所看过的，实在比

1　Schwartz（Benjamin I. Schwartz，史华慈，1916–1999），美国汉学家，哈佛大学博士，1983–1984 年主持费正清中国研究中心，代表作有《寻求富强》(In Search of Wealth and Power: Yen Fu and the West)、《古代中国思想世界》(The World of Thought in Ancient China) 等。

Princeton、Stanford、UC、Berkeley 的更美。可惜入冬下雪太厚，
开车的人叫苦。今天下午七时抵 Pittsburgh，现在宿在 Bruce Hall，
是学校招待客人的旅馆，我们住在九层楼，一个 suite，有两个
bedrooms，dining room，kitchenette，很宽畅〔敞〕。明日整天找房
子，Carol 看报已看到几个 promising apts，大该〔概〕找房子不困难。
今夏我又在 State U. Reserch Foundation 领了 750 元，Pittsburgh 答应
reimburse 搬家费 200 元，所以这次搬家并无损失。一两日内找到房
子后再写信。

看 Pittsburgh 报，纽约所上演的电影此地都在上演，如 *Two
Women*[2]、*La Vita Dolce*[3]、*Guns of Navarone*[4]，要看电影则很可看几
场。离 Potsdam 前，看了 *On the Double*[5]，Danny Kaye 因片子恶劣，
似不够滑稽。马逢华前代问好，隔两天写信给他。我哥仑比亚的演
讲已定于十一月一日，事前有 lunch，事后有 reception，相当郑重，
非得好好写一篇演讲稿不可。

你文章被 Mills 改削得不成样子，很令人好笑。你暂时不发表是
很对的。我的那篇 "Love & Compassion" 也被 *Asian Journal* 退回了，
这篇文章是批评性质，对该 journal 是不适合的。给 *Partisan Review*
等发表，我觉得太短，非把文章 expand 不过。*Harvard Journal of
Asian〔Asiatic〕Studies* 我从未看过，不知编辑方针如何，所以我文章
也没有去动它。台湾英文杂志已出版否？如第一期内容还可以，我
可把那篇短文先在那里发表了，也无所谓？你觉得如何。

---

2   *Two Women*（《战地两女性》，1960），意大利电影，维托里奥·德·西卡导演，
    索菲亚·罗兰、贝尔蒙多（Jean-Paul Belmondo）主演，Titanus Distribuzione 发行。

3   或为 *La Dolce Vita*（《露滴牡丹开》，1960），意大利电影，费里尼导演，马塞罗·
    马斯托依安尼（Marcello Mastroianni）、安妮塔·艾克伯格（Anita Ekberg）主演，
    Cineriz 发行。

4   *Guns of Navarone*（《六壮士》，1961），史诗电影，李·汤普森导演，平克、大卫·
    尼文主演，哥伦比亚影业发行。

5   *On the Double*（《千面福星》，1961），沙维尔森（Melville Shavelson）导演，丹尼·
    凯耶、达娜·温特主演，派拉蒙影业发行。

搬家乱了一阵，终〔总〕得过七八天才可把房子布置舒齐，不多
写了，专颂

近安

弟 志清 上
八月十日

如有要紧事，信可寄 Chinese Language & Area Center, U. of P.,
Pittsburgh 13, pa.

516. 夏志清致夏济安（1961 年 8 月 25 日）

济安哥：

　　搬进了一幢apartment house已十天，还没有给你信，累你挂念。前天晚上曾给马逢华一封信，想你已略知我们的近况。我们现住的apt（5826 Fifth Ave. Apt 19. Pittsburgh 32, Pa），处在较洁净的住宅区，到学校去，走路要半小时，乘电车则很方便。附近有小学，Joyce已在那里注册入幼稚园，apt houses两排，四五岁的孩子不少，Joyce上学课后淘伴比在Potsdam时多。Space较Potsdam寓所小，但墙壁新漆，地板光洁，125元月租，住下来还舒服，也没有车马之闹。这次搬家，我装了26 cartons书，已把许多暂时用不到的书，装了六cartons，不去动它，再搬家也方便。U. of Pittsburgh所有liberal arts的offices、教室、图书馆，都在40层楼的Cathedral of Learning上，我的office在十六层楼，望窗外即是pirates的ball park，可惜ball games都是晚上比赛，日间看不到什么。同楼都是教modern languages，法、意、德、俄加上我和朱文长[1]两个教中

1　朱文长（Wen-djang Chu，1914–1997），祖籍浙江浦江，出生于北京，著名教育家朱经农之公子。曾就读于山东齐鲁大学、北京大学，1955年获华盛顿大学博士学位，长期任教于匹兹堡大学东亚系，代表作有《中国西北的回族叛乱，1862–1878》（*The Moslem Rebellion in Northwest China, 1862–1878: A Study of Government Minority Policy*，1966）等。

文的。最近假期，offices 很少有人办公，想来 faculty 是不算太用功
的。我有一个女书记，十八岁高中毕业，她一半时间是给 Romance
languages 派用场，一半时间归我。我 official letters 一向自己打字，
叫我出口打〔成〕章 dictate，还相当 nervous，上星期有两三封信，
还是自己打字寄出。但正式开学后，非训练自己能 dictate 不可。朱
文长也已到，他是华大历史系的 Ph.D.，在 Yale Institute 教了五年中
文，这次来很想长住下去。匹大中文系学生少，他一个人主持也绰
然有余了。他人看来很好，也会讲上海话，和陈文星等很友善，我
和他做做朋友，也可减少寂寞之感。匹大的 Chinese Center 一半钱
是政府出的。每年得写报告，请下年度的经费。我虽非 director of
Chinese Center，但柳无忌走后，此职暂时空着，那些报告之类，将
来大约是我起稿，在匹大教书花不了多少准备时间，希望那些行政
工作不要都压到我头上来。我教三课：Readings in Cont. Chinese Lit.
（即用柳李 Yale 课本），预注册的有三人，Newspaper Chinese 注册者
一人，文学史无人注册。正式注册时可能有几个学生选这门课，但
学生一定不多。朱文长三课，仅有三人注册。一般讲来，美国人对
中国兴趣很浓，近年来各种书也出版了不少，但大半新书，不到一
两年即 remainder 了，一般人对中国文化兴趣实在并不高。

搬场前后，我重读了《三国演义》，觉得叙事 competent，故事
结构完整，但读后并没有什么新见解。觉得该书处理最 subtle 的是
loyalty 的问题。每个人都有上司下属：曹操对献帝虽然虐待，但一
般忠于曹操的谋士武将人格都很完整，作者对他们没有恶意批评，
虽然也有两三个 disillusioned 而被赐死的。书中的大冲突当然是刘备
忠于友谊，不顾国家那一段兴兵伐吴的故事。（孙夫人被骗回吴，后
来刘备失利后自杀，她这段故事可和 Helen of Troy 的故事相比，但
在中国，她的 abduction 当然不能成为战争的导火线。）我哥仑比亚
那篇演讲，决定讲《三言》tradition 和短篇小说，讲起来容易讨好，几
部长篇性质各各不同，很难把它们概划龙〔笼〕统讨论一下。若专讲

一部小说，似乎题材太狭，不合演讲的宗旨。离Potsdam前我也看了《老残游记》，很感兴趣，觉得刘铁云为人很可爱，不似吴敬梓那样地古板而胸襟狭小。Technique方面也自有独到处，小说的形式受了西洋的影响，似乎也放宽了。

Smith College邀我去演讲（明年正月），同时请Creel、Arthur & May Wright、James Cahill[2]等，他们都是有大名的专家，我和他们比，地位既不如，学问也不够，不知什么人出的主意，叫我去讲中国文学。但既有这个好机会，也可好好预备一篇稿子，impress他们一下。

你改身份手续办得如何了，甚念。华大暑期学校想已结束，但想你正在忙着写文章，一定仍旧在Seattle。胡秋原那篇文章，写起来一定很顺手。Pittsburgh好电影很多，但懒得走动，祇和Carol、Joyce看了一张sneak review，Audrey Hepburn，*Breakfast at Tiffany's*[3]。看小说时，觉得Monroe演Holly最合适；由Hepburn演，comedy成分减少，而片子也不见得出色。Pittsburgh气候很好，我初到时每晚上馆子，现在晚上仍在家中吃，唯午饭在学校或附近小馆子吃，饭后向书店走走，也很散心。Joyce、Carol皆好，不多写了，专颂

近安

弟 志清 上

八月25日

2　James Cahill（高居翰，1926–2014），艺术史家，加州大学教授，代表作有《中国绘画》（*Chinese Painting*）、《隔江山色》（*Hills Beyond a River: Chinese Painting of the Yuan Dynasty, 1279–1368*）、《江岸送别》（*Parting at the Shore: Chinese Painting of the Early and Middle Ming Dynasty, 1368–1580*）、《远山》（*The Distant Mountains: Chinese Painting of the Late Ming Dynasty, 1570–1644*）。

3　*Breakfast at Tiffany's*（《蒂凡尼早餐》，1961），浪漫喜剧，据杜鲁门·卡伯特1958年同名小说改编，布莱克·爱德华兹（Blake Edwards）导演，赫本、乔治·佩帕德（George Peppard）主演，派拉蒙影业发行。

517. 夏济安致夏志清（1961 年 8 月 29 日）

志清弟：

两信均已收到，知道你们已安抵匹茨堡，找到合适的公寓，甚慰。我在暑假没有赶写文章，所以生活不算紧张，现在还在继续搜集材料中。文章到Berkeley去再写，像去年一样，今冬明春再来此讨论。

胡秋原留到明年再写。他的一本《少作收残集》，收他早年作品，台湾出版的，此间图书馆所无，order来不及，索性等明年，多看些东西之后，再好好地写。

关于胡秋原可写者为：一、一个左派人思想的变迁；二、文艺自由论战与左联之不承认文艺自由；三、上海当时各派左派与他们所受的打击，终于Stalin派独尊；四、社会民主党与十九路军一·二八抗日。

今年想写的是左联的成立，李立三路线，与柔石、胡也频、蒋光慈等人之死。蒋光慈死得很惨，被共党开除党籍，不久患肠T.B.而死。蒋光慈的那些低级作品，非向全美国图书馆借阅不可。他的东西虽然不行，有一个时候倒是有疯魔作用的。鲁迅很瞧不起他——即使在左联成立以后。他总算是对共党有些功劳的，结果被开除，其间经过详情，我还不大知道。他的死是在柔石等后几个月，我虽然关于蒋光慈的事情知道不多，但如和柔石等做在一起，写篇合传，材料勉强亦可够用。这样一篇文章算是cover左联早期的活动。

蒋光慈被共党开除后，但他仍得躲避国民党的追捕，情形很惨。他无疑是政治——与他自己革命热情——的牺牲者。柔石等无疑亦是牺牲品。你当然知道和柔石一起被捕枪杀的有二十余人，这二十余人是谁，我无论如何查不出。《社会新闻》有个理论，说：一九三〇年十一月（日期有问题），反李立三兼反陈绍禹的何孟雄（上海工会领袖）在老东方旅馆召开苏区代表大会（那些代表等已选出），用意是反对中共四中全会（一九三一年一月八日召开）（决定陈派的优势的），被干部派（陈派）告密而全体被捕，何孟雄如何被捕？何日被捕？这些是中共资料中所不载的，盖中共党史认何孟雄（和他同派的是罗章龙）是叛徒也。假如柔石等和何孟雄是一起被捕的，其中便大有问题。假国民党之手以制造烈士并消灭异己，此固共党所优为者也。柔石是鲁迅的得意门生，从此以后，鲁迅后退的路亦给切断了。

最近曾去Berkeley一游，借来波多野乾一[1]的《中国共产党史》（1920–1937）共七大卷，材料很丰富（英文中尚无此类书籍），远胜Brandt、Schwartz、Fairbank的 *Documentary History*。但关于中共内部，所泄露的事情还是不多。

有一本杨家骆[2]编的《中国图书年鉴》（一九三四年？）你书的bibliography中未列入。该书内容甚丰富，可以一翻。许多小作家的作品都收进去了（当然还不全，有些禁书亦列入，但有些禁书恐未列入），好处是许多书目下还有说明，那些说明写得还很精彩，如关于《两地书》，有几百字批评鲁迅的个性，是篇好文章。

---

1 波多野乾一（1890–1963），日本新闻记者、汉学家，代表作有《中国国民党通史》、《中国共产党史》（合著）、《京剧两百年历史》。

2 杨家骆（1912–1999），江苏南京人，目录学学者，曾编纂《国史通纂》、《中国图书年鉴》等。

瞿秋白在狱中有封信给郭沫若的，据说一九三五年底曾发表于 *New York Herald Tribune*，我尚无功〔工〕夫去翻查。

最近 Mark Schorer 在 *N. Y. Times Book Review* 中讲他写 Sinclair Lewis 传的经过，其用功之勤，实令人佩服。洋人写传记，工夫主要是花在实地调查上。这种精神我很缺乏。在台湾，知道鲁迅很详细的，有台静农，我和他很熟，但他是讳莫如深的，黎烈文亦然。胡秋原之外，尚有杜衡——见过几次，其人谨慎得可怕。孟十还亦在台，没有见过，大家已不知道有这么一个人。假如美国人去请教他们，他们也许还肯谈谈，中国人和中国人之间，大家反而互相戒备。台先生我和他很熟，为他安全计，我亦不便向他请教。许季茀〔苃〕（寿裳）[3] 为什么死的，至今尚是疑案。他的儿子许世瑛（鲁迅曾开了一个书目——皆国学书，给他启蒙）现为台大教授。

郑学稼该知道一些，但他的文章似乎缺少学术价值。香港友联那一帮人，收集中共材料颇勤，但对 1949（年）以前的事情，知道得很少。他们只为研究中共而写中共，缺乏历史的眼光与训练也。

我假如再写一篇《柔石与蒋光慈》，一篇《胡秋原》，对于左联活动，大致讲了一些，连前写两篇，一本书的大体规模亦许具备了。台湾和香港反共的人很多，但很少人能从历史方面来真正揭发共党的罪恶，与文人卖身投靠的痛苦的。

我的移民事，在美国方面，大约没有什么问题。向台大辞职的信很难写，最近总算写了一封。我的脸皮嫩，心肠软，做不出杀辣的事来。即使能留在美国，心中对台大，甚为歉然。

匹茨堡大学的学生程度不知如何？加大与华大的洋人学生中，颇有些优秀人材〔才〕，跟他们谈话，是很有趣的。我很希望你能

---

3 许寿裳（1883–1948），字季茀，号上遂，浙江绍兴人，学者、作家，1937 年与周作人一起编撰《鲁迅年谱》，1946 年赴台湾主持台湾省编译馆，后转任台湾大学教授。代表作有《章炳麟传》、《亡友鲁迅印象记》、《我所认识的鲁迅》、《传记研究》等。

和他们认识。华大的中文系办得早，毕业生在美国各校执教鞭的很多。洋人学生不论如何聪明，如何用功，或者能讲流利的中文，我看他们看中文书总是很吃力。学校注意研究，钻牛角尖，他们即使学有专长，但对于中国文化的常识，还是不够。他们研究的成绩愈好，即愈没有功〔工〕夫再去管常识方面的事。他们成了教授以后，内容实尚空虚。我们所能做的，只是使他们知道中国文字之难，中国文化之博大，免得他们骄傲自满。我希望你能鼓励你的学生试写中文作文，有许多字和词，不是自己写过，总是很难熟练的。

你去哥大讲奇观体小说，题目选得很好。演讲不是写文章，对于考证方面，可以不必十分注重。演讲中不妨捧捧李田意的场，他虽没有什么见解，但他既然下了这么多功夫（何况李田意背后，尚有胡适等人），亦该给他些recognition。他认你做"同派"的人，你暂时卖〔买〕他一下帐〔账〕，与〔于〕你是无损有益的。这点起码politics，你该开始注意了。去Smith College，不妨总论中国小说——长篇短篇、文言白话都应列入；看他们的人选，大约是预备一人讲一个大题目的，这种大题目只要文章做得漂亮，话是有说不完的话。

你对《三国》的看法，认"伐东吴"是一大关键，是很精彩的看法。"伐东吴"亦是诸葛亮悲剧的开始，从此以后，诸葛亮就难有大作为了，而诸葛亮的grand strategy（隆中对）终于不为刘备所接受。更有趣的是这悲剧的造成者，乃被后人奉为神圣的关老爷。刘备有何等忍耐精神，有多么圆熟的tact，且有何等野心，但皆为"雪弟恨"而付诸流水。刘备之终于不能成大事，其原因乃对异姓弟兄的loyalty。后世对他的同情，固并不是全因为他姓刘而已。吴三桂的"冲冠一怒为红颜"为后世所笑，但刘备的悲愤，中国人是能了解的。"雪弟恨"的前面，有"关公困曹营"，有此一节，乃见刘备之非伐东吴不可；而曹操之爱才若渴，亦是其可爱处。《三国》一书的要旨，盖是天下可失，而忠义不可失也。

你的书我曾送 Michael 一本，Taylor 看见了，问我要，我亦送他一本。他们皆为行政之事忙碌，未必真能看。此间有俄国史教授 Donald Treadgold 者，乃 Rhodes Scholar，在牛津得的 Ph.D.，英文出口成章，曾与我交换，去台湾半年。他是决心反共之人，最反对 Issac Deutscher[4]等人。他在自修中文，有个研究生 Paul Thompson[5]，教了他一篇陈独秀，一篇李大钊，我后来推荐了一篇胡秋原。他自动买了一本你的书（叫我签名，等着你的签名），正在仔细阅读中，他说愈看愈佩服你的 insight。总算是你的知己。他现为 *Slavic Review* 的 managing editor，他说已托人（不知是谁）在写 review。

Treadgold 这种人，精力真充沛，还有劲学中文。我是想温习德文，好好地学日文（日文讲中国问题的书，虽不知其全文，亦可猜得其大意百分之五十以上），都没有开始。看波多野乾一之书，日人对中国问题真是处心积虑地研究。'30 年左右，《字林西报》、《密勒氏评论报》对于中共研究的材料极少，英美人恐还是蒙在鼓里，对中国许多问题是全不了解的。而日人在同时期的《上海日报》（日文）、《上海周报》，以及北方的《满铁（尚满铁道）日报》、《满铁支那月志》等所刊有些关于中共的材料，是很可珍贵的。将来如能在美国站定脚头〔跟〕，学一两年日文，再去日本研究一年，可以搜集到许多有趣的材料。

看电影 *La Dolce Vita*，丑恶的人生，极美的镜头，是张了不起的片子。

4　应为 Isaac Deutscher（艾萨克·多伊彻，1907–1967），生于荷兰，后迁居英国，传记作家、评论家，代表作有《斯大林传》（*Stalin: A Political Biography*）、"先知三部曲"（*The Prophet Armed: Trotsky, 1879–1921*、*The Prophet Unarmed: Trotsky, 1921–1929*、*The Prophet Outcast: Trotsky, 1929–1940*）。

5　Paul Thompson（谭朴森，1931–2007），出生于中国河北的一个传教士家庭，1945 年随父母回到北爱尔兰，之后独自游历欧美、亚洲学习和工作。1959 年进入西雅图华盛顿大学，先后获得硕士和博士学位，毕业后曾任教于威斯康星大学。1970 年转至伦敦大学亚非学院，1996 年退休。代表作有《慎子逸文》（*The Shen Tzu Fragments*，1979）。

附上照片一张，是在Berkeley照的。马逢华的哥哥马逢周到Hawaii去开远东科学会议（他在台湾农村复兴会做事，是学农的），先来Seattle，我们办〔伴〕他去Berkeley。我在那边没有办多少事情，只是和陈世骧商量如何向台大辞职。

我现住之屋的房东月底要回来了，我也许搬到男生宿舍去住两个礼拜。九月地址暂定由华大C/O Far Eastern Institution转。十五日返加州。

谢谢Carol和Joyce所送的生日卡，她们想都好。别的再谈，专此 敬颂

近安

济安

八月廿九日

你在匹大可以做一件事：多研究香港、日本（有家叫"大安"的，专办中文书）与海外的书目，好好地替匹大图书馆多买些中文书。

518. 夏志清致夏济安（1961 年 9 月 10 日）

济安哥：

　　希望这封信能在你离开Seattle前看到。八月29日信早已收到，知道你已向台大辞职，并改换身份，在美国长久居住已不成问题，甚慰。你决定再写一篇《柔石与蒋光慈》，详尽报道左联早期活动和共党文人自相排挤告密出卖的情形，是再好没有的事。而且这种工作只有你能胜任，你有耐心和兴趣看旧报，把零星的消息和谣言重新整理起来，普通学者不够alert，记忆也不好，是做不好的。关于何孟雄被捕的事，我以前一点也不知道，你如能找到clue，把他的被捕和柔石等的被捕归纳成共党消灭异己的一桩大事，在学术界的功劳就很不小。蒋光慈的书我祇看过三部，《鸭绿江上》、《少年漂泊者》和《冲出云围》，其他的书哥仑比亚没有。他被开除党籍，祇Snow书上提了一句，中共出的《蒋光慈选集》一字也没有提到，倒讲了不少他恋爱生病的事。我书上把毛泽东得权以前那一段共党领导人物互相冲突争权的事，一字也不敢提，实在知道得太少，不敢瞎写。你能把这一段故事写出，我就是第一个fascinated的读者。

　　柳无忌在Pitt时买了好几部大书（二十五史之类），但英文书和杂志之类，却没有订购，所以有许多书我在Potsdam已order的，这里反而没有。最近自己买了一本Birch的《古今小说》，他选译了《蒋兴哥》，我很grateful，因为这篇话本实在可算是最深刻动人的一篇

（虽然我"三部"还没有全部看到）。我想在lecture里多讨论一下，有了Birch的译文，我自己不必再动脑筋了，我今天打了十页，祇好算是preliminary discussion，未入正文，关于说话〔书〕人处理爱情方面的种种，尚未提到，祇好先写三四十页，将来再condense。Birch对那个牙婆仍作一贯传统的看法，其实那牙婆的确可算是三巧儿的朋友，可爱处是三巧对蒋兴哥、陈大郎两人都是真心爱的，他（们）两人也真心爱她，这种情形，中国小说，无论长篇短篇，是绝少写到的。中国少女，因为没有courtship的规矩，对于爱慕她的男子如何处置，她自己也不知道：读过书的大家闺秀，受了诗词的熏陶，往往一见钟情，把自己（的）身体交给那位男人；商界妇女则都得经过三姑六婆循循劝导这一个步骤。普通人对中国男女相见以后，过些时候就要上床，相当恶感。我对这种恋爱法相当能同情，对那些莺莺以下的女子很表同情。我《拍案惊奇》初刻二刻也看了些，凌蒙初的contribution可能是爱情描写比较露骨，有脱离"云雨"、"鱼水"那一套clichés的倾向。可惜台湾、中共都是很puritanical的，世界书局的本子把色情部分都删去（据说李田意校订的本子，色情部分也被删去了）。中共北大编的文学史也把他的色情描写大骂。其实"云雨"之类的clichés不是apologetic就带着一些derogatory的意思，和小说家要表达的男女相欢快乐的情形，恰是相反的，读来终是很不顺也。

我把《十日谈》大部看完了，初看很有趣，但多看了，因为故事性质相同，就不免沉闷，所以跳去了二十只。Waley为 *Four Cautionary Tales* 写序，说中国话本和《十日谈》相比起来，《十日谈》的写作方法是很crude的。Boccaccio故事写得很简洁，很主〔注〕重unity，所引的moral也和故事的本身示意相同，没有像话本作家那样老用clichés代替描写，所引的moral往往和故事不接头的情形。所以专凭叙事方法而言，Boccaccio要比中国作家高明得多。Boccaccio几乎专讲恋爱，和尚尼姑出场也很多，但他们的罪恶仅是

hypocrisy 而已，不像中国话本上和尚尼姑犯奸淫后都要处极刑的。Auerbach[1] 有一部书叫 *Mimesis*，不知你见过否？此人学问渊博，把欧洲文学处理现实方法，从荷马一直到近代作家都备专章讨论；中世纪几章，讨论的东西很多，可惜我原著都没有读过。此书好好一读，对中国旧小说叙事方法的优劣处，都可了若指掌了。

我这学期祇有学生两人，教一门 Reading in Cont. Chinese Literature，根本不要〔必〕准备。柳无忌开一门文学史，据他说学生有十几个，不知怎样〔么〕今年学生一个也没有了（可能他教得不好，把学生的兴趣打断了）。有一位好学生转学到 Stanford 去，所以 Newspaper Chinese 也开不成。朱文长初级中文有九人（Carol 也每天到学校去学中文），intermediate 中文一人。这学年我好像是 on sabbatical leave，可以多读书，多写文章，把暑期中的 notes 整理起来，写成初稿。office 的安排很不好，中间书记的办公室，太吵闹，office 房门是玻璃的，声音也隔不住，所以倒是晚上做正经事（的）时候多，日间做不开什么事情来。英文系请到 L. C. Knights[2]（他是 Bristol 的教授），我已见到，此人衣着 tweedy，相貌瘦瘦的，是一贯英国 Don 的作风。有空可和他多谈谈。他开一门莎士比亚 graduate seminar，可能去旁听，但匹大学生程度不好，seminar 可能是很沉闷的。

Sat. Review 有一篇我的书的 review（August 26），想你也见到。此人自己外行，倒很谦虚，不发表意见，抄录了不少书的原文。在图书馆，看到几期 *Chinese Literature*，借知去年中共文学界开会的情形。几篇演说，仍是老套，周扬的那篇演说上的确把胡风、卢卡契

1　Auerbach（Erich Auerbach，奥尔巴赫，1892–1957），语文学者、比较文学学者，代表作有《模仿论》（*Mimesis: The Representation of Reality in Western Literature*）、《但丁论》（*Dante: Poet of the Secular World*）等。

2　L. C. Knights（奈茨，1906–1997），英国文学评论家，莎士比亚权威，1965 年成为剑桥大学教授，代表作有《麦克白夫人有几个孩子？》（*How Many Children Had Lady Macbeth?*）、《莎士比亚：历史剧》（*Shakespeare: The Histories*）。

的名字连在一起了。*Kenyon Review* 前两三期有一篇关于 Lukacs 的文章，是 G. Steiner 写的，我还没有看过，你可以去参看。

住在匹城，生活还是和在 Potsdam 差不多，加上没有上讲堂 lecture 的乐趣和学生们的来往，生活似更寂寞些。看了两张电影，*The Honeymon Machine*[3] 很滑稽，其中 Brigid Bazlen[4] 美艳绝伦，值得你注意。另外一张是 *Guns of Navarone*，前半部较好，后半部把德国人刻画得笨拙非凡，似不大通。这星期预备去看 *Dolce Vita*。

李田意关于《三言》写过两篇文章，一篇在《清华学报》上我已看到，另一篇他答应送我，但不一定就会送，你问 Cyril Birch，想他是一定知道那篇文章载在哪种刊物上。我 order 了《三言》，还没有收到，所以许多故事还没有读到。逢华前代问候，即祝

旅安

弟 志清 上
九月十日

〔又及〕照片谢谢。附上父亲信一封。

---

3 应为 *The Honeymoon Machine*（《威尼斯赌王》，1961），理查德·托普导演，史蒂夫·麦奎因（Steve McQueen）、布利吉德·巴兹伦（Brigid Bazlen）主演，米高梅发行。

4 Brigid Bazlen（布利吉德·巴兹伦，1944–1989），美国女演员，代表作有《威尼斯赌王》、《万王之王》（*King of Kings*，1961）、《平西志》（*How the West Was Won*，1962）。

519. 夏济安致夏志清（1961 年 9 月 25 日）

志清弟：

　　离开西雅图前接到来信，并父亲的信，知一切平安，甚慰。
我寄给建一的礼物：书两本，想已收到。去买这两本书的时候，在
书店翻翻，看见 Birch 的 *Chinese Myths & Fantasies*（版权归 Oxford
United Press 所有，忘了何家书店所出），从盘古氏开天辟地讲起；
还有一本 Carpenter [1] 的 *Chinese Grandmothers' Tales*，里面也是些我
们所熟悉的故事（该书插图为洋人所作，然甚为 authentic）。这两本
书应该是很有趣的，但怕 Joyce 看不懂，没有买。美国弄 children's
literature 听说亦是一项好生意，写 *Five Chinese Brothers* [2] 的恐怕已发
了财了。其实中国还有一个故事，可以编成很好的儿童故事：《济公
传》。《济公传》到底有多少种本子，我亦不知道，只是就我小时所见
的，大约有几十集，和《彭公案》一样的无休无歇。其中有一集，我
还记得：济公要去破一座强盗山，照他（的）法力，强盗王怕不手到

1　Carpenter（Frances Carpenter，卡朋特，1890–1972），美国摄影家、作家、代表
　　作有《南方美国故事集》（*South American Wonder Tales*）、《中国故事集》（*Tales of a
　　Chinese Grandmother: 30 Traditional Tales from China*）、《韩国故事集》（*Tales of a
　　Korean Grandmother: 32 Traditional Tales from Korea*）。
2　*Five Chinese Brothers*（《五个中国兄弟》），作者是毕肖普（Claire Huchet Bishop，
　　1899–1993），1938年初版。

擒来。但是他游戏人间，先用定身法（"点穴"？）定住一个小强盗，把他关在山洞里；自己冒充小强盗（摇身一变变成的），去骗大强盗。本来很笨的那个小强盗，忽然变得十分聪明伶俐，但强盗们也没有注意。好几十回书以后，强盗山才破掉，其间济公作弄人已不知若干次了。济公的故事大约曾经亦像Buck Rogers、Steve Canyon那样无穷尽地发展。考其渊源，很是难事，但采其精华，重加编写，还是可以写得极有趣的。中国人的想象中，惯会胡闹的除孙行者外，要算是济公活佛了。如《花轿娶和尚》的情节，很像猪八戒招亲，与《水浒》鲁智深大打小霸王周通一节。

《济公传》对于中国小孩子所以有吸引力的原因之一，是济公的脏。中国小孩不爱洗脸，此坏习惯济公似可justify之。中国传统故事中，神仙而癞塌〔邋遢〕者很多（如瘌痢头和尚，满身癞痂疮，"烂茹膀"，即腿等），这种故事在美国恐怕很难流传。美国的儿童故事，是由父母或大人来挑选的，如叫儿童们自己来挑选（稍大的孩子），他们亦许爱看癞塌〔邋遢〕人的故事。《济公传》最能吸引人者，当然还是情节之离奇与wit & humor，这些经过改编后（"脏"可以minimize）可以写得更精彩。苏州说书说《济公传》成名者为范玉山，可惜我没听过。我记得"解放"后，范玉山因言语不检点，曾经大吃苦头。共产党虽在提倡民间艺术，但济公这样一个玩世不恭的"形象"，是共产党所不能容的。（中国民间故事是否比西洋民间故事更tolerate脏？）

《蒋兴哥重会珍珠衫》一则我看过，但未加特别注意，经你一讲，的确很有道理。关于中国评话小说的分类，有什么讲经、说史、烟粉、灵怪等等（还有一种"合生"——到底是什么东西，似乎至今没有人讲清楚），其实另有一种是很重要的——即人间的悲欢离合，其来源约相当于今日报上的社会新闻。夫妇重聚、父子团圆等故事，在乱世的确是很珍贵的。这一类的plot，戏里面亦不少，如《牧羊卷》、《生死恨》等。我在台湾看了很多年的报纸，在社会新闻栏里，亦偶而见到老婆嫁了人重会前夫的故事。这种评话故事，在宋、金时代，大约是代替今日报纸的地位，在民间流传着。普通谈评话小说分类的，似未加注意。评话小说中要是有realism，这种小说可作代表。假如悲欢离合的主角是小市民，说书人和听众当更可了解他们的心理。里面所表现的manners与morals，亦更接近现实。才子佳人的故事，难免遵从俗套。《蒋兴哥》这故事可以说在这类故事里是最现实的，因无才子佳人气。这故事我很难想象如何用苏州的"小书"来说；小书里面充满着"现实的"小市民角色，但其主角总有点酸溜溜的。"大书"则似乎更为"浪漫"——说大书的所以能把"书"比《演义》原文多讲若干倍的长，除了描写更详细以外，引进许多"现实的"小市民角色，想亦为原因之一。你能从《蒋兴哥》里看出其爱情描写的重要，这样的研究一定是很精彩的。

中国大家闺秀的恋爱，其情形不一定全如《西厢记》所写。记得我们在北平初看《红娘》（毛世来演），你很欣赏莺莺（何佩华演）的演技。中国小姐的"外冷内热"情形的确很多，这些大约是正常的女子。但在过去那种社会里，女子精神很易发生变态，即使正常的女子，亦可能带些变态。"升华"sublimation 大约 practised 到惊人的程度——如刺绣、作诗、念佛等。各种fixation亦是不免的。莺莺的特点可能还是在她的all too human一点上。中国过去人家闺秀大约在十六岁上〔时〕即已成熟，那时如能得到爱情的满足（即使有个未婚夫吧），心理尚可正常。再藏在家里一两年，不到二十岁，就可能有各种"老处女"的现象——甚至比这更坏的——发生。这些情形，在旧小说里表现得多少，亦是值得研究的。此外大家闺秀们的世故亦是极厉害的，若莺莺似仅为爱情而生存。《珍珠塔》里的陈翠娥是个很有主见有个性的女子；《凤还巢》里的二小姐（程雪雁？）则简直是个厉害人物。《红楼梦》里当然有a gallery of portraits。

中国现代小说描写女子心理，一般是不够的。我在Berkeley等地，可以冷眼旁观地观察中国男人追求中国女人的情形，发现中国女孩子总是太厉害。完全冷若冰霜倒还好，事实上中国女孩子——亦许是无意的吧——亦是coquettes，开头总给男孩子鼓励的，然后再加以打击。这可能与女子天性有关，但和中国特殊的文化亦有关系的。中国女孩子"心比比干多一窍"，要"爱情游戏"很擅长。中国男孩子最大的缺点，除了男性本有的笨拙以外，是不能在现代中国女孩子身上，看出中国传统的力量。现代中国女孩子有多少成分是"中国的"？这是个很难的问题，而在现代文学中得不到很多的答案。中国男孩子把中国女孩子当作外国书上或外国电影上的heroines来追求，当然加倍地笨拙。结果不一定不愉快，因为女孩子反正要嫁人的，但是很少小说家注意到现代courtship中comic的成分。

日本女孩子恐怕亦很难追求。她们从小训练得很有礼貌，喜怒哀乐不形于色，总是和气待人。男人当然很容易被misled的。《地狱门》里的京町子就是一个十分有礼貌的女子。

说起《地狱门》，它是《平氏物语》里的一个小episode。《平氏物语》(*Heike Monogatari*)有英译本，哥伦比亚大学出版，我没看过，但我看了《新平氏物语》(*The Heike Story* 英译本 Tuttle 出版)，乃通俗小说家吉川英治[3]（Yoshikawa Eiji）所作（吉川的《宫本武藏》电影，曾得金像奖）。发现气魄远不如《三国》。平氏之兴衰与源氏（此源氏非紫式部之源氏也）之代平氏而兴，亦打过很多次仗，但打仗规模都很小（通常只有几百人），亦没有轰轰烈烈的大将。《平氏物语》原书想不会更热闹的（因通俗小说更易夸张）。《三国》如此大规模地不断地描写战争，以及决定战争胜负的人物，这种想象力是了不起的，在世界文学中想亦少有。《平氏物语》所表现的日本，当然亦不像春秋战国时代；就拿春秋时代而论，它亦只好算鲁、郑或宋一国的历史，这国是很小而且没有多少英雄人物的；齐、晋、楚等任何一国，其内部政治军事斗争都比十二世纪的日本紧张而复杂也。（按平

3　吉川英治（1892–1962），日本作家，代表作有《宫本武藏》、《新书太阁记》。

氏乃日本"武家政治"之开始，以后便是他们的"战国"时代，一直
动乱到德川氏兴起为止，此后便较太平了。）

　　我很想学日文，看日本自己的文学书，恐怕非下多年苦工〔功〕
不可，这种心思暂时还不敢有。但日本人研究中国，确实很透彻，
将来如能畅读有关中国问题的参考书，于愿足矣。中国旧小说，日
本人亦很有研究。他们还收藏些中国见不到的书。李田意不是到日
本去照了些相，把《拍案惊奇》补全，且把《醒世恒言》等从〔重〕新公
诸〔之〕于世吗？这点功劳是值得标榜一下的。他写的论文我倒没有
看过，所问之事待我见到 Birch 当转询。

　　来 Berkeley 后，什么事亦没有做。关于"柔石"一案，大约已找
得一些眉目。蒋光慈一案，目前还不敢动。蒋光慈的书，散布在美
国各图书馆（Hoover 有不少，Ann Arbor 亦有不少），去转借恐怕来
不及，先集中精神来研究柔石一案吧。

　　"Metaphor"一文已寄上，skeleton distorted out of recognition 一
句，你说要改，我懒得去动它，马马虎虎算了。Berkeley 环境是很
舒服，我仍住 2615 ½ Etna 旧居，常常吃到价廉可口的中国饭，只是
在这里冒充 linguist，心中窃为不安。明年八月在波士顿 MIT 开世界
linguists 大会，他们还有信来邀请，使我颇感啼笑皆非。最近才知
道 structural linguists 是个团结极坚的小团体，UW 的李方桂、张琨、
Larry Thompson、严倚云[4]都是里面的重要人物。他们所研究的学问
我是一点不懂，连顶基本的 terms 都不会用。希望有一天能改到"文
学史"（或"文化史"）的方面去，如此方可安身立命也。

　　中共出的《光明日报》，希望你能见到。这是全世界学术水准
最高的日报，新闻不多（百花齐放后，所谓民主人士大约不敢再谈
政治了），而学术论文极多。许多学术论文是和马列主义毫不相干
的 —— 尤其是关于中国文史方面的。

4　严倚云（1912–1991），字寿诚，严复孙女，福州人，毕业于西南联大，1947 年赴
　　美国，1956 年获康奈尔大学语言学博士，先后任南加州大学亚洲学系、西雅图
　　华盛顿大学亚洲语言文学系教授。代表作有《中国人学英文》等。

好久没有写信，可谈的还有不少，只此打住，专此 敬颂
近安

济安
九月廿五日

〔又及〕信是在office发的，你的信放在寓所，手边无地址，故寄学校。

Carol、Joyce前均此（昨天是中秋，曾吃月饼，并赏月）。

520. 夏志清致夏济安（1961 年 9 月 25 日）

济安哥：

前星期收到航行保险单，知道你已于九月十二日动身，我寄Seattle的信，祇好转寄Berkeley才能看到了。好久没有信，你返Berkeley后想仍在原址住下，学校想已开学，这学期有没有担任功课，还是专做research，甚念。上星期，收到"Metaphor、Myth、Ritual"全文，把已读过的和未读过（的）都仔细读了一遍，觉得文字清丽，态度从容不迫，全文设计构意费功夫而不露痕迹，学问方面引证多而没有卖弄，是篇极好的文章，而对中共词汇研究之有贡献还在其次。我想 work is play 是点破中共处理人民方法一针见血的名句，不久必被学人采用无疑。讨论中国小说 myth 和悲剧诸点，也极中肯，发前人所未发。这篇文章各大学东方语文系传观，必使人另眼相看，你的名誉也不可能祇confine在西岸了。第二篇中共术语研究，想隔几月也可出版，接着你把左联那两篇文章写好，即可准备出书了。

我哥仑比亚那篇演讲打了初稿，但苦于《三言》全集没有看到，仅根据《今古奇观》几篇小说不能算数，上星期《三言》刚收到，现在正在全部看一遍（我书是向王方宇邮购的，书到后，学校 post office 把包裹退回，因为我当时初到，邮局不知有我这个人。后来托王方宇重寄，花了不少时间）。李田意摄校的，我只买了一本《古今小说》，印得很好，不知你见过否？据李田意自己说，他本来预备在每种集子前写一篇 introduction，不料杨家骆未准〔征〕求同意，自己写了短短的序言，就把它们出版了，所以李田意很气。《警世通言》上载《玉堂春》、《白娘子》两篇，文章都是比较细腻的，不知怎样〔么〕很少有人提到，也还没有英文译本。我最近读了不知多少短篇，故事大多 predictable，实在比看新小说还要沉闷。有几篇故事结构不大完整，似乎真实性较大，反有清新之感。今天翻阅 Koestler[1] *Lotus & the Robot*，其中有一 phrase "quite free eroticism" 描写中国小说也很恰当；中国人实在没有什么 sin 和 guilt 的感觉，祇有 shame 的感觉。一般坏人，motives 不外乎 "色"、"财" 两种，此外 envy 的感觉也很强，他们都不好算什么特别坏人。中国短篇小说的缺点大概是它的世界 too intelligible，毫无 mystery 可言，虽然说话〔书〕人一心一意地在制造 mystery。

我没有学生可 lecture，生活上减少了一种乐趣，但自己时间较多，生活也不紧张。看了两张巨片 *La Dolce Vita* 和 Bardot 的 *The Truth*[2] 都很满意。*Dolce Vita* 有几节特别好，如 hero 父亲游罗马，Steiner 家里的 party 等，最后几节似龌龊过分，可能引起 revulsion。Hero 生活态度是近年好电影一般 heroes 的生活态度，他们对人生一无 illusion，祇求片刻快乐而自愿堕落。这种生活态度大概是 "冷战" 和 "welfarism" 两种势力交逼出来的产物，是 despair 的表现。

我的同事朱文长，是朱经熊〔农〕[3] 的儿子。他童年的时候，和

1　Arthur Koestler（亚瑟·科斯勒，1905–1983），原籍匈牙利，英国犹太人，记者、小说家，代表作有《正午的黑暗》（*Darkness at Noon*）等。晚年不堪帕金森症与血癌折磨，与妻子在伦敦寓所自杀。

2　*The Truth*（《浪漫史》，1960），亨利-乔治·克鲁佐导演，碧姬·芭铎、查尔斯·文恩主演，Kingsley International Pictures 发行。

3　朱经农（1887–1951），浙江浦江人，1904年留学日本，翌年加入同盟会。1925年参与创办上海光华大学，并任教务长，历任齐鲁大学校长、中央大学教务长、商务印书馆总经理等职。1950年定居美国，著有《近代教育思潮》。

鲁迅、周建人[4]、叶圣陶都住在一条弄堂内。鲁迅脾气很坏，有时见到男孩在弄堂里撒尿，就要"光火"大骂，朱文长也被他骂过。在这一件事上，鲁迅那种"新老法"的态度透露得很明显。可惜这种材料不能在你书里派用场。

我在 Pittsburg 反正一年，和同事间不大交际。同（事）里有 Ann Arbor 经济系 Ph.D. 印度人 Tom Eapen[5]，和马逢华、赵冈等都认识，他的太太（菲列〔律〕滨〔宾〕人）新近生了一女，还留在 Ann Arbor，一个人寂寞，倒和我们来往很勤。此人很天真，脾气也很好，是我自 Shibrurka 来第一次和印度人做朋友。一般印度人外表傲慢，其实心地倒并不坏。

陈世骧夫妇去 Hawaii，想玩得很好。Carol 和 Grace 偶时通信，我不久当给世骧写信问候一下。我们这里都好，上星期一建一过生日，里弄小朋友到了不少，谢谢你送了两本很有趣的书。不多写了，专请

大安

弟 志清 上
九月 25 日

4　周建人（1888-1984），浙江绍兴人，鲁迅三弟，生物学家。
5　Tom Eapen，不详。

521. 夏济安致夏志清（1961 年 10 月 3 日）

志清弟：

　　上信发出后，即收到来信，并转来的信。转来的信是封fan mail，当然使我很高兴。使我不解者，乃为什么英文系的人会编这样一本东西作为作文教材耳。有关共产党思想改造的文章，大抵写得千篇一律，没有几篇值得读的。再则要知道一点被"洗脑"的人的思想背景，如冯友兰、朱光潜等，我们得先知道他们是何等样人——如朱光潜不但是美学家，而且亦是三民主义青年团的理事；冯友兰在1937（年）前是左倾（1935年12.9大游行后，他似乎曾入狱），抗战时和国民党很亲近，以道统自任，蒋介石不大懂哲学，但似乎很尊敬冯，我们在昆明时都叫他做"国师"——他还有一个外号叫做"妖道Rasputin"，盖其人脸黑而肥硕，一大部黑胡子，长得是有点妖气的。他们真正的"故事"，是不能在自白书中找到的，叫一个对中国没有什么研究的洋人来介绍这种自白书，该没有什么道理可说的。

　　我的文章他要选进去，我不反对。因为是fiction，涵义较丰富，可以说内藏有说不完的道理。他如删节，希望他把删节处的大意简略介绍一下。选进anthology，可以多引几个人注意。如能被很多本anthology选进，那么一篇文章就"不朽"了。如欧文的 *Rip Van Wrinkle*，莫泊桑的 *The Necklace* 等。

　　此君有一点看得还有点道理，即共产党那一套，对于不少知识分子，还是有吸引力的。这点台湾如认不清楚，反共难起作用。共党之起来是艰苦的，它亦不容易垮台。当年史太林杀人如麻，不少被杀的老 Bolsheviks，恐怕是甘心被杀的。这种心理我是不能了解，但是事实假如真是如此，那么我们不得不承认共产党是个劲敌。共产党非但别人杀他，他不怕；即使他自己人杀他，他亦死而无悔的。碰到这种疯狂的人，我们该怎么对付呢？

　　共产党运动之兴起，很难说出其道理。种种所谓"历史的原因"，已成老生常谈。我是有点迷信的看法的，认为这是人间一劫；要找原因，大约"洪太尉误走妖魔"之类的神话，亦许亦可相信。但是这种原因要说出来，写论文是不行的，只好写"诗"。中外这许多专家，研究共产党所以很难有高明的见解，就是因为忽略了运动中"诗"与"神话"的因素。（《水浒传》一大缺点，即前面"妖魔"之说，和后面的故事配合得不好。再假如林冲和卢俊义等算是妖魔，亦是一大 irony 也。）

　　请你代复 David Kerner [1]，说我高兴看见我的文章被选入；他所认为不重要的部分——即与"洗脑"无关的——对于整个小说的结构以及作者对于中国的看法，仍是重要的；我不坚持选录全文，但希望他在删节处写几行说明。他如真对于文学有研究，当看出这篇东西的结构如受损害，是多么可惜的事。

　　关于 Kerner（的）第二个问题，我很惭愧不能给他一个满意的答复，但我极力推荐香港 Jesuits 办的 *China News Analysis*（一种 Newsletter），希望他能看到过去几年的全份。*CNA* 内容丰富，立场反共而显得很有 understanding，态度不是叫嚣式，亦不是冷嘲式

1　David Kerner（大卫·科恩纳），时任宾夕法尼亚州立大学奥冈兹（Ogontz）分校英文系助理教授，筹划编一本书，征求夏济安的意见，希望收入〈耶稣会教士的故事〉。

的。对他有用的，恐怕没有几期（如有关马寅初[2]、冯友兰等），希望他先看了，然后根据上面的footnotes，再把原文找出来，仔细研究。哈佛大学的油印文章中，曾有一篇讲"费孝通"的，他如能找到，亦望一读，内容很有趣。他的最大的兴趣只在prisoners，这方面材料不多。我觉得最有兴趣的人是溥仪皇帝，他现在亦许真信共产主义了。

谢谢你对于我"Metaphor"一文的好评。我写文章，总想"言之有物"，总想证明些什么。美国一般graduate students写博士论文，似乎见解尚未形成，即去瞎找一个题目，然后把有关该题目的材料稍加编次，堆砌起来。别的系的人我不清楚，如读中国文学中国历史的研究生，我亦认识些，他们选定博士论文题目时，还不知道要说些什么话。题目选定了，编Bibliography，找材料，就算research了。有许多人等到做了教授，恐怕还不知道写文章是为的何事。英文系的人大多比较高明，因为他们至少可以多看见些好的榜样。我们作文，如尚能发挥些见解，训练还是从英国文学研究中得来的。英国未来Sinologists的危险，即他们对于humanities尚未认识，贸贸然去做专家，写文章很难超出过去沉闷"老儒"的范围，充其量只好做个"故步自封"的专家而已。这种风气要改，亦不是容易的。但Sinology至少还需要读书，有些"社会科学"研究，简直不要读什么书，更不知所云了。

陈世骧亦是很想改正这种风气的，但能和他合作，响应他意见的人不多。他身上的burden亦真重，这么多应酬，叫我就一定吃不消的（还有可怕的是Committee meetings，据说最伤精神，浪费时间）。不过他的service是much in demand。有两件内幕新闻，希望你守秘密。一、是UC新任chancellor Strong[3]以及一些aggressive

---

2　马寅初（1882–1982），名元善，字寅初，浙江绍兴人，经济学家、人口学家，代表作有《新人口论》、《通货新论》。

3　Edward W. Strong（斯特朗，1901–1990），1925年毕业于斯坦福大学，1937年获哥伦比亚大学博士学位。1932年起任教于伯克利加州大学，1961年升任该校校长，1965年因学潮被迫辞职。

的教授（别系的），不大满意 Oriental Languages Dept 在 Boodberg、Schaefer 管理之下的奄无生气。UC 样样东西力争上游，看来看去，似乎 Oriental Languages 顶不挣〔争〕气：老老实实研究学问，不去抢 Foundation 的钱，亦不求出风头，亦不做些新花样出来。他们心目中能改革 Oriental Languages 的人，是陈世骧。但陈自己是怕"黄袍加身"的，因为这（样）一来，非但要得罪人，亦有妨自己的研究工作的。二、陈世骧这一 quarter，还去 Stanford 兼课，一星期去两个晚上，这样是非常辛苦的。原来 Stanford 亦在力争上游（看 Time 的报道可知），他们的中文系新成立 graduate program，但他们的系主任陈受荣（？）不知如何办法（他们是一个一个生字解释，不大指导做 research 的）。Stanford 的 dean 征得 UC dean 的同意，找世骧去协助办理。这一下在陈受荣面子上很不好看，但他还是容忍下来，找世骧去了。据说 Frankel 之离开 Stanford，和陈受荣相处不好，亦是原因之一。Stanford 现在有人在读 M. A.，亦有人在别的学校拿了 M. A.，去读 Ph.D.，陈受荣在 Sinology 上的修养恐怕不大够，没有什么东西可以教他们。

美国大学内部很复杂，如 UW 我总以为是内部团结最好、最和衷共济的，今年暑假一看，发现内部意见很多，团结很差。希望你去 Columbia 后，能真如你所说，和 de Bary、Keene 等年富力壮的青年学者，团结一起，把哥大的中文系办好。匹大其实亦可能有前途，但牌子尚未做出，找不到好学生，这是致命伤。（尚有一件小事：匹大贵系有没有奖学金，可以帮台湾的优秀人才出来读书的？《文学杂志》的老朋友如侯健、朱乃长[4]等，虽是英文系，研究中文亦可以有成绩的。英文系如有部分奖学金，让他们在中文系兼个小差，解决他们的生活亦可。但此事不急。）但统观美国全国，要好好build up 一个中文系，找教授就不是易事。我们都是半路出家，真要

4　朱乃长（1929–），上海人，翻译家。台大外文系毕业，夏济安的高足，1964 年取道香港返回上海，任教于上海师范大学直至退休。曾协助夏济安校订《现代英文选评注》，译作有《欧美恐怖故事集》、《小说面面观》等。

弄经史子集，还要好好研究一两年，教起来才有把握。柳无忌在印第安那教"中西文学因缘"，恐怕内容是很空虚的。美国各大学的中文系都在扩张，原来没有的亦在添设，师资人才实在是个大问题。

　　别的再谈，专此 敬颂

　　近安

　　Carol 和 Joyce 前均此

济安

十月三日

　　寄学校一信，想已收到。

　　我今年是没有教书，但只要研究真有成绩，将来不怕没人"请教"的。

522. 夏志清致夏济安（1961 年 10 月 17 日）

济安哥：

两封长信收到了已好几天，一直没写回信，你一定很悬念，所以先写一封短信。我这两星期忙着打文章，文章写得不大满意，原因是我先把题目给了哥大，当时我在读《醒世恒言》，觉得《陈多寿生死夫妻》、《勘皮鞋〔靴〕单证二郎神》两个故事遥遥相对，正好把讲故事人对"爱情"和"礼教"两大端自己没有固定主张那种 ambivalent 态度表现出来，所以定了个题目："The God & the Leper: Opposing Ideals in the Chinese Short Story"，觉得很新派（*The Wound & the Bow*，*The Lotus and the Robot*，etc），可以吸引观众。但是写起文章来，要把这两个 key terms 继续运用，实在不大容易，把它们勉强运用，和自己文意合不起来，也不大妥，所以这星期得把文章好好修改一下，大概还可以弄得像样。介绍故事，费篇幅太多，不介绍几只故事，文字太抽象，观众大半外行，听来乏味。但《蒋兴哥》这样长的故事，好好介绍讨论，一点钟时间恰好，我现在把这篇故事来压局，讨论也不够透彻。最后主要的意思，假如中国小说家肯走《蒋兴哥》的路，那么一定有近似欧洲长篇爱情小说的传统，可惜一般小说家只讲人物繁多，情节热闹，所以长篇中没有和《蒋兴哥》相仿的东西，实是遗憾。文章写好，本应请你指正，后再修改，现在恐怕时间来不及了，但文章下星期请书记打好后，一定寄上。

陈受颐新出的《中国文学史略》，不知你已见到否？我把他讨论戏曲、小说几章看了，没有什么新见解，但不失为一部有用的参考书。他书题名 *A Historical Introduction* 而不是 *A Critical Introduction* 亦是避重就轻也。陈受颐以前写过几篇中西文学因缘的文章，大概学问也（比）他弟弟好得多，陈受荣以前也学英国文学，写的论文是 Milton，这是上次芝加哥开会时他告诉我的。柳无忌也在写《中国文学史》，由英国 Wisdom of the East Series 出版，美国由 Grove Press 出版，他写的两本孔夫子的书，大家一齐痛骂，这本文学史大约也是同一性质的书。

陈世骧一身兼几职，精神可佩，你我一定是吃不消的。我在匹大本来抱"无为"主义，但朱文长要在匹大做长久计划，要多吸引学生，我也祇好帮他忙，办些公事。此外 order 书，也是相当费力气的事，柳无忌 order 的书，大半尚未 catalogue，check 很麻烦。即 order 英文书，也要先查图书馆 catalogue，以免重覆〔复〕。这星期四 Chinese Center 同人吃饭聚一聚，我得主持，都是吃力不讨好的工作。所以当行政人实在是一件很麻烦的事。

Western's International Dictionary，新出第三版，我想送你一本，不知你喜欢 India Papers edition 还是普通 edition。我用的那本本来是你的，所以既有新版，我正好买一本奉还。读 reviews，3rd edition 可能比 2nd edition 较 vulgar，因为把不知无识人说的话都引进去了，这种不讲标准，接受大众意见的文法观我是不赞成的（但 relativism 是美国各方面所表现的新倾向，从外交政策到读东方语言）。但字典举例引证较 2nd edition 多，对你一定是极受用的。

Pittsburgh 天气很和暖，大约和 Berkeley 差不多。大百货公司 bargains 很多，Carol 常进城买东西，她也在跟朱文长学中文，Yale 一套北平话文法，我也弄不大清楚。星期四 Judy Garland 来 Pittsburgh 表演一场，她唱歌我以前很爱好，预备去听她一场。*Blood*

& *Roses*[1]根据 Le Fanu[2]原著，可能是我们在上海时读的 *Carmilla*（？），很想去一看。

　　David Kerner 处已去了信了，尚无复音。他这本书大约用来做大一英文的补助读物，叫做"controlled research material"，因为一般大学图书馆书不多，而 freshman English 有写 research paper 这一个节目，所以这种 control research 的材料集本很多：如 Extrasensory Perception 也有一本书，*Turn of the Screw* 也有一本，学生做 research 就看这么一本书，自己不去查看书报，其实也丧失 research 的意义了。我在 Potsdam 教书，Book Salesman 专来送书，希望采用。有一次我用了一本散文读本，其中有一篇文章，把 flout、flaunt 两个字都用错了，也被选入。有一次有 salesman 推销一本大二文学读本，书中把 Allan Poe 拼作了 Allen Poe，给我当场指出。一大半不做 research 的英文教员，很多在编教科书，目的也无非是升级赚钱，每年新书出得很多，情形也很可怜。你近况想好，文章写完后再写长信，专颂

　　近安

弟 志清 上

十月十七日

1　*Blood & Roses*（《吸血女僵尸》，1960），罗杰·瓦迪姆（Roger Vadim）导演，米路花拉·伊尔莎·马蒂尼里（Elsa Martinelli）主演，派拉蒙影业发行。

2　Le Fanu（Sheridan Le Fanu，勒法努，1814–1873），爱尔兰作家，代表作有《希拉斯叔叔》（*Uncle Silas*）、《卡米拉》（*Carmilla*）、《墓地旁的房子》（*The House by the Churchyard*）。

523. 夏济安致夏志清（1961 年 10 月 20 日）

志清弟：

　　接获来信，甚为快慰。文章的确难写，常常是动笔之前有些思想要发挥，动笔之后，思想凝聚集中，又添了些别的思想，因此连文章的组织都要大改动。关于中国小说（长篇短篇、文言白话）有说不完的话好说，常常牵一发而动全身。如我的"Metaphor" etc.中提起"女将"穆桂英，曾引起Center女秘书、女打字员等的莫大兴趣。但是杨家将的故事英文书中恐怕很少讲到（因此洋人教授亦就未必晓得），单是杨家将的故事做research，非一两年不够。"女将"（常常是番邦的，捉了汉人男子回去"成亲"——这是中国男人masochism的表现？）这一个theme，研究起来需要更大的学问。如历史上有些什么"女将"曾经真的俘获过汉人男子的？随便写篇familiar essay还容易，但是research就大吃力了。由"女将"再可谈到女子在中国通俗文学中的地位，问题更大了。你现在这篇文章一定可以写得很精彩，因为要说的话太多，主要就是看结构组织了。《醒世恒言》两篇东西，我大约看过，但是现在不记得是什么情节，因此暂时没有话说。很盼望能早日看见大作。你做文章，讲道理一定入情入理，impress听众是没有问题的；再可引进很多西洋文学的材料，学问的渊博亦够表现了。来信中提起"蒋兴哥路线"，很有道理，但是假如我是听众，可能要问：Why？为什么中国小说不走这个路子？我相信，这个问题很难有圆满的答案，但亦不妨把这个问题加重地提出来，刺激高明的读者听众一起来用脑筋思想。这是中国小说史上的一个大问题，无疑牵连到西洋近代 realism 小说的兴起。你能够注意到这个问题，已够是十分重要的贡献了。胡适之、冯友兰等都想答复"中国为什么没有科学？"他们的答案都没有什么道理。其实中国在十七世纪以前的科学，决不比欧洲差，因此他们的问题是不大通的。你的问题有意思得多了。

最近读 Jules Mannerot[1] 的 *Sociology and Psychology of Communism*，精彩万分（Beacon Press Paperbound）。书中很少提到中共，但是几乎没有一个 page 不和中共相干的。这是研究共产党最好的书，充满了智慧，我是很难再说些比他更高明的话了。美国研究中共的人很多，其实与其去枝枝节节地瞎找材料，不如看 Mannerot 一本书也。很多反共的人攻击中共农业大失败，其实这是小问题。因为中共的农业问题可能会解决的，但即使中共真的做到生产大跃进农业大丰收，共产党仍旧应该要反对的。至于思想昏愦之流，认 1919（年）以后中共之兴起，为中国前进的表现，更需要多看看Mannerot 的书。

电影 *Blood & Roses* 已看过，很美，但因为思想浅薄，感人不深。（*La Dolce Vita* 有真正可怕的人生观。）Annette Vadim[2] 美极了（只有一幕在花房里，经雨淋后，似不美），人恐怕是像 B. B. 一样相当笨的（*The Truth* 预备这几天里去看），A. V. 和 B. B. 长得还有点相像，声音之"嗲"，恐是举世无两。Roger Vadim 此人真是艳福不浅也。我尤其喜欢片前字幕的四张铅笔画，全片看完后，我特地把四张铅笔画像，和飞机上的 whisper 看过听过一遍后再走。片子是不值得看两遍的，但给我的印象仍极深。故事的确是根据 Le Fanu 的

<hr />

1　应为 Jules Monnerot（1908–1995），法国散文家、社会学家。

2　Annette Vadim（即 Annette Stroyberg，1934–2005），丹麦女演员，代表作有《危险关系》（*Les Liaisons Dangereuses*，1959）。

Carmilla，我在上海时大约看过，现在是一点亦不记得了。看完电影，我再翻Mario Praz[3]的*Romantic Agony*书中 La Belle Dame Sans Merci一章，照歌德以来的传统，女Vampire应该吸男人之血的。Le Fanu怎么叫她去吸女人的血——因而提倡"爱情至上"哲学呢？吸男人之血岂非更可表现"爱情至上"吗？女鬼吸女血，男子因此无须suffer，浪漫主义到Le Fanu亦可真说是decadent了。

最近看电影兴趣倾向欧洲，好莱坞的巨片是些什么公司出的都弄不清楚。报载的MGM的*Ben Hur*净赚了六千万，MGM用于投资五大巨片：*King of Kings*（一定俗不可耐），《叛舰》[4]，《四骑士》[5]（Glenn Lord、Yvette Mimieux[6]——亦像Annette Vadim似的dumb blonde法国小美人，我看过她的*Time Machine*[7]，她似乎无B. B.、A.V.那种piquancy），还有两张不知什么东西。最近看*New Yorker*，看见*Splendor in the Grass*[8]被痛骂，十分高兴。电影假如有害世道人心，*Splendor*与*On the Beach*可说是达到极点了，它们的危险是以High Brow自命，坏影响更深。低级片其实坏影响反而不大的。Bosley Crowther还瞎捧*Splendor*，令我很生气。

3　Mario Praz（马里奥・普拉兹，1896–1982），生于意大利，艺术及文学评论家，英国文学学者，代表作有《浪漫痛苦》(*The Romantic Agony*)。

4　《叛舰喋血记》(*Mutiny on the Bounty*，1962)，剧情片，刘易斯・迈尔斯通导演，马龙・白兰度、特瑞沃・霍华德、理查德・哈里斯主演，米高梅发行。

5　《四骑士》(*The 4 Horsemen of the Apocalypse*，1962)，剧情片，据伊巴尼斯(Vicente Blasco Ibáñez)小说改编，文森特・明奈利(Vincente Minnelli)导演，格伦・福特、保罗・亨里德主演，米高梅发行。

6　Yvette Mimieux（伊维特・米米亚克斯，1942–），电影及电视女演员，代表作有《猴子回家》(*Monkeys, Go Home!*，1967)。

7　*Time Machine*（《幻游未来世界》，1960)，科幻片，据威尔斯(H. G. Wells)同名小说改编，乔治・帕尔(George Pal)导演，洛泰莱、阿兰・扬(Alan Young)主演，米高梅发行。

8　*Splendor in the Grass*（《青春梦里人》，1961)，浪漫片，伊利亚・卡赞导演，妮妲梨活、沃伦・比蒂(Warren Beatty)主演，华纳影业发行。

曾和 Birch 夫妇吃过一次晚饭，他很佩服你的书，但是有一点难过：他说以后要研究近代中国文学，非得根据你的书不可了——不是从你的意见出发，就得推翻或修改你的意见，因此文章更难做了。他这几句倒是真心话。陈受颐的书他已介绍给我，他的意见：（一）没有 Bibliographs，没有 notes，于研究无助；（二）书中不注出什么意见是别人的或是中国通行的，什么意见是作者自己的；（三）太注意 gossip，忽略了作品本身的研究，如司马相如，关于他和卓文君的恋爱说得很多，作品反而极少。关于李田意，据他知道，只有《清华学报》上的一篇文章，不知有其他，此事只有问李本人了。

承你送字典给我，盛意可感，但是书太贵，我暂时亦用不着，我想还是不送吧。台湾可能会翻版。最近读书作文，查字典不像过去起紧〔劲〕。如写小说，对于用字要十分讲究；写现在这种 paper，我对于用字是比较马虎的。我还有和 Rockefeller Foundation 的帐〔账〕，尚未结清，结清后，我再想同你讨论关于家用的事。大约我在美国是可以长住下去了。再谈，专颂

近安

济安

十月二十日

Carol 学中文，大是好事，这亦是她的爱情的表示，希望你能多多 appreciate，Joyce 上学后想很乖，念念。

524. 夏志清致夏济安（1961 年 11 月 6 日）

济安哥：

十月二十日来信收到已久。上星期三四在哥大留了一晚上、一早晨，回来后多休息（了）一下，至今天方写信。我文章于去哥大前打好，因为题目早先定好，先得举两个例子，占了不少篇幅，但对外行观众，这两个例似乎是有些用处的，结果文章结构不够完整，但精彩的话很有几句，观众六十人似都很满意。我这篇讲稿本想 impress 英文系的，但 English Graduate Society，祇是英文系研究生的同学会，和教授们没有关系，所以大人物都没有出席。哥大中文系英文系看来也没有多大人事上的来往。演讲完毕，王际真先把我 compliment 一下，以后蒋彝、de Bary 和一位 Barnard[1] 英文系教授大家讨论一下。吃饭时先吃了两杯 whisky，所以我 mood 比较好，也不太 nervous。翌晨去见了 Barzun，他已把我的讲辞读了（Desk 还有我那本书，大约他也预备翻看一下），大为满意。他是有学问（的）人，对于我（的）治学态度当然容易欣赏了解，他希望我那篇文章能在 *Kenyon Review* 等杂志上发表。这次去哥大，成绩大约不差，据 de Bary 说，王际真对我态度已改变，因为他对于新派批评东西觉得没

1　Barnard，即 Barnard College（巴纳德学院），创立于 1889 年的一所女子学院，位于哥伦比亚大学对面，学生可到哥大选课。

有道理，但演讲完毕后，他说我这篇东西比《红楼梦》那篇好，大约他对我不满意处就是《红楼梦》那篇文章也不一定。哥大人事politics我目前也不管他〔它〕，appointment大概一定这学期内可以送上的。此外看到Burton Waston[2]，是王际真的高足，新近出了两大本《史记》的译文，他教书时间不多，常在日本。另外一位Ivan Morris[3]，也是日文翻译家，英国人，在London School和Birch是同学。听众间有石纯仪[4]Christa Shih，你的学生，我初次和她见到，以前曾通过几次贺年片，她极白嫩，看来年纪很轻，在哥大读了英文系后，再读了Library Science，现在哥大图（书）馆工作，今天我还收到她一封赞美我lecture的短信。她问起你，你有兴趣，不妨和她保持通信的友谊。她很漂亮，不知如〔为〕何还没有结婚。我文章还得稍加修改一下，日内请书记打字，再寄你一份如何？

　　不久前收到父亲一封信，父母因为我的关系，大约常和华侨家属一同开会，母亲已认买了一吨化学肥料，此是小事，但父亲要我写信托华侨联合委员会把玉瑛妹调回上海，此事我实在不好办。这是父亲第一次信上提到华侨联合会的组织，我若写信，将来麻烦必多。我把信附上，你看后请寄还。信上所托诸点，如何处置，只好和你商量。苏沪亲戚病死的日多，虽然年纪大了，在贫苦下死掉，情形亦很惨的。

2　Burton Watson（华兹生，1925–），1956年获哥伦比亚大学博士学位，曾任教于京都大学、哥伦比亚大学、斯坦福大学等，专注于中日文学的翻译与研究，出版著作逾20册。代表译作有 *Su Tung-po: Selections from a Sung Dynasty Poet*（《宋代诗人苏东坡选集》，1965）、*The Columbia Book of Chinese Poetry*（《哥伦比亚中国诗选》，1984）、*Zhuangzi*（《庄子》，1964）、*Records of the Grand Historian*（《史记》，1961）等。

3　Ivan Morris（伊凡·莫里斯，1925–1976），英国日本研究专家，1960–1973年主持哥伦比亚大学东亚语言与文化系，代表作有《失败的尊严》（*The Nobility of Failure*）等。

4　石纯仪（Christa Shih Meadows），湖南人，早年丧父，由母亲抚养成人，事母至孝。1955年毕业于国立台湾大学，后获哥伦比亚大学硕士学位，曾当选过中国同学会皇后。夫婿Meadows任教于哥大电机系。

Blood & Roses 我没有看，自己不开车，晚上出门相当麻烦，将来有机会可能去一看，欣赏 Annette Vadim 之美。以前法国电影美女很少（除 D. Darrieux 外），B. B. 等新型脸庞以前确是见不到的。我在 Potsdam 时还常翻 *Variety*，研究好莱坞生意经，现在 office 在高楼，图书馆在五楼，上下要乘电梯，无事也不去图书馆了。所以 *Variety* 已数月未看，加上电影看得少，对影坛情形亦隔膜，祇看 *Time* 影评和 *Life* 的报道。以前我俨然专家自居，现在真的变成外行了，一个月前曾借看 B. Crowther 的 *Hollywood Rajah* 消遣了一下，Crowther 仍旧捧 Thalberg[5]、Schary[6]，攻击 Mayer，其实四十年后的 MGM 歌舞巨片不断而来，实是 Mayer 的功劳。现在歌舞片已淘汰（除非 Rodgers-Hammerstein[7]，*West Side Story* 等舞台 hits），好莱坞以前那般轻快的风度，现在是一无余迹了。U. of Pittsburgh 月前曾给 Gene Kelly honorary degree，他是匹大毕业生，三星期前我也去看了 Judy Garland，她一人能吸引一两万观众，不是容易的事。Judy Garland 很 casual，唱唱歌，喝些水，和中国老生差不多。但她的喝水倒不是口渴，仅是一种噱头而已。

大字典匹大书店已有出售，我买可打九折，所以不算贵，明天即到书店嘱他们把书寄出。你对文字一直有兴趣，这本字典 quote 既多，备着作参考，总是有用的。我别的东西也想不到（有）什么可

5　Irving Thalberg（艾尔文·萨尔伯格，1899–1936），米高梅制片人，制作了《大饭店》、《叛舰喋血记》、《茶花女》等名片。他的最大贡献之一是确立了以制片人为核心的电影生产模式，取代了以前的导演核心模式。

6　Dore Schary（多尔·沙里，1905–1980），美国电影导演、剧作家、制片人，历任米高梅制片主任、总裁等要职，代表作品有《葛底斯堡战役》（*The Battle of Gettysburg*）、《伟人爱迪生》（*Edison, the Man*）等。

7　Rodgers-Hammerstein，美国百老汇著名的音乐剧搭档，理查德·罗吉斯（Richard Charles Rodgers，1902–1979）作曲，奥斯卡·海默斯坦（Oscar Hammerstein II，1895–1960）作词。二人合作，创作了许多脍炙人口的音乐剧，如《音乐之声》（*The Sound of Music*）、《南太平洋》（*South Pacific*）、《国王与我》（*The King and I*）等。

以送你的，这本字典对你总是很实惠的。新近买了一本 Malamud，*A New Life*，因为描写 teacher college 生活，和我在 Potsdam 时情形相仿，看来想必有兴趣。Malamud 的 *Magic Barrel* 中有几篇怪小说，但 *A New Life* 头一章平铺直叙，相当 boring，看来 Malamud 做头一流小说家的资格，差得还很远。

Joyce 前星期出了似痧子的东西，病状极轻，究竟出的什么东西，我也无法断定（医生说是痧子）。她在家一星期，不和小朋友玩，不上学，自己画画、游戏，知识方面的长进比在校一个月还多。美国小孩，不能享受 solitude，入学太早，求知欲反而减低了。

程靖宇有信来，预备送我们梅谭马赵（燕侠）的 tapes，他现在在 apply University of Sydney 的东方系讲师之职，上次他 apply 港大，我信态度比较公允，这次 Sydney 既远在澳洲，我写了一封极 strong 的推荐信，希望他能得到 job，离开香港也好。

Carol 读中文，一星期五天，有空还得听 tape，Yale system 注重文法会话，学了两个月，中文大约已懂了一点。我这个月生活可很正常，预备在校读小说，晚上自己多看些文言东西。不多写了，你近况想好，专请

　　近安

　　　　　　　　　　　　　　　　　　弟　志清　上
　　　　　　　　　　　　　　　　　　十一月六日

525. 夏济安致夏志清（1961 年 11 月 14 日）

志清弟：

在接到你信之前，已接到石纯仪的信，据她说你的演讲是 most interesting，thought-provoking of well presented，我相信你在哥大演讲一定十分成功，心中很是高兴，文章亟待拜读。我本来已忘了你哪天要去哥大，现在看见来信，知道详情，更为欣幸。Barzun 的头脑是清楚的，他恐怕不一定看得起死读书的笨 scholar，但学校没有笨 scholar 支撑，也开不下去的。现在好容易找到像你这样有学问有思想的人，当然舍不得你走了，全美国弄中国文学的人，有你这样 equipment 的人，实在很难找。弄别国文学的人，都可头头是道地讲些道理出来，偏偏弄中国文学的人，局促于所谓 Sinology 之中，实在亦是中国之不幸。你的成功，亦是中国的光荣也。

哥大有个学生，在加大留学，名叫 Moss Roberts[1]（？），我未见过，听说面容丑陋，肌肉牵筋，但成绩很好。他本想找我补习（《古文观止》），但我没有空，另外介绍给朋友了。据陈世骧和我那朋友说，此人对于哥大的教授佩服另一位中国人（不是 C. C. Wang，忘其姓）。他对 UC 的那些高才生，亦不一定看得起，他可能是陈世骧

1　Moss Roberts（罗慕士，1937–），美国汉学家，哥伦比亚大学英文系毕业，1966年获哥伦比亚大学博士学位，长期任教于纽约大学，直至退休，译有《三国演义》、《道德经》等。

全班成绩最好的人。他现在大约能一个钟头看完《古文观止》文章一篇，程度算是很好的了。此人将来可能做你的学生，不妨留意之。

中国学问浩如烟海，我常想发愤来读古书（如研究神话等），怎么亦没有功〔工〕夫。你如担任小说课对于文言小说不妨开始注意。中共最近出了些中国小说英译本（如《杜十娘》等），芝加哥某书店经售（CHINA BOOKS & PERIODICALS），我常常收到些书店目录广告等，你收到的想更多了，我已把它们全买来了，但尚未开始读。你现在顶要紧的是等聘书，聘书到手，研究就可以优哉游哉，用不着像今年这样紧张了。

哥大人事问题，你不管最好。这种事情，我只有一个原则，任其自然。虚伪总不如率真，不懂世故的人硬充世故，只有闹笑话。一般人对于有世故的人，总不免"防一脚"；没有世故的人反而容易和人处得好。不过教授之中，脾气怪癖〔僻〕，乃至气量狭仄（如传说中的陈受荣以及陈锡恩[2]〔USC 的〕），乃至 mean 的人都有，如见见他们躲不掉，只好敷衍。我其实是很怕交际的，和你一样，来往的只是 proven friends 而已，但 even so，我在 Berkeley 的交际应酬，我还嫌太多一点。陈世骧更多，我真替他可惜。洋人我倒容易应付，但加州中国同胞有多少，和他们——如尚未轧熟——来往，总觉吃力。华侨洋化的反好。纽约的同胞们将来恐怕亦是你的一个负担。

上面一页写完后，搁了好几天。我最近很忙，原定下月初到西雅图去宣读论文，但无论如何赶不出来，决定写信去告假，在 X'mas 前把文章写完，一月份让他们打字油印，二月份我去参加讨论。这篇文章的 style 只想维持《瞿秋白》的标准，但要证明我的论

2　陈锡恩（1902–1991），福建福州人，教育家。1922 年毕业于福建协和大学。1928 年获哥伦比亚大学教育硕士学位后，回国出任协大教育学院院长。后再度赴美，1939 年获得南加州大学教育博士学位。长期任教于南加州大学，代表作有《毛主义者的教育革命》（*The Maoist Educational Revolution*）、《1949 年以来的中国教育》（*Chinese Education Since 1949: Academic and Revolutionary Models*）等。

点，这次比上次难。这次的论点，将给左派人士不小的jolt，但我不愿使他们冒火，说话总想极力婉转，因此很吃力，总想找到一个适当的tone。Tone找到了，事情编进去亦费事。瞿秋白的故事是直线发展的，这次的头绪较多，容易弄乱。总之，我的文章是写给左派人士看的，要叫他们心服，瞿的题材好，左右人士看了都可心服，此次题材就较难张罗了。

现在我一星期平均总有三四个晚上有应酬的，很感吃力。写文章是晚上头脑最清楚，但晚上有了party，时间就耽误了。这些party大多无意思，吃饭喝酒而已，但这是美国生活方式，非如此更见不到人了。我最productive的时期，是在印第安那，那时是一点交际应酬都没有的。我的脸皮嫩，"和露处"，有请必到。在台北，我几乎全为朋友而生存的。

最近信写得较少，希愿〔原〕谅。但如向UW请假，心中又可恢复一点优闲之感了，否则压得心上很不痛快。石纯仪处的信，即可写。她是台大女生中比较佩服我的一个，湖南人，亦许属于passionate型。我的朋友王适[3]（哈佛Ph.D.，UC电机系副教授），曾和她有来往，觉得她很难服侍，此亦许是她至今仍小姑独处的原因吧。我是要回她信的，但说要打什么主意，我是不会的。我对于台大的学生，原则是不来往，一来往起来，是不得了的。UC亦有不少台大毕业生，我是一个都不招待。最近没有空交女朋友，要交女朋友亦不在台大毕业生圈子里找。

这里有一个Chinese Center，是中国人瞎交际的地方，主办人是当年St. John's校长沈嗣良[4]。陈世骧对之甚感兴趣，我是很觉奇怪的。那center最近要排演stage show，Grace还要主持fashion show，

---

3   王适，江苏无锡人，1951年获哈佛大学博士学位，伯克利加大电机系教授。

4   沈嗣良（1896–1967），浙江宁波人，体育活动家。1919年毕业于上海圣约翰大学，后获美国哥伦比亚大学硕士学位。曾以中国体育代表团领队或总干事身份，两次参加奥运会。抗战期间，出任圣约翰大学校长。1945年被国民政府以汉奸罪关押，1946年获释后赴美定居。代表作有《中华全国体育协进会史略》等。

请了十几位中国小姐，穿奇装异服（主要是古装）上台表演。王适等对于这种为女性服务的事情，是很起劲的，我是毫无兴趣。还有人练唱京戏，唱得不一定比我好，还要上台表演，其大胆殊堪佩服也。

这种是要敷衍的事，还有些是同事，谈话尚有兴趣而不易见面的人，如在 party 上碰头，亦是好事。

最近还看了 Leningrad Ballet，票价奇贵，七元钱坐二楼后排，叫做 Dress Circle（二楼前排是 Grand Tier，三楼是 balcony 等）。戏叫 *Sleeping Beauty*，觉得那些人跳得很好（面孔是看不清的），但毫不受感动。Ballet 与 Opera 一样是缺少 drama 的成分，京戏的满足，是不易 duplicate 的。其实昆曲的动作更细腻，更富舞蹈之美，可惜我看得太少。

字典已经收到，谢谢。这样贵重的礼物，是可以用一辈子的，内容如何，尚看不出来，只觉得引用的例句以现代作家为多。《圣经》、莎翁等反而不大见了。这种字典的确是新编的为现代人用的现代字典，不是借用过去底子稍加改动而成的。

Rockefeller Foundation 方面，只要我退回 $490，是美国返台最低飞机票价，但退回之款，仍要拿去援助台湾大学。我想我领了两千元旅费，只好算用了一千元，台大太穷，我仍预备退回一千元，台大待我不薄，这样亦算小小的报答。

肥田粉事，我想我们应该帮助家里，两吨都是我来买好了。钱暂由你垫，因为今天去银行来不及了，而我想把信早些寄掉。以后的家用，至少亦该由我来分担一半。

今年圣诞，我仍旧欢迎你们来（请把意思转达给 Carol 和 Joyce，并向她们问好）。那时文章写完，我亦很想透一口气。说不定我想来 Pittsburgh 散散心，但现尚未定。我接受了 UW 之聘，弄得没有假期了。UC 给我的聘约是八百多元一月，一万多一年（小数目已忘），分十二月发，暑假休息一月，不做事拿薪水。要去 UW 做事，变成一年做足十二个月，人太辛苦，而经济上是毫无好处的。所以如此者，因UW待我很好，很看得起我，而我在美国生活如单靠UC并不十分保险，和UW的关系不能断。做事总得留一个退步。再则，terminology是弄不出大道理来的，在UW sponsor之下，写一本书出来亦是好的。如能把书写完，生活还得重新安排一下（我写文章，反共而不敢得罪左派之人，亦是为job着想）。

玉瑛妹的事，不知你写了信没有？我认为信可以写，但效果恐是很小的。共党的"下放"为对付青年的"法宝"，很不愿意把人再调上来的。还有一点，使我感触很深，即父母亲的奋斗精神。我常想，假如我们不幸留在大陆，将如何做人。我的斗志很薄弱，亦许一切"认命"了；到新疆做事亦好，吃高粱山薯亦好，我是不会反抗的。而父母亲还想在极苦的环境之下，找些安慰，这种精神实在叫我难过。先是想替玉瑛妹找一个较有钱的丈夫（亦是侨户吧），再则还想"据理"声〔申〕请玉瑛妹调回上海。这是极微弱的奋斗，但是他们找寻安慰与生活的保障，其努力实太可怜了。我们只好听天由命。再谈 专颂

近安 济安

〔又及〕侯健想到美国来留学，我主张他到哥大来读英文系，同时希望你能用他做助教，他很诚实可靠，能力亦不差的。

526. 夏志清致夏济安（1961 年 11 月 24 日）

济安哥：

今天收到 Barzun 来信，谓 Trilling 已得 Macauley[1] 回信，文章准在 *KR* 发表，不过得 "make a few minor changes"。下星期大概可和 Macauley 直接通信，此事使我很高兴，因为讨论中国文学的文章，在美国上等文学杂志上发表，这还是第一次，正像你的那篇 "Jesuit's Tale" 是上等杂志所发表的第一篇中国 intellectual 的创作。*KR*、*PR*、*Sewanee*、*Hudson* 都登载过日本小说的 review，东方文学翻译也有过一两次，前年 Shils[2]（？）在 *Sewanee R.* 上也刊过一篇关于印度智〔知〕识分子的文章，但真正讨论东方文学的文章还没有见过。这一关打通了，以后写文章要发表也容易了，而且读者 select，容易得到欣赏。文章要稍加修改是意料中事，我自己已修改了一些，因为预备

1　Macauley，即 Robie Macauley（罗比·麦考利，1919–1995），美国小说家、评论家，毕业于垦吟学院，1958 年接替蓝苏（John Crowe Ransom）主编《垦吟杂志》。1966 年成为《花花公子》杂志的小说编辑，1978 年出任霍顿米福林（Houghton Mifflin）出版公司资深编辑。代表作有长篇小说《伪装的爱情》（*The Disguises of Love*）、《即将到来的时间秘史》（*A Secret History of Time to Come*）等。

2　Shils，即 Edward Shils（希尔斯，1910–1995），美国著名社会学家，早年在宾夕法尼亚大学主修法国文学，毕业后至芝加哥大学，改治社会学，成为芝加哥大学社会学和社会思想委员会的杰出教授，有着广泛的影响力。代表作有《传统与现代性之间的知识分子》（*The Intellectual between Tradition and Modernity: The Indian Situation*）、《论传统》（*Tradition*）、《学术伦理》（*The Academic Ethic*）等。

那篇稿子的时候，临时紧张，有些地方写得不满意。这次修改，把题目也改了，但文字仍嫌生硬，说理也不够透彻，请你看后多多指正。你觉得还可以，我想寄两份给陈世骧、Birch。这篇文章实在写得没有那篇《红楼梦》好，因为牵涉太多，而且硬定先要举两个例，和后文连接起来，相当吃力。这篇文章可以发表，那篇《红楼梦》当更可发表，预备先试 *PR*，再试 *KR*。*KR* 今年在革新，登载了 C. P. Snow[3] 的东西，预备和 *New Criticism* 脱离关系（虽然 Blackmur 的文章仍然登），但水准仍相当高。

我纽约回来后，Barzun 看我的书，看得高兴，送了我一本他新出的 Anchor Book，*Classic, Romantic & Modern*，并给了我一封信。我把书看完后，也写信谢谢他。原名: *Romanticism & the Modern Ego*，想不到 Barzun 是浪漫主义的发言人（*Home & Intellect* 上看不出这一点）。他拥护 Rousseau，把浪漫主义的成就抬得很高，把 Realism、Symbolic、Naturalism 都认为是浪漫主义的支流，对 Eliot、Joyce 等现代人很看不起。他的观点大体是对的，因为廿世纪实在无法和十九世纪相比。这本书你可买一本看看。我和 Barzun 关系弄好，将来到哥大方便得多。但 appointment 还得先由系里提出，系里提出后，Barzun 批准当然没有问题。但系里开会时，王际真会不会制造困难，得看 de Bary 有没有聘我的诚意了。此事我也不想它，我想大概是没有问题的。问题是在 tenure 上，Visiting Assoc. Prof. 是一定可以拿到的。

你一星期平均三四个晚上有应酬，的确是很吃力的事。陈世骧交际比你更广，真亏他还能读书写文章的。美国作家写文章时，常

3　C. P. Snow（斯诺，1905–1980），学者、小说家，1930 年获剑桥大学博士学位。1930 年至 1950 年，在剑桥大学基督学院从事研究、教学和管理工作，同时还进行文学创作，1960 年成为终身爵士。代表作有《两种文化》(*The Two Cultures*, 1963)、《陌生人与亲兄弟》(*Stangers and Brothers*, 1940)、《写实主义者》(*The Realists*, 1978) 等。

常不见人面，搬到小地方去隐居，大概也是这个道理。英国文人在秋冬季 social season 时去伦敦交际，平时不大进城，倒也是个好办法。我很喜欢 cocktail party，但绝少有机会参加，平时也少交际。今天晚上和开学后不久，匹城开中国同学会，我都没有去参加。匹城中国人教书的不多。但在工厂内做事（的）一定很多，和他们见面，也相当无聊。我去纽约后，应酬方面如何对付，的确是个problem。我想还是多和洋人交际，和中国人少来往为妙。最好的方法是制造一个"古怪"的印象，人家见你交际不起劲，也就不来找你了，但硬装"怪"，我也不会的。

今年 X'mas 我们大概不预备来 Berkeley 了，你来 Pittsburgh 我们倒很欢迎：旧金山到 Pittsburgh 飞机直达，不比来 Potsdam 访我们麻烦。我去 Smith 演讲得预备一份稿子（正月十七），但早写多修改，浪费时间太多，我决定给它两星期的时间赶好。所以 X'mas 前后到年初三四我一无杂务，你正可来匹城玩一阵，我们交际不广，你也可在匹城调剂精神，散散心，relax 一下。所以希望你 X'mas 前把文章写完，决定来此地过年假。关于"左联"的第三篇文章，你材料搜集得很丰富，只要维持瞿秋白的那篇 urbane and sympathetic 的 tone，我想不是难事。

玉瑛妹的事，我还没有写信。上次把信寄给你，是要和你商量；你既主张不妨写信，请把父亲的信寄回，因信上写的地址人名我都没有抄下。父亲今天有信来，又提到这件事，所以信得日内寄出。父母很挂念你，希望即写封信由我转寄家中。父母亲这样地不断奋斗，我心里也很难过，虽然我觉得是没有什么结果的。肥田粉信上似乎只认购了一吨，下星期寄钱文渊处，当多寄 50 元去。这次你要出钱也好。家用你存在我们这里的二千元大概还没有支完，我们手头都不错，以后家用还是二人各出一半好了。前天晚上看了 *Two Women*，很满意。Joyce 已全〔痊〕愈，Carol 近况很好，她们都希望你来匹城玩。再谈了，即祝

近安

弟 志清 上
十一月二十四日

〔又及〕这几天看《醒世姻缘》，文笔拙劣，叙事clumsy，颇有看不下去之感。看完了胡秋原《古代中国文化……》上册，觉得精（彩）地方不少，尤其是他把"侠"提出来as a ideal，和中国重农抑商政策的批评。他把屈原当作"文人"代表，也很有道理。

527. 夏济安致夏志清（1961 年 12 月 1 日）

志清弟：

　　大作并来信都已收到。大作非常精彩，分析小说与现实中社会的道德问题，透辟之至。中国人像你这样关心道德问题而有见解的，近代似乎还没有。胡秋原其实还是"浪漫派"（pace Barzun），只注意单线的，向"善"的发展，还看不出道德问题的复杂。你虽然一派天真，其实对于"人情世故"的深处的了解，远胜于一般"老油子"。《三言》中有这许多道德问题，我就看不到。我感兴趣的，还是它的 exoticism，觉得它的希〔稀〕奇古怪（当然我的反应和明朝人的"惊奇"又是不同），其中严肃之处，一下子是看不出来的。当然，你挑这几篇，也挑得有道理，很多篇如你所说亦没有很多道理的。文章扎实得很，我是不敢改动什么。你写这篇文章的甘苦，你已详细谈过：我认为你要讨论少数小说之外，还要讨论全部《三言》，未免太吃力了。有些地方似乎发挥得不够，但再发挥，可以写一部书，只有让它这样了。对于知道《三言》的人，这样写法已经很够了。我相信拿这篇文章到讲堂上讲，一定可以讲好几个钟头，而且有讨论不完的问题。我希望你有空不妨多看看元明清的戏，就故事论故事，它们是和"小说"相仿佛的，而且道德、心理、社会的问题，亦可大加讨论。再司马迁 as a moralist 亦是非常有趣的题目，司马迁有时大约亦写 fiction。Col. U. Press 最近出了两大本 Watson 译的《史记》，你不妨替 *PR*、*KR* 等写几篇书评。这些话只算对你写第二部书（做）贡献，你第二部书不妨是部集子，把一些 studies 收在一起，主要是讨论中国旧文学的。《三言》一文思想精深，内容丰富，所表现的学问亦十分惊人，在 *KR* 发表最为得其所哉。《红楼梦》一文希望亦能早日发表。陈世骧和 Birch 都想早日看见你的论《三言》一文，希望寄给他们。

我的《左联五烈士》一文，写得现在亦许找到合适的 tone 了，我对他们其实不大同情，他们是次等作家，为人除柔石大约都是些激烈派"横人"，索然无味的（最不可爱的是冯铿，连鲁迅都讨厌她的）。他们既缺乏"深度"，要嘲弄他们都很难。鲁、瞿都是容易同情的，我的所谓 research 其实（是）硬要找可以同情那五烈士的理由也。文章大约写了一半，写前面，其实亦是在整理后面的思想，所以前面写得愈仔细，后面就可以省力了。你的文章大道理层出不穷，实在使我叹服，我是靠 footnotes 吃饭的。Facts 知道得愈多，文气愈盛。没有 facts，落笔就吃力得很。如对于"二郎神"，我最感兴趣的题目是二郎神 cult；宋徽宗时的 harem 制度，男神迷妇女（且不提 impostor，中国小说中女神爱男子的很多，男神如爱民间妇女即为"邪神"——如苏州的"五通"等，正义人士——官吏、士绅乃至老百姓都可加以挞伐的）等，但我还是佩服你这种写法的。

另函寄上齐白石日历一本，这一本比上次的似更精彩。德国人所印齐白石日历，似分大、中、小三号，上次寄的是中号，其图画似乎每年不换，多买就没有意思了。这次是大号（以前我未见过，其实不比中号的大，只是较长），图画面目一新。但到 1963（年），可能仍是这几张画。另外又寄上一幅画，可以挂的。这张画其实我不大喜欢，但相当有趣。所以买它，因为国画印成轴状的，我就只看见这一种，无法挑选，只好买它。画家是钱选[1]（字舜举），

1　钱选（1239–1299），字舜举，号玉潭，浙江湖州人，宋末元初画家。

宋末元初人，赵孟頫的先生，他的 style 据 Cahill（他的书极好，我们送了陈世骧一本，我自己在旧书店发现一本，买了回来，非但画印得好，道理讲得亦好）说是 unimpassioned，fastidious，sensitive，seldom immediately appealing，特色是 cool。画中人是桓伊，字野王，东晋时文武双全的名士，曾参加淝水之战，善于吹笛。我所以说"不喜欢"，而又说"有趣"者，因为画中人很特别的不是仙、佛、隐士、帝王、美女，而很像欧洲十八世纪的 dandy，神气倨傲得很。这种人我根本不喜欢，但中国画取这种题材，倒是很难得的。印得不差，但纸张并不好；虽成轴状，但并没有裱，相当搭浆的。你要挂在 office、家里，或转送别人都可以。我不知道你或 Carol 是否喜欢它 —— artistically，线条是很精细的，但它不能给你如齐白石那样的"生命的喜悦"的。

父亲的信敬寄还，并百元支票一张，作买肥田粉之用。我是主张第一步把两位老人家接到香港，第二步再接玉瑛妹和焦良（他们恐很难出来，因年富力壮也）。香港并非乐土，但是父亲的朋友、小辈等还有不少，他们可能是势利眼，但是现在既然我们二人在美国都还算有办法，他们中亦有人肯热心帮忙照应的。这意思在我心中酝酿好久，这次大胆把它写在信里，措辞大致还不至〔致〕惹祸（不说是你的意思，只说是我的意思，共方如责备，可有推托〔脱〕）。共方既认我们是侨户，亦许不放两位老人家走——因为走了就少了一笔外汇收入。据听说，年老而不能生产的人，共方是不大阻拦的。二老的旅费我愿负担——旅费之中可能包括贿赂，因共干听说亦贪钱而卖交情的（共方纪律忽轻忽紧，今年与'57——反右派之前——都是较松的），但这种话信里不便说。母亲不懂世务，父亲的 alertness 因年老体弱，恐怕亦较前差了很多。如何去和共干办交涉打路条是顶难的一桩事，这一步办通，以后就省力了。我的信寄去再说，同时希望你亦如二老所叮嘱的去申请玉瑛妹回上海（好像两个儿子有两个主张，你那个行通了，亦小有裨益，但非根本办法也），话愈简单愈好。因共干好辩，你理由愈充足，他跟你辩得愈起劲，反而把问题弄得复杂了。

假如我十年前就在香港打下基础，父母亲亦许早接出来了。一切的安排岂非命乎？报载，中共着手和美国谈判买粮食之事，不管谈得成绩如何，只要他们放宽"路条"的限制，少反美，二老亦许就可以出来了。我信寄去撞撞看再说。再谈，专颂

近安

济安
十二月一日

Carol 和 Joyce 前均此。

〔又及〕承邀东游，甚感；但来否或何时来，尚未定。

528. 夏志清致夏济安（1961年12月8日）

济安哥：

　　十二月一日来信已收到，那篇文章，承你称赞，极不敢当。文章有几处精彩意见，但结构不好，文字也不够漂亮，都是没有预先腹中拟稿，一气写成的结果。但Macauley既然要登，大概还可以欺瞒外行（我等了好久，他今天有信来了），Birch、世骧既然要看，也拟明天寄出两份。我文章中有几段精彩意见，到后来都放不进去：一、中国无courtly love的传统，此事实和写小说人的关系；二、中国小说描写爱情的文字。此外佛教故事都没有提到（有几个老和尚被女色引诱的故事，应当一提），有几只故事讲友谊生死之交，相当于西洋的grand passion（一见钟情，答应一年后相会，某友先死，活着的悲痛异常，或竟自杀），而恋爱故事中倒没有这种absolute commitment的描写。我这篇文章，虽然赞美了《蒋兴哥》，对其他故事并没有很高的估价。事实上，说话〔书〕人讲故事，叙事方法相当于中世纪的rhetoric，一节一节凑成，谈不到结构，所以模作也特别容易（如《拍案惊奇》）。我既不好讨论文章结构，只好在思想、道德问题方面用些功夫了。最近读完了Norman O. Brown[1]，

1　Norman O. Brown（布朗，1913–2002），美国学者、作家，代表作有《小偷赫耳墨斯》(*Hermes the Thief: The Evolution of a Myth*)、《生与死抗》(*Life Against Death*)、《爱的体》(*Love's Body*)。

LIFE Against Death（Modern Library paperback），这是一本重述Freud思想而改正他结论的书，精彩之处很多，你如没有看过，不妨一读。我对Freud理论其实是外行，那篇文章用了些Freudism terms，观点也带些Freudism味道，自己觉得很惭愧，所以想把Freud 的理论稍加研究一下。我以前以为Freud着重sex，想不到他对anality（大便之类）也极有研究，结论是money=excrement（中国也有铜臭、黄金如粪土的说法），一切占有欲的表现都是想逃避死亡而正被death instinct 所enslave 的表现。Freud 主张"异化"，Brown 看来，"异化"还是向社会表示妥协、屈服的表现，所以他不主张"异化"，而想重返到老子、Blake、尼采所想象的世界，即Adam未殒落前的世界。这种话讲起来很漂亮，但如何把这种life 实现，实在大成问题，所以他结局一章"The Resurrection of the Body" 极weak。Brown 看不起Huxley，以为他提倡的是Apollonian Mysticism，Brown 自己的大概可称是 Dionysian Mysticism。Brown 这本书把Freud 和欧洲的mystical tradition 合为一谈，是很有意思的。根据Freud，批评中国旧小说所描写的世界，话说得很多，按照myth看法，说的话也一定很多。Formal criticism运用到中国小说戏剧就比较勉强。

这一期的 *Asian Journal* 你想已看到了。因为你把文章自动抽掉了，害编者们把杂志晚期一个月。我那篇《红楼梦》书评，写得还可以，但硬充学者，实非我所长。我这篇书评，想一定得罪很多人，文章既写了，也顾不得这些了。文章一字没修改，first column "compass"应作"compare"，Lan-Hsu应作Lan-Shu，我写信更正后，又给Murphey 改错了。有两处地方我用了这个expression（until recently…has been），事后觉得不大妥，Murphey 既没有更改，也就算了。我的书想不到是刘君若[2]作评，这位女博士以前发表过两篇讨论中国现代小说的东西，文章错误百出。她第二篇文章是在 *Asia &*

---

2 刘君若，美国威斯康星大学博士毕业，明尼苏达大学教授。代表作有《中国十三世纪杂剧研究》等。

the Humanities 一书上发表的，两年前我向 Indiana 大学邮购此书，事后给编者 Horst Frenz[3] 写了一封信，指出刘女士文章大笑话四五处，不料 Frenz 把信转寄给刘，刘给 Frenz 的回信，Frenz 也转寄给我，我也没有作复。所以刘女士对我这本书虽然不可能作恶意的批评，故意用些分量较轻的赞美词（fluently, scholarly, informative），一般读者看来觉得她很 subjective，态度也很公允，哪里看得出她"春秋"笔法的苦心？她很捧你，不料她看书粗心，以为评《旋风》的一小段也是你写的。美国东方专家太少，一个也不好得罪，我看了书评后，倒写了封信谢谢她，不提往事，关于李广田那一点，也请她指教。希望她看信后不记旧怨，以后见面客客气气就算了。

你给父亲的信已寄去，你的主张我很赞成，但恐怕父亲 inertia 太大，不肯认真去想办法。父亲身体很弱，上次一封信说，他去公园散步，一定要母亲或阿二做伴，以防不测（以前数年，去公园散步都是一个人去的），所以搬家、长途旅行这种花气力的事，精神身体条件都不可能办到。其实，父母去香港住下，我们也可暑假回去访亲，他们一定可以过得很舒服。但母亲一定舍不得把玉瑛妹一人留在大陆吃苦，此事如何决定，且看回信再说。华侨联合委员会处的两封信，我也写了，写的是白话呈文，大概是没有什么效力的。好久以前焦良给我们两封信，我们都没有作复，新年将近，我们应写封信去安慰鼓励他们小夫妇。

谢谢你寄给我们珍贵的礼品，钱选的《桓野王图》，我很喜欢，线条精细，色彩明朗而的确给人 cool 的印象。我们 apt concrete 墙上不可打针，所以这幅画可能挂在 office 内。中国人物图毛笔 trace 脸型和 features 我都不大喜欢（日本的仕女画和木刻更 caricatured 到 ugly 的程度），钱舜举的画当然也有这种缺点。中国 portraiture 眼睛眉毛距离太阔，眼睛太细长，耳朵太大太厚（我发现耳朵小而无 lobe，

3　Horst Frenz（弗雷兹，1912–1990），生于德国，1954–1964 年任印第安纳大学教授，以研究尤金·奥尼尔（Eugene O'Neill）知名。

才能给人delicate的感觉。中国佛像都是耳长垂肩，给人笨重的印象），传统如此，也无法complain。齐白石的日历，这几张画着色比上一本更浓更鲜艳，他画花草虫鱼，作风其实和Matisse画仕女很相似，在flat surface加以大红颜色，但他画昆虫鱼虾这种细致的笔法，却非Matisse可及。恰巧前星期程靖宇送了我一本《齐白石诗文篆刻集》（又送了几张苏州风景画片，看到虎丘、天平、灵岩、拙政园、狮子林的景象），其中有一篇自述，我把它看了，对他的艺术更有了解。和其他艺术家一样，齐白石是从小就表现天才而精力极充沛的人。看他的文章（不外祭父、祖父、亡妻之类），他极力把他自己看作极孝极"顾家"的人，他的感情当然是真的，但他不可能是Confucian world内的人。他五六十岁到北平住定后，据他说是他妻子建议娶一个十七八（岁）的小姑娘伴他，把妻子和老母都留在军阀猖獗的湖南吃苦。看来齐白石是和Picasso一类的人，为艺术而不可免的更自私，齐白石兄弟姊妹很多，境遇都不太好，而齐也不济助他们。他精力过人，子女生得多，而都没有好好教育他们，糟蹋死了好几个，他们当然天才不如父亲，但齐的indifference也相当可怕的。且看他五十岁的时候，怎样treat他的子女的（那时他已成名，积蓄已不少）：

> 那时，长子良元年二十五岁，次子良黼年二十岁，三子良琨年十二岁。良琨年岁尚小……跟随我们夫妇度日。长次两子，虽仍住在一起，但各自分炊，独立门户。良元在外边做工，收入比较多些，糊口并不为难。良黼只靠打猎为生，天天愁穷。十月初一得了病，初三日曳了一双破鞋，手里拿着火奁，还渡〔踱〕到我这边来，坐在柴灶前面，烤着松柴小大〔火〕，向她母亲诉说窘况。当时我和春君，以为他是在父母面前撒娇，并不在意。不料才隔五天，到初八日死了，这真是意外的不幸。春君哭之甚恸，我也深悔不该急于分炊，致他忧愁而死。

　　他的如夫人（后来归正）的子女，他待他们较好，但也不注重他们的教育，要他们撑气。假定用西洋人写艺术家传记的写法述白石的一生，着重点一定不同。但齐的自述，用传统的看法看自己，好像 sex 占极不重要的地位。同 Goethe、Picasso 一样，齐精力过人，二夫人也比他早死。但齐艺术上表现的，却和 sex 似毫无关系的。白石的刻印，粗犷有劲，自成一家，也是大天才的表现。齐自己 prefer 他的印 to 他的画，这句话不是瞎说的。

　　我夏秋两季因为戒 tranquilizer，身体不易服侍，efficiency 极差，写文章也不能得心应手。现在总算戒掉了，ulcer 也不再发作，晚上失眠即服 sominex（即你偶而服用的同类东西）一 tablet 之四分之一或五分之一，大概不伤身体，情形也归正常。希望可以好好读书，我已买到《六十种曲》，预备把中国戏曲也认真看一下。文言也要读。哥大聘书还没有下来，我也不去愁它。如果此事不成，再换学校，也无不可。

　　假期很希望你来玩，你如时间许可，来玩一星期也好的。建一这两天又生病，Carol 体质不坚，所以子女多病，Joyce 情形可能是 measles（假如上次不是 measle 的话），也可能是 virus infection，稍有寒热而已，望勿念。即请

　　近安

　　　　　　　　　　　　　　　　　　　　弟 志清 上
　　　　　　　　　　　　　　　　　　　　十二月八日

　　〔又及〕谢谢支票一张，肥田粉一吨值 H.K.300 元，我仅寄了 50 元，另 50 元下次当作家用汇上。*The Hustler*[4] 已看过，极精彩，Robert Rossen[5] 不失为大导演。

4　*The Hustler*（《江湖浪子》，1961），剧情片，据沃尔特·特维斯（Walter Tevis）同名小说改编，罗伯特·罗森导演，纽曼、杰克·格里森（Jackie Gleason）主演，福斯发行。

5　Robert Rossen（罗伯特·罗森，1908–1966），美国导演，代表作有《当代奸雄》（*All the King's Men*，1949）、《江湖浪子》。

529. 夏济安致夏志清（1961 年 12 月 31 日）

志清弟：

　　好久没有给你们写信，先后寄上的蜜饯与卡片，想已收到。你们想必过了一个很安静的圣诞和新年，我在这里亦很安静，没有开车出远门去玩。还是在这里写文章，现在是一大半写掉了。最难的部分是说话要说得"得体"，这是软硬劲；一疏忽即语气太重，气浮理疏；稍加压制，句子没有劲。却〔恰〕到好处地娓娓道来，是大不容易的。我在美国是靠写英文吃饭，只好在这方面上多用些功。好在我并不赶完它，每天是写写停停，尽量保持心平气和。如赶，则句子亦许更不成话了。

　　一年又是过去，有正经事情在干的人，大约不大会去想到时间的消逝等，假期里面，朋友们各忙各的，我的应酬倒并不比平常多。电影 The Hustler 在 Berkeley 已演了三四个礼拜，尚未抽空去看。可是 San Francisco 的头轮电影倒去看了两张（因成群过海去看），一张是《花鼓歌》[1]，故事不通之至，但很热闹有趣的。Nancy Kwan[2] 之美艳（关南〔家〕蒨）是没有话说的；另外一个裁缝小姐，很

1　《花鼓歌》，1958 年百老汇同名音乐剧改编，原为美籍华人黎锦扬（C. Y. Lee）1957 年同名小说，亨利·科斯特导演，关南施（Nancy Kwan）、詹姆斯·繁田（James Shigeta）主演，环球影业发行。

2　Nancy Kwan（关南施，1939–），本名关家蒨，生于香港，代表影片有《花鼓歌》。

能代表中国新派贤淑女性，其演技与舞蹈似不在香港大明星之下，不知叫什么名字。Miyoshi Umeki[3] 凡是中国朋友无不痛骂，我倒想听听你和 Carol 的意见。她诚然长得不美，其脸型、拙劣的发音乃至动作都像日本小丫头（美国人亦许看不出来），可是我倒觉得她很楚楚可怜的。《花鼓歌》中三女性，我所最欢喜的还是日本小丫头，你说怪不怪？日本小生 James Shigeta[4] 极英俊，香港无人可比。还有一张 *One, Two, Three*,[5] Billy Wilder 大用脑筋，其结构之紧凑，与前后照应等都是用过大功夫的，但是滑稽处则远不及 *Some Like It Hot* 与 *The Apartment*，盖讽刺政治其滑稽总太"冷"，而且勉强。有些笑料亦重复太多，温馨处不及 *Ninotchka*。

有一天晚上，同王适去看了两处脱衣舞，一处是 President, stage show；一处是 Chez Paree，夜总会。两处各有一苗条少女，貌亦极美，故看得很满意。我已好久未看脱衣舞（至少 1961 从未看过），盖庞然大物即使"完美"到像 Anita Ekberg[6] 一般，看看〔着〕亦乏味也。这次过年过节，就是玩了这几个地方。24 号晚上在陈省身[7]（数学系教授，人极好）家里掷状元筹，接龙，这种家庭娱乐久矣〔已〕未玩之矣，相信 Carol 亦会喜欢的。舞是一次亦没有跳。

X'mas 我送给陈世骧夫妇一本大书：*Two Thousand Years of Oriental Ceramics*（$25），这本书印刷之精良，不在 Cahill 画册之下。印的那些瓷器，是很值得把玩的。

3　Miyoshi Umeki（梅木美代志，1929–2007），歌手，曾获奥斯卡奖，代表影片有《樱花恋》（*Sayonara*，1957）、《花鼓歌》。

4　James Shigeta（詹姆斯·繁田，1929–2014），美国演员，代表作有《花鼓歌》、《虎胆龙威》（*Die Hard*，1988）。

5　*One, Two, Three*（《玉女风流》，1961），喜剧，比利·怀尔德导演，詹姆斯·卡格尼、霍斯特·巴克霍尔兹（Horst Buchholz）主演，联美发行。

6　Anita Ekberg（安妮塔·艾格宝，1931–2015），瑞典–意大利女演员，代表影片有《露滴牡丹开》（*La Dolce Vita*，1961）。

7　陈省身（1911–2004），浙江嘉兴人，美籍华裔数学家，1960 年起执教于加州大学伯克利分校，1979 年退休。

Joyce的疹子，我一直没有写信来问，现在想必是大好了。我不记得她出个〔过〕疹子没有（瘄子）。Pittsburgh想必很冷，她大约不大能出去玩了。送上的三张唱片，我自己没听过，不知如何。Alice是否用英国音念的，不知Joyce觉得它滑稽否？《天方夜谭》不知讲些什么故事。

X'mas我寄出卡片甚多，先是一大批给台湾（都是航空），又是一大批给Seattle，其他地方寄得倒很少。上次给Carol卡片中，提起请你们到Seattle来玩，我所担心者即找不到房子住。旅馆与Motel，因World's Fair之故，都已heavily booked。今年（'61）暑假我是一个人住一幢房子，明年恐未必再有此机会。二月间我去Seattle，当留心房子的事情，如可能先去定〔订〕好一幢房子，房价贵一些亦无所谓，反正只付三个月。你们可以好好地来玩几个礼拜（Seattle我是客卿，对于上班并不十分准时，可以出空身体奉陪）。我自己是忙得连L. A.都没有工夫去。我顶想去见识的地方是Las Vegas，至于山水等等，看不看倒是无所谓的。

这几天你想必在写为Smith的paper。哥大方面已有好消息否，甚念。别的再谈，专祝

新年快乐

Carol与Joyce均此

济安

1961大除夕

我已去信问张和钧，关于上海去香港之事，尚未接到他的回信。

530. 夏志清致夏济安（1962年1月12日）

济安哥：

　　大除夕的信收到已多日，知道你圣诞假期过得很愉快，甚慰。Joyce发了两次痧子以来（第一次可能是german measles），身体一直没有复原。食欲不佳，圣诞节以后一星期我们不免有一些社交生活，星期日到不相熟的中国人家里吃了一顿午饭，星期三晚上邀了两对couples到家里来坐坐，星期四晚上看了 *My Fair Lady*（票早已买了，我预备退掉，Carol不允），星期五下午我们带了Joyce downtown去了一次，吃了一顿中国饭，结果星期六晚上建一发烧，星期日请医生到家诊治（十二月三十日），发现是扁桃腺作脓（Quinsy），情形比普通扁桃腺炎严重。医生recommend送医院去，当时我们很apprehensive，但扁桃腺发炎到底是局部性的，不像脑膜炎有性命之忧，所以星期日下午进医院，每日打两针配尼西林，到星期三下午一时即出院，由医生继续在家注射了几天配尼西林，身体已转好，食欲增进，出院的时候骨瘦如柴，现在在家休养，体重已渐渐恢复了。望勿念。隔一两星期可能再去医院把扁桃腺割掉，据医生说Joyce的tonsils已被damage了，留着祇 harbor germs、virus，有害无益，割掉后反可减少病痛。割tonsils，住院仅两日，并很safe，割时上麻药，Joyce也不会感到任何痛苦的。假期你没有来也好，来了，Joyce身体不好，累你一起worry，大家不痛快。去年年假，在你那里过年，每日节目繁重，Joyce非但没有生病，倒把身体休养结实了，返Potsdam后也一直不〔未〕生病。初到Pittsburgh身体也很结实，秋季开学后，有一晚上发烧，那时我身边antibiotics特效药Potsdam带来祇剩三个capsules，当晚吃了一个capsule，早晨热即退，但病总没有断根。那时Joyce的医生是一位allergy specialist，此公专弄allergy病症，别的毛病也不大会诊治了，prescribe一些Sulfa的药，Joyce身体就一直没有复原，后来她身上有斑点，他硬说是measles（我读Spock，觉得症候不像是measles），还是我insist他开了一个antibiotics的方子，糊里糊涂把病治好了。建一在Potsdam打了一年多的allergy针，到Pittsburgh来后，打针后，反应都不太好，此种治疗法，相当drastic，我一直反对，现在已discontinue了。现在的医生是gp，住在同一弄堂里，有照应，叫唤方便，希望Joyce身体转好，不再生病。

Joyce进医院，在Children's Ward内住下，同房都是四五六岁的小孩。可以好好休养，小孩身上有病，突然离开了父母，精神上大受打击，怨恨在心，就refuse吃东西，我看每个tray——肉、汤、dessert、面包都全——很少有人碰的。每日三餐厨房预备了很富营养的东西，trays收回时，当garbage倒掉，简直是一个farce。小孩子都和被老鸟desert了的小鸟一样，非得hungry到不能忍受时，才肯飞出巢内，自己找东西吃。所以一个病孩，如果没有人去看他，过了几天，或可能被will to live所支撑，自己好好地吃东西。但在医院时，父母一日可访问两次，每次见面，自立的意志就被打消，哭着要回家，即〔接〕着就sulk，不吃东西。所以除非要动手术，非进医院不可，小孩子进医院，实在是受罪。普通孩子，一直吃得很好，饿几天饿得起。建一已一星期没好好吃东西，进医院后，每日因thirsty祇喝些牛奶、ginger ale，全靠Penicillin和病菌作战，也是亏她的。在医院又不能好好休养，清早六时叫醒take temperature，下午一时至二时半家长来访，晚上六时至七时半又是visiting hours，下午好好午睡一下也不可能。家长离开，又有量热度、吃药、打针种种节目，大约九点钟以后方可好好入睡，普通孩子想家，当然睡不着，清早刚刚入睡，又要叫醒量热度、洗身体、换衣服了。

　　建一在医院的几日，我紧张的情形，你可以想到。我每天劝 Joyce 多饮 liquid，求医生送她回家。Carol 平日生活寂寞，逢假期总想多玩玩，假如那星期把一切应酬都辞掉了，*My Fair Lady* 不去看，Joyce tonsils 情形也不会这样坏。本来星期二还想到 Ohio 去（看）朋友，被我打长途电话把 appointment cancel 了。以前她一定要带 Geoffrey 去康州省母，结果把他的命都送了。Carol 社交功夫不佳，却极喜欢 social life，逢到要请客，都 nervous 异常，在〔花〕一天功〔工〕夫瞎忙，打扫屋子，逢到大场面，还得我自己下厨作〔做〕菜。所以几年来我一直不多交际，以前在 Yale 朋友虽不多，每日见面，倒是无所不谈的，现在人变得冷漠漠的，对生人绝少兴趣。精神上实在比婚前老得多了。

　　Smith 演讲稿子，我没有多花功〔工〕夫，稿子打了两遍，第三遍等于誊清，没有多大改动，文字也还流畅。题目是 "The World of Chinese Fiction"，现在由书记重打，打好后可以寄一份给你看看。我把旧小说可能说得太好一些，因为各方面期望如此，总想找些优点、特点来介绍或讨论一下。目前我还没有看清大局，不敢多加严厉批评。中国小说分历史、家庭两大种，性质不同，硬把他们归作"一个世界"讨论，可能也有欠〔牵〕强之处。我圣诞前，好好地读了一遍 Putnam 翻译的《金瓶梅》，同时把我的 cheap reprint 中文本对照，读后极为 impressed，认为是本了不起的书。可能 Kuhn（翻译错误很多）把细节除去了不少，故事反显得紧凑。我那本中文本，字迹细小，删节很多，看了伤眼睛，不上算。以后找到完整的版本，再读。但《金瓶梅》情节虽很繁琐，但 moral vision 都是一贯的，西门庆死后，各人下场的处理更是难能可贵，颇给人"凄凉"之感觉（张爱玲大概熟读此书，学到了不少东西）。西门庆 abduct 潘金莲是

melodrama，但此后melodrama极少，西门庆本来人也变得愈来愈human。他对李瓶儿的情感是真的，她儿子死后，瓶儿自己死后，他的grief也是真的。那时的西门庆是最令人同情的。后来他旧态复萌，靠了吃丸药，支撑他dissipated的生活，但已是强弩之末，死期也不远了。你《金瓶梅》看不下去，不知你看了多少。但读了译本，我觉得《金瓶梅》是和《红楼梦》可相比的书。书中也讲"报应"，但并不重要，"色情"部分，在美国青年都看Henry Miller之今日，更〔根〕本用不到〔着〕大惊小怪。西门庆生活虽然荒唐，大致不像Sade那样有好experiment的虐待狂。潘金莲的nymphomaniac是很可怕的，外国小说中她这样的女人恐怕不多见。

六月间Indiana大学开中西文化交流第三次conference，这次柳无忌请我去演讲，我决定讲《水浒》，我《水浒》看法和别人不同，可能讲得很精彩。Conference papers以后要出专书发表，所以文章写好后，不必再找出路。你的几篇《左联》大文，其实也可到Indiana去一读，你如不好意思毛遂自荐，我希望你拿了学校的钱，去Indiana开会，我们相聚，同时你可顺便来Pittsburgh一玩。暑期来Seattle的事，我一时不能答应，Barzun已appoint了committee，我的appointment得由committee通过后才可正式报表。据de Bary说，明年Bulletin上已把我的名字和功课印上去了，希望没有问题。我*Flower Drum Song*尚未看，目前好电影有*Five Day Lover*[1]、*Purple Noon*[2]等，都没有去看。Pitt有Burlesque的戏院，下星期中国女郎Mai Ling第二次来匹城（挂二牌），但我不知戏院在那〔哪〕里，并且下星期要去Smith演讲，大约不会去看她。Robie Macauley来信，文

1　*Five Day Lover*（《浮生五日》，1961），法国色情喜剧，菲利普·德·普劳加（Philippe de Broca）主演，珍·茜宝、米谢林·普雷斯勒主演，Kingsley-International Pictures发行。

2　*Purple Noon*（《怒海沉尸》，1960），据派翠西亚·海史密斯（Patricia Highsmith）小说*The Talented Mr. Ripley*改编，雷纳·克里曼导演，阿兰·德龙（Alain Delon）、莫里斯·罗奈特（Maurice Ronet）主演，Miramax发行。

章 spring issue 可发表，最迟也在 summer issue，但文章中得加一些说明文字，此事明后天办。

程靖宇寄了一卷 tape 来，有张君秋、梅杨《霸王》、赵燕侠、谭富英等所唱的东西。我在假期间听了几次，后来承〔程〕靖宇把唱辞一部分也抄来，可惜我已把 tape records 送还学校了。Tape 两面都灌了音，我日内寄给你，因为程的意思是要我们假期见面后一同听的。程的澳大 application 没有下文。

父亲有信来，不准备去香港，玉瑛妹一时也不能调回上海。兹把信转上，并附贤良弟近照。宋奇有贺卡来，另封转上。不多写了，专颂

近好

弟 志清 上
一月十二日

〔又及〕谢谢你送的蜜饯、唱片，蜜饯很可口，已吃完了。唱片 Joyce 也听了几次。Alice 唱片节述了原书好几节，*Arabian Nights* 转〔专〕讲 Aladdin、Ali Baba、Sinbad 等有名故事，很动听。

531. 夏济安致夏志清（1962 年 1 月 29 日）

志清弟：

接到来信，知建一曾住医院，甚为挂念。你的担心与fuss，我可以想象，而且要替你着急的。幼年时候多病论纪录我是很可怜的，后来一直迁延到三十岁以后，才渐趋强壮。建一的身体无疑比我小时候要强壮十倍，小病痛小时候总是难免的，希望你们不要太着急。着急了给小孩子心理上不好的影响。按我自己的经验，健康与否，一大半是命运的决定，如我小时候为什么如此羸弱，除命定外，无其他理由可说。希望信到时，建一业已出院，已活泼健康如常。另函寄上中共出的京戏"脸谱"一本，希望你或Carol陪着建一剪贴着玩，或者可以帮她解除一两天的闷。

看见父亲的信，总是使我很难过。二老如此固执守旧，个性一点不yielding，在中共政权之下，日子想必更难。中国老百姓这种精神，共产党如知道了，当亦为之吃惊。去香港当然有各种好处，但我信上亦不敢多说，多说了恐怕惹麻烦。父母亲不断地写信去申请玉瑛妹回上海，使得玉瑛妹（她是很孝的）增加不安，realize自己的不能尽孝道。再则，她在她学校里，可能受到同事等的检讨，认为她小资产阶级思想未净等，除非她自己表明不愿意回上海——这样当然是给父母亲更大的打击。父母亲这种奋斗的精神，这种"看不开"，徒然增加自己的痛苦而已。

　　还有一点是二老看不开的，即你的生男孩子与我的结婚。他们不想想，我们已有的成就——总算很"成人"（而且不在〔再〕吃苦）——是应该值得感谢菩萨神佛与祖宗的了。人生哪里有十全十美的事？你比我孝，但我希望你不要为生男孩子事而难过。为这种事情操心，是自寻烦恼的事。至于我的结婚，我亦曾追求过，何以追求不成，那亦是命运之事。如上帝叫我挑选：在中国大陆、台湾或香港结了婚而穷困，与在美国过一个不错的独身生活，我是情愿挑选后者的，所以我自己是并无怨言的。在美国而富贵双全坐拥娇妻，子孙满堂——这种人当然亦有；但人生未免太完美了，我是主张谦虚一点的。我年事日增，当然 passion 渐淡，把人生各方面看得都比较淡了。男人看中女人，当然为的是 passion；有了 passion，行动当然大为错误，追求于是很难成功。我当然仍有可能结婚，但是现在很自得其乐，如培养与 work up 对某个小姐的 passion，做人又要大痛苦了。此间有一朋友，王适，哈佛的 Ph.D.，UC 的副教授 Electrical Engineering（有 tenure），做股票多年，积资不少，年纪约三四十岁，条件什么都比我优越，对于女色这一道当然尚未"看穿"。历年以来，追了不知多少小姐，现在我成了他的恋爱顾问，看看他的情形，实在很可怜。凭我现在这点 shrewdness，与对人的心理的了解，做恋爱顾问当然比程靖宇高明很多，但是我的指导，实在帮不了他多少忙的。Weekend 他如 date 不成，就大痛苦——下一次和小姐见面，未免有些怨望与紧张，小姐亦许就更不愿和他出去。他如不感痛苦，那么就根本不会去追了，而且以他教授之尊（他亦很 conscious of 这一点的），在学生淘里钻法钻法，情形亦很狼狈。这一类的事情在中国留美已 established 或将 established 的学人之中，是很普通的。（再看马逢华。）为了目前的快乐，这种问题最好不去想它；为这种事情，再花太大的力气，是花〔划〕不来的。而且我的自尊心极大，特别敏感，过去为了追求所受的委屈，实在比追求不成所给我的痛苦更大。我现在对于台湾来的人个个疏远，主要是因为他们知道我（的）一段"丑史"。除了少数知己朋友之外，我是假定他们大多maliciously enjoying it的（或者感觉"怜悯"），所以能够不见他们最好。我知道这种心理并不正常，但是我并不想伤害别人。对于朋友如王适、马逢华，我仍希望他们（且帮他们，if possible）成就美满因〔姻〕缘。我自己暂时不想制造话柄。

目前生活：工作，应有的休息与娱乐（电影与武侠小说），无法避免的社交（包括听演讲等）加在一起，已使我的时间排得相当满，实在亦凑不出多少时间留给小姐们了。心上没有多少问题，只是觉得research的成绩还是太慢，达不到自己所要求的完美与速度；再则UC的事情可能再做很多年，但到底能做多少时候，自己毫无把握。如有tenure就好了——人之不知足有如是者！

对于父母亲，这一套话当然用不着说，只是说：工作太忙（因在美国脚头〔跟〕尚未站稳，非得卖力气不可），且美国合适对象不多，但是在随时留意中。一有好消息当即奉禀云。

我心里虽然还有点整〔别〕扭，其实做人愈来愈mellow，很easy-going，许多事情无可无不可，一点shrewdness是够保护自己——中国道家的理想快乐境界，想亦不过如此。美国人是不讲究修养的，道家的修养是对于许多事情不去想它（如我在台湾时，不想来美之事，当然更不钻营），这一点恐怕亦不容易做到的。要说成就，亦可说是成就。所求者，无非小小的快乐；当然，儒家的"惊天地泣鬼神"之事，与我是无缘的。

前面四页写好了一个多礼拜，一直没有续完，实在是太忙了，害你们等得很焦急，很是抱歉。原来我那文章横拖竖拖，决定于一月底前赶完。全文总在九十页以上，吃力非凡。这次所做的research，远在鲁、瞿二文之上——我真的去研究"中共党史"了。这方面我知道的已不少，渐渐可以成一小专家。再则材料愈多，整理愈难，文章亦愈难写。英文恐怕不能自始至终地smooth——因修改得还不彻底，没有时间了。文章内容将是对共产党一个极大的打击，你看到了自然知道。我定二月廿一日在西雅图讨论此文（文题："Five Martyrs"），大约十七、十八号飞去。

有一件小事，亦算了了一桩心事：美国移民局已正式批准我在 Waiting list 上，等 quota（早已客满），我算是 first preference 的。台湾的护照可以暂时不要了。条件：（一）我的 sponsor 只许是 UC，不许换 job；（二）不许离美——离美要办复杂的手续。当然我可没法请议员提 Special bill，硬插到 quota 里去，但现在无暇顾及。劳干经 UCLA 请他为历史系教授（有 tenure），台北的领事馆因移民 quota 已满，不放他走，所以去年暑假未走成，数月以来，经 State Debt. 特别批准，已经全家来美了。

你的 "World of Chinese Fiction" 文章非常潇洒流利，看了佩服不置。我最能欣赏的文章是像你这一篇的，深入浅出，讲的道理使我有同感。这篇文章我认为比论短篇小说那篇更重要，因牵连更广，更 basic 也。有两点不赞成：（一）Trilling、Wilson 等名字可以不必提，他们不懂中国，是无可奈何之事，就像我们不懂希腊文一样，大家马马虎虎算了。（二）最后两页语气似太重，恐怕不能叫人心服（美国的左派很讨厌，这点我是念念不忘的，我不敢直接去惹他们），轻描淡写一点亦许亦可以说出你要说的话。原稿是演讲稿，像这样亦可以，但是我赞成你去发表，发表时不妨少去惹犯别人。

大学阀 John K. Fairbank 曾来 UC 演讲，说的话倒亦脚踏实地（只讲 research，不讲 ideology），不讨厌。他对我说 greatly admire 你的书，所以此人亦不好算左。

西雅图有个朋友 Jacob Korg 写信来问关于 Pound's Notions of Fenollosa's Views of the Chinese Written Language [1]，我是一点亦不知道。去西雅图时当见到他，请你有空指示，免得我见了他回答不

1　此处的 Fenollosa 是指 Ernest Francisco Fenollosa（费诺罗萨，1853–1908），美国东方学家、日本艺术史家。1878 年到日本，任教于东京大学，开始从事日本艺术的研究与收藏，并钻研中国古典诗歌。1886 年他将藏品出售给波士顿美术馆，并出任东方部馆长。1908 年费诺罗萨在伦敦去世，其遗孀将其手稿赠予著名诗人庞德（Ezra Pound），庞德据其中国诗笔记整理出版了诗集《神州集》（*Cathay*）和诗学笔记《汉字作为诗媒》（*The Chinese Written Character as a Medium for Poetry*），产生了广泛影响。

出。张和钧太太有信来，说张去英国，约五月返台，计划事很表赞同。

宋奇的信（卡片）还没有回复，其实我倒很想写封长信给他。程靖宇的tape很想一听。张心沧有封信，亦已久搁未复了。

文章一月底赶完，然后打footnotes ——这个不要做什么文章，不必费什么脑筋，可以克日完工。然后可以松一口气，阴历新年可以去看看电影了。最近看了 *The Mark*，没有什么道理。Joyce已痊愈否，甚念。Carol前一并问好，专颂

年禧

济安

一月廿九日

532. 夏志清致夏济安（1962年1月30日）

济安哥：

好久没有接到信，甚念，想必赶写文章忙，何时去华大？此信到时，可能你已去Seattle矣。

昨日接de Bary函，哥大appointment事已正式通过，名义是Associate Professor of Chinese Literature，下年度开文学史year course一课，现代文学term一课，Seminar on Chinese Fiction Term一课，此外在大学本科教great books一课。功课投我所好，教起来不困难。为了appointment事，你也等得很心焦，问〔闻〕讯，当可释念。哥大中日文系有二十人，有Professor of Chinese Hans Bielenstein[1]一人，以前没有听到〔说〕过，可能是德国教授。

Joyce星期四下午送医院，星期一（昨天）割了扁桃腺，今日出院。割tonsils是小手术，隔两三日当可饮食正常。上次返家后两个多星期，身体调养得很好，体重也渐恢复，所以这次吃了些小苦头，不影响健康，望勿念。

父亲有信来谓玉瑛已怀孕，九月初生产，有了小孩，她和焦良的生活一定更艰苦。玉瑛分娩前后有两个月休假，可返上海，由父

---

1 Hans Bielenstein（毕汉思，1920–2015），瑞典汉学家，专治汉代学问，代表作有《汉代官僚政治》(*The Bureaucracy of Han Times*)、《中国外交与贸易》(*Diplomacy and Trade in the Chinese World, 589–1276*)。

母阿二好好照料。

两星期前去Smith College演讲，听众二千多人，把大礼堂挤满。有这样大的audience，生平第一次，讲辞大受女学生欢迎。晚上吃cocktails、饭，饭后看了 *Throne of Blood*[2]，影片太长，男主角动作过火，不如 *Time* 说得那样好，女主角则极精彩。

程靖宇的tape上次未寄出，明天一并寄上。隔两日再写长信，即祝

年安

弟 志清 上

一月三十日

2　*Throne of Blood*（《蜘蛛巢城》，1957），日本电影，据莎翁《麦克白》改编，黑泽明（Akira Kurosawa）导演，三船敏郎（Toshiro Mifune）、山田五十铃（Isuzu Yamada）主演，东宝株式会社发行。

533. 夏济安致夏志清（1962 年 2 月 11 日）
——明信片

志清弟：

今日来 Reno 小游，没有像背面那样豪华的 show，赌钱稳轧〔扎〕稳打，只求一元二元输赢。

Carol 前均此，Joyce 前问好

济安

534. 夏济安致夏志清（1962 年 2 月 12 日）
——明信片

志清弟：

昨晚看了背面的 show，相当有趣，美女约十余名。赌上面输掉已有十元，五元是陆陆续续在吃角子老虎上输掉的（There are acres of slot machines here！），再在 21 上赢了回来。假如从此洗手，可以无输赢。续赌 21，大败，乃停手。Slot machine，赌皆必输；21，赌者似尚有赢的希望。此间无 poolroom，亦无马〔麻〕将 Polar 等。

在轮盘赌前看了好久，没有下注。另有 Keno 一种，如买彩票，我亦未赌。昨天已发出平信一卡。

济安

535. 夏济安致夏志清（1962年2月13日）

志清弟：

　　来信收到。哥伦比亚的聘约是今年的第一好消息，从此以后，你可以安心做自己的工作，不必再worry职业问题、搬家问题等等了。Carol一定很高兴。纽约住家问题最严重，你们是否将住在Long Island？胡昌度住在哥大附近，那地方下等人太多了，于Joyce大为不利。我劝你们还是住得远一点，这将是你们住一辈子的地方，对于Joyce的教育环境，亦是第一考虑。Joyce已出院，闻之甚慰，希望她日趋强壮。

　　年底有个不好的消息，我迟至今天才告诉你们，免得新年就使你们不快乐。胡世祯〔桢〕太太在年前死了，脑溢血病复发，大约一两天就过去了。一年之前（亦是阴历年底），她那次病亦很凶险，亏得医生尽力，给治好了。病因是脑中血管畸形（先天）发展，成了tumor，随时可溢血。迟至现在才发，那就是运气走完，大限已到了。

　　一年之前，汪霞裳¹给治好的时候，胡世桢想起了上海算命先生袁树珊²的话（上海静安寺区同孚路，现在台湾）。他说汪霞裳

1　汪霞裳，即胡世桢夫人。
2　袁树珊（1881–?），名阜，以字行，江苏扬州人，代表作有《桂生丛堂医案》。

四十岁那一年的年关逃不过的（他们在结婚时去算的命），因此批命批到那一年就不往下批了。想不到一个阴历年关逃过了，第二个阴历年关还是逃不过。

胡世桢在Pacific Palisades（附近皆阔人住宅）买了一幢豪华房子，一直叫我去玩玩。阴历年前，却巧UC是两学期之间的寒假，他又约我去小住。我因文章未赶完，没有去。如去，则赶上汪霞裳发病，情形将很悲惨了。

文章已写完，约一百页，footnotes就有十几页。写完之后，总觉得人飘荡荡的没个寄托（此所以在美国大家都紧张地工作，闲了反而觉得生活空虚），看了两场电影。法国 *Murder: Purple Noon*，很紧张，手法亦干净。福斯巨片 *Tender is the Night*[3]，Jennifer Jones 很美，演技亦如你所说的"卖力"，看样子真不像四十岁的人。Jill St. John[4] 我在报上看到她的相片，觉得很美，银幕上则不如照片上。眼睛睁得太大，含蓄不够，不如 Lee Remick。福斯另一美女，Tuesday Weld[5]，大约亦属 Lee Remick 一型，我尚未见过。Mad 杂志年前有一期大讽刺 Tuesday Weld，不知你曾留意否？ *Tender is the Night*，描写美国人20's时在欧洲生活的无聊，有点像 *La Dolce Vita*，但结构松懈，感情模糊，远不如 *La Dolce Vita*。还看了一张旧片，*A Night of the Opera*[6]，Marx Bros. 仍叫我笑痛肚子。

---

3 *Tender is the Night*（《夏夜春潮》，1962），据菲茨杰拉德的圣诞同名小说改编，亨利·金导演，詹妮弗·琼斯、杰森·罗巴兹（Jason Robards）、琼·芳登主演，福斯发行。

4 Jill St. John（吉尔·圣约翰，1940–），美国女演员，代表影片有《铁金刚勇破钻石党》（*Diamonds Are Forever*，1971）。

5 Tuesday Weld（塔斯黛·韦尔德，1943–），曾获奥斯卡最佳女配角奖、金球奖戏剧类电影女主角，代表影片有《顺其自然》（*Play It As It Lays*，1972）、《寻找顾先生》（*Looking for Mr. Goodbar*，1978）、《小店风云》（*The Winter of Our Discontent*，1983）、《义薄云天》（*Once Upon a Time in America*，1984）。

6 *A Night at the Opera*（《歌声俪影》，1935），喜剧，山姆·伍德导演，马克斯兄弟主演，米高梅发行。

在 Reno 寄出的两张明信片，想已收到。2/12 林肯生日，UC 放假，因此我们有一个 long weekend。王适在追一个某小姐，迄今尚未能单独 date 过她，老是合群白相，他觉得爱情难有进展。这个 long weekend，他想把那小姐忘记一下，碰着我亦正无聊，因此我们就上 Reno 去了。

加州近来天气多怪，本世纪内最冷的日子（S. F. 下过雪），亦过过了，最近则不断下雨（L.A. 大水成灾）。天气不好，我们没有开车去，坐的 greyhound（如坐赌场的专车，则交通完全免费）。过 Donner Pass（加州与 Nevada 交界处），大雪（十九时），车轮装铁链而行。星期六 Reno 还下雪。星期天见太阳，星期一大太阳，但回到 Bay Area，还是不断地下雨。

Reno 是个相当无聊的地方，如自己开车去，还可去附近 Lake Tahoe 一带玩玩，自己没有车，困在 Reno，只好赌钱了。而赌起来，输得太快，使我害怕，因此不敢赌。在赌场里坐的地方都没有，立得脚酸，亦是相当无聊的。

像我这样谨慎的人，大约还是输了二十余元。星期天晚上，我就退出战局，在旅馆里看书了。王适一人去反攻，给他扳回来些，他大约输了十元。

Reno 儿家大赌场，都挤在一条街上，到每家去进一圈，就叫能在十分钟内输掉三元五元，几家一跑，很快就输满二十几元了。赌场倒是很公平的（Nevada 的人很和气），赌的是 chance，不是技巧。赌场不作弊，靠赌客多，根据 law of probability，他们是稳赢的。最大的一家（？）Harolds Club，雇用了一千个人，这些开销哪里出来呢？赌客如长期抗战，根据 the same law，亦有赢的机会。赢了就走，则身价可保。如赢了不走，则非输光不可。像我这样，到每家去撞运气，是太靠运气了（玩的时间太少，则机会出现不 even）。我亦撞到过，但赢的钱再拿来下注，结果还是输掉了。

赌场里最靠不住的是"吃角子老虎"。它不作弊，它的 jackpot

出现亦是根据 law of probability 的，但普通游客，不知道每只机器出现过几次 jackpot，场里的职员则知道的（因为 jackpot 的钱归场里的职员付，她们就随手登记了）。我相信 jackpot 大多是给职员们捞去的。别的赌客去开路，放了很多角子进去，到快出现 jackpot 的时候，赌客亦许已经 give up 了。职员们则瓜熟蒂落地去凑现成。

我在轮盘上赢过十元钱，这是平生得意之秋。我在四周瞎逛，由王适坐定了统计"0"出现的次数。它必出现，如好久未出现，乃可押。我逛回来了，一押即中；中了我又出去逛；回来了，押到第二次又中了。这样，大为得意，乃坐到轮盘边上来赌，给轮盘转得晕头晕脑，忘了自定的 principle，乱押一起〔气〕，结果赢的输掉，还赔了几块进去。我就站起来了。

王适会打扑克，他和 banker 坐定了赌 21，最后还是靠它反攻的。21 的确很公平。轮盘亦很公平，客人尽可用铅笔记数，冷眼旁观而不押。但是能长期 maintain self control 的人，究竟不多。Craps 亦很公平，但此赌需要客人自己掷骰子，我们都 shy，没有去掷，而且对于规则亦不大懂。

赌场里亦有 show，但都不大精采〔彩〕，赌客埋头于赌，哪有闲情逸趣看此 show 哉？Harrah's 的 show 是 24 小时不停的，加上 24 小时的 bar，restaurant 与赌，Reno 可算城开不夜了。酒很便宜，且容易 order，一举手就有小姐来侍候端酒了。如要点咖啡，则甚困难，因 coffee house 常挤满了没有位子坐。酒吧则一家赌场里总有很〔好〕几个。我虽能饮，但亦不敢多饮。照赌场的环境，顶需要的饮料是黑咖啡，并非 Alcohol 也。

Riverside 旅馆里的 show 很像样，三元钱 minimum change（看客不赌），旧金山拿不出同样的东西。可惜全 Reno 只有这家的 show 像样，星期六晚上我看了，星期天就无戏可看，只好回旅馆看书。如去 Las Vegas，则 show 更豪华，而且一个礼拜夜夜看，可以看不到同样的东西云。

我是胆小谨慎之人，而且不贪横财，偶而进一次赌场，只求小败，亦无伤大雅。但下次如去 Las Vegas，预使输它五十元到一百元。什么时候去，还没有定。亦许再要一年之后吧。

Seattle 定十九日去，文章 Seattle 在油印，印稿当从 Seattle 寄上。你同 Carol 的生日，我寄上拖鞋两双，薄礼请签收。给 Joyce 的京戏脸谱，想已收到。

程靖宇的"戏"tape 已收到，我尚未听完（借人家的机器），觉得很精彩，赵燕侠唱得远比我记忆中的好，她在北平现在亦算是头牌花旦。我尚未买 tape recorder，想买一只旧的，正在物色中。买来了把 tape 转录后，当将程的 tape 寄还。望你去信时，先谢谢他，如自己有了 tape recorder，我还想寄钱给他，托他转录余叔岩的全部，孟小冬的（if any），程砚秋的《锁麟囊》，more 谭富英等（some 马连良、麒麟童）。

再谈 专祝

生日快乐 新春如意

济安

二月十三日

536. 夏志清致夏济安（1962 年 2 月 28 日）

济安哥：

前天收到"Five Martyrs"长文，当晚读了一遍，昨晚又细看了一遍，大为佩服。文章仍保持"瞿"文的风格，有条有理，不慌不乱，读来极引人入胜，但在 research 上所能花的功〔工〕夫的确比"鲁"、"瞿"两文所花的功〔工〕夫多了好几倍，真是亏你的，能看这样许多材料，而同时能得到这样许多收获，实在是不容易的事。Schwartz 以 *The Rise of Mao* 一书而成名，你把何孟雄和五烈士这一段共党历史整理得清清楚楚，贡献已不在 Schwartz 之下，何况你这篇文章的成就还不止于此。同样重要的是五六个青年人生活情形，精神状态的描绘：胡也频是胡也频，丁玲是丁玲，柔石是柔石，冯铿是冯铿，你把他们的个性和内心冲突刻画入微，二三十年代在中国住过的，都一定会感到你描摹的真切性，即未到过中国的美国学者也一定被你文章的魔力吸住，走进一个古怪的世界，把自己的眼光扩大，而承认自己 preconceptions 的简单而错误了（如周策纵书上所转载的机械式的 information）。你"鲁"、"瞿"、"五烈士"三文，表面上讲的中国当时智〔知〕识界和共党的一段关系，at bottom，却是当年智〔知〕识青年嘴脸的素描：这样带同情的，这样 objective 而 detailed 的 portraiture，中国人实在还没有尝试过。我所能想到的只有 Edmund Wilson 的 *To the Finland Station* 中刻绘 Lenin、Trotsky、

Stalin 几章可以说和你文章是同样性质的，而同样成功的。我一向反共，但读了 Wilson 的书以后对 Lenin 的果敢和毅力不能不佩服，对他为亡兄报仇的心理，不能不表同情。你研究党史和左联内幕的情形，永远不忘记这几个 actors 是有血有肉有志气的人，把中共领导人和左联领导人的 ruthlessness 和 blundering 反赤裸裸地 expose 了。你老怕文章过火，得罪左倾学者，在这一点上，"五烈士"全文一无火气，是不必 worry 的。

全文也有很好的文艺批评。殷夫的几段写得最妙，读了你的译诗，我也很为 intrigued。你能看到殷夫的好处，也是文学史上的一个发现，我想目前中共 critics（和鲁迅一样），是看不到他的好处的。《子夜》、《一九三〇春的上海》我都读过的，但后者在我书上我仅提了一下，前者我也仅总评一下，没有把小说和时代背景的联系多加说明。我看《子夜》的时候，对于中共的情形知道得还不很清楚，只觉得叙述女工的几段写得很混乱，不知其所指。后来对中共情形稍有了解后也没有功〔工〕夫重读小说，所以《女工》的几节文字我根本没有讨论。茅盾其他小说提到"托派"分子很多，我因为对托派和 Stalin 派冲突情形不详，书中都略过。我书上做过和你相仿research 功〔工〕夫的只有胡风、丁、冯几段文字，但我手边参考书有限，所根据也仅是《文艺报》而已。

你到 Seattle 去 present 你的 paper，一〔亦〕必大获成功，引起Michael、Taylor 和中国学者们对你更大的钦佩。其实三篇文章集成一书，已是一本了不起的巨著，要出版即可出版。至多把胡秋原、蒋光慈等合在一起，再添一章，同时把"左联"许多你还没有交代清楚的事情，交代一下。因为加入"左联"的人物，不出乎几型（胡秋原可能是另外一型），你把这几型的人物，描写得淋漓尽致，已是最重要的 intellectual 和 literary history 了。多写同样性质的人物，反而没有意思了。

你已被移民局正式批准在 waiting list 上，很好，既是 first preference，久居美国当是时间问题，不必再忧虑。暂时不离美，也无所谓。你巨著出版前后，移民局的手续也一定办妥。那时名正言顺，可到日本去玩一年，同时做 research。我在哥大教了两三年书后，也想到日本去走一遭。

我哥大聘约已定后，较定心，但正式致力研究中国文学，要看的书很多，实在感到时间不够。最近教了《诗经》、《楚辞》，把原文好好地读了不少，得益匪浅，但诗三百首祇读了五六十首，无法全读。Arthur Waley 译的《诗经》，我以前没有和原文对照读过，现在觉得是他对中国学问的大贡献。他对 anthropology 颇有些研究，很能体会到当时的风俗习惯，至少对我他这种学问是很 refreshing 的。Waley 中文根底不很好（*JAS* 上有一篇评他《雅片战争史料》的文章，评者是张 Hsin-pao[1]，把 Waley 译错的地方指出很多处，《志考》、《西游记》想也是同样情形）。但《老子》、《诗经》等古老东西，反正大家都是瞎猜，他的译文倒有些出人头地的地方。相反地，倒都是根据朱熹的注解的，但他"直译"、"硬译"的地方很多，同时用了各式各样的 meters，所表现的 virtuosity 很不合《诗经》朴素的风格。Pound 的硬译等于"拆字"，简单的倒是"桃"译为 omentree，而不译"peach tree"，和 Boodberg 是同道，大约是受 Fenollosa 的影响，把一个字本身当 image 看待，把它的 components 都译出来。Pound 译的《诗》还没有全部直译，他译的《大学》、《中庸》，其"怪"而"不通"的程度，令人难以置信。上次你问起我 Fenollosa 对于 Pound 的影响，我没有立即答复，很抱歉。但 Fenollosa 那本书我也没有看过，我上面所讲的一些东西，想你一定也都知道的。在 *Cantos* 里 Pound 是真正尊王攘夷的老派 Confucianist，他有一个 canto，从黄帝、周公，讲到雅〔鸦〕片战争，全文大骂释道，大骂洋人，正和他在别的诗内大骂犹太人、usurers 相仿。人家骂 Pound 法西斯蒂，其实他的"法西"倒是以孔二先生做根据的，他可能和辜鸿铭是同样的人物。

1　张馨保，1958年获得哈佛大学博士学位，代表作有《林钦差与鸦片战争》。

不久前看了《隋唐演义》，上半部描写秦叔宝落魄情形，的确是中国小说中少有的成就。他的性格比《水浒》中的人物复杂，描写得也更细致，假定是罗贯中的原文，那么罗贯中实在当得起great novelist的称呼。初读炀帝和他的诸妃游宫院的节目，觉得很怪（炀帝是happy & contented宝玉），后来发现全书对后妃宫闱之事特别着重，自有其pattern，也很有道理。全书都根据正史稗史，所以一直引人入胜。最拙劣的描写恐怕是花木兰、罗成、窦线娘几段，故事不大通，作者着意"浪漫"，而同时又要标扬礼教，不伦不类。武则天、唐明皇几节，都没有这个毛病。杨国忠和安禄山的冲突，写得很好，萧后也是小说上不大多见的女子。我参阅了林语堂的 *Lady Wu*，《隋唐》里的人物，正史上都有的。想不到长孙无忌、褚遂良诸人下场这样惨。秦叔宝归唐以后，没有什么表现，但作者屡次提到秦母的生日，也是别具匠心的。单雄信临死一节，文章也很好。

我答应在Indiana Conference上读一篇关于《水浒》的paper，还没有动手写。同时 *China Quarterly* 有信来，请我写一篇关于小说的文章（MacFarquhar要出一本《小说》专号，我已把你的名字介绍给他了，想已有信给你），他给我的题目是《家庭与妇女》，我不想重读巴金之类的东西，很有意写一篇关于satiric fantasy的东西，Cyril Birch在《老舍》那篇文章上提到《猫城》，我很想把《猫城》（Pitt图书馆有）读一遍，同时也想读张天翼的《鬼土日记》（此书可能是写实的），沈从文的《阿丽思中国游记》，再加上一些鲁迅《故事新编》、郭沫若《马克思游文庙》之类的东西，和旧小说中的《西游记》、《镜花缘》也提一下，可以写成一篇好文章，而且材料都是我书中没有讨论到的。但问题是《鬼土日记》、《阿丽思中国游记》这两本书美国图书馆有没有，请你查一查（Union Catalogue上我没有查到），也请托Birch查一下。此外废名有一长篇《莫须有先生》（？），曾在朱光潜《文学杂志》上连载，不知有没有登完，废名学问较广，可能对中国社会有独特的看法。《文学杂志》哥大有全套。

哥大方面，de Bary 答应今夏给我 1,800 元做 research，写那本旧小说名著批介的书，明夏同例。《水浒》、《红》、《金》、《儒》等书的 critiques 我随时都可以写，但我想多看些西洋名著，和其他中国小说，否则 frame of reference 太狭，书的内容不够着实。所以春夏两季我当很忙。哥大明年请到 Hans Bielenstein，代 Goodrich，名义是正教授，我以为他是德国老人，不料他是加拿大的 Ph.D.，陈世骧的学生，年龄和我相仿，他现在澳洲大学教书。

程靖宇逼稿，没有法子，我把《红楼梦》那篇文章寄去，让他请人翻译。胡适去世了，我也有些感触，下星期的 *N. Y. Times Book Review* 有一篇 London Letter，说 Waley 已退休，不再写书，他的中日藏书，也已送给英国北部某大学了。上次去 Smith，见到 David Aaron[2]，他的 *Writers on the Left* 最近出版，我和他谈得很投机。去哥大我们大约住在哥大附近，Joyce 受些委屈，也无可奈何。胡世桢太太过世，我也已去信致悼意。胡世桢来美后，我曾去 Princeton 见他一次，霞裳那时绘画消遣，情形很理想。要说的话很多，夜深了，不多写了。玉瑛妹已怀孕，想在信上已告知了。专请

近安

弟 志清 上
二月二十八日

脸谱、套鞋都已收到，谢谢。Joyce 身体很好，tonsils 割去后，的确已没有伤风现象。

上星期我们请 B. Schwartz 来演讲，他写了一本《严复》，不日可付印了。他也 compliment 我的书，和 Fairbank 一样。

2　David Aaron（指 Daniel Aaron，阿隆，1912–2016），美国作家、学者，曾帮助建立美国图书馆（Library of America），代表作有《左派作家》(*Writers on the Left: Episodes in American Literary Communism*)。

《海外论坛》上看到一篇文章，讨论你那篇《台湾》的 appendix，张得生[3]想是你的朋友，兹附上。

看了 *L'Aventara*[4]，不太满意。

〔又及〕Other examples of Pound's translation：

耿耿不寐 for flame in the ear, sleep riven

静女 Lady of azure thought

实维我特 My bull till death he were

3　张得生，不详。

4　*L'Aventara*（指 *L'Avventura*，《情事》，1960），米开朗琪罗·安东尼奥尼（Michelangelo Antonioni）导演，加比利艾尔·费泽蒂（Gabriele Ferzetti）、莫妮卡·维蒂（Monica Vitti）主演，Cino Del Duca发行。

537. 夏济安致夏志清（1962年3月2日）

志清弟：

好久没有接到来信，甚念。我从西雅图回来，已有一周，今天始写信给你，亦很抱歉。文章业已寄上，很想听听你的意见。这篇东西UC要印，不像"Metaphor"一文那样的油印，而是打字后照相，骑缝钉，像本小书似的，可以多印几份，流传较广。在Processing期间（文章标题你能否suggest换一个？），你的宝贵意见可以供我应用，使文章更臻完美。文字小毛病想必很多，写的时候实在太吃力，有些不妥的句子，因精力不够，没有改动，放在那里就算了。很小的毛病如articles、prepositions等，这里有editor可改改，如有你认为不妥的句法，亦不妨顺便指出。我在organization方面，花了很多心思。开头先"蓄势"，然后让文章畅顺地流。许多themes，很早就present，然后慢慢develop，像音乐作品似的。但因文章分了几批寄到Seattle去的（否则他们来不及打字的），亦许气势仍有不衔接之处，而且先寄出的已经在打字，后来要改动亦不易。顶大的功夫当然是research；假如没有research，光照creative writing写法，在文章上可以更用力。有了research，精力不能兼顾，文章有时候只好马虎一点了。

文章在Seattle的反应尚好，有人说：这是personal tragedy，不是political tragedy，我很欣赏此评语。给人的印象应该是一种"悲观”，觉得人去搞政治，总是没有出路的。我的 intention 亦是如此。
Franz Michael 与一二"死硬派"，认为我骂共产党骂得还不够，态度
暧昧，他们以为这种人根本不值得同情的，枪毙了亦好。殊不知我
对于他们（五人）的同情，是硬做逼出来的，是 style 规定了我的同
情，我自己如不写这篇文章，本来对他们亦没有多少同情。讲到反
共，我想我是把共产党骂惨了。我对国民党亦骂，但是稍为 subtle 一
点的国民党人，当看出我的文章还是对国民党有利。我伤的是国民
党的皮毛和共产党的根本。虽然，我对于"革命"是完全不赞成的，
国民党的革命我亦认为是毫无是处。"革命"之误人，有几十篇文章
可写，将来我可能去研究国民党的革命家，如汪精卫、戴季陶等。

胡适逝世，是最近的大事。写他不难，你亦曾鼓励我写。哈佛
有个学生在写以胡适为题的博士论文。胡适的下场，其实亦很凄惨
的。程靖宇要办《独立论坛》，向我要稿，我已去信拒绝。中国读书
人，似不应再走梁启超、胡适的旧路，徘徊政治学术之间。当然，
程靖宇所约的是文艺稿，但我亦不愿把文艺文章，放在政论一起发
表也。我说：他如办软性刊物，我很愿意投稿。我可以谈谈电影、
武侠小说等等。Serious 的杂志——甚至所谓"纯文艺"的——难免
与政治发生纠缠，我实在见之有点怕。

加州最近天时不正，奇冷而多雨，使人精神不振。我一星期来
很少走动，想去买 tape recorder，亦提不起劲。陈世骧好久未见，不
知他已把音带录完否。

Seattle 这次给我的印象很坏。我以前认为那边和衷共济，团结
得很好，但现在裂痕愈来愈深。Michael 甚至托我找事情（当然是
confidential 的），使我啼笑皆非。此事详情我亦不十分清楚，总之
George Taylor 是预备牺牲 Michael 了。可怜 Michael，十几年来一直
跟人打架，没有好好做 research，弄得外面人缘很坏，而研究成绩
很少，现在忽然自己家里人亦预备抛弃他了，他的处境实在很苦。
Michael 是个红脸大汉，一口德国腔英文（相当流利），是个直心直

肚肠的人。他要向Taylor争一口气，顶好是到比UW更有名的UC来，但是UC是绝对不会要他的——他来过几次，很想在UC演讲，但是人家没有请他。我的文章讲的是共党内部斗争，但一向以反共标榜的UW，内部斗争亦很凶，这对我是很depressing的。

Taylor大约已与哈佛妥协。一年多之前，几个所谓大教授，组织了一个Committee on Communist China，Taylor做主席，哈佛的L什么人做秘书，联合起来统盘筹划地研究中共，一起向foundation伸手要钱。Michael是排除在这个Committee之外的，去年暑假他就气愤得很。

UC恐怕亦有campus politics，但行迹不显，至少没有什么鸭屎臭的事发生。我最近和哈佛派的Levenson与Franz Schurmann感情很好。他们亦许较"左"，但他们的intellect不低，瞎谈谈（不牵涉到政治）还是很有趣的。Conrad Brandt和我私交甚厚，他是另外一种情形下的可怜人——UC给他halftime pay，做full time的事情——新近到巴黎去讲学了，差不多是逼走的。但哈佛派在帮他忙，半年后亦许仍可回来。

Levenson是个很shy的人，人很和气，英文讲得很漂亮。日常谈话中，成见似没有他文章中所表现的那么深。他有一个好处：少管闲事。学校的committee等，以及校外的民众团体等，他都不大去顾闻，甚至和foundation一帮人、政府机关等，他都没有什么来往的。他只是埋头做他的工作，这点修养很值得我们效法。你去Columbia后，希望亦少管闲事。

Stanford的陈受荣的系主任的位子，现在已告卸了，继任者为Nivison。事前似乎斗得很厉害，陈受荣的下台，对他是很伤心的。详情我亦不明，但陈受荣不能指导research，是他的致命伤。UW的Rhoads Murphey亦算是我的好朋友，是个聪明、用功的正派人（quaker），曾去台湾。最近Roger Hackett辞编者职（*Asiatic*〔*Asian*〕*Journal*），由他继任，他曾有信向我约稿。他很欣赏我的"Five

Martyrs"，但 UC 既预备印成小书出版，他亦不便要了。他没有
看见我的《瞿秋白》，我今天寄了一份给他。他说，牛津的 Dobbs [1]
(Dubbs？曾译《汉书》）有信给 *Asiatic*〔*Asian*〕*Journal*，很反对你的评
吴世昌的《红楼梦》，认为 unfair。他的信据说措辞很重，已退给他，
请他把文字修改后，再发表。*Asiatic*〔*Asian*〕*Journal* 我平常不看，
你的书评我亦没有看见，但你不妨准备答复。

　　讲了半天，多是有关学术界的斗争的事，我相信我很乖，不会
卷入什么纠纷中去的。最近 Levenson 借了我一本 Robert van Gulik [2]
的 *Chinese Bell Murders*（《狄公案》），文章写得很好，跟你现在研究
的题目有关，值得一看（Harper 出版）。其中有两个故事，在《醒世
恒言》中有类似的 plot。陈世骧认为洋人汉学家中，中文真学通的，
van Gulik 算是一个。

　　Joyce 最近健康如何，甚念。Carol 想亦好，她对我文章印象如
何？她如觉有兴趣，我的书将来销起来比较有把握。上海家里想都
好。专此 即颂

　　近安

1　Dobbs（指 Homer H. Dubs，德效骞，1892–1969），美国汉学家，1925 年获芝加
　　哥大学博士学位，1958 年再获牛津大学博士学位，曾任教于明尼苏达大学、
　　马歇尔学院、杜克大学、牛津大学等学校，著有《古代中国的一个罗马城市》(*A
　　Roman City in Ancient China*)、《一种古代中国的神秘崇拜》(*An Ancient Chinese
　　Mystery Cult*) 等，并翻译了《前汉书》、《荀子》等著作。当时夏济安对汉学界不
　　熟，把 Dubs 的名字写错了，也常把 Asian Journal 写成 Asiatic Journal。
2　Robert van Gulik（高罗佩，1910–1967），荷兰汉学家、东方学家、外交家、翻译
　　家、小说家。1930 年进入莱顿大学学习汉学，1935 年在乌德勒支大学通过博士
　　论文答辩。毕业后进入荷兰外交界，先后派驻世界各地，其中主要在荷兰驻中
　　国和日本的外事机构工作。工作之余，热衷于中国文化研究，并尝试书法、篆
　　刻、绘画、古琴等。除了小说《大唐狄公案》(*Celebrated Cases of Judge Dee*) 外，
　　还著有《琴道》(*The Lore of the Chinese Lute: An Essay in Ch'in Ideology*)、《中国绘
　　画鉴赏——中国及日本以卷轴装裱为基础的传统绘画手法》(*Chinese Pictorial Art
　　as Viewed by the Connoisseur*)、《中国古代房内考》(*Sexual Life in Ancient China*)
　　等。

济安

三月二日

P. S. Malcolm Cowley 正在 UC 讲学，我的文章还没有送给他"指教"。

538. 夏志清致夏济安（1962 年 3 月 22 日）

济安哥：

上次来信想已看到。三月二日信上你要我对你的文章提供些意见（one suggestion：文章很多处用"we"，我觉得用"I"较妥，因为"I"代表个人的意见，"we"所指较vague），我一直没写回信，一定累你等得心焦，甚歉。我这几天没有功〔工〕夫把"Five Martyrs"重读一遍，待这个周末把文章细读一遍后，再给你信。据我读过两遍的印象，文章保持你一贯的流畅清新的风格，实在用不着revise，"Five Martyrs" 当main title很好，但可添一个subtitle，把青年们的 delusions 和共产党的阴谋间的关系点明，不知你以为如何？你去Seattle读文章，结果Franz Michael 不能了解你的苦衷，可见文章要四面八方都讨好是极困难的事。但你参考书籍之广博，documentations 之thorough，共党内部斗争expose的彻底，当然是有目同赏的。希望你文章早日印出，各大学传观，使专家等读后吃惊。

谢谢你告诉我Dubs写信的事，我即写信Rhoads Murphey处，request给我答复的机会，Hackett把Dubs的信寄给我（十二日），限我十九日前把rejoinder寄到Ann Arbor，否则复信不可能在May号上同时刊出。所以我上星期忙了三个晚上把文章赶出，字数超出了规定的500字，但文章很着实，一点一点说得很清楚，希望Hackett能把信在五月号刊出。Dubs在汉学界很有声誉，但他对《红楼》根本是外行，他祇看吴世昌的书，别的东西都没有看过，他写信的目的祇是为他（的）同事吴君抱不平而已。吴世昌中国学问很好，考据做得也很有功夫，但他坚持后四十回是高鹗续作的，态度比俞平伯更坚决，对小说的 interpretation 错误也更多。并且他无形中受了中共的影响，所 reconstruct 的《红楼梦》真本着重 social pretest，着重贵族堕落和农民前进的对比，荒谬不伦。我的书评应当是篇 critical essay，指出他对小说本身的误解而造成立论上的错误。但因为 space 不够，我的 review 一大半是根据现在所找到的校本稿子来说明高鹗续书的不可能，这样态度比较 dramatic，可能引人反感。这次得了个教训，以后不再冒充"专家"，纯以 critic 的态度评书，比较妥当。如托评的书，实在一无可取，最好谢绝 editor 的 request，让别人去评，否则得罪人太多，对自己也是不利的。

今天收到 MacFarquhar 的信，邀我八月初去 London 参加中共文艺 conference，并读 paper。Paper 题目仍选定"妇女家庭"（我所 suggest 的 satiric fantasy，他信上没有提到），我对"妇女家庭"可说的话也很多，虽然分析中共最近的文艺是很 silly 的工作。去英国玩玩，是不可多得的机会，所以我准备去。上次给 MacF 信上我曾提到你的名字，据 MacF 说，美国 conference 主持人是 Birch，Birch 如还没有请你，希望你能得到他的同意，也去伦敦读一篇 paper（expense 是由 Conference for Culture Freedom 付的），这样我们同游伦敦，可以玩得更起紧〔劲〕。上次我托你查的《阿丽思》、《鬼土日记》，不知你有没有找到，如你知道什么图书馆有这些书仍请告诉我。伦敦大会 Arthur Waley 有一篇 paper，MacF 要我做 discussant，这也是一件不大好办的事情，Waley 已退休，应当好好恭维他一阵，但他 paper 有不妥处，批评起来，措辞得特别当心。

同事朱文长把《文学杂志》合订本四大册借去看了，看得很满意，希望能把杂志全套买到，不知你可否向侯健问一问，把杂志寄给他，并开实价，不要客气。住址：Dr. Wen-djang Chu, Chinese

Language & Area Center, CL 16 17, U. of Pitt, Pittsburgh 13。Pitt 大有一位德文教授，德国人，在大学时写的论文是毛姆，并十多年来把〔与〕毛姆保持通信关系。此人以前在 Yale Library 做事，是 bibliophile，毛姆的作品搜集得很全，日本的译本也集了不少，我想吴鲁芹的《毛姆短篇小说集》对他一定是有用的，你写信给侯健或刘守宜，请他们寄一本给我（with invoice）。此外你知道 Maugham 的作品有多少中文译本，请告诉我，我可去香港托购。这位德文教授把毛姆的信都存在银行保险箱，很可笑。并出过一本 Maugham 论文的 symposium，写信给 Eliot、E. M. Forster、Duke of Windsor，他们的回信（M40622）他都珍藏在 Album 里面。

看了 *Les Liaisons Dangereuses* 很满意，电影是很忠实于原著的，可惜 reviewers 大多没有读过这本小说。Annette Vadim 相貌很像我教过的一个女学生。不多写了，即请

近好

弟 志清 上
三月二十二日

539. 夏济安致夏志清（1962年3月21日）

志清弟：

　　长信已收到多日。你对于《五烈士》一文的意见，使我大为心安。Seattle有人以为我笔下有"亲共"的嫌疑，我觉得有点"含冤莫白"。共产党这玩意儿，文章中顶好少去碰它。"亲共"、"反共"是说不清楚的，我相信我总算是天下"反共"人士之一，但何不"剖明心胸"呢？我们总算是弄学问的，说起来是"学术第一"，政治仅是附带。但学术界有的是激烈派，反共要学John Bird Society[1]，这真使人啼笑皆非。我作文时怕得罪左派，想不到得罪了右派，但你总算是"明眼读者"，你赞许了，我亦就放心了。陈世骧亦很喜欢这篇文章，他认为结构方面，所下的功夫，更胜于《瞿》文。此亦是"知文"之谈。有你们二位作支援，我是敢面向天下的左派右派的。

　　文章中小疵不少。最可笑的句子如：

The notorious futility of Chinese intellectuals have their cultural nervous...（p. 33）

1　John Bird Society（"约翰·博多学会"），美国极右保守派反共的民间社团，成立于1958年，为纪念1945年遭杀害的美国情报人员John Bird（约翰·博多）而以此命名。该会成员激烈反共，甚至认为艾森豪威尔总统与杜勒斯国务卿有助长共产党的阴谋。

陈世骧没有看出来，这里有位 editor（Mrs. Kallgren）亦没有看出来，反而是我自己提出来的。这里连我有三位在提毛病，请你不必再在这上面花时间。印好后，大约是相当地 presentable 的。

文章写完后，人相当吃力，一个多月来没有好好地做什么工作。做 research 在我是不吃力的（我甚至认为是消遣）——我只是有点懒，怕走动，顶好是材料都放在身边。如去 Hoover Library，我亦有点怕。最吃力的是写文章，非但造句吃力，连布局我都想一气呵成，因此文章在起草时，改了很多次，稍有不顺，即改之。等到改好，打好，有点怕再读它，顶好忘了它。再读一遍，即引起感情的起伏，人觉得很紧张，读完后又觉得很疲倦。做个职业作家，实在是件苦事。

现在为了 Language Project，想写一篇中共"文言"的复活。最近数月来《人民日报》上，所发表的旧诗，似比新诗更多。讨论旧诗与古文的文章，亦有很多。这篇文章，写起来亦许可比《五烈士》省力。希望在暑假前赶完。

暑假中，将去研究"蒋光慈"，蒋光慈后，只等再写一篇较长的 introduction，就预备卖稿出书了。

此书如告成，我想去研究五四时代的人物——胡适这一辈的人。再以后，则是辛亥时代的人物，孙中山之流。三本书如写成，则洋人对于中国近代人物，可以有更多更深之认识。最后，我想写部很长的历史书：《中日战争史（1937–1945）》之类。这些书是否能写完，还得看各种机缘的凑合，如我在台湾，则什么书都写不成的。

程靖宇约稿，我居然已写好寄去了。我先想讨论电影，后来发现写有关电影的文字，亦得做 research，但这方面的材料，找起来亦很吃力。最近看了 Two Women，觉得很好。De Sica 者（还有他的老搭档：Z 什么人的编剧），是电影界的杜甫，其描写人民因战争而受的痛苦，境界可比杜甫的"路衢唯见哭，城市不闻歌"之类。但关于 De Sica 的材料，我只见过 New Yorker 上一篇 profile，现在连该期

New Yorker 都找不着了，怕写来太空虚，不敢下笔。现在寄去的稿件是《读〈独立评论〉》（之一）。总题是《海外搜书记》，我反正预备要大看过去国内的杂志，从《新青年》到《宇宙风》，看后有心得，随手记下，对我不算是吃力的工作，对于程靖宇，则很受用了。但我很怕程靖宇肉麻的捧场，因此化名"孙学权"，此人算是一个年青〔轻〕人，是香港崇基书院的毕业生。这么一来，他总不会把我拖出来，乱捧一阵了。你把英文稿寄去，未始不是一法，但我真怀疑，香港有人能翻译我们的英文文章。翻出来非驴非马，你恐怕要啼笑皆非的。顶好译稿先让你或我（如你无时间）过目后再发表。

《独立评论》是胡适等在1.28沪战后在北平办的刊物，办到芦〔卢〕沟桥事变后结束。我没有工夫，只看了一百期（两年），胡乱写了些感想寄去。还有三年多的杂志，以后边看边写吧。当时那些学者的意见，并不甚高明。据当时的实际情形，舆论是在左派操纵之下——那时左派的口号是抗日。胡适等人，是已和青年脱节的了。

你要写有关《水浒》与"近代幻想小说"的两文，很好。像你这样 productive，令人羡慕。关于"近代幻想小说"的资料，《阿丽思中国游记》曾在《新月》连载，Birch 提起后，我亦想起来了。《鬼土日记》不知曾在哪里连载否？《新月》你有办法借到否？如无，我可以借来寄上。

我对于写文章实在有点怕。其实要在美国学术界出头，短文章——三四页的书评，七八页的报告——亦得写。马逢华在这种地方，向不后人。今年 Boston 的大会，他要去的，我则懒得走动了——且懒得与人敷衍。其实中共四中全（会）（1931）以后"罗章龙右派活动"，有关材料我还搜集了不少，"左派"之灭亡亦很可惜的（这话就大有"亲共"嫌疑），我要写篇十页左右的文章，并不难，但亦懒得动它了。MacFarquhar 那里，我还欠了一篇有关"左联"的文章，今年恐还无法缴卷。今年十一月 Philological Society Western Branch 要在 Berkeley 开会，陈世骧（他是负责人之一）已约我报告一篇。我报告什么，尚未定；可能是有关《鲁迅与目莲〔连〕戏》的东西。本星期周末 American Oriental Society（Western Branch）在 Stanford 开会，我可能去，去后大致很无聊。美国的学者以无聊为乐事，互相倾听一些太高深专门的文章，真是怪事。你约我去 Indiana 报告，我亦并不很起劲。

McGill〔MaGill〕有信来，他要编一部"小说人物介绍"的百科全书，约我介绍十五部小说中的人物。我尚未去信答应。不知你亦曾收到同样的信否？我有更重要的事做，这个工作想不接受了。此间有高才生 Hunter Golay [2]，中文很好，我想介绍他去做。

《五烈士》题目已改成 "Enigma of the Five Martyrs"，意义较明显。文章不需多大改动，即可付印。现在还缺一篇《序》，约一二页，我起了几个稿，自己看看〔着〕都不满意，还没有定，该怎么写。《序》里的话，该是表明我自己的立场，且要防备从左派右派来的批评——这是不容易说的。但想通了一挥而就，很快就可完，文章就可付印了。

中国现代创作文艺（诗与小说）之失败，即一般读书人所感觉到的大问题，文艺创作家不能好好地表达出来。《独立评论》中讨论过很多问题，如农村家庭倾家培植子弟升学读书，读书毕业后失业，知识分子削尖头钻营想做官等等，似皆为小说的绝妙题材，但小说家很少写这种题材者。台湾似亦有此种现象。《自由中国》等论文中所讨论的问题，在小说中即很少有表现。小说家有他们一套习惯的东西来写。这一点如好好发挥，可以做你的书的注脚。即如我《五烈士》一文中说：大家讲革命，而偏不喜欢写革命也。如把五四以来，所讨论过的中国各种问题：新旧文化问题，农村问题，青年出路问题，恋爱问题，政治贪污问题等等，再拿这种问题在小说中所表现的比较着来看，可见政论家中不乏有头脑清晰、见理深刻之

2　Hunter Golay，不详。

人；但小说家（诗人尤劣）自命擅长文艺，实皆头脑糊涂之人也。中国文艺创作和时代脱节，在这一点上表现得最明显了。好的小说家，应该看得比一般读书人更深更远，但在近代中国，文艺作家所见实尚不如一般读书人也。新诗与新小说，不能消化一般的人生观与社会观——这是我们对于新文艺失败的最适当的批评。文艺作家脑筋贫弱，所以很容易被共产党"牵了鼻子走"。

梁启超与胡适，被人当作典型的思想来看，容易受over simplification之害。其实胡适亦说过很多高明的话。我在给程靖宇所写的稿子中，提出至少两点：（一）他有感于辛亥以后，"社会重心"的丧失，而且以后再也不能建立起来；（二）他亦反对北宋末、明末、清末与中国九一八以后士大夫的那种瞎起劲，专说不负责任的激烈话，外行谈论军事等。这两点，都是很深刻的对社会的批评，但小说家中似乎从没有人提出这种问题来。"小说"应为"社会批评"，但中国在这方面是大失败的。我在给程靖宇的稿子中，没有提起写小说之事。现在想想，愈觉其重要，故在信中补叙。Modern Chinese Fiction的Social Criticism，似尚可大加发挥也。

美国又发表对蒋的白皮书，台湾方面，似更将悻悻然了。中共是一塌糊涂，它的"人民代表大会"，两年开不出来，足见其步伐之乱。在人道主义的立场，我是主张美国卖（或送）粮食给中共的。很多人在研究老毛与K的分裂问题，我看谁都是在瞎猜，真相是没人知道的。老毛虐民如此，将何以了其局。上海情形，甚在念中。玉瑛妹怀孕，负担将更重了，实是不幸。

Carol和Joyce想都好，念念。Kennedy本星期五要来UC演讲，我是不预备去听（的）。此间天气甚恶劣，阴雨不定，如星期五下雨，听Kennedy的人将大扫兴。

别的再谈，专颂

近安

济安

三月二十一日

540. 夏志清致夏济安（1962 年 3 月 30 日）

济安哥：

昨天收到父亲一封信，内附李钰英小姐小照，今天又收到父母一同出面的信，读信后使我很兴奋，父母的意思是要我把他们信上的话转达，但我觉得你自己应把这两封信细读一番，再做定夺。同时你最好和世骧夫妇等好友商量一下，不要把这事闷在肚子里，自做决定。有兴趣，不妨进城算个命，也无不可。我是赞成你接受李钰英的好意的，你生活上传奇式的 adventures 不多，这次如真有月下老人牵线，远隔重洋，玉成好事，也是你生活上一个大奇迹了。母亲万里之外肯代出主意为你作伐，可见爱子之情深，而钰英她自己有主意肯把终身远托于你，更是中国现代女子中少有的人物。她想逃出大陆，可能是答应和你结婚原因之一，但她有决断有志气争取自由，也是值得我们钦佩的。何况她的情感是在十多年前兆丰别墅培植的，她年纪轻轻即有慧眼识英雄的能力，是和在美一般中国女子专求 security，专求物质享受不可作同日而语的。你和她的这段故事，本质上和红拂女、李药师的 romance 相仿。你有李靖之才，她有红拂识才的能力和自荐的勇敢。而她要逃出苦坑，正和红拂不甘于做杨素的侍女的情形一样。将来你的文名更大，这段故事，必为世人所乐于称道的。

看照片上的相貌，钰英有"湖南型"热情的含蓄，和你以前所

喜欢的女子有相似处，而不是脸部平坦肤色白净的你所憎恶的那一
型。和在留美一般小姐比来，她的相貌可算得是上等。不知你在沪
时同她拍照事有没有印象，你一向对于young girls有好感，和她我
想你一定很有pleasant的回忆的。你一向爱好未成年的少女，但目
前有做Lewis Carroll式bachelordom的危险，现在有一位已成年的
Alice向你求婚，岂非美事？你可能觉得把此事办好麻烦太多，但你
目前经济情形很好（我也可以帮忙），把她救出中共，似乎并不太困
难。到香港后，apply来美国读书，是很简单的事。钰英双亲已故
世，一无所依，你情场一直失利，有一个少女钟情于你，两方面的
gratitude正是爱情的基础，所谓"恩爱"是也。王适等努力追求，花
了不少功〔工〕夫，即使将来追求成功了，情形仍很勉强，婚后不一
定太快乐。你很欣赏*Flower Drum Song*中的千里寻夫的广东乡女，
钰英相貌比日本丑女好了千倍，而其romantic appeal则较电影中的
乡下姑娘更有factual basis也。

　　我很同情你最近安于学者生活，不妄动的苦心。因为从事王
适式的追求，徒劳民伤财，自讨苦吃，是"犯勿着"的。但钰英的
情形不同，请你不要因为觉得目前自由自在的生活很舒服而辜负她
的一段〔片〕好心。结婚当然是一种束缚，但情感生活太平坦的自
由（正如我在讨论Taoist仙人那篇文章上所说的the futility of barren
freedom）也并不是人生最可取的理想。我希望你能听Henry James的
劝告，肯接受人生的challenge，而live joyously。结了婚，生了孩
子，听了天命，在家庭生活中得到人生应有的情感支撑，这可能是
儒家修身治家的大道理。

　　我希望你为了自己的快乐接受钰英的proposal，不使父母失
望、不使钰英伤心还是小事。你一直被父母的奋斗精神所震惊，但
他们的will power不是不能产生效果的，玉瑛妹的能调回上海工作即
是一例，我希望母亲的prayer在你和钰英这段姻缘上产生同样的动
力。这次信上讲正经，你上一封信停几日再答复，希望月内能听到

你的答复。希望你有 Carlyle 式的勇气，给生命一个 everlasting yea。
预祝

　　你未来的快乐！

弟　志清　上

三月 30 日

541. 夏济安致夏志清（1962 年 4 月 4 日）

志清弟：

　　来信很是disturbing，很难答复，因此隔了两天才写回信，想你已是久等了。

　　父亲劝我慎重考虑，那是对的。他似乎没有你那样的romantic。上海到美国来不是容易的事情，即使我已取得permanent residence，"配偶"是否能入境，还是问题。何况我现在尚非permanent residence，对方亦不是"配偶"。Permanent residence 的未婚妻是否容易入境，我不知道——但我相信你亦不会赞成我贸贸然"通信订婚"的。

　　对方的动机可能完全纯洁，但有一点不能不防 ——这就显出我的pettiness，这种态度可能引起"杜十娘怒掷百宝箱"的 ——就是假如她奉有共产党的使命怎么办（注意父亲第二封信中所说：对于她的内在的尚不能了解）？这种事情过去发生过很多。胡宗南（他已在台北逝世）曾经受过共方女间谍的诱惑的。

　　我的重要性当然远不如当年的胡宗南。不过一个女孩子受过十多年共产党的教育，和我谈话一时之间很难投机。要建立共同的兴趣，还得要一些时候的栽培。

　　你所说关于李靖红拂种种，我希望是事实。不过我的才华亦许胜过胡宗南，但是远远不如李靖的。

当年的李钰英，我是一点印象都没有。我对于未成年的女孩子其实并无兴趣，只有在北平那一阵子，以后在上海、香港、台北、美国（或在去年以前），我对于未成年的女孩子是毫无兴趣的。Brigitte Bardot 或者有点像，但是电影明星中，我的偶像还有 Grace Kelly 等等。

我想结婚之前，男女间建立 intimacy 的关系是很重要的。对于李钰英，我并不相信她真会对我发生兴趣——那是太不可能了。另外两点动机倒是可能性较大：一、她想投奔自由（我们去上海的信中当然不好说的），离开共区；二、她无依无靠，而年近三十，想择人而事。我有个不切实际而且可以说是 romantic 的建议——这个母亲大约是不赞成的，因为她老人家总是反对花冤枉钱的——我的建议是：为了她对母亲的"自荐"，为了她是玉瑛妹的同学，为了她想投奔自由，我亦该帮她忙。我不预备和她通信，但是她如自己有办法逃到香港，从香港到美国的旅费我预备帮忙。来美国的护照，亦许得借用难民法案，这个亦许相当麻烦，但或者有法可想。来到美国，她可以进学校念书，什么小大学都可以。我们认识了，如双方认为合适，亦许就结婚。美国 eligible 的 bachelors 很多，她亦许和别人谈恋爱成功而结婚，那么我亦算做了一件好事。所欠的旅费等，以后再归还亦可。

这个办法 still depends on so many ifs。她要去香港恐怕就非常之难。退一步想：假如我们通信订婚——这是很可笑的——她或许仍旧请不到"路条"，仍旧得留在大陆，而我可算是莫名其妙地订了婚了。我在台大有一个同事，凭朋友介绍，和香港一个小姐通信订婚。订婚之后，去台湾的入境证怎么亦领不出来，小姐就搁在香港好几年，那位朋友在台大的职位丢不开，这件事恐怕就此"吹"了。（《花鼓歌》的"梅木三好"Umeki Myoshi 是偷渡来美的。）

我为什么不愿意和李钰英通信呢？因为在大陆这种严密的管制之下，任何人说话没有自由，而我最想和她讨论的，是中共政权问题。我当然相信她真想投奔自由，这点如能相信得过，通信从她到香港之后再开始亦可。中国女孩子不善文的，亦许为人很好；善文的"才女"，可能只看过些新文艺恶劣小说，提起笔来，满纸滥调，反而掩饰了本心的善良，所以通信很难看出一个女孩子的性格。至于我自己，凭我现在的job以及我的兴趣，我当然很想讨论共产党，但这种话信里现在是不好说的。（顶要紧的是把父亲母亲接到香港。）

这封信态度很冷淡，我觉得很抱歉。我现在的做人，真有些你所说的futility of barren freedom；but I am shrewd enough to guard that freedom。我的性格，不是ardent的一种，近来更是玩世不恭。如说有什么心理变态，还是narcissism是比较相近的。过去我所追求的女子，假如有谁想跟我来"覆水重收"，那倒真会成为我的moral crisis，因为我将拒绝她们。我的ego已经hurt，我是要求报复的。这一点上我将表现得气量非常之小，近乎疯狂。但现在我并没有这种crisis ——上帝保佑我——对于女子，一般而论，我并无憎厌心理，但我亦很难再去追什么人。将来如结婚，亦许跟美国女子结婚的可能较大。因为我的ambition是想写作成名，娶了美国太太（假如是文才较好的），亦许有助于我的事业。但是beatnik式的"美国才女"，我是不敢领教的。

玉瑛妹流产，闻之甚为系念。父母亲抱孙子的心，又受了一重打击。我们夏氏这一支，不知道怎么的，人丁很不兴旺。我们在光福的祠堂，我去过一次，好像是明朝建立的，那时我们的祖宗是兵部尚书（相当于美国现在的McNamarn[1]）。不知怎么传到民国，只有我们这一支去祭祖扫墓了。那些别的支呢？

---

[1] McNamarn（应为Robert McNamara，罗伯特·麦克纳马拉，1916–2009），1961–1968年任美国国防部部长。

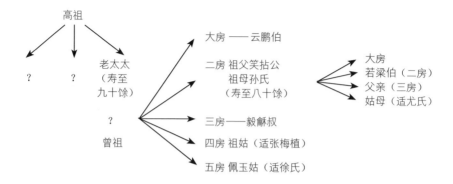

照人口繁衍公例，明朝到民国，三百多年，人丁应该很兴旺，就是说我们的祖父应该有许多堂兄弟，我们的曾祖父亦该有许多堂兄弟，甚至亲兄弟。难道我们的高祖、曾祖都是单传的吗？我们的祖父亦许有个堂姐妹（我们的堂祖姑）嫁给天官坊陆家，从这方面我们联上了陆耆（Chih）双、卫听涛等；若梁伯由这个关系开典当，父亲亦由这个关系进的交通银行。很奇怪的，那些别支不知哪里去了。可能他们不住在苏州。我那次去上坟，有个风水先生同去，他似乎亦说我们这块坟地不主人丁兴旺的。

英国暑假开会，我暂时不想去，谢谢你推荐的好意。何以故？去了人家亦不会佩服的。想当年梁实秋、崔书琴等曾建议请一批学者回台湾去观光（后来没有办成），你那时亦并不起劲。我现在态度亦与你那时相仿——这倒不是由于气量狭小，实在是自己知趣识相。这种开会，将来仍旧会不断地举行，等到我的名气稍大，自然有人家来请。这点我倒很有自信。你今年建议我去，反而使得Birch为难，因为我们的私交不差。UC方面他自己去，又请了世骧去，两个人已经尽够了。世骧大约去讲有关诗歌的问题。

李钰英的事，我看成功的可能很小，所以请你不要觉得失望。我一个人并不觉得寂寞，家里没有radio，没有TV，没有唱机，亦过得很好。程靖宇那一卷京戏，已经转录了两卷，预备自己留一卷，送给世骧一卷（他有录音机），他的原卷，现存世骧处，要回来了，再寄上。我本来想买录音机，决定还是不买了。

李小姐照片并父亲来信都寄上。另附给父母亲的信，请转寄。Carol与Joyce想必都好，专此 敬颂

近安

济安
四月四日

542. 夏济安致夏志清（1962 年 4 月 20 日）

志清弟：

自从在Hoover Dam寄了一张明信片以后，尚未写过信给你们。Las Vegas回来了已好几天，此游十分愉快，Las Vegas实在是美国最好玩的地方，我很想再去。

我们只有星期五、星期六两个晚上，时间实在太局促，可是要玩的地方太多。星期五我还在Berkeley办公，坐jet到Las Vegas已八点多。当天晚上在Stardust旅馆的Aku-Aku Room吃晚饭，饭是广东、日本与檀香山口味的混杂（so-called Polynesian food），很好吃，约五元一客；同样的在Trader Vic¹（从未去过）约需十元一客。

晚饭后去New Frontier（与Kennedy无干）看Minsky's Follies，这个show我在Reno已看过一次。此show是midnight show，看完已近两点（上午），但是旅行社（package deal）已在对门的Desert Inn又定〔订〕了一个show，我很怀疑我的精神能支持下去，不料看得大为满意，一点不觉得困倦。那边的show分三节：一是美女团体歌

1　Trader Vic's，是一家高档连锁餐饮店，1940年由Victor Jules Bergeron（维克多·柏格森）创立，以波利尼西亚餐饮著称，发明迈泰（Mai Tai）酒，遍布美国及世界各地。位于纽约广场饭店（Plaza Hotel）底楼之分店，1989年被唐纳·川普关闭。目前美国仅存加州Emeryvilll老店，及乔治亚州亚特兰市分店。全球各大城市仍有分店，包括坐落在台北松山区的商人伟克自助餐厅。

舞，平平；二是 Kim Sisters[2]，三个韩国女孩子大唱大闹（大约 Judy Garland 亦复如此），虽不美，但因她们过分卖力，亦很提神；三是 Sid Caesar[3] 独脚〔角〕戏，想不到此公如此卖力，滑稽突梯，即使看 Marx Bros. 的电影亦没有使我如此大笑也（最近看了一张 *Go West*[4]）。他的表演分四节：先是学法国人、英国人、义〔意〕大利人、俄国人四种男人求婚方式，弯舌头乱说一起〔气〕，但腔调与姿态都很像。二、男人起床姿态与女人起床姿态（pantomime）。三、弯舌头欧洲学者答复美国记者（Jim Dooley[5]饰）访问。四、Tschaikovsky "*1870 Overture*" 中的打鼓手的表情，唱片配音；音乐中敲铜鼓时，此人即大起劲；没有铜鼓时，此人即无聊万分。那天晚上四时睡。

第二天我约八九点钟起来，一个人坐公共汽车到 downtown，赌输了两元钱。回到旅馆，他们都已起来，rent a car 去 Hoover Dam。Hoover Dam 实在像埃及的古庙，只是没有偶像而已。

我十分喜欢 Las Vegas 的天气（你来了可能会觉得干燥），干爽之至，使人神清气爽，不睡觉亦不觉得困，天亦许热，但 jacket 穿上亦许不出汗（晚上很凉爽，此沙漠气候之特点也）。Hoover Dam 在 Boulder city 附近，该城一片青葱，绿得可爱，不去沙漠不知 oasis 的可爱也。

我们的旅馆有 1,300 个房间，可是是 motel 式，只有两层，可算是一个很大的 motel 了。旅馆前面是个巨大无比的 hall，内有很大的赌场，cocktail lounge，几个餐厅，购货部（gift shop，男装，女装）。星期六晚上，我们看 dinner show。Dinner 连 show，价约从八元到十元不止，我点的是 Filet Mignon，$9.00（New York steak，$8.00，

2　Kim Sisters 指 Sue（Sook-ja）、Aija（Ai-ja）、Mia（Minja）Kim 三人团体。

3　Sid Caesar（席德·西泽，1922–2014），美国喜剧演员，曾主持多种电视节目，如 *Your Show of Shows*、*Caesar's Hour* 等。

4　*Go West*（全名 The Marx Brothers Go West，《新西游记》，1940），爱德华·拜兹维导演，马克斯兄弟主演，米高梅发行。

5　Jim Dooley，不详。

鱼虾约 $7.50，当然还有税）。我们都是 Package Deal 包掉的。Show 是"Lido de Paris"，其精彩实超过我的想象。美女的确如云，如何美法，因我坐得太远看不清楚，但她们动作之整齐，姿态之优美，亦为生平所仅见。难得者，为老板之不惜工本，机关布景服装，在在不惜工本，使人叹服。例如有一幕，只有五分钟，专门卖弄 stage effects，没有演员。演的是山洪暴发，村庄淹没，雷声隆隆，电杆触电着火，满台大水。有个魔术师，手法亦漂亮之至。主要当然是美女歌舞，其规模我想当年齐格菲亦不如。幕启之前，餐厅中天花板上先挂下来四个裸体美女，这想是巴黎作风。据去过纽约 Latin Quarter 的人说，纽约是远不及 Las Vegas 的。

Stardust 旅馆在 Las Vegas 镇外经过沙漠的一条公路上，人称 strip，strip 上有十几（家）漂亮华贵的大旅馆（房价不贵，double room 约 $12；他们主要是靠赌赚钱的），每家都有 show。据说最豪华者即 Lido de Paris，可以与之颉颃者为 Tropicana 的 Folies Bergères，亦是巴黎来的；但是我们看了 Lido de Paris，已经十分满足，稍为赌了一下，没有精神去看第二个 show 了（那种 show 订座亦很难）。

Las Vegas 赌客派头比 Reno 赌客来得大，我是什么都不敢来。在 Reno，赌轮盘、Blackjack、slot machine，各输几元，结果输了约廿元。在 Las Vegas，我只玩 slot machine 一种。星期天上午，在 5¢ 机器上赌出了一个 jackpot 来，约五元余，最后当然仍还给机器。统扯约输了五元。

我最喜欢的还是 Las Vegas 的明朗的天气。可惜我们这次玩的时间太局促，弄得睡眠不足。否则在 Las Vegas 实大可 relax，因为它除了赌和 show 之外，没有其他 distractions（当然还有游泳 —— 碧绿的水、golf 等）；像我这样小赌而只看 show 的人，休息的时间应该很充裕的，不像在纽约那样地紧张。以后如能去玩一个星期，就很 relaxed 了。

Carol去过Las Vegas没有？你们听了想必很神往。Easter快到了，今天看见一支笔很特别，买来送给Joyce，恭祝你们

Happy Easter！

济安

四月廿日